中国现代文学史
1915—2022（下）
（第四版）

朱栋霖　吴义勤　朱晓进　主编

北京大学出版社
PEKING UNIVERSITY PRESS

图书在版编目(CIP)数据

中国现代文学史. 1915—2022. 下 / 朱栋霖,吴义勤,朱晓进主编. —4 版. —北京:北京大学出版社,2023.7
(博雅大学堂·文学)
ISBN 978-7-301-34165-0

Ⅰ.①中… Ⅱ.①朱… ②吴… ③朱… Ⅲ.①中国文学—现代文学史—1915—2022 Ⅳ.①I209.6

中国国家版本馆 CIP 数据核字(2023)第 123535 号

书　　　名	中国现代文学史 1915—2022(下)(第四版) ZHONGGUO XIANDAI WENXUESHI 1915—2022(XIA)(DI-SI BAN)
著作责任者	朱栋霖　吴义勤　朱晓进　主编
责任编辑	张雅秋
封面设计	奇文云海
标准书号	ISBN 978-7-301-34165-0
出版发行	北京大学出版社
地　　　址	北京市海淀区成府路 205 号　100871
网　　　址	http://www.pup.cn　新浪微博:@北京大学出版社
电子邮箱	编辑部 wsz@ pup.cn　总编室 zpup@ pup.cn
电　　　话	邮购部 010-62752015　发行部 010-62750672　编辑部 010-62757065
印　刷　者	河北博文科技印务有限公司
经　销　者	新华书店
	965 毫米×1300 毫米　16 开本　20.75 印张　380 千字 2007 年 1 月第 1 版　2014 年 6 月第 2 版 2018 年 5 月第 3 版 2023 年 7 月第 4 版　2025 年 1 月第 5 次印刷
定　　　价	69.00 元

未经许可,不得以任何方式复制或抄袭本书之部分或全部内容。
版权所有,侵权必究
举报电话: 010-62752024　电子邮箱: fd@pup.cn
图书如有印装质量问题,请与出版部联系,电话: 010-62756370

出版与使用说明

《中国现代文学史 1915—2022》(第四版)(上、下册)是高等院校的中国语言文学、新闻传播、影视、广告、文秘等专业的必修课程"中国现当代文学"的主教材,系教育部"十五"国家级教材规划《中国现代文学史 1915—2016》的最新修订版,也是教育部国家级精品资源共享课"中国现当代文学"的配套教材。习近平总书记在《高举中国特色社会主义伟大旗帜 为全面建设社会主义现代化国家而团结奋斗——在中国共产党第二十次全国代表大会上的报告》中指出:"坚守中华文化立场,提炼展示中华文明的精神标识和文化精髓,加快构建中国话语和中国叙事体系,讲好中国故事、传播好中国声音,展现可信、可爱、可敬的中国形象。"本书主编秉承这一思想,为国内各高校中国语言文学等相关专业的广大师生编写了这部中国现代文学史教材。本教材以新的文学观、文学史观重新阐释中国文学 1915—2022 年的发展。上册是现代文学部分(1915—1949),下册是当代文学部分(1949—2022)。

本教材立足于本科教学,着重加强了对经典作家作品的研读。作为一个贯彻新时代高校教学改革理念的新教材,本书旨在探索、建构思考型、探究型、教学互动型的教学方法与教学模式。为此,此版教材在编写体例和应用形式上的新特点有三:

一、在文学史各章节增加了"声音"栏目,就相关的文学史阐释、作品评述列出不同观点的甚至论争性的资料文字。作为本教材主体的有机组成部分,不同观点的"声音"所提供的学术论争信息与本教材叙述主干形成了生动而直观的学术张力。这一新的文学史呈现方式不同于历来的文学史教材,是一种新的尝试。同时,由于本教材主要立足于本科的教学,注重对作品的研读,所以有若干重要的文学论争没纳入"声音",请读者理解。

二、本书每章都加设了两个二维码,分别包含两类内容。一为本书主编特邀的专家学者就相关专题所做讲座的视频,此类视频,上下两册共有 46 段;其中,上册有 26 段,下册有 20 段。二是与各章内容相关的提升性学术论文若干篇,本书的论文二维码共 16 个。您用手机扫一扫二维码,即可直接观看讲座、阅读相关论文。

三、上下册都有与之相配套的教学课件。

各校教师在教学时,可结合各章的"声音",与学生一起剖析、反思、比照、探究,引导学生扫描二维码,聆听专家学者的专题讲座,并提升性地参读学术论文,以此开展课堂讨论,灵活组织教学活动,加深对现当代文学史和文学作品的理解、把握。

与本书配套的教学课件,由出版社免费向任课教师提供,各校教师可与北京大学出版社教学服务中心直接联系索取。具体联系方式参见书后所附"教师反馈及课件申请表"。

恳切希望各校同行、教师在使用过程中对本教材的进一步完善提出宝贵意见。

朱栋霖
2023 年 5 月 10 日

目　录

出版与使用说明 …………………………………………………… 1
第一章　1949—1976 年文学思潮 ……………………………… 1
　　第一节　1950—1970 年代文学运动与思潮 ………………… 1
　　第二节　"文化大革命"十年文学思潮 ……………………… 15
第二章　1950—1970 年代小说（一） ………………………… 21
　　第一节　1950—1970 年代主流小说 ………………………… 21
　　第二节　柳青　杨沫 ………………………………………… 31
　　第三节　探索生活的边缘 …………………………………… 36
第三章　1950—1970 年代小说（二） ………………………… 49
　　第一节　台湾文学的发展 …………………………………… 49
　　第二节　台湾小说 …………………………………………… 52
　　第三节　香港文学的发展 …………………………………… 57
　　第四节　台湾和香港通俗小说 ……………………………… 60
第四章　1950—1970 年代戏剧 ………………………………… 64
　　第一节　1950—1970 年代戏剧　《茶馆》等 ……………… 64
　　第二节　台湾戏剧 …………………………………………… 72
第五章　1950—1970 年代诗歌散文 …………………………… 75
　　第一节　1950—1970 年代诗歌　郭小川 …………………… 75
　　第二节　台湾新诗　余光中　洛夫　郑愁予 ……………… 84
　　第三节　1950—1970 年代散文 ……………………………… 87
　　第四节　台湾散文 …………………………………………… 94
文学大事记（1949—1976） ……………………………………… 96

第六章　1980—1990 年代文学思潮 …………………………… 112
　　第一节　1980 年代文学思潮 ………………………………… 113

第二节　1990年代文学思潮 ………………………………… 120
第七章　1980年代小说 …………………………………………… 125
   第一节　1980年代小说 ……………………………………… 125
   第二节　王蒙　张贤亮等 …………………………………… 136
   第三节　汪曾祺　路遥　贾平凹 …………………………… 147
   第四节　莫言　马原 ………………………………………… 154
第八章　1990年代小说 …………………………………………… 161
   第一节　1990年代小说流变 ………………………………… 161
   第二节　陈忠实　余华 ……………………………………… 173
   第三节　王朔　王小波 ……………………………………… 179
   第四节　王安忆　陈染 ……………………………………… 185
   第五节　1980—1990年代台港小说 ………………………… 192
第九章　1980—1990年代戏剧 …………………………………… 198
   第一节　1980—1990年代戏剧流变 ………………………… 198
   第二节　赖声川 ……………………………………………… 208
第十章　1980—1990年代诗歌 …………………………………… 213
   第一节　1980—1990年代诗歌流变 ………………………… 213
   第二节　朦胧诗 ……………………………………………… 218
第十一章　1980—1990年代散文 ………………………………… 225
   第一节　1980—1990年代散文流变 ………………………… 225
   第二节　台湾和香港散文 …………………………………… 232
第十二章　现当代少数民族文学 ………………………………… 235
   第一节　现当代少数民族小说 ……………………………… 236
   第二节　现当代少数民族戏剧 ……………………………… 240
   第三节　现当代少数民族诗歌 ……………………………… 241
   第四节　现当代少数民族散文 ……………………………… 245
文学大事记（1977—2000） ……………………………………… 248

第十三章　2000年以来的文学思潮 ……………………………… 259
   第一节　2000年以来的文学思潮流变 ……………………… 260
   第二节　大众文化与网络文学 ……………………………… 263
第十四章　2000年以来的小说 …………………………………… 267
   第一节　精英文学的坚守 …………………………………… 268

  第二节　莫　言 …………………………………………… 274
  第三节　毕飞宇等作家 ……………………………………… 280
  第四节　底层写作 …………………………………………… 285

第十五章　2000年以来的通俗小说、网络小说和话剧 ……………………………………………………… 289
  第一节　2000年以来的通俗小说及其他 ………………… 289
  第二节　网络小说 …………………………………………… 293
  第三节　2000年以来的话剧 ……………………………… 297

第十六章　2000年以来的诗歌散文 ……………………… 309
  第一节　2000年以来的诗歌 ……………………………… 309
  第二节　2000年以来的散文 ……………………………… 313

文学大事记(2001—2022) ……………………………………… 316

第三版后记 ……………………………………………………… 320
第四版修订后记 ………………………………………………… 322

本教材所含视频(二维码)目录

注:视频(二维码)位于各章篇首,手机扫码即可观看。
  另,每章末尾还附有二维码,内含各章"研习提升"论文,手机扫码即可阅读。

第一章　1949—1976年文学思潮
  朱栋霖(苏州大学):当代文学十大纠结

第二章　1950—1970年代小说(一)
  朱栋霖:心读经典:《百合花》
  朱栋霖:重读《红豆》

第三章　1950—1970年代小说(二)
  白先勇(作家):我的文学道路

第四章　1950—1970年代戏剧
  丁亚平(中国艺术研究院):《上海、延安与十七年电影》

第六章　1980—1990年代文学思潮
孟繁华(中国社会科学院):当代文学的不确定性
吴秀明(浙江大学):当代文学史料学

第七章　1980年代小说
张福贵(吉林大学):1980年代知青文学

第八章　1990年代小说
吴义勤(中国作家协会):新时期先锋文学的叙事风格

第十一章　1980—1990年代散文
方忠(江苏师范大学):台湾散文的艺术魅力

第十三章　2000年以来的文学思潮
吴义勤:新世纪文学研究
　　一、当代文学的困惑
　　二、面对文学的分歧
　　三、当代文学与时代

第十四章　2000年以来的小说
吴义勤:关于莫言
朱栋霖:莫言与诺贝尔文学奖
吴义勤:新生代小说研究
　　一、新生代小说的文化背景
　　二、新生代小说的生活伦理
　　三、新生代小说的叙事伦理
格　非(清华大学):重返时间的河流
毕飞宇(南京大学):我的小说创作
陈国恩(武汉大学):从知青下乡到农民工进城的文学叙事
　　一、"离家"的苦难
　　二、理想追求与务实选择
　　三、价值差异与道德重建

第十五章　2000年以来的通俗小说、网络小说和话剧
汤哲声(苏州大学):中国网络小说与消费主义
朱栋霖:关于80后青春写作
季国平(中国戏剧家协会):中国戏曲,如何赢得未来
朱栋霖:2000年以来的戏剧

第一章
1949—1976 年文学思潮

第一节 1950—1970 年代文学运动与思潮

1949 年中华人民共和国成立,中国进入了一个新的历史阶段。历经农村土地改革、抗美援朝、"三反""五反"、城市资本主义工商业的社会主义改造、反右和"大跃进"、人民公社、"三面红旗"等社会政治运动,历经"反修""防修"和社会主义教育运动,中国有序进入社会主义。中国共产党所领导的人民民主专政的社会主义国家体制,塑造了中国文学存在与发展的政治与社会文化环境,深刻地影响了中国文学现代化的历史进程。1950—1970 年代,中国内地的文学在谨严并不断趋向纯粹的革命文学规范制约之下,以高度的体制化形态呈现出与 20 世纪上半叶迥然不同的面貌。主导 1950—1970 年代中国文学的是无产阶级的、革命的"人"的观念:视阶级性为人的本质,以阶级取代个人,以阶级分析的方法判别人的身份、地位与属性,并满怀信心地站在无产阶级的革命立场来完成对于人的种种文学想象。

一 第一次文代会:清理传统与厘定方向

1949 年 7 月 2 日至 19 日,中华全国文学艺术工作者代表大会(简称"第一次文代会")在北平举行。会议出席代表 824 人,毛泽东到会讲话,朱德致贺词,周恩来作政治报告。会议由郭沫若作《为建设新中国的人民文艺而奋斗》的总报告;周扬总结解放区文艺运动,作题为《新的人民的文艺》的报告;茅盾总结国统区文艺运动,作题为《在反动派压迫下斗争和发展的革命文艺》的报告。会议成立了以郭沫若为主席,茅盾、周扬为副主席的全国文艺界的组织——中华全国文学艺术界联合会(简称"文联")。会后,又陆续成立了下属的各个协会。其中,中华全国文学工作者协会(后为中国作协)选举茅盾为主席,丁玲、柯仲平为副主席。通过会议和会议决议等形式,文联与作协在五六十年代成为组织、实施文艺运动的重要机构。文联与作协历届全会的报告、决议都在政治方向与价值选择方面具有示范性、主导性的作用。作为一个独立的全国性人民团体,中国作协实行团体会员和个人会员两种会员组织方式。团体会员主要是各省、市、自治区作协,以与国家行政建制相同一的方式保证自上而下的组织功能。对于作家个人来说,经审批成为中国作协会员,以及在其中各种机构担任相应职务,具有身份认定和艺术评价的重要意义,对作家的名誉和社会地位具有重要的影响。文联、作协等的成立,意味着中华人民共和国的文艺家都将成为党所领导的文艺组织的成员。

中国当代文学,在文学史形态上属于五四新文化运动以来逐渐发展起来的新文学,它的历史接点是1940年代的文学。分析1940年代文学状况与性质,并进而厘定新文学历史发展的方向,因此成为当代文学路线展开的首要步骤,也是当代文学发生的历史起点。1940年代,由于持续的战争和政治分裂,中国社会被分割为国统区、沦陷区和解放区(抗战时期为根据地)。国统区文学承续了五四"人"的文学传统,呈现多元状态;解放区文学则以《在延安文艺座谈会上的讲话》(以下简称《讲话》)为指导纲领,以"工农兵文艺"为旗帜。茅盾和周扬分别就国统区文学和解放区文学所作的总结报告,具有清理文学传统、划分文学等级、明确文学方向的重大意义和作用。

茅盾的报告在有限肯定国统区文学成就的同时,明确指出了其中的"缺点"以及"毒素"。"缺点"主要是一种"低回感伤的情绪",它在取材于一般生活现象的客观型作品与着重描写人物精神状态的主观型作品中都有存在,尤其在那些"填塞"着"人道主义的思想情绪"的作品中。除此之外,"还有一些更有害的倾向潜生在进步的文艺阵营内部,成为腐蚀我们的斗志的毒素",主要包括向"小市民的趣味投降"的"完全按照个人的趣味而采集些都市生活的小镜头"的作品,"迎合落后的读者"的"抗战加恋爱的新式传奇",以及"受着资本主义没落期的文艺思潮的影响,公然把颓废主义呈现在大众的面前,而且还要装出'纯文艺'的高贵的气派来骗取读者"的创作。这些不良乃至有害倾向之所以产生,除了客观条件外,最根本的是"作家主观上的原因",即"国统区的进步作家们大多数是小资产阶级知识分子","未经改造"的他们"在生活思想各方面和劳动人民是有距离的。小资产阶级的思想观点使他们在艺术上倾心于欧美资产阶级文艺的传统,小资产阶级的思想观点也妨碍了他们全面而深入地认识历史的现实"。①

周扬关于解放区文学的报告以高昂的激情与胜利的自信阐明:"解放区的文艺是真正新的人民的文艺",这不仅体现在创作上"象潮水一般地涌进"的"新的主题、新的人物",由"与广大工农兵群众相结合"而产生的"新的语言",以及"和自己民族的、特别是民间的文艺传统保持了密切的血肉关系"的新的形式,也表现在由广大工农兵群众积极参加的新的文艺生产方式;此外,改造"尚在民间流行的封建旧文艺"的旧剧改革,也是一项具有全新意义的实践。周扬的报告在总结解放区文艺经验与成就的同时,明确将《讲话》所倡导的文学发展方向作为中国文学的发展方向:

> 毛主席的《在延安文艺座谈会上的讲话》规定了新中国的文艺的方向,解放区文艺工作者自觉地坚决地实践了这个方向,并以自己的全部经验证明了这个方向的完全正确,深信除此之外再没有第二个方向了,如果有,那就是错误的方向。②

两个报告互为对照,又殊途同归,全面而具体地厘清了作为当代文学历史起点的1940年代文学的状况,厘定了判别"正确""错误""缺陷"的标准,明确了发展方向。随着即将发生的中国社会政治形态的大转变,延安文学作为正统和范例,将在全国范围内推广开来。第一次文代会拉开了当代文学的大幕。③

二 文学运动:文学规范与秩序的构造

政治与文学的关系问题,在本时期上升为文学与所有外部关系中最重要的问题。文学与时代政治的紧密关系,体现为文学为无产阶级政治服务,为阶级斗争服务,这是"十七年"(指1949年中华人民共和国成立到1966年"文革"发生)文学思潮的主要特点,也是"十七年"文学理论体系建构的基点与目的。根据毛泽东的观点:"在现在世界上,一切文化或文学艺术都是属于一定的阶级,属于一定的政治路线的。为艺术的艺术,超阶级的艺术,和政治并行或互相独立的艺术,实际上是不存在的。"在此基础上提出的"无

---

① 茅盾:《在反动派压迫下斗争和发展的革命文艺》,见洪子诚《中国当代文学史·史料选》(上),长江文艺出版社2002年版,第165页。
② 周扬:《新的人民的文艺》,《周扬文集》第1卷,人民文学出版社1984年版,第513、519、526页。
③ 斯炎伟:《全国第一次文代会与新中国文学体制的建构》,人民文学出版社2008年版。

产阶级的党的文学的原则",明确了文学事业与整个无产阶级革命事业的关系与各自的位置,"无产阶级的文学艺术是无产阶级整个革命事业的一部分,如同列宁所说,是整个革命机器中的'齿轮和螺丝钉'。因此,党的文艺工作,在党的整个革命工作中的位置,是确定了的,摆好了的;是服从党在一定革命时期内所规定的革命任务的"。[①]"十七年"中文学界连续不断的运动,就是文学为时代政治服务的集中体现。

关于《武训传》的"讨论" 1950年底上映的历史题材传记电影《武训传》,通过叙述武训行乞求学、兴办"义学"的事迹,表彰了反映"旧社会贫苦农民文化翻身的要求"的"武训精神"[②]。影片开始受到了不少肯定,但很快,《文艺报》发表贾霁的批评文章《不足为训的武训》。1951年5月20日,《人民日报》又发表社论《应当重视电影〈武训传〉的讨论》:

> 《武训传》所提出的问题带有根本的性质。像武训那样的人,处在清朝末年中国人民反对外国侵略者和反对国内的反动封建统治者的伟大斗争的时代,根本不去触动封建经济基础及其上层建筑的一根毫毛,反而狂热地宣传封建文化,并为了取得自己所没有的宣传封建文化的地位,就对反动的封建统治者竭尽奴颜婢膝的能事,这种丑恶的行为,难道是我们所应当歌颂的吗?向着人民群众歌颂这种丑恶的行为,甚至打出"为人民服务"的革命旗号来歌颂,甚至用革命的农民斗争的失败作为反衬来歌颂,这难道是我们所能够容忍的吗?承认或者容忍这种歌颂,就是承认或者容忍污蔑农民革命斗争,污蔑中国历史,污蔑中国民族的反动宣传,就是把反动宣传认为正当的宣传。
>
> 电影《武训传》的出现,特别是对于武训和电影《武训传》的歌颂竟至如此之多,说明了我国文化界的思想混乱达到了何等的程度!
>
> ……
>
> 特别值得注意的,是一些号称学得了马克思主义的共产党员。他们学得了社会发展史——历史唯物论,但是一遇到具体的历史事件,具体的历史人物(如像武训),具体的反历史的思想(如像电影《武训传》及其他关于武训的著作),就丧失了批判的能力,有些人则竟至向这种反动思想投降。资产阶级的反动思想侵入了战斗的共产党,这难道不

[①] 毛泽东:《在延安文艺座谈会上的讲话》,《毛泽东选集》第3卷,人民出版社1991年版,第865—866页。

[②] 孙瑜:《编导〈武训传〉记》,《光明日报》1951年2月26日。

第一章 1949—1976年文学思潮

是事实吗?一些共产党员自称已经学得的马克思主义,究竟跑到什么地方去了呢?

为了上述种种缘故,应当展开关于电影《武训传》及其他有关武训的著作和论文的讨论,求得彻底地澄清在这个问题上的混乱思想。①

社论一发表,一场全国范围的大批判运动随之展开。编导孙瑜、主演赵丹以及称许者,数十人被公开点名批评,他们不得不作出检讨。社论中提出的所谓"根本的性质"的问题,就是要求文艺必须以阶级观念为标准评价历史现象和历史人物。文艺作品所反映的历史事件、历史人物的"真实性",并不由历史本身决定,而必须以无产阶级和社会主义革命的价值与标准予以重新厘定。对电影《武训传》的批判,进一步强调了1949年之后的文艺界以政治标准评判艺术问题。随后,1951年8月8日,周扬发表《反人民、反历史的思想和反现实主义的艺术》一文,对这场批判进行了总结。关于《武训传》的"讨论",是中国当代文艺运动史上的一个重要起点,开了名为"讨论",实为"批判"的文艺批评的先河。

对电影《武训传》的批判是开国后文艺界第一次重大的思想斗争。它的实质是资产阶级的改良主义、投降主义与无产阶级的革命主义的斗争。

(邵荃麟《文学十年历程》)

电影《武训传》的一个关键是主人公的知识分子身份。如何表现知识分子、如何表现知识分子与群众的关系,在新的历史环境下,是被严格规范的。②与此相呼应,1951年还发生了对萧也牧小说《我们夫妇之间》的批评。这部家庭生活、婚恋爱情题材的小说,由于一定程度上展现了知识分子身份的丈夫与工农出身的妻子之间的情感关系的复杂性,而被认为是表现了"玩弄人民的态度""新的低级趣味"③,是"依据小资产阶级观点、趣味来观察生活,表现生活"④,迎合了"留在小市民,留在小资产阶级中的一些不好的趣味"⑤。

对俞平伯《红楼梦研究》的批判 作为新红学派代表人物之一,俞平伯于1952年出版了在旧作《红楼梦辨》(初版于1923年)基础上修改而成的

---

① 毛泽东:《应当重视电影〈武训传〉的讨论》,《毛泽东文集》第6卷,人民出版社1999年版,第166页。
② 1949年8月,上海《文汇报》就开展过"可不可以写小资产阶级"的讨论。
③ 冯雪峰:《反对玩弄人民的态度,反对新的低级趣味》,《文艺报》1951年第4卷第5期。该文发表时署名"李定中"。
④ 陈涌:《萧也牧创作的一些倾向》,《人民日报》1951年6月10日。
⑤ 丁玲:《作为一种倾向来看——给萧也牧同志的一封信》,《文艺报》1951年第4卷第8期。

《红楼梦研究》,1954年又发表《红楼梦简论》,阐述总结了自己的红学研究。不久,李希凡、蓝翎连续发表《关于〈红楼梦简论〉及其他》《评〈红楼梦研究〉》,批评俞平伯研究中的主观唯心论思想和对《红楼梦》的"歪曲"。李、蓝的文章很快受到毛泽东的重视。毛泽东于1954年10月16日致中央政治局成员的《关于红楼梦研究问题的信》中,提出要开展一场反对"胡适派资产阶级唯心论的斗争"。

> 这是三十多年以来向所谓红楼梦研究权威作家的错误观点的第一次认真的开火。……看样子,这个反对在古典文学领域毒害青年三十余年的胡适派资产阶级唯心论的斗争,也许可以开展起来了。事情是两个"小人物"做起来的,而"大人物"往往不注意,并往往加以阻拦,他们同资产阶级作家在唯心论方面讲统一战线,甘心作资产阶级的俘虏,这同影片《清宫秘史》和《武训传》放映时候的情形几乎是相同的。被人称为爱国主义影片而实际是卖国主义影片的《清宫秘史》,在全国放映之后,至今没有被批判。《武训传》虽然批判了,却至今没有引出教训,又出现了容忍俞平伯唯心论和阻拦"小人物"的很有生气的批判文章的奇怪事情,这是值得我们注意的。
>
> 俞平伯这一类资产阶级知识分子,当然是应当对他们采取团结态度的,但应当批判他们的毒害青年的错误思想,不应当对他们投降。①

10月31日至12月8日,中国文联和作协主席团连续召开八次联席扩大会议,讨论《红楼梦研究》和《文艺报》的问题。最终作出《关于〈文艺报〉的决议》②,决定改组《文艺报》的编辑机构。会上周扬做了《我们必须战斗》的发言。冯雪峰发表了《检讨我在〈文艺报〉所犯的错误》(《人民日报》1954年11月4日)一文。对俞平伯《红楼梦研究》的批判,延续了"讨论"《武训传》时的方式、方法。"这看起来似乎只是一个对古典作品评价的问题,但实质上却是一场唯心主义与唯物主义的大斗争。"其目的是为了"铲除""几十年来胡适思想的老根"③。将批判目标指向五四新文化运动的中心人物胡适,则不仅涉及如何解释现代文化史的问题,更涉及长期以来革命的性质及

---

① 毛泽东:《关于红楼梦研究问题的信》,《毛泽东文集》第6卷,第352—353页。
② 《人民日报》1954年12月9日。
③ 邵荃麟:《文学十年历程》,《邵荃麟评论选集》(上),人民文学出版社1981年版,第378页。

文化领导权等根本问题。

清查"胡风反革命集团"案 胡风(1902—1985,原名张光人,湖北蕲春人)在20世纪三四十年代是左翼文学阵营的重要文艺理论家。1940年代后期,针对胡风以"主观战斗精神"为核心的文学主张,左翼文学界曾展开过一系列批评。1952年,文艺界整风期间,6月8日的《人民日报》转载了"胡风派"成员舒芜的检讨文章《从头学习〈在延安文艺座谈会上的讲话〉》①,转载时,"编者按"中首次提出"以胡风为首的一个文艺小集团",指明胡风的文艺思想"实质上属于资产阶级、小资产阶级个人主义的文艺思想"。1952年12月,全国文协召开了"胡风文艺思想讨论会",林默涵、何其芳分别在会上作了《胡风的反马克思主义的文艺思想》②与《现实主义的路,还是反现实主义的路?》③的发言。胡风等人并未因此更正自己的立场、观点和态度。路翎在其《洼地上的"战役"》④等小说受到严厉批评后,发表了长文《为什么会有这样的批评?》⑤作自我辩护。1954年7月,胡风直接向党中央递交《关于解放以来文艺实践情况的报告》(计27万字,故又称"三十万言书",也简称"意见书"),批评文艺界在共产主义世界观、工农兵生活、思想改造、民族形式、文艺题材五个方面存在的问题,并称之为"五把刀子"。1955年1月20日,中宣部向中央递交了《关于开展批判胡风思想的报告》;1955年5月13日,《人民日报》以《关于胡风反党集团的一些材料》为题公布了一批舒芜提供的与胡风之间的私人往来书信;5月24日,公布了第二批材料;6月10日,公布《关于胡风反革命集团的第三批材料》⑥,胡风等人被最终定性。

"双百"方针与文艺界反右运动 1956年5月,毛泽东提出"百花齐放,百家争鸣"⑦方针。之后一年多的时间里,当代文学出现了一定程度的新异色彩。在理论上,出现了关于现实主义、写真实的讨论,关于人情、人性、"文学是人学"的思考等;文学创作方面,则有在"干预生活"口号下出现的直面现实矛盾的小说、特写、杂文与戏剧,把笔触伸向人情、人性,探索人的内心

---

① 原载《长江日报》1952年5月25日。
② 发表于《文艺报》1953年第2号。
③ 发表于《文艺报》1953年第3号。
④ 发表于《人民文学》1954年3月。
⑤ 连载于《文艺报》1955年第1、2期合刊与第3期、第4期。
⑥ 第一、第三批材料公布时,均有毛泽东亲自撰写的按语,后以《〈关于胡风反革命集团的材料〉的序言和按语》为题收入人民出版社1977年版《毛泽东选集》。
⑦ 1956年5月2日最高国务会议第七次会议上,毛泽东作了题为《论十大关系》的报告,在各界人士发言讨论之后,他在总结讲话中提出"百花齐放,百家争鸣。在艺术方面的百花齐放的方针,学术方面的百家争鸣的方针,是有必要的"。5月26日,中宣部部长陆定一应中科院院长和中国文联主席郭沫若的邀请,代表中共中央在怀仁堂向科学家和文艺家作题为《百花齐放,百家争鸣》的讲话。

复杂性。因为在1950—1970年代历史中的特异性,这一持续并不长久的文学状态,后来有了"百花文学"之称。"双百"方针的提出,是基于中共中央对当时国内国际形势的总体判断。在国内,由于农业合作化的高潮与城市工商业社会主义改造的完成,中国社会的性质已经发生了根本转变,大规模的阶级斗争已经结束,全党的工作重心转移到经济建设上来。在思想文化领域,经过7年左右的"思想改造",知识分子的状况与构成发生了很大的改变。国际上,1956年2月苏共二十大上赫鲁晓夫所作的"秘密报告",以及苏联政治形势的新变化,也促使领导者思考如何进一步探索中国式的社会主义道路,并反思教条主义、个人崇拜所带来的负面影响。在这样的背景下,为了"动员一切积极因素""加强团结","使文学艺术和科学工作得到繁荣的发展","双百"方针作为一项文化政策被提出。

"双百"方针是以一种有明确限度和前提的方式展开的。中宣部部长陆定一在题为《百花齐放,百家争鸣》的讲话中指出,"双百"方针的限度与前提主要有两点:第一,"在阶级社会里,文学艺术和科学工作毕竟要成为阶级斗争的武器"。第二,"'百花齐放,百家争鸣',是人民内部的自由","这是一条政治界线,政治上必须分清敌我"。

1957年5月1日《人民日报》全文刊登《中共中央关于整风运动的指示》。4月30日,毛泽东在天安门城楼上约集各民主党派主要负责人和无党派人士,动员大家帮助共产党整风。中共中央组织部连续七次召开座谈会,鼓励各民主党派和无党派人士提意见。全国上下,文、教、卫、新闻、出版领域广泛开展"大鸣大放"。

"大鸣大放"为期不长。1957年6月,反右运动开始。6月8日,《人民日报》发表社论《这是为什么?》①,并接连发表《文汇报在一个时期内的资产阶级方向》《文汇报的资产阶级方向应当批判》,号召"组织力量反击右派分子的猖狂进攻","打退资产阶级右派的进攻"。在全国范围内,一场声势浩大的反右派运动迅速展开。对于许多作家、理论家来说,他们的历史问题以及在"双百方针"情势中的表现,成为他们被"揪毒草"、划右派的依据。1957年7月至9月,中国作协连续召开了25次党组扩大会议,批判丁玲、陈企霞、冯雪峰"反党集团"。② 艾青、舒群、白朗、罗烽、吴祖光、钟惦棐、傅雷、陈梦家、孙大雨、穆旦、秦兆阳、姚雪垠、萧乾等一大批作家,因为历史或现实问

---

① 在此前,1957年5月15日毛泽东已撰写《事情正在起变化》一文,作为内部文件在党内下达。
② 《对丁陈反党集团的批判——中国作家协会党组扩大会议上的部分发言》,中国作家协会,1957年9月。李向东、王增如:《丁陈反党集团冤案始末》,湖北人民出版社2006年版。

题,被划为右派。青年作家王蒙、刘绍棠、刘宾雁、宗璞、方之、高晓声、陆文夫、李国文、邓友梅、从维熙、流沙河、张弦、张贤亮、白桦、邵燕祥也被批判和"戴帽"。"干预生活""写真实""现实主义深化论"以及关于写人情、人性的理论探索和文艺创作,由"百花"而被定为"毒草","百家"也被简化为"无产阶级一家"与"资产阶级一家"的"两家"。《文艺报》特辟"再批判"专栏(1958年第2期),重新发表王实味、丁玲、萧军、罗烽、艾青等写于延安时期的作品,对之进行再批判。① 1958年第5期《文艺报》上,周扬发表了文艺界反右运动的总结性文章《文艺战线上的一场大辩论》。②

粉碎"四人帮"后,1980年,除了中央认定的五人维持原判外,绝大多数右派分子获得改正。③ 邓小平在《目前的形势和任务》(1980年1月16日)中指出:"一九五七年的反右本身没有错,问题是扩大化了。"④

抓意识形态领域里的阶级斗争 1958年,与经济上的大跃进相呼应,文艺大跃进也紧锣密鼓地展开。1958年发起了新民歌运动,号召全民写诗,1959年编辑出版的《红旗歌谣》是其成果的体现。1958年5月,毛泽东在中共八大二次会议上提出:"无产阶级文学艺术应采用革命现实主义与革命浪漫主义相结合的创作方法。""新民歌"与"两结合",体现了意欲创建"共产主义文艺"的指向。郭沫若、周扬在《红旗歌谣·编者的话》中宣称:"诗歌和劳动在社会主义、共产主义新思想的基础上重新结合起来,正是在这个意义上,新民歌可以说是群众共产主义文艺的萌芽。"《文艺报》在综述当时关于"两结合"的讨论文章中也指出:"党中央提出建设共产主义文艺的任务,《人民日报》并在9月30日发表了题为《争取文学艺术的更大跃进》的社论,使我国工人阶级文艺运动开始进入一个崭新的阶段。建设共产主义文艺,已成为广大群众和全体文艺工作者的实际行动和奋斗目标。"⑤

狂热的大跃进之后是连续三年的困难时期,作为"两结合"实践的新民歌运动也没有取得令人满意的实绩。1960年冬,中央提出对国民经济实行

---

① 这些重新发表的文章是:《野百合花》《三八节有感》《在医院中》《论同志之"爱"与"耐"》《还是杂文时代》。

② 1979年,周扬第四次文代会报告《继往开来,繁荣社会主义新时期的文艺》:"一九五七年文艺界的反右派斗争,混淆两类矛盾的情况更为严重,使很多同志遭到了不应有的打击,错误地批判了一些正确的或基本正确的文艺观点和文艺作品,伤害了一大批文艺工作者,其中包括一些有才华、有作为、勇于探索的文艺工作者,使'百花齐放,百家争鸣'提出后,文艺领域出现的生气勃勃的景象遭受了挫折。"

③ 这五人为章伯钧、罗隆基、储安平、彭文应、陈仁炳。

④ 邓小平:《目前的形势和任务》,《邓小平文选》(第2卷),人民出版社1983年版,第208页。

⑤ 《各报刊关于革命的现实主义和革命的浪漫主义相结合问题的讨论(综述)》,《文艺报》1958年11月第21期。

调整、巩固、充实、提高的方针,也对激进的文艺政策作出调整。1961年6月,中宣部在北京新侨饭店召开全国文艺工作座谈会(即"新侨会议");全国故事片创作座谈会也在北京召开。周恩来发表《在文艺工作座谈会和故事片创作会议上的讲话》,总结了1949年以来文艺工作的经验教训,着重论述了发扬艺术民主、尊重文艺规律、物质生产与精神生产等问题。中共中央根据这个精神制定了《关于当前文学艺术工作的意见》(即"文艺八条")。1962年3月,文化部和中国剧协在广州召开话剧、歌剧、儿童剧创作座谈会(即"广州会议"),周恩来到会作《关于知识分子问题的报告》,着重阐述如何正确评价与对待知识分子,如何改善党和知识分子的关系。同年8月,中国作协在大连召开农村题材短篇小说创作座谈会,邵荃麟指出要重视写好"中间状态"的人物。

1962年9月,毛泽东在党的八届十中全会上提出"千万不要忘记阶级斗争""要抓意识形态领域里的阶级斗争",并针对小说《刘志丹》指出:"利用小说进行反党活动,是一大发明。"一场有阶级斗争扩大化特征的社会主义教育运动在国内展开。八届十中全会后,时任上海市委书记的柯庆施在1963年初提出"大写十三年",认为只有反映1949年以来的13年的现代生活,才能"帮助人民树立社会主义思想","旧社会只能培养人们自己为自己的自私自利的思想"。继而,姚文元、张春桥进一步发挥,认为只有写社会主义革命和社会主义建设,才是社会主义文艺。"题材决定论"被推向极端。1963年12月12日和1964年6月27日,毛泽东分别作出两个批示,全面否定1949年以来的文艺界,掀起了新的批判高潮。

> 各种艺术形式——戏剧、曲艺、音乐、美术、舞蹈、电影、诗和文学等等,问题不少,人数很多,社会主义改造在许多部门中,至今收效甚微。许多部门至今还是"死人"统治着。不能低估电影、新诗、民歌、美术、小说的成绩,但其中的问题也不少。至于戏剧等部门,问题就更大了。社会经济基础已经改变了,为这个基础服务的上层建筑之一的艺术部门,至今还是大问题。这需要从调查研究着手,认真地抓起来。
>
> 许多共产党人热心提倡封建主义和资本主义的艺术,却不热心提倡社会主义的艺术,岂非咄咄怪事。
>
> 这些协会和他们所掌握的刊物的大多数(据说有少数几个好的),十五年来,基本上(不是一切人)不执行党的政策,做官当老爷,不去接近工农兵,不去反映社会主义的革命和建设。最近几年,竟然跌到了修

正主义的边缘。如不认真改造，势必在将来的某一天，要变成象匈牙利裴多菲俱乐部那样的团体。①

1964年文艺界再度整风，狠抓意识形态领域的阶级斗争。小说《三家巷》《苦斗》《赖大嫂》《陶渊明写挽歌》等，电影《北国江南》《林家铺子》《早春二月》《舞台姐妹》，新编历史剧《李慧娘》《谢瑶环》《海瑞罢官》等被批判。这一时期，社会科学界配合中共中央批判苏联修正主义，在国内批判"合二而一"论、"时代精神汇合"论，对资产阶级人性论、"真实论""有鬼无害"论、"写中间人物"论、"题材问题"的批判，是文艺理论界引人注目的事件，日益强化的阶级斗争思潮弥漫文艺领域。小说《艳阳天》《风雷》，戏剧《千万不要忘记》《霓虹灯下的哨兵》《夺印》，诗歌《重返杨柳村》等一批宣传阶级斗争的作品产生。1964年6月北京成功举办京剧现代戏观摩演出大会，《红灯记》《奇袭白虎团》《智取威虎山》《杜鹃山》等一批现代革命京剧登台亮相。1965年11月上海《文汇报》发表姚文元文章《评新编历史剧〈海瑞罢官〉》，揭开了一场更大的政治风暴的序幕。

三 社会主义现实主义理论建构

20世纪五六十年代，现实主义作为一种主流创作方法、艺术形态和文学理论被提倡，被认为具有改造与重塑作家的世界观、美学观的特殊意义。它在当代指向一种关于社会主义乃至共产主义的新文学形态的构想，包含着非常鲜明的理想色彩。当代文学史家洪子诚指出，当代的现实主义其实构成了一种特殊的文学规范机制，成为文学制度的一个重要方面。②

1942年，毛泽东在《讲话》中阐述文艺界的统一战线问题时，就"文艺界的特殊问题——艺术方法艺术作风"明确表示："我们是主张社会主义的现实主义的。"1953年1月11日，《人民日报》转载了周扬1952年为苏联文学杂志《旗帜》所写的文章《社会主义现实主义——中国文学前进的道路》。文章指出："社会主义现实主义，现在已成为全世界一切进步作家的旗帜，中国人民的文学正是在这个旗帜之下前进。正如中国新民主主义革命是无产阶级社会主义世界革命的组成部分一样，中国人民的文学也是世界社会主义现实主义文学的组成部分。"当年9月，第二次全国文代会召开，会议正式确

---

① 毛泽东：《关于文学艺术的两个批示》，《人民日报》1967年5月28日。
② 洪子诚：《关于五十至七十年代的中国文学》，《文学评论》1996年第2期。

定"把社会主义现实主义方法作为我们整个文学艺术创作和批评的最高准则"①。《苏联作家协会章程》所规定的"社会主义的现实主义"的概念是："社会主义的现实主义,作为苏联文学和苏联文学批评的基本方法,要求艺术家从现实的革命发展中真实地、历史具体地去描写现实。同时艺术描写的真实性和历史具体性必须与用社会主义精神从思想上改造和教育劳动人民的任务结合起来。"②

"理想"与"现实" 现实主义在中国革命文学系统中,始终都与对革命远景的想象相联系,关于革命的"浪漫"的构想与期待,始终牵引着人们对于现实主义的种种论说。这是一个在革命目标规约下企图收纳人们全部的文学表达与想象的话语范畴。它的生成,离不开20世纪中国异常动荡、危机深重的历史,以及艰苦卓绝、严酷曲折的斗争历程,是一种现实功利性与理想化想象相混合的产物。它本质上是政治话语的文学表达,其实践逻辑是,紧紧追随不断前进的革命实践,始终怀着浪漫的革命理想来反映具体的革命现实。"理想主义"(浪漫主义)与"现实主义"相结合,是当代现实主义构想的核心。这种现实主义构想的实践展开,涉及世界观、典型、细节、环境、题材、风格等诸多因素。其中,同"理想"与"现实"的体用关系最具直接关联性的是典型和题材。题材即"写什么"的问题,主要联系着对现实的反映,而现实中最根本的因素是人。因此,再一个关键就是如何根据理想来表现人,即塑造人的典型。也就是通过题材对接现实(并寄托理想),以典型(在与现实的联系中)体现理想,来有效地展开与新时代相呼应,并同时代发展的历史必然性保持高度一致的文学实践。

文学典型与社会主义新人 文学典型是马克思主义文艺理论的一个经典命题,也是左翼革命文学发展过程中一个核心理论问题。在1942年的《讲话》中,毛泽东明确提出革命文学的任务是表现"新的人物、新的世界"。这虽然是就文学题材而说的,但是,关于"新"的强调又具有特殊的典型性指向和要求。"新的人物"与"新的世界"相结合,就构成了"典型环境中的典型人物"这一经典论断的中国化,也赋予了"典型"以特殊的理想化色彩。

1953年,在文艺界学习社会主义现实主义时,周扬专门阐述了"典型"的内涵:"典型是表现社会力量的本质,与社会本质力量相适应,也就是说典型

---

① 周扬:《为创造更多的优秀的文学艺术作品而奋斗——一九五三年九月二十四日在中国文学艺术工作者第二次代表大会上的报告》,《文艺报》1953年第19期。

② 《苏联作家协会章程》(经1935年11月17日苏联人民委员会批准),《苏联文学艺术问题》,人民文学出版社1953年版,第25页。

是代表一个社会阶层,一个阶级一个集团,表现他最本质的东西。"①在革命性、阶级性的根本原则下,以饱含理想色彩的"积极性""先进性""榜样性"来塑造典型人物形象,是当代现实主义典型论的核心。在1960年第三次文代会上,周扬的报告又提出了"创造新英雄人物"。所谓"新",是指这些英雄是"最能体现无产阶级革命理想的人物"。大会决议指出:"全国文艺工作者必须加强艺术实践,努力掌握革命现实主义和革命浪漫主义相结合的艺术方法,表现我们伟大的时代,塑造这个伟大时代的英雄形象。"②

第一次至第三次全国文代会上,关于"典型"的理论设计经历了从"各种英雄模范人物"到"正面的英雄人物",再到"新英雄人物"的变化。把"英雄人物"和"模范"并提,带有更多的与具体工作相联系的意味;用"正面"来修饰,则强化和突出了"英雄人物"的积极与进步特征;以"新"取代"正面",并在"正面"中析出无产阶级性、历史性,则进一步表明了不可阻挡的前进意向与更加纯粹的阶级眼光。这个演进过程反映了在革命性、阶级性原则引导下不断发展的追"新"、创"新"要求,以及当时文艺主流在"典型"规划和设计过程中愈来愈迫切的"理想"焦虑。其发展结果,就是"文革"期间提出的"三突出"原则。

文学题材的政治等级 由于特别注重文学的功利性,特别讲究文学与现实革命斗争相结合,强调文学对具体工作的直接配合,题材即"写什么",在中国当代文学中因此就至关重要。对题材的选择不仅是"写什么"的问题,而且要在与现实的紧密联系中去体现方向性与理想诉求。选择什么样的题材作为创作内容,由《讲话》所提出的"我们的文艺是为什么人的?"这一根本问题所决定。因此,围绕着革命领导者对于人的理解、认识与阶级性分析,文学题材也被划分为不同的类型,并在价值等级上予以明确区分。在阶级性这一根本原则的指导下,按照物质生产决定精神生产、实践决定意识的逻辑,与当前革命及建设工作的实际布局相对应,形成了题材分类的空间维度,有了工业题材、农业题材、军事题材等划分。此外还有一个时间维度,即现实题材与历史题材的划分;历史题材中又有一个特别类型,即革命历史题材。最重要的是,无论从空间分类还是从时间分类,这其中都存在着价值等级的差别。各种题材之间有主要与次要、重大与非重大之分。1964年《文艺报》发表专论《"写中间人物"是资产阶级的文学主张》,对题材问题展开批

---

① 周扬:《在全国第一次电影剧作会议上关于学习社会主义现实主义问题的报告》,《周扬文集》第2卷,人民文学出版社1985年版,第197页。
② 《中国文学艺术工作者第三次代表大会·大会决议》,《中国新文学大系1949—1976第十九集史料·索引卷一》,上海文艺出版社1997年版,第747页。

判。其被批判的根源就在于,当时,刻画"中间人物"形象被认为没有刻画"英雄人物"形象来得重要,所以,如果一个文学作品将"写中间人物"当作自己的主要目标,那么它就不符合社会主义现实主义的标准,就是"资产阶级的文学主张"。

四 批判人道主义、人性论

20世纪五六十年代,阶级论、革命论的文学观念逐渐占据主导地位。五四运动以来众声喧哗、多元碰撞的"人"的文学观念式微。但是,"文艺这种复杂的精神劳动,非常需要文艺家发挥个人的创造精神"①。文学家的个人创造精神,必须依托于对人的多样性、丰富性与复杂性的探求。五四时期"人"的文学的传统在本时期依旧有艰难的赓续。比如胡风倡导的文艺理论中,有着鲜明的鲁迅式的启蒙精神。1956年前后,文学界出现了一股主张写人情人性、张扬人道主义思想的潮流。《论"文学是人学"》(钱谷融)、《电影的锣鼓》(钟惦棐)、《论人情》(巴人)、《论人情与人性》(王淑明)、《刺在哪里?》(秋耘)、《写真实——社会主义现实主义的生命核心》(刘绍棠)、《现实主义——广阔的道路》(何直)、《关于社会主义现实主义》(陈涌)、《论现实主义及其在社会主义的发展》(周勃)、《要不要"干预生活"》(晨风)、《话剧演员要求创作民主》(方焰)、《解除文艺批评的百般顾虑》(黄药眠)、《烦琐公式可以指导创作吗?》(唐挚)等一批文论的出现,表达了对诸如现实主义真实性、典型性、文艺创作中的人情与人性、文艺与生活的关系、世界观与创作方法、文艺生产规律与领导体制、歌颂与暴露、人物性格的塑造等多方面问题的兴趣与论争。钱谷融标举"文学是人学",他认为"作家的对人的看法,作家的美学理想和人道主义精神,就是作家世界观中起决定作用的部分","人道主义是构成人民性与现实主义的必不可少的条件"②。巴人则指出:"我们当前文艺作品中缺乏人情味,那就是说,缺乏人人所能共同感应的东西,即缺乏出于人类本性的人道主义",并深切地发出呼唤:"魂兮归来,我们文艺作品中的人情呵!"③与此相呼应的,是一批以"干预生活"为旗帜的直

---

① 邓小平:《在中国文学艺术工作者第四次代表大会上的祝辞》,《文艺研究》1979年第4期。
② 钱谷融:《论"文学是人学"》,《钱谷融论文学》,华东师范大学出版社2008年版,第49、59页。
③ 巴人:《论人情》,《新港》1957年第1期。
萧乾则更鲜明地标举自由:"一个人说的话对不对是一件事,他可不可以说出来是另一件事。准不准许说不对的话是对任何民主宪法的严重考验……所谓'民主精神',应该包括能容忍你不喜欢的人,容忍你不喜欢的话",但是,"我们目前还不能进一步说,每个中国人都已经有了说话和写作的自由了"。萧乾:《放心·容忍·人事工作》,《人民日报》1957年6月1日。

面现实矛盾的小说、特写、杂文与戏剧,以及把笔触伸向人情、人性,探索人的内心复杂性的创作。这些创作具有一定的新异色彩。一类是直面现实矛盾,大胆"干预生活",突破了长期以来只准歌颂不准暴露的禁区,如《组织部新来的青年人》《改选》《田野落霞》《爬在旗杆上的人》《本报内部消息》等。另一类是突破被长期封锁的不许写人情、人性的禁区,克服公式化、概念化的弊端,把笔触伸向人物丰富复杂的情感世界,如《在悬崖上》《美丽》《小巷深处》《红豆》等小说,以及《布谷鸟又叫了》等话剧。这些具有"异质性"的理论和创作,很快在"反右"运动中受到批判与处罚。提倡"资产阶级人性论""人道主义"成为这些作品的"思想错误"。小说《除夕》(肖平,1958)、《达吉和他的父亲》(高缨,1958)、《英雄的乐章》(刘真,1959)、《归家》(刘澍德,1961)、《亲人》(王愿坚,1957),都因表现人与人之间的爱或爱情而受到批评。1964年,电影《早春二月》《北国江南》《舞台姐妹》中表现出来的"资产阶级人性论""人道主义""修正主义"等受到批判。

第二节 "文化大革命"十年文学思潮

"文化大革命",全称"无产阶级文化大革命",始于1966年5月,结束于1976年10月。这场中国历史上空前的政治运动,是中华民族的历史大灾难,中国文学因此前所未有地遭受了毁灭性的打击。

一 "文革"的策动与过程

1963年12月12日和1964年6月27日,毛泽东针对文艺工作相继作出两个批示。1964年7月2日,毛泽东主持政治局常委会议,决定在文艺界重新开展整风。1965年11月,姚文元《评新编历史剧〈海瑞罢官〉》在上海发表。1966年5月,中共中央政治局在北京召开扩大会议。16日,会议通过了经毛泽东修改的开展"文化大革命"的《中国共产党中央委员会通知》(即"五一六通知"),决定设立以陈伯达、康生、江青为主的中央文化革命小组。一场席卷中国大地的史无前例的"无产阶级文化大革命"迅速爆发。

1966年5月25日,北京大学哲学系聂元梓与另6位教师,在北大食堂张贴了大字报《宋硕、陆平、彭佩云在文化革命中究竟干些什么?》。6月1日,中央人民广播电台向全国广播这份大字报的全文,《人民日报》6月2日以《第一张马列主义大字报》为题全文发表,并配发了《欢呼北大的一张大字报》。全国上下兴起了造反运动。从6月1日起,《人民日报》相继发表社论《横扫一切牛鬼蛇神》《放手发动群众,彻底打倒反革命黑帮》等,号召"把一切牛鬼蛇神统统揪出来斗臭、斗垮、斗倒"。1966年8月,中共中央八届十一中全会在北京举行。8月5日,毛泽东于会议期间写下《炮打司令部——我的一张大字报》,向"刘邓资产阶级司令部"宣战。随后全会于8月8日通过了《中国共产党中央委员会关于无产阶级文化大革命的决定》,即"十六条",全面部署"文革",其中第十六条指出:"毛泽东思想是无产阶级文化大革命的行动指南。"从中央到地方的各级政府、各部门全部陷入瘫痪状态,社会生活的各方面陷入混乱与动荡。

1976年9月毛泽东逝世,10月中共中央粉碎"四人帮",历时十年的"文化大革命"宣告结束。1981年6月27日,中共中央十一届六中全会通过《关于建国以来党的若干历史问题的决议》,指出"一九六六年五月至一九七六年十月的'文化大革命',使党、国家和人民遭到建国以来最严重的挫折和损失。这场'文化大革命'是毛泽东同志发动和领导的"。

二 "文艺黑线专政"论

1966年2月2日至20日,江青以林彪的名义在上海秘密召开了部队文艺工作座谈会,炮制出《林彪同志委托江青同志召开的部队文艺工作座谈会纪要》(简称《纪要》)。4月10日,《纪要》经过毛泽东三次审阅修改后,以中共中央文件的形式传达全党。1966年4月18日,《解放军报》发表题为《高举毛泽东思想伟大红旗,积极参加社会主义文化大革命》的社论,全面公布了《纪要》的观点和内容,次日《人民日报》全文转载[①]。《纪要》主要包括"文艺黑线专政"论、重新组织文艺队伍、彻底否定以1930年代文艺为代表的五四以来中国新文学、破除对中外古典文学的迷信等十项内容,并点名批判了一大批文艺作品。

"文艺黑线专政"论是《纪要》的核心所在。它把建国以来文艺理论方面的代表性论点归纳为"黑八论",即"写真实"论、"现实主义——广阔的道路"论、"现实主义的深化"论、反"题材决定"论、"中间人物"论、反"火药味"论、"时代精神汇合"论和"离经叛道"论,并特别强调:"这些论点,大抵都是毛主席《在延安文艺座谈会上的讲话》中早已批判过的。"《纪要》提出"要重新教育文艺干部,重新组织文艺队伍","坚持进行一场文化战线上的社会主义大革命,彻底搞掉这条黑线"。在全盘否定既有文学成果与传统的基础上,提出要创造"开创人类历史新纪元的、最光辉灿烂的新文艺",要"搞出好样板";在题材上,"要努力塑造工农兵的英雄人物,这是社会主义文艺的根

---

① 1967年5月29日,《人民日报》第一次公开发表了《纪要》全文。

本任务";在艺术手法上,"要采取革命现实主义和革命浪漫主义相结合的方法"。

三 "革命样板戏"运动

1967年5月,在《在延安文艺座谈会上的讲话》发表25周年之际,京剧《红灯记》《沙家浜》《智取威虎山》《奇袭白虎团》《海港》,芭蕾舞剧《白毛女》《红色娘子军》,和"交响音乐"《沙家浜》在北京举行会演。5月31日,《人民日报》发表社论,这八部作品被正式确定为"革命文艺的优秀样板",通常也称作"八个样板戏"。至1974年初澜总结文艺革命成果时,"无产阶级培育的革命样板戏","已有十六、七个了"①,包括现代京剧《龙江颂》《杜鹃山》《平原作战》《红色娘子军》《磐石湾》,现代舞剧《草原儿女》《沂蒙颂》等。按照设计者当时的说法,样板戏的现实功能与历史意义在于,它"直接地为无产阶级文化大革命制造了革命的舆论,成为巩固无产阶级专政,防止资本主义复辟的强大的思想武器。充分认识革命样板戏的意义和作用,是充分认识无产阶级文化大革命的伟大意义的一个重要方面"②。

"样板戏"是长期以来激进的政治文艺思潮达到顶点的产物,是以革命性、阶级斗争学说为核心的社会主义新文艺构造与设计的结果,是当代"典型论"文艺实践中的最典型作品。1968年,《文汇报》发表文章,总结革命样板戏创作经验,明确提出了文艺创作的"三突出"原则,即在所有人物中突出正面人物,在正面人物中突出英雄人物,在英雄人物中突出主要英雄人物。文学为政治服务、为阶级斗争服务被推到了极端。

四 "文革"时期主流文学思潮

"文革"期间,占主导地位的思潮是文化专制主义和文化虚无主义。③ 在实践上是通过"革命大批判"对所谓"资产阶级"实行"全面专政"。这个文学思潮具有四个特点:第一,极端政治功利主义。"文革"期间,文学从属于政治、服务于政治的文艺观念被推向极致,文学被要求成为彻底的、纯粹的阶级斗争理论的符号,成为直接服务于现实政治斗争和运动的工具。第二,极端乌托邦空想色彩。这一时期,一切文学创作活动,都被置于"开创人类历史新纪元的、最光辉灿烂的新文艺"的文化空想之中。塑造不食人间烟

---

① 初澜:《京剧革命十年》,《红旗》1974年第7期。
② 初澜:《中国革命历史的壮丽画卷——谈革命样板戏的成就和意义》,《红旗》1974年第1期。
③ 参见冯牧、王又平:《中国新文学大系1949—1976·文学理论卷·序》,《中国新文学大系1949—1976》,上海文艺出版社1997年版,第23—24页。

火、完全脱离现实,即所谓"高大全"的工农兵英雄人物形象,成为文学创作的根本任务。第三,极端历史虚无主义和文化自闭意识。与极端的乌托邦空想相联系,"文革"中几乎一切优秀的文学成果与传统都被否定、拒绝,无论古今中外,无论1949年之后到1966年之前的中国还是苏联。第四,高度组织化的实践形态。"文革"文学思潮,在现实中是通过政治机器的策动和操作,以前所未有的高度组织化、运动化的方式予以实践的。文学创作本身也被施以合作化生产式的再造。当时,以"破除创作私有"为目标之一的文学创作方式"三结合"(即党的领导、工农兵群众、专业文艺工作者在创作过程中的"结合")被提倡推广。这种"三结合"的创作方法不仅应用于具有综合性、集体性特征的戏剧创作,小说创作也不例外。上海县"工农兵写作组"创作的《虹南作战史》等类似作品应运而生。"三结合"被推广的理由是,"有利于加强党对文艺工作的领导","是造就大批无产阶级文艺战士的好方式",以及"为破除创作私有等资产阶级思想提供了有利条件"。关于"破除创作私有",具体说就是"由于工农兵业余作者的参加,他们也把无产阶级的生产方式和先进思想带进了创作集体",文艺创作"就象他们在生产某一个机件时一样,决没有想到这是我个人的产品,因而要求在产品上刻上自己的名字"。①

浩然的长篇小说《金光大道》(第一、二部)成为新的文学典范。浩然(1932—2008,本名梁金广,祖籍河北宝坻)1956年以短篇小说《喜鹊登枝》初入文坛,1960年代中期至1970年代初陆续出版了多卷本长篇小说《艳阳天》。在阶级斗争扩大化的时代背景下,小说试图表现"新的历史条件下,阶级斗争的新的特点",即"阶级敌人力图采取'打进来'、'拉出去'的方式来篡夺我们的基层的领导权,用'和平演变'的方式来恢复资本主义"②。《艳阳天》是一部将阶级分析创作方法、两条道路写作模式进一步推向极端的作品。从1970年12月开始动笔,历经7年,浩然又创作了近200万字的《金光大道》。这是作者在已经被高度肯定的《艳阳天》基础上的再提高与再冲刺:"从写《艳阳天》的时候认识到我们这个社会主义国家'存在着资本主义复辟的危险性',在写《金光大道》的时候,我进一步认识到'不然的话,我们这样的社会主义国家,就会走向反面,就会变质,就会复辟'。"③《艳阳天》和《金光大道》是"文革"期间最被推重的当代小说。同类作品当时还有《虹南作战

---

① 周天:《文艺战线上的一个新生事物——三结合创作》,《朝霞》1975年第12期。
② 范之麟:《试谈〈艳阳天〉的思想艺术特色》,《文学评论》1965年第4期。
③ 浩然:《学习典型化原则札记》,《天津文艺》1975年第3期。

史》《牛田洋》《矿山风云》《沸腾的群山》《征途》《峥嵘岁月》《飞雪迎春》《激战无名川》等。

五 文学与文学界的浩劫

"文化大革命"中,文学界受到严重冲击。中国文艺界被宣布为"反党反社会主义的修正主义文艺黑线统治","被资产阶级专了无产阶级的政",因而遭受灭顶之灾。正常的文艺组织与工作全面瘫痪甚至停顿。中宣部被称为"阎王殿",周扬、夏衍、田汉、阳翰笙等所谓"四条汉子"被认为是"文艺黑线总头目"。全国各级各类文艺组织及活动全面瘫痪或终止。除《解放军文艺》外,各类文艺期刊,包括《人民文学》《文艺报》《收获》等也被迫停刊。1949年后涌现的歌颂新社会与革命历史的重要文艺作品,几乎无一例外被宣判为"毒草",大加挞伐。如1967年10月人民文学出版社《文艺战鼓》编辑部编辑的《六十部毒草小说在哪里?》,将《青春之歌》《红旗谱》《三里湾》《暴风骤雨》《保卫延安》《红日》等均冠以"毒草"之名。古今中外的优秀文艺成果,包括五四新文学运动以来产生的现代文学作品(尤其是1930年代的作品)几乎全部被否定。现代文学史上的作家中,几乎只有鲁迅在被"改造"后被接受——鲁迅被塑造为"在白色恐怖中彻夜不眠地学习马列主义""坚定地站在毛主席的革命路线上和形形色色的假马克思主义政治骗子进行斗争"的无产阶级的"战士"①。大批优秀作家惨遭迫害。他们被指为"文艺黑线"的"祖师爷""总头目""大红伞""走资派""黑线人物""反党反社会主义分子",或被关进牛棚,或被流放干校,或被投入监狱,身心受到严重摧残,创作权利也被剥夺。第四次文代会期间,1979年11月1日宣读的《为被林彪、"四人帮"迫害逝世和身后遭受诬陷的作家、艺术家们致哀》一文列出的著名文艺家就有二百余人。

六 地下文艺思潮的涌动

"文革"期间尤其是"文革"后期,除了轰轰烈烈的主流文学运动之外,具有异端色彩和叛逆精神的地下文艺思潮也在涌动。这主要表现在两个方面:一是手抄本小说的流行,二是以知青为创作主体的地下诗歌的出现。

"文革"中流行的手抄本小说,影响广泛的有《塔里的女人》(无名氏旧著),该书有近十万册手抄件,在民间流传最广;也有当时新创作的、出自非专业作者的作品,主要有《九级浪》(毕汝协)、《逃亡》(佚名)、《公开的情书》

---

① 石一歌:《鲁迅的故事》,上海人民出版社1973年版。

(靳凡)、《波动》(赵振开)、《晚霞消失的时候》(礼平)和《第二次握手》(张扬)等。这些小说大都表达对现实政治的怀疑与抗拒,和对美好人性及生活的向往,在艺术上则相对简单、粗糙。这些创作,实际构成了新时期"伤痕文学"的先声,后来也被认为是"真正以批判眼光去观察和审视现实,创造出一种与'文革话语'相对峙、相抗衡的新的文学话语"①。

与更多呈现现实主义特征的手抄本小说不同,"文革"期间的地下诗歌具有较明显的现代主义色彩。地下诗歌作者的构成主要有两类:一是"文革"前乃至五四之后就已经开始创作,但在当代陆续被剥夺写作权利的老诗人。诸如后来被称作九叶派的穆旦、唐湜等,以及受胡风事件牵连的牛汉、绿原、曾卓等,和蔡其矫、公刘、流沙河、郭小川等;二是上山下乡运动中在农村插队的一批秘密写诗的城市知识青年。其中较早写诗并有影响的是食指(郭路生,1948年出生于山东朝城)。他之后,在某些知青插队的聚集地还形成了一定的诗歌群落,最著名的是"白洋淀诗群",主要有芒克(姜世伟)、多多(栗士征)、林莽(张建中)、根子(岳重)、宋海泉、方含(孙康)等。此外还有以黄翔为代表,包括哑默(伍立宪)和路茫(李家华)等人的贵州诗人群②。郭路生当年著名的诗作《这是四点零八分的北京》《相信未来》,紧紧抓住了一代人失望与希望相交织的心理。在稍后的"白洋淀诗群"作者笔下,也出现了一些集合着青春的虚无与叛逆、具有特定历史感的现代诗。它们疏离于当时的文学主流,对后来崛起的新诗潮具有先导性的意义。③

研习提升阅读材料

---

① 杨鼎川:《1967:狂乱的文学年代》,山东教育出版社1998年版,第128页。
② 关于"贵州诗人群"的活动,可参阅哑默在《中国大陆潜流文学浅议》(载《方向》1997年)一文中的回忆。
③ 杨健:《文化大革命中的地下文学》,朝华出版社1993年版。

第二章
1950—1970年代小说（一）

第一节 1950—1970年代主流小说

　　1949年之后的中国的文艺格局中，小说和戏剧、散文、新诗一起，进入社会主义文学主导的阶段。这个阶段文艺的指导思想是毛泽东文艺思想，如周扬在第一次文代会上所说，"毛主席的《在延安文艺座谈会上的讲话》规定了新中国的文艺的方向"①。

　　这一时期的文艺思想，首先强调文艺为无产阶级政治服务，为工农兵服务，要求文艺创作歌颂新的政治制度，宣传新的意识形态，反映中华人民共和国的革命与建设进程；其次，提出社会主义现实主义是文艺创作的"最高准则"。而社会主义现实主义就是"以社会主义的观点、立场来表现革命发展中的生活的真实"②；再次，要求以人物塑造为中心的小说创作（戏剧也是）必须遵循"典型化"原则，"典型是表现社会力量的本质，与社会本质力量相适应，也就是说典型是代表一个社会阶层，一个阶级一个集团，表现他最本质的东西"③；最后，什么是这种"典型化"所要求的人物的本质呢？那就是人的阶级属性。毛泽东写于1926年的《中国社会各阶级的分析》，依据经济基础决定意识形态的理论，对中国社会中人的阶级性、革命性或反动性作出了

---

① 周扬：《新的人民的文艺》，《周扬文集》第1卷，人民出版社1984年版，第513页。
② 周扬：《社会主义现实主义——中国文学前进的道路》，《人民日报》1953年1月11日。
③ 周扬：《在全国第一届电影剧作会议上关于学习社会主义现实主义问题的报告》（1953），《周扬文集》第2卷，第197页。

深刻、明确、细致的定位分析①,成为指导中国民主革命与社会主义革命运动的重要文献。"为政治服务""工农兵英雄人物""社会主义现实主义""典型化""本质""阶级性""革命性",成为本时期文艺创作的关键词与中心话语,形成了指导与规约本时期文艺创作的两个核心观念:以阶级论、革命论为核心的"人"的观念,以"为政治服务"为核心的文学观念。"坚决贯彻毛泽东文艺路线"②,是本时期文学创作者的政治责任与中国当代文艺的"天职"。在这里,新文学以来形成的个性主义、人道主义、人性论的现代人文精神,多被判以"资产阶级人性论、人道主义""修正主义"。

在这一理论与体制规范下,延安工农兵文学传统成为当代文学主流,左联革命文学传统也获认可,新文学的自由主义、个性主义传统则被否定、批评。从"旧社会"过来的现代作家群发生了分流。一些受新文学影响的作家,放弃了写作。③ 一些作家为适应时代,一边不断检讨自己,一边尝试着风格、题材的转型。④ 曾经的左联作家在1950年代的政治地位是稳固的,他们也是当代文坛的主力,但张天翼的儿童文学作品《宝葫芦的秘密》已不像《包氏父子》那样是成熟的讽刺艺术;艾芜、沙汀的作品在取材上仍有延续,风格却难以为继。丁玲、萧军、路翎等在1950年代初很快受挫,创作被强行中止。来自延安等解放区的革命作家成为本时期小说创作的中坚力量。他们都来自革命队伍,具有丰富的革命斗争经历和政治斗争经验。这些作家在新的时代发展着"工农兵文学"方向。被体制认可的解放区作家如赵树理、周立波、刘白羽、杨朔、草明、孙犁、欧阳山、柳青、周而复、马烽、康濯等,虽然也会遇到一些创作难题,但还是发表了许多作品。他们很快成为贯彻毛泽东文艺路线的代表,他们的作品成为文坛学习与仿效的标本。中华人民共和国成立后走上文坛的青年作家,大都参加过革命战争或来自生产斗争第一线,积累了丰富的经验与素材。在那个年代,学历与文化素养之于创作的成功

---

① 毛泽东指出:"一切勾结帝国主义的军阀、官僚、买办阶级、大地主阶级以及附属于他们的一部分反动知识界,是我们的敌人。工业无产阶级是我们革命的领导力量。一切半无产阶级、小资产阶级,是我们最接近的朋友。那动摇不定的中产阶级,其右翼可能是我们的敌人,其左翼可能是我们的朋友——但我们要时常提防他们,不要让他们扰乱了我们的阵线。"《中国社会各阶级的分析》,《毛泽东选集》第1卷,人民出版社1991年版,第9页。
② 周扬在中央文学研究所的演讲:《坚决贯彻毛泽东文艺路线》,发表于1951年5月17日《光明日报》。
③ 茅盾撰写长篇的计划终于流产,巴金、老舍曾去朝鲜前线体验生活,前者的短篇小说集(如《我们会见了彭德怀司令员》)与后者的长篇《无名高地有了名》都说不上成功。沈从文从事文物研究;钱锺书专事学术研究;李健吾从事翻译;张恨水的旧派小说是落后的代表,他曾尝试改编《孟姜女》以证明自己弃旧从新;张爱玲、徐讦、梁实秋先后离开中国大陆。
④ 商昌宝:《作家检讨与文学转型》,新星出版社2011年版。

并不重要。这类作家有杨沫、杜鹏程、吴强、梁斌、峻青、冯德英,以及李准、王汶石、王愿坚、茹志鹃、刘绍棠、王蒙、陆文夫、邓友梅、高晓声、方之、林斤澜、刘真、李乔、胡万春、玛拉沁夫等。后者大多在五六十年代崭露头角,成为本时期小说创作的骨干,给当代文坛贯注了新鲜血液。与此同时,一些小说种类也面临困境,19世纪末以后影响最大的言情、武侠小说,在中国大陆文脉渐枯,移师港台得以延续、发展。

本时期,小说作为一种体裁,运用社会主义现实主义创作方法,通过文学形象来叙述、宣扬中国共产党的革命历史与社会主义革命、建设历程,印证中国共产党领导的革命事业的正确性与胜利的必然性,帮助全国人民统一对革命的认识,加强对社会主义革命与建设的认同,增强无产阶级革命的信仰与信心。

小说"写什么"是个颇为重要的问题。为端正创作方向、正确反映社会生活,写出新的世界、新的人物,"民族的、阶级的斗争与劳动生产成为了作品中压倒一切的主题,工农兵群众在作品中如在社会中一样取得了真正主人公的地位"①。知识分子形象在文学作品中除了是作为被批判对象,就是要同工农兵相结合,改造自己;小资产阶级不再在小说中充当主角。题材问题成为检验作品是否"合格"的焦点问题。从对萧也牧《我们夫妇之间》的批判开始,知识分子题材逐渐成为禁区,"反对写重要题材"者如胡风受到批判。但是在这期间,1956年、1957年的探索与松动,1960年代初《文艺报》发表"题材问题"专版,提倡题材多样化,也显示出短时间内创作环境的相对宽松和对题材的适度松绑。

本时期的小说题材及主题,其分类方式与尺度带有鲜明的政治性。文学批评的标准依据的是主流意识形态——毛泽东文艺思想。在现实生活中,共产党领导下的各条战线——工业、农业、军队生活,都是重要题材领域。一般日常生活、人情伦理、儿女情长因与国家主流政治经济生活有距离而不被权威声音认同,所以中国文学传统中占很大比重的写日常与情感生活的小说,在20世纪五六十年代几乎没了踪影。写当前政治运动与中心任务,如抗美援朝、农业合作化、人民公社、大跃进的,因属于重大题材,被高度重视;稍微疏离一点的,是"非重大题材";而远离政治中心的内容便不足道了。写古代生活的小说,因不能为现实政治服务,或者备受冷落,难以为继,或被怀疑借古讽今。

1950年代中期以后(此前的重要作品只有柳青的《铜墙铁壁》、孙犁的《风

---

① 周扬:《新的人民的文艺》,《周扬文集》第1卷,人民出版社1984年版,第514页。

云初记》、杜鹏程的《保卫延安》等),长篇小说创作取得了丰硕的成果,体现了本时期主流小说创作的水准。在文学评论领域,除了阐释与肯定长篇小说中革命历史内容的丰富与政治思想上的深刻,这些作品的艺术形态特征没有被过多揭示,只是在美学上,阳刚、明朗、粗犷、豪迈的风格被一致提倡。

一 革命历史的讲述

近代以来,中国发生了前所未有的巨大变革,尤其是1949年以后中国社会进入了一个不同于以往的新时代,这决定了对革命历史的书写将成为当代文学史上一个具有特殊意义的话语空间。中华人民共和国是怎样建立起来的,中国革命是怎样通过党的领导在曲折艰难中走向胜利的,中国人民如何参与了这样的历史进程,他们身上发生了怎样深刻的变化,关于这些问题的文学表达,不仅联系着那些亲历了历史转折的作家们的自我缅怀,同时也是新的意识形态的证明和标示:社会主义道路无可争议的历史必然性,中国共产党在社会主义革命与建设中的领导地位的合法性。

袁静、孔厥的《新儿女英雄传》(1950)、孙犁的《风云初记》(1951—1963)等率先表现了华北抗日根据地的战斗生活;毛泽东的游击战争思想与深入敌后的传奇性故事的结合,促生了知侠的《铁道游击队》(1954)、刘流的《烈火金刚》(1958)、冯志的《敌后武工队》(1958)、雪克的《战斗的青春》(1958)等风行一时的小说。杜鹏程《保卫延安》(1954)、吴强《红日》(1957)、曲波《林海雪原》(1957)等书写解放战争的作品,具有恢宏的气势、激越昂扬的格调、跌宕起伏的传奇色彩。用大部头写大战役的有1960年代萧玉的《高粱红了》(三部)、柯岗的《逐鹿中原》,以及陈立德写北伐战争的《前驱》,另外还有表现革命者地下斗争生活的《红岩》(罗广斌、杨益言)。反映革命的主要依靠力量农民在革命历史中的成长与命运的,以《红旗谱》为代表,有文学史家称其是"对于革命'起源'的叙述"①。《李自成》(姚雪垠)虽然写的是古代历史,但具有现代农民革命的"前史"意义,也可归入此类。反映革命的非主流力量——知识分子与革命的关系的,以《青春之歌》为代表,另还有《三家巷》(欧阳山)、《小城春秋》(高云览)等。《保卫延安》《红日》追求史诗的形态格局,引领了宏大叙事的创作;《铁道游击队》《敌后武工队》和《林海雪原》则因承传了中国古典小说的传奇特征而拥有广大读者群。王愿坚以一系列短篇小说书写第二次国内革命战争,凝练精粹,悲壮激越,在当时的短篇创作中独树一帜。与中国革命"农村包围城市"的历史道路相关,对革命的领导阶级工人阶级的革命史叙述,没有出

---

① 洪子诚:《中国当代文学史》,北京大学出版社1999年版,第110页。

现有较大影响的作品。

以长篇为主的革命历史小说,成为当代文学中影响广泛、成就较高的一类文体,这时期的一些重要作品,后来被称为"红色经典"。

杜鹏程(1921—1991,原名杜红喜,曾用笔名司马君,陕西省韩城县人)的《保卫延安》(1954),是1949年之后第一部直接表现重大战争历史事件的长篇,冯雪峰当时曾给予高度评价,称这部作品是"够得上称它所描写的这一次具有伟大历史意义的有名的英雄战争的一部史诗的。或者,从更高的要求说,从这部作品还可以加工的意义上说,也总可以说是这样的英雄史诗的一部初稿"①。在这部小说中,作家通过一位随军记者的视角,以周大勇的连队为中心,按时间顺序叙述了青化砭、蟠龙镇、长城线上、沙家店、九里山五大战役,在紧张的战斗节奏中展示了我军通过伏击战、攻坚战、运动战、歼灭战、追击战等战术取得全面胜利的历史过程。小说除了塑造周大勇、李诚、王老虎等英雄典型形象之外,还塑造了高级将领彭德怀的形象。不过,由于不久后的庐山事件,小说"受错误的政治斗争的牵连,一九五九年以后这本书不再印行,一九六三年,下令烧毁这本书"②。

吴强(1910—1990,原名汪大同,江苏涟水县高沟镇人)的《红日》(1957),是继《保卫延安》之后战争历史题材小说的新发展。小说在以俯瞰解放战争全局的高度展现山东战场全景的同时,也把笔触伸到战争的后方、解放军指战员的日常生活及敌对力量方面,呈现出雄伟壮阔、纵横开阔的大气魄和大视野。如果说,《保卫延安》主要是聚焦式的追踪,《红日》则呈现出广角式的总揽;前者在构思上偏重依托时间的进程,后者则拓展出空间的维度,作家的构思与表达,较多受到《三国演义》的影响,即故事的大体轮廓、发展依托(战争)史实展开,但具体的情节、人物则通过虚构来设计和描写。作家在表现我军指挥员时,除了刻画他们革命性的一面,也尝试为其增添儒雅的文人气,还有意着笔点染军长沈振新和黎青的夫妻生活,以及副军长梁波和华静的爱情关系。虽说小说中的女性形象多少只是装点,但在普遍把战争与爱情对立起来的当时,这样的写作还是具有一定突破性的。③ 小说中值

---

① 冯雪峰:《论〈保卫延安〉》,《雪峰文集》第2卷,人民文学出版社1983年版,第258页。
② 杜鹏程:《保卫延安》"重印后记",人民文学出版社1979年版。
③ 这种突破并不符合当时的主流倾向。1960年代初,有文章指出:"作者在塑造这些女性形象时,大多偏重于写她们的爱情生活,较多地写了她们的儿女情长,而对于她们所经受的战争考验、承担的斗争任务,却写得较少,表现得不够有力。因此不能使读者感觉到她们是战争生活中不可缺少的人物,如同在爱情生活中少不了她们一样。"因此"战斗的妇女形象,在《红日》中乃是较弱的一环。作者似乎没有充分实现自己的创作意图。"刘金:《〈红日〉试析》,上海文艺出版社1962年版,第62页。

得称道的,还有对反派张灵甫、张小甫等形象的塑造,作家"刻意地真实地写,把他们当作活人,挖掘他们的内心世界,决不能将他们轻轻放过"①。但是后来,这种写法被批为"美化国民党反动派的形象"。

梁斌(1914—1996,河北蠡县人,原名梁维周)的《红旗谱》(1957)无论在当时还是后来,都堪称一部具有标志性意义的小说,是社会主义现实主义的经典之作。它由三部长篇构成:第一部《红旗谱》(1957,写"反割头税"与保定二师学潮),第二部《播火记》(1963,写高蠡暴动),第三部《烽烟图》(1983,写抗战烽烟四起)。《红旗谱》以大革命失败前后的历史为背景,通过燕赵大地上两家农民三代人的命运与斗争,围绕"反割头税"和保定二师学潮两个中心事件,书写了当时农村与城市革命运动、阶级斗争的阶段性过程。通过朱老忠这一形象揭示出农民与革命之间深刻、必然的联系;他的人生经历体现了农民必然走向革命的历史道路,他的性格发展史,就是中国农民从自发到自觉的革命性的发展史。"他从单枪匹马的复仇进步到去寻党的领导、依靠党的力量,从个人敢怒敢骂、能说能打的反抗走向有组织、有计划、有明确目标的斗争,从一个'慷慨悲歌之士'发展成为一个金刚钻般坚强的布尔什维克……"②小说最富文学色彩的篇章,是对朱老忠的传统性、"旧时代"一面的描写。他在入党以后,性格却陷入了平面化。在文本内,历史发展(性格成长)的过程与历史结果(性格长成)之间,前者在艺术上占据了上风。从朱老巩、严老祥到朱老忠、严志和,再到年轻一代的大贵、二贵、运涛、江涛,这种人物谱系的构造,体现出作家把阶级矛盾和家族关系相综合的构思。作家的叙事焦点在中间的父亲一辈身上。朱老忠性格发展的质变点,体现在把仇人冯老兰扩展为一个阶级的代表来看待,把父仇提高到阶级斗争的高度来认识。虽说小说中运涛、江涛比朱老忠觉悟得更早,但他们的觉悟是从父辈的血缘中遗传而来的,因此,农民走向革命的必然就内化为生命基因、血的根性。对于有着特别深厚的家族、家庭观念,特别重视血缘人伦情感的中国人来说,《红旗谱》的这种构思和表达具有强大的感召力,也特别能够落实"严重的问题是教育农民"这一思想。

在短篇方面较有影响的革命历史小说,是王愿坚、峻青、孙犁、茹志鹃等作家的创作。由于篇幅的限制,这些作品多采用片段式的写法,所以文本中的历史性并不显著,主要体现为一种历史化的思想或情感表达。王愿坚和

---

① 吴强:《写作〈红日〉的情况和一些体会》,《人民文学》1960年第1期。
② 冯牧、黄昭彦:《新时代生活的画卷——略谈十年来长篇小说的丰收》,《文艺报》1959年第20期。

峻青主要通过对艰辛革命岁月的回忆,尤其是通过对革命事迹的讲述,教育人们不要忘记过去,要珍惜今天的幸福生活。风格上,峻青主要呈现英雄主义的浪漫,王愿坚偏于凝练含蓄一路,孙犁、茹志鹃则在一定程度上表现出个体化抒情的叙事风格。孙犁在这一时期延续着自己的诗化抒情特色,但没有能超越他之前的创作水平的作品。

二 社会主义新农村书写

农民是中国革命的主要依靠力量,这一观念在1949年后基本未变。关于"中国的革命实质上是农民革命"、革命文化即"大众文化"等观念,也从战争年代延展到社会主义建设时期,这决定了以农民、农村和农业为描写对象的创作将长期是当代中国文学的中心任务之一。一方面,"深入农村"成为中国当代作家不可推卸的责任与使命;另一方面,由于新时代很多作家来自农村,他们也自觉地把书写农村、表现农民作为展现自己艺术才华的主要方面。关于农村生活的小说因此成为本时期文学图谱中最为厚重的篇章之一。

中华人民共和国成立以来,侧重表现农村生活的代表性作家主要有赵树理、周立波、柳青、马烽、李准、王汶石、浩然等。在身份构成上,既有从解放区来的资深作家,也有1949年后成长起来的新生力量,此外,来自国统区的沙汀、骆宾基等,也在探索着乡土经验的新表达。从取材的地域分布来看,"北方"成为这一时期农村小说的主要艺术资源和表现对象。这与中国革命斗争的发展、解放区的地理分布等历史因素有着直接的关联。当时形成了两个比较突出的作家群体。一个是以赵树理为中心的山西作家群,包括马烽、西戎、束为、孙谦、胡正等,历史上有"山药蛋派"之称。马烽的成绩较显著,重要作品有《我的第一个上级》《老社员》《三年早知道》等。另一个是以柳青、王汶石为代表的陕西作家群。王汶石主要有《风雪之夜》等。此外,周立波结合家乡湖南的乡情民风所展开的创作,也表现出较鲜明的地域特色。

对于这类作品,一个比较通行的描述是农村题材。作家们对于农村、农民的个人文化情感,已经与政治责任统一起来。这时,农村不再是流寓城市的知识分子寄托乡情的载体(如五四时期的乡土文学),更不是与现代文明相隔绝、疏离的凝滞、落后的存在,或是未被现代侵染的精神净土(如沈从文、废名所描写的)。这时的农民,成为作家、知识分子们学习的对象。这一切,决定了当代农村小说明朗向上的审美基调,鲁迅式的沉郁凝重、沈从文式的田园牧歌都不再合乎时宜。同时,与现实阶级斗争的严酷性和复杂性相联系,在凸显"正面力量"和"正确方向"的前提下,表现出一种特殊的严峻和紧张,也是农村题材创作中常有的特征。

赵树理(1906—1970,原名赵树礼,山西晋城市沁水县尉迟村人)是作为实践《讲话》精神的典范性作家走进当代的。1940年代,他就被周扬称为"一个在创作、思想、生活各方面都有准备的作者,一位在成名之前已经相当成熟了的作家,一位具有新颖独创的大众风格的人民艺术家"①。中华人民共和国成立后,赵树理延续着自己扎根于农村生活而形成的问题小说意识,淳朴自然、通俗晓畅的写作风格,以及立足于朴素的道德情感来观察农村新旧变化的艺术视角。1950年在《说说唱唱》上发表的《登记》,是赵树理在1949年之后的第一篇小说。这部作品以新婚姻法颁布为背景,用轻快幽默的笔调,讲述了两对农村青年男女在登记结婚过程中所遭遇的波折,显示出时代更迭中农村新旧观念之间的矛盾冲突。小说表达了赵树理对于农村进步趋势的理解,但进步又不可避免地面临着种种阻力。在他笔下,阻力并不呈现为剑拔弩张的斗争,落后的观念固然存在,但表现出来也只是一点小私心、小算计。深入到农民生活的现实,揣摩他们的人情和心理,对的,热情肯定,不对的,在批评的同时也抱一份同情和理解;追求一种朴素真切又不失幽默感的风格,这是他观察和表现农村、农民的独特方式。1955年,赵树理创作了当代文坛第一部反映合作化运动的长篇小说《三里湾》。小说的整体构思基本遵循了社会主义与资本主义两条道路斗争的模式,通过分析斗争过程中不同阶级的人的不同表现,反映不可抗拒的时代发展趋势。农业生产合作化过程中必然还存在有侵蚀作用的、"离心力"的人物,在他的笔下,梦想个人发家致富的老中农马多寿("糊涂涂")、一心一意想着自留地的范登高("翻得高"),还有顽固自持的"能不够"、胡搅蛮缠的"常有理"、尖酸刻薄的"惹不起"等几个落后人物,是刻画得最为鲜活、最有生活气息的形象。1958年的《锻炼锻炼》是他又一部影响较大的作品。这篇也是以农业合作化为表现对象的小说,读来最吸引人的是它极具生活气息的喜剧色调,尤其表现在对两个落后妇女"小腿疼""吃不饱"的描写中。但在《锻炼锻炼》的幽默嘲讽背后,也有一种难以言传的心酸和郁愤。早在写作《三里湾》的过程中,赵树理就已经充分认识到,合作化所带来的并非只是一片光明。因此《锻炼锻炼》是以曲笔写真话的产物。作家内含于其中的情感相当复杂,虽然他对"小腿疼""吃不饱"的懒惰自私投以严厉的讽刺,但在内心

---

① 周扬:《论赵树理的创作》,原载1946年8月26日《解放日报》,引自《周扬文集》第1卷,人民文学出版社1984年版,第486—487页。

深处又不是没有一些理解和同情。在他笔下,代表先进力量的杨小四等人,不免有诱罪整人的意味,这源于赵树理从生活中得来的认识;这"是没有把群众当成'人'来看待的"。这篇小说很快招来不满,被定为写"中间人物"的"黑标本",赵树理因此不断遭到批判,最终被迫害致死。①

与其说作者在歌颂这种类型的社干部,倒不如说是对整个社干部的歪曲和诬蔑。

(武养《一篇歪曲现实的小说——〈"锻炼锻炼"〉读后感》)

李准(1928—2000,蒙古族,河南孟津县人,后署名李凖)当时主要致力于短篇小说创作。1953年,年仅25岁的他发表了第一篇小说《不能走那条路》,一举成名。《不能走那条路》在农业合作化初步展开的背景中,非常及时地用形象化的方式,否定了梦想发家致富的传统小农观念,有力地配合了新的经济政策的落实。次年1月26日,这篇小说被《人民日报》转载,并配发"编者按"予以较高评价:"这篇小说,真实、生动地描写了几个不同的农民形象,表现了农村中社会主义思想对农民自发倾向进行斗争的胜利。这是近年来表现农村生活的比较好的短篇小说之一。"在1956年这个"百花年代",李准也创作了暴露阴暗面的《芦花放白的时候》《灰色的帆篷》,不久受到了严厉的批评。随着大跃进的到来,作家及时调整了自己的方向,以《夜走骆驼岭》《贵宾来了》等作品参与到时代的潮流中。能够比较充分地体现那一时期李准创作水准的,主要是他稍后写出的《李双双小传》《耕耘记》等。尤其是《李双双小传》(1960),特别受到好评,是作家的短篇小说代表作。小说通过叙写李双双和喜旺夫妻间的日常生活,以朴素活泼又不失风趣的笔调,塑造了一个正在成长的新型农村妇女形象,透露出人民公社运动背景下新人新事风起云涌的时代面影。《李双双小传》当时曾被改编为同名电影,轰动一时,超越了时代的局限,成为一部有艺术生命的喜剧片。

周立波(1908—1979,原名周绍仪,湖南益阳人)是1930年代就参加了左联的资深作家,他1948年完成的土改题材长篇小说《暴风骤雨》,荣获1951年斯大林文学奖,是解放区新文艺的代表性作品之一。1949年后,周立波首先创作了工业题材的长篇小说《铁水奔流》,不过,他更熟悉也更擅长表现的,还是农村生活。1958年的《山乡巨变》是周立波在当代最重要的作品。这部小说在构思和观念上和当时大多数反映农业合作化运动、揭示两条路线斗争的作品没有太大区别。与赵树理、柳青的创作相类似,在人物形象方

---

① 董之林:《关于"十七年"文学研究的历史反思——以赵树理小说为例》,《中国社会科学》2006年第4期。

面,周立波塑造最成功的是落后农民盛佑亭(绰号"亭面糊")的形象。这一在20世纪五六十年代并不偶然的现象,在相当程度上说明了政治理念与生活及艺术之间的错综关系。《山乡巨变》不以雄浑高亢、轰轰烈烈取胜,而是用秀丽清澈、纯净自然的笔调展现了作家家乡潇湘山水的风景画与风俗画,充盈着隽永诗意。在当时农村生活题材以北方为中心的整体格局中,周立波的创作丰富了这一类型文学的地域色彩与文化地理构成。

此一时期,短篇小说和长篇小说一样受到重视;短篇能迅速、敏捷地反映生话,及时配合中心政治任务。本时期涌现了一大批短篇小说作家,赵树理、孙犁、李准、马烽、西戎、束为、王汶石、峻青、王愿坚、茹志鹃、林斤澜、刘澍德、玛拉沁夫、胡万春、唐克新、陆文夫、刘绍棠、刘真等人的作品,是这个历史阶段特有的成就。在这个时期,短篇小说家更多地关注当代政治、经济生活现实,塑造人物形象的着眼点也是他们在政治经济生活中的态度与行为。只能歌颂,不能暴露,作为本时期文学创作的新规范,对本来可能多样化的短篇小说创作同样适用。短篇小说的新变,体现在随着时代形势、文艺思潮的变化,小说家们小心拓展艺术表现的空间,谨慎尝试美学创造的有限多样性。短篇小说样式特征和创作手法问题受到过较多的重视,茅盾、赵树理、魏金枝、艾芜、沙汀、骞先艾、骆宾基、周立波、孙犁、欧阳山等都曾就此发表过意见。中国作协也曾召开专题会议讨论短篇小说创作问题(如1962年在大连召开的"农村题材短篇小说创作座谈会";1957年《文艺报》组织的短篇小说笔谈)。这些讨论除了明确上述的短篇小说的功效外,对它的艺术形态的探讨也有所建树。①

1962年毛泽东提出"千万不要忘记阶级斗争"后,小说创作中的阶级斗争意识被进一步强化。陈登科《风雷》(1964)、浩然《艳阳天》(第1卷于1964年出版,第2、3卷于1966年出版),都以反映农村中"两个阶级、两条道路的斗争"为主题。金敬迈《欧阳海之歌》(1965)写新时代的部队生活,因塑造了无产阶级英雄人物形象而获得郭沫若等人的称赞。

与"农村"被置换为"农业"的话语逻辑相一致,此时关于城市的文学书写也自然以表现工业建设为中心。新时代工业建设作为一项伟大事业吸引着很多作家。《铁水奔流》(周立波)、《五月的矿山》(萧军)、《百炼成钢》(艾芜)、《乘风破浪》(草明)、《在和平的日子里》(杜鹏程)等,是这方面的主

---

① 如论述短篇小说的"横断面"特征,重视构思剪裁的技术要求,典型性与个性化问题,细节描写与人物塑造,以及如何吸收中国古典小说的艺术技巧,关于茹志鹃创作风格的讨论等,都是有理论建构意义的思考。

要收获。受制于观念的约束与生活积累的薄弱,此类创作没有取得更大的成绩。周而复的《上海的早晨》(第一、二卷分别出版于1958年和1962年,1980年出齐四卷)是本时期为数不多的都市题材作品,在反映改造资本主义工商业这一重大历史变革的同时,也涉及对都市状态、资本家的日常生活与经济活动,以及城市主体的历史置换的描写。

第二节　柳青　杨沫

柳青(1916—1978,陕西吴堡县人,原名刘蕴华),1947年出版了长篇小说《种谷记》,1951年出版了《铜墙铁壁》。《创业史》原计划写四部,第一部写互助组,第二部写初级社,第三部写两个初级社,第四部写高级社。1960年出版第一部,"文革"后修改完成了第二部的上卷和下卷前四章。《创业史》是当代农业题材小说的标志性作品。关于这部小说的创作意图,柳青说:"这部小说要向读者回答的是:中国农村为什么会发生社会主义革命和这次革命是怎样进行的。回答要通过一个村庄的各阶级人物在合作化运动中的行动、思想和心理变化过程表现出来。"小说描写了陕西渭河平原下堡乡蛤蟆滩互助组的建立、巩固和发展历程。蛤蟆滩的互助合作实践,"是以毛泽东思想为指导思想的一次成功的革命,而不是以任何错误思想指导的一次失败的革命"[①]。

小说第一部通过活跃借贷、买稻种、分稻种、进山割竹子、新法栽稻等事件,逻辑严密地组织起错综的矛盾线索。柳青的叙事逻辑主要是依据当时的政策文件,来形象地演绎农村关系。《创业史》艺术地呈现出农村中无产阶级与资产阶级两种思想、两个阶级、社会主义与资本主义两条道路的斗争。作者把这场斗争的对立面设置为三股力量:一是以富裕中农郭世富为代表——农村中走资本主义道路的自发势力;二是反动富农姚世杰——暗藏的阶级敌人(站在郭世富背后施展阴谋破坏合作社);三是郭振山——党内走资本主义道路的代表人物。青年农民、共产党员梁生宝代表无产阶级的先进分子,他带领高增福等贫雇农走"共同富裕"道路。

《创业史》问世后,得到了广泛好评,评论界普遍认为,这是一部反映农业合作化的"史诗性""纪念碑"式的创作。

[①] 柳青:《提出几个问题来讨论》,《延河》1963年第8期。

真实地记录了我国农村在土地改革和消灭封建所有制以后所发生的一场无比深刻、无比尖锐的社会主义革命运动的作品。

一种崭新的性格,一种完全是建立在新的社会制度和生活土壤上面的共产主义性格正在成长和发展。

(冯牧《初读〈创业史〉》)

柳青对现实的把握过多依赖时代政治的规范,悉心领会"上级指示"则转移或替代了独立思考。结果导致《创业史》出现众所周知的内在矛盾:既表现了生活真实又存在概念化和部分虚假的问题。

(李运抟《中国当代文学与伪现实主义》)

能否深广地反映历史和现实的本质,创造出体现时代发展必然性的英雄人物,是衡量社会主义现实主义文学的最高标准。《创业史》所得到的肯定,①意味着它此时被视为新文学方向的成功实践,柳青正确地解决了他之前的"典范"赵树理所未能解决好的问题,即新时代中农村生活与农民的新旧关系问题。

《创业史》的独特性在于,它一方面严格按照阶级分析、两条路线斗争的观念来提炼主题、组织材料、设置人物关系、安排情节发展,另一方面又比较充分、自然地融入了浓郁的生活气息、鲜明细腻的人物刻画,比较好地实现了政治与艺术的结合。因此,在强调一切以政治为中心、文学为政治服务的时代,它得到很高的评价。这同 1940 年代赵树理被树为"典范"一样,是出于同一个评判体系。由此产生的一个重要问题是,当小说所依存的政治环境发生了变化,当家庭联产承包取代合作化,当年的政治正确性已经不复存在之时,小说的艺术性是否还能成立?如果能成立,那么是在什么意义上、在多大程度上成立?这个问题显然不仅仅是针对柳青和《创业史》,对于 1950—1970 年代文学来说,它是一个根本性的问题。后来,围绕《创业史》以及那个年代的其他一些著名作品所产生的种种争论,关键点都在这里。

1960 年 12 月间,邵荃麟在《文艺报》一次会议上说:"《创业史》中梁三老汉比梁生宝写得好,概括了中国几千年来个体农民的精神负担。"②这种看法,严家炎当时表达得更加充分。他的观点是:"梁生宝在作品中诚然思想上最先进。但是,作品里的思想上最先进的人物,并不一定就是最成功的艺术形象。作为艺术形象,《创业史》里最成功的不是别个,而是梁三老汉。这样说,我以为并不是降低了《创业史》的成就,而正是为了正确地肯定它的成就。梁三老汉虽然不属于正面英雄形象之列,但却具有巨大的社会意义和

---

① 冯牧:《初读〈创业史〉》,《文艺报》1960 年第 1 期。
② 邵荃麟 1960 年 12 月在《文艺报》组织的会议上的发言,引自《文艺报》编辑部:《关于"写中间人物"的材料》,《文艺报》1964 年第 8、9 期合刊。

特有的艺术价值。"①对于对梁三老汉这个人物形象的肯定,柳青并未表示异议。但由此带来的对梁生宝这个人物形象的质疑,是他所不能接受的。② 不过,在当时的语境中,如何评价梁生宝这一形象,关系到《创业史》与社会主义现实主义("两结合")文艺方向(理想)一致的程度,是决定作品价值的根本点。因此,柳青的反应作为一种历史性存在,是可以理解的,这出于他的真诚而坚定的信仰。③ 在当时的环境里,在与梁生宝的比较中去肯定梁三老汉这个形象,就意味着对新的文学方向的否定。所以,"中间人物论"者后来遭到批判。而且,由于梁三老汉这个"中间人物"形象,创造他的作家最终也未能幸免于厄运。

在小说中,作者对"新的英雄"梁生宝形象的塑造,是通过对他的人性的提纯和简化来实现的。梁生宝的英雄性与人性的关系,从他的爱情生活中可见一斑。当那个长着"白嫩的脸盘""扑煽扑煽会说话的大眼睛""总会使生宝恋恋难忘"的徐改霞主动表达心迹,等待生宝的搂抱亲吻时,作者进行了如下描写:

> 共产党员的理智,在生宝身上克制了人类每每容易放纵感情的弱点,他一想:一搂抱,一亲吻,定使两个人的关系急趋直转,搞得火热。今生还没真正过过两性生活的生宝,准定一有空子,就渴望着和改霞在一块。要是在冬闲天,夜又很长,甜蜜的两性生活有什么关系?共产党员也是人嘛!但现在眨眼就是夏收和插秧的忙季。他必须拿崇高的精神来控制人类的初级本能和初级情感。……考虑到对事业的责任心和

---

① 严家炎:《谈〈创业史〉中梁三老汉的形象》,《文学评论》1961年第3期。梁三老汉形象刻画的成功之处,"在于一方面按照生活实有的样子,充分写出了他作为个体农民在互助合作事业发展过程中曾经有过怎样的苦恼、怀疑、摇摆,有时甚至是自发的反对,另一方面,又从环境对人物的制约关系中充分发掘和表现了梁三老汉那种由生活地位和历史条件所决定的终于要走新道路的必然性,从而相当深刻和全面地揭示了生活发展的辩证法"。关于梁生宝的形象刻画则存在着"三多三不足"的局限性:"写理念活动多,性格刻画不足(政治上成熟的程度更有点离开人物的实际条件);外围烘托多,放在冲突中表现不足;抒情议论多,客观描绘不足。'三多'未必是弱点(有时还是长处),'三不足'却是艺术上的瑕疵。"见严家炎《关于梁生宝形象》,《文学评论》1963年第3期。

② 柳青的辩护理由是:"我要把梁生宝描写为党的忠实儿子。我以为这是当代英雄最基本、最有普遍性的性格特征。在这部小说里,是因为有了党的正确领导,不是因为有了梁生宝,村里掀起了社会主义革命浪潮。是梁生宝在社会主义革命中受教育和成长着。小说的字里行间徘徊着一个巨大的形象——党,批评者为什么始终没有看见它?"《提出几个问题来讨论》,《延河》1963年第8期。

③ 柳青:"我们的文艺工作者要热爱这个制度,要描写要歌颂这个制度下的新生活。我写这本书就是写这个制度的新生活,《创业史》就是写这个制度的诞生的。"《在陕西省出版局召开的业余作家创作座谈会上的讲话》,《延河》1979年第6期。

党在群众中的威信,他不能使私人生活影响事业。他没有权力任性!他是一个企图改造蛤蟆滩社会的人!

虽然,作家写到了"没真正过过两性生活"的生宝面对心上人主动示爱时可能存在的弱点,但他坚决地凭借"崇高的精神"去"控制"住了自己的"初级本能和初级情感"。

如果说,《红旗谱》形象地论证了农民——革命的主力同盟军——与革命之间天然的血缘联系,那么,1958 年问世的《青春之歌》(作者**杨沫**,1914—1995,生于北京,祖籍湖南湘阴,原名杨成业)则是演绎知识分子——革命的非主流力量——如何走上革命道路的曲折与必然。

《青春之歌》出版后成为最畅销的小说之一,一年半时间售出 130 万册。1959 年小说被改编成电影(上、下集),作为建国十周年献礼片,风靡全国。

《青春之歌》是一部探索民主革命时期青年知识分子人生道路问题的长篇小说。知识分子的人生道路选择,一直是 20 世纪中国社会运动的中心之一,更是中华人民共和国成立以后社会革命的重要问题之一。《青春之歌》以林道静的人生轨道为主线,富有层次地呈现了她的成长,细致入微地描写了她告别"旧我"的复杂心路历程,塑造了一个从追求个性解放到投身社会革命,在革命斗争中实现人生价值与生命意义的中国青年知识分子形象;并且通过对不同青年所走的不同人生道路的比较,揭示一个人的青春应如何度过:只有告别小资产阶级的个性解放,接受中国共产党的领导,学习革命理论,参加社会斗争,与工农相结合,才能让青春发出灿烂的光辉,才是知识分子的正确选择。与《红旗谱》中朱老忠的性格发展的逻辑相一致,《青春之歌》是通过对林道静的青春成长的叙述来展开叙事的。小说通过久违了的左翼革命文学的"革命+恋爱"模式,把林道静的情感生活与革命性成长融合在一起,通过她与"胡适派"分子余永泽、共产党人卢嘉川和江华之间的爱情变迁,形象地昭示了中国现代知识分子应走的革命人生道路。

小说开始时对林道静出场的一段描写,①充满隐喻色彩:这位一身洁白、孤身上路的年轻女性,将在后来的人生路途中被涂抹上怎样的色彩?小说交代了林道静的身世:"我是地主的女儿,也是佃农的女儿,所以我身上有白

---

① "这女学生穿着白洋布短旗袍、白线袜、白运动鞋,手里捏着一条素白的手绢,——浑身上下全是白色。她没有同伴,只一个人坐在车厢一角的硬木位子上,动也不动地凝望着车厢外边。"杨沫《青春之歌》,人民文学出版社 1961 年版,第 3 页。

骨头也有黑骨头。"生来的血仇，后来屈辱的成长经历，"培养了她的有反抗性有理想的性格"，而并不纯粹的双重阶级血统，也决定着她走出家庭后的道路不会一帆风顺。这构成了林道静青春成长史的序幕。

她起初的弯路，是与北大学生余永泽之间一段不该发生的爱情。对于茫然失路的单纯女青年林道静来说，救她于危难的余永泽，首先以骑士兼诗人的风度和才学折服了她。但婚后的单调家庭生活，使这位耽于幻想、不甘平庸的女性渐感沉闷和压抑。"迷人的爱情幻成的绚丽的虹彩，随着时间渐渐褪去了它美丽的颜色。"两人间的裂痕始于家里的老佃户魏老三除夕夜来求乞。原本眼中"温存多情的大学生"所表现出的地主阶级的冷酷本性，使林道静看清"这满嘴仁义道德的人，对待穷人原来是这样！"这里作者对余永泽作出了与阶级地位相联系的道德宣判。再加上余永泽终日埋首于故纸堆，只计个人功名，以胡适为崇拜偶像，就这样作者完成了对他的思想的彻底否定。

就在幻梦渐渐褪色的过程中，林道静遇到了另一位北大学生、共产党人卢嘉川。她苦闷的心灵一下子被打开，在卢的教育之下，"她常常感受的那种绝望的看不见光明的悲观情绪突然消逝了；于是，在她心里开始升腾起一种渴望前进的、澎湃的革命热情"。爱情的天平渐渐发生倾斜。待到余永泽拒绝掩护被追捕的卢嘉川，致其被捕遇害后，林道静与余永泽彻底决裂。

从迷茫中误入弯路，又渐渐自发地有所觉醒，再经由共产党人的教育、引导和示范，寻找到新的精神方向，至此，林道静在精神层面上完成了自己的青春成长。于是，下一步的发展是，走到革命的实践中去，砺炼革命意志，提高革命觉悟。卢嘉川已经牺牲，这时，林道静的又一位"导师"出场，这就是同样曾是北大学生的江华。江华作为定县中心县委书记，直接领导和指导林道静参加农村革命斗争。此后，林道静又在狱中受到女共产党人林红的教育。出狱后，她成长为一个成熟坚定的革命者，走在北大学生示威游行队伍的最前列。在成长的过程中，林道静也渐渐萌生对江华的爱情，当江华说出"道静，我想问问你——你说咱俩的关系，可以比同志的关系更进一步吗？"之后，她曾经迷失的身心全部投入爱人同志的怀抱。——林道静最终完成了身体与心灵的全面脱胎换骨。

与其说《青春之歌》是知识分子林道静的成长小说，不如说是一部关于知识分子改造的小说。小说情节的重点在描写林道静告别"旧我"——个人主义与个性解放。她弃余投卢——弃个人主义、投马克思主义的人生道路，就是对五四时期所提倡的个性主义、个性解放思想的彻底否定。这在当时乃是时代思想的形象体现。余与卢、江之间的分野，实际上显示出五四运动高潮之后中国知识分子的分化，即以胡适为代表的自由知识分子与左翼革命知识分子这两个不同阵营。余永泽选择的是追随胡适,卢嘉川和江华则走向了马克思主义、走向了党。小说以明确的政治意识和情感倾向论证了这一点。余永泽灌输给林道静的是一套个人主义、爱情至上的观念,他谈起的都是易卜生、拜伦、雪莱等"资产阶级"的文学经典;而卢嘉川借给林道静的则是革命书籍,诸如列宁的《国家与革命》、高尔基的《母亲》等。作家把林道静置于历史分流的时空中,鲜明地标示出中国知识分子应该走哪一条革命道路。在1949年后的政治环境中,这是作者重新对五四新文化运动的方向作出政治评判。

小说也勾勒了其他几个青年知识者的形象,除了追名逐利、庸俗卑琐的余永泽,还有曾经徘徊犹疑、终究觉醒的王晓燕,纵欲虚荣、沉沦堕落的白莉萍,丧失脊梁、背叛革命的戴愉,等等,他们分别代表着当时知识分子的各种类型,都是主人公的形象与人生道路的反衬、陪衬。小说否定了余永泽等人的选择,肯定了林道静的道路,证明了从个人主义到集体主义,从个人英雄式的幻想到参加阶级解放的集体斗争,从崇尚个性解放到学习革命理论,接受共产党的领导,投身以工农大众为主体的革命事业,获得真正的生命价值,是一个当代中国知识分子的改造过程。

令人深思的是,在当时,这一改造本身也是要"再改造"的对象,而且一改再改。小说出版后,杨沫备受指责:"作者是站在小资产阶级立场上,把自己的作品当作小资产阶级的自我表现来进行创作的",林道静的"思想感情没有经历从一个阶级到另一个阶级的转变",她"没有认真地与工农群众相结合"。① 其时,评论界指出的,本书中对小资产阶级知识分子精神转变的描写与这一转变的不彻底,相当有威胁地击中了杨沫。1960年出版的修改本,杨沫删掉了一些对小资产阶级个人感情的描写,增加了与工农相结合、参加领导学生运动的内容,以示林道静的成熟。

第三节 探索生活的边缘

与主流意识形态紧密配合,反映重大的时代主题,是1950—1970年代文学的整体面貌。不过,由于文学自身天然存在的个体化写作方式,在思想文化规范相对松动的一些特殊时段里,部分文学创作与主流之间也呈现出一定程度的游离,个人化的体验和思考有所活跃,试图对当代生活做出别样的

---

① 郭开:《略谈对林道静描写中的缺点——评杨沫的小说〈青春之歌〉》,《中国青年》1959年第2期;《就〈青春之歌〉谈文艺创作中的几个原则问题——再评杨沫同志的小说〈青春之歌〉》,《文艺报》1959年第4期。

探索。这类文学比较集中地出现在1956—1957年"百花"时代和1960年代初的调整时期,主要表现为在"干预生活"口号下揭示社会矛盾,书写人情人性,以及依托历史人物与故事曲折地表达个体思考。

一 直面生活的矛盾

由于"双百"方针的提出,同时也由于受到苏联"解冻"思潮的影响,1956—1957年间,文坛出现了一批以"干预生活"为目的,直面社会矛盾、揭露阴暗面的作品,体裁上有小说、特写、杂文、戏剧等。这些作品所触及的,主要是官僚主义、形式主义,也涉及新的时代背景下人与人之间的矛盾关系问题。

在小说领域,孙谦1956年初发表的《奇异的离婚故事》[①],"是较早有'干预生活'表现意向的作品。在一定意义看,小说中的故事是传统戏剧《铡美案》的当代版。作品描写某机关办公室主任于树德进城后想抛弃乡下的'黄脸婆',另寻新欢,结果不但他城里的'爱情'破产了,原女友陈佐琴一纸诉状将他告上法庭,他在单位受到撤职处分,家乡的妻子也和他离婚了"[②]。这个故事将城乡结构与家庭关系相结合,以展开对新的人际矛盾及文化冲突的思考。在1951年发表的萧也牧的短篇小说《我们夫妇之间》那里,李克和张同志之间虽然产生了相当尖锐的冲突,却能够理想化地达成和解,"知识分子和工农结合的典型"最终还是成立的;但在1956年前后"百花齐放"的时代氛围中,作家们更倾向于以激化的方式来解决矛盾。尽管与《我们夫妇之间》相比,《奇异的离婚故事》在书写人情的绵密上略显逊色,但那种鲜明的讽喻意向,则透露出一种直面现实的批判意识。

耿龙祥的《明镜台》也是写新社会里的人际矛盾。这篇小说捕捉了一干部家庭某天里的一个生活片段。"我"在为厂里的墙报"明镜台"写稿时,思绪飘飞到战争年代掩护过"我"的"妈妈"——一位不相识的穷苦老大娘那儿。此时,妻子正在为刚满周岁的宝宝打着第四件毛衣,保姆哼着儿歌哄宝宝睡觉,保姆六岁的女儿阿早出门替宝宝取牛奶了。时间渐渐晚了,保姆想去迎迎还未回来的阿早,却被妻子一口拒绝。于是,保姆的儿歌又哼唱起来。时间过了许久,保姆又提出要去找阿早,但再一次被拒绝。儿歌又再一次哼起来。忽然,一位干事冲进门来报告说,一个小姑娘掉下河沟了。保姆一声不响地冲出房门,妻一边哄着宝宝,一边询问道:"那个小姑娘手里拿没拿奶瓶?这要真是阿早,我们宝宝明早上吃什么呢?"……作家没有直接刻

---

① 刊于《长江文艺》1956年第1期。
② 董之林:《旧梦新知:"十七年"小说论稿》,广西师范大学出版社2004年版,第92—93页。

画保姆的心理,却通过她温柔的儿歌中字眼的变化①,不动声色地透露其内心的焦灼。小说在一种低回婉转的情调中,表达了严肃的思考。从构思意向上说,这部作品主要是通过今昔对比,来书写革命胜利后不能忘本这一习见主题,但客观上也揭示出,在穷人翻身做了主人的新社会里,已经出现了新的人与人之间的不平等,以及由此形成的冷漠。在以歌颂为主的当时,这种暴露所包含的批判性,是犀利的。

李国文的《改选》是一篇锋芒直指官僚主义、形式主义的小说。在某厂工会,兢兢业业踏实工作、为大家谋福利的老郝,身份从工会主席、副主席再到普通委员,逐渐沦落,但毫无怨言。不过,在经历了一次次的坎坷后,不服老的老郝渐渐变了:"他老了。背驼了,腰弯了,仅剩下的数茎头发,也如银丝般的白,但是他的心没有衰老,仍如先前那样激情澎湃。不知为什么,碰上这些常常在当面或背后指责他的人,他就变得缄默、拘谨甚至惶恐起来。"步步高升、取代了老郝的现任主席,则是一位"样板"狂,特别善于贯彻领导意图,其主要工作内容就是整理汇报材料。工会换届时,老郝被排除在候选名单之外。但在神圣的选举中,群众终于爆发了,"全场像一堆干草着火似的"。迫于压力,老郝被增补为候选人。最后,老郝获得了压倒性的选票,雷动的掌声响起,但就在这时,没有任何人发觉,老郝已经安静地在会场中死了。如果说《明镜台》是以静写动,以温情反衬残酷的冷漠,《改选》则是以动写静,在轰轰烈烈的喧嚣中画出一个逐渐被磨杀的坚强灵魂。老郝之死的祸首当然是形式主义的官僚作风,虽然群众的力量扭转了这种歪风,但树还是倒下了。在此意义上,小说所揭示出的问题,是令人震惊的。这是一篇悲剧性的作品,按照"悲剧是将人生有价值的东西毁灭给人看"的观念,任何悲剧其实都是基于一种绝不放弃的理想情怀。这一点,《改选》没有例外,老郝的死并未消解选举的神圣性。小说中以无名状态出现的大多数的群众,是作者寄予着希望的所在。

在"干预生活"的作品中,王蒙的《组织部来了个年轻人》②影响最大。它细密深刻地探索了体制与人的复杂关系。小说当年发表后,曾激起强烈反响,甚至"竟引起了一场国内外都很关注的轩然大波。《文艺学习》从1956年12月开始,用了整整四个月时间,连续发表了作家、评论家、党政干部、大

---

① 小说中的三段儿歌依次是:其一,"北风阵阵紧,白雪满天飞,阿姨怀中暖,宝宝睡觉喽";其二,"北风吹倒树,白雪盖大路,阿姨望阿早,宝宝睡得好";其三,"北风绞白雪,白雪结成冰,阿姨心发冷,宝宝睡得稳"。

② 该小说初发表时编辑部作了改动,并改题为《组织部新来的青年人》。这里的讨论,除特别说明外,均依据作者原稿。

学生等各方人士的大量文章,不论是毁是誉,态度都异常激烈"①。《人民日报》《光明日报》《文汇报》《中国青年报》《北京日报》等也都刊登了讨论文章。而且,"在某些机关和学校里,人们在饭桌上、在寝室里都纷纷交换着各种不同的意见"②。1957年《文艺学习》第3期发表的"编者的话"对于当时的各方意见有一个较全面的总结。部分否定者认为小说"完全是歪曲现实,歪曲了我们的老党员老干部的面貌,并且污蔑了我们整个党和党中央";肯定者对之"进行了全面的无保留的歌颂,提出'以林震为我们的榜样'";更多数的看法则是,小说揭露"现实生活中存在否定现象、官僚主义灰尘,揭露刘世吾这样一个政治热情衰退、把一切看成'就那么回事'的人物,都是好的,有积极意义的",但是,林震、赵慧文却"带着浓厚的小资产阶级灰暗情调",作者没有"从更高的角度去观察和批判",因而"作品是有片面性的"。围绕《组织部来了个年轻人》的争论,甚至引起了毛泽东的关注。"在1957年春天,当毛泽东还在坚持'放'的方针的时候,他对李希凡、马寒冰的观点给予批评。"③反右运动开始后,小说不可避免地受到批判,王蒙随即被剥夺了写作的权利。

《组织部来了个年轻人》虽然是针对现实问题而写的,但它在揭示既有问题的同时并未给出答案。这不是一篇一般性的问题小说,而是一部"提问题"的小说。问而不答的《组织部来了个年轻人》,呈现出特别的美学内涵与思想穿透力。小说最引人注目的地方,首先在于透过年轻人林震懵懂而单纯的眼光,塑造了刘世吾、韩常新等极具意味、深度的当代官僚形象。用作家自己的话说,刘世吾作为与林震对立一方的主要人物,"着重写的不是他工作中怎样'官僚主义'(有些描写也不见得宜于简单地列入官僚主义的概念之下),而是他的'就那么回事'的精神状态"④。刘世吾极擅"领导艺术",熟谙也麻木、倦怠于自己所从事的组织工作,有业务能力,却毫无热情,以"条件成熟论"为信条游刃于各种复杂的情况中。27岁的韩常新显得更有干劲和热情,不过,他的成熟老练的工作方式以及官样做派,与刘世吾并无太多分别。或许可以说,韩即是刘的年轻版。刘世吾和韩常新都是典型的体制中人,熟悉体制的运作方式和规律,并与之融为一体,消泯了自我,也钝化

---

① 学正:《当代文坛上的一场笔墨官司——王蒙〈组织部新来的青年人〉争论始末》,《语文学刊》1989年第8期。
② 《文艺学习》关于《组织部新来的青年人》讨论专栏的"编者按",《文艺学习》1956年第12期。
③ 洪子诚:《1956:百花时代》,北京大学出版社2010年版,第90页。当时李希凡的《评〈组织部新来的青年人〉》(《文汇报》1957年2月9日)和马寒冰的《准确地去表现我们时代的人物》(《文艺学习》1957年第2期)对王蒙提出了尖锐批评,认为小说严重歪曲了现实,"用党的生活个别现象里的灰色的斑点,夸大地构成了黑暗的幔帐"。
④ 王蒙:《关于〈组织部新来的青年人〉》,《人民日报》1957年5月8日。

了前进的动力。饶有意味的是,刘世吾对于自己的状态相当清醒,但更倦怠,倦怠得懒得从倦怠的现实中起身。曾有评论指出:"刘世吾是一个双重悲剧式的人物,首先他灵魂里害上了与我们勇猛锐进着的生活相对立的病症——无爱无憎的高度冷漠症。而可怕的还在于他十分自信地把这一切看作自己在精神上已经成熟的表现,或者半嘲解、半自慰地认为,这仅仅是一种不可避免的'职业病'而已。"① 值得注意的是,这里涉及的不仅是刘世吾的职业病,还有由此所引发的关于"职业"与"病"之间关系的问题。病象如此,病因何在? 这是小说最发人深省的一个提问。

> 把我们党的工作,党内斗争生活,描写成一片黑暗、庸俗的现象。
> (李希凡《评〈组织部新来的青年人〉》)

林震是作为被吸纳进体制的"外来者"来描写的。他之前是小学教师,被选调到区委组织部,内心充满了神圣的憧憬,踌躇满志地走进自己的新生活。不过,他很快遇到了麻袋厂的棘手问题,而韩常新、刘世吾等领导的态度和处理方式令他目瞪口呆、惶惑不已,后来他因擅自行动,在党小组会上受到了严厉批评。满怀理想、容不下空气里的一粒灰尘的林震,是一个进入了体制,却无法融入其中的人。他与年长些的赵慧文构成了一个人物系列。究竟是成为另一个赵慧文,孤独、清高、无助、不服输,又无可奈何,还是在"有了功勋""有了创造""有了冒险""也有了爱情之后",成为另一个韩常新,直至再一个刘世吾? 这是小说留下的又一个难解的问题。

从刘世吾到韩常新,再到赵慧文和林震,小说在"组织部"这个不大不小的世界里,构筑了一个相当复杂的围城式困局。"我们,党工作者,我们创作了新生活,结果,生活反倒不能激动我们……"套用刘世吾的这句话,《组织部来了个年轻人》这篇"干预生活"的小说所表达的,其实是"生活对人的干预",一种已高度僵化的体制生活对人的灵魂、个体生命的禁锢、锈蚀。从这个意义上看,小说的价值不仅仅在于对阴暗面的暴露,而且具有穿越性的意义,历史性地揭示了一种人生存在的困局。

小说也以一定篇幅书写了林震和赵慧文之间朦胧的情感。这称不上是爱情,只是一种若有若无的感觉,却令小说在严肃的主题之外增添了些情调。在王蒙笔下,已经有过相当阅历的赵慧文对林震更显主动,当然,这更多是一位被孤独感包围着的成年女性对往昔自我的一种找寻,以及由此产生的带有自我抚慰性质的爱怜之情。林震则是在懵懂中偶遇了她这位指路

---

① 唐挚:《谈刘世吾性格及其他》,《文艺学习》1957 年第 3 期。

人和知音。二人的遇合是单纯的,不过,将他们的关系点破的却是刘世吾。无论作家是否有意为之,实际上,刘世吾恰到好处的欲说还休,都引导了读者的想象,使小说显得更加蕴藉有味。

二 对人情与人性的书写

自五四新文化运动以来的个性解放、人道主义、人性论,是中国现代文学作品反映的重要内容,但在新时代却遭遇了尴尬、不适应,不断受到检视甚至批判。

1956—1957 年间,直面生活中的矛盾与书写人情、人性是创作中的一体两面。这正如《组织部来了个年轻人》表面看是批判官僚主义,更内在的主题则是倾诉个体被压抑的体验。当时写人情、人性的小说,比较集中在对爱情婚恋问题的思考上。爱情是人类最美好、最富生命本真意义的情感之一,也是人性最微妙、最丰富的一种凝聚,是文学永恒的母题,但在 1950—1970 年代,这是一个颇具禁忌性的话题,个体的爱情常被理解为与革命工作、集体观念相对立,作家描写爱情时稍不留神,就有可能滑入"资产阶级思想感情"一类的陷阱。因此,那一时期的主流文学大抵都回避或淡化了对爱情的书写。即使有所触及,也小心翼翼,尽力将其纳入主流话语的规范中。1956 年,曾有批评家这样描述当时文学中的爱情书写:见面就谈发明创造的爱情,扭扭捏捏的爱情,"我问你一个问题:你爱我不?"式的爱情,由于工作需要而屡误佳期的爱情,三过家门而不入的爱情……而且,"就连这样的缺乏爱情的爱情描写,也往往是为了调剂作品的枯燥,作为'水分'而加上去的"[①]。

由于开放和松动的氛围,在"百花时代"的非主流文学中,写人情、人性的文字有所增加。《小巷深处》(陆文夫,1956)、《在悬崖上》(邓友梅,1956)、《红豆》(宗璞,1957)、《美丽》(丰村,1957)、《寒夜的离别》(阿章,1957)、《田野落霞》(刘绍棠,1957)、《西苑草》(刘绍棠,1957)、《甲方代表》(张弦,1957)等一批与爱情婚恋生活相联系的小说涌现出来。

按照爱情书写的功能侧重,这些小说大致可分为两类。其一是以《红豆》《在悬崖上》为代表,小说中的情感故事只是一个平台或者说载体,作家通过它来表达两种不同的思想观念、生活态度乃至阶级立场的冲突,基本上是《我们夫妇之间》的写作模式的延续。譬如《在悬崖上》虽说笔调较为细腻,但概念化的痕迹相当浓重,有很强的劝诫意味。"我"在朴实的妻子和时

[①] 秋耘:《谈"爱情"》,《人民文学》1956 年第 7 期。

髦开放的加丽亚之间,一度迷失于后者,甚至到了要离婚的地步。套用小说中科长教育"我"时所说的,作品要表达的是,爱情问题"是最能考验一个人的阶级意识,道德品质"的。

宗璞(1928—   ,原名冯钟璞,女,原籍河南唐河,哲学家冯友兰之女)的《红豆》则婉曲动人。小说用倒叙的笔法讲述了一段曾经迷失但也相当缠绵动人的爱情故事。在北平解放前夕,女大学生江玫爱上了自己的同学齐虹。齐虹信奉个人本位的自由观念,这与江玫倾向于革命的立场不能相容。而且,他的资产阶级少爷的身份,也同江玫的出身(她的父亲是一位已经牺牲了的地下党员)格格不入,二人的决裂是必然的。最终齐虹前往美国,江玫成长为一位革命干部。小说的构思与稍后的《青春之歌》很相似,江玫就像走进当代的林道静,出身、性情抑或爱情上的弯路都与她如出一辙,甚至在她的身边,也有一个类似卢嘉川的启蒙者肖素,她时刻提醒着沉溺在感情梦幻中的江玫:"这爱情会毒死你。"与《青春之歌》有所区别的是,《红豆》用相当绵密的笔调写出了江玫抉择的痛苦,揭示了她情感与理智、生活与理想之间的复杂矛盾。小说刊载于 1957 年 7 月号《人民文学》,那时已进入反右运动高潮时期,小说刚一发表就遭到批判,被判定为"毒草"①。

其实,这篇小说中女主人公的思想相当"纯正",为了革命愿意牺牲一切甚至爱情。有人认为:"当年对这部小说的批判在今天看来很难理解。"②但是,从革命的角度看,本该是喜剧或正剧的结局却被作者——或者女主人公——叙述成悲剧,这在当时难免被视为异端。小说的题目"红豆"和作者为小说设计的动人的序幕和尾声,都在昭示着为了革命,爱的深情在江玫的心灵深处留下了终生难以割舍的遗恨。③ 而且,小说主体写的也是江玫与齐虹分手时经历的痛苦,这是当时的环境所难以容忍的。

第二类爱情书写更纯粹,人性美与人道主义感情是小说表现的中心,这类作品主要有陆文夫的《小巷深处》、丰村的《美丽》、路翎的《洼地上的"战役"》等。《美丽》通过当事人回溯性的对话,讲述了一个关于婚外情的故事。小说以当时并不多见的勇气,用一种同情的口吻,从第三者的角度叙述了一

---

① 文美惠:"在整个描写中表现出了浓厚的不健康的思想感情,使读者读后不是从这个故事里取得力量,得到鼓舞,而是被感染上作者本人的那种留恋过去,怨恨今天的感情。"《从〈红豆〉看作家的思想和作品的倾向》,《文艺月报》1957 年第 12 期。
② 顾彬:《二十世纪中国文学史》,华东师范大学出版社 2008 年版,第 274 页。
③ 《红豆》写八年后江玫重返校园,又在宿舍墙上的小洞里拿出当年与爱人藏下的两粒红豆,它们"没有耀眼的光芒,但是色泽十分均匀而且鲜亮。时间没有给它们留下一点痕迹"。这唤起了女主人公曾经的"欢乐和悲哀","往事像一层烟雾从心上升了起来",泪水滴湿了她手里握着的红豆。

段出位的爱情。不过,虽然后来秘书长的夫人姚华病故了,玉洁最终也没能和自己相爱的人走到一起。在她的心中,始终回荡着两个犀利的声音,姚华瞪着"可怕的仇恨的眼睛"发出的"我不准你抢走他!"以及支部书记严厉指出的"你这个人是向上爬!"一是传统道德,一是对个人利己主义的怀疑,像两块石头沉重地压在玉洁心头,她只能默默地把爱情埋藏在心底。用后来的眼光看,小说中所描写的人性伸张有点妥协的意味,但那种无声的沉重和隐忍,恰恰折射出一个时代里个体追求幸福的艰难。

《小巷深处》以苏州古城为背景,描写旧社会的妓女徐文霞在1949年后经过改造,成为纱厂女工,开始了新生活。过去的遭遇始终是她心头抹不去的伤痕,但爱情在这时悄然而至,她和厂里年轻的技术员张俊相恋了。热恋中的她偏又遭遇以前的嫖客来纠缠。因此,她一会儿"幸福的心向外膨胀","一会儿充满了恐惧",生怕悲惨的往事被恋人知晓。张俊也和她一样有一颗纯净善良的心。终于,阴霾散去,在一个深夜里,小伙子"那性急的擂门声,在空寂的小巷子里,引起了不平凡的回响"。应该是感染于苏州古城独特的风土和气韵,小说写得曲折幽深,又清新动人。这也是陆文夫小说的审美特征所在。《小巷深处》《红豆》以及稍后茹志鹃发表的《百合花》等,是五六十年代里一批富有审美个性的小说。它们在普遍以宏大壮丽为诉求的文学时代里,守护着一种可贵的小说诗学:不虚饰,不拔高,少附会,纯净动人,婉约细腻,精心营构意象和提炼诗意。

路翎的《洼地上的"战役"》由于作者和胡风的关系,较早就受到了严厉的批判。但即使抛开具体的人事、历史纠葛,这篇小说所表达的情感和思考,按当时的文学规范衡量,也是相当出格的。当时一篇批评文章称:"作者立脚在个人温情主义上,用大力来渲染个人和集体——爱情和纪律的矛盾","把人民军队所进行的正义的战争和组成人民军队的每一个成员的理想和幸福对立起来"。① 批评的立意虽然相当武断,但也在一定程度上触及了小说的某种内在情感态度。在作家笔下,新战士王应洪心中"甜蜜的惊慌的感情"不断与"军队的纪律"发生冲突,但他始终无法放下这份先前从未有过的情感。更老练成熟的班长王顺意识到了年轻战友的错误,但他也抱以由衷的同情,产生了"模模糊糊"的苦恼。小说中相当动人的篇章,是描写王应洪潜伏时被"可怕的孤独"包围着,这时,那种"甜蜜的惊慌的感觉"再次浮现出来,抚慰了他无助的心,但旋即他又重新沉入战场的孤单、寂静中。作家

---

① 侯金镜:《评路翎的三篇小说》,《文艺报》1954年第12期。针对席卷而来的苛责,路翎当时发表了《为什么会有这样的批评?》(《文艺报》1955年第1—4期)予以回应。

对于作为个体的人的内心世界的关注,使他的笔墨时而逸出理性的政治立场,从人性的角度去捕捉严酷的战争环境里普通人的心灵悸动。在这样的艺术视角中,甚至王顺后来也发生了转变:"他替这个不论从军队的纪律,或是从王应洪本人来说都没有可能实现的爱情觉得光荣,他拖着王应洪在山沟里一寸一寸地前进,除了是为了别的重大的一切以外,也是为着这姑娘。……他所担心,所反对的那个姑娘的天真的爱情,此刻竟照亮了他的心,甚至比那年轻人自己都更深切地感觉到这个。"在当代汗牛充栋的战争叙事作品中,《洼地上的"战役"》是独具个性的一篇,表达了一种特殊的感受与思考。当时的语境下,虽说作家不可能超然地审视战争与生命个体的关系,但他却洞见了人的一部分灵魂的秘密,并把那种最微妙的心灵震颤转化为另一种庄严和神圣,显示出难得的艺术敏感与勇气。路翎这份文学才华,应该与他在战争年代里颠沛流离的经历和体验有关。那种切身的苦楚,有时并非是仅靠思想和立场就能轻易涤除的。《洼地上的"战役"》所流露出的一个人在严酷境遇里对微弱幸福感的渴慕、珍视与小心守护,是一种生命磨痕的转化与升华。

经过"反右"运动,从 1958 年起,歌颂新人新事、叙写革命战争历史与新的建设生活,成为文学创作的潮流。1958 年,著名作家茅盾读到当年《延河》杂志刊发的短篇小说《百合花》,予以高度赞扬。① 《百合花》的作者茹志鹃(1925—1998,祖籍杭州市)一夜成名。《百合花》以清新俊逸的笔调,精巧缜密的构思,通过小战士衣服肩头的"破洞"、给"我"开饭的"馒头"、枪口上插着的"野菊花"、印着百合花的"新被子"等细节刻画,"反映了解放军的崇高品质和人民爱护解放军的真诚"②。问题是,小说反复渲染、聚焦突出的百合花被是一条新婚合欢被,究竟是谁献

问题是,究竟谁爱上谁?
(顾彬《二十世纪中国文学史》)

给谁?女作家事隔多年后坦承小说写的是"没有爱情的爱情牧歌"。若然,表现心灵波澜的情节主要应该在小战士与新娘之间展开,那么,小说第一段写小战士与"我"行路占了全文四分之一篇幅,岂非多余?而且全篇侧重点乃是小战士种种言行在"我"心中激起的一次次赞叹与反应。整体而言,这篇小说表达的意蕴是多重的,"我"与小战士之间、小战士与新娘之间、"我"与新娘之间各自都流动着清新而真挚的

---

① 茅盾:"这是我最近读过的几十个短篇中间最使我满意,也最使我感动的一篇。"《谈最近的短篇小说》,《人民文学》1958 年第 6 期。

② 茅盾:"这是我最近读过的几十个短篇中间最使我满意,也最使我感动的一篇。"《谈最近的短篇小说》,《人民文学》1958 年第 6 期。

感情,或者是好奇之心,或者是异性之间的朦胧情愫,或者是女性之间的同情与理解。它们共同构成小说的叙事基调。茹志鹃后来还有《如愿》《静静的产院》等作品,都以1949年后的日常生活为背景,探索夫妻、母子、同事之间因思想性格差异构成的冲突。她善于通过细节刻画来表现人物内心世界的细腻变化,在取材上往往从小处着眼,勾画有意味的人物、生活侧影,在号召写阶级斗争与工农业生产、普遍追求宏大严肃风格的文学的时代,她的创作是文坛上难得的一缕清新的风,被称为"生活激流中的一朵浪花,社会主义建设大合奏里的一支插曲"①,但也不断受到质疑与苛求。②

三　另一种历史体验与叙述

1950年代末至1960年代初,当代文学领域出现过一个历史题材创作的小高潮。小说主要有陈翔鹤《陶渊明写〈挽歌〉》《广陵散》,黄秋耘《杜子美还家》《鲁亮侪摘印》,冯至《白发生黑丝》等。这些历史题材的作品可视为对革命与主流话语的一种特殊回避。这些作品的产生,离不开当时的社会与文化形势。由于大跃进后随之而来的困难时期,一度高昂激进的社会情绪明显落潮,国家的政治、经济与文化政策也做出了一定调整,文化规范再次呈现松动的迹象,作家们被压抑的表达意向又有了某种吐露的可能。不过,经过一次次清理和斗争,尤其是反右运动后,人们干预现实、直面社会矛盾的积极性和勇气已经受到极大的挫伤。③ 因此一部分作家将眼光转移到相对安全的历史领域,有距离、有分寸地吐露心声。历史与现实、文学与非文学的复杂纠结,使得他们在创作中投注了更多的心力与智慧。如果说,在五六十年代,"一方面是某些客观环境与主观选择制约了作家的创作胆识与才华,一方面是作家的郑重、激情与才华突破着与生活真实不相一致的条条

---

① 侯金镜:"她就选取斗争中的一朵浪花、一支插曲而由小见大,在这类素材里施展她的创作能力。而这也就影响了她作品的风采和调子。豪迈奔放、粗犷不羁的色采很少,而委婉柔和细腻而优美的抒情却成为她作品的基调。"侯金镜:《创作个性和艺术特色——读茹志鹃小说有感》,《文艺报》1961年第3期。

② 欧阳文彬:"作家有责任通过作品反映生活中的矛盾,特别是当前现实中的主要矛盾。""为什么不大胆追求这些最能代表时代精神的形象,而刻意雕镂所谓'小人物'呢?""塑造具有共产主义品质的英雄形象,已经被提升到文学的首要任务了。""我们热切的盼望着在你的作品里听到雄浑的时代脚步声,看到共产主义战士光辉的塑像,为我们这英雄时代高唱更多更美的赞歌吧!"《试论茹志鹃的艺术风格》,《上海文学》1959年第10期。

③ 关于这一点,即使在反右之前,文学界的心理阴影也是相当浓重的,1956年6、7月间,王蒙的一位朋友读了《组织部来了个年轻人》手稿后,曾经产生这样的顾虑:"不知为什么,自从对《武训传》批判,对俞平伯批判,直到对'胡风反革命集团'批判,我总感觉文学创作和研究是危险的行当,弄得不好,身败名裂,有舌难申辩。"老马:《我所知道的王蒙》,《传记文学》1988年第3期。

框框。而这里还有另一方面,第三个重要的方面,主观与客观的限制,恰恰成全了作者的深、重、苦、涩、严(严肃与严格乃至严厉)的不同凡响的风格"①,那么,1960年代初一部分小说家转向历史题材的策略性选择及其用心的探索,则为当代文学带来了一份规模不大但蕴藉、深沉的美学收获。

最能代表此时历史小说成就的是陈翔鹤。这位五四时期曾组织浅草—沉钟社、曾以感伤小说名世的老作家,1949年之后主要从事编辑和古典文学研究工作。1960年代初,他接受当时主持《人民文学》工作的陈白尘约稿,创作了短篇小说《陶渊明写〈挽歌〉》和《广陵散》。作家曾计划将庄子、屈原等12位历史人物的故事写成小说,但由于随之而来的批判运动,他只完成了这两篇。在陈翔鹤笔下,62岁的陶渊明有不随流俗的刚正风骨,他对于高高在上的慧远和尚不屑一顾;也有通达的人生态度,他看破生死,"死去何所道,托体同山阿";不过,这份耿介和超脱背后,又氤氲着一种难以排遣的无力感。可以说,作者在陶渊明身上,一方面寄托着知识分子独善其身的精神传统,另一方面又包裹着特殊境遇下一种无可奈何的情绪和"殷忧"心理。《广陵散》中的嵇康形象则稍侧重于对怨愤的"力"的表现。当孤决不合作的精神取向被置于污浊凶险的生存境遇中,一种悲剧性的创痛感弥散于字里行间。这种"力"的悲情,在主人公受刑前肃杀哀怨、悲痛切的"广陵散"琴曲中达到了顶点。杨晦曾回忆:"翔鹤早在几十年前就喜欢陶渊明的不堪俗流,欣赏嵇康的刚直不阿;北京重逢以后,他又曾向我谈起过,想用今人的观点去把握古人的心理,把他们写进小说。"②冯至也谈起,陈翔鹤"对于嵇叔夜在受刑之前从容不迫顾日影而弹琴的事迹,尤为欣赏,他不止一次地向我谈过这个故事。由此可见,他在将四十年后写出历史小说《广陵散》,并非一时的即兴,而是在头脑里蕴蓄很久了"③。

> **声音**
>
> 在社会主义社会的今天,陈翔鹤同志还要在作品中宣扬这一类思想情感,它们就成为反动的、有害的,我们不能容忍的事物。
>
> (乔象钟《宣扬封建士大夫思想的小说〈广陵散〉》)

可以说,陶渊明和嵇康是陈翔鹤多年来心中始终凝聚着的精神意象。当作家在61岁高龄书写40岁从容就戮的嵇康,书写62岁时于"无力"中执着的陶渊明,表达那充满悲剧感和无奈感

---

① 王蒙:《感受昨天——小说卷序》,《中国新文学大系1949—1976·长篇小说卷1》,上海文艺出版社1997年版,第6页。
② 杨晦:《怀念翔鹤同志》,《杨晦选集》,上海文艺出版社1987年版,第519页。
③ 冯至:《〈陈翔鹤选集〉序》,《文学评论》1979年第3期。《陈翔鹤选集》由四川人民出版社1980年出版。

的自我坚守,不仅显示出其早年感伤风格经过复杂砺炼后的沉潜,而且那种切身的灵魂自况意味,也是不言而喻的。后来有人说,陈翔鹤"能够以今人的眼光,洞察古人的心灵","能够跟描写的对象'神交'",他的用意,"是要从'知人心'方面来描绘历史人物"①,原因应该在此。② 1966 年,《人民文学》第 5 期发表了一篇题为《揭穿陈翔鹤两篇小说的反动本质》的文章,文中说,作者"三番五次地描写陶渊明对慧远和尚的'佛理'的仇视和攻击,就是在攻击我党在'庐山会议'上粉碎了右倾机会主义分子的进攻后,更加坚定地执行的政治路线,就是在攻击伟大的毛泽东思想,攻击总路线、大跃进和人民公社三面红旗"。1968 年春,在一场两个多小时的批判会后,陈翔鹤在请假回家又迅即返回建国门 5 号的路上,猝然去世。③

冯至《白发生黑丝》和黄秋耘《杜子美还家》,都取材于杜甫的生活,通过想象的历史景象,倾吐了忧国忧民的思想情感。不过,在根本立意上,两篇小说是截然不同的。

在从五四运动时期走来的老作家冯至笔下,④杜甫已到了暮年时分,饱经忧患与坎坷之后,他开始对自己的人生有了新的认识。老渔夫为帮他解决生计问题而出的主意,以及渔民们的帮助,令杜甫意识到,虽然自己"写了些替穷人说话、为穷人着想的诗歌,但比起渔夫们对他的热心关怀,还是差得很多"。在困窘的物质环境里,他开始怀疑自己的精神劳动成果——诗——是否具有真正的价值。让杜甫进一步反省自我的是他新结识的朋友苏涣,一位能诗也善武的传奇人物。从苏涣的诗中,杜甫读出了"它蕴藏着一种新的内容,表现了一种新的风格","又树立了一个新的旗帜"。这正是"杜甫所倾倒于苏涣的"。"从此杜甫终日生活在渔夫们中间","也经常和

---

① 冯至:《〈陈翔鹤选集〉序》,《文学评论》1979 年第 3 期。
② 黄秋耘回忆,当年二人一次谈话时,在自己表达了对嵇康的同情后,陈翔鹤神情变得严峻、凌厉起来,激动地说:"不瞒你说,我也是同情嵇康的。嵇康说得好:'欲寡其过,谤议沸腾,性不伤物,频致怨憎。'这不止是许多人的悲剧吗? 你本来不想卷入政治漩涡,不想干预什么国家大事,只想一辈子与人无患,与世无争,找一门学问或者在文艺下一点功夫,但这是不可能的,结果还是'谤议沸腾','频致怨憎'。"黄秋耘:《十年生死两茫茫——追念陈翔鹤同志》,《黄秋耘文集第一卷 丁香花下》,花城出版社 1999 年版,第 177—178 页。
③ 详见准淮:《陈翔鹤之死》,《书城》1995 年第 4 期。
④ 冯至早在 1941 年就曾创作有十四行诗《杜甫》;自 1946 年开始,又历时三年撰写《杜甫传》。在发表于 1945 年的《杜甫和我们的时代》一文中,处于动荡战争年代的冯至在杜诗中读出:"杜甫不只是唐代人民的喉舌,并且好像也是我们现代人民的喉舌。"冯至:《杜甫和我们的时代》,原载 1945 年 7 月 22 日昆明《中央日报》,引自《冯至全集》第 4 卷,河北教育出版社 1999 年版,第 108 页。
在 1952 年的《杜甫诗选·前言》与 1953 年的文章《杜甫》中,冯至则特别强调杜诗"贯穿着爱祖国、爱人民的精神","因此他成为后代诗人的模范"。《冯至全集》第 5 卷,河北教育出版社 1999 年版,第 359 页。

苏涣来往"。他"白发里的黑丝仿佛又多了一些"。这是一则关于一生受挫的知识者在晚年重获新生的故事。

与之相比，在44岁的黄秋耘笔下，46岁的中年杜甫却更多抑郁和悲凉。过去，政治生活的坎坷，特别是最近一次伴君如伴虎、险些招致杀身之祸的经历与体验，令他"噤若寒蝉"。辛酸苦难中的杜甫终于和离散的家人团聚，但这一夜，他怎么都无法安睡，甜苦酸辣百端交集，为有志难申而痛，为国家衰颓而悲。第二天黎明，几位乡亲来探望他，顺便打听一下有关大局的消息，杜甫只能竭力安慰他们。不过，"他明知道这些都是半真半假的空话，但是，他又怎能够把自己所看到的，所想到的，都毫无保留地告诉这些老百姓呢?"听了一位老者的哭诉，杜甫"心灵剧烈地震动，一种复杂而悲愤的感情和一种难以形容的良心的谴责"，使自己想去抱住他痛哭，把"心里的话一股脑儿都说出来"，但是，他只能沉重而艰涩地"努力克制住自己"……送走了乡亲们，痛定思痛中，杜甫对自己说："如果我政治上不能有所作为，那么，至少可以用我的诗，我的笔。"这里，一位"枉抛心力作诗人"的杜甫形象力透纸背。

研习提升阅读材料

第三章
1950—1970年代小说（二）

第一节 台湾文学的发展

在讨论1949年之后的台湾文学之前，让我们先简单回顾一下1949年之前台湾文学的发展脉络。台湾现代文学是在中国历史大背景下由于局部地区的特殊际遇而形成的一个有特色的文学现象。一方面它与母体文学有着很深的渊源关系，另一方面由于特定的社会政治经济文化环境，它又呈现出独特的历史风貌。台湾现代文学的这一共性和特性，使它在中国现代文学史中占据了特殊的地位。

台湾新文学的发生，受到祖国大陆新文学运动的号召和影响，并直接以五四新文学的理论为旗帜，以新文学作品为典范，经历了与大陆相似的由文化革命走向文学革命的历程。1920年1月，在日本东京留学的一些中国台湾青年发起成立了"新民会"，推林献堂为会长。"新民会"的成立标志着台湾新文化运动的开始。紧接着，新旧文学发生了激烈论争。在与旧文学进行论争的同时，新文学先驱者开始了尝试性的写作。1926年出现了台湾新小说第一批硕果，即赖和的《斗闹热》《一杆"秤仔"》，杨云萍的《光临》《黄昏的蔗园》，张我军的《买彩票》等。这些作品大都采取现实主义的方法，表现反对殖民统治和封建主义的主题，反映广大被压迫者的心声，显示出朴实无华、纯真亲切的崭新文风。其中，赖和的小说把现实主义与时代精神、本土环境相结合，为台湾新文学树起了第一面反帝反封建的旗帜，开创并确立了台湾现实主义与乡土文学的传统。新诗创作也成绩显著。杨云萍的《桔子开花》、赖和的《觉悟下的牺牲》、杨华的《小诗》、虚谷的《卖花》、张我军的《无情的雨》等，是台湾新诗的奠基之作。1925年，张我军出版了《乱都之恋》，这是台湾现代文学史上第一部新诗集。与此同时，还有一批作家进行着现代散文和现代戏剧的开创工作。

1930年代台湾现代文学进入了初步繁荣的阶段。1934年5月6日,来自台湾各地的83名作家汇集在台中,召开文艺大会,宣告成立台湾文艺联盟,决定出版机关刊物《台湾文艺》。台湾文艺联盟以抗日爱国作家为主导力量,是一个具有广泛代表性的全台文艺组织。1935年12月,杨逵、叶陶主办的《台湾新文学》月刊出版。这是继1934年11月创刊的《台湾文艺》后又一个重要的文学杂志。随着文学运动逐步走向高潮,台湾省涌现出一批有重要影响的作家。除了继续从事创作的赖和、杨守愚、虚谷、杨华等外,新出现的作家有杨逵、王锦江、翁闹、王白渊、朱点人、巫永福、愁洞、吕赫若等。

1937年以后,殖民当局加紧推行"皇民化"运动。台湾新文学运动在极其困难的环境里艰难发展。这一时期的新文学在坚持反对殖民主义和封建主义的同时,更多地倾向于描写日常生活,具有鲜明的乡土色彩。吕赫若的《牛车》、张文环的《阉鸡》、龙瑛宗的《植有木瓜的小镇》、吴浊流的《亚细亚的孤儿》,是代表这一时期文学成就的优秀作品。1945年日本战败,台湾地区回归祖国。由于"二·二八"惨案等政治因素的影响,台湾文学经历了一段相对沉寂的时期。

1950年是台湾文学的一个转折点。随着国民党政权败退台湾,海峡两岸经历了长达三十余年的政治、经济、文化大隔绝。为了配合政治上的所谓"反共抗俄""反攻复国",台湾当局大力鼓吹"战斗文艺"与"反共文学",造成了1950年代"反共文学"泛滥一时的局面。从事"反共文学"创作的主要有两部分作家:一是国民党政界作家,如王平陵、尹雪曼、陈纪滢、王蓝、姜贵等;一是国民党军中作家,如司马中原、段彩华、朱西宁、田原、姜穆等。他们以诗歌和小说等形式表现"反共"的主题,宣泄怀旧复仇的情绪。就长篇小说而言,具有一定代表性的作品有陈纪滢的《荻村传》,姜贵的《旋风》《重阳》,王蓝的《蓝与黑》,司马中原的《荒原》等。从本质上说,"反共战斗文艺"是一种歪曲生活、反历史的主观主义文学;思想内容概念化,艺术表现公式化,是其基本特征,因此它被称为"反共八股"。

1950年代发展起来的还有:着力表现亲情和乡情的怀乡文学(也称回忆文学);在政府高压下默默耕耘的乡土文学;以爱情和婚姻为主要内容的纯情文学等。怀乡文学以往昔大陆的生活经验为题材,抒写对故乡亲人眷恋的情怀,如张秀亚的散文集《三色堇》、林海音的小说集《城南旧事》、谢冰莹的散文集《爱晚亭》、余光中的诗集《舟子的悲歌》等。乡土文学则主要表现台湾的乡土历史和文化,将赖和、杨逵、吴浊流等老一辈作家的乡土主题加以扩展,开拓出一条本土文学发展的新路。钟理和是战后台湾乡土文学的承上启下者,钟肇政、廖清秀亦是其中的佼佼者。钟理和的长篇小说《笠山农场》可为此类文学的代表。纯情文学则以孟瑶、郭良蕙、徐薏蓝等为代表,直接开启了1960年代言情小说潮流的先河。

现代主义文学,此时已开始萌芽并得到初步的发展。1953年2月,纪弦创办了《现代诗》季刊。1956年1月,纪弦在台北发起召开台湾省第一届现代诗人大会,宣布成立"现代派",声称要"领导新诗的再革命,推行新诗的现代化"。1954年,覃子豪、余光中、钟鼎文等在现代诗运动的推动下,成立蓝星诗社,创办《蓝星周刊》。同年,张默、洛夫、痖弦等在台湾南部左营成立创世纪诗社,出版《创世纪》诗刊;1959年,创世纪进行改组,吸收了现代派和蓝星诗社的一些成员,如叶泥、商禽、叶珊、郑愁予、叶维廉等,从而成为推动现代诗运动的中坚力量。在以上三个诗社的大力推动下,现代主义文艺思潮席卷了1960年代的台湾文坛。

由现代诗发端的台湾现代主义文学运动,在1960年代达到高潮。1960年《现代文学》杂志的诞生,标志着台湾现代主义文学的全面崛起。《现代文学》的创办者有白先勇、王文兴、陈若曦、欧阳子、叶维廉、李欧梵、刘绍铭等,他们办这个刊物的目的在于"有系统地翻译介绍西方近代艺术学派潮流、批评和思想","试验、摸索和创造新的艺术形式和风格"(《发刊词》)。《现代文学》受到西方现代主义文艺思潮的深刻影响,它为现代派文学在台湾的崛起起了重要的推动作用。

1960年代以后,随着留学热潮不断升温,留学生文学大为兴盛。聂华苓、丛甦、陈若曦、张系国、白先勇等作家都写过不少这类作品。於梨华是成就较突出的一位,她的创作基本上取材于留学生和旅美华人的生活。《又见棕榈,又见棕榈》《傅家的儿女们》是其代表作。

这一时期,通俗文学也获得很大的发展。琼瑶的言情小说、古龙的武侠小说、高阳的历史小说,以及由他们带来的通俗文学创作热潮,满足了大众的精神需求。

1970年代,台湾经济开始起飞。社会经济结构的急遽变化对文学产生了深刻的影响。1970年代初,台湾遭到一系列挫败,国民党所谓"反攻复国"的神话彻底破产。尤其是"钓鱼岛事件"引发了台湾社会的文化反思运动,知识界对1960年代泛滥一时的西化主义进行了清算。一直处于受压制状态的乡土文学开始崛起,它所表现出的强烈的时代使命感和忧患意识引起了人们的关注。

其实,早在1960年代就有一批作家大力提倡乡土文学。1964年吴浊流创办《台湾文艺》月刊,主张文学反映人生,注重乡土色彩,提出扎根于台湾本土的历史、文化和社会风貌。这是光复后第一个由乡土作家主办的文艺杂志。该刊作者既有日据时期的老作家,如杨逵、张文环、龙瑛宗、黄得时、王诗琅等,又有一批战后作家,如钟肇政、郑清文、李乔、黄春明等。1966年,陈映真、黄春明等创办《文学季刊》,对1960年代文学的现代主义和游离现实的倾向进行批判,坚持现实主义的乡土文学路线。

乡土文学在1970年代的崛起,与两次文学论争有着密切的关系。1972—1973年,台湾文坛爆发了现代诗论争。唐文标发表《诗的没落》《僵死的现代诗》等文章,声称现代诗已寿终正寝。他的文章引发了现代派和乡土派的激烈论争,史称"唐文标事件"。1977—1978年,又爆发了规模空前的乡土文学论战。这场论战以文学问题为突破口,广泛涉及政治、经济、思想、文化等诸多领域。这场论战厘清了1949年以后官方文学与民间文学(主要是乡土文学)各自的发展路线,为乡土文学在文坛争得了合法的席位。不过,一部分乡土派作家片面强调本土意识,为日后乡土文学阵营的分裂埋下了伏笔。

1970年代活跃的乡土派作家主要有陈映真、黄春明、王祯和、杨青矗、李乔、洪醒夫、宋泽莱等。他们创作了许多优秀的小说,产生了较大的影响。这些作品的共同特色是,坚持现实主义的创作原则,拥抱大地,回归传统,关怀现实生活,关注乡土小人物的命运,具有鲜明的民族风格。

第二节 台湾小说

六七十年代的台湾小说取得了丰硕的成果,积累了丰富的文学经验。在现代主义小说方面,以《现代文学》为主要阵地,造就了大批作家,如白先勇、陈若曦、欧阳子、七等生、王文兴、丛甦、施叔青等。

陈若曦(1938—)是个跨越乡土与现代之间的作家。在创作思想和题材选择上,她接近于乡土写实,而在表现方法和技巧上,又偏向于现代派。1970年代中期创作的以《尹县长》为代表的"文革"题材小说以冷静客观的叙述,较为广泛地反映了十年浩劫期间的社会矛盾,在一定程度上揭露了"文革"的荒谬性。1980年代陈若曦的艺术视野由中国大陆转向美国的华人社会,《突围》《远见》等长篇小说描写了来自海峡两岸的华人知识分子在美国的生活和命运,表现他们的情感和心态,反映了一系列的社会问题。

欧阳子(1939—)常常将笔触深入人物的心灵,探索人物的内心世界和潜意识,揭示出人性的复杂和多面。《花瓶》《墙》《觉醒》等小说细腻地描绘了形形色色人物的各种心理状态,有常态的,有变态的,有健康的,但更多的是病态的。欧阳子写出了一个个被扭曲的灵魂。《魔女》是一篇现代心理分析力作,剖析了人物为情欲所困而造成的乖戾而痛苦的病态心理,活画出一个疯狂的情欲魔女的形象。

王文兴(1939—)是最有争议的现代主义作家。长篇小说《家变》彰显了作者反叛传统、实践西化的主张。《家变》中具有浓重现代主义色彩的离经叛道的思想内容,通过作品主人公范晔的成长,渐次表现出来。作者致力于开掘人物的内心世界,揭示人物隐秘的心灵活动,形成了复杂的深层心理结构。作品所表现出的颠覆和质疑、创新与实验,在现代文学中是少见的。

在乡土派小说方面,陈映真的《将军族》《唐倩的喜剧》《华盛顿大楼》,黄春明的《儿子的大玩偶》《我爱玛莉》《锣》,王拓的《金水婶》《望君早归》,王祯和的《嫁妆一牛车》,李乔的《寒夜三部曲》,杨青矗的《在室男》《工厂人》,洪醒夫的《黑面庆仔》,宋泽莱的《变迁的牛眺湾》等,都产生了较大的影响。王祯和(1940—1990)的小说着力反映小人物的不幸命运。《嫁妆一牛车》《寂寞红》等前期作品形象地揭示了小人物难以把握自己命运的严酷现实,表现了作者悲天悯人的人道主义情怀。《小林来台北》《美人图》《玫瑰玫瑰我爱你》等后期作品则主要表现作者深沉的民族主义和爱国主义精神。王祯和的小说具有独特的艺术风格。他有意识地吸收戏剧的表现手法,大量通过对话、场景描写人物和事件,以直接呈现的方法抒写人物的心灵。他常用喜剧形式来表现悲剧内容,大部分小说写的虽是悲剧人物,却洋溢着一种浓烈的喜剧色彩,产生了辛辣的讽刺效果。

六七十年代最具有代表性的台湾小说家是白先勇、陈映真、黄春明。

白先勇(1937— ,广西桂林人)幼年随家辗转于重庆、上海、南京、香港等地。1957年考入台湾大学外文系,次年在《文学杂志》上发表第一篇小说《金大奶奶》。1960年与陈若曦、欧阳子、王文兴等创办《现代文学》。主要作品有短篇小说集《谪仙记》《台北人》《寂寞的十七岁》,长篇小说《孽子》,散文集《蓦然回首》《明星咖啡屋》《第六只手指》,剧本《游园惊梦二十年》《玉卿嫂》《金大班的最后一夜》等。近年来出版有自选集《青春的念想》《姹紫嫣红〈牡丹亭〉》(策划),2004年为苏州昆剧院策划昆剧青春版《牡丹亭》,至今演出二百多场,誉满海内外。

白先勇的小说创作可分为三个时期。从《金大奶奶》发表到赴美前夕,是他的创作前期。这一时期的作品主要回忆少年生活,主观色彩较浓,较多地受到西方现代文学的影响。《玉卿嫂》是其早期代表作,写一个叫玉卿嫂的年轻寡妇杀死情人后自戕的悲剧,以缠绵悱恻的笔调传达出低回抑郁的感伤情调,具有浓重的浪漫色彩。到美国留学,是白先勇创作的分水岭。环境的骤变使他产生了难以排遣的文化上的乡愁。经过两年的创作停顿后,白先勇写了一系列以留学生生活为题材的作品。《芝加哥之死》是赴美后创作的第一篇小说。这篇作品具有深刻的象征意蕴。主人公吴汉魂内心深处的痛苦源自于尴尬的两难处境:既无法割裂与母体文化的联系,又难于融入西方文化。虽然身居美国却无缘进入主流社会,他不由得产生了与世隔绝的感觉。两种文化的冲突最终酿成了悲剧。在《谪仙记》《上摩天楼》等其他一些作品中,白先勇一直关注着留学生的遭际和命运,具体描写他们在两种文化冲突中的处境及其隐秘的心灵世界,唱出了深沉而又哀婉的游子悲歌。

《永远的尹雪艳》,是《台北人》中嘲讽意味最浓的一篇。此嘲讽意味,前后一贯,借由全文之"语调"(tone)——即"叙述者"之口吻——有效地传达给了读者。

(欧阳子《〈永远的尹雪艳〉之语言与语调》)

自《永远的尹雪艳》开始,白先勇的小说艺术臻于成熟。收在《台北人》中的14篇短篇小说几乎篇篇都是精品,它们奠定了白先勇作为当代杰出的华语小说家的地位。《永远的尹雪艳》作为《台北人》的首篇,它所表现出的历史感和命运观昭示着《台北人》的价值取向。尹雪艳似乎不是风尘女子,而是"冰雪化成的精灵",是冥冥之中命运之神的化身。她永不衰老的容颜以及给人的难以抗拒的诱惑,具有丰富的象征意蕴:欲望、名誉、地位、金钱都是短暂的,唯有命运是永恒的。

《台北人》每篇独立成章,各篇之间又有内在联系,虽然题材不同,但大多数描写的是从大陆去台湾的上流社会人物的没落以及怆然失望的心态,是一曲曲旧制度衰亡的挽歌。这部小说集在卷首题写的刘禹锡《乌衣巷》,隐喻着作品的深刻主题:"朱雀桥边野草花,乌衣巷口夕阳斜。旧时王谢堂前燕,飞入寻常百姓家。"《台北人》中的人物都不是地道的"台北人",除《孤恋花》中的娟娟来自台湾乡下,其余皆是随国民党当局逃亡到台湾的大陆人。这些客居台北的所谓"台北人"都有过荣耀的或值得留恋的过去,但他们到台北后,曾经的一切便都一去不复返了。他们无一例外地眷恋着过去,挣扎于现在,迷惘地面对着未来。作者把小说集定名为《台北人》,真实地反映了"台北人"的生活境遇和思想感情,对他们没落的命运表现出悲悯和哀悼,揭示出"今不如昔"的感时伤怀主题。

《孽子》是白先勇至今唯一的一部长篇小说,也是一部独特的创作;1977年开始连载,1983年出版单行本。这是中国现当代文学中第一部以同性恋为题材的小说。小说分为上、下两篇,上篇题为《在我们的王国里》,描写台北新公园的"黑暗王国",重点展示污浊的男妓世界;下篇题为《安乐乡》,写那些沦落的"青春鸟"企图通过自己的努力,谋求合理的、健康的、人道的普通人的生活。小说通过对同性恋故事的描写,剖析了灵与肉、父与子、情与法等复杂关系,写出了社会沧桑和动人的人性、亲情。作者对那些被侮辱、被损害的"青春鸟"表现了深切的悲悯,对同性恋者的命运表达了深切的同情,对传统伦理道德观念进行了反思,被称为"心灵的独白与辩解"与"道德的反思与重铸"。①

白先勇用写作表达人类心灵无言的痛楚。他说:"我一直觉得文学写的是人性、人情。我们经常在挣扎,人的内心都有不可言喻的痛,我想文学可以写出来。""教人一种同情、一种悲悯。"②作为台湾现代主义的代表作家,白先勇小说具有鲜明的特色。一方面他有中国古典文学的深厚根底,养成了尊重传统、尊重中国美学的情趣与气质,他的语言与美学意境受唐诗宋词昆曲的影响很深;另一方面他又接受了西方文学的系统训练,这使他成为充满现代主义品格与叛逆精神的作家。他寓传统于现代,熔中西小说技巧于一炉,形成了真正具有中国美学风格的、精湛独特的现代小说艺术。在人物形象的塑造上,白先勇受《红楼梦》等古典小说的影响较深,较多地采用以形写神的手法,同时融进了西方意识流的技巧。他擅长通过对人物言行举止和穿着打扮的描写来激发人物心理,表现人物心灵。在用以形传神的传统手法描写人物的同时,白先勇也借鉴了现代派的表现手法,常常直接渗入笔下人物的内心世界,揭示复杂微妙的深层心理活动。他的小说结构具有鲜明的特点:把传统的纵剖面的写法与西方的横断面的写法相结合,总体上按正写的时间顺序展开情节,在局部描写中又常借鉴西方现代派时空交错的表现手法。这一特点在小说集《台北人》中体现得最为突出。《台北人》始终注意两个视点:"过去"与"现在"。即从"过去"写到"现在",或采取从"现在"到"过去"的逆转,在对"现在"的描写中展示"过去"生活的片段,既写出人物昔日在大陆的荣华富贵,也表现他们现在在台北的种种失意苦楚,两者融合在一起,组成了完整的艺术结构。白先勇重视语言基调的把握,追求传统语言与现代语言的契合,文笔洗练、明快、精美,无论叙事、描写、对话都精练纯粹,体现出汉语的魅力。

陈映真(1937—2016,台北人,原名陈永善,另有笔名许南村等)1957年考入淡江文理学院外文系。1959年发表小说处女作《面摊》,从此步入文坛。

---

① 刘俊:《〈孽子〉》,《悲悯情怀——白先勇评传》,台湾,尔雅出版社1995年版,第377—433页。

② 白先勇接受中国《新闻周刊》记者访谈时说的话,2004年6月18日。白先勇说:"法国《解放报》曾经问过我一个问题,'你为什么写作?'我写作是因为我希望用文字将人类心灵中最无言的痛楚表达出来。我想这是我写作的真意。"

1968年以"涉嫌叛乱"罪被捕,入狱8年。1977年投身乡土文学论争,捍卫了文学的现实主义旗帜。他的乡土文学创作和理论在台湾文坛产生了广泛的影响。主要作品有小说集《将军族》《第一件差事》《夜行货车》《陈映真选集》《华盛顿大楼》《山路》,评论集《知识人的偏执》《孤儿的历史,历史的孤儿》等。《将军族》中的男女主人公一个来自大陆,一个生在台湾,都是下层小人物,他们在历尽沧桑、备受侮辱后以死抗议丑恶的社会。这篇作品显示了陈映真中期创作在题材上的一个焦点,即大陆人在台湾。就这一题材而言,陈映真在台湾文坛上是一个开拓者。在30年来的台湾文坛上,陈映真以他的敏锐的现实感捕捉台湾历史的真实,并具有强烈的使命感。以现实主义原则为主导,适当吸收现代主义手法,这是陈映真小说的基本艺术特征。在人物形象塑造上,他既重视对人物心灵世界的开掘,又能通过复杂的社会关系剖析人物,突出其独特的性格。

　　如果说陈映真是乡土文学的旗手,**黄春明**(1939—　　,台湾宜兰人)则是乡土文学的重镇。黄春明以其对乡土小人物命运的强烈关注,被誉为小人物的代言人。他当过兵,教过书,拍过电影电视,担任过电台节目主持人,在广告公司任过职,经历十分丰富。1960年代初开始创作,迄今已出版《儿子的大玩偶》《锣》《莎哟娜拉·再见》《小寡妇》《我爱玛丽》等小说集。黄春明刚踏上文坛时,受到现代派小说的较大影响。从1967年开始,他的创作发生了令人瞩目的变化。他摆脱了现代主义的束缚,迈向乡土写实主义,接连发表了《青番公的故事》《溺死一只老猫》《看海的日子》《儿子的大玩偶》《锣》等乡土题材的作品。这些小说鲜明地反映了台湾社会在由农业社会向工业社会转型时期的一些基本特征。它们大都以宜兰为人物具体的生活环境,作者透过他的乡土人物形象,表现了鲜明的现实精神和人文关怀,表现了这些处于社会底层的卑微人物的苦恼、抗争和失败,传达出他们旺盛的生命意志和对生活的热爱。黄春明透过乡土人物,揭露了资本主义侵入农村社会时的无情和残酷,显示了现代文明与传统文化之间的激烈冲突。1970年代初,黄春明的创作又发生了较大变化,他的关注点由乡土题材转向了民族题材。《苹果的滋味》《莎哟娜拉·再见》《我爱玛丽》《小寡妇》等小说是他这个时期的代表作。1980年代后期,黄春明又"重返故园",高度关注被都市文明严重侵蚀的乡村社会,《瞎子阿木》《放生》等作品重点在于表现乡村中老人的处境和命运问题,具有强烈的理性精神和人文关怀意识。他的小说大体沿用传统小说的结构形式,故事性强,情节生动曲折,同时又融入蒙太奇等电影表现手法,时空不断切割、转换,使作品更富有表现力。小说语言平易朴实,活泼形象,具有浓郁的地方色彩和乡土气息。

第三节　香港文学的发展

在讨论1949年之后的香港文学之前,先来简短回顾一下1949年之前的香港文学的发展。香港新文学起步较晚。五四时期,新文化运动和新文学革命在中国大陆迅猛推进,但在香港的影响微乎其微。香港文学界对当时大陆正在崛起的新文学持冷漠甚至敌视的态度。

香港新文学的真正崛起是在1927年以后。1928年香港第一本新文学杂志《伴侣》创刊。1929年初,香港第一个新文学社团"岛上社"诞生。进入1930年代,香港新文学刊物如雨后春笋般涌现。其中,维持时间最长、影响最大的是1933年12月创刊的《红豆》月刊。这些刊物发表了大量新文学作品,初步显示了香港文学的实绩。拓荒期较有成就和影响的作家,当推侣伦(1911—1988)。他在1935年出版的散文集《红茶》,是拓荒期香港文学的重要收获之一。

1937年抗战爆发后,内地人士因躲避战乱而纷纷南迁香港。在南来香港的内地人中,有巴金、茅盾、戴望舒、萧红、端木蕻良、陈残云等一大批进步作家。他们传播新思想、新文化、新文学,大力开展抗日宣传,为香港正在兴起的新文学注入了新的养料和活力,掀起了香港文学第一次高潮。1939年3月26日,中华全国文艺界抗敌协会香港分会宣告成立,由许地山主持工作。南来作家取得了丰硕的创作成绩。中长篇小说有茅盾的《第一阶段的故事》《腐蚀》,萧红的《呼兰河传》《马伯乐》,端木蕻良的《大时代》《大江》《新都花絮》,夏衍的《春寒》,许地山的《玉官》等。诗歌有戴望舒的诗集《我底记忆》《望舒草》《望舒诗稿》《灾难的岁月》,徐迟的抒情诗《太平洋序诗——动员起来,香港!》,鸥外鸥的诗集《鸥外诗集》,袁水拍的长诗《后街》,陈残云的诗集《铁蹄下的歌手》等。

1941年底香港沦陷后,南来作家大都撤回内地,留港作家也不得不放下手中的笔。日本投降后,香港文坛渐渐复苏。1946年夏天,大批作家为了躲避战乱和迫害,再次来香港。这一时期,南来作家的重要创作成绩有长篇小说《洪波曲》(郭沫若)、《锻炼》(茅盾)、《南洋淘金记》《雨季》(司马文森)、《南洋伯还乡》(陈残云)、《虾球传》(黄谷柳)、《天亮了》(聂绀弩);诗歌方面,有黄宁婴的长诗《溃退》,袁水拍的诗集《马凡陀的山歌》续集,陈芦荻的诗集《旗下高歌》,邹荻帆的诗集《浅水湾》;散文集有黄秋耘的《沉浮》,聂绀弩的《二鸦杂文》等。在上述创作中,黄谷柳(1908—1977)的《虾球传》因最具香港特色而颇受好评。这部小说以战后香港社会为背景,塑造了追求光明的流浪儿虾球的形象,描绘了一幅动荡时代的社会风俗画;作品以普通话为主,消化运用了大量粤语,使地方色彩更加浓厚。茅盾认为:"一九四八年,在华南最受读者欢迎的小说,恐怕第一要数《虾球传》的第一二部了。"①

内地作家的两次南来香港,为香港新文学的繁荣做出了重要贡献,他们在客观上为本土作家的成长和壮大,提供了不可多得的外部条件。在香港本土作家中,侣伦一直笔耕不辍。抗战时期,他创作了《无尽的爱》《残渣》等中短篇小说,作品富有使命感和责任感,表现出强烈的爱国热情。

1950年代以后,在香港文坛占主导地位的仍然是南来作家。长篇小说方面,有徐訏的《江湖行》,徐速的《星星·月亮·太阳》《樱子姑娘》,李辉英的《海角天涯》,唐人的《金陵春梦》等。散文集有叶灵凤的《能不忆江南》,徐訏的《传薪集》,徐速的《心窗》等。诗集有力匡的《燕语》,何达的《洛美十友诗集》等。在众多的南来作家中,徐訏是成绩突出的一位。徐訏(1908—1980),浙江慈溪人,1936年赴法国巴黎大学留学,抗战后回国。1950年赴香港定居。徐訏被称为"全才作家"。成名作《鬼恋》出版于1939年。1940年代发表的《风萧萧》引起轰动。在香港,他出版了长篇小说《江湖行》《时与光》《悲惨的世纪》等。徐訏的小说大都通过传奇故事写小人物悲欢离合的命运,表现时代风云和社会变迁。

这一时期香港本土作家也在崛起。侣伦的《穷巷》代表了这一时期乡土小说的成就。这部长篇小说以战后香港为背景,描写了一群生活在社会底层普通市民的悲苦命运,表现了他们在与贫困作斗争的过程中所显示出来的坚韧不拔的生命意志,在香港小说本土化方面迈出了坚实的一步。舒巷城、夏易、吴羊璧、金依、海辛、张君默等作家也都在各自的创作领域崭露头角,成为香港文学的生力军。

1950年代中期,现代主义文学思潮在香港兴起。1955年8月,由王无邪、昆南、叶维廉等合办的诗刊《诗朵》出版。其主要作者包括杜红、卢因、蓝子(西西)等。这是香港现代诗人的第一次集结。1956年2月,马朗主编的《文艺新潮》出版。这本杂志集翻译、理论和创作于一体,把香港现代主义文学推向高潮。西西、李英豪、戴天、王无邪、蔡炎培等一批年轻的作家都以开创性和实验性的创作投入这股潮流。他们用西方文学观念和艺术技巧来表现香港在经济迅猛发展时期所产生的种种不同于以往的社会问题和精神状况。其中影响最大的当推刘以鬯。1963年,他出版了中国第一部长篇意识流小说《酒徒》,轰动港岛。

从"文革"后期开始,内地移民陆续涌入香港。这一时期,具有代表性的南来作家有陶然、颜纯钩、东瑞、陈娟、白洛、杨明显、王璞、张诗剑、梅子、王

---

① 茅盾:《关于〈虾球传〉》,《茅盾论中国现代作家作品》,北京大学出版社1980年版,第304页。

一桃、傅天虹、黄河浪、梦如、舒非等。此外,曾敏之、犁青等老作家在离港多年后重返香港,在文坛十分活跃。

香港本土作家的阵容也很强大。他们大多在战后出生,在香港文化教育背景下成长,对香港有着与生俱来的认同感和"草根性"。其中主要有也斯、西西、梁锡华、小思、黄国彬、古苍梧、羁魂、钟伟民、黄维樑、陈德锦、王良和、何福仁、吴煦斌、钟玲玲、陈耀南、潘铭燊等。

这一时期的香港文学获得了丰收。小说方面,重要的长篇小说有刘以鬯的《岛与半岛》,西西的《我城》《哨鹿》,陶然的《追寻》《与你同行》,东瑞的《出洋前后》,白洛的《暝色入高楼》,陈浩泉的《香港小姐》《扶桑之恋》,陈娟的《昙花梦》,巴桐的《蜜香树》,也斯的《记忆的城市虚构的城市》,施叔青的《香港三部曲》,梁锡华的《独立苍茫》《香港大学生》,钟晓阳的《停车暂借问》,陈少华的《魂断香江》,等等。这些作品大都直接切入香港的现代社会生活,描写香港人的生存状态、感情和心态。诗歌方面,1970年以后香港诗坛主要有三部分诗人组成。一部分是香港本土诗人,如也斯、西西、羁魂、黄国彬、古苍梧、胡燕青、陈德锦、秀实等;另一部分是南来诗人,如蓝海文、黄河浪、王一桃、傅天虹、晓帆、秦岭雪、张诗剑、王心果、梦如等;还有一部分是从台湾、澳门地区或海外移居香港的诗人,如余光中、钟玲、原甸、陶里等。诗歌创作总的倾向是从现代主义向传统回归,既关注现实又抒写性灵,既有现代意识又有本土情怀。散文方面,最引人瞩目的是学者散文异军突起。金耀基、余光中、思果、梁锡华、董桥、陈之藩等创作了大量学者散文。此外,陶然、颜纯钩、东瑞、陈娟、巴桐、陈少华、王璞、梦如、张文远、钟晓阳、彦火、夏马等作家在散文园地里也勤于耕耘,成绩喜人。

刘以鬯(1918—2018,浙江镇海人,生于上海,原名刘同绎)1948年赴港后,历任《香港时报》副刊编辑、新加坡《益世报》主笔、吉隆坡《联邦日报》总编、《星岛晚报》文艺周刊主编、《香港文学》杂志社社长等。他在1930年代即开始创作。到香港后,著有长篇小说《酒徒》《陶瓷》《岛与半岛》《对倒》,中短篇小说集《天堂与地狱》《寺内》《一九九七》《春雨》《白色里的黑色,黑色里的白色》,此外还有散文、评论集等。在香港文坛,刘以鬯以反传统著称。1963年出版的《酒徒》是他的代表作。这是一部成功地把西方意识流小说中国化的长篇力作,被誉为中国第一部意识流长篇小说。作品全方位地表现了现代都市人的精神状态和内心世界,透视了在金钱支配下现代人灵魂深处的矛盾和痛苦。《酒徒》在艺术上明显地受到乔伊斯、福克纳等西方现代派小说家的影响。整部作品写主人公酒醉和梦境占了很大的篇幅,借助醉与梦的荒诞来折射现实社会的病态、畸形和不合理。

第四节　台湾和香港通俗小说

台湾通俗文学是台湾特定的社会历史环境中反映平民意识的大众文学。它种类齐全，有言情小说、武侠小说、历史小说、科幻小说、推理小说、侦探小说等，拥有广大的读者群。其中，言情文学、武侠小说、历史小说是影响最大的三种通俗文学样式。

1950年代从事言情文学创作的主要是一批赴台女作家，以郭良蕙、孟瑶、徐薏蓝为代表。这一时期的言情文学在价值取向上是颇为传统的：以民族传统的道德观念为依归，沿袭传统言情文学的创作模式，明显脱胎于"才子佳人"小说，追求浪漫纯情的理想。六七十年代活跃的言情文学作家有琼瑶、华严、玄小佛、朱秀娟、杨小云等。她们的作品不再着力表现女性的不幸婚姻或追求美好爱情所付出的代价，而是注重描写男女主人公丰富多彩的情感世界，表现人物在道德伦理上的矛盾冲突，展示他们在爱情与婚姻、爱情与家庭、爱情与事业等方面的感情困惑。琼瑶（1938—　　，湖南衡阳人，原名陈喆）主要作品有《烟雨濛濛》《几度夕阳红》《在水一方》《庭院深深》等。琼瑶小说的情节结构虽然是言情文学传统的"钟情——遇阻、冲突——回归、团圆"的模式，但在情节推展过程中，她往往巧设悬念，暗结扣子，善卖关子，大悬念套着小悬念，从而使情节波伏浪起，引人入胜。琼瑶笔下的人物带有浓重的理想化色彩。情和爱是她的小说永恒的主题。讴歌和表现爱情、亲情、友情以及以此为核心的人类之爱，是琼瑶每部作品的中心内容。在语言风格上突出地表现为古典美。1980年，萧丽红的长篇小说《千江有水千江月》掀开了台湾言情文学发展新的一页，引发了新一轮言情文学创作高潮。1980年代涉足言情文学创作领域的作家难以计数，代表作家有三毛、席慕蓉、姬小苔、蒋晓云、廖辉英、萧飒、张曼娟等。三毛（1943—1991，祖籍浙江舟山）于1960年代开始创作，但大量创作则在七八十年代，出版了《撒哈拉的故事》《稻草人手记》《哭泣的骆驼》《梦里花落知多少》等散文集。其散文多取材于自身经历和异域风情，展示了豁达坚强而又多愁善感、明快热烈而又悲天悯人的鲜明个性。其中最为感人的是那些以撒哈拉沙漠为背景，以作者与荷西的爱情、婚姻生活为题材的作品。1990年代以后台湾言情文学在走向后工业和后现代的社会环境和文化背景下获得了广阔的发展空间，同时在价值观、道德观、人生观方面也出现了前所未有的庞杂和混乱。

台湾武侠小说的开拓者是郎红浣。他的《古瑟哀弦》等作品以清代社会为背景，具有悲剧侠情的特点。1950年代后期，台湾武侠小说"三剑客"卧龙生、司马翎、诸葛青云揭开了武侠小说创作的崭新一页。1960年代是武侠名家高手辈出的年代。其中,新锐作家有上官鼎、古龙、陈青云、萧逸、慕容美、曹若冰、云中岳、陆鱼、古如风、秦红、独孤红、柳残阳、于东楼等。上官鼎是刘兆藜、刘兆玄、刘兆凯三兄弟集体创作所用的笔名,其成名作《沉沙谷》情节扑朔迷离,布局精巧,笔法老练。独孤红的《断肠红》以明清两代首都北京为背景,从宫廷写到江湖,既有历史烟云,又有武林传奇。柳残阳的《天佛掌》吸收了郑证因"帮会技击"传统,被视为"江湖派"代表作家。高庸的《天龙卷》打破了一般武侠小说以"争夺武林秘笈"为结构线索的特征,极力渲染秘笈的神秘色彩,颇有创新意识。陈青云《残肢令》等小说大都叙述复仇模式,情节扑朔迷离,扣人心弦。

与上述作家相比,古龙的成就更高,影响更大,位居台湾武侠小说家之首。**古龙**(1937—1985,原名熊耀华,祖籍江西南昌,生于香港)1960年出版第一部武侠小说《苍穹神剑》,此后,共出版武侠小说71部,计两千余万言。古龙武侠小说在思想观念、价值取向、创作方法、表现形式等方面都与众不同,形成了独特的"古龙风格"。他把"求新""求变""求突破"作为自己武侠小说创作的自觉追求。这突出地表现为注重对人性的深入挖掘,写出了人性的深刻和复杂。李寻欢、萧十一郎、楚留香、陆小凤、江小鱼等人物以其丰富的人性内涵和鲜明的性格,成为武侠世界中著名的艺术形象。以人性刻画为中心,古龙在作品中输入大量的现代观念、情绪和现象、现代人的思维方式、价值观念、审美取向。这使古龙作品建构起一套独特的语言编码,形成了鲜明的现代品格。古龙小说在文体上不断创新,其最为突出的特点便是将推理的表现方法和技巧引入武侠小说,从而形成武侠推理小说这一亚文类。他还成功地借鉴了影视表现形式,运用画面交错、背景切割、镜头分摄等蒙太奇手法,把一个个跳跃、转换的场景更加生动形象地展现给读者。同时,他也借鉴剧本中对话的表现形式,大量穿插电报式的对话和性格化的语言,形成了简洁、凝练的文体特征。

这时期,高阳的历史小说取得了骄人的成绩,他是台湾成就最高、影响最大的历史小说作家。高阳(1922—1992,浙江杭州人,本名许晏骈,字雁冰)1948年赴台。1951年开始文学生涯。1960年代初转向历史小说创作,在此后的30年里共写了六十余部长篇。高阳的历史小说中影响最大的是《慈禧全传》和《胡雪岩》。

通俗文学的迅速崛起,是香港本时期重要的文学现象。

武侠小说是香港通俗文学的第一大门类。自1954年梁羽生的《龙虎斗京华》开启香港新派武侠小说的先河,武侠小说在极短的时间里迅速兴盛起来。梁羽生是新派武侠小说的开山鼻祖,从1950年代初到1980年代,共出版了35部武侠小说,代表作有《白发魔女传》《七剑下天山》《萍踪侠影录》等。**梁羽生**的作品大都有史实依据,往往以特定时代的阶级矛盾及民族冲突为背景,主人公的侠行义举总是与反抗异族入侵和暴君统治的斗争联系在一起。他从历史中选取素材,尤偏爱民族冲突、朝代更替之际的风云变幻和人事沧桑。因此,他的武侠小说兼有历史小说之长。梁羽生有着精深的古典文学素养,他有意识地继承中国传统小说的结构章法和叙事技巧,写人写景都力求一种浓郁的传统气息,神话、典故、民俗、轶闻信手拈来,叙事写景中不时引入诗词曲赋。这使他的小说呈现出书卷气和名士风度。

金庸(1925—2018,浙江海宁人,原名查良镛)1940年代先后就读于重庆中央大学政治学校外文系、东吴大学法学院,1948年赴香港任《大公报》编辑。1950年代后期辞去报馆职务,加入长城电影制片公司,写作电影剧本。1958年后,陆续创办《明报》《明报月刊》《明报周刊》《明报晚报》,成为香港著名的文化人。

1955年,金庸发表武侠小说《书剑恩仇录》,一举成名。至1972年底宣布封笔,在不到20年的时间里,共出版15部武侠小说。此后,他又花了10年修订这些小说,于1982年推出一套《金庸作品集》。为了使读者易于记忆、辨识,金庸把《越女剑》以外的14部小说书名的第一个字连在一起,拼成了一副对联:"飞雪连天射白鹿,笑书神侠倚碧鸳。"

金庸小说具有深厚的文化意蕴。他将传统文化的诸多方面,如琴、棋、书、画、医、相、卜、巫及山、水、花、草等融入作品,提高了武侠小说的审美意识和文化层次。金庸小说突破了狭隘的民族观念的束缚,肯定中华各民族在历史发展中有各自的地位和作用。他写了许多至情至性的人物,他们行侠仗义,率性而为,反抗官府统治和礼法习俗,具有浓重的个人主义色彩。比如《笑傲江湖》中的令狐冲不单单是道家思想的代言人,他同时也是自由精神和个性主义思想的实践者与体现者。

金庸小说具有很高的艺术价值。首先,塑造了极为丰富的人物形象。传统武侠小说以情节取胜,往往不重视人物描写,而金庸则注重写人性,表现人物的精神世界。同样是女侠,黄蓉、小龙女、骆冰、任盈盈、殷素素、李文秀,各有其个性。同样练"降龙十八掌",郭靖与乔峰的性格和命运也不相同。同样是反面人物,慕容复、段延庆、花铁干、左冷禅、岳不群各有其可恶的表现。金庸还刻画了夏雪宜、林平之、谢逊、向问天、韦小宝等性格复杂、亦正亦邪、富有深度的人物形象。其次,武功描写别开生面。一是将武功雅化。金庸给每一招式都安上美妙动听、充满诗情画意的名称,并将武功与琴棋书画融为一体。

如陈家洛的"百花错拳"、杨过的"黯然销魂掌"、《连城诀》中的"唐诗剑法"、《侠客行》中的"侠客行"等武功都是从诗词、音乐、绘画中化用而来。二是在武功中凸现人格,让武功成为人物性格的外化形式。郭靖、乔峰等大英雄使的是威猛无比、充满阳刚之气的"降龙十八掌",逍遥自在、笑傲江湖的令狐冲练的则是"如行云流水,任意所之"的"独孤九剑",不学无术的韦小宝尽管拜过多位名师,到头来仍然未能窥见武学门径。三是在武功中融入哲学精神。金庸作品中的主人公常常先经历道法自然,妙参人生,之后才练就绝世武功。这样,虽然也写武功,但金庸小说与一味写打打杀杀的其他一些武侠小说在境界上有了高下之分。再次,金庸小说将传统文学的结构、语言与西方文学技巧巧妙结合,吸取了古今中外其他通俗小说如历史小说、言情小说、侦探小说、神怪小说等的艺术经验,其结构宏伟而又严谨,放得开收得拢,前后呼应,一气呵成;其语言将古典与现代相融合,不刻意求工,自然流畅而又古朴文雅。

金庸因此成为 20 世纪知名度最高的华文作家之一。此外,较有影响的武侠小说家还有倪匡、蹄风、张梦远、风雨楼主等。

言情小说是香港通俗文学的又一大门类。最早写言情小说的是杰克(即黄天石),他先后出版了《合欢草》《奇缘》等二十多部作品。1960 年代以后,依达、亦舒、严沁等年轻一代的言情小说家,以充满温馨浪漫的情爱气息的作品,在文坛初露锋芒。他们的小说大都以现代香港社会为背景,描写都市青年男女之间的爱情纠葛,有较强的时代感。在香港的通俗文学中,另外还有历史小说和科幻小说这两支劲旅。历史小说作家以南宫博、董千里、高旅、金东方为代表。科幻小说作家则以卫斯理(倪匡)最为著名。框框杂文即专栏杂文,也是香港通俗文学的重镇。它的长度一般在五百到八百字之间,内容极为广泛,论时事谈文化,抒情说理,样样具备。著名的专栏作家有项庄、梁小中、吴其敏、张文达、胡菊人、黄霑、李碧华、何福仁等。

研习提升阅读材料

第四章
1950—1970年代戏剧

第一节 1950—1970年代戏剧 《茶馆》等

在五六十年代,戏剧被纳入体制化的组织,处于日益严格的规范化过程中。戏曲领域,在延安时期"旧剧革命"的基础上,以政治导向、"推陈出新"方针为指导,1951年5月5日,中央人民政府政务院颁布《关于戏曲改革工作的指示》(通称"五五指示"),全面实施改人、改制、改戏的"旧剧"改造。话剧方面,由于其形式本身反映现实、阐发政治观念的特殊优势,而成为备受重视的文化工具。新兴的歌剧,在艺术上探索着民族化的道路,其所承载的思想情感则高度革命化。《红霞》《洪湖赤卫队》《刘三姐》《红珊瑚》《江姐》等是最具影响的歌剧作品。戏剧整体上成为与形势、政策紧密配合的一种文化实践方式。一些杰出戏剧家难以发挥自身的艺术个性与优势。如曹禺热情洋溢地写了《明朗的天》,但在艺术上是不成功的。

对于戏剧这种综合性舞台艺术来说,由它的"写剧—演剧—观剧"的三度创造所决定,观念的现实转化需要经过更多的环节,在较为复杂的流动性的对象化过程中,往往不可避免地遭遇更多的"耗散"或"冲淡"。观念的规训与艺术的想象之间,总有着难以弥合的距离。《茶馆》《关汉卿》《蔡文姬》等优秀话剧作品的出现,以及传统戏曲越剧《梁山伯与祝英台》《红楼梦》《西厢记》、黄梅戏《天仙配》、昆剧《十五贯》、评剧《刘巧儿》、京剧《白蛇传》等的编演,并未流于简单的演绎,在"民族化剧诗"的艺术探索中取得了相当的成就。

一 独幕剧与"第四种剧本"

在1950年代,主要在1953—1957年间,独幕剧曾是当代话剧领域最为活跃的艺术品类，其创作数量之大，群众参与程度之高，是前所未有的，这成为中国戏剧史上独有的"群众戏剧"高潮。究其原因，既是由于独幕剧形式轻快灵活，易于掌握，便于推广，特别适于配合和开展宣传教育工作，也是当时借鉴、推广苏联文艺工作经验的结果，更重要的在于它契合和满足了当时广大民众的文化与娱乐需求。独幕剧内容广泛，诸如表达对旧社会的痛恨，倾吐翻身的喜悦，歌颂新人新事，反映农村的阶级斗争等。这些创作难以避免地存在着公式化、概念化、思想肤浅、人物形象苍白、冲突简单化等不足之处，但所灌注的饱满、朴素、真挚的情感却是可贵的，一定程度上反映了特定年代里广大民众的情感和精神状态。剧作家吴祖光后来曾总结评价说："在这些独幕剧里，流露出作者心地的天真，创作态度的赤诚，以及他们对现实的真情实感，很少有'职业编剧'的味道，因而它们是很动人的。"①

当时具有代表性的剧目有《妇女代表》(孙芋)、《赵小兰》(金剑)、《人往高处走》(栾凤桐)、《夫妻之间》(北京人艺)、《开会》(邢野)、《百年大计》(丛深)、《姐妹俩》(蓝光)、《刘莲英》(崔德志)、《黄花岭》(舒慧)、《葡萄烂了》(王少燕)、《新局长到来之前》(何求)、《两个心眼》(赵羽翔)、《归来》(鲁彦周)、《家务事》(陈桂珍)等。其中较突出的主要有两类。一是恋爱、婚姻、家庭题材，注重表现新时代新社会中女性的觉醒成长与情感心理，以《妇女代表》《刘莲英》为代表；二是干预生活、批判现实的讽刺喜剧，影响较大的是《新局长到来之前》。

"第四种剧本" 在1956—1957年的短暂时段里，与小说界、诗歌界一样，戏剧界也涌起了一股不大不小的"干预生活"的潮流。这些剧作，虽说艺术的锤炼尚不充分，却也在"群众戏剧"的大背景中，显示出知识分子创作的不同眼光和追求，成为百花文学中醒目的一丛。主要作品有杨履方的四幕剧《布谷鸟又叫了》、岳野的五幕剧《同甘共苦》、海默的四幕剧《洞箫横吹》，还有赵寻的《还乡记》、鲁彦周的《归来》、王少燕的《葡萄烂了》等。这些作品风格清新，书写人情人性，张扬人道主义精神，大胆突破禁区、干预生活，曾经引起很大关注。有评论指出，它们突破了"工人剧本""农民剧本""部队剧本"充斥剧坛的状况，可以称为"第四种剧本"。②

"第四种剧本"是具有鲜明时代特点的社会问题剧。《同甘共苦》和《洞箫横吹》都以农业合作化为背景，前者通过写一位农民出身的领导干部的婚

---

① 吴祖光：《中国新文学大系1949—1976·戏剧卷·序》，《中国新文学大系1949—1976·戏剧卷》，上海文艺出版社1997年版，第5页。
② 黎弘：《第四种剧本——评〈布谷鸟又叫了〉》，《南京日报》1957年6月11日。

姻家庭的聚散离合,探索伦理道德与情感问题,大胆批判官僚主义、揭露社会阴暗。《布谷鸟又叫了》具有清新自然的喜剧风格。童亚男是一个富有青春活力、热爱生活、独立自主、满怀理想的农村新女性,她像布谷鸟一样地自由欢唱、不甘屈服,体现着新的思想观念,焕发出青春的生命力。"第四种剧本"在稍后的反右运动中遭到批判,《洞箫横吹》被指为"恶毒地歪曲"农村合作化、"恶毒地挑拨了农民与党之间的关系";《布谷鸟又叫了》则被定性为宣传"资产阶级个人主义思想"。

> **声音**
> 为资产阶级戏剧艺术的复辟鸣锣开道。
> (伊兵《论"第四种剧本"》)

二 历史剧

新政权和新意识形态需要通过对历史的重新书写来证明、加强和巩固自己的发生、存在和发展的必然性。由于特定的文化背景、具体政策导向,历史剧成为五六十年代戏剧中颇为活跃的一个方面。1950—1970年代,话剧历史剧主要有田汉的《关汉卿》和《文成公主》、郭沫若的《蔡文姬》和《武则天》、曹禺的《胆剑篇》等。历史剧集中出现于1960年前后,与1950年代中后期文学界"干预生活"的现实精神的受挫,是有深层联系的。

这一时期,包括戏剧在内的文学与政治的紧密联系,是一个历史的现象。剧作家和政治的"配合"并非是完全被动的。不过,《关汉卿》中"铜豌豆"似的不畏权贵、为民请命的精神,《胆剑篇》中卧薪尝胆、励精图治的坚忍和抱负,《蔡文姬》中曹操的襟怀坦荡、深谋远虑,蔡文姬的拳拳慈母心却又不舍民族大义,凡此种种,剧作家通过对历史的书写所集中、概括、提炼、虚构、想象、呈现的精神价值,是积极且富有生命力的,即便一度"趋时",却也是不容易过时的。

这些历史剧在艺术上共有的鲜明特色是饱满的诗情、浓郁的诗意、鲜明的民族化风格。这首先体现在剧作家的剧本创作中,又进而经过表演、导演的二度创作得以拓展、深化和具象化。郭沫若、田汉等,或者本就是优秀的诗人,或者从来不乏诗人气质,他们身上的浪漫、热烈、奔放和情感的深沉、细腻赋予了剧作以诗美。郭沫若曾在《蔡文姬·序》中说:"我写这个剧本时把我自己的经验融化了在里面的","蔡文姬就是我——是照着我写的"。他还将心比心地对田汉说:"您今年六十,《关汉卿》是很好的自寿。"[1]这是诗人戏剧家创作主体的自我投入,同时又是历史题材、历史人物本身所蕴涵的

---

[1] 郭沫若1958年5月2日至田汉信,《田汉文集》第7卷,中国戏剧出版社1983年版,第358页。

诗的精神、气质、性格、情怀和血性对于创作主体的激发和召唤。这一时期的话剧历史剧中的优秀之作,是剧作家的诗人性情、才华,与"北京人艺演剧学派"的表演、导演艺术相融合,同时也在中国历史本身的深厚底蕴的滋养下,共同创造出来的民族化戏剧诗。"翻案"历史剧中,包藏着对"翻案"本身的艺术"翻案"的可能性,这种可能性实际得到了相当的实现。

1949年之后,田汉共创作了三部历史剧,它们是《关汉卿》《文成公主》和《谢瑶环》。此外还改编了《白蛇传》《西厢记》(均为京剧本)。他的历史剧为当代戏剧作出了杰出贡献。尤其是《关汉卿》(1958),是田汉戏剧创作的最高成就,也是当代戏剧的经典之作。

在当时的时代背景中,田汉采用"六经注我"的办法,塑造了自己心目中的关汉卿形象:主要不是作为风流才子、杂剧班头,而是一位刚正不阿、为民请命、具有浩然正气的艺术家。田汉认为,"为民请命"的精神不仅在当时具有进步意义,即使在今天也有一定的积极作用。所以他的《关汉卿》以"为民请命"为该剧的主题。这个主题是通过对关汉卿"响当当的铜豌豆"精神的描写来体现的。"为民请命"可谓该剧的政治主题,"铜豌豆"精神则是关汉卿的性格主题,这两个主题凝聚在《窦娥冤》的创作及其遭遇中,关汉卿的形象也是在围绕《窦娥冤》的创作、演出和修改的斗争中完成的。权臣阿合马威胁他"不改上演,要你的脑袋!"他毫不屈服:"宁可不演,断然不改!"最后银铛入狱,以一曲《蝶双飞》表达自己的心志:"将碧血,写忠烈,作历鬼,除逆贼,这血儿啊,化作黄河扬子浪千叠,长与英雄共魂魄",充分展现了关汉卿"蒸不烂、煮不熟、捶不扁、炒不爆"的"铜豌豆"精神。剧中的朱帘秀也是不畏权贵、富有正义感的妇女典型,她不仅是关汉卿的恋人,还是他的益友。

戏中戏的手法,是此剧结构上的鲜明特色。剧中穿插了《窦娥冤》的创作、排演,戏里戏外相映照,强化了剧作的思想表达与艺术性。田汉是中国现代话剧艺术的重要开创者之一,他也很熟悉传统戏曲艺术。他于1955年正式出版的京剧剧本《白蛇传》(先前已参演1952年全国戏曲观摩大会)灌注着"爱和美"的浪漫情怀与精神,抒写真情真性,具有浓郁的抒情诗剧色彩。《关汉卿》的题材,为剧作家全面展现自己的艺术才华、探索话剧的民族化提供了便利。剧中,田汉采用了"话剧加唱"的手法,这是他开辟的"颇受观众欢迎"的话剧创作的"新风气"[①]。

郭沫若编剧、焦菊隐导演的《蔡文姬》是体现剧诗与话剧民族化的美学追求的典型而成功的作品之一。

---

① 陈瘦竹:《田汉的剧作》,《现代剧作家散论》,江苏人民出版社1979年版,第168页。

郭沫若的剧本本身包含了女诗人蔡文姬与政治家曹操两个"戏核"。尽管在作家的主观意向上,作者对蔡文姬形象的塑造是为给曹操"翻案"服务的,但是这个形象的丰富意蕴,远非一般的观念所能简单涵盖或左右。她是在个人的一生悲苦中走向"乐以天下,忧以天下"的境界。在蔡文姬身上,聚合了母亲与女性的情的丰富、中华民族传统的德的善美、中国读书人怀抱天下的气与义,这种聚合并非符号化地叠加,而是渗透着生命的爱与哀、痛与重、不忍与不能。丰富的情感蕴涵和戏剧性不仅冲淡了"翻案"的理念,也为演剧的二度创作提供了诗的审美空间。①

　　北京人民艺术剧院对《蔡文姬》的二度创作,就是要赋予剧本所包含的巨大情感冲突和深邃情感空间以舞台艺术的鲜明形式。导演焦菊隐首先与剧本"在《蔡文姬》诗的意境上会心"。"郭老在剧本上标明这是一出'五幕历史喜剧',但是导演却大胆地提出这出戏要从'悲剧'入手。"焦菊隐尊重舞台艺术的规律,充分渲染前三幕《胡笳十八拍》的哀怨悲愤,以之作为《重睹芳华》的情感依据。在舞台表演与调度上,他创造性地运用"龙套""帮腔""音乐""亮相""起霸"等传统戏曲程式;在舞台美术上,他的原则是"似与不似的统一;形似与神似的统一;生活真实与艺术真实的统一;有限空间与无限空间的统一"。② 他在话剧舞台上创造出了饱满、丰富、富有层次和流动感的诗意。朱琳塑造的蔡文姬舞台形象,在表现角色丰富、复杂又激越的思想情感的过程中,化用戏曲的舞蹈动作,从人物的心灵世界的独特结构出发,提炼出对蔡文姬眼神的理解,出色地塑造了这个舞台形象。③

三　《茶馆》

　　1949 年以后,小说家老舍以剧作家的身份出现在文坛上,他的剧作《方珍珠》《龙须沟》《一家代表》《生日》《春华秋实》《青年突击队》《西望长安》《红大院》《女店员》《全家福》《神拳》等,大多是"配合政策""赶任务"写出

---

① 张晓玥:《"古为今用"与民族化剧诗的探索——关于"十七年"的历史剧》,《宁波大学学报(人文科学版)》2014 年第 2 期。

② 苏民、刁光覃、蓝天野:《忆焦菊隐同志导演〈蔡文姬〉》,刘章春主编:《〈蔡文姬〉的舞台艺术》,中国戏剧出版社 2007 年版,第 16—17 页。

③ 朱琳《学习·探索·体会》:"蔡文姬决不宜像花旦似的,目光总是闪来闪去……而蔡文姬却是一个饱经沧桑、思想感情极为深沉的人。她的智慧不表现在她目光的灵活上,妩媚的眼神也不是她的特征。她的目光深邃,她常常是定住眼神凝视远方在深思,眼珠一般移动起来比较慢,当内心涌起激情的波涛时,她的眼睛也会闪耀着炽热的火花。透过她的目光,应该让人看到她思想的深沉和素养,但又要表现她的热情和她作为诗人的特有的敏感,易于激动的一面。"刘章春主编:《〈蔡文姬〉的舞台艺术》,中国戏剧出版社 2007 年版,第 62 页。

来的。1956年8月,老舍在北京人民艺术剧院把新剧本朗诵给曹禺、焦菊隐、赵起扬、欧阳山尊、夏淳等人听,大家一致认为第一幕第二场最精彩。曹禺、焦菊隐建议老舍索性写一个茶馆的戏。①

独特的艺术构思:侧面透露法。《茶馆》在构思上使用侧面透露法。老舍在介绍他如何构思《茶馆》一剧时曾说:"我不熟悉政治舞台上的高官大人,没法于正面描写他们的促进与促退。我也不十分懂政治。我只认识一些小人物。这些人物是经常下茶馆的。那么,我要是把他们集合到一个茶馆里,用他们生活上的变迁反映社会的变迁,不就侧面地透露出一些政治消息么?"②以小见大,以个别表现一般,他考虑的是主题与典型环境之间的关系。在《茶馆》中老舍既没有选取某个特殊的家庭,也没有选取某个特殊的地域,而是别出心裁地选择了北京一个普普通通的大茶馆。这个选择看似平常,却是《茶馆》成功的关键。由于"埋葬三个旧时代"、揭示"只有共产党能够救中国,只有社会主义才能救中国"的主题是通过侧面透露的方式展开的,借以侧面透露的正面载体又是茶馆小社会中的小人物的生活变迁,《茶馆》与当时流行的正面突出、直截了当、高亢昂扬的颂歌因此而显出了很大的不同。它以忧患与沉郁的悲喜剧美学,显示出老舍独特的艺术个性。

小人物形象的塑造。老舍对于小人物的书写总是充满了人情味,笔端蘸满了感情。从生活本身习得的个性气质铸就了老舍饱含忧患的气节。在《茶馆》中,王利发、秦仲义和常四爷,都是过着平民生活的旗人,他们身上多多少少都留存着贵族的气质,在物质生活中落魄,却在精神世界里始终坚持着希冀。王利发固然委曲求全,但骨子里是不服输的;秦仲义傲然耿直,他有维新救国的梦;常四爷有点顽固,却又刚强、倔强,"我是旗人,旗人也是中国人哪!"他的话铿锵有力。大戏落幕前三个老人又聚到裕泰茶馆,把捡来的纸钱撒向天空自我祭奠,这是荒诞的滑稽,又是悲凉的困惑,是无奈的调侃,更是绝望的挣扎。常四爷"虽年过七十,可是腰板还不太弯",王利发最后的自杀也表现出生命的气节。作为旗人的老舍对自己的民族文化有着既批判又眷恋的复杂情感,作为文人的老舍让他笔下的人物渗透了无奈中的自尊。

话剧的中国审美。《茶馆》是话剧领域中国审美的典范,它的典范性首先体现在活的"老北京",浓浓的北京味儿,地道的中国人,深沉的历史感。

---

① 陈徒手《老舍:花开花落有几回》:"老舍听了以后最初是有惊无喜,只是习惯性地反应一下:'那就配合不上了。'这句话很快在北京文艺圈小范围内传开了,成了当时经典的内部名言。"《读书》1999年第2期。老舍"配合不上"的焦虑折射出当时文学与文学家的特殊处境。

② 老舍:《答复〈茶馆〉的几个问题》,《剧本》1958年5月号。

它既突破了西方话剧的一贯写法,也没有走上戏曲化的传统道路,创造出一种独具中国审美特色与现代性的话剧形式,和新的剧诗形态。人多事繁、散点透视的戏剧结构,非冲突化的戏剧思维,开口就响的戏剧语言,成为《茶馆》历来为人称道的三个独特形式创造。老舍精心选择人物某几个最能体现其思想性格的闪光点,进行简洁的刻画;不重整体介绍,而重棱角的表现。更为重要的,《茶馆》是饱含着老舍的悲悯和忧患之情的作品,没有那么深

这第一幕是古今中外剧作中罕见的第一幕。
(曹禺《〈茶馆〉的舞台艺术·序》)

沉的情的投入,作家的笔下不可能包容那么多辛酸、卑微、无奈、颓唐和惊恐,与这其中的不能泯灭也不肯放弃的骨气、韧劲以及小心翼翼的呵护。主情性是《茶馆》的艺术核心,情感整合了《茶馆》人多事繁、非冲突化、开口就响的外在形式,形成了它独特的叙情性的戏剧体式。通过以情带事、事中含情的叙情方式展开,在情感的流动中写人记事。

悲喜剧美学。首先是情感的节奏。三幕戏是在人来事往中情绪基调不断向下走的过程。第一幕是生意兴隆、色彩浓郁的热烈,第二幕是民不聊生、纷乱压抑的惨淡,第三幕是自我祭奠、凄惶悲凉的灭寂,整体上构成"改良、改良,越改越凉"直到"冰凉"的线索。这种下楼梯式的节奏最后又有一个反弹。三个老人的自悼看似一派灰飞烟灭,但它不是集聚的,而是趋于弥散的,呈现无奈而微渺的色彩。其次是情感的层次。《茶馆》以"埋葬"的方式写挽歌,也以埋葬来求取"新生"。王利发作为茶馆主人和茶馆世界兴衰的见证者,老舍让他不断地有所希冀,又不断地赋予他希冀瓦解的无可奈何。常四爷也是每况愈下,在每况愈下中他始终有所秉持,但他所秉持的又不断被嘲弄和否定。这种微渺的趋上的情感和沉重的下落的情感不断交织,后者把前者一点一点、一滴一滴地拉下去,直至泯灭。再次是情感的色调。《茶馆》是有一定喜剧性的悲剧,悲是主调,笑是穿插其间的音符。悲喜融合、"含泪的笑"本质上都是悲剧性的,《茶馆》并不例外。但它有自己的独特性。其一,一般戏剧中的悲都体现正价值,笑联系负价值,而《茶馆》却"笑中有正"。典型的代表是松二爷这个形象。老舍并非是嘲弄他的自慰自欺,而是带一点欣赏的眼光,从中提炼出隐隐的生命的较劲和小心呵护的人生的梦。老舍是把松二爷的体面作为人物的气节来体验和书写的。这和鲁迅写阿Q不一样,鲁迅是用启蒙的视角向下看,所以他写得比较彻底,老舍则带着同情与之平等交心,所以更含温情。其二,《茶馆》的悲中也常常含笑。曾怀实业救国理想的秦二爷在第三幕上场,发出的是自嘲:"应该劝告大家,有钱就该吃喝嫖赌,胡作非为,可千万别干好事!告诉他们,秦某人七十多

岁才明白这点小道理！他是个天生来的笨蛋！"常四爷最后的话也是挖苦："我爱咱们的国呀,可是谁爱我呢?"他们和王利发的自我祭奠在悲怆中不免也是荒诞滑稽的。所以,尽管其中有点"于无所希望中得救"的味道,但这种味道又被它的形式所冲淡,最终还是无望。就是因为掘出这样一个不见底的深渊,老舍所倾注的追怀和凭吊愈发显出沉重。老舍的荒诞是含"情"的。

四 "社会主义教育剧"

1962年9月毛泽东在八届十中全会上发出号召,要求全党全国人民"千万不要忘记阶级斗争"。一场"社会主义教育运动"在全国范围内展开,相应的,在国际上则是反对苏联修正主义。戏剧创作界出现了一批与"社教运动"相配合的作品,戏剧史上称之为"社会主义教育剧"。其内容涉及农村生活、城市生活及革命军事斗争诸多方面,有对革命历史的回顾,也有对农村"四清"、城市"五反"的直接配合。主要话剧作品有《霓虹灯下的哨兵》(沈西蒙等)、《千万不要忘记》(丛深)、《第二个春天》(刘川)、《龙江颂》(江文等)、《年轻的一代》(陈耘)、《南海长城》(赵寰)等。

《千万不要忘记》(1962)描写一个电机厂青年工人的思想成长过程。丁少纯和护士姚玉娟结婚后,受到原是小商贩的岳母的影响,滋生了贪图物质享受和虚荣的思想,后来在父亲、工人丁海宽的教育下幡然省悟。姚母和丁海宽在生活中是亲家,在思想上则是不同阶级的代表,丁少纯就是他们之间要争夺的"阵地"。戏剧最后鲜明地告诫人们:千万不要忘记"常常在说说笑笑之间就进行着"的阶级斗争。

《霓虹灯下的哨兵》(1963)表现与"不拿枪的敌人"的斗争。这部戏在当年产生过很大影响,曾有"全国一片'虹'"之说。《霓》主要有两条线索,一是以老K为代表的反动特务与革命八连之间的破坏上海与保卫上海的敌我矛盾;二是以八连三排长陈喜为焦点的革命队伍内部腐蚀与反腐蚀的斗争。其间还穿插了新战士童阿男与资产阶级出身的小姐陈媛媛谈恋爱的故事,并由此联系出对埋头于艺术、逃避政治的知识分子罗克文、林乃娴一家的团结、教育、争取与对方疑惧、躲避、误会、不理解的矛盾。戏剧精心塑造了一个进上海后经不住"香风"熏染的排长陈喜的形象。戏里有一个让人难忘的细节:陈喜扔掉布袜子,改穿花袜子。这一私人行为具有重大的象征意义。"可能有这样一些共产党人,他们是不曾被拿枪的敌人征服过的,他们在这些敌人面前不愧英雄的称号;但是经不起人们用糖衣裹着的炮弹的攻击,他们在糖弹面前要打败仗。"①穿花袜子就是受到"糖衣炮弹"侵蚀的征兆。陈喜不仅换了袜子,他还打算换老婆,他嫌弃他的农村妻子春妮。从生活物件的譬喻再到个人家庭生活的比附,《霓虹灯下的哨兵》完成了一场既直接又曲折的"反修防修教育"。这一教育过程的展开,是通过对一双花袜子的物质追求的否定,进而全面否定物质意义上的上海,以取得对上海的精神上的胜利。教育中预设了两个敌对的因素,物质与精神,前者等同于城市、上海、资产阶级、香风毒雾、"糖衣炮弹",后者则是革命传统、革命意志、革命作风。

第二节 台湾戏剧

国民党政权败退台湾后,在实施戒严、整肃的同时,建立以军中演剧队为主体的官方演剧体制和以张道藩为主任的中华文艺奖金委员会,以权势和重金引诱两手推行反共抗俄戏剧。那些作品适应"反攻复国"的政治需要,生编硬造,千篇一律,即便作为宣传品来看也是极其拙劣的。

1960年代初,台湾戏剧出现转机。1960年李曼瑰(1907—1975)赴欧亚考察戏剧回台湾后,借鉴欧美小剧场的经验,组建三一戏剧艺术研究会、小剧场运动推行委员会,次年发起组织台北话剧欣赏委员会,在台湾举行年度话剧公演和颁发各种演出奖,大力倡导小剧场运动,以一种"在小型剧场里演出有严肃艺术企图的剧本的演出方式"来应对当时低迷的戏剧环境,振兴易卜生以降的写实主义戏剧传统。李曼瑰苦心经营、勉力推动台湾剧运的悄然反拨,渐次从官方走向民间,从单一走向多元,戏剧演出越来越离开台湾官方话语,终于形成1980年代反叛性的小剧场运动。创刊于1965年的《欧洲杂志》与《剧场》,对西方现代戏剧的广泛介绍构成了台湾当代戏剧也是中国现代戏剧"第二度西潮"的初始浪头。

1987年中国戏剧出版社出版了《台湾剧作选》,收录从台湾近30年来大量的剧作中筛选出来的李曼瑰《楚汉风云》、姚一苇《一口箱子》、张晓风《武陵人》、王祯和《春姨》、白先勇《游园惊梦》、金士杰《荷珠新配》、黄美序《木板床与席梦思》、马森《花与剑》、陈玲玲《爱情红绿灯》、纪蔚然《死角》等7个多幕剧和3个短剧,加之1990年代江苏文艺出版社选编《中国当代十大喜剧》时收入的姚一苇《红鼻子》,大致反映出大陆学者视野中这时期的台湾代

---

① 毛泽东:《在中国共产党第七届中央委员会第二次全体会议上的报告》,《毛泽东选集》第4卷,人民出版社1991年版,第1438页。

表剧作家和代表剧作。

姚一苇(1922—1997,江西南昌人)任职于台湾银行,在大学主讲戏剧理论,是一位学者型剧作家。政治环境的压抑和存在主义的牵引,使他的戏剧创造——无论是古事新编还是取材于现代——的目光聚焦于"人",以对人的困境的思考和艺术表现表达对政治环境的"不让"。沿着处境—压力—命运的线索,姚一苇的戏剧反复渲染那种危机四伏、阴谋环伺、朝不保夕的危机感,和"没有明天""回不了家"的痛苦,《红鼻子》中神赐的出走和对失落的自我的寻找,以及最后的祭献,将姚一苇戏剧深层结构中与"人的困境"对人的压抑和异化相对峙的另一条线索明朗化。姚一苇又多方面地传承了民族戏曲、曲艺的舞台艺术。他的前期戏剧注重吸取和表现传统戏曲的叙述性、表演性、写意性,并采用说、诵、唱并置、多有重复的极为通俗的韵文体,以诗化的风格意在创造"我国的真正国剧"①。后期他的戏剧从繁华走向简练。他中期的戏剧《一口箱子》和后期戏剧《访客》更多地吸收西方现代主义戏剧的艺术手法,但荒诞剧的形式感并没有消解民族性的内核。姚一苇的代表性剧目《来自凤凰镇的人》《碾玉观音》《红鼻子》《重新开始》,可以毫不逊色地进入中国当代优秀戏剧之列。他也因为戏剧作品,以及倡导求新求变的小剧场运动而成为当代台湾最有影响的戏剧家。

马森(1932— ,山东齐河人)长期任教于欧美各国与中国台湾,是在写实主义、象征主义、表现主义和荒谬剧的多种影响下进行戏剧创作的。1967年写作戏剧《苍蝇与蚊子》和《一碗凉粥》,1970年代在台湾报刊上陆续发表剧作《狮子》《弱者》《蛙戏》《野鹁鸽》《朝圣者》和《在大蟒的肚子里》,1978年与《花与剑》一并结集为《马森独幕剧集》。1996年又加上《脚色》《进城》,结集为《脚色》。其"戏剧表现方式并不相同,但都与五四以来的中国话剧传统大异其趣"②。这主要体现在对现实主义和他所谓的"拟写实主义"的超越,以现代主义的戏剧美学取代现实主义的戏剧美学,将现实的社会生活抽象、变形、荒诞化,在更高更普遍的层次和更本质更抽象的意义上演绎人生。《花与剑》是马森戏剧中富哲理意味的剧作,花象征着爱,剑象征着恨。父亲一手拿花,一手执剑,象征爱与恨与生命同在,同为一体的两面。《花与剑》也是马森开始自觉运用"脚色"范式的剧目,扮演"儿"的角色可以是儿子,也可以是女儿。另一个角色则戴着四层面具,先后扮演母、父、母或父的朋友,以及鬼,以求在获得舞台趣味效果的同时,"反映出一个人同时身兼着多种

---

① 转引林克欢:《姚一苇先生和他的〈红鼻子〉》,《剧本》1982年第2期。
② 马森:《文学与戏剧》,《脚色——马森独幕剧集》,台北,书林出版社1996年版,第20页。

脚色的人生真实"。从这里,我们可以大致归纳出马森戏剧所提倡的所谓"脚色"范式:把人间的关系简化集中到几个最基本的"脚色"身上,如父母、夫妻、父子,形成马森戏剧中"父(母)——夫妻——(女)儿"的基本人物关系模式。同时,不同于荒谬剧的剧作家企图通过符号式的人物把人"抽象化"',马森意在"把抽象的人再赋予具体的脚色的特征"。①

研习提升阅读材料

---

① 马森在出版戏剧集《脚色》以后,因为自觉"无法突破自己,所以暂时不想写",转向致力于戏剧理论和戏剧史的研究,出版论著《中国现代戏剧的二度西潮》。1990年代中期,马森发表歌剧《美丽华酒女救风尘》和话剧《我们都是金光党》,显示了对现实主义的某种回归。进入21世纪,马森又发表了《阳台》《窗外风景》两部新作。

第五章
1950—1970年代诗歌散文

第一节　1950—1970年代诗歌　郭小川

　　文学,尤其是诗,作为人的观念的对象化、心灵化,主情性是其核心本质。在1950—1970年代的中国诗坛,抒情诗依然是创作的主流。1949年之后,从战火纷飞、乱离分裂到和平生活、政治统一,欢欣振奋、满怀希望成为全民族的集体情感。集体情感裹挟甚至取代个体化的体验,并以特定的政治理念规约个人的抒情,成为本时期诗歌创作的普遍状态。以颂歌的形式歌咏党所领导的革命斗争和社会主义建设的伟业,在美学上恪守"工农兵文艺"的规范,是本时期诗歌的主流形态。情感的理念化和集体性,是当代抒情诗最突出最普遍的特点。这也决定了个体性的智性诗——中国诗的一种现代新质——一定程度上失去了存在的合法性。而由于现实生活翻天覆地的新变化,以及现实主义文学观念占据了中心地位,叙事诗在当代诗坛特别活跃,中国新诗的整体面貌发生了改天换地的变革。

一　诗人处境与诗坛的重组

　　1949年以后,新诗界发生了历史性的分化与重组。
　　其一,是从国统区走进当代的诗人,主要有郭沫若、臧克家、冯至、卞之琳、袁水拍、力扬等,以及七月派诗人和后来被称作九叶诗派的成员们。郭沫若在1949年之后出版有《新华颂》《长春集》《潮汐集》《东风集》《百花齐放》等大量诗集。从数量看,他又进入了一个新的诗歌创作高潮。但那些简单配合政治、标语口号式的空洞之作,并不能和他当年的"女神"之歌相提并论。① "烙印"诗人臧克家在这一时期的重要工作是主编《诗刊》。直到1964年该刊停刊，《诗刊》一直担当着在诗歌领域贯彻党的方针政策、配合中心工作的重要任务。冯至、卞之琳以及1940年代成长起来的九叶诗人，他们的现代主义的诗探索在这一时期戛然而止。七月派诗人则因胡风案的牵连，在1950年代中期以后被剥夺了写作的权利。

其二，是在国统区开始自己的创作并成名，后来转入解放区，进而走进当代的诗人，主要有艾青、田间和何其芳等。何其芳此时已经主要从事学术研究。1949—1957年，艾青在《人民文学》《诗刊》等发表诗作近百首，数量上可谓是一个高产期，但却很难达到过去的艺术水准。这时，艾青的诗也不被文坛主流认可。他的诗被认为"和时代精神相去较远"，缺乏"高度的政治热情"，"思想感情是陈旧的"②，甚至被质问"能不能为社会主义歌唱"？③1957年，艾青被打成右派，从此缺席诗坛20年。写于1954年的《礁石》是一首抒情短诗，通过"礁石"形象传达出来的满身伤痕又沉静地面对苦难的情感状态，让人们看到了过去那个凝重沉郁而不乏傲岸的艾青的影子。这首诗后来被视为诗人在1950年代的"自画像"。与《礁石》写于同年的《在智利的海岬上》，写实与象征互渗，反复书写"水手—聂鲁达"意象，抒情深沉而壮美，被普遍认为是这一时期较能体现艾青艺术个性的诗作。

1949年后，田间的创作数量巨大，诗集即有近20部。在新的时代里，"擂鼓的诗人"依然鼓声隆隆，却没有再达到长诗《给战斗者》那样的高度，也没能写出《假如我们不去打仗》《义勇军》《给饲养员》那样极具鼓动力的街头短诗。与时俱进的田间这时还尝试改写1946年的叙事诗《赶车传》，将其扩展为七部(《赶车传》《蓝妮》《石不烂》《毛主席》《金不换》《金娃》《乐园歌》)，以近两万行的鸿篇巨制，表现共产党领导建设社会主义中国的伟大历程。但是，乌托邦式的空想和概念化的堆砌决定了这部当代农村"史诗"的失败。

其三，在解放区土生土长并取得较大成就的诗人，主要有李季、阮章竞、张志民等。1940年代，他们沿着《讲话》所指引的方向，为人民翻身而歌唱，

---

① 郭沫若1963年5月5日致陈明远信中，谈到自己的这些创作时说："至于我自己，有时我内心是很悲哀的。我常感到自己的生活中缺乏诗意，因此也就不能写出好诗来。我的那些分行的散文，都是应制应景之作，根本就不配称为是什么'诗'！别人出于客套应酬，从来不向我指出这个问题，但我是有自知之明的。"(《郭沫若书信集(下)》，黄淳浩编，中国社会科学出版社1992年版，第142页)

② 臧克家等:《沸腾的生活和诗》，《文艺报》1956年3期。

③ 周扬:《建设社会主义文学的任务》，《文艺报》1956年第5、6期合刊。1957年第9期《诗刊》又发表了徐迟的文章《艾青能不能为社会主义歌唱?》。

作为《讲话》精神的成功实践者,作为一种新的文学方向和旗帜走进了当代。过去,他们所擅长的艺术形式主要是北方民歌,审美优势在于传达富有乡土色彩的生活气息,情感特色是战时环境里翻身解放的由衷欢唱、热情高涨。民歌体的抒情方式,或是亲切的口吻,或是悲诉的调子,在表现宏大规模、繁复构成、磅礴气势时,常常是有所局限的。1949年之后,他们的创作大都由"翻身之歌"转向"建设之歌"。李季被称为"石油诗人",致力于在"黑色的琼浆"中提炼诗意,以《玉门诗抄》和长篇叙事诗《杨高传》为代表。阮章竞也同样投身到经济建设的新天地,发表有《新塞外行》《乌兰察布》《万里东风古塞行》《新黄河赞》《钢都颂》等系列组诗和叙事长诗《白云鄂博交响诗》。在宏大历史场景及大规模经济建设面前,解放区诗人主要以农村文化为基础的艺术表现形式、审美传达方式和情感状态,都需要做出新的调整。但他们有限的文化视野和文学素养、相对单一化的主体精神空间,决定了他们的调整是仓促的、力不从心的。解放区诗人的"当代"尴尬,在一定意义上,是特定的农村文化进入更阔大的历史空间之后的捉襟见肘,亦可视为基于战时环境的农村文化形态与和平时期的城市—工业文化形态的错位。

其四,1949年后才通过创作确立自己在诗坛地位的诗人,主要有郭小川、贺敬之、闻捷、蔡其矫、公刘、白桦、李瑛、邵燕祥、流沙河等。他们是本时期诗坛的中坚力量,引领了以政治抒情诗与新生活叙事诗为核心的诗歌主潮,他们的创作也呈现出一体化时代诗歌艺术的种种探索。

二 政治抒情诗

政治抒情诗与中国当代历史的发生几乎是同步的。1949年后,政治抒情诗成为文学主潮之一。应和着"中国人民站起来了!"的伟大宣言,《新华颂》(郭沫若)、《时间开始了》(胡风)、《我们最伟大的节日》(何其芳)、《国旗》(艾青)、《我的感谢》(冯至)等,率先开启了歌颂党、歌颂领袖、歌颂伟大新时代的浪潮。这股浪潮席卷了1950—1970年代的中国诗坛。1964年,一位年轻的诗评家曾列出"一连串颇为壮观的优秀之作的名单"①,诸如臧克家的《战斗的最强音》,李季的《向昆仑》,贺敬之的《放声歌唱》《十年颂歌》《雷锋之歌》,郭小川的《向困难进军》《青纱帐——甘蔗林》《林区三唱》《秋歌》,张志民的《祖国颂》《擂台》,石方禹的《和平的最强音》《古巴·革命及其它》,闻捷的《我思念北京》,李瑛的《古巴情思》,严阵的《天安门颂》等。

当年有诗人认为:"热情澎湃的政治抒情诗是时代的先进的声音,时代

---

① 谢冕:《阶级斗争的冲锋号——略谈政治抒情诗创作》,《诗刊》1964年第10期。

先进的感情和思想。它是鼓舞人心的诗篇。它以雄壮的响亮的歌声,召唤人们前进,来为社会主义事业进行创造性的劳动。热情澎湃的政治抒情诗是我们社会主义时代的喉舌。热情澎湃的政治抒情诗是最有力量的政治鼓动诗。"①整体上看,这种以政治鼓动为目的、"时代的喉舌"式的诗歌,主要以演绎政治观念的方式来创作,整体上缺乏艺术探索的个性,有的虽然名噪一时,但大都缺乏持久的艺术感染力。

新的时代总有新的、年轻的歌者。25岁的青年诗人石方禹1950年发表在《人民文学》上的抒情长诗《和平的最强音》,被认为是当代文学最早的政治抒情诗。这首诗在恢宏而广阔的视野中,涵括时代国际风云,以理想主义激情来体察战争与和平的历史和现实,塑造了作为伟大和平缔造者的新中国形象,传达出民族的自豪感和理想信念,以及奉献生命以捍卫祖国的革命斗志。"尽管它保留了当日的某种局限性,但却的确传达了人类的正义感与良知。"②

在政治抒情诗写作浪潮中,代表性诗人是贺敬之等。

贺敬之的政治抒情诗主要有两类,一是以《放声歌唱》《十年颂歌》《雷锋之歌》为代表的大型抒情诗,一是《回延安》《桂林山水歌》《西去列车的窗口》等抒情短歌。名闻一时的《放声歌唱》全篇共五部分。第一章提挈全篇;第二章歌唱翻天覆地的祖国新貌;第三章高唱党的颂歌;第四章是"我"的成长和新生;第五章抒发畅想明天的豪情。贺敬之的短诗常以"缅怀"为抒情向度,他的"缅怀"不带伤感,因为重返过去所发现的常常是奔向未来的依据与动力。为了配合1963年首批知识青年从上海赴新疆垦荒,《西去列车的窗口》精心设计了"老战士""我"和"新战友"三代人,"西去的列车"因此成为代有薪传的革命与社会主义建设洪流的象征。1977年7月,建军50周年前夕,贺敬之又写了一首长篇抒情诗《"八一"之歌》,其中"身后——/万里长征,/眼前——/长征万里"等诗句,贯穿着诗人长期以来的诗歌思维。与郭小川的矛盾和困惑不同,贺敬之始终以确定、明朗的态度处理诗与时代、政治的关系,将"自我"自觉融入到"大我"中。高亢豪迈的"放声歌唱",对于贺敬之来说,既是一种诗的抒情方式,也是他基于坚定政治信念而由衷发生的情感状态。他的诗同时代政治发生着密切的关联。在1960年,就有诗

---

① 徐迟:《祖国颂·序》,《祖国颂》,中国青年出版社1959年版,第3页。
② 谢冕:《中国新文学大系1949—1976·诗卷·序言》,《中国新文学大系1949—1976 第十四集·诗卷》上海文艺出版社1997年版,第10页。

评家发现:"《放声歌唱》作于一九五六年,是献给党的第八次全国代表大会和国庆七周年的;《东风万里》则为党的八大第二次会议而作;当天安门城楼第十次披上节日的彩霞的时候,他唱出了《十年颂歌》。这三首对于党的颂歌,不仅主题相同,而且就诗的思想和艺术特点看,它们的倾向也是相同的。"①

(政治抒情诗是)一种诗体社论、时评或纪念文章。

(李新宇《中国当代诗歌艺术演变史》)

1960年代以后,尤其从1962年9月开始,一场社会主义教育运动在国内展开。日常生活的高度政治化,制约着中国当代新诗,决定着新诗艺术的走向。政治抒情诗写作浪潮进一步高涨。张志民、闻捷、李瑛、阮章竞等一批以叙事为主的诗人纷纷转写直抒胸臆的政治抒情诗。这时的政治抒情诗,抒情的意味更多被战斗动员的气息所取代,有的颂歌已经开始转为战歌。当时有评论以"阶级斗争的冲锋号"来概括这些政治抒情诗的基本特点:"以国内外的政治生活为其抒情的对象,以'阶级对阶级的斗争'为其直接或间接的表现内容,它所抒写的,是诗人在当代阶级斗争洪流中提炼的重大的主题,以及诗人和人民共同具有的战斗的激情。其他诗体,当然也表现而且必须表现阶级斗争、为政治服务,但政治抒情诗能够更迅速、更直接、更集中地表现这一内容,在更多的时候,它是更为直接地参加战斗、而且是最富有鼓动性的战歌。这是政治抒情诗的基本特点。"②

政治抒情诗从"放声歌唱"转向"战鼓隆隆"。1963年,响应毛泽东"向雷锋同志学习"的号召,贺敬之所写的一千二百多行的长诗《雷锋之歌》轰动一时,影响了当时的诗风。

全部投入
我们阶级的
步伐——
化成了
战斗的
轰天雷鸣!

---

① 谢冕:《论贺敬之的政治抒情诗》,见安徽大学中文系编《中国当代文学研究资料 贺敬之专集》1979年版,第139页。

② 谢冕:《阶级斗争的冲锋号——略谈政治抒情诗创作》,《诗刊》1964年第10期。

这样的诗句,不是对先进模范的歌颂,而是对阶级斗争的斗士和先锋的呼唤;这不再是充满欢笑的颂歌,而是勇往直前的战斗号角。李瑛的《擂台》(《诗刊》1963年8月号)也是当时有较大影响的诗作。诗人从岭南村村都有的老榕树,看到了一部波澜壮阔的农村阶级斗争的历史长卷:陈胜吴广揭竿而起,宋景诗高举"起义的大旗",武松的"浇愁烈酒",鲁智深的"愤世不平",以及"洪秀全的大刀"……历史到了今天,依然隐伏着阶级斗争的种种动向;面对复杂严峻的局面,诗人严肃地告诫人们:"战鼓没停,/战旗未收,/今天的擂台上,/看!那每一个回合,/都是在——/争今天属于谁?/夺明天往哪儿走?/看!那每一场争执,/都是在——/为无产阶级保天下,/给子孙后代定春秋……"山雨欲来风满楼,政治抒情诗的日益战歌化似一片浓云,表征着一场正在袭来的大风暴。

三 新生活的歌唱

以政治抒情为主向的五六十年代的诗歌,也有偏重记叙的一路。在思想观念、情感态度与美学规范的一体化要求之下,不是诗人从自我主体情思出发去占有生活,而是被本质化了的生活占有,或者说,这时期诗的创作原则及其实现方式,主要不是"生活入诗",而是"诗入生活"。"生活化"这一叙事诗的特点,因此具有了独特的"当代"的规定性。被"生活化"了的当代叙事诗,最集中和广泛的表现形态是"工地之歌""建设者之歌",或者说是"劳动之歌"。诗人与诗通过社会分工的方式,作为螺丝钉、齿轮、润滑油、黏合剂一类的生产资料被组装到无产阶级革命与社会主义建设的庞大机器中。于是,诗人们被光荣地授予"石油诗人"①"森林诗人"②"煤矿诗人"③"军旅诗人"④等新的"桂冠"。叙事性诗歌的类型因此多以叙述对象的不同来加以区分。诸如军旅生活、经济建设、政治运动,以及工业与农业,包括地理区域等题材因素决定着此时诗歌在同一格局之内的"差异"。

新的生活化原则规约下的诗歌,其审美的新鲜感和持久力,从根本上是由生活本身所决定的。在政治统一、全面开发和建设祖国大地的时代背景

---

① 李季以《玉门诗抄》《生活之歌》《致以石油工人的敬礼》《心爱的柴达木》《石油大哥》等大量西部油田生活题材的诗歌创作,被誉为"石油诗人"。

② 傅仇1950年代起因创作了《森林之歌》等大量林业题材诗歌,被誉为"森林诗人"。

③ 孙友田1950年代起以《煤海短歌》等大量煤矿题材诗作被称为"煤矿诗人",他的诗句"我是煤,我要燃烧!"(《大山欢笑》,《诗刊》1961年第1期)一度在煤矿职工中广为流传,后来有"当代矿工宣言"之誉。

④ "军旅"在1950—1970年代的中国社会,作为一种身份不仅是职业性的,而且具有重要的政治与文化意义。"军旅诗人"较著名的主要有李瑛、未央、张永枚等。

中,一些年轻的诗人深入到少数民族地区,写出了一批边地生活题材的诗歌。相对于热火朝天的社会主义建设、生产的工地和耕地而言,少数民族聚居的边陲地区留存了相对多一些的自然生态。表现对象的特殊使这些诗歌在一定程度上呈现出色彩的清新与丰富,具有某种异域想象的味道。其中比较突出的主要有两类。一是以公刘、白桦、顾工、周良沛、梁上泉、高平、杨星火、高缨等人构成的"西南边疆诗群"的创作,二是以闻捷为代表的表现新疆生活的诗人。

1950 年代初,一批军中文化工作者随着南下西进的部队进入云贵川和康藏高原。西南边地独特的自然和人文风貌,给年轻的诗人们带来了新鲜的生活感受,也因审美的陌生而触发了他们创作的灵感。他们大都参与了少数民族民间文学的收集整理工作。富有民族和地域色彩的故事、传说和民歌,作为一定程度上异质的文化养分,滋养和激发着这些青年诗人们的创作。由于生活经历与艺术特点的相近相似,在后来的诗歌史中,这些诗人被概括为"西南边疆诗群"。尽管受到带有异质色彩的文化的影响,但"西南边疆诗群"的创作在整体上没有也不可能疏离于当时的文学主潮。来自革命军人的保卫边疆、建设边疆、改造边疆的英雄主义情怀是他们诗歌的主调。他们以爱与恨的交织来组织诗歌主题,既有对美好生活的讴歌,也有阶级斗争主题。

公刘是这些诗人中影响较大的一位。1955 年,他在《人民文学》上发表的《佧佤山组诗》《西双版纳组诗》和《西盟的早晨》,情感清新刚健,想象奇丽多彩。1956 年公刘离开云南后,诗风发生转变。在短暂的"百花时代",他既有组诗《向北方》一类的颂歌式作品,也留下了书写爱情、探索精神生活的组诗《迟开的蔷薇》。《迟开的蔷薇》中那些基于个体生命体验、富有内在激情的诗句,多少违背了当时的抒情规范。1957 年夏,被打为右派的公刘离开了诗坛。30 年后他重返诗坛时,依然有评论家把他 1950 年代的诗作视为"一朵奇异的云"①。

专注于抒写西北边疆生活并有较大影响的诗人是**闻捷**。闻捷(1923—1971,原名赵文节,江苏丹徒人)也是以随军记者的身份进入边疆地区的,1952 年起他担任新华社新疆分社社长。1955 年,组诗《吐鲁番情歌》《博斯腾湖滨》《水兵的心》《果子沟山谣》《撒在十字路口的传单》和叙事诗《哈萨克牧民夜送"千里驹"》在《人民文学》上相继发表,对于少数民族风情尤其是爱情生活的鲜活表现,奠定了闻捷的诗歌地位。闻捷吟唱的爱情常常是

---

① 黄子平:《从云到火——公刘新作初探》,《北京大学学报(哲学社会科学版)》1983 年第 2 期。

与劳动、新时代、新社会紧密联系的。这也是新时代许多所谓爱情诗的共同特点——"他歌唱的是解放了的劳动人民的爱情;是和劳动紧密地结合着的爱情;是服从于劳动的爱情;是以劳动为最高选择标准的爱情;是有着崇高道德原则的爱情。"①1956年出版的诗集《天山牧歌》集中了诗人最重要的诗作。闻捷的诗带有明显的颂歌色彩,但这是牧歌情调的颂歌,清新流丽,活泼亲切,长于细致的叙事和描绘,在当时普遍崇尚斗争的诗潮中,显出比较独特的风格。本时期闻捷还创作了长篇叙事诗《复仇的火焰》。

四 "战士诗人"郭小川

郭小川(1919—1976,原名郭恩大,出生于河北丰宁)在抗战爆发后奔赴延安,1954年任中国作协党组副书记、书记处书记兼秘书长。他既是政治抒情诗潮流中一位代表性的主流诗人,又具有特别的历史复杂性。1955年他创作了组诗《致青年公民》,确立了自己在诗坛的地位。这组模仿苏联马雅可夫斯基"楼梯式"的鼓动诗贯注着饱满激昂的时代精神与情绪,在社会主义改造和建设的高潮中,号召青年人投入火热的新生活,曾经引起强烈的反响。但诗人很快不满于这样"现成的流行的政治语言的翻版"式的诗创作,他渴望能写出"新颖而独特"的"作者的创见",要做一个"有他自己观察生活的方法""有自己的独到的见解"的"独特的作家"。② 在这样的诗学追求中,1956—1959年,郭小川创作了叙事诗《白雪的赞歌》《深深的山谷》《严厉的爱》《一个和八个》《将军三部曲》,以及抒情诗《山中》《致大海》《望星空》等。这些诗作,一反《致青年公民》那种昂扬乐观,不合时宜地流露出某些心灵的困惑与矛盾。这些矛盾和困惑并非是与时代相疏离的产物,而恰恰是爱这个时代太深的结果,是诗人向他的挚爱敞开全部心扉、无所保留地倾吐自己的情与思的结果。1960年代,郭小川重新坚定了自己的信念,足迹遍布祖国各地,写出了《青纱帐——甘蔗林》《林区三唱》(《祝酒歌》《青松歌》《大风雷歌》)、《乡村大道》《厦门风姿》《昆仑行》《刻在北大荒的土地》等政治抒情诗。无论怎样,"战士诗人"已经成为郭小川抹不去的精神和生命烙印。在1975年九、十月间,郭小川又写下了《团泊洼的秋天》与《秋歌》,重现

> **声音**
>
> 他(郭小川)悲剧性地否认了自己曾有过的开拓。
>
> (洪子诚、刘登翰《中国当代新诗史》)

---

① 力扬:《谈闻捷的诗歌创作》,《人民文学》1956年第2期。
② 郭小川:《月下集·权当序言》,《郭小川全集》第5卷,广西师范大学出版社2000年版,第393—396页。

他在1950年代中后期矛盾重重的心灵世界。

写于1959年的抒情诗《望星空》产生于建国十周年国庆之时。诗歌采用短句长排的形式,诗行、诗段间大体整齐、对应,大量运用铺饰、排比、重叠等手法,气势宏阔,激情澎湃,富有情感浓度与语言力度。前两章是以个人性的怅惘和困惑为铺垫,接着两章则急转为高昂的时代颂歌,诗人的主观思想意向十分明确。不过,当时有评论认为:"整篇作品的重心显然是在一、二段,等到三、四段,诗人企图转换情绪、改变气氛已属不可能了。……从一个悲观失望的调子,从一个低音陡然变成乐观高昂的音调,在一首诗里怎么可能呢?"①《望星空》在思想和艺术上是一个分裂的文本,尽管诗人的本意是通过先抑后扬的方式去抒发"正确的"思想情感。"扬"与"抑"的转换,在一定程度上折射着诗人自我的心灵状态。那位曾经短暂地喟叹"人生渺小,宇宙永恒""望星空,我不免感到惆怅",然后很快纵情高歌的抒情者,很大程度上可以视为诗人的自况。抒情在星空下的某个时间片段中展开,这显然是一个精心构思出来的、含着"小我"投入"大我"的精神过程。这个过程中有迷惑,但非常短暂,只是片刻的"走神",因此诗人的陡然转换,是为了强调转换的必然与毅然。但是,也正如批评者所言:转换之后的部分却成了"僵硬的、干喊的部分"。前半部分的抒情更富诗意、更加动人,因此诗歌主题的先抑后扬实际上是以艺术上的先扬后抑来完成的。《望星空》发表后曾遭到严厉的批判。

> 《望星空》宣扬了"人生渺小、宇宙永恒"的意思,这完全不是马克思主义的宇宙观,而是一种资产阶级、小资产阶级的虚无主义。
>
> (萧三《谈〈望星空〉》)
>
> 《望星空》的批判者们无法理解,对生死存亡的重视,对人生短促的感慨,未必就是颓废、悲观、虚无。恰恰相反,有时深藏的正是对人生的执着和强烈求索,以及百折不挠的进取精神。
>
> (黄子平《郭小川诗歌中的时空意识》)

郭小川是一位自觉的诗体探索者,他"在努力尝试各种体裁……民歌体、新格律体、自由体、半自由体、'楼梯式'以及其它各种体,只要能够有助于诗的民族化和群众化……"②1960年代初,他的诗尝试以严密整齐的长句句式,用反复咏叹、铺排渲染的方式,来抒发开阔热烈的情思,被称为新辞赋体。

郭小川常被人们称为"战士诗人"。不过,他的"战士"与"诗人"这两种身份之间,具有特别复杂的关系,呈现出政治立场与艺术追求的难以协调。

---

① 萧三:《谈〈望星空〉》,《人民文学》1960年第1期。
② 郭小川:《月下集·权当序言》,《郭小川全集》第5卷。

在当时普遍缺乏思考的诗潮中,郭小川努力坚持诗歌的思考品格。他的抒情与思考不可避免地留有那个时代的特殊印痕。但对自我的执着,使他的诗呈现出一种生命的激扬,显示出诗的良知、一种独特的历史感和诗意。

第二节　台湾新诗　余光中　洛夫　郑愁予

台湾诗坛流派纷呈,诗社林立。余光中、洛夫、痖弦、郑愁予、叶维廉、杨牧等是成就突出的、代表性的诗人。痖弦(1932—　,出生于河南南阳)20岁时以一首《我是一勺静美的小花》登上诗坛。尽管他的诗歌作品数量不多,但产生了较大的影响。主要诗集有《痖弦诗抄》《深渊》等。1959年发表的《深渊》是一首98行的抒情长诗,作品具象地抒写了人生道路上的种种障碍,以一种整体性的象征表达了对社会、人生的基本认识。叶维廉(1937—　)先后出版了《赋格》《醒之边缘》《花开的声音》《忧郁的铁路》等诗集。他的早期诗作有意识地剔除叙述成分,排斥分析性、演绎性的语言,利用文学的音乐性和意象的扩展性,追求诗质"纯粹"。在后期的诗作中,诗的意象变得较为单纯明朗,表现出诗人丰富的心灵世界,充满着强烈的主体意识,在艺术上更切近中国的古典审美经验。杨牧(1940—2020)出版的诗集有《水之湄》《灯船》《传说》《非渡集》《杨牧诗集》《吴凤》《海岸七叠》等。与其他现代派诗人相比,杨牧十分重视叙事诗和史诗的创作。1972年他放弃用了十多年的笔名叶珊,改名杨牧,全面转向传统,尝试在历史和传统题材的再创作中,赋予传统新鲜的生命,使作品具有典型的中国情调。从《延陵季子挂剑》《秋祭杜甫》到《林冲夜奔》《吴凤》,可以清晰地看出他融通传统与现代精神的轨迹。

余光中(1928—2017,福建永春人,生于南京)1952年毕业于台湾大学外文系。1958年赴美留学。他著述丰富,自称"右手写诗,左手写散文"。1952年出版处女诗集《舟子的悲歌》。其后陆续出版了《蓝色的羽毛》《钟乳石》《万圣节》《天狼星》《莲的联想》《五陵少年》《白玉苦瓜》《与永恒拔河》《余光中诗选》等近20本诗集。在台湾现代诗发展中,余光中有着重要的地位。他不仅创作,还以理论批评和组织活动,有力地推动了台湾现代诗的发展。

余光中的诗歌创作经历了曲折的发展过程。最初受到五四新诗及英美古典诗歌的影响。《舟子的悲歌》《蓝色的羽毛》《天国的夜市》等诗集是他早期代表作。1959年他写出了具有现代与传统调和倾向的长诗《天狼星》。在《再见,虚无!》一文中,余光中认为诗歌应该摆脱现代思潮所带来的虚无主义倾向,并宣称自己"生完了现代诗的麻疹,总之我已经免疫了。我再也不怕达达和超现实主义的细菌了",明确表示要和现代诗的"恶性西化"告别。余光中从此结束了"西化实验"期,进入了新古典主义时期。《莲的联想》《五陵少年》鲜明地体现了向传统回归的趋向。以1974年出版的《白玉苦瓜》为标志,他诗歌的思想内涵更加丰富,诗歌创作又上了一个新的台阶。在《白玉苦瓜》一诗中,诗人从一个特定的角度切入民族的历史文化,通过对珍藏在台北故宫博物院的一件白玉雕成的苦瓜的咏叹,在历史和现实的交汇点上具象地显示出民族文化的精髓。诗人的中国情结和传统底蕴融入了更深层次的历史感悟之中。1980年代以来,诗人写了大量的咏史题材的作品,借历史寄托人生,将人生融入历史。《隔水观音》《紫荆赋》等诗集集中了这类作品。《写给未来的你》以亲切的思想与优雅的境界至今为人传颂。有一个时期,他还努力追求民歌的语言、节奏、韵味,写出了一些清新自然、情思悠长的作品,如《乡愁四韵》等。

余光中的诗歌题材丰沛,形式灵活,风格多样。在不断的开拓创新中,他在现代和传统、中国和西方之间走出一条富有独创性的艺术道路。他广泛吸收中外艺术营养,熔古今于一炉,将中国传统诗歌精神与西方现代诗歌艺术相融合,一方面继承了中国古代诗歌传统中的联想、象征、隐喻等表现手法,另一方面又自觉接受象征主义、超现实主义等西方现代主义文学的影响。他的诗构思精巧,意象鲜明,韵律和谐,形成了既古朴典雅又恬淡清新、既沉郁顿挫又明快热烈的写作风格。

余光中也是颇具特色的散文家,著有《逍遥游》《望乡的牧神》《焚鹤人》《听听那冷雨》《青青边愁》《记忆象铁轨一样长》《凭一张地图》等散文集。他的散文视野开阔,思绪绵丰,文字变幻莫测,风格豪放雄健,是台湾散文的一枝奇葩。

洛夫(1928—2018,本名莫洛夫,湖南衡阳人)1949年赴台,淡江文理学院英文系毕业。1954年与张默发起成立创世纪诗社,提倡"新民族诗型",在诗坛崭露头角。洛夫的早期诗作受冯至和艾青等人的影响,风格浪漫而抒情,表现了对理想和爱情的追求以及受挫后的无奈和孤绝。从1958年的《投影》《我的兽》等作品开始,洛夫抛弃"新民族诗型",转而提倡超现实主义,强调诗的世界性、超现实性、独创性和纯粹性。1959年开始创作《石室之死亡》,经过不断修改、补充,1965年终于完成。这首六百余行的长诗标志着洛夫诗歌"现代"风格的形成,是台湾现代诗运动的标志性作品。《石室之死亡》之后,他不断寻求突破。在随后的《无岸之河》和《魔歌》里,洛夫将现代主义超时空的艺术把握方式,与中国传统的"天地与我为一""我与天地同生"的观念融合起来,使超现实主义成为一种广义的东方化的审美方式。到

1970年代,洛夫将现代技巧化入古典的意境,或对古代题材进行现代诠释。1980年代以后,洛夫诗歌主要表现一个漂泊者的文化情怀和历史情怀的回归。1988年他终于回到阔别四十载的故土,之后他的诗歌更多地表现现实的回归。洛夫苦心经营数十年,出版的诗集主要有《灵河》《石室之死亡》《集外集》《无岸之河》《魔歌》《众荷喧哗》《时间之伤》《酿酒的石头》《因为风的缘故》等。

郑愁予(1933— ,原名郑文韬,祖籍河北,生于山东)1949年自费印刷了第一本诗集《草鞋与筏子》。1950年代中期开始在《现代诗》季刊发表大量诗作,成为现代派的中坚。1968年赴美留学。出版的诗集主要有《梦土上》《衣钵》《窗外的女奴》《郑愁予诗集》《雪的可能》《刺绣的歌谣》等。郑愁予在台湾诗坛被称为"中国的中国诗人"。他综合了古典与现代的美,熔铸了中国与西方的真,感情深处则是深厚的中国传统人文精神。其婉约的抒情气质与温庭筠相近,而其苍凉悲慨的一面,又隐现着辛弃疾的影子。作为现代派的一员,郑愁予以其对中国传统精神和艺术品位的继承,迥然有别于西化的"现代"。他的诗境空灵清华,盖源自其率真澹远的性情。

《梦土上》是郑愁予影响最大的一部诗集。诗人将在大陆漂泊的记忆、在台湾无法回归的哀痛,和海上流浪生活的体验融合在一起,传达出一种恍如置身于"梦土上"的落寞情绪。《错误》《水手》《如雾起时》等诗被广泛传诵。《赋别》这支离别的悲歌尽量唱得平静、坦然,深沉的痛苦被埋在心底。离别的痛苦曾经折磨古往今来多少恋人的心。诗尽管表面上表达得相当坦然,但是通过对黑夜中风雨归程的凄凉境况的渲染,将"你笑了笑,我摆一摆手/一条寂寞的路便展向两头了"所蕴含的深沉的痛苦有力地烘托出来,这两句因此而脍炙诗坛。诗人叠用七个各不相同的意象表达同一意蕴。分手的话说得洒脱、坦然,失恋者的相思之苦却被这转一层的手法表现得更深更长。"这次我离开你,便不再想见你了",典型地体现出忧伤的"愁予风"。《赋别》和郑愁予的其他情诗中的主人公,多是一个多愁善感、忧郁感伤、面白体瘦、披着长长的头发的情郎形象。这无论如何无法使人想到诗作者曾在戎马倥偬中送走了自己的少年时代,又曾是登山、滑雪运动员。那忧郁感伤的情调况味,那独树一帜的"愁予风",在台湾打动了许多少男少女的心——恰如他的名句:"我达达的马蹄是美丽的错误 我不是归人,是个过客。"《错误》以一连串深具传统意味和江南风情的意象,将豪放旷达的气质和欲语还休的情韵融为一体,在一唱三叹的旋律中营造出和谐完整、朦胧深邃的艺术境界。"我打江南走过/那等在季节里的容颜如莲花的开落/东风不来,三月的柳絮不飞/你底心如小小的寂寞的城/恰若青石的街道向晚/跫音不响,三月的春帷不揭/你底心是小小的窗扉紧掩。"诗吟写无法归抵的离人情怀,又透出倦守春闺如莲花开落的少妇内心的寂寞、期待和怅然。这种"过客"心绪,还被泛化为流寓台湾、难以归省的人们的某种浪子情怀,因而在岛上引来阵阵低回的回应。

第三节　1950—1970年代散文

郁达夫在总结新文学第一个十年的散文创作时曾指出:"五四运动的最大的成功,第一要算'个人'的发见。从前的人,是为君而存在,为道而存在,为父母而存在的,现在的人总晓得为自我而存在了。……现代的散文之最大特征,是每一个作家的每一篇散文里所表现的个性,比从前的任何散文都来得强。"①"言志"的而非"载道"的"个人"的发见,构成了中国现代散文的灵魂,也是推动散文文体自觉的精神核心。1949年以后,新的时代中,散文生态的最根本的变化,就是这一袒露作家心灵、显示个人性情的文学样式,对外部政治环境的变化表现出异乎寻常的灵敏,散文成为政治气候的晴雨表。与追逐时代的明朗、显豁、热情、澎湃相比,散文在表现个体的性灵与精神意趣方面,显出模糊、迟疑与谨慎。

一　从主情到主事

与书写个性、主情的五四现代散文传统不同,中华人民共和国成立之初,散文首先出现了本质性的变化,客观的纪实或叙事代替了展现个性与主观的抒情,为外部新世界高歌取代了向心灵内宇宙的剖析探索。新时代散文内容上主要有三类:一是对党和革命领袖的歌颂,如老舍的《我热爱新北京》、臧克家的《毛主席向着黄河笑》等;二是对抗美援朝战争的叙写,洋溢着英雄主义、乐观主义的精神,如魏巍的《谁是最可爱的人》,巴金的《我们会见了彭德怀司令员》,靳以的《站在杨根思烈士碑前》,菡子的《从上甘岭来》《和平博物馆》等;三是满怀自豪与自信地歌咏社会主义工业建设的丰功伟绩、新时代的好人好事,如李若冰的《在柴达木盆地》等。中华人民共和国成立之初的文学选本,常常把散文和特写并举。《光明的赞歌——开国十年文学创作选〈散文特写〉序》中曾有这样的号召:"让我们更多的人更好地掌握

---

① 郁达夫:《中国新文学大系 1917—1927·散文二集·导言》,《中国新文学大系 1917—1927·散文二集》,上海文艺出版社 2003 年版,第 5 页。

一种能够迅速反映生活直接配合斗争的文学样式吧,那就是散文特写。"①散文特写,在当时不是被视为两种文体的并列,而是作为一种具有独特社会功能的书写形式或者说新文体被倡导。散文特写承续了战争年代的延安散文的审美风范:"光明、乐观的颂歌基调,朴实、浓厚的生活气息,鲜明的时代精神,刚健的战斗风格,客观写实的体制",也承续了延安散文的特点:"真实性胜过文学性,生活气息胜过艺术风采,战斗作用胜过审美价值。"②五四以来现代散文表现个性自我、性灵真情的品格与美学传统,正在淡化流失。作家们开始习惯于豪言壮语式的颂歌赞唱。

> **声音**
>
> 每次运动过后我就发现人的心更往内缩,我越来越接触不到别人的心,越来越听不到真话。
>
> (巴金《说真话》)

二 散文的两度活跃

双百方针前后的1950年代中期,散文创作一度活跃,主要表现在三个方面。

第一,批评时弊的杂文一度活跃。领这类杂文风气之先的是老作家巴人,当时曾发表《况钟的笔》一文,作者受刚刚演出、轰动京城的昆剧《十五贯》的触发,围绕况钟重审冤案过程中三起三落的判笔做文章,不以尖锐犀利、充满火药味的言辞取胜,却在娓娓道来中显示笔下千斤的沉重。1957年他出版了杂文集《遵命集》。当时写杂文较突出的还有徐懋庸,他的《想到"活捉"》《小品文的新危机》等是当年影响颇大的名篇。此外,夏衍的《"废名论"存疑》、唐弢的《言论老生》、叶圣陶的《老爷说的准没错》、秦似的《比大和比小》、严秀的《九斤老太论》等,都曾名闻一时。1962年,邓拓的《燕山夜话》与吴南星(吴晗、邓拓、廖沫沙之集体笔名)的《三家村札记》,在北京市委的机关刊物《前线》上推出。1961—1964年间出现了杂文创作复兴的态势。这三四年间的杂文触及社会中的一些现实问题。邓拓《燕山夜话》(五卷)犀利明快、机智幽默,熔思想性、知识性、文学性于一炉,是这个时期难得的收获。

第二,干预生活、揭露社会问题的特写、报告文学创作引人注目。"干预生活",作为当时的文坛热点词汇,起初就与报告文学相关,语出苏联作家奥

---

① 严文井:《光明的赞歌——开国十年文学创作选〈散文特写〉序》,《文艺报》1959年第19、20期合刊。

② 佘树森、陈旭光:《中国当代散文报告文学发展史》,北京大学出版社1996年版,第5、7页。

维奇金的《谈特写》。当时奥维奇金访华,推动了苏联文学界"干预生活"思潮在中国的迅速展开。刘宾雁的特写《在桥梁工地上》及《本报内部消息》,是当时影响最大的作品,此外还有耿简的《爬在旗杆上的人》、白危的《被围困的农庄主席》等。

第三,抒情散文的再萌。就题材而言,随着从抗美援朝、工商改造转向社会主义和平建设,与之前侧重表现国际国内风云大事、描绘英雄光辉高大形象不同,散文开始更多地关注日常生活、平凡人物、山水自然。周立波的《灯》、万全的《搪瓷茶缸》、冰心的《小桔灯》、柯蓝的《早霞短笛》一类的咏物小品较多出现,或质朴,或清新,或警拔。也有老舍的《养花》、姚雪垠的《惠泉吃茶记》等记叙日常生活琐事的作品,以玩味人生意趣见长,也时显微言大义。此外还有一批记游散文涌现,如叶圣陶的《游了三个湖》《记金华的两个岩洞》、丰子恺的《庐山面目》、碧野的《天山景物记》、方令孺的《在山阴道上》、黄苗子的《华山谈险》、许钦文的《鉴湖风景如画》等,皆赋形山水,娓娓而谈,颇见情趣。相对于早几年那种平铺直叙、放声歌唱的文字来说,作家们对散文文体形式的自觉显然大大加强了,这在一定程度上提升了散文的艺术品质,但也隐含着因片面追求形式而冲淡底蕴的可能性。精心地谋篇布局、编织材料、提炼意境,追求诗一般的精致形式,作为散文的一种模式,这时也初见端倪。

1960年代初,党中央一度对政治经济文化政策有所调整,散文创作又一次活跃起来,尤其是杂文创作颇为引人注目。1961年还曾有过"散文年"之称。

之前凋零的杂文这一时期也活跃起来。领风气之先的是邓拓。从1961年3月9日至1962年9月2日,曾为《人民日报》总编的邓拓以"马南邨"为笔名,在《北京日报》"五色土"副刊辟"燕山夜话"专栏,发表杂文二百余篇,1963年结集出版。《燕山夜话》的宗旨是提倡读书、丰富知识、开阔眼界、振奋精神。文章大都兼具知识性与文学性,谈天说地,以古证今,旁征博引,虚实结合,亲切有味,在娓娓而谈中表达思想、传播知识,文风清新流畅。1961年10月10日,邓拓又联合吴晗、廖沫沙,从三人笔名(名字)中各取一字合成笔名"吴南星"①,在北京市委刊物《前线》杂志开辟专栏"三家村札记",至1964年共发表杂文65篇。"三家村札记"也以知识性见长,风格与"燕山夜话"相近。札记中比较有名的是邓拓的《"伟大的空话"》和《专治"健忘症"》。《"伟大的空话"》为了批评生活中一些人大话连篇、空洞无物的作

---

① 即吴晗的"吴"、"马南邨"(邓拓)的"南"、"繁星"(廖沫沙)的"星"。

风,把陈腐的八股文和邻家小孩的打油诗对照起来,在古今、老幼、庄谐之间,自如挥洒,深入浅出。《专治"健忘症"》则翻检多部古代医学典籍,甚至抄录药方,以诙谐从容的笔调旁敲侧击那些自食其言、言而无信的人。

1962年5月4日,《人民日报》也推出了"长短录"专栏,约请夏衍、吴晗、孟超、廖沫沙、唐弢五人主笔杂文。栏目编委会确定的原则是:"希望这个专栏在配合进一步贯彻'百花齐放,百家争鸣'方针方面,在表彰先进、匡正时弊、活跃思想、增加知识方面,起更大的作用。"①从5月4日廖沫沙的《长短相较说》至12月8日孟超的《美国钢盔与生产工具》,"长短录"共发表杂文36篇。风气所及,当时许多地方报刊也纷纷开辟了杂文专栏,如吉林宋振庭的"星公杂文"、内蒙古李欣的"老生常谈"、四川张黎群的"巴山夜谈"、山东丹丁的"历下漫话"等,一时间,"三家村"分店各处开张,颇显兴隆。不过,在经历了1957年"反右"运动之后,杂文大多变成在知识性的空间中旁敲侧击,直击时弊的锋芒不及从前。

三 当代散文的模式:知识性与诗化

经过1949年后十多年的生活、情感与思想积淀,尤其是经过"双百方针"、反右斗争、大跃进运动等震荡之后,1960年代散文在情致、格调上相对走向了舒缓与平淡。当饱涨的激情一定程度上有所缓和,"干预"的冲动和尝试也被遏制之后,散文家们开始比较普遍地注重文体形式的经营。诗化与知识性两种散文模式形成了。

秦牧(1919—1992,原名林觉夫,广东澄海人)是本时期知识性散文的代表作家,其写作特点是"用一根思想的线串起生活的珍珠"②。思想性与知识性相交融,思想统领知识,知识验证思想,是秦牧散文的自觉追求。其思想的品性,如他自己所言,主要是"先进的"和"崇高的"。在他的文章里,较多的是一些生活中的小道理和唯物哲学的简单式。他较有影响的作品有《社稷坛抒情》《潮汐和船》等。此外,"燕山夜话""三家村札记",还有唐弢以"晦庵"为笔名写作的书话,也是当时较有影响的知识性散文。知识性作为一种普遍的追求,既与当时社会文化知识水平相对较低的状况相关,也是以"普及"为主导的文艺方针规范的结果;从创作主体的角度看,也是在缺乏文化自由的情况下,一部分作家自觉或不自觉地回避现实、过滤生活或者曲折

---

① 袁鹰:《人民日报〈长短录〉专栏纪事——说长道短是舆论的天职》,《炎黄春秋》2006年第12期。

② 秦牧:《散文创作谈》,《散文创作艺术谈》,江苏文艺出版社1984年版,第7页。

地表达心声的一种选择。知识性本身,并不与散文艺术构成冲突,关键在于,散文里的知识要内化为独特心灵的表现,使之情感化、情绪化、情趣化、思想化、精神化。

与知识性散文相比,更引人注目而且影响持久的是散文的诗化。诗化是 1960 年代初散文的总体特征。除有"三大家"之称的杨朔、刘白羽、秦牧外,吴伯箫、曹靖华、菡子、袁鹰、碧野、何为、陈残云、郭风、柯蓝、峻青等也都致力于散文诗化意境的追寻,他们共同构成了一个所谓"酿造诗意的散文作家群"。

杨朔(1913—1968,原名杨毓晋,山东蓬莱县人)是诗化抒情散文最具代表性的作家。他曾创作长篇小说《三千里江山》和通讯报告集《鸭绿江南北》《万古青春》。1956 年以后,杨朔专心致力于散文创作,结集的有《亚洲日出》《海市》《东风第一枝》和《生命泉》。这些艺术性散文曾产生过广泛的影响。这位"常常在寻求诗的意境""为自己,为别人,也为后世子孙酿造着生活的蜜"的作家,是相当理性的。在他看来,作家"应该做一个阶级战士","革命文学和革命作家是为无产阶级的利益和斗争服务"①;散文应该"从生活的激流里抓取一个人物、一种思想,一个有意义的生活断片,迅速反映出这个时代的侧影"②。这形成了他的散文的三个显著的特点。从这一创作思想出发,杨朔散文十分自觉并努力表现社会主义变革与建设的时代生活。他的散文不能避开时代环境给他的局限,这是"十七年"作家的共同处境。他的《蓬莱仙境》《海市》即是典型的例子:刚刚遭遇三年困难时期的故乡渔村却被写成了仙境,如海市般美丽。和同时代大多数作家一样,他注重描写普通劳动者,赞颂他们的高尚品德,以及在平凡的工作岗位上的献身精神。他从《石油城》中的石油工人王登学、刘公之、张多年,《茶花赋》中的养蜂人普之仁,《荔枝蜜》中的养蜂人老梁,《雪浪花》中闲不住的老泰山等人物身上,发掘、表现他们勤劳俭朴、心地善良的品质与热爱祖国、努力创造新生活的美好心灵。这里,作为艺术家、知识者的作家的个人形象只是劳动者的陪衬。

另外,杨朔长期从事外事方面的工作,他近水楼台先得月,写下很多国

作品中所描绘的、诗意化的生活对于实际的真实生活,构成了以假盖真、粉饰生活的误读。

仅仅是一种特殊时代被扭曲了的灵魂所炮制出来的畸形产物。

(沈义贞《中国当代散文艺术演变史》)

---

① 杨朔:《应该做一个阶级战士》,《光明日报》1960 年 1 月 10 日。
② 杨朔:《杨朔代表作》,河南人民出版社 1986 年版,第 171 页。

际题材的作品(收入《亚洲日出》《生命泉》)。在《埃及灯》《金字塔夜月》《印度情思》《阿拉伯的夜》《菠萝园》《野茫茫》《生命泉》等篇中,作者不仅书写一些亚非拉国家美丽的自然风光与淳朴的民风民俗,而且表现各民族不畏强暴、敢于抗争的品格、精神及其爱好和平、要求独立解放的迫切心愿。这类国际题材的作品至今仍然可读,具有较高的审美价值。

尽管杨朔不可能摆脱当时散文颂歌式的思想表现模式,但与其他散文作家相比,其艺术审美视野比较灵活。他不满于豪言壮语式的抒情,也不满于空洞说教,想要打破艺术表现的沉闷局面。1959 年杨朔明确提出了散文诗化的艺术主张。他说:"好的散文就是一首诗"①,又说:"我在写每篇文章时,总是拿着当诗一样写。"②这一重视散文艺术创造的美学主张,在理论上是对散文美学的一个贡献,曾获得众多散文家的认同并付诸创作实践,形成 1960 年前后艺术性散文持续数年兴盛的局面。此间,杨朔执意追求诗美,写出《蓬莱仙境》《海市》《泰山极顶》《荔枝蜜》《茶花赋》《雪浪花》等一组实验性散文。在他笔下,浪花、茶花、蜜蜂、灯火、日出一类的意象,有些情味,同时又是作家思想的美丽外壳或包装。构思上寓大于小、寓远于近,意境上比兴取义、象征比附,结构上峰回路转、卒章显志,这些是杨朔散文的显著特色。这些特色成为当时人所称道、如今人所诟病的"杨朔模式"。

杨朔提倡的散文诗化主张,在提升散文的艺术品格方面无疑具有积极的美学意义。但是他的这一艺术实践未能真正表现生活的真实,更未能深刻地表现创作主体的思考。以杨朔散文为代表,1960 年代的诗化散文,在一定程度上矫正了粗放、直白文风的同时,又不免走上了另一条偏路:尚虚饰,工雕琢,而且模式化③,例如所谓"卒章显其志"。而因仿效者过多以至成为人诟病的"杨朔模式",并非杨朔之过。

刘白羽(1916—2005,北京人)散文的特点是充满战斗的豪情,追求诗意与政论的融合,是一种"诗化的政论"。在他笔下,常有一个非常豪迈的观念性抒情主体;注重思想观念对自然景象的升华,是他创造"诗化"意境的主要方式。他的"意境"是在人造之"意"对自然之"境"的统率、解释中形成的。关于其中的思维运作方式,用一句作家自己的话来说,即"地球是颗红玛瑙,我爱怎雕就怎雕"(《红玛瑙》)。

---

① 杨朔:《杨朔散文选》,人民文学出版社 1978 年版,第 171 页。
② 杨朔:《杨朔散文选》,第 203 页。
③ 有人称之为"别出心裁的转弯艺术",有人称之为"散文新八股"。沈义贞《中国当代散文艺术演变史》(浙江大学出版社 2003 年版)对杨朔散文"前后雷同的构思模式"作了具体分析,见该书第 89—90 页。

四 随笔与小品文的余绪

1950年代初,老作家周瘦鹃、周作人曾发表一些疏离于当时文坛主流的文字,这是散文园地中并不显眼的两丛。他们以看似无心插柳的闲情逸致,一定程度上接续了写真心、抒性灵的散文精神。从新文学的散文传统来看,可称之为随笔与小品文的余绪。

当时周作人用笔名①在上海的小报《亦报》副刊主笔"隔日谈"和"饭后随笔"专栏,发表近千篇小品文,又在《大报》发表了43篇随笔。这批近百万的文字包罗甚广,主要以知识小品为主,三教九流,花鸟鱼虫,衣食住行,文史掌故,古今中外,都能涉笔成趣,以精短的篇幅、从容的笔调娓娓道来。过去周作人的散文以"简单和涩味"而耐读,但此时处境已经非昔比,又由于几乎一日一篇的高频写作,且不能不考虑商业小报读者的要求与趣味,所以文章的"简单"还在,"涩味"却冲淡了许多,"闲适"的意味依旧,但"沉痛"的底子变薄了,文章从情调到笔调都已经大变。

与《亦报》随笔的略显局促相比,周瘦鹃的一批花木园艺小品文倒显出性情怡然、自得其乐的气韵。作为著名鸳鸯蝴蝶派小说家的周瘦鹃,本是一位唯情、至情之人。在他笔下,花乃有情之物,花事实为人之情事。如《花雨缤纷春去了》叙写花事与时令的关系,落笔却在一腔春情,"留春不住,盼春再来",隐隐流淌着作者幽婉的心曲。周瘦鹃的花木小品文又是有理趣的,"理"不是道学冬烘的说教,而是源自本心的体悟。其一,他的"理"首先是一位风雅之士的美的趣味、品位和格调的"理"。在枯桩老干的清玩中,周瘦鹃说"我以为老树着花,更觉得丰富多彩";"问梅花消息"之时,他笃信"尤以浅红梅含苞为美,一开足反而减色了";关于苏州园林,他断定:"苏州的园林不论现在与将来,都是避免红红绿绿,而致力于朴素方面的。"其二,他的"理"是美学的雅俗之辨的"理"。谈起女子喜用凤仙染指,他引清代李渔之言说:"纤纤玉指,妙在无瑕,一染猩红,便称俗物";说到水仙的林林总总,"我以为这洋水仙比了国产水仙,总有雅俗之分"。其三,周瘦鹃的花事里,美学的雅俗之辨又实为人学的雅俗之辨,是人格、人品的高下清浊。他视莲花为"君子之花",并以"吾家花"唤之,实在是比德于自我;《紫薇长放半年花》对紫薇花被人称为"官样花"的不幸抱以深深同情;在凌霄花的攀援中,他借古诗词发现了其"依赖性",以及"势客"的"向上爬"。

---

① 周作人在《亦报》上署的是申寿、鹤生、十山、木寿、祝由、木仙、十仙、龙山等10个笔名;在《大报》上,都以"荣纪"为笔名。

第四节　台湾散文

1950年代台湾散文界活跃着的大多是在大陆业已成名或开始创作、1949年前后迁台的作家,如台静农、梁实秋、谢冰莹、胡适、张秀亚、吴鲁芹、琦君、林海音等,他们大大提升了台湾散文的艺术水准。1960年代台湾散文走向繁荣。王鼎钧、余光中、子敏、庄因、言曦、罗兰、萧白、郭枫、许达然、张晓风、杨牧等一大批散文家崛起于文坛。他们既承继了古代散文的传统,又深受现代文学的熏陶,为散文拓展了广阔的发展空间。

梁实秋(1903—1987),1949年赴台,长期在台湾师范大学任教。最能显示梁实秋文学成就的还要算他的散文创作。自1927年出版第一本散文集《骂人的艺术》直至1987年病逝绝笔,梁实秋结集出版了《谈徐志摩》《清华八年》《秋室杂忆》《西雅图杂记》《看云集》《槐园梦忆》《梁实秋杂记》《白猫王子及其他》《雅舍小品》(4集)等二十余种,涉及小品文、杂感、游记、回忆录、读书札记诸文体。奠定他散文名家地位的是1940年入蜀后写作的《雅舍小品》。发表《雅舍小品》时,梁实秋已届中年。在经历了人生的风风雨雨后,他的心态从浮厉、躁动趋于宁静平和。他说古道今,谈人论物,取材于平凡的日常生活,不为时尚所左右,节制情感,发掘理趣,体现出一种清雅通脱的艺术品格。《雅舍小品》的这一精神特征贯穿于他后来一系列的作品之中。梁实秋的散文风格属于学者型。他沿袭了中国传统士大夫的思想轨迹。他坚持文学必须表现人生,描写人性,融入仁爱、孝悌、诚信、谦恭、忍让等传统思想,贯穿着一种理性、中庸、节制的人生哲学。梁实秋行文雅洁,潇洒幽默,亲切自然,熔性情、学识、修养于一炉,成为中国现代文学史上堪与周作人媲美的闲适散文家。

琦君(1917—2006,浙江永嘉人,原名潘希真)1949年赴台,1953年出版第一本小说散文合集《琴心》,此后陆续出版小说、散文、诗歌、儿童文学、评论等著作数十种。其中散文创作成就最高。主要散文集有《烟愁》《琦君小品》《红纱灯》《三更有梦书当枕》《桂花雨》《细雨灯花落》《灯景旧情怀》等。琦君的散文最能激起人共鸣的当推忆旧怀人之作。她倾注满腔热情去写故乡风情,写下许多怀念父母亲人和师友的抒情篇章,描绘出一幅幅色彩斑斓的江南水乡山水图和风俗画。在《西湖忆旧》里,作者满怀深情地写出了"西湖十里好烟波",画出了"居近湖滨归钓迟""桂花香里啜莲羹"的动人美景。《红纱灯》则描绘了浙东过年时生动有趣的热闹景象。琦君还将浓得化解不开的思念倾注到对亲人师友的具体描写里,其中笔墨用得最多、写得最生动的是她的母亲。在昔日生活中,母亲是一个勤劳、善良、慈爱、能干,具有三从四德传统观念的旧式妇女。《衣不如故》《母亲那个时代》《毛衣》《髻》等作品通过对日常生活的具体描写,塑造出一个栩栩如生的母亲形象。

王鼎钧(1927— ,山东临沂人)出版了二十余种散文著作,主要有《碎琉璃》《情人眼》《开放的人生》《人生试金石》《左心房漩涡》等。王鼎钧的散文饱含着对人生、社会、历史的深刻认识。丰富的生活阅历使他积累了独特的人生经验。他的作品大多是对人生的澄澈观照,无论记事、说理、抒情,都显示出独特的领悟。其《开放的人生》《人生试验石》《我们现代人》号称"人生三书",在读者中有广泛影响。在这些作品中,他以自己的阅历经验为蓝本,表现了人生各个层面,意蕴深远。忆旧怀乡是王鼎钧散文一个重要题材,他用"异乡的眼,故乡的心"写下了许多忆念大陆故土,洋溢着浓郁乡土气息的散文。他在1988年出版的《左心房漩涡》,把乡土情怀发挥到了极致。王鼎钧将深厚的国学根底融入现代表现技巧之中,笔墨遒劲,文字老辣,形成了洗练、苍凉、睿智的语言风格。他的语言缜密而不僵硬,古雅而不雕琢,苍凉而不故弄玄虚,幽默诙谐而不油滑,又在从容、严密的文字中蕴含着阅尽人生沧桑的悲凉情怀。

张晓风(1941— ,江苏铜山人)在1960年代中期以散文成名,处女作为《地毯的那一端》。后相继出版了《愁乡石》《步下红毯之后》《你还没有爱过》《再生缘》《我在》《从你美丽的流域》《玉想》等十余部散文集,并有《晓风小说集》和《画爱》《第五墙》《武陵人》《自烹》等戏剧作品,在台湾文坛享有声誉。张晓风早期作品以女性作家特有的细腻纯真的情感去把握和捕捉大自然的美,在清风明月、山松野草之间驰骋想象,营造物我一体、情景交融的意境。1980年代以后,张晓风的关怀越来越广,她在创作中更多地融进自己的人生经验,表现出壮阔深沉的艺术风格。她的作品具有和谐美,少见尖锐的矛盾冲突,更多的是对人生的关怀和热爱。她从中国文学传统中吸收了丰富的养料,又努力借鉴西方文艺技巧。她的散文结构缜密,技巧圆熟,想象力丰富,语言精美,意境隽永,情愫浓重。

研习提升阅读材料

文学大事记(1949—1976)

1949 年

7月2—19日　中华全国文艺工作者代表大会在北平(今北京)举行,成立了全国文联。大会确定以《在延安文艺座谈会上的讲话》为代表的毛泽东文艺思想体系为中华人民共和国文艺事业发展的指导方针。

8月　上海《文汇报》以"可不可以写小资产阶级"为题展开讨论。

9月25日　文联机关报《文艺报》正式创刊。

10月25日　中华全国文学工作者协会的机关刊物《人民文学》创刊。

本年度　梁实秋、杜衡、陈纪滢等去台湾。

1950 年

2月　天津《文艺学习》创刊号发表了阿垅论文《论倾向性》,引起了文艺界关于文艺与政治关系问题的讨论。

2月28日　戴望舒因病在北京逝世。

3月　香港拍摄的电影《清宫秘史》在北京、上海等地上映。5月3日起被停映。

6月　《说说唱唱》(6月号)发表赵树理小说《登记》。

9月10日　《北京文艺》创刊号发表老舍话剧《龙须沟》。

9月　"华南文学艺术工作者第一届代表大会"在香港召开。

1951 年

1月8日　中央文学研究所(后改名为文学讲习所)开学。

2月2日　老舍的《龙须沟》在北京上演。

4月11日　《人民日报》发表魏巍文艺通讯《谁是最可爱的人》。

5月20日　毛泽东为《人民日报》写的社论《应当重视电影〈武训传〉的讨论》发表。

6月　陈涌的《萧也牧创作的一些倾向》发表在《人民日报》,批评萧也牧小说《我们夫妇之间》《海河边上》表现了"小资产阶级的观点和趣味"。6月20日《文艺报》发表"读者李定中"(冯雪峰)文章《反对玩弄人民的态度,反对新的低级趣味》。

8月8日　周扬《反人民、反历史的思想和反现实主义的艺术——对电影〈武训传〉的批判》发表在《人民日报》。

9月　柳青长篇小说《铜墙铁壁》由人民文学出版社出版。

10月12日　《文艺报》发表社论《学习毛泽东思想,为贯彻文艺的工农兵方向而奋斗》。

10月20日　全国文联举行第八次会议,通过两项决议:一、北京文艺界进行整风学习;二、调整全国性的文艺刊物。

12月1日　新改编的越剧《梁山伯与祝英台》在北京上演。

12月23日　中共北京市委授予老舍"人民艺术家"称号。

本年度　台湾第一家纯诗刊物《新诗周刊》创刊。

1952年

1月　《人民文学》(第1期)发表玛拉沁夫长篇小说《科尔沁草原的人们》。

3月15日　丁玲长篇小说《太阳照在桑干河上》、贺敬之、丁毅的歌剧《白毛女》获斯大林文艺奖二等奖。周立波长篇小说《暴风骤雨》获斯大林文艺奖三等奖。

5月10日　《文艺报》(第9期)开展了"关于塑造新英雄人物问题的讨论"(至16期为止)。

5月25日　舒芜在《长江日报》上发表《从头学习〈在延安文艺座谈会上的讲话〉》,检讨自己在《论主观》一文中的错误。该文在加了"编者按"后,转载于6月8日的《人民日报》上。

本月　《文艺报》开始连载冯雪峰长篇论文《中国文学从古典现实主义到社会主义现实主义的发展的一个轮廓》。

10月6日—11月14日　文化部举办的第一届戏剧观摩演出大会在北京举行。

12月　周扬在苏联杂志《旗帜》(1952年12月号)上发表《社会主义现实主义——中国文学前进的道路》。该文1953年1月11日《人民日报》转载。

本月　全国文协组织"胡风文艺思想讨论会"。林默涵、何其芳的发言《胡风的反马克思主义的文艺思想》和《现实主义的路,还是反现实主义的路》,分别刊载于次年出版的《文艺报》2月号和3月号。

本年度　张爱玲由内地赴香港。

1953 年

1月10日　《文艺报》(第1期)发表社论《克服文艺的落后现象,高度地反映伟大的现实》。

3月11日　周扬在全国第一届电影剧作会议上作《关于学习社会主义现实主义问题的报告》。

6月30日　《对于社会主义现实主义的一些错误理解》(敏泽执笔)发表在《文艺报》(1953年第12期)上。

7月1日　《译文》杂志创刊,茅盾任主编。

9月23日—10月6日　全国文学艺术工作者第二次代表大会在北京召开。社会主义现实主义被定为中国作家的创作方法。

11月20日　《河南日报》发表李准小说《不能走那条路》。

2月　诗人纪弦在台湾创办《现代诗》季刊。

1954 年

1月　知侠长篇小说《铁道游击队》由新文艺出版社出版。

5月　《人民文学》(5月号)转载在《云南日报》上发表过的撒尼族叙事长诗《阿诗玛》。

6月30日　《文艺报》(第12期)发表侯金镜批评文章《评路翎的三篇小说》,对《洼地上的"战役"》《战士的心》《你的永远忠实的同志》提出批评。

6月　巴人《文学论稿》由新文艺出版社出版。杜鹏程长篇小说《保卫延安》由人民文学出版社出版。

7月　胡风向中共中央递交关于文艺问题的"意见书"——《关于解放以来的文艺实践情况的报告》。"意见书"约27万字,俗称为"三十万言书"。

9月　李希凡、蓝翎《关于〈红楼梦简论〉及其他》在山东大学《文史哲》杂志上发表。《文艺报》第18期转载该文并加了"编者按"说:"作者的意见显然还有不够周密和不够全面的地方,但他们这样去认识《红楼梦》,在基本上还是正确的。"

10月16日　毛泽东给中央政治局委员及其他同志写了《关于"红楼梦研究"问题的信》。不久,全国展开对《红楼梦》研究的批判。

10月28日　《人民日报》发表了袁水拍《质问〈文艺报〉编者》等文章,批评《文艺报》。

从此在全国开展了对《红楼梦》研究中的资产阶级立场、观点、方法的批判,同时展开了对胡适派的思想的批判。

10月31日—12月8日　中国文联和作协主席团先后召开了八次扩大联席会议,就《红楼梦》研究中的胡适派思想问题、《文艺报》在关于《红楼梦》研究上的问题展开讨论,并作出了《关于〈文艺报〉的决议》。周扬在会上作了《我们必须战斗》的报告。《文艺报》原主编冯雪峰、副主编陈企霞被撤职。中国对《文艺报》的处理、改组和批判丁玲、陈企霞等负责人的做法,借鉴了苏联1946—1948年为整顿战后文学的"混乱"与"错误"而采用的行政命令的方式。

12月　周扬率中国作家代表团出席全苏第二次作家代表大会并致贺词。

1月　梁羽生小说《龙虎斗京华》开始在香港《新晚报》连载。

3月　覃子豪、余光中等在台北成立蓝星诗社。

10月　张默、洛夫、痖弦等在高雄成立创世纪诗社,随后出版《创世纪》诗刊。

1955 年

1月7日　《人民文学》(1—4月号)开始连载赵树理长篇小说《三里湾》。

2月5日　胡风"意见书"第二、四部分作为《文艺报》(1、2期合刊)的附录发表,文艺界开始对胡风文艺思想展开批判。同期《文艺报》发表了路翎的文章《为什么会有这样的批评?》。作协主席团举行扩大会议,会议决定展开对胡风文艺思想的批判。

5月13日　舒芜提供的《关于胡风反党集团的一些材料》和胡风的《我的自我批判》发表在《人民日报》上。

5月24日和6月10日　又公布了第二、三批材料。上述三批材料,由人民出版社以《关于胡风反革命集团的材料》为名出版。毛泽东撰写了序言和大部分按语。

8月29日　剧作家洪深逝世。

12月27—30日　中宣部召集了关于"丁、陈事件"的调查报告会,对丁玲、陈企霞进行批评。

2月　金庸小说《书剑恩仇录》开始在香港《新晚报》连载。
8月　香港现代诗刊《诗风》创刊。
本年度　香港中国笔会成立。

1956年
3月1日—4月20日　文化部举办的第一届全国话剧观摩演出在北京举行。
3月15—30日　中国作协和共青团中央联合举办全国青年文学创作工作会议。
4月　刘宾雁特写《在桥梁工地上》发表在《人民文学》第4期。
5月17日　浙江省昆剧院在京演出昆剧《十五贯》,轰动京城。周恩来称赞说:"一出戏救活了一个剧种。"
5月26日　陆定一在中南海怀仁堂作题为《百花齐放,百家争鸣》的报告。
5月　学术界展开美学问题讨论。
6月　刘宾雁《本报内部消息》在《人民文学》(6月号)上发表。续编在该刊10月号发表。
8月24日　毛泽东在中南海怀仁堂与部分音乐工作者谈话,谈到古为今用、洋为中用等问题。
9月3日　《北京日报》开始连载李六如长篇小说《六十年的变迁》;1957年由作家出版社出版。
9月　何直(秦兆阳)的论文《现实主义——广阔的道路》和王蒙的小说《组织部新来的青年人》同时在《人民文学》(9月号)上发表。
11月　《文艺报》发表钟惦棐文章《电影的锣鼓》。
12月　周勃《论现实主义及其在社会主义的发展》发表在《长江文艺》第12期;张光年《社会主义现实主义存在着、发展着》,刊载在《文艺报》第24期;随后《文艺报》《文学评论》等报刊展开关于社会主义现实主义问题的讨论。
1月　台北召开"第一届现代诗人代表大会",宣布成立现代派。
2月　香港第一份介绍西方现代文学的刊物《文艺新潮》创刊。
9月　夏济安在台北创办《文学杂志》。

1957年
1月7日　《人民日报》发表陈其通、陈亚丁、马寒冰、鲁勒的文章《我们对目前文艺工作的几点意见》。本月老舍的《茶馆》发表于《收获》第1期。

1月15日　巴人在《新港》(第1期)上发表论文《论人情》。

1月25日　《诗刊》创刊于北京。创刊号发表毛泽东给《诗刊》编辑部的信和诗词18首。

1月　诗刊《星星》创刊于成都,创刊号发表了流沙河的散文诗《草木篇》。

3月　《郭沫若文集》(共10卷)开始由人民文学出版社出版。作家吴强的长篇小说《红日》开始在《延河》(第3期)上连载,7月由中国青年出版社出版。

4月9日　《文艺报》发表《就"百花齐放,百家争鸣"问题周扬同志答文汇报记者问》。

5月　钱谷融《论"文学是人学"》发表在《文艺月报》(5月号)。

5月下旬—6月上旬　作协党组织和作协所属各刊物、各单位召开整风会议。

6—9月　中国作协召开党组扩大会议,批判丁玲、陈企霞、冯雪峰等人。从此许多作家被打成"右派分子"。

7月1日　《人民日报》发表毛泽东撰写的社论《文汇报的资产阶级方向应该批判》。

7月　本期《人民文学》(7月号)发表李国文《改选》、宗璞《红豆》、丰村《美丽》等小说。

9月1日　《人民日报》发表社论《为保卫社会主义文艺路线而斗争》。社论一方面批评"右派分子""暴露生活阴暗面",另一方面再次确立在政治思想指导下"写真实"的立场。

9月16日　中国作协党组扩大会议举行第25次会议,周扬作了题为《文艺战线上的一场大辩论》的总结发言;该发言于次年正式发表于2月28日的《人民日报》和第5期《文艺报》。

9月　曲波长篇小说《林海雪原》由人民文学出版社出版。

10月　《雨花》杂志(1957年10月号)发表了方之、陈椿年、陆文夫、高晓声等人的《〈探索者〉文学月刊启事》,以供批判之用。该启事中宣称:"我们不承认社会主义现实主义是最好的创作方法,更不认为它是唯一的方法。"

11月　中国青年出版社出版梁斌长篇小说《红旗谱》。

7—11月　台湾发生现代诗论争。

1958 年

1 月　《文艺报》《人民文学》编辑部改组。

1 月　周立波长篇小说《山乡巨变》开始在《人民文学》上连载。

1 月 11 日　茅盾《夜读偶记——关于社会主义现实主义及其它》开始在《文艺报》第 1 期上连载，以后陆续在第 2、8、10 期上分别刊出。

1 月 26 日　《文艺报》（第 2 期）"再批判"专栏对丁玲、王实味、萧军、艾青、罗烽等人 1942 年在延安写的《三八节有感》《野百合花》等杂文再次进行批判。

1 月　长篇小说杨沫的《青春之歌》和冯德英的《苦菜花》分别由作家出版社、解放军文艺出版社出版。

3 月 8 日　中国作协书记处讨论《文学工作大跃进三十二条》。13 日起《人民日报》《文艺报》等报刊纷纷发表文学大跃进的报道。

3 月 22 日　毛泽东在成都会议上讲话，指出要收集一点民歌，并说："中国诗的出路，第一条是民歌，第二条是古典，在这个基础上写出新诗来，形式是民歌的，内容是现实主义和浪漫主义的对立和统一。"

3 月　《茅盾文集》《巴金文集》《叶圣陶文集》开始由人民文学出版社分卷出版。茹志鹃《百合花》在《延河》第 3 期上发表。

4 月 14 日　《人民日报》发表社论《大规模地收集民歌》。文联、作协开始大量收集、整理、发表大跃进民歌。不久，全国掀起"新民歌运动"。

5 月 3 日　《剧本》（第 5 期）发表田汉剧作《关汉卿》。

5 月　周而复长篇小说《上海的早晨》（第 1 部）由作家出版社出版。

5 月 8 日　《人民日报》发表社论《多快好省地发展社会主义文化艺术事业》。

5 月　毛泽东在中共八届二次会议上提出，无产阶级文学艺术应采用"革命现实主义和革命浪漫主义"相结合的创作方法。"两结合"的提出，是中苏两国政治关系冷却的征兆。

8 月　茅盾《关于革命浪漫主义》，载《处女地》（1958 年 8 月号）。

9—10 月　全国报刊发表大量文章讨论"两相合"的创作方法。这一讨论延续到次年。

10 月 6 日　上海《新民晚报》发表署名谭微的文章：《托尔斯泰没得用》。

12 月　《毛泽东论文学和艺术》由人民文学出版社出版。

1959 年

2月　在中宣部召开的宣传工作会议和作协召开的文学创作工作座谈会上,陆定一、周扬、茅盾、老舍等就大跃进中文艺工作存在的一些问题进行批评。

4月　《文艺报》从第七期起开辟"文艺作品如何反映人民内部矛盾"专栏,讨论赵树理的小说《锻炼锻炼》。

4月　《延河》(第4—7期)开始连载柳青长篇小说《创业史》,1960年《创业史》由中国青年出版社出版。

5月3日　周恩来邀请部分文艺工作者举行座谈会,作了《关于文化艺术工作者两条腿走路的问题》的讲话。

5月　茅盾率中国作家代表团前往苏联出席第三次全苏作家代表大会并祝词。

5月　《收获》(第3期)发表郭沫若历史剧《蔡文姬》。

6—7月　周扬、林默涵等讨论改进文艺工作中的十个问题(即"文艺十条")。

9月　郭沫若、周扬主编的"大跃进民歌"《红旗歌谣》出版。

11月　郭小川诗《望星空》在《人民文学》(第11期)上发表。

12月11日　华大在《文艺报》(第23期)上发表《评郭小川的〈望星空〉》一文,对作品提出严厉的批评。

1960 年

1月11日　《文艺报》第1期刊载李何林文章《十年来文学理论和批评上的一个小问题》,加了"编者按",认为该文"实际上在鼓吹'艺术即政治'的观点"。接着许多报刊展开了对李何林的批判。

1月26日　《文艺报》(第2期)、《文学评论》(第2期)及其他一些报刊对巴人、钱谷融、蒋孔阳等关于"人道主义""人性论"的观点进行批判。同时《戏剧报》开辟《关于正确反映人民内部矛盾问题》和《关于"推陈出新"问题》讨论专栏,批判海默的《洞箫横吹》和张庚的探讨戏曲遗产中"人民性""忠孝节义"等问题的文章。

2月　《剧本》(第2期)发表湖北实验歌剧团的歌剧《洪湖赤卫队》。

3月2日　《文艺报》《文学评论》编辑部召开纪念左联成立30周年座谈会。《文艺报》发表题为《继承和发扬中国左翼作家联盟战斗传统》的文章。

3月8日　《人民文学》(第3期)发表李准小说《李双双小传》。

5月11日　《文艺报》(第9期)发表《马克思主义经典作家论资产阶级人道主义》和《高尔基、鲁迅论人道主义和人性论》。

7月22日—8月13日　第三次全国文代会在京举行。会议的主题是"高举毛泽东思想伟大红旗,反对现代修正主义"。周扬作题为《我国社会主义文学艺术的道路》的报告。"两结合"被定为中国作家艺术家的创作方法。

11月19日　中国剧协召开历史剧座谈会,就历史剧的教育作用、历史真实与艺术真实、历史剧的时代精神等问题进行了讨论。

3月　白先勇、王文兴、陈若曦等在台北创办《现代文学》。

1961年

1月　吴晗历史剧《海瑞罢官》发表在《北京文艺》(第1期)。

1月31日　上海《文汇报》发表细言的文章《关于悲剧》。

2月14日　《文学评论》(第1期)等报刊开始了关于共鸣问题和山水诗问题的讨论。

3月26日　《文艺报》(第3期)发表由张光年执笔的专论《题材问题》,提出破除题材问题上的清规戒律。

4月　高等学校文科教材编写计划会议在北京召开。陆定一、周扬在会上作了报告。

6月1—28日　中宣部在北京新侨饭店召开文艺工作座谈会(又称"新侨会议"),讨论《关于当前文学艺术工作的意见》(即"文艺十条"的草案)。1962年4月由中宣部正式定稿为《文艺八条》。

6月8日—7月2日　全国故事片创作会议在北京召开,周恩来作了重要讲话。

7月12日　《人民文学》(7月号)发表曹禺(执笔)、梅阡、于是之的历史剧《胆剑篇》。

7月　《文艺报》等报刊开展了《达吉和她的父亲》(小说和电影)中关于人性描写的讨论。

8月10日　《剧本》(第7、8期合刊)发表田汉京剧剧本《谢瑶环》和孟超昆曲剧本《李慧娘》。

9月19日　文化部发出《关于加强戏曲、曲艺传统剧目的挖掘工作的通知》。

11月　陈翔鹤历史小说《陶渊明写"挽歌"》发表在《人民文学》(第11期)。

11月　罗广斌、杨益言长篇小说《红岩》开始在《中国青年报》上连载,后由中国青年出版社出版。

1962 年
本年度　中共八届十中全会在京举行(9月24日)。毛泽东在会上发表讲话,提出:"千万不要忘记阶级斗争。"会上,康生诬陷小说《刘志丹》是"为高岗翻案的反党大毒草"。毛泽东说:"利用小说进行反党活动,是一大发明。"

1月　中宣部、文化部发出恢复上演《洞箫横吹》的通知。

2月17日　周恩来在中南海紫光阁对在京的话剧、歌剧、儿童剧作家发表讲话。

3月2—26日　文化部、剧协在广州召开话剧、歌剧、儿童剧创作座谈会(又称"广州会议")。周恩来、陈毅在会上作了关于知识分子和戏剧创作问题的讲话。

5月23日　《人民日报》发表社论《为最广大的人民群众服务》(周扬执笔);《红旗》杂志发表社论《知识分子前进的道路》。

6月　我国第一部彩色宽银幕立体声故事片《魔术师的奇遇》由上海电影制片厂摄制完成。

7月　西戎短篇小说《赖大嫂》发表在《人民文学》(第7期)。

7月28日—8月4日　《工人日报》连载李建彤的长篇小说《刘志丹》第2卷第1部分。

8月2—16日　中国作协在大连召开农村题材短篇小说创作座谈会(又称"大连会议"),由邵荃麟主持,茅盾、周扬、赵树理等人参加。邵荃麟提出应重视"中间人物"的塑造问题和"现实主义深化论"等问题。

9月21日　剧作家欧阳予倩逝世。

10月　陈翔鹤历史小说《广陵散》发表在《人民文学》(第10期)。

12月25日　小说家李劼人逝世。

2月　胡适在台北逝世。

7月　葡萄园诗社成立,并创办《葡萄园》季刊。

1963 年
1月1日　柯庆施、张春桥、姚文元等在上海部分文艺工作者座谈会上提出"写十三年"的口号,认为只有写建国后13年的社会生活的作品才是社会主义文艺。1月6日《文汇报》报道了柯庆施的讲话。

1月9日　《人民日报》发表毛泽东词《满江红·和郭沫若同志》。

5月6日　梁璧辉的《"有鬼无害"论》在《文汇报》上发表。戏剧界开始批判"鬼戏"（即孟超写的昆剧《李慧娘》）。

6月　严家炎论文《关于梁生宝》发表在《文学评论》（第3期）上。针对严文，柳青在《延河》（第8期）上发表《提出几个问题来讨论》。

7月　姚雪垠长篇历史小说《李自成》（第1卷）由中国青年出版社出版。

12月25日　华东地区话剧观摩演出会在上海举行。柯庆施在会上再次强调"写十三年"。

10月　香港刘以鬯长篇小说《酒徒》出版。

1964年

6月5日—7月31日　全国京剧现代戏观摩演出大会在北京举行，演出了《红灯记》《红色娘子军》《智取威虎山》等剧目。江青在座谈会上发表了题为《谈京剧革命》的讲话。《红旗》杂志、《人民日报》分别发表社论《文化战线上的一个大革命》和《把文艺战线的社会主义革命进行到底》。

6月27日　毛泽东在《中央宣传部关于全国文联和所属各协会整风情况报告》的草稿上作了关于文学艺术的第二个批示，指出"这些协会和他们所掌握的刊物"，"最近几年，竟然跌到了修正主义的边缘"。这个批示于7月11日作为中央正式文件下发。

7月30日　《人民日报》发表文章，批判电影《北国江南》。《电影艺术》（第4期）批判《早春二月》和《北国江南》。此后相继受到批判的影片有《林家铺子》《不夜城》《革命家庭》《红日》《兵临城下》《舞台姐妹》等。

9月　《文艺报》（第7、8期合刊）发表《"写中间人物"是资产阶级的文学主张》和《关于"写中间人物"的材料》。

12月14日　《文学评论》（第6期）发表批判周谷城"时代精神汇合论"的文章。

4月　吴浊流成立台湾文艺社并创办了《台湾文艺》。

6月　12位台湾本土作家在台北创办笠诗社，并发行《笠》诗双月刊。

1965年

2月18日　繁星（廖沫沙）的文章《我的〈有鬼无害论〉是错误的》刊登在《北京日报》上。

2月　《文艺报》《文学评论》发表批判陈翔鹤历史小说《广陵散》《陶渊明写〈挽歌〉》的文章。

4月7日　齐燕铭、夏衍等被免去文化部领导的职务。

6月　金敬迈长篇小说《欧阳海之歌》(节选)在《解放军文艺》(第6期)上发表。

6月　《文艺报》等报刊开始批判电影《林家铺子》《不夜城》等。

10月26日　戏剧家熊佛西逝世。

11月10日　由姚文元署名的《评新编历史剧〈海瑞罢官〉》在《文汇报》上发表。文章从政治上全面否定该剧及其作者吴晗。

11月29日—12月17日　作协和团中央联合召开了全国业余文学创作积极分子大会,周扬作了题为《高举毛泽东思想红旗,做又会劳动又会创作的文艺战士》的报告。

12月29日　《人民日报》发表方求的文章《〈海瑞罢官〉代表一种什么社会思潮?》。

3月　《读者文摘》(中文版)在香港创刊。

11月　香港文社联会筹备成立。

1966年

1月9日　《人民日报》选载金敬迈长篇小说《欧阳海之歌》并加了"编者按"。

2月1日　《人民日报》发表云松的文章《田汉的〈谢瑶环〉是一棵大毒草》。

2月2—20日　江青邀请一些部队作家召开部队文艺工作问题座谈会,会后形成《林彪同志委托江青同志召开部队文艺工作座谈会纪要》。4月10日经中共中央批准,作为中共党内文件发表。1967年5月29日,《纪要》全文刊登在《人民日报》上。

4月1日　《红旗》(第4期)发表郑季翘文章《文艺领域必须坚持马克思主义的认识论——对形象思维论的批判》。

4月16日　《北京日报》发表《关于〈三家村〉和〈燕山夜话〉的批判材料》。

4月　《文艺报》发表《"写中间人物"论反映了哪个阶级的政治要求》。

5月10日　姚文元《评"三家村"——〈燕山夜话〉、〈三家村札记〉的反动本质》在《解放日报》《文艺报》《文汇报》上发表。

5月16日　中共中央发出《关于无产阶级文化大革命的通知》(即"五一六通知")。

5月17日　邓拓在家中自尽。

6月1日　《人民日报》发表社论《横扫一切牛鬼蛇神》。

7月1日　《红旗》重新发表毛泽东《在延安文艺座谈会上的讲话》,并加"编者按",提出所谓"文艺黑线"并点名批判周扬。

7月　除《解放军文艺》外,全国的文艺刊物陆续停刊。

8月1—12日　中共中央八届十一次全会在北京召开,会议通过了《关于无产阶级文化大革命的决定》(即"十六条")。这次会议,是"文化大革命"全面爆发的标志。

8月24日　作家老舍跳湖自尽。

10月　台湾《文学季刊》创刊。

本年　香港《当代文艺》创刊。

1967年

1月　《红旗》(第1期)发表姚文元文章《评反革命两面派周扬》。文章还点名批判了夏衍、田汉、阳翰笙、林默涵、齐燕铭、陈荒煤、邵荃麟、何其芳、于伶、茅盾、巴金、老舍、曹禺、赵树理等。

2月17日　中共中央发布《关于文艺团体无产阶级文化大革命的决定》。

2月　作家罗广斌跳楼自杀。

4月1日　《红旗》(第5期)发表戚本禹的文章《爱国主义还是卖国主义——评反动影片〈清宫秘史〉》。

5月10日　《红旗》(第6期)发表江青于1964年7月在京剧现代戏观摩演出人员座谈会上的讲话《谈京剧革命》。

5月　《智取威虎山》《红灯记》等8个"样板戏"在北京上演。5月31日《人民日报》为此发表题为《革命文艺的优秀样板》的社论。

9月8日　《人民日报》发表姚文元文章《评陶铸的两本书》,公开批判陶铸和他的《理想、情操、精神生活》《思想、感情、文采》。

11月6日　《人民日报》《解放军日报》《红旗》发表编辑部文章《沿着十月革命开辟的道路前进》。文章首次提出"无产阶级必须在上层建筑其中包括各个文化领域中对资产阶级实行全面专政"。

本年　台湾的中国新诗学会成立。

1968年

5月23日　《文汇报》发表于会泳文章《让文艺舞台永远成为宣传毛泽东思想的阵地》,提出"三突出"原则。

8月3日　作家杨朔自杀。

8月　作家周瘦鹃自尽。
11月2日　作家李广田被迫害致死。
12月10日　作家田汉死于狱中。

1969年
4月27日　电影艺术家郑君里在狱中去世。
7月1日　《红旗》(第6—7期)发表署名为"上海革命大批判写作小组"的文章《评斯坦尼斯拉夫斯基"体系"》。文章认为斯氏是"资产阶级反动艺术权威",其"体系"的核心就是"自我"。
9月30日　《红旗》(第10期)发表文章,提出"保卫革命样板戏"的口号。
10月11日　作家、历史学家吴晗在狱中自尽。
10月29日　《红旗》(第11期)发表现代京剧《智取威虎山》1969年10月演出本。
本年　吴浊流在台湾设置"吴浊流文学奖"。

1970年
5月　《红旗》(第5期)发表现代京剧《红灯记》1970年5月演出本。
6月　《红旗》(第6期)发表现代京剧《沙家浜》1970年5月修订本。
7月　《红旗》(第7期)发表现代舞剧《红色娘子军》1970年5月演出本。
9月19日　《红旗》(第10期)发表署名为"清华大学革命大批判写作小组"的文章《"国防文学"就是卖国文学——揭露周扬"国防文学"的反动本质》。
9月　为纪念抗美援朝20周年,《英雄儿女》《打击侵略者》等5部电影被重新放映。这是"文革"以来第一次放映"文革"以前拍摄的电影。
10月15日　作家萧也牧被迫害致死。

1971年
1月13日　诗人闻捷自杀。
6月10日　文艺评论家邵荃麟病死狱中。
7月　国务院成立文化小组,吴德任组长。

1972 年

2 月　由上海《虹南作战史》写作组写作的长篇小说《虹南作战史》和南哨写作的长篇小说《牛田洋》由上海人民出版社出版。

3 月　现代京剧《龙江颂》《海港》1972 年 1 月演出本由上海人民出版社出版。

4 月　郭沫若著作《李白和杜甫》、黎汝清长篇小说《海岛女民兵》和李云德《沸腾的群山》分别由人民文学出版社出版。

5 月　浩然长篇小说《金光大道》(第 1 部) 由人民文学出版社出版。

7 月 15 日　理论家巴人去世。

11 月　现代京剧《奇袭白虎团》1972 年 9 月演出本由上海人民出版社出版。

2 月　关杰明在《中国时报·人间副刊》发表了《中国现代诗的困境》一文，引发台湾现代诗的论争。

6 月　台湾《中外文学》月刊和《诗风》创刊。

1973 年

1 月 1 日　周恩来接见文艺工作者，鼓励他们抓创作。

5 月　文艺丛刊《朝霞》创刊于上海。这是"四人帮"在上海的一个重要文艺阵地。

6 月　表现上山下乡知识青年的小说《征途》(郭先红) 和《峥嵘岁月》分别由上海人民出版社、广东人民出版社出版。

7 月　《红旗》(第 7 期) 发表现代京剧《平原作战》1973 年 7 月演出本。

10 月　《红旗》(第 10 期) 发表现代京剧《杜鹃山》1973 年 9 月演出本。

11 月　上海人民出版社开始出版刊载外国文艺的译文的期刊《摘译》(内部发行)。

12 月　人民文学出版社重新出版李希凡、蓝翎的《红楼梦评论集》。

7 月　"唐文标事件"发生，引起了历时多年的台湾文坛关于乡土派与现代派的论争。

1974 年

1 月 16 日　故事片《艳阳天》《青松岭》《战洪图》《火红的年代》在全国各地陆续上映。这是"文革"以来首次上映新的国产故事片。

1 月　初澜的文章《中国革命历史的壮丽画卷——谈革命样板戏的成就

和意义》发表在《红旗》杂志(第1期)上。

3月15日 《光明日报》头条刊登张永枚的"诗报告"《西沙之战》。

5月 浩然长篇小说《金光大道》(第2部)由人民文学出版社出版。

7月 《红旗》(第7期)发表《京剧革命十周年》一文,文章指出,江青领导的"京剧革命"的10年是无产阶级文艺的"创业期"。

1975年

1月 毕方、钟涛的长篇小说《千重浪》由广西人民出版社出版。

2月28日 戏剧家焦菊隐去世。

7月 毛泽东对影片《创业》编剧的来信作了批示并对影片予以肯定。

8月14日 毛泽东发表关于《水浒传》的一次谈话。此后,全国展开"评《水浒》"运动。

10月 《解放军文艺》(10月号)发表《创业》电影剧本。

1976年

1月1日 《人民日报》发表毛泽东诗词《水调歌头·重上井冈山》《念奴娇·鸟儿问答》。

1月 《诗刊》《人民文学》复刊。

1月 黎汝清长篇小说《万山红遍》(上卷)由人民文学出版社出版。

1月31日 冯雪峰病逝。

3月 作家林语堂在香港逝世。

3月 电影文学剧本《春苗》由上海人民出版社出版。

4月5日 天安门广场爆发四五运动。在天安门广场甚至全国各地出现大量歌颂周恩来等老一辈革命家、声讨"四人帮"的诗词。

5月 电影文学剧本《决裂》由上海人民文学出版社出版。

11月 贺敬之的长诗《中国的十月》发表在《诗刊》(第11期)上。

12月 姚雪垠的长篇历史小说《李自成》(第2卷)由中国青年出版社出版。

第六章
1980—1990年代文学思潮

1976年9月9日毛泽东逝世。10月,中共中央一举粉碎"四人帮",带来10年浩劫的"无产阶级文化大革命"终于结束。1978年5月11日《光明日报》发表特约评论员文章《实践是检验真理的唯一标准》,全国开展"真理标准"大讨论,批判"两个凡是",倡导实事求是,解放思想。1978年12月18—22日,中共十一届三中全会在北京召开。全会确立了解放思想、实事求是的思想路线,停止以"阶级斗争为纲",把党和国家的工作重心转移到社会主义建设上来,平反1949年以来历次政治运动造成的冤假错案,包括为刘少奇平反、为错划的"右派分子"摘帽、为地主富农分子摘帽,落实各项政策。中国进入了以改革开放和社会主义现代化建设为主要任务的历史新时期。1982年底,全国农村已全面实行家庭联产承包责任制,自1950年代初土改以来建立的农村人民公社制至此彻底消失。以国有企业改革为主的经济体制改革在1990年代进行,到2000年左右社会主义市场经济体制基本全面铺开。

一个文学新时代拉开了序幕。人们通常把这一文学时代称为新时期文学。

新时期文学是中国当代文学继"十七年"文学、"文革"文学之后的第三个文学阶段。与前两个阶段相比,它以冲决罗网的勇气逐渐打破各种"左"倾桎梏,探索人学观念的现代性,尝试践行新的美学原则,实践新的创作方法,构建新的文学理论,在与世界文学的交流中,推动中国文学的发展。文学、文化思潮频繁更替,文学创作相对自由活跃,构成20世纪中国文学史上重要的、不可或缺的一环。

目前的文学界、学术界对新时期以来文学的分期尚无定论。从创作理念、创作方法和创作实绩来看,1976年以后至今的文学大致可划分为:以1989年为界,前一个时期称为新时期文学,即1980年代文学(有人视为现代性文学);后一个时期称为后新时期文学,亦即1990年代文学(有人视之为后现代性文学);2000年以来的文学,称为新世纪文学。

第一节　1980年代文学思潮

新时期文学的奠基,是从批判与彻底否定"文革"入手的。在拨乱反正、思想解放大潮中,新时期文学担当了先锋角色。"文革"中被迫解散、陷入瘫痪的文艺各领域的全国性组织,如全国文联、全国作协、剧协、影协等都陆续宣布恢复。《武训传》案、俞平伯案、胡风反革命集团案、右派分子案等陆续得到平反,在"文革"中被打倒的作家也逐步平反并恢复名誉,他们的作品被重新出版,这些都标志着意识形态的转型和思想解放时代的开始。到1980年,《收获》《当代》《十月》《花城》《钟山》等十多个大型文学刊物和省市所属的文学刊物,纷纷创刊或恢复出版,仅省级以上的文学刊物已超过200种,为文学发展提供了众多的阵地。文学界呈现勃勃生机。《班主任》《伤痕》《哥德巴赫猜想》《内奸》《爱,是不能忘记的》《报春花》《将军,不能这样做》《小草在歌唱》等一批惊世之作接连问世。"归来的一代"作家群、知青作家群、军旅作家群以及一批新锐作家纷纷亮相文坛。题材禁区多有突破,艺术表现形式和风格面貌也呈多样化走势,朦胧诗、意识流小说、风俗画小说等文学新样式,为新时期伊始的中国当代文学增添了许多生命活力。1979年10月30日召开的第四次全国文艺工作者代表大会,标志着文艺界的全面"解冻"。会议重申了"双百"方针,邓小平在会议祝词中指出:对文艺的"行政命令必须废止",对作家写什么和怎样写"不要横加干涉"。①

1980年代的文学是中国大变革时代的各种政治社会思想文化思潮博弈较量、潮起潮落的折射。这是一个从传统社会向现代文明社会蜕变过程中必经的过渡,也是那个时代高扬人的主体性的历史见证。

1980年代的文学,基本依循着对"人"的观念的现代性探求、文学本体的现代性建构这两条轨迹前行,从而形成了新时期文学的人道主义、人文主义精神主潮。

一　文艺与政治关系的辨识和争鸣

"文艺从属于政治""文艺为政治服务"的观念,曾影响了近四十年的中国文学创作格局和文艺面貌。新时期文坛在一开始就抓住这一文艺根本性指导

---

① 邓小平:《在中国文学艺术工作者第四次代表大会上的祝词》,《邓小平文选》第二卷,人民出版社1994年版,第213页。

思想,并重新认识。1979年1月,上海《戏剧艺术》发表陈恭敏《工具论还是反映论——关于文艺与政治的关系》一文,对长期主导中国文艺界的"文艺是阶级斗争的工具"的观念大胆地提出了质疑。同年4月,《上海文学》发表评论员文章《为文艺正名——驳"文艺是阶级斗争的工具"说》,直截了当地批驳了文艺从属于政治的观点。1979年10月30日至11月16日,中国文学艺术工作者第四次代表大会在北京召开,是这个阶段的重要事件。邓小平在祝词中明确提出:"党对文艺工作的领导,不是发号施令,不是要求文学艺术从属于临时的、具体的、直接的政治任务,而是根据文学艺术的特征和发展规律,帮助文艺工作者获得条件来不断繁荣文学艺术事业,提高文学艺术水平,创作出无愧于我们伟大人民、伟大时代的优秀的文学艺术作品和表演艺术成果。"[①]1980年1月,邓小平在《目前的形势和任务》一文中正式宣告:"不继续提文艺从属于政治这样的口号,因为这个口号容易成为对文艺横加干涉的理论根据,长期的实践证明它对文艺的发展利少害多。"同时,邓小平进一步对坚持解放思想和坚持四项基本原则、坚持四项基本原则与贯彻"双百"方针之间的辩证关系作了原则性说明。[②] 1980年7月26日,《人民日报》发表社论《文艺为人民服务 为社会主义服务》,为文艺与政治的关系问题定下了基调。文艺为人民服务和为社会主义服务的"二为"方针得以再次确立。

这一次以拨乱反正名义展开的文艺思想解放运动,释放出的挣脱枷锁、向往自由文明的讯息和能量,因郁积而喷发,因强烈而深远,成为新时期文艺界思想解放的第一步。

二 关于现代派的讨论

1980年前后,西方20世纪以来重要的现代派思潮逐一在中国文坛亮相。[③] 波德莱尔、卡夫卡、加缪、萨特、贝克特、海明威、福克纳、乔伊斯、马尔克斯、博尔赫斯、海勒等外国现代派作家的名字,逐渐被中国文坛熟悉。新

---

① 邓小平:《在中国文学艺术工作者第四次代表大会上的祝词》,《邓小平文选》第二卷,第213页。

② 参见《邓小平文选》第二卷,第255页。

③ 据不完全统计,1978—1982年5年间,在全国各种报刊上发表的介绍和讨论西方现代派文学问题的文章,将近400篇。参考袁可嘉:《谈谈西方现代派文学作品》,《译林》1979年第1期;《意识流是什么》,《光明日报》1980年4月2日;《西方现代派文学纵横谈》,《福建文艺》1980年第4期;陈光孚:《"魔幻现实主义"评介》,《文艺研究》1980年第5期;董鼎山:《所谓"后现代派"小说》,《读书》1980年第12期;王文彬:《"黑色幽默"试评》,《编译参考》1980年第1期;袁可嘉:《结构主义文学理论一瞥》,《光明日报》1980年5月14日;《从结构主义到后结构主义》,《外国文学动态》1981年第8期;裘小龙:《荒诞派戏剧——当代西方文学流派讲话之三》,《飞天》1981年第1期;等等。

潮电影、新潮音乐、新潮美术等思潮也同时涌动。不过这个时期对西方现代派文学的介绍,还停留在零散的、知识性的阶段。有关现代派的系统性讨论是由徐迟发表的《现代化与现代派》①一文引起的。徐迟认为,与现代化建设相匹配的文学应该是现代派文学,这是新时期文艺未来发展的方向。他的远见卓识,引起了不少回应和反响。冯骥才、李陀、刘心武以通信的方式对此展开了积极讨论。冯骥才认为,西方现代派文学思潮是文学史上的一场革命,是历史的必然产物,"中国文学需要现代派"。李陀、刘心武对此则有所谨慎和保留。② 针对他们的主张和讨论,《人民日报》《文艺报》发表了不同意见的文章,有的是批判西方现代派,认为他们是现代艺术的倒退,其中宣扬的个人主义的苦闷颓废情绪,在今天中国社会是毒多益少。正反双方的观点都或多或少存在着过于政治化或情绪化的倾向,大多缺少学理化、精细化的研究和考察。在有关朦胧诗的争论过程中,已经涉及西方现代派文学的影响问题,三个"崛起"文章③的先后发表,对新的创作倾向和美学原则的肯定,也可以看作是对现代派文学的某种正面回应和肯定。其后的文学创作实践将证明,现代派文学迟早要进入中国并影响中国的文学创作,中国文学所呈现的现代派最终也会带有中国特色,不可能完全西方化。

现代派文学的基本特征是什么,这也是文学界关心的问题。徐敬亚在《崛起的诗群》中对此作了概括:1.注意表现人的自我心理意识,2.追求形式上的流动美和抽象美,3.反对传统概念中的理性和逻辑,4.主张表现和挖掘艺术家的直觉和潜意识。

这场讨论的深入,为1980年代后半期文艺思潮的新变,提供了许多理论空间。从整个文化思潮背景来看,1980年代中国文坛受影响最大、最广、最深的是西方现代主义,尼采、弗洛伊德、萨特是对1980年代中国文学影响最大的西方思想家,"上帝死了""重估一切价值""潜意识""力比多""他人即地狱""存在先于本质"等思想观念或深或浅地渗透于1980年代的文学思潮与创作中。

有关现代派的讨论,看似事关对西方现代派的评价问题,但其实质乃是中国当代文学在挣脱原有禁锢过程中,开始谋求与世界、全球对话,探求中国文学的现代性、寻找文学本体的"破冰"之旅。不管是赞同、反对还是持中间立场,文艺界探讨的最终结果是,现代派思想观念及理论创作进入了中国

---

① 徐迟:《现代化与现代派》,《外国文学研究》1982年第1期。
② 冯骥才、李陀、刘心武:《关于"现代派"的通信》,《上海文学》1982年第8期。
③ 谢冕《在新的崛起面前》(《光明日报》1980年5月7日),孙绍振《新的美学原则在崛起》(《诗刊》1981年第3期),徐敬亚《崛起的诗群》(《当代文艺思潮》1983年第1期)。

当代文学的视野,作家们都或多或少受到了现代派的影响,中国文学又一次恢复了与世界文学的对话。

新时期初期还曾开展过关于塑造社会主义新人问题的讨论。但由于在现实中尚没有诞生有鲜明时代色彩与深厚历史文化底蕴的社会主义新时代新人形象,所以文学创作与理论阐释都没有进一步发展。

三 "清除精神污染"

1979年3月30日,邓小平发表重要讲话《坚持四项基本原则》。1979年第四次文代会闭幕后不久,中国戏剧家协会、中国作家协会和中国电影家协会在北京联合召开剧本创作座谈会,胡耀邦到会作了重要讲话。会议围绕几部电影文学作品、话剧剧本展开颇为宽容开放的讨论,分析其思想倾向产生的原因,探讨时代与文艺的任务、真实性与创作方法等命题。

1980年代初,文艺界展开"清除精神污染"运动。这场运动从批判白桦创作的电影剧本《苦恋》和根据这个剧本改编拍摄的电影《太阳和人》开始。批判者认为,白桦的创作及据其改编的电影否定了党的领导和社会主义,反映了思想界和文艺界存在着严重的"资产阶级自由化倾向"。① 随后,一批作品和理论观点受到点名批判,不少作家、研究者受到冲击,对刚刚从"文革"阴影中走出来的文艺界产生了不小的震动。其后,1986年底至1987年初,文艺理论界展开了"反对资产阶级自由化"运动,一些与正统观念相异的思想理论观点和不同风格的文学创作探索被归为"资产阶级自由化"。但随后又迅速纠偏,思想界文艺重新活跃起来。

四 关于人道主义和异化问题的争鸣

人道主义、人文主义精神倡扬,是新时期文学的主潮。对自由与平等的呼唤,对人性、人情的张扬,对人的价值、权利、尊严的推崇,和关于人性、人情、人道主义的讨论,是1980年代前期规模最大、影响最广的文化现象,也是对文学产生最重大影响的思想潮流,并由文学领域波及整个人文学科,形成新时期强大的人文思潮。五四时期的人文主义精神、人道主义思想,西方现代主义人学思想,成为新时期中国文学发展的理论资源库。现代"人"的观念的复归,则是推动中国文学在新时期迸发出久被压抑和禁锢的生命活力的内在动因,是新时期创作活力之根本所在。

---

① 胡乔木:《当前思想战线的若干问题——一九八一年八月八日在中央宣传部召集的思想战线问题座谈会上的讲话》,《文艺报》1982年第5期。

早在1978年初,曾在1950年代因"唯心主义美学"与人性论遭到批判的朱光潜,率先发表《文艺复兴至十九世纪西方资产阶级文学家、艺术家有关人道主义、人性论的言论概述》一文,引发了文艺界对人性、人道主义及异化问题的关注和争论。1979年,朱光潜又发表《关于人性论、人道主义、人情味和共同美的问题》,提出"什么叫做人性,它就是人类的自然本性"。汝信主张"人道主义就是主张要把人当作人来看待,人本身就是人的最高目的,人的价值也就在于他自身"(《人道主义就是修正主义吗?——对人道主义的再认识》)。1981年之前,争论的主要焦点集中在关于人道主义和"人"的本质的问题,1982年则围绕对马克思早期著作《1844年经济学—哲学手稿》的解读形成关于人道主义和异化问题的争鸣,1983年这一争论达到高潮。1983年,王若水发表《为人道主义辩护》[①];周扬在纪念马克思逝世100周年的学术报告会上发表《关于马克思主义的几个理论问题的探讨》[②],就人道主义和异化问题发表看法,也因此受到关注。[③] 1984年1月3日,胡乔木在中央党校发表演讲《关于人道主义和异化问题》,对周扬文章提出严厉批评,指出在人道主义和异化问题讨论中存在"根本性质的错误观点,不仅会引起思想理论的混乱,而且会产生消极的政治后果","诱发对社会主义的不信任情绪"。[④]

这次有关人性、人道主义及人的异化问题的讨论,涉及许多理论问题,大致可以概括为:1.关于人性问题:什么是人性和人的本质,人性与阶级性、人的共同性的关系,关于文学与人性的关系等。2.人道主义:人在马克思主义中的地位问题,对人道主义的界定,文学与人道主义的关系,人道主义在社会主义社会中的地位问题。3.对马克思主义异化理论的评价问题:涉及对异化的界定,异化在马克思主义理论中的地位和成熟期的马克思是否抛弃了异化理论。4.社会主义是否存在异化问题。[⑤]

人性、人道主义和异化问题成为新时期的理论热点。对人性、人道和异

---

① 王若水:《为人道主义辩护》,《文汇报》1983年1月17日。
② 周扬:《关于马克思主义的几个理论问题的探讨》,《人民日报》1983年3月16日。
③ 邓小平也曾经指出:"不但在资本主义社会,就是在社会主义社会,也不能抽象地讲人的价值和人道主义",:大谈所谓"社会主义异化","不但不可能帮助人们正确地认识和解决当前社会主义社会中出现的种种问题,也不可能帮助人们正确地认识和进行在社会主义社会中为技术进步、社会进步而需要不断进行的改革。这实际上只会引导人们去批评、怀疑和否定社会主义"。(《邓小平文选》第3卷,人民出版社1993年版,第41—42页)
④ 胡乔木:《关于人道主义和异化问题》,《人民日报》1984年1月27日。后刊载于《红旗》杂志,很快又以单行本的形式由人民出版社出版。
⑤ 据不完全统计,这一时期,共发表有关人性、人道主义及人的异化问题的文章超过1200篇。

化问题的探讨,实际上也是对变异的历史与社会现实所做的一种思想上的批判、反拨。这场争论以周扬在接受新华社记者访谈时作出自我批评作结。此后,人性、人道主义在文化界与中国主流社会畅行无阻,在 1949 年之后持续数十年的对人性、人道主义的批判逐渐消失。解放了的"人"的观念,推动着中国文坛的持续发展。

五 文学观念讨论

新时期文学的现代性变革,表现为对已往的"人"的观念、文学观念的不断刷新与整合。从 1985 年开始,新时期文学发生新变。作家们感受到社会改革的现实与文艺现代性之间的某种默契,寻找文学本体的现代性诉求开始浮出水面。这为文学摆脱固有观念、思维定势、无力再现现实的窘境,提供了新的通道。文学的本体性问题开始备受关注。作家们在"写什么"与"怎么写"两大命题面前,更多地开始关注后者。形式的意义,在作家们的创作观念中日渐强化起来。作家从再现生活到组合生活、表现感觉,这种变化可以从韩少功、王安忆、王蒙、莫言、贾平凹等人的创作历史演变中清楚地看出。① 文艺现代性诉求超越了口号层面,表现为在审美实践方面的努力。②

1980 年代中期,中国社会兴起了新方法热。随着西方"旧三论"(系统论、信息论、控制论)和"新三论"(协同论、突变论、耗散结构论)在国内的迅速传播,文艺界也出现了探讨和研究的方法论热。一些用新方法建构文艺学、探讨美学的论文如雨后春笋般地涌现。③ 方法论热实际上是文学观念和方法的更新热,显示了研究者勇于探索、追求创新的热情。学界渴求对文学的观念和理论进行深刻的反思、变革。1980 年代学界的方法论热,虽然也有很多牵强附会、削足适履、以西套中、削中适西的地方,但文学现

---

① 前一阶段有关真实性问题的争论,在这一时期已不再具有意义。越来越多的人开始认同文学真实的"主观性"——一切被表现出来的都不失为一种真实。把作品作为独立自足的对象,对之作出本体性的描述分析,已是批评界的共识。从这一时期的创作主流来看,表现生活已相对代替了反映生活,艺术观念发生了整体性位移。

② 1980 年代后期,文学的创新努力集中表现为各种实验性创作方法的频繁产生,比如以刘索拉、残雪、李晓为代表的不同风格的现代派,以马原、余华为代表的先锋派,以郑义、韩少功为代表的文化寻根小说,池莉的新写实小说,莫言的感觉派小说,刘心武等人的纪实性小说,张贤亮等人的人性文化小说,王蒙的现代讽喻小说,以铁凝等人为代表的女性写作,冯骥才等人的市井风俗小说创作,高行健等人的探索戏剧,报告文学的社会问题派创作,诗歌领域的后朦胧诗派等。

③ 较有代表性的论文有曾永成的《运用系统论进行审美研究试探》、林兴宅的《论阿 Q 性格系统》、丁宁的《耗散结构和艺术创新》、朱丰顺的《信息论与文艺和美学》、黄海澄的《从控制论观点看美的客观性》、王世德的《论模糊数学对文艺美学的启发》等等。著述有:鲁枢元著《文艺心理阐释》,上海文艺出版社 1988 年;曹文轩著《思维论》,上海文艺出版社 1991 年;等等。

代性的理论追求热情,对新时期文学创作和批评来说无疑是强劲的催化剂。

《文学评论》1985年第4期开设了"我的文学观"专栏,专栏文章从不同方面和角度涉及文学的本体、本性、主体性问题,由此掀起了一股探讨文学本体论和主体性的热潮。① 其中以刘再复的长篇论文《论文学的主体性》②最具影响力。

李泽厚关于主体性的理论研究也对1980年代文坛产生了举足轻重的影响。他的"启蒙与救亡"双重奏论,他的《中国古代思想史论》《中国近代思想史论》《中国现代思想史论》等一系列论著在1980年代陆续问世,成为文学创作和研究不可缺少的"思想库"和精神食粮。

六 文学的文化寻根思潮

1980年代中后期,正值当代中国社会经济文化观念的转型时期,受海外新儒学③影响,从文化角度尤其是在反思传统文化的基础上为中国当代的发展寻找出路,一时成为知识界的热点话题。文学的文化寻根现象,就是这一背景下的产物,也体现出新时期文学在面对现代化问题时的焦虑以及走出困惑的努力。这一文学思潮的引领人物是活跃的新锐作家,如韩少功、郑义、阿城、李杭育、贾平凹、郑万隆等。1985年,韩少功发表了《文学的"根"》一文。李杭育、阿城、郑义、郑万隆等人的有关文章也相继问世④,许多报纸杂志开辟专栏讨论。韩少功认为,文学之"根"应深植于民族传统文化的土壤。"寻根"的目的"是一种对民族的重新认识,一种审美意识中潜在历史因素的苏醒,一种追求和把握人世无限感和永恒的对象化表现";"寻根"就是重铸"民族的自我"。⑤ 阿城认为,文化是一个绝大的命题,文学不认真对待

---

① 主要代表性的论文(著)有:李泽厚《关于主体性的补充说明》,孙绍振《形象的三维结构和作家的内在自由》,刘再复《文学研究应该以人为思维中心》,王岳川《当代美学核心:艺术本体论》,宋耀良《本体论批评与主体性理论的互补效应》,李劼《试论文学形式的本体论意味》,陈晓明《反语言——文学客体对存在世界的否定形态》,等等。

② 刘再复:《论文学的主体性》,《文学评论》1985年第6期、1986年第1期。

③ 1970年代以日本为主体,包括中国台湾、中国香港以及新加坡、韩国等在内的"东亚经济奇迹"的产生,使得海外学者开始关注东亚文化,尤其是东亚经济快速发展过程中儒学的作用,新儒学文化研究受到关注。许多学者试图从儒学文化的角度来解释东亚经济的崛起,并试图重建面向未来的儒学文化精神。

④ 李杭育:《理一理我们的"根"》,《作家》1985年第6期;阿城:《文化制约着人类》,《文艺报》1985年7月6日;郑义:《跨越文化断裂带》,《文艺报》1985年7月13日;郑万隆:《我的根》,《上海文学》1985年第5期。

⑤ 韩少功:《文学的"根"》,《作家》1985年第4期。

这个高于自己的命题,不会有出息;作家要重新认识民族文化,文学创作之藤应该攀在深广的民族文化背景上。

文化寻根力图通过对民族生存观念、行为方式之渊源的追寻与反思,揭示民族意识、心态形成的过程,重建民族文化的现代形态,为文学的创新突破寻找到新的途径与可能性,这无疑具有推动文学发展的积极意义。当代长篇杰作《白鹿原》就孕育于1980年代末的文化寻根热潮中。在这一思潮中,作家们虽有理论热情,但也因文化积累不足而有随意轻率,甚或不知所云的弊端,因此也引起了一些坚持五四启蒙救亡路线的批评家的怀疑与批评。

早在1980年代初期的拨乱反正过程中,现代文学研究界鉴于1949年以来尤其是"文革"中激进主义文艺思潮在文学史写作、文学价值评判方面的负面影响,就曾对1949年以来中国现代文学史的写法、对这一时期文学作品的评判方式提出质疑,由此引发"重写文学史"的话题。"二十世纪中国文学"这一概念的提出,就是对这一话题的回应。[①] 1988年4月,《上海文论》开辟"重写文学史"专栏,强调"重写文学史"的意义在于使文学从政治话语中摆脱出来,成为一门独立的审美的学科。

第二节　1990年代文学思潮

从1980年代末到1990年代初,世界格局发生了重大变化:东欧剧变、苏联解体、东西方长期对峙的冷战格局瓦解,人类世界进入了一个以和平与发展为主题的新时代。中国也在经历1980年代末的动荡之后,快速进入一个市场经济繁荣发展的时代。经济急剧变革带来了拜金主义思潮,价值多元、立场分化的时代,让作家、艺术家、人文知识分子面临着痛苦的选择和决裂。文化成了商品,其精神内涵被物化的追求消解。文学不仅不再像过去那样具有社会思潮风向标的作用,而且当它脱离了政府的"供奶"、要自己独立"谋生"之时,也面临着严峻的考验。文学开始边缘化、泛商品化,与政治纠结数十年的中国当代文学开始逐渐展现出非意识形态化特征。这一时期,主流意识形态文学、知识分子精英文学和大众通俗文学相对独立又彼此渗透;大众文化的娱乐性、消闲性、世俗性渗入精英文学和主流文学,"纯粹"的文学在雅俗的交融中消失。这种始于经济变革与商业文化的强力转型,让文学在整个社会生活中的位置发生了巨大的变化,无论是由中心向边缘的

[①] 黄子平、陈平原、钱理群:《论"二十世纪中国文学"》,《文学评论》1985年第5期。

位移,还是从一元向多元的发展,其实都表征着中国文学向本体的回归。

在1990年代的文坛,"多元化"这样一个既在一定程度上切合现实又多少显得有些无力的词汇,成为人们描述本时期文学状况的习惯用语。这一时期,最值得记录的事件是有关人文精神的讨论和后现代思潮的来临。

一　人文精神的讨论

1993年初,王蒙在《读书》杂志上发表《躲避崇高》一文,提出因为"生活亵渎了神圣",所以他肯定王朔小说对神圣和崇高的亵渎,由此引发一场关于当代生活和文化中的价值危机和精神迷失问题的讨论。王晓明等人在《上海文学》该年第6期上发表题为《旷野上的废墟——文学和人文精神的危机》的对话,[①]认为1990年代文学的危机已经非常明显,中国特色的商业化潮流已经将文学连根拔起,这个社会的大多数人早已对文学失去兴趣;文学的危机实际上暴露了当代中国人人文精神的危机。文章指出,人文精神的危机主要表现在这样两个方面:一方面我们正处在一个堪与先秦时代比肩的价值观念大转换的时代,五千年来的信仰、信念无一不受到怀疑嘲弄,但又缺乏具有建设性的批判,整个人文精神领域呈现出一派衰势;另一方面在商品经济大潮的冲击下,穷怕了的中国人纷纷扑向金钱,不少文化人方寸大乱一口三惊,再也没有敬业的心气和自尊的人格。他们质问,一个有五千年历史的民族真的可以不要信仰、信念、世界意义、人生价值这些精神追求就能生存下去,乃至富强起来吗?

这场讨论后来达成的共识是,人文精神是一切人文学术的内在基础和根基,人文精神意识的逐渐淡薄乃至消失,使得人们对智慧与真理的追求失去了内在的支撑和动力,使得终极关怀远不如现金关怀那么激动人心。这样的现状敦促致力于终极关怀的人文学者关注当下的人文环境,关注人文精神的实践性。如果把终极关怀理解为对终极价值的内心需要,所谓的人文精神就是由这关怀所体现,和实践不可分割。这是一场体现出强烈的质疑性、批判性的讨论,表现出知识分子的一种深切的反省,一种知识分子的自我诘问和自我清理。讨论中出现的种种误解、意外,从另一个角度证实了人文精神在当下的普遍匮乏。

对人文精神讨论持怀疑和异见的文章,以王蒙《人文精神问题偶感》[②]和

[①] 王晓明编:《人文精神寻思录》,文汇出版社1996年版。
[②] 王蒙:《人文精神问题偶感》,《东方》1994年第5期。

张颐武《人文精神：最后的神话》①为代表。在此前后发生的"二王之争""二张之争"、道德理想主义、文化保守主义与激进主义、"断裂"之争、知识分子对自我角色和边缘化处境的反思等，都是关于现代人文精神的思考。

二 后现代主义思潮

后现代主义思潮在中国的流行，与美国文论家杰姆逊（又译为詹明信）的理论传播是分不开的。1985年9月到12月，他应邀到北京大学讲学，他的题为《后现代主义与文化理论》的讲稿，1987年被翻译出版后，在中国的文学界和学术界引起了不小的反响。对后现代主义进行大规模的研究和探讨，要到1990年代。随着《走向后现代主义》（佛克马、伯顿斯编）、《后现代主义文化与美学》（王岳川等编）、《后现代主义文化研究》（王岳川著）、《扑朔迷离的游戏——后现代哲学思潮研究》（王治河著）等一系列论著的出版，后现代思潮在文学界和学术界弥漫开来，蔚然成风。诸如1990年代的新写实小说、新历史小说、新状态小说、女性主义写作以及王朔现象、王小波现象、大众文化思潮、雅俗合流及游戏文学等，都可以看作后现代主义在中国的变体。离开后现代主义的观念和视角，我们就无法真正解读、剖析1990年代的中国文学。

后现代主义思潮在观念和思维方式上的基本特征，可以归结为以下几点②：

其一，颠覆中心，消解中心，解构中心。后现代主义的世界观不再执着于以前的机械论、决定论和中心论，那些曾经被作为神圣、不可质疑的中心论、决定论、有序论、渐进论等都受到了普遍而彻底的颠覆、消解和解构。后现代主义论者认为，没有中心，一切都是边缘，一切都是不确定的、非连续的、无序的；世界始终处于变动不居中，一切凝固的东西都烟消云散了，没有一成不变的逻辑可以框定人们的观念和思维方式。无中心就意味着一切都是边缘，这就消解、解构了中心与边缘的区别。

其二，否认基础性、整体性和统一性。后现代主义在消解和解构中心／

---

① 张颐武：《人文精神：最后的神话》，《作家报》1995年5月6日。
② 陈晓明将后现代主义归纳为："反对整体和解构中心的多元论世界观；消解历史与人的人文观；用文本话语论替代世界（生存）本体论；反精英文化及其走向通俗（大众文化或平民文化）的价值立场；玩弄拼贴游戏和追求写作（文本）快乐的艺术态度；一味追求反讽、黑色幽默的美学效果；在艺术手法上追求拼合法、不连贯性、随意性、滥用比喻，混同事实与虚构；'机械复制'或'文化工业'是其历史存在和历史实践的方式。"《仿真的年代——超现实文学流变与文化想象》，山西教育出版社1999年版，第193—194页。

边缘的区分后,也否认基础性、整体性、统一性的存在。启蒙运动对人类解放的诉求,唯心主义对精神目的的肯定,历史主义对人类历史和社会发展的意义阐释,这些建立在基础性、整体性和统一性基础上的观念与思想,其合法性受到了质疑和批判,一切已往对世界和人类社会进行阐释的封闭性、可预见性都被摈弃了,呈现在人们面前的是多元性、开放性、可能性和不确定性。

其三,消解深度模式。按照杰姆逊的解释,后现代主义要消解的深度模式有四种:1. 消解辩证法。后现代主义否认现象与本质的区分,不承认内与外的对立,也不需要任何人来告诉人们某事某物的意义是什么。2. 消解弗洛伊德关于"显"与"隐"的区别,也就是不承认人所想的和实际上发生的之间的区别。3. 消解存在主义所区分的本真性与非本真性的区分。存在主义者认为本真性是核心的东西,是对改变生活的乌托邦式的幻想,而在后现代主义理论中,这一切都被抛弃了。4. 消解符号和符号学。因为符号学区分了能指和所指,而后现代主义取消了关于符号学的两层次理论,只承认平面感、无深度感。

其四,彻底的否定性的思维方式。从思维方式角度来说,后现代主义与现代主义的区别在于:现代主义是一种有限的思维方式,它总是从某种既定的东西出发,而后现代主义是一种无限的思维方式,它反对任何假定的前提、基础、中心和视角。这就是后现代主义的彻底的否定性思维方式,具体表现在对唯一中心、绝对基础、纯粹理性、大写的人、等级结构、单一视角、唯一正确解释、一元方法论、连续性历史的彻底否定。① 一切现象、事物,都呈现出多元性、多样性,对于真理、正义、人道、人性、理性等这些以往思想家认为神圣的、不可质疑的东西,都可以嗤之以鼻。与传统和现代思维方式相比,后现代思维方式摈弃了中心、整体、时间、深度等,更注重边缘、碎片、空间、平面。

其五,一切都是语言游戏。在后现代主义者看来,语言不再是表达本体和认识的工具,不再是装载思想的容器,也不是传达思想的媒介;语言就是思想本身,它是唯一的对象,它本身就是世界。语言具有自主性、自生性和自足性,语言的意义和使用规则都在语言体系内部,人们只能用语言来说明语言,而不能用非语言、超语言的东西来说明语言。从这个意义上来说,后现代主义肯定的是:一切都是语言游戏,除了语言什么都不是。

1990年代的中国文学中,新写实、新状态、现实主义冲击波、新生代、新历

---

① 有关后现代主义在观念和思维方式上的基本共识,本节参考了福柯、德里达、利奥塔、杰姆逊、徐友渔、王治河等中外学者的有关论述。

史、个人化(私人化)、欲望化、女性主义等新潮迭起。尽管奇观迭出,但整体上看,后现代主义已成为一种具广泛表征性的思想文化潮流,个人化则是1990年代文学一种普遍的写作姿态与策略。无论新写实还是新历史、新生代文学还是女性写作,都以不同方式表现出对宏大叙事、元叙事的深切怀疑,都在颠覆既有的价值系统与文化秩序;追求快感,放逐确定性,呈现解构的思维特征与种种后现代的面影。总体看,后现代主义文学呈现出两个走向。

一是人的观念的嬗变。新时期之初,中国文学重构了一个"大写的人"的神话;从先锋小说开始,对人的神圣性的解构、对人的形而下欲望和人性之恶的挖掘,成了一个重要的母题。因此,主体的破碎、人的精神性品格的降低、生物性本能的放大就成了当代文学中很常见的对人的阐释。与此同时,在对人的书写方式上,零度情感以及符号化的处理,也显然与作家对待人的态度有关。可以说,这种"人"的观念上的变化是后现代主义思想得以实现的前提。

二是解构主义的思维。解构主义可以说决定了后现代主义的思维与认识基础,对1990年代的中国文学界和批评界产生了重大影响。在余华、韩少功、孙甘露、格非、苏童、叶兆言、马原、洪峰、王安忆等众多作家的小说文本中都能找到解构主义留下的痕迹,也为评论界用解构主义理论与方法阐释、分析文学作品提供了实践机会。

后现代主义思潮本是晚期资本主义社会的产物,它在1990年代以来中国文学中的种种表现,折射出转型期中国社会文化的复杂。它从对"人"的解构和对"存在"的解构这两个维度展开,根本性地颠覆了文学创作与研究的固有观念和思维方式。不管认同与否或接受多少,一统化的文坛和文学创作从此风光不再。中国文学走进了一个难以用一套标准理论来解说的混沌时代,许多作家作品都融入了大众化市场化潮流,文学已经难辨其原来的模样。

这一时期,文学是一个自由言说的世界,我们需要以开放自由的心态面对新的文学世界。

研习提升阅读材料

第七章
1980 年代小说

第一节　1980 年代小说

整个 1980 年代,可谓是中国小说家热情高涨、积极探索、创作实绩可观的十年,贯穿其间的是"人"的意识复苏,逐步自觉,并渐趋多元丰满。

1980 年代小说发展紧承 1970 年代末期的伤痕小说。1976 年 10 月,"四人帮"被粉碎,"文化大革命"结束。经历了 10 年动乱之后,中国作家被压抑的创作生命力迅速喷发。1977 年 11 月,时为北京市中学教师的刘心武(1942—　,生于成都,1950 年迁居北京)发表了描写中学生生活的短篇小说《班主任》,最早通过艺术形象来揭露"文化大革命"对青年一代的心灵所造成的毒害,重新接续了被中断的鲁迅"救救孩子"的启蒙思想与沉重呼喊。不久,《文汇报》(1978 年 8 月 11 日)发表了卢新华短篇小说《伤痕》,**"伤痕文学"**和"伤痕小说"的得名即源于此。当时,产生较大社会反响的伤痕文学代表作,还有张洁《从森林里来的孩子》、王蒙《最宝贵的》、王亚平《神圣的使命》、肖平《墓场与鲜花》、李陀《愿你听到这支歌》、宗璞《我是谁?》《弦上的梦》、陈国凯《我该怎么办?》、孔捷生《在小河那边》、张抗抗《爱的权利》、韩少功《月兰》、从维熙《大墙下的红玉兰》和周克芹《许茂和他的女儿们》等。尽管多数伤痕文学作品还停留在对社会与人生伤痕的表层描写上,而且由于很快就有人提出了所谓"向前看"的口号,致使伤痕文学创作几乎半途夭折,而没有能出现包容更深广的历史内容和具有重大悲剧美学意义的作品,但是,伤痕文学在中国当代文学史上仍然具有不可或缺的开拓性意义。它冲破了极"左"文艺的种种清规戒律,突破了一个个现实题材的禁区,提出了一系列重要的社会问题。它在中国当代文学史上第一次真正遵循现实主义美学原则,"按照生活的本来面目描写生活",以强烈的批判性、暴露性和悲剧性开启了1980年代文学现实主义深化的道路;也在中国当代文学史上第一次自觉地从人道主义立场来塑造人物形象,描写在极"左"路线下人性遭摧残、人权被剥夺的悲剧,成为新时期人道主义文学思潮的先导。

在伤痕文学兴盛之时,一批历尽坎坷、善于思考、富有激情的作家(他们中有许多人在1957年被划为右派),如王蒙、李国文、从维熙、刘真、张贤亮、方之、高晓声、陆文夫等,不满足于现实主义的创作方法,提出"现实主义深化"的主张,写出了一批具有相当思想深度和历史深度的作品。在1950年代曾以《百合花》蜚声文坛的作家茹志鹃,于1979年2月在《人民文学》上发表的短篇小说《剪辑错了的故事》,被视为**反思文学**起步的标志。小说通过主人公老寿在1949年前后两个不同历史时期经历的几个典型事件的相互穿插、组接,让读者通过过去与现在党群关系的对比,领悟"文革"的荒诞,从而反思历史。小说以人物心理变化为线索,将1949年前后的生活片段穿插拼贴在一起,写法上令人耳目一新。反思文学在创作上的一个重要特征,是试图从政治、社会层面进行历史的反思,比之伤痕小说,其目光更为深邃、清醒,主题更为深刻,带有更强的理性色彩。代表作主要有鲁彦周《天云山传奇》、刘真《黑旗》、高晓声《李顺大造屋》《陈奂生上城》、古华《芙蓉镇》、张弦《被爱情遗忘的角落》《挣不断的红丝线》、路遥《人生》、叶文玲《心香》、张一弓《犯人李铜钟的故事》、韩少功《西望茅草地》、李国文《月食》《冬天里的春天》、王蒙《布礼》《蝴蝶》《相见时难》、谌容《人到中年》、张贤亮《灵与肉》《绿化树》《男人的一半是女人》、梁晓声《这是一片神奇的土地》《今夜有暴风雪》《雪城》、方之《内奸》、史铁生《我的遥远的清平湾》、张辛欣《在同一地平线上》、张抗抗《北极光》等。军队作家中,则有徐怀中《西线轶事》、李存葆《高山下的花环》、朱苏进《射天狼》等别开生面的作品。这些创作在反思历史与现实中凸显的是对人的反思和对人性、人的心理世界的新思考。其中不少作品被搬上银幕与荧屏后,在社会上产生轰动性影响。[①] 在反思文学思潮中,有的作家突破了政治或社会视角,开始从文化的角度思考人、发现人,描写中国社会各个阶层人的悲喜剧,揭示这些悲喜剧所产生的原因,这类作品的代表作家主要有陆文夫、张洁、谌容等。"文革"后陆文夫相继发表了《献身》《小贩世家》《围墙》《美食家》《井》等侧重描写苏州市井风情的小说,不仅凸显了较为浓烈的苏州地方文化色彩,而且深化、拓展了对"人"的

[①] 被改编成电影、电视的有《天云山传奇》《牧马人》《芙蓉镇》《被爱情遗忘的角落》《挣不断的红丝线》《人生》《人到中年》《今夜有暴风雪》《高山下的花环》等。

主题的探索。张洁(1937—　,北京人)1970年代末期以小说《爱,是不能忘记的》《沉重的翅膀》《祖母绿》等引起文坛注意。她的作品大多以知识分子尤其是知识女性为描写重心,在中国时代社会变迁的广阔背景上探讨人类的情感尤其是女性的心灵世界。《爱,是不能忘记的》(1979)深切地描写了没有婚姻的爱情的痛苦与没有爱情的婚姻的不幸,尖锐地揭示了社会现实与传统观念对人性、人的自由的剥夺和人的精神困境。小说发表后曾引发激烈争议。有人提出"(男主人公)凭什么无视和他几十年'风里来,雨里去'的患难妻子,又有什么理由去'镂骨铭心'地渴求女作家的爱情呢?……并非一切爱情都是神圣的,只有符合道德的纯洁真挚的爱情才是高尚的。与道德相悖的爱情则是渺小可鄙的。因此,必须以道德作为爱情的准则。如果这使某些人感到被束缚得很痛苦,我们能同情他们的呻吟乃至呼号吗?……不应把暧昧的、缺乏道德力量和不健康的情绪美化成诗"①。

在这两位男女主人公身上,现实给予他们的"精神枷锁",究竟是我们的"道德、法律、舆论、社会风气等等"的什么错处?

(李希凡《"倘若真有所谓天国……"》)

谌容发表了有重要影响的中篇小说《人到中年》,中年知识分子和女性作为人的存在在小说里得到充分的展示与警醒。《人到中年》《人生》和《天云山传奇》《芙蓉镇》《高山下的花环》等都曾被改编成电影,《今夜有暴风雪》和《新星》曾被改编为电视剧,都在社会上产生了巨大影响。

1980年代的文学观念处于转型期。1980年代上半期的文学观念基本承袭发端于1930年代的革命文学、发展于"文革"前十七年的反映论的现实主义文学,文学创作紧紧追随时代现实。1978年,中国共产党十一届三中全会召开,全党的工作重心开始由原来的抓阶级斗争转移到抓经济建设上来。之后,作家们纷纷将热情投注于经济改革的时代现实。率先呼应这一思潮的,是天津作家蒋子龙。蒋子龙(1941—　,出生于河北沧县)1960年入伍,复员后一直在天津工厂工作。1976年发表小说《机电局长的一天》,1979年发表成名作《乔厂长上任记》。这部作品不仅大胆地暴露了十年浩劫对我国工业战线造成的严重创伤以及积弊如山的现实,而且大胆揭示了新的历史时期出现的新问题、新矛盾,从而开了**改革文学**的先河。其后蒋子龙又写了《一个工厂秘书的日记》等小说。这一时期,张锲《改革者》、张一弓《赵镢头的遗嘱》、水运宪《祸起萧墙》、柯云路《三千万》《新星》、李国文《花园街五

---

① 肖林:《试谈〈爱,是不能忘记的〉的格调问题》,《光明日报》1980年5月14日。

号》、张贤亮《男人的风格》、王润滋《鲁班的子孙》、张炜《秋天的愤怒》《古船》、贾平凹《鸡窝洼人家》《腊月·正月》《浮躁》、何士光《乡场上》、王蒙《坚硬的稀粥》、路遥《平凡的世界》等一批改革小说相继出现。总体上看,改革小说侧重反映新旧体制转换时期的社会矛盾,记录了改革的艰难及其导致的人的观念、人与人关系和道德观念的变化。改革文学注重对人物形象特别是改革者形象的塑造,努力写出人的多面性、复杂性,这在当时被称为新人形象塑造。

反思文学与改革文学作为新时期文学中最早关注当下的创作,作为20世纪中国文学发展进程中一次功利主义色彩突出、现实话语与审美话语结合得较为完美、表现得较有力度的小说思潮,含蕴着较为丰富的美学内容。这主要体现在:一、高晓声、贾平凹等一批作家对当代农村改革中处于传统观念下的农民精神世界作出了发人深省的挖掘与反思。高晓声(1928—1999,江苏武进人)曾因与方之、陆文夫、叶至诚等筹办《探求者》文学月刊社,被打成右派,下放回原籍劳动。1980年发表的《陈奂生上城》是高晓声复出后创作中一个比较明显的分水岭。在此之前他创作的《李顺大造屋》《"漏斗户"主》主要是表现1949年后中国农民依旧艰难的生存状态,侧重反思农民悲剧命运的社会原因。从《陈奂生上城》开始,高晓声的笔触伸向农民灵魂的深处,探索新时期农民的精神状态,寻绎其悲剧命运的内部原因。通过对陈奂生形象的刻画,作品深刻地揭示了在新的历史时期里,现代化的要求同农民精神现状之间差距。

让生活自身在反讽、幽默中显示自身的荒诞。

(钱中文《〈青天在上〉与高晓声文体》)

陈奂生上城的奇遇充分说明了当代农民还没有从阿Q的阴影下走出,新时期严重的问题仍然是教育农民。① 如果农民在精神上不获得真正的解放,农村经济改革、农村现代化是根本不可想象的。对于农村经济改革,贾平凹(1952—   )最初是持热情肯定态度的,他的《小月前本》《鸡窝洼人家》热情洋溢地肯定了改革给农村青年思想感情、爱情婚姻等带来的可喜变化,但其后所写的《腊月·正月》则较为冷峻。二、山东作家群对改革进程中的中国农民的处境作出了多方位的思考与探索。其中矫健《老霜的苦闷》《圆环》《快马》、王润滋《卖蟹》《鲁班的子孙》等主要是对农村改革中出现的唯利是图现象表达一种道德忧虑。改革势在必行,但改革进程中对中华传统美德的冲击亦需关注。王兆军《拂晓前的葬礼》(1984)则从政治文化的角度剖析

---

① 范伯群:《高晓声论》,《文艺报》1982年第10期。

了中国农村社会土壤中所孕育的农民政治家的复杂性格,以及这种政治人格必将为历史所淘汰的命运。张炜《秋天的愤怒》《古船》等作品孜孜以求的,是从农民自身中挖掘、寻绎那些可以冲破现状、引领未来的正面因子;他所塑造的李芒、隋抱朴等形象可以说是新时期农村小说中较有力度的正面人物。三、柯云路《新星》对现阶段物质文化环境中所能提供的推动改革的正面力量作出了全面而集中的描写,在主人公李向南身上几乎凝聚了同时期改革者身上的一切优秀品质,他对现实社会的批判、对旧有官僚体系的冲击,在当时富有震撼性。可以认为,《新星》在将改革文学思潮推向某个高峰的同时,也显示出了这种文学思潮面临着的某种危机,即现阶段可以借鉴、运用的文化资源的局限性。

从1980年代中期开始,或整个1980年代中后期,围绕着对传统文化与价值观念的反思、批判与重建、文学观念的解放与转型,当代小说家们展开了多元的探索。

纪实文学悄然兴起。代表作主要有刘心武《公共汽车咏叹调》《5·19长镜头》、张辛欣《北京人》系列。与传统现实主义小说相比,那种用作家的主观意图(政治的、社会的)强烈干预创作内容的做法在这些作品中被淡化了,这些作品有意识地通过纯纪实的描绘让生活本身说话。在另一种意义上,也可以说,这一现象表明作家主体在失去了某种既定的价值理念之后干脆回避观念的参与,而仅以现实生活本身所显示的意蕴吸引读者,这其中隐伏着稍后出现的新写实小说的某些美学特征。在这些创作里,人的主体性变得不那么清晰、强烈。

在现实主义精神受挫,作家们尚未找到新的力量、资源之前,以张承志为代表的一批作家不甘就此消沉,转而把目光投向了大自然。张承志(1948— ,回族,籍贯山东)的作品浓墨重彩地描绘大自然的伟力、野性与崇高,以及人与大自然的对峙、搏斗,希图在大自然的崇高与伟力的衬托下弘扬人的主体力量;这类主题的代表作有《春天》《黑骏马》《北方的河》等。他的这类作品与邓刚《迷人的海》、刘舰平《船过青浪滩》、郑万隆《老棒子酒馆》、王凤麟《野狼出没的山谷》等一起推动了自然文化思潮的回归。大自然在此之前的中国小说中一直是作为环境因素存在,在这批作品中却具有了主题的意义,并与人的存在、人的自我意识觉醒紧密联系在一起。这些作品的局限性在于:作家所描绘的人物在面对大自然时往往表现出一种大无畏的英雄气概,但一旦进入社会,却又显出精神上的扭曲,呈现出"人"的观念的矛盾形态。

伤痕文学、反思文学、改革文学的基本内容,是主导性社会政治话语的文学性表现,其内含的启蒙思想也主要立足于社会政治层面,叙事目的则主要是为当时的社会政治实践提供文学的论证。1985年前后形成潮流的**寻根文学**创作,其初衷,则是挣扎于反思、探索现实的困境,转而探究、梳理民族历史文化的根源,寻找本民族肌体深处尚未被政治文化禁锢侵蚀的野性而自然的生命创造力,实践重铸民族灵魂的愿景。它超越了社会政治层面,突入到历史与文化的深处,对中国的民间生活和民族性格进行了文化学思考。这和当时中国社会的文化研究热与传统文化价值重估思潮相呼应。寻根小说的前奏可以追溯至1980年代初汪曾祺、邓友梅、吴若增等人所写的一些小说,如《受戒》《大淖记事》《那五》《翡翠烟嘴》等,其兴盛则是在1985年前后。韩少功、贾平凹、李杭育、郑万隆、阿城、张承志、王安忆等是寻根小说的代表作家。主要作品有:韩少功《归去来》《爸爸爸》《女女女》、陆文夫《美食家》、阿城《棋王》《孩子王》《遍地风流》、张承志《黑骏马》《北方的河》、郑义《老井》、郑万隆《异乡异闻》、贾平凹《古堡》《远山野情》、李杭育《最后一个渔佬儿》《沙灶遗风》《土地与神》、王安忆《小鲍庄》等。寻根小说最为显著的特点是:以现代意识观照现实和历史,反思传统文化,重铸民族灵魂,探寻中国文化重建的可能性;作品题材和文化反思对象呈鲜明的地域特点;在表现手段上既有中国传统文学的手法,又运用现代派的象征、暗示、抽象等方法,丰富和加深了作品的文化意蕴。

综览寻根小说,这批作家们对自己所寻的"根"究竟是什么,文化究竟是什么等问题,并不很了然。其态度也较为复杂多元,总体来说大致有三类:一是对民间传统习俗文化持否定态度,代表作有韩少功的《爸爸爸》《女女女》、王安忆的《小鲍庄》《大刘庄》等。韩少功(1953— ,湖南长沙人)是第一个提出"寻根"口号的作家,他在《爸爸爸》(1985)中所寻出的是民族文化传统中深植的一个丑陋不堪的"老根"丙崽,借此批判了我们这个民族常常将自身的命运交付给某种荒诞而抽象的异己物,进而导致整个民族常常陷入一种无理性的盲动之中。王安忆(1954— ,生于南京)在新时期小说发展的每一次浪潮中,都捧出了自己的佳作。在寻根小说阶段,王安忆的力作是中篇《小鲍庄》(1985),描写一个偏僻贫穷、常常遭受洪水袭击的小村庄里人人都很仁义的故事,揭示了"仁义"作为中国人一种赖以自豪的传统,在某种程度上已经构成中华民族的原罪意识。二是对民间传统习俗文化持肯定态度,代表作主要有阿城的《棋王》、邓友梅的《烟壶》《那五》、郑万隆的《异乡异闻》系列等。邓友梅(1931— ,天津人)在1980年代的文化寻根思潮中发表了《那五》《烟壶》等小说,借助那五、乌世保这两个八旗子弟的没落与新生,表现了传统文化的拯救力量。阿城(1949— ,北京人,原名钟阿城)的

《棋王》(1984)揭示了我们这个民族凭借着极其简陋的"吃"和"下棋",亦即物质与精神的最低层次需求度过了许多动乱的年代,让我们领略到民族的韧性。作品流露出这样的暗示:道家文化传统是中国民间应付乱世的有效工具。三是持历史主义态度。代表作有冯骥才的《神鞭》、李杭育的"葛川江系列小说"《最后一个渔佬儿》《沙灶遗风》《土地与神》等。冯骥才(1942— ,天津人)从批判"文革"开始,逐渐转向对"怪世奇谈"的描绘,从政治的批判转向文化的反思,著有《铺花的歧路》《啊!》《神鞭》《三寸金莲》《阴阳八卦》和《雕花烟斗》(短篇小说集)等。他的长篇小说《神鞭》中的主人公曾经挥舞神鞭打遍天津无敌手,但在八国联军的枪炮面前,却不堪一击。后来,他决然地抛弃神鞭,投入北伐军,练成了双枪神枪手。作者在这部小说里表现了对传统文化的一种历史主义态度。寻根文学呼应着社会上的文化研究思潮,开启了对中国传统文化的反思。19世纪以来中国传统文化命运几经曲折,至此开启了一个新的起点。这一时期,也有学者批评文化寻根的局限性。①

他呼吁中国精神的传统力量……小说《棋王》庆祝的是灵性的胜利。

(顾彬《二十世纪中国文学史》)

与其说是因雌守雌以柔克刚,不如说是对压抑而无奈的生命作了美学与哲学的美化;与其说是悠游天地得大自在,不如说是作家成功地规避了个体生命必须直面的外部与内心的真实困境与冲突。

(李静《不冒险的旅程——论王安忆的写作困境》)

1970年代末,宗璞《我是谁》、茹志鹃《剪辑错了的故事》、王蒙《春之声》等一批小说对西方现代主义写作技巧的借鉴和运用,引起文坛的关注。从1985年开始,在寻根小说兴起的同时,《你别无选择》《无主题变奏》《透明的红萝卜》《山上的小屋》《冈底斯的诱惑》等一批小说的出现,形成了在当时极具冲击力、对后来也产生深刻影响的**先锋小说**潮流。这股潮流在1985年及此后的几年中,不仅在语言形式、叙述技巧上,而且在思想观念、文学精神上,都表现出对西方现代文学尤其是第二次世界大战以后西方文学思潮、创作方法的接受和吸纳。其文学史意义在于,文学创作

---

① 有评论认为:"作家们所乞灵的是一块虚妄的'人类理性的处女地'——即超乎寻常的野蛮与自然之力在人身上的显呈。它是一种被中国人无限憧憬地名之曰'血性'和'仙风道骨'的东西,它的反抗秩序的美学外表被罩上种种富有魔力的光环;力的舞蹈,无羁无绊,征服一切,行侠仗义,自由自为,出神人化……归纳起来,便是山林精神、道家风骨和人伦温情,它们是寻根的作家们所追索的'根',是我们这个古老民族的边缘文化传统。寻根派作家们似乎没有意识到:山林精神的'血性'蛮力与其说是勇气的结果,毋宁说是对'强力征服'的潜意识信奉……与其说是个体意识的高扬,毋宁说是理性缺席的混沌不分。"李静:《不冒险的旅程——论王安忆的写作困境》,《当代作家评论》2003年第1期。

终于开始脱离传统的社会主义现实主义轨道,走出阶级的、社会的"人"的观念,重新认识人与自我,探索人的现代性。因此,从告别传统的现实主义与人学观念这个意义上,可以将先锋文学的出现视为新时期文学真正具有分界线意义的重要标志。

刘索拉《你别无选择》(1985)以戏谑的方式,描绘出一个音乐学院里种种荒诞、骚动和疲惫、压抑的心灵与精神形态。小说充满了黑色幽默式的危机感,但在荒诞的氛围中包蕴着追求自我价值实现的活力和克服精神危机的反抗。① 它把"隐蔽在孤独的感知内容之下的深层语义——精神被放逐者的茫然与惶惑,几乎是直述了出来"②。徐星的《无主题变奏》(1985)以第一人称叙述一个从大学退学去饭店当服务员的年轻人——社会边缘人——的日常生活,充满嘲讽、调侃和鄙视、超然,表现出对个人价值的追求和在这种追求中的内心孤独感与精神鄙视感,幽默得近乎冷酷。这实际上反映了在社会转型时代,一代青年努力摆脱传统主流轨道,寻找自己人生道路的叛逆与失落心理。在这些小说里,西方现代派文学尤其是存在主义思潮中的一些基本主题,如孤独、个人选择、存在的荒诞、个体反抗等,聚焦于一点,引导中国文坛开始重新发现"人",并寻找中国式的表达。

在残雪、莫言的小说中,人的深层心理——感觉冲动——占据文学写作与表现的突出地位。残雪(1953— ,湖南长沙人,原名邓小华)的小说《山上的小屋》(1985)、《苍老的浮云》(1986)等,有着痴人说梦般的质地,纷乱、拥挤、无羁的幻觉和疯狂、怪诞、血腥、森冷的意象俯拾皆是,细腻、敏锐的感觉世界被夸大、强化和变形,小说通过这种方式颠覆了正常与反常、理性与疯狂的世俗界限,传达欲望的冲动和生命的活力。莫言《透明的红萝卜》(1985)和《红高粱》(1986)等小说,重视感觉的呈现,色彩鲜明而丰富,叙事往往由感觉引导,由情绪推动,将逾越常规的生命活动形诸令人惊悚的语言表达,极富感性的强力刺激,诡谲奇伟,气势逼人,意象纷呈奔涌而出。

在以上两种创作之外,以马原《拉萨河女神》(1984)、《冈底斯的诱惑》(1985)等为先声,注重形式实验的小说开始兴起。马原以及紧随其后的洪峰、格非、苏童、余华、叶兆言、孙甘露、潘军、北村、吕新等作家,他们的创作

---

① 有人批评:"他们的追求似乎仅仅停留在一种直觉自为的反传统的低级起点之上,他们可能获得的成功因此也会带有某种偶然性和盲目性。他们的探索和追求缺之一种社会大我意识和历史的自觉性。"魏威:《如何反映当代青年的性格——评中篇新作〈你别无选择〉》,《文汇报》1985年5月13日。

② 季红真:《精神被放逐者的内心独白——刘索拉小说的语义分析》,《上海文学》1988年第3期。

都表现出对小说形式和语言的自觉意识。马原这一时期的创作将小说"怎么说"的问题突出得令人瞩目,摆脱了长期以来小说乃至整个文艺创作都要优先考虑"说什么"的拘囿。洪峰《极地之侧》(1987)在对关于死亡的叙事中,充分利用作者与叙述者、被叙述者之间的关系变化。余华《一九八六年》(1987)将特定时间里的事件切割、延伸、折返,打破了现实主义叙事的既有套路。苏童《一九三四年的逃亡》(1987)撕碎了历史(时间)的线性维度,让事件与人物的碎片飘浮在欲望话语的涌动之中。格非《褐色鸟群》(1988)在虚构中虚构,构成叙事的圈套,戏弄和颠覆了传统的小说结构方式。孙甘露《请女人猜谜》(1988)在两个虚构叙事的相互映照、叠合、穿插之中,播撒语言的迷雾……先锋小说淡化乃至取消了小说在传统政治和意识形态上的意义表达。它改变了文学与政治意识形态的关系,进而改变了文学的社会政治功能。文学开始让位于话语欲望的尽情释放和叙述技巧的眩目演示。这

> 意识形态相对于作家的个人心灵即便不是对立面,至少也是一种遮蔽物,一种空洞的、未加辨认和反省的虚假观念。我们似只有两种选择,要么成为它的俘虏,要么挣脱它的网罗。
>
> (格非《十年一日》)

些小说消弭了传统小说真实与虚构的界限,颠覆了传统小说的真实观,使小说成为开放的文本,充满不确定性。它们将人物、时间、空间等因素都抽象化,使之成为作者手中随意操纵的符号,以至文本只具有自我指涉的功能。所有这些构成了1980年代小说叙事的革命。这场叙事革命对文学传统的反叛和激进姿态,联系着整个1980年代的思想文化背景。正是在这个意义上,先锋小说的语言与形式实验并不仅仅只在语言与形式本身,而是时代精神的某种象征。这些小说实验在观念和方法上对后来者的写作产生了深远的影响,但是,正如格非后来所反省的:"如果形式感的东西不被我们的作家的灵魂所照亮,那么它在现在这样一个产生着巨大变化的社会转型期的大背景下,就显得未免奢侈。"①

上述不同形态的先锋小说,在思想、文化、文学观念和写作方法上,将西方现代主义和后现代主义思潮的资源植入了当代中国文学的土壤,给本土文学带来了新鲜的血液,丰富了文学的色彩,激发了创造的热情,在激进的反抗姿态里透露出蓬勃的生机活力。与此同时,也有人注意到这些小说的局限性,称之为"一批不能结出果实的花朵",因为"某种价值观的陈旧……转化为价值观的虚无;拒绝原有的价值体系后,便只为自己留下了一片精神

---

① 林舟(陈霖):《生命的摆渡——中国当代作家访谈录》,海天出版社1998年版,第70页。

的荒原"①。也曾发生过这批受西方现代主义和后现代主义思潮影响的探索性小说是否是真正的现代派的争论。

1980年代后期可关注的文学现象之一,是**新写实小说**的崛起。新写实小说的主要作家有刘震云、刘恒、池莉、方方等。此前的先锋小说作家如苏童、叶兆言等也写了不少新写实小说。一般认为,刘震云的《一地鸡毛》《单位》《官场》、池莉的《烦恼人生》《不谈爱情》《太阳出世》、方方的《风景》《桃花灿烂》等是新写实小说的代表作。这一创作潮流在1990年代有新的发展。

从整个文化思潮背景来看,1980年代中国文坛受西方哲学、美学影响最大、最广、最深的是西方现代主义,尼采、弗洛伊德、萨特是对1980年代中国文学影响最大的西方思想家。在20世纪二三十年代曾对中国新文学产生重要影响的西方18世纪、19世纪现实主义、浪漫主义文学,对于1980年代中国文坛的影响已渐去渐远。1980年起由袁可嘉、董衡巽、郑克鲁选编的《外国现代派作品选》四册八本陆续由上海文艺出版社推出,首次发行五万册。1981年高行健《现代小说技巧初探》出版,颇受作家欢迎②。同年陈焜论著《西方现代派文学研究》也引起关注。从1980年底开始,《外国文学研究》开辟"西方现代派文学讨论"专栏,吸引了创作家与理论家的广泛参与。这些开启了1980年代中国文坛介绍西方现代主义文学的先河。19世纪末开始在西方勃兴的各种现代主义流派、重要作家都先后被译介,后期象征主义的里尔克、瓦雷里、艾略特、勃洛克、安德列耶夫、梅特林克、霍普特曼,表现主义戏剧家斯特林堡、奥尼尔,意识流小说家伍尔夫、普鲁斯特、乔伊斯,荒诞派文学家卡夫卡、贝克特、尤奈斯库,黑色幽默小说家海勒,存在主义文学家加缪、萨特,拉美魔幻现实主义文学家马尔克斯,日本新感觉派作家川端康成,苏联作家艾特玛托夫,海明威、福克纳、劳伦斯、昆德拉、博尔赫斯,以及戏剧家布莱希特、迪伦马特等等,都曾引起1980年代中国文坛的强烈兴趣与热切关注。

弗洛伊德精神分析学系列著作经二十余年冰封,在中国又一次出版③。对与弗洛伊德精神分析学相关的一批西方小说如《查特莱夫人的情人》《洛

---

① 吴秉杰:《"先锋小说"的意义》,《人民日报》1989年4月4日。
② 冯骥才称这"好像在空旷寂寞的天空,忽然放上去一只漂漂亮亮的风筝"。《中国文学需要"现代派"!》,《上海文学》1982年第8期。
③ 如弗洛伊德:《精神分析引论》,商务印书馆1984年出版;弗洛伊德:《梦的释义》,辽宁人民出版社1987年出版;霭理士:《性心理学》(潘光旦译注),生活·读书·新知三联书店1987年出版;荣格:《寻找灵魂的现代人》,贵州人民出版社1987年出版。

丽塔》《一个女人一生中的 24 小时》等的引介,对郁达夫、沈从文、施蛰存、张爱玲小说的再发现,以及对台湾作家白先勇作品的推崇,一起推波助澜,掀起了 1980 年代中期的"弗洛伊德热",对张贤亮、王安忆、刘恒、苏童、莫言、王朔、张弦、张洁、路遥、张辛欣、张抗抗、刘索拉、残雪、孙甘露、贾平凹、王蒙的创作都有深入的影响。意识流包括无意识理论,是文学中的非理性主义倾向的基础,伍尔夫《墙上的斑点》、普鲁斯特《追忆似水年华》、福克纳《喧哗与骚动》、乔伊斯《尤利西斯》,都曾引起中国文学界的追捧。几十年来在中国美学、艺术中被压抑的表现主义美学观念与人学观念在 1980 年代获得发展,突破了现实主义反映论的框架束缚。从克罗齐到科林伍德、苏珊·朗格的表现主义美学理论都有译介。① 得益于朱光潜等人的译介,从斯特林堡、奥尼尔的表现主义戏剧到卡夫卡小说的引入,在中国形成了一个表现主义热潮。在这一美学与文化语境中,文艺心理学逐渐崛起,文学的主体性,经刘再复提倡,获得深入而广泛的探讨②,从而整体地改变了 1980 年代中国的文学观念,而其最本质的变化是"人"的观念的变化,是中国人对自我的新发现。

自 1980 年代中期开始,萨特的存在主义哲学受到关注。海德格尔《存在与时间》、萨特《存在与虚无》等中译本问世③,围绕着海德格尔、萨特的"存在主义热",逐渐取代了 1980 年代早期的"弗洛伊德热""尼采热"。"存在先于本质"论、"自由选择"论以及"世界是荒诞的"等思想,深入中国文学创作界。人的异化、人与社会的对立、个人的尊严、当代人的失落感、孤独感、荒诞感,选择、寻找的主题,这些存在主义思想伴随艾略特、卡夫卡、加缪、福克纳、伍尔夫、劳伦斯、奥尼尔、斯特林堡、贝克特、尤奈斯库等一大批西方现代主义作家及作品被持续引进中国,渗透在 1980 年代后期、1990 年代的文学创作中。王蒙、刘心武、张洁、谌容、王安忆、张承志、张辛欣等小说家及戏剧家高行健、魏明伦,诗人顾城、舒婷、江河、杨炼等,都受到上述思潮的深刻影响。与马尔克斯《百年孤独》、海勒《第二十二条军规》、米兰·昆德

---

① 克罗齐:《美学原理》,朱光潜等译,外国文学出版社 1983 年出版;科林伍德:《艺术原理》,王志元等译,中国社会科学出版社 1985 年出版;苏珊·朗格:《情感与形式》,刘大基等译,中国社会科学出版社 1986 年出版。

② 刘再复:《论文学的主体性》,《文学评论》1985 年第 6 期、1986 年第 1 期;参见《自由地讨论,深入地探索——关于刘再复〈论文学的主体性〉一文的讨论》,《文学评论》1986 年第 3 期。

③ 如柳鸣九编:《萨特研究》,中国社会科学出版社 1981 年出版;海德格尔:《存在与时间》,生活·读书·新知三联书店 1987 年出版;萨特:《存在与虚无》,生活·读书·新知三联书店 1987 年出版;萨特:《存在主义是一种人道主义》,上海译文出版社 1988 年出版;考夫曼编著:《存在主义》,商务印书馆 1987 年出版。

拉《生命中不能承受之轻》以及巴塞尔姆、巴思、品钦、冯尼戈特、博尔赫斯、塞林格等现代主义与后现代主义作家作品的影响日益增强相应的是,1985年后,在中国的小说创作领域,先锋、实验意识日益强烈,现代主义与后现代主义倾向日益明显。王朔、余华、苏童、莫言、刘恒、格非、孙甘露、叶兆言等作家在1980年代后期、1990年代的小说创作,淡化时代背景、情感冷漠(或称"零度情感")、注重叙述方式与语言策略的写作实验,都显示出在中国实验小说的现代主义倾向中包蕴了后现代主义因素。

从1970年代末开始的王蒙对西方现代派意识流小说技巧的借鉴运用,到1980年代中期寻根小说对"拉美爆炸"后文学观念、创作方法、形式技巧的借鉴和运用;从性意识文学的勃兴,再到1980年代中后期新潮小说所谓纯形式、纯技术、纯叙述的"小说技术革命",1980年代的小说创作几乎是将西方现代小说的演化发展过程像过电影一样演练了一遍。尽管1980年代的小说还存在着种种缺憾,但其在思想价值与艺术探索方面展示了丰富的内涵,在中国当代文学发展史上占有重要地位。

第二节　王蒙　张贤亮等

王蒙(1934—　,祖籍河北沧州,生于北京)中学时参加中共领导的城市地下工作,1948年加入中国共产党。1949年,调入中国新民主主义青年团(后改名为中国共产主义青年团)北京市委工作。1953年创作长篇小说《青春万岁》。1956年发表短篇小说《组织部来了个年轻人》(发表时题为《组织部新来的青年人》),由此被划为右派。1958年下放到京郊劳动改造。1963年开始到新疆劳动近16年。1978年重新发表小说,先后出版中短篇小说集《深的湖》《相见时难》《坚硬的稀粥》等,以及长篇小说《活动变人形》、"季节"系列长篇小说《恋爱的季节》《失态的季节》《踌躇的季节》《狂欢的季节》。

在中华人民共和国成立之初翻天覆地、高唱革命凯歌行进的年代成长起来的少年动人的精神面貌,以及"少年布尔什维克"的政治早熟,给王蒙留下难忘的印记。这也催生了作家早期的长篇小说《青春万岁》,它以交响乐的结构和诗意的抒情笔调,描写1950年代初期北京女中学生清纯烂漫的生活。这种对理想、事业的忠诚信念以及献身的热情,在1970年代末复出的王蒙创作中依然回响着。1956—1971年,王蒙在伊犁农村"劳动锻炼"(他本人自称),并一度兼任公社二大队的副大队长。这一段沉入底层的经历(还有对苦难的宽宥和担当),影响着王蒙未来的创作。

1979年,政治上重获新生的王蒙集束式地推出了《春之声》《夜的眼》

《布礼》《蝴蝶》和《风筝飘带》等小说,这些小说突破了时空顺序,冲决沿袭已久的现实主义的叙述方式,融入包括意识流在内的西方现代主义小说因子,在1980年代初引起震动。从创作主题和情感基调来看,王蒙这些"蒙冤—受屈—昭雪"的故事在伤痕文学余绪未断的时代,满足了整个社会走出伤痕、走向新生活的期待。《蝴蝶》标题取庄生梦蝶之义,写老干部张思远的命运沉浮以及人生的异化与回归,专注于表达人的命运的复杂性。作者的意图是将张思远的命运悲剧升华为人生哲学启悟,这也可看作王蒙的夫子自道。这一系列小说适逢其时地产生在陷入信仰危机的转折时代,通过那些"受难归来"的知识分子形象,王蒙表达了他对人的精神世界与理想的思考。其实,类似的主题在王蒙1950年代《组织部新来的年轻人》中就有所体现,而16年的沉入底层的生活阅历和对苦难的宽宥及担当,使他在新时期复出文坛后重温1950年代"少共"的理想主义。

《风筝飘带》在王蒙的这一系列小说中较显别致。这是王蒙1950年代的青春故事的再续。小说以女主人公的心理活动为经线,描写了一对热恋中的年轻人生存的艰难和他们对美好生活的向往、对理想的追求。但《风筝飘带》是冷峭的,它流露着"幻灭者的微末的悲凉"①。这种悲凉和苦涩预示着王蒙艺术空间拓展的另一种可能性,即不是将在现实中感到的迷惘导向对光明未来的期许,而是正视现实的矛盾和困惑,在反思中确立自己的批判意识。

1986年,王蒙的长篇小说《活动变人形》发表。这部在文化反思的时代背景中出现的小说意味着王蒙从1950年代延续到1980年代中期"九死犹未悔"的对理想和信念的忠诚,终为忧愤深广的文化反省所代替,他对人的思考在深入。

《活动变人形》主题丰富、多义。现代知识分子的命运是小说的基本主题。作家通过倪吾诚这一形象的塑造和性格刻画来体现这一主题内蕴。作为一个清醒地认识到民族痼疾的现代知识分子,倪吾诚对于旧文化毫不妥协。作家通过对家庭内部的对峙和纷争的描写来凸现东西方文化的冲突,揭示出在家庭纷争中隐藏着的更深层的文化内容。小说的深刻性不仅在于展示了这种文化冲突,更在于揭示了在文化冲突中,倪吾诚的"觉醒使他变得无用"的人生悲剧,"不但爱的枷锁规范着他,也有一种近似先验的边沿和界限的不可逾越"。这样的文化生态累积出沉重的文化惰力。而且愚昧文化在每个时代都会沉渣泛起,以一种集体无意识的方式在姜赵氏、静宜这样

---

① 许永佑:《幻灭者的微末的悲凉》,《北京日报》1980年8月7日。

的家庭细胞中代代延续,"被吃",同时"吃人",维系着历史长河中的"吃人链"去扼杀社会的新生力量,戕害人的肉体和精神。作家敏锐而痛彻地反省了旧文化对人性的扭曲,对民族创造力的窒息。倪吾诚从抗争、追求到失败、绝望,终而沦为历史、文化夹缝中的多余人的命运史,使小说具有一种震撼人心的悲剧性。"倪吾诚的悲剧不和政权的更迭、路线的对错有什么关系,他在日伪时期,在国民党时期找不着位置的,解放以后,甚至有一些所谓革命的经历仍然是一个找不到自己位置的人。"①倪吾诚的悲剧是人的悲剧、性格的悲剧。旧文化的戕害让他有了"罗圈腿""细脚踝",旧的精神思缕又使他"骨子里充满碱洼洼地地主奴性的髓"。这让他在现实面前显得麻木和顺从。而西方文明的洗礼,对西学的一知半解,又使他常常暴露出知识分子的劣根性。追逐新知,耽于理想,尚空谈,匮理性,重造文化的设想多于实践。小说中倪藻对父亲倪吾诚的总结是:"他一生追求光荣,但只给自己和别人带来耻辱;他一生追求幸福,但只给自己和别人带来过痛苦;他一生追求爱,但只给自己和别人带来怨毒。"倪藻对父亲的审视体现着作家王蒙冷峻的"审父意识"。《活动变人形》是对倪吾诚这样的时代、文化夹缝中头、身、足异位,心灵、知识和所处环境分离的现代知识分子形象的比喻。

1980 年代末 1990 年代初,王蒙继续在"季节系列"长篇小说中发展着《活动变人形》中对知识分子进行灵魂审视和批判的主题,记录 1949 年以来他这一代知识分子的心路历程;审视和批判的对象从"父亲"一代过渡到作家自己这一代。由"审父"而"自审",标志着王蒙在这一主题上所达到的新的高度,其中《恋爱的季节》写 1950 年代初期,《失态的季节》写 1950 年代后期,《踌躇的季节》写 1960 年代中后期,《狂欢的季节》写 1970 年代初期,加上 2003 年发表的写 1970—1990 年代的《青狐》,王蒙的这一系列小说既是他的精神自传,也是他对 20 世纪中国知识分子心灵史的探索。作为一个充满历史责任感和忧患意识的作家,王蒙从现代政治和普通人、现代政治和知识分子的复杂关系的角度,对百年中国的"人"作出了自己的思考。

王蒙也是中国当代小说艺术的探险者。早在写作《夜的眼》时,他便尝试将西方意识流手法引入到小说创作中,并通过随后的《春之声》《风筝飘带》《海的梦》《布礼》等一系列小说,形成了独具魅力的东方意识流。他

> **声音**
> 在世故中把玩"批判"。
> 宽容背后的虚空。
> (吴炫《城头变幻大王旗——王蒙批判》)

---

① 王蒙:《〈活动变人形〉与长篇小说》,《王蒙选集》第 8 集,华艺出版社 1993 年版。

有意中断小说的情节链,避开对人物作过多的外部琐细生活现象的描写,以文本时间的变化为纲要,通过人物心理的闪回、停顿、放大、延长以及对比、重复、独白、对话,将写作的焦点对准人物的"内宇宙",展示人的丰富复杂的内心世界,从而折射时代和社会的变迁。和西方意识流小说相比,王蒙小说中人物的意识流动明显经过了理性的梳理,同时也不排除情节和叙述者的介入。他善于运用隐喻和象征手法,通过对富有文化内涵的故事的叙述,使小说在现实性的基础上获得丰富的文化哲学意味。《杂色》和《坚硬的稀粥》是其中具有代表性的作品。而对西方黑色幽默的"黑色的喜剧性"和"浓缩的荒诞性",以及中国传统相声的包袱技巧的吸纳,则使他的小说在辛辣的幽默中间奏着一种诙谐的抒情,在戏谑性的巧智中洋溢着深谙世故人情的智慧之美。王蒙是1980年代最重要的幽默作家,他那时创作的小说几乎有一半可以归于幽默小说名下,而且他的幽默风格多种多样,既有《买买提处长轶事》这样的戏谑式的幽默,也有《葡萄的精灵》这样的智性感悟式的幽默;既有《沙拉爆炸》这样自娱性的幽默,也有《来劲》这样自嘲性的幽默。有评论者认为王蒙"把中国当代小说中的幽默,大大地推进了一步,完成了从狭义的古典幽默向广义的现代幽默的飞跃"①。王蒙对现代汉语的娴熟运用同样引人注目。他善于创造新词、新的句法来适应新的创作技巧。自由活泼的联想,词、词组、句子的并列和对比,跳跃的句式结构和长短句相间,使王蒙的叙述语流能够及时捕捉小说关注焦点"向内转"后人物的意识流动和心理转换。他小说的语言特征还体现在"多声部的说话艺术","每个人物都在小说里滔滔不绝地独白,谁也压不倒谁的声音"。② 在小说写作中,王蒙还力求把诗、戏剧、散文、杂文、相声、政论等要素融合进去,形成一种杂语喧哗的独特文体景观。他是同代人中最有艺术探索精神的作家之一。

方之、高晓声、陆文夫、叶至诚同为1956年江苏"探求者"同人,1957年都被打为右派分子,新时期初期都有力作问世。高晓声的小说创作,已在本章第一节有所叙述。陆文夫(1928—2005,江苏泰兴人)1957年因"探求者"事件蒙冤,重返文坛后出版有中、短篇小说集《献身》《小贩世家》《小巷人物志》《围墙》等,长篇小说《人之窝》、文论集《小说门外谈》等。

陆文夫选择作为一个思考者而存在,他从对历史和现实的反思掘进到

---

① 季红真:《心灵的智慧》,《中华读书报》2001年2月7日。
② 陈思和:《关于乌托邦语言的一点感想——致郜元宝,谈王蒙小说的特色》,《文艺争鸣》1994年第2期。

民族文化纵深。①《唐巧娣翻身》的反讽意味是耐人寻味的:翻身得解放的青年妇女唐巧娣,因为不学文化反而受到尊重和保护,虽然在政治上她是国家的主人,但在精神世界她却仍然是个奴隶。陆文夫冷峻地剖析了这其中隐含的愚昧无知、自我陶醉的小市民心态,传达他的国民性批判的意图。在《万元户》和《围墙》中,陆文夫则将批判的锋芒指向人物惰性背后的民族传统文化心理。

陆文夫的这种反思融入了对苏州地域文化特色的挖掘。山清水秀、地阜民丰孕育了清隽秀逸的苏州文化和自娱、自在、追求闲适的市民心态。他在五六十年代的写新人新事的小说,常常在富有地域文化色彩的苏州闾巷展开。《美食家》(1983)被认为是陆文夫小说创作的一个高峰。作家将拯救苏州美食文化的重任赋予一个嗜吃如命的食客,其历史沧桑感和反讽意味不言而喻。他借朱自冶吃客生涯的一波三折,带出了时代风云变迁中文化的沉与浮,艺术地概括了1949年以来几个历史阶段的教训。1949年后,高小庭针对朱自冶这样的美食家"从形式到内容"采取了一系列富有时代色彩的革命行动。原以为通过"饭店革命"可以阻止朱自冶纸醉金迷的生活,但事与愿违,革命革去的却是饭店的正常秩序和从业人员的事业心、责任感。更重要的是,有着悠久文化渊源,积淀着深厚文化内容的饭店特色也在革命中沦落和湮没。朱自冶"隐退到五十四号的一座石库门里",继续他作为吃客的人生之旅。及至"文革"后,吃风又炽,朱自冶应时而动,身价陡涨,当上烹饪学会会长,在人生暮年达到他人生价值的巅峰。真正给陆文夫赢得"小巷文学"和"苏州文学"美称的,是他对地域景观、文化风俗的展示以及对苏州市民形象的刻画、对苏州地域文化心理的把握。陆文夫在对荒诞历史的沧桑之思中写活了苏州市民对闲适、精致人生的追求与耽溺,他的作品有一种"融荒诞与精美、人生哲理与民俗画卷为浑然一整体的别致美感"②。

《井》(1985)写了一个女人的悲剧。徐丽莎之死所揭示的是传统封闭的文化生态、僵化的心态对改革的阻抑。在这篇小说中,作家从苏州小巷挖掘的"不是美,而是荒诞与苦涩"③。陆文夫的长篇小说《人之窝》(1995)运用传统章回体小说的形式,通过对许家大院形形色色人物历史命运的探寻,发掘社会、文化的内涵和人性的深幽。

陆文夫的创作特色与他的文化环境和文化熏陶分不开。苏州小巷的市

---

① 范伯群:《陆文夫论》,《文学评论丛刊》第10辑,中国社会科学出版社1981年版。
② 樊星:《"苏味小说"之韵——陆文夫、范小青比较论》,《当代作家评论》1993年第2期。
③ 樊星:《"苏味小说"之韵——陆文夫、范小青比较论》,《当代作家评论》1993年第2期。

井生活气息和生活情趣,轻松幽默的苏州评弹艺术、滑稽戏,这些地域文化和民间艺术资源,让他既善于从普通人具有喜剧色彩的日常生活中挖掘出深层的悲剧因素,又能让他因对生活有敏锐体察而觉醒的悲剧意识涵容在他的喜剧兴趣中,表达人生哲理。为陆文夫赢得声誉的是以《美食家》为代表的一系列寓意深邃的现实、历史、文化反思于特定的地域文化内涵,体现着苏州文化品格和韵味的地域文化小说。①

> **声音**
> 糖醋现实主义。
> （陆文夫《过去、现在和未来》）

谌容(1936— ,祖籍四川巫山,生于湖北汉口,原名谌德容)1975年发表第一部长篇小说《万年青》,反映两条路线的斗争,带着那个年代的烙印。1979年发表中篇小说《永远是春天》。1980年发表了中篇小说《人到中年》,获首届全国优秀中篇小说奖一等奖。1990年代,谌容创作了长篇小说《人到老年》(1990)和《死河》(1993,单行本名为《梦中的河》)。

《人到中年》的故事情节主线是,中年眼科大夫陆文婷因超负荷工作而突发心肌梗塞;与此并行的辅助性情节是,陆文婷的同学、朋友姜亚芬离国出走。小说展示了繁忙的家务、狭小的居住空间、紧张的工作和生活节奏对中年医生陆文婷的重压。她终因劳累、紧张过度而病倒。在时而昏迷、时而清醒的过程中,各种幻想和朦胧的记忆纷纷从她的意识深处闪现出来:与母亲相依为命的孤苦的童年、单调而忙碌的大学生活、甜蜜的爱情、丈夫和孩子、朋友姜亚芬的出国晚宴、焦副部长夫人秦波的那令人难堪的不信任的眼光……

作家以深刻的同情与理解塑造了陆文婷这个中年女知识分子形象。小说将人物置于角色冲突之中。作为医生,陆文婷对自己的工作全身心投入,医疗水平为同行所公认,医术和医德更是得到病人的交口称赞,然而她始终默默无闻地为社会奉献自己的一切。作为妻子和母亲,她感情细腻,体贴温存,珍视家庭。但是繁重的工作使她难尽妻子和母亲的职责,为此她常怀内疚和自责。正是在这样的社会角色和家庭角色的冲突和双重压力之下,她心力交瘁、濒临崩溃。作者将这种角色的冲突与矛盾放在特定的社会现实环境中予以表现,从而揭示出更为深刻的社会意义。在小说写作的当时,中

---

① 高晓声称陆文夫的创作"秀逸清朗,布局得体,浓淡相宜"。高晓声:《与朋友交》,《雨花》1985年第3期。
陆文夫认为创作"总体应该像建造苏州园林,今天挖一个池塘,明天造一座颇具规模的厅堂,后天造点儿小桥、小亭,再后天垒起一座假山,中有奇峰突起……若干年后形成了一座园林,亭台楼阁,花木竹石,小桥流水,丰富多彩而又统一,把一个无限的大千世界,纳入一个有限的园林,这就是我们常说的,一个人的作品,应当是他那个时代的缩影"。陆文夫:《造园林与造高楼》,《陆文夫作品研究》,中国文联出版社1987年版。

年知识分子这个承担改革时代重要角色的社会群体,不仅要承受不堪重负的家庭重担,还要面对尊重知识、尊重人才的观念极其淡薄的社会氛围。小说发表后引起了争论,一些论者对此有截然不同的看法。有人认为:"这部小说提出了一个十分尖锐的问题,然而反映出来的生活都是不准确的,模糊不清的。它的格调是低沉的,感情是哀伤的。"①小说中写到,丈夫傅家杰不仅支持陆文婷而每每挑起家务的重担,而且自己也有科研任务,可是回到家中连一张写字桌都没有,只好在床铺上写论文。这实际上触及了几十年来中国知识分子的待遇及其价值实现问题。尤其是,小说中写到姜亚芬一家终于抱恨离开祖国奔赴异乡,从侧面突现了上述社会问题的严重性。因此,小说对陆文婷形象的塑造,因为尖锐地触及了社会问题而丰富和强化了人物形象的社会意义。也有人从另一角度提出问题,认为在陆文婷这一形象的塑造中有颇为浓重的理想化色彩,以致人物主体的确立让位于作者观念的传达,"缺乏作为一个觉醒的主人所应有的自主精神"②。

在可敬可爱的陆文婷大夫身上,党的政策的阳光被一层可怕的阴影给遮住了。
(晓晨《不要给生活蒙上一层阴影——评小说〈人到中年〉》)

小说的成功还体现在对秦波这个"马列主义老太太"典型形象的刻画上。小说用讽刺的语调描摹她那一声"我的同志哟"的口头禅。她明明满脑子的专制特权思想,却总是用一套革命的词句掩饰自己庸俗、狭隘的内心世界;她先是居高临下、不屑于让陆文婷为她的丈夫做手术,满口"对革命负责,对党负责"的高调,而且从党史上轻敌的教训谈到为焦部长成立手术小组研究手术方案的必要。当陆文婷病倒后,她做出了一系列夸张的动作,开口焦部长闭口时髦套话,俨然是政策的体现者和代言人。作者虽然着墨不多,却活画出一个趾高气扬、目中无人、自我感觉良好、妄自尊大、矫揉造作的形象,也因此,"马列主义老太太"这个带着特定年代印记和话语特征的称谓,成为某一类人的"共名"。

《人到中年》在艺术构思上,以陆文婷的病情突发为经线,以她 20 年来的生活为纬线,从陆文婷病倒这个断面切入,让人物的生活经历在朦胧的意识中展开,同时不断穿插他人的回忆和反应,从纵横两个方面加以延伸和拓展,形成了开阔的叙事空间。小说在叙述上对传统的全知全能视角有所突

---

① 晓晨:《不要给生活蒙上一层阴影》,《文汇报》1980 年 7 月 2 日。
② 南帆:《经验与选择——当代文学中价值观念的一个初步描述》,《文学评论》1988 年第 3 期。

破,注重以不同人物的视角来感知和铺排故事,更能够开掘人物心理的深层内容;并且通过叙述视角的变化,引入不同的意识,使主人公的形象更具立体感。而对秦波这个形象的创造,显示出谌容的幽默天性和讽刺才能。这些使社会问题小说这种传统小说类型融入了现代艺术因素。

谌容此后的小说都是对特定的社会问题作出反应和思考,涉及农村、知识分子、女性婚恋等多方面题材。中篇小说《太子村的秘密》中颇具反讽意味和荒诞色彩的是,李万举为村民们每干一件实事求是的事情,都要玩弄一些弄虚作假的花招。整个小说呈现出一种轻喜剧的风格,在笑声中传达着那个时代的农民谋求生存的苦涩和无奈,鞭笞了极"左"政治脱离群众、好大喜功的恶劣作风,赞扬了体恤民情、切近实际、办事公道的工作作风。中篇小说《真真假假》中的人物以可怜可笑的面目呈现出来,而其背后则是心灵的压迫和焦虑,折射出学术界的"左"倾余毒造成的精神伤害。短篇小说《减去十岁》①是以一则荒诞不经的小道消息构筑起来的,说的是忽然有一日,"上面要发一个文件,把大家的年龄都减去十岁"。这个消息像一股旋风,把所有的人都卷了进去。小说叙述了身份、地位、处境各不相同的人们面对这一消息时作出的种种反应,勾画出充满现实感的世态人心,令人在嬉笑之中感受到震惊,从而引发对社会的深层思索。《褪色的信》《错,错,错!》《杨月月与萨特之研究》《懒得离婚》等小说,较多触及婚姻、爱情和家庭生活。与一般女性作家不同的是,谌容在处理这些题材时,坚持她剖析社会问题的叙事立场,富有理性和现实感,而较少情调和诗意,并且作者自身的性别意识也很少投射于叙述之中。

张贤亮(1936—2014,江苏盱眙县人,生于南京)1957年因在《延河》文学月刊上发表长诗《大风歌》而被划为右派,受劳教、管制、监禁十几年,其间曾外逃流浪,讨饭度日。1979年9月获平反。张贤亮从小深受中国古典文学熏陶,中学时代开始接触俄罗斯文学和法国文学作品,并尝试文学创作。1979年重新执笔创作后,先后发表了短篇小说《邢老汉和狗的故事》《灵与肉》《肖尔布拉克》《初吻》等,中篇小说《土牢情话》《龙种》《河的子孙》《绿化树》《浪漫的黑炮》《男人的一半是女人》,长篇小说《男人的风格》《无法苏醒》《习惯死亡》。其中《灵与肉》《肖尔布拉克》分别获1980年及1983年全国优秀短篇小说奖,《绿化树》获第三届全国优秀中篇小说奖。1990年代以后,著有长篇小说《我的菩提树》《青春期》等。

张贤亮在新时期最初引起关注、反响的是短篇小说《灵与肉》(1980),讲述

---

① 获中国作协1985—1986年全国优秀短篇小说奖。

的是主人公许灵均苦难的人生经历以及他在土地和乡亲中找到灵魂归宿的精神历程。粉碎"四人帮"后,许灵均得到平反,他的已经成了富商的父亲从国外回来,要将许灵均一家带出国去。一边是金钱和更为开阔的生存空间的诱惑,一边是心地善良的乡亲和温柔纯朴、患难与共的妻子的牵引,许灵均最后终于作出了选择。许灵均的选择,表达了曾经忧患的一代知识分子对祖国、土地、人民以及传统道德中人性和人情之美的认同,小说将这种观念通过对主人公大量的日常生活、劳动场景的描写形象地传达出来,具有打动人心的力量。作品避开了对主人公苦难历史的深情抚摸,而是以一种哀而不伤、优雅浪漫的调子,表现知识分子的灵魂在苦难中经受了炼狱般的考验后,不但没有沉沦,反而更加厚重沉实。小说发表后引起了争鸣;有人称赞许灵均身上表现出的爱国主义精神,但也有人认为作品表现出"守根恋乡"的褊狭情感,对许灵均的美化,在客观上掩饰了造成许灵均悲剧命运的社会环境。①

《绿化树》(1984)是作者计划中的9篇系列中篇《唯物论者的启示录》中的第一部,写的是主人公章永璘劳改期满被分配到与劳改农场仅一渠之隔的农场就业期间的经历。小说以第一人称叙述,展示了精神生活与物质世界的冲突。"我"怀着虔诚的忏悔心情读《资本论》,而实际上,"我"的精神生产的权利早已被剥夺,最基本的生存也受到严重威胁,饥饿难耐使"我"放弃尊严,为了生存可以不惜一切地去骗吃、蹭饭。同时,心灵的伤害从没有停止,他也为这样活着而感到羞耻,但依然能够追问自己,如果没有比活着更高尚的东西,活着还有什么意义?丰富的精神活动与贫瘠的物质生活之间的巨大反差,构成了主人公自我完善的心路历程的内在驱力。小说通过"我"与海喜喜、谢队长、马缨花等底层劳动人民由隔膜、冲突、误解而至融化、认同和理解的过程表明,在极其艰苦的环境中,正是与土地、与自然紧密相连的普通劳动者们,完成了"我"的生存救助和灵魂重塑。小说发表后,

以心理学上的极大真实性,重现了这个既悲壮又充满了诗意的年代。

(黄子平《我读〈绿化树〉》)

在那文明的面纱下我们看到的是一个伪善、蛮横和卑劣的男人。

(张陵、李洁非《两个章永璘与马缨花、黄香久》)

---

① 张贤亮在《满纸荒唐言》中写道:"孤独悲凉的心,对那一闪即逝的温情,对那若即若离的同情,对那似晦似明的怜悯,感受都特别敏锐。长期的底层生活,给我印象最深刻的,就是种来自劳动人民的温情、同情和怜悯,以及劳动者粗犷的原始的内心美。"他的这种感受融化在以《灵与肉》为代表的一系列创作中,在此之前有《邢老汉和狗的故事》,在此之后有《肖尔布拉克》《土牢情话》《绿化树》《男人的一半是女人》等,它们都在苦难的书写中突显出生存在底层的人们善良、美好的人性,其中的《绿化树》《男人的一半是女人》在审美表现和思想内容上呈现出更为复杂的特征。

对章永璘这个人物形象,很多评论者认为反映了中国那个特殊年代里知识分子的真实遭遇,但也有人认为,"作品承认'原罪',变相肯定那些年对知识分子的迫害……"①

小说中的马缨花,是除"我"之外作者着墨最多的形象,是张贤亮笔下诸多"梦中洛神"中的一个。她虽经磨难却保持着心地的纯真和对生活的热情。她以几分狡黠与给她带来粮食、物资的男人们(海喜喜、瘸腿保管员等)保持着暧昧关系,表现出一种对待人和生活的粗糙而现实的态度,却以"雌兽护仔的偏袒",全心、精细、无微不至地爱恋着落魄的章永璘,使"我"(章永璘)不仅度过饥饿的难关,而且经受情感的涤荡和精神的洗礼。无可讳避的是,在章永璘对马缨花的情感态度中,渗透着以男性为中心的想象;在这种想象之中,马缨花这个形象集母性、女儿性、妻性于一身,善、美、情、欲统于一体。在小说中,有时候这种想象难脱传统文人的趣味,传统小说中所谓"红袖添香夜读书",是给章永璘带来极大的精神满足的想象。

《男人的一半是女人》(1985)是《唯物论者的启示录》的第二部,它的主人公依然是章永璘,也还是用第一人称叙述。由于在当代文学中第一次比较直接地涉及性描写,发表后引起颇大的争议和反响。小说叙述在长期的监禁生活中,章永璘的生理和心理备受压抑,本能欲望仅能以窥伺癖这类扭曲的形式得以缓释,性的能力却丧失了。作者涉笔性话语的禁区,态度是严肃的,寄寓着哲理的思索。首先,在其最基本的层面上,小说通过人物身体的病态昭示极"左"政治对人的迫害之残酷,表明非人的环境制造了人的身心扭曲。其次,通过叙述章永璘在想象中和大青马对话,即以身体的病残象征心灵的残缺,生理的阳痿对应精神的阉割,个人的生理和心理现象在这里指向了具有社会性特征的普遍遭遇,尤其是概括了那个特定时代的知识分子的生机活力被彻底摧毁的灾难性现实。再次,小说也生动地展示了主人公内心进行的灵与肉的搏斗,他的惶惑、摇摆、恐惧,他对女人的态度的变化不定,尤其是他的忏悔、反省、愧疚,表明他始终在努力抗拒恶劣的环境对人的尊严的褫夺。有批评意见认为,章永璘"缺乏应有的率真","他需要(至少不拒绝)黄香久成为他发泄性欲的对象,却始终把黄香久看作一个贱人,这和一个上流社会的男人到妓院去的感觉相差无几……其骨子里却透露着十足的自私

---

① 《对〈绿化树〉的种种看法(来稿摘编)》,《文艺报》1984 年第 12 期。

与虚伪"①。如果说张贤亮的这类小说比较多地袭用了传统小说中"才子落难、佳人搭救"的情节模式,那么在《男人的一半是女人》中,则显示了传统小说戏曲中"始乱终弃"模式的某种变体。

与上述这些相应的是,这篇小说中的女性形象黄香久,相比于张贤亮其他小说中的女性形象,较少理想的、精神性内容的投射,而更多现实的、肉欲的色彩,显得是那样的"漂亮、肉感而又愚蠢",形象也不是那么鲜明,因为她总是在章永璘的某种心境中才呈现出来,多少带有些扭曲的形态。② 也有论者对此予以赞扬。③ 作者在接受记者采访时曾说,"我想通过一个人性的被扭曲,不仅在心理上的扭曲,而且在生理上也受到扭曲,来反映一个可怕的时代……把这篇小说作为性文学,我自己感到很冤枉。我觉得它是最严肃的作品"④。

小说对西北风情、风俗的表现,对荒蛮而贫瘠的物质环境的描绘,充满力度和诗情;在对人物心理的刻画和剖析中,采用多种艺术手法,如通过旁白、独白、对白形成丰富的音响效果,传递人物的心声,深入人物的潜意识领域进行分析,展示出立体的、富有层次感的心理世界;以大段的富有哲理性的议论和色彩强烈的主观印象的铺展,形成雄辩的气势,富有感染力地传达人生的经验,强化小说的主题。1990 年代,他创作的《我的菩提树》《青春期》仍然呈现出类似的特征。

---

① 张陵、李洁非:《两个章永璘与马缨花、黄香久》,《当代作家评论》1986 年第 2 期。
北川、庆国认为:"作家却让章永璘在性功能恢复之后,突然萌生出经道济世的雄图大略。甚至与黄香久的离异也非道德上的原因,而成了英雄不忍拖累他人的义举。这就让人难以接受了。""作家强烈的理性冲动已超过了限度,而危及到审美对象的生命。完整和谐的艺术整体断裂、错位了,留给人们的只是作家不完整、不统一的审美观和极力矫饰的形象。"北川、庆国:《令人遗憾的审美错位——〈男人的一半是女人〉中的探索与失误》,《文艺争鸣》1986 年第 2 期。
② 王绯认为,黄香久"是带着男性的而且是囿于生物学的眼光观照社会生活所塑造出来的男性心目中的女性,是被作者的性崇拜扭曲的女性。甚至可以说,那是一个为了适应某些男性的观淫癖和裸露癖的心理和阅读欲望而塑造的拜物女性。……黄香久的一切都为性所主宰,性意识是主导的意识,性行为是她的惟一的行动追求,她的每一个形象的闪现,几乎都成为性符号的复写,乃至使人感到黄香久就是赤裸裸的性,性就是赤裸裸的黄香久。……使人看到的却是对堕落的高扬"。王绯:《性崇拜:对社会修正和审美改造的偏离》,《文学自由谈》1986 年第 3 期。
③ 陈圣生:"以审美和道德的双重标准来衡量,黄香久可以说是当代文学中少有的一个富有艺术魅力的善良女性。她真正是从中国物质文明和精神文明的'最底层'开放出来的一朵气味馥郁的鲜花。……我们民族的传统美德和坚韧的生命力更多地从她身上体现出来,……她不只是性生理力量的象征,更多地则是要让'普通人日子'这种长久渴望的象征。""通过黄香久,'淫妇'和'贤妻'这两个关于妇女不可调和的中国传统观念第一次找到汇合点。"陈圣生:《对〈男人的一半是女人〉的审美道德批评》,《作品与争鸣》1986 年第 8 期。
④ 本报讯:《张贤亮在接受记者采访时说〈男人的一半是女人〉是严肃作品》,《新民晚报》1986 年 3 月 31 日。

第三节　汪曾祺　路遥　贾平凹

寻根文学以对中国民间生活和历史文化的开掘显示了新时期人学思想的自觉和文学观念的进一步解放,产生了一批以对"人"的更为丰富、深入的表现为主题的作品。韩少功的《爸爸爸》、阿城的《棋王》、郑万隆的《异乡异闻》等是这类文学的代表。作为寻根小说的前奏,汪曾祺和贾平凹的创作,在对民俗民风和乡土气息的描摹中,向我们展示了充满文化理想和文化碰撞的人伦、人情和人性。

汪曾祺(1920—1997,江苏高邮人)1939年考入昆明西南联合大学中文系,1946年起在《文艺复兴》《文艺春秋》上发表短篇小说。"文革"期间,曾参与现代京剧《沙家浜》的改编。汪曾祺在新时期再次写起小说。1980年,短篇小说《受戒》一经发表即引起轰动;次年短篇小说《大淖记事》广受好评,获第四届全国优秀短篇小说奖。著有小说集《邂逅集》《羊舍的夜晚》《汪曾祺短篇小说选》《晚饭花集》《寂寞与温暖》《茱萸集》,散文集《蒲桥集》《塔上随笔》,文学评论集《晚翠文谈》等。

汪曾祺曾将自己的小说创作分类介绍:"我的一部分作品的感情是忧伤,比如《职业》《幽冥钟》;一部分作品则有一种内在的欢乐,如《受戒》《大淖记事》;一部分作品则由于对命运的无可奈何转化出一种常有苦味的嘲谑,比如《云致秋行状》《异秉》。……但是总起来说,我是一个乐观主义者。……我的作品不是悲剧。我的作品缺乏崇高、悲壮的美。我所追求的不是深刻,而是和谐。"[①]这基本上勾勒出汪曾祺在1980年代的小说创作的面貌,其中最有影响的当数《受戒》《大淖记事》这一类。汪曾祺在1980年代末以后的创作,多以士大夫和知识分子的生活为表现对象,风格从平淡转向苍凉,"直面人间之冷酷、人生之荒寒,正视苦难、悲悯天下的美学气质渐渐明显起来"[②]。

小说《受戒》《大淖记事》出现于伤痕文学和反思文学潮涌之际,却因没有政治话语的痕迹,没有浓烈的悲剧意识,没有一波三折的故事情节,而为文学界吹来一股清新之风,它如山间小溪悄声细语地讲述山野之间的见闻。小说《受戒》的结尾,作者的落款写道:"一九八〇年八月十二日,写四十三年前的一个梦",这意味着从小说叙事本身的时空来看,它也避开了与特定历

[①] 汪曾祺:《汪曾祺自选集·自序》,《汪曾祺自选集》,商务印书馆2015年版,第3—4页。
[②] 摩罗:《悲剧意识的压抑与觉醒——汪曾祺小说论》,《当代作家评论》1997年第5期。

他……描述了一个永恒的、如乐园般的世界。

(顾彬《二十世纪中国文学史》)

《大淖记事》是从性中来突出爱的话,那么,《受戒》则可以说是从性的沙漠中来展示爱的存在。

(罗强烈《汪曾祺的民间意义》)

史背景相关联的重大主题——由1980年回溯到43年前,正是中国的抗日战争全面爆发的年代,而小说里了无战争风云,仿佛世外桃源。《大淖记事》虽然也写到土匪、保安队对老百姓的骚扰、欺凌,但都被处理得轻描淡写,凸现的还是人与人之间的朴素而美好的情感,让我们感受到生存的艰辛中不乏温暖、善良。由此可见,不管是对1980年代初的小说思潮的主流来说,还是对我国在1940年代以后的几十年里形成的文学规范来说,《受戒》《大淖记事》的发表都不啻为一次挑战,它在不经意之间,成为1980年代中期的小说文体创新、语言革命的先声,同时也因为其对传统文化的态度,而成为寻根小说的滥觞。

小说《受戒》几乎没有情节。题目是"受戒",可直到小说的最后,才用极少的篇幅写了主人公小和尚明海受戒,而且小说此前的叙事并不指向这一结局。如果非要说有什么情节线索的话,那么大体上可以说,小说写了荸荠庵小和尚明海与女孩英子由两小无猜到春情萌生再到相互表白的过程。同时,大部分笔墨似乎也不是在写这个青春的故事,而是插入了大量的五行八作的见闻和风物人情、习俗民风。譬如,小说中写当地当和尚的风俗,写荸荠庵里的几个和尚的特点,写三师傅的聪明能干和擅长歌唱有性爱内容的乡曲野歌,写和尚与妇女私奔,和尚吃肉娶妻,写英子一家殷实的生活,等等,充满了野趣和情趣,一派僧俗不分、自由自在、其乐融融的景象。明海和英子的故事,是这种自然而然的生活的一部分。他们情窦初开、两情相悦,淳朴而天真,顺应着自然的召唤和启示,充满了浪漫色彩和人世间的温暖情怀。对此,有人认为作者是"粉饰美化佛门生活",且有"滥写爱情""把性爱当作至高无上的美德,加以颂扬"之嫌。①

汪曾祺这类小说中,人与自然的和谐每每感动着人们,甚至平息和淡化了现实的灾难。在《大淖记事》里,巧云被刘号长强暴,她的痛苦自不待言,但是小说并没有将这种屈辱和痛苦铺展开来,作者对巧云父亲的叹息、邻里女人们骂一句"该死的"、巧云的内心活动的展示,都有一份凝重的滋味。所有这些叙述,小说都处理得极为克制、简短,很快转入叙写她与十一子幽会。含蓄隽永的叙述,让我们感受到青春的生机活力,感受到自然的美妙和静

---

① 国东:《莫名其妙的捧场——读〈受戒〉的某些评论有感》,《作品与争鸣》1981年第7期。

穆。青春与自然的和谐,似乎可以荡涤一切的不幸。这是一种人性的理想,更是作家的审美理想,是一个"梦",传达着作家对生命的美好、对人性的善的信念,也与我国传统文化中"天人合一""处分自然"的观念相通。①

在汪曾祺的小说中,那些随时插入的成分,多关乎风俗民情和自然景观,且以一种看似漫不经心、说到哪儿是哪儿的散淡展现出来;这形成了汪曾祺小说的独特的结构方式。汪曾祺自己曾说:"我的一些小说不大象小说,或者根本就不是小说。有些只是人物素描。我不善于讲故事。我也不喜欢太象小说的小说","我的小说的另一个特点是:散。这倒是有意为之。我不喜欢布局严谨的小说,主张信马由缰,为文无法"。② 像《大淖记事》开篇近三千字都是信马由缰的闲聊,是大淖这地方的风俗画。直到第二节结尾才出现了主人公小锡匠十一子,紧接着又是风俗画描绘。其后的叙述中,十一子与巧云之间的故事不断被人物的生平琐事、水上保安队和"号兵"们的事情插入,作者写巧云和十一子在大淖的沙洲中野合,也只是寥寥数行。直到小说最后一节作者才全力讲故事,但也不足三千字。这部一万五千字的小说中用于讲故事的文字,最多只占全篇的三分之一。

就语言质地而言,汪曾祺的小说俭省、疏放、淡远,而又从中透出凝重、显现奇崛。不管是叙述事件还是描绘景物,是写对话还是描写人物,都显得灵动、清逸、风致。《受戒》写明海对英子最初动情的情景:

> 她拎着一篮子荸荠回去了,在柔软的田埂上留下一串脚印,明海看着她的脚印,傻了。五个小小的趾头,脚掌平平的,脚跟细细的,脚弓部分缺了一块。明海身上有一种从来没有过的感觉,他觉得心里痒痒的。这一串美丽的脚印把小和尚的心搞乱了。

作者对明海的内心活动着墨不多,却能给人以深刻的印象。除了精确而俭省的直接叙述,还通过明海的视角细致地描写英子留下的脚印,视觉效果极佳,明海此时的心理内容也随之可感可触。《受戒》的后面写受戒回来

---

① 季红真:"我以为那该是沉入艺术境界之中的哲学意识。是作者熔人生的丰富体验、对社会的自觉责任感与对未来的美好期望于一炉,锻炼成的整体观念,以及由此而产生的审美态度。这种整体的哲学意识及其审美态度,得以滋养的文化母体是中国丰富的传统文化,是经由五四思想文化运动和新民主主义革命一再冲击,淘汰了封建性的糟粕,而沉聚的人民性民主性精华。……以伦理为核心的审美理想构成了汪曾祺同志小说重教化的主题特征和特定的社会功利效果;具有泛神论色彩的庄子哲学,特别是其不重人力而崇尚自然的浪漫主义精神,则影响到作家基本的审美态度。"季红真:《汪曾祺小说中的哲学意识和审美态度》,《读书》1983年第12期。

② 汪曾祺:《汪曾祺文集·文论卷》,江苏文艺出版社1993年版,第193—194页。

的路上明海和英子的对话,写划船的动作,无不尽传神韵。这种清淡优雅而富含内蕴的语言,具有古典的气质。汪曾祺自己说过:"我受影响最深的是明朝大散文家归有光的几篇代表作。归有光以轻淡的文笔写平常的人物,亲切而凄惋。这和我的气质很相近,我现在的小说里还时时回响着归有光的余韵。"①

汪曾祺用闲聊、随意的方式结构小说,将口语的活泼与古典的优雅结合起来,彰显了传统的"讲故事"的魅力,缩短了口头语言与书面语言之间的距离,使小说阅读有了"听"的效果。它"把某些口语的特征引入小说的总体叙述框架","强调以鲜活的口语来改造白话文之'文',一方面使书面语的现代汉语有了一个新面貌,另一方面使汉语的种种特质有机会尽量摆脱欧化语法的约束(完全摆脱是不可能的),得到了一次充分的表达。又正是这种被解放出来的汉语特质,反过来使汪曾祺获得在小说结构和叙述上'无定质'的自由"。② 这种方式对很长时期里文学创作中的"文艺腔"和"翻译体",也是一种有力的矫正,它在丰富多彩的口语形态中发现了更为鲜活的语言材料,开掘出本色的民族和民间的文化资源。这种流水一般随物赋形的方式,也意味着对宏大叙事和主题先行的拒绝,而将富有人性的趣味和人生态度渗透于小说的叙事之中。

路遥(1949—1992,陕西清涧县人,原名王卫国),1969 年回乡务农,1973 年进入延安大学中文系学习,其间开始文学创作。大学毕业后,任《陕西文艺》(今为《延河》)编辑。1992 年,路遥因患肝病英年早逝,年仅 42 岁。

路遥 1980 年发表的小说《惊心动魄的一幕》,全力塑造了一个虽犯过错误,但在派系斗争中却能够舍生取义的老干部马延雄的形象,获得第一届全国优秀中篇小说奖。1982 年第 3 期《收获》发表了他的中篇小说《人生》,讲述了一心向往城市现代生活的农村青年高加林个人奋斗的故事。为了进城,高加林背弃了身具传统美德的农村少女巧珍的纯洁的爱,选择了一个家庭有背景的城里姑娘。小说在反思高加林的人生悲剧的同时,也深刻批判了固有社会经济体制下巨大的城乡差距给人的尊严和传统价值与美带来的戕害,无情地揭示了权力对普通人命运的主宰,也深刻地表明"改革带来了无数的机会,但机会的大门不是对底层人也一样公平地敞开的"③。小说发表后引起很大反响,获全国第二届优秀中篇小说奖,后改编成同名电影(吴

---

① 汪曾祺:《蒲桥集》,作家出版社 2000 年版,第 273 页。
② 李陀:《汪曾祺与现代汉语写作——兼谈毛文体》,《花城》1998 年第 5 期。
③ 赵学勇:《再议被文学史遮蔽的路遥》,《小说评论》2013 年第 1 期。

天明导演),在社会上产生更大影响。

---声音---
　　他的选择要以抛弃巧珍和传统道德为代价,无疑会受到道德的批判和良心的谴责。
(王鹏程、唐明星《路遥小说的道德空间》)

　　1986年,路遥完成百万字的长篇巨著《平凡的世界》,1991年该小说获第三届茅盾文学奖。《平凡的世界》写1975—1985年间发生在黄土高坡上一个叫双水村的地方发生的故事,展现了双水村和村里人的变化,反映了农村社会十年的变迁,也折射出整个国家的历史性变革,以恢弘的气势和史诗般的品格全景式地表现了当代城乡社会生活。小说围绕着孙少安和孙少平两兄弟的命运,描绘出众多普通人的形象,他们的劳动、爱情、追求、挫折、痛苦、欢乐……所有的日常生活,与时代巨变和各种社会冲突紧密地交织在一起。与《人生》相比,小说更深刻地再现了中国农村的愚昧落后与农民的苦难挣扎。

　　1975年初,农民子弟孙少平到原西县高中读书,他贫困,自卑,恋爱不顺,毕业后回到家乡做了一名教师。但他并没有消沉,一直关注着外面的世界。哥哥少安一直在家劳动,与村支书的女儿田润叶青梅竹马,却遭到反对,经受了痛苦的煎熬后与秀莲相亲并结婚。十一届三中全会后,1979年春,百废待兴又矛盾重重,孙少安领导生产队率先实行责任制,又进城拉砖,用赚的钱建窑烧砖,成了"冒尖户"。孙少平青春的梦想激励着他到外面去"闯荡世界",从漂泊的揽工汉到成为正式的建筑工人,最后又当上煤矿工人。到省报当记者的女友田晓霞与他相约两年后再相会,可是,田晓霞却因在抗洪采访中抢救灾民而牺牲了,少平悲痛不已。少安决定贷款扩建机器制砖,不料因技师不懂技术,砖窑蒙受很大损失,后来他在朋友和县长帮助下渡过难关,再次奋起,却又经受妻子患肺癌的打击。27岁的少平在一次事故中为救护徒弟也受了重伤,面容尽毁。少时玩伴金波的妹妹向他表白爱慕之心时,少平为了她的前途,也为了自己的感情,选择拒绝。从医院出来后,少平面对现实,又充满信心地回到了矿山,迎接新的生活与挑战。

　　《平凡的世界》在创作方法上,继承了赵树理、柳青这一脉的传统现实主义,坚持以朴素的写实手法客观地描摹乡土风情,展现中国农民的苦难遭际。这与1980年代业已开始涌动的现代主义潮流保持着距离,但是,并不意味着对现代意识的拒斥。小说对人的现实存在的逼视,对人的深层意识的探求,对人的灵魂世界的叩击,都超越了传统现实主义。一方面我们可以看到作者对农村与城市、乡土文明与工业文明、个性自由追求与现实条件限制等方面的矛盾的残酷再现,另一方面,我们能够从孙少平这一形象中感受到在苦难中挣扎而不被击倒的人格力量。孙少平物质上窘迫,身体上劳累,感情上备受创伤,他孤独寂寞,但始终认真严苛地对待自己的精神世界,全不在乎周遭的无人理会或理解。支撑着这一人格力量的是一种忍辱负重的苦难哲学。小说也不回避表现农民希求攀附权力摆脱苦难的传统心理,一如《人生》中的高加林。据统计,1986—2005年间,在中国当代文学作品乃至古今中外图书中,《平凡的世界》一直居于最受读者欢迎图书的前列。① 2015年据同名小说改编的电视剧《平凡的世界》播出之后,社会影响更加广泛。但也有学者提出,路遥作品以朴实的诗性意味和积极的道德力量打动读者,但存在着批判性欠深刻的弊病。

贾平凹(1952— ,陕西丹凤人,原名贾平娃)是1980年代以来当代中国文坛创作最为活跃的作家之一。自1973年开始发表作品以来,著有长篇小说《浮躁》《高老庄》《废都》《怀念狼》《秦腔》《古炉》等,中短篇集《小月前本》《腊月·正月》《天狗》《黑氏》《艺术家韩起祥》,纪实文学《我是农民》,散文集《月迹》《心迹》《爱的踪迹》《走山东》《商州三录》《说话》《坐佛》等。贾平凹的作品多次获得国内外文学奖。《满月儿》获首届全国优秀短篇小说奖(1978),《腊月·正月》获《十月》文学奖(1982—1984),《浮躁》获美国第八届美孚飞马文学奖,《废都》获法国费米那文学奖(1997),《秦腔》获第七届茅盾文学奖(2008)。

贾平凹1980年代的小说,以对西北乡土人生的表现著称。他在1978年发表的《满月儿》充满了理想主义的色彩,作品的调子明朗而清新。它通过对两个农村女青年、一对亲姐妹满儿和月儿的形象刻画,表现了农村新一代追求爱情、向往文明的精神风貌,给当时以悲剧性主调为特征的伤痕小说思潮带来了清新的乡土气息。《满月儿》在叙事上还比较稚嫩,尤其是在满儿形象的刻画中有着较明显的观念化痕迹,但是它所采用的城/乡、文明/落后的叙述框架以及对和谐美学的追求,成为贾平凹后来创作演变的一个基础。

1983年贾平凹深入商州地区,试图通过讲述商州这块土地上的故事,来考察、体验和分析中国农村的历史发展、社会变革与生活变化,尤其是农民情感、情绪和心理结构的变化。这个"商州系列"小说,包括《小月前本》《鸡窝洼的人家》《腊月·正月》《天狗》《黑氏》《西北口》《古堡》《火纸》《商州世事》等。贾平凹充分表现了乡村社会里人性美好和纯洁的一面。《商州初录》的14个故事,都是人性和人情的赞歌,充满诗情画意的描摹,显现出理想化色彩的涂抹,它们或多或少地过滤或回避了乡村固有的愚昧、丑陋和野

---

① 《平凡的世界》在中央人民广播电台播出3轮,听众超过3亿人,30年来一直名列央广播出收听率首位。2015年在电视剧《平凡的世界》播出带动下,网络收听量达到43.15万人次。

蛮,而着力展现了乡村中人的真诚、善良、质朴、宽容、勇敢、坦荡,即便是一些含有尖锐冲突的故事,如《小白菜》《桃冲》等,也呈现出哀而不伤、怨而不怒的格调,美轮美奂的人格魅力将悲情和冲突柔化为纯净的感伤。这样的赞歌背后,是通过对传统价值的标举,反抗历史的无情法则,透露出作家面对正在经受现代文明冲击的文化传统的忧思与眷恋、矛盾与困惑。在"商州系列"的大部分小说中,都回旋着对纯朴善良的人性的歌唱,但是由于引入了更为现实的冲突,小说里也有较多哀婉的声音与斑驳的色调。像《鸡窝洼的人家》这篇小说,它以两户人家的重新组合,反映社会变革的潮流给贫穷而平静的农村带来的冲击。小说的着眼点不在于对这种社会进步作简单的价值肯定,而在于借此探寻人的内心世界的震荡、情感方式的改变和价值观念的演化,以及此种过程的悲剧性所在,从而表明,改革的冲击既是物质的,更是精神的。而在精神这个层面上,小说中表现出的作者的倾向在于对传统美德的呵护。小说突显的是百折不挠、柔韧、耐劳、要强的性格和精神特质;尽管作者写了回回与麦绒无可逆挽的失败,却也正是他们身上表现出的传统美德,唤起人们更多的同情。

在《腊月·正月》(1985)中,作家的姿态发生了变化。这部中篇小说同样写商品经济浪潮对传统农业社会的人们在思想方式、生活方式、价值伦理上构成的冲击,但是,作者对历史发展与现实趋势的把握显得更冷静和理性一些。小说塑造了自负好胜而观念陈旧的韩玄子的形象。这个形象让我们看到,韩玄子所代表的狭隘、保守、自闭的小农经济正在成为新的历史变革的阻力,而他在小农经济形态下形成的种种优势——声望、道德、智慧、重义轻利等等,在新的社会力量面前显出其陈腐、虚弱乃至虚假来。贾平凹谈道:"历史的进步是否带来人们道德水准的下降和虚浮之风的繁衍呢?诚挚的人情是否适应于闭塞的自然经济环境呢?社会朝现代化的推移是否会导致古老而美好的伦理观念的解体或趋尚实利之风的萌发呢?"[①]这种困惑和思考伴随着作家这一时期的创作,而《腊月·正月》的可贵之处在于,作家对现实生活的感应更敏锐,对人的观念解放的艰难所作出的思考更深刻,从而更冷峻地揭示了改革中的冲突背后潜隐的经济、制度和文化的综合性因素。

长篇小说《浮躁》(1987)则关注社会历史的变迁和变革与人生的关系。主人公金狗的命运变化历程是小说的主线,它与两大家族的历史恩怨、现实冲突等线索交错形成了小说的整体结构,较为出色地展示了中国农村改革面临的历史性难题:长期在宗法制度影响和制约下的农村社会,其巨大的历

---

① 贾平凹:《腊月·正月》"后记",十月文艺出版社1985年版,第423页。

史惯性成为社会前行的阻力,也是改革者面临的严峻考验。这种考验不仅体现在二者之间的直接冲突,也体现在改革者自身内在的冲突。小说对改革者自身内在冲突的表现,使主人公金狗的形象具有立体感和复杂性。金狗这一形象的价值在于,他不仅展示出改革者所经历的此起彼伏、此消彼长的权力斗争,映现出惊心动魄的时代风云,更呈露改革者灵魂的内在裂变。在此过程中,小说赋予金狗这个形象以正面的、积极的价值,他勇敢果决、聪明过人、审时度势、抱负远大,积极追求自我价值的实现,有着强烈的改变现状的决心并付诸行动。但与此同时,小说没有回避和掩饰金狗的局限,他的油滑甚至狡诈,他的自我膨胀,他的权力欲望,他对家族斗争的利用和投入,他的自鸣得意,他与小水、英英、石华这三个女人的情感纠葛和利益权衡,等等,都将人们引向对金狗内心深处的"革命"之艰难的体认。历史的阻力、现实的变革、心灵的蜕变共同作用于金狗,使之成为一个"浮躁"的典型,一个既充满活力又缺少底气,既奔向未来又被过去纠缠,既企求完美又先天不足的时代之子。

贾平凹在1980年代的小说,艺术上独具一格。他在对现实的强烈关注中,注重从乡土社会的历史、风物、地理、掌故中汲取创作的元素,叙事厚重沉郁,富有浓郁的民间文化气息和生命力。他注重从古典文学与文化中获得滋养,接受儒、道、释的影响,形成阴柔、虚静、和谐的美学格调。他重视从民间的语言和古代文学语言中吸纳鲜活的成分,糅进现代白话的写作,形成了古朴、空灵、含蓄的语言风格。他在叙述方式上也不断探索,从古代笔记、杂说以及西方现代派技巧中获得启发,自觉地将散文笔法运用于小说创作。贾平凹这一时期的作品,也存在叙述模式的雷同和人物、故事情节的重复等问题。

贾平凹后来又创作了《废都》(1993)、《秦腔》(2005)、《极花》(2016)等长篇小说。鉴于《废都》在1990年代产生的重要影响,本书的第八章第三节将对该小说有所分析。

第四节　莫言　马原

1985年前后,出现了具有先锋实验性质的小说创作潮流,文体创新和语言自觉给小说写作带来了更为自由而阔大的空间。在此过程中,小说对"人"的观念的表现也呈现出多元化的特质,既有莫言对人的原始生命力的弘扬,也有苏童、叶兆言、格非等将人的具体历史内涵和现实联系抽空,而凸现人性的抽象意味。最具挑战性的是马原的小说,他的形式实验为文学作出了贡献,但其付出的一个代价是:在他笔下,人失去了意义,走向迷失。

莫言(1955— ,山东高密人,原名管谟业)小学五年级辍学后回乡务农近十年,1976年参加中国人民解放军。1981年开始创作,发表了《枯河》《秋水》《民间音乐》等作品。中篇小说《透明的红萝卜》(1985)轰动文坛,中篇小说《红高粱》(1986)也备受文坛关注,获得1985—1986年全国优秀中篇小说奖。还著有长篇小说《天堂蒜薹之歌》《十三步》《酒国》等;有《莫言文集》20卷。1990年代以后,莫言保持了比较旺盛的创作生命力,时有作品问世,主要的有长篇小说《丰乳肥臀》《檀香刑》《四十一炮》《生死疲劳》《蛙》等。2011年获茅盾文学奖,2012年获诺贝尔文学奖。

《透明的红萝卜》讲述一个名叫小黑孩的男孩在水利工地上的一段故事。在工地的铁匠铺里,一个晚上,小黑孩拔来萝卜给大家做夜餐,突然他发现放在铁砧上的一只萝卜变成金色透明的了。他激动地将这只美丽的萝卜抓在手里,不料心中有气的小铁匠将它抢过去,远远地扔进河里。黑孩像丢了魂一样四处寻觅那奇异的红萝卜。这篇小说并没有精心设计的情节和非常明确的环境,也没有对人物性格进行刻画,而是由黑孩这个形象贯通起乡村生活的记忆,其间既有物质的贫困,严酷的生存挣扎,也有情感的压抑,人性的扭曲。黑孩又瘦又黑,看起来弱不禁风,常常承受着饥饿的袭击,但是,他不畏严寒,不怕火烫,不觉疼痛,外表沉默寡言,内心却非常敏感,并且性情炽烈如火,执着而坚定,比如他对菊子姑娘的体贴作出了不乏柔情的回报。这些特质赋予黑孩以浓烈的神秘色彩和超凡的精灵之气,让他成为"中国农民那种在任何严酷的条件下都能生存发展的无限的生命力的抽象和象征"①。

《红高粱》的叙述循两条线索展开,主线是土匪头子"我爷爷"余占鳌率领的武装伏击日本汽车队,辅线是在这次战斗之前发生的余占鳌与"我奶奶"戴凤莲之间的爱情故事。"我奶奶"戴凤莲在16岁那年,被在高密东北乡富甲一方的单廷秀看中,娶她为儿媳妇。在迎亲的路上,轿夫们按照当地的风俗颠轿,颠得"我奶奶"不堪忍受,放声大哭。在"我奶奶"脚前的那个轿夫,心中生起一股怜爱之情,悄悄将她露出的脚送回轿子里。这个年轻的轿夫就是后来的"我爷爷"余占鳌。当迎亲的队伍行至蛤蟆坑时,遇到了劫匪。余占鳌受到"我奶奶"亢奋的眼光的鼓励,打死了劫匪。在"我奶奶"婚后第三天回门的路上,"我爷爷"将"我奶奶"掠进高粱地,"我父亲"就来源于那次欢爱。后来"我爷爷"杀死单家父子,成为"我奶奶"的情人,也正式当了土

---

① 李陀:《"妙在似与不似之间"——评中篇小说〈透明的红萝卜〉》,《文艺报》1985年7月6日。

匪。当"我奶奶"家的长工刘罗汉被日本鬼子抓去遭酷刑而死,"我爷爷"愤而拉起队伍,答应与抗日支队冷队长合作。"我爷爷"领着队伍等待鬼子的到来,也在等待冷队长队伍的到来。就在"我奶奶"担着拤饼和茶水出现在墨水河边时,鬼子的车队来了,车上扫来的密集的子弹射倒了"我奶奶"。"我爷爷"的队伍寡不敌众,伤亡惨重。"我爷爷"跪在"我奶奶"的身边,为她合上了眼睛,这时候冷队长的队伍才赶到。

小说以土匪头子的抗日故事为叙事主体,以不合道德规范的爱情故事穿插其间,显示出对传统的抗战叙事模式的叛逆。小说中,男主人公具有土匪、英雄、情种三重身份,粗野、狂暴、激情、侠义集于其一身;女主人公戴凤莲美丽而充满活力,是无所拘束、自然自在的生命存在,她以娇弱之躯拥抱爱与自由、崇尚力与美,承受生命的全部疼痛与欢爱。小说在荒蛮粗粝之中表现人的高贵与尊严、绚烂与悲怆,富有生命激情和民间意识,"体现着民族民间精神的两个方面,一是勇敢抗争,一是勤劳耐苦。这两个方面构成中华民族的内聚力"①。有论者指出,莫言的艺术世界中,潜藏着农民文化的许多特点。②

小说中的叙述者"我",除了叙述"我爷爷""我奶奶"敢爱敢恨、惊天动地、活力沛然的故事,也不时感慨"我"这一代人生机萎缩、活得局促。对"现在"的生命状态的失望驱使他在"过去"寻找生命的辉煌,显露出叙述主体对精神匮乏和生命委顿的现实的强烈感应。在《红高粱》中可以看到一种矛盾的叙事形态,即叙述者"一面以田野调查式的勤恳态度,又为中国现代小说开发了一处'故乡',一面又以喧哗自嘲的笔法,暗暗摇动他所据之写作的传统"③。敏于感觉且富有想象力使莫言的小说"以超验的感知方式,表现了充分矛盾的内在纷扰,几乎是将一种最初始状态的情绪直接地表达了出来。一方面是凄楚、苍凉、沉滞、压抑,另一方面则是欢乐、激愤、狂喜、抗争。这极像交响乐中两个相辅相成的旋律,彼此纠结着对话。前者是经验性的,后者则是超验性的,前者是感受、体验,是对外部生活的情绪性概括,后者则是

---

① 季红真:《忧郁的土地,不屈的精魂——莫言散论之一》,《文学评论》1987年第6期。
② 张志忠:"他(莫言)以其独特的乡土文化、农民文化,对文人文化和文人加工过的乡土文化提出了挑战;他的蛮勇,他的粗鄙,他的桀骜不驯,他的不容人转脸回避地戳穿假面、直陈生活之痛苦污秽,他的对于农业社会主义的热烈的无保留的向往,他的恶毒的诅咒和浪漫的梦幻,都因凝聚了数千年的农民文化之光而表现得分外深切、分外撼人心魄。"《莫言论》,中国社会科学出版社1990年版,第281页。
③ 王德威:《想像中国的方法——历史·小说·叙事》,生活·读书·新知三联书店1998年版,第240页。

向往,是追求,是灵魂永不止息的呐喊"①。与此相应,莫言小说中的"故事"是以"非故事"的方式呈现出来的,即小说的展开并非依循事件的逻辑来建构,而是由感觉引导,由情绪推动。通过叙述者"我"在现实与过去之间的自由穿梭,将完整连续的事件链条彻底打碎、肢解,竭尽打乱时空顺序之能事。于是,情节的逻辑联系最大程度地被淡化,叙述显得了无拘束、生气勃勃。

小说的第一人称与第三人称叠合在一起,叙述者和被叙述者紧密地结合在一起。这种方式一方面使叙述的强烈主观性得以突现——"我"是操纵和控制叙述的主体,"我爷爷""我奶奶"当年的故事是由"我"讲述出来的,这就有意识地暴露出了叙述的不可靠性;另一方面也因为这种突现而显示出一种距离,隐含着一种对比——"我"所身处的情境与"我爷爷""我奶奶"他们形成的截然对比。《红高粱》追求一种富有力度的表达,一切都服从于主体的自由创造和审美快感,作者为此不惜偏离常规标准。莫言自己说,"在很多地方都不管语言是否规范,情之所至,任其自然,往下写去",以致"披头散发,枝叶横生"。② 小说借逾越常规的生命活动形诸令人惊悚的语言表达,极富感性的强力刺激;重视感觉的呈现,大胆运用丰富的比喻、夸张、通感手法,色彩鲜明而丰富,诡谲奇伟,努力表现意识的流动和心理的跳跃状态,意象纷呈;注重对语言色泽的选择和气势的营造。正由于上述语言特征,有人认为《红高粱》的描写有着自然主义的倾向,"不仅不能给人以美感,反而让人感到头发根发麻,喉咙里秽物翻腾,皮肤上起鸡皮疙瘩,好不舒服!"③

莫言受美国作家福克纳、哥伦比亚作家加西亚·马尔克斯的启发,自觉吸收域外文学营养,同时也没有忽略对本土资源的开掘;他的小说从来都没有离开他生长的土地,因而富有民族特色。莫言小说表现出的对自由精神的渴望、对强有力的生命形态的呼唤,既植根于当代中国的现实土壤,又超越了现实的拘限,为表现"人"这一永恒的主题提供了丰富的艺术形式和内容。莫言小说显示出的先锋意识,对当代文学的写作和阅读都产生了强大的冲击力。

马原(1953— ,辽宁锦州人)1982年大学毕业后去西藏工作。1985年发表成名作《冈底斯的诱惑》。另有中短篇小说《叠纸鹞的三种方法》《大师》《涂满古怪图案的墙壁》《错误》等,长篇小说《上下都平坦》;出版有《马原文集》四卷。2001年后在大学任教,之后出版文学讲稿《虚构之刀》《阅读

---

① 季红真:《忧郁的土地,不屈的精魂》,《文学评论》1987年第6期。
② 林舟(陈霖):《心灵的游历与归途——莫言访谈录》,《生命的摆渡——中国当代作家访谈录》,海天出版社1998年版,第204页。
③ 蔡毅:《在美丑之间……》,《作品与争鸣》1986年第10期。

大师》。

马原的小说以其在叙述上的先锋实验性质,引领了1980年代小说的叙事革命,唤起了小说写作对形式和语言的自觉。他所采取的叙述技巧以及其中所蕴含的小说观念对1980年代后期的小说写作产生了很大影响。在马原的小说中,"重点始终是放在他的叙述上的,叙述是马原故事中的主要行动者、推动者和策演者"①。

马原小说对叙述本身的重视首先体现在,它以一种极端的姿态,将小说完全视为语言的游戏,切断了语言通往意义和价值的道路。这是对我国近现代以来强调小说乃至整个文学艺术的社会功能这一主流文艺观念的反拨,是对小说叙事长期以来所承受的意识形态压力的摆脱。例如《拉萨河女神》这个小说标题所包含的"女神"这个词语,几乎会毫无例外地作用于稍有文学艺术接受经验的读者,将其引向某种先在的具有象征性的表意体系。但是小说的讲述却与此大相径庭:13位青年男女(都无名无姓,全用阿拉伯数字代替)来到拉萨河边,一天的生活都是些诸如看见猪尸、洗衣服、讲故事、打水漂、吃喝之类,嘻嘻哈哈、鸡毛蒜皮,有几个不相关联的故事的片段;而所谓"女神"不过是他们用泥沙堆积的一个初具女性特征的雕像。读者要在这样的叙事中寻找意义也许是徒劳之举。同样,在《虚构》《冈底斯的诱惑》中,尽管我们可以看到一些富有意义联想的局部,这些可能会进入我们既有的道德、审美和文化的观念框架而获得某种意义,但是,在整体上我们无法确定,作者通过小说到底要表达什么思想内容,要揭示什么意义。

当小说文本不再指涉特定的意义世界的时候,小说叙事便指向了其自身,"写什么"和"表达什么"不再重要,"怎么写"成为值得关注的问题。马原的小说正表现出对"怎么写"这一问题的关注,并直接将它放到小说叙事之中去探讨,其惯用的手法便是"元小说"②叙事。《拉萨河女神》第一节里写道:"为了把故事讲得活脱,我想玩一点儿小花样儿,不依照时序流水式陈述。就这样吧。"这直接向读者交代了叙述者处理素材的方式。这种"元小说"叙事,无疑将读者的注意力引向了叙述本身。在马原的小说中,这种方式被反复运用。他的《虚构》,题目就意在打破读者的似真幻觉,强调小说是虚构的。在叙述了"我"在麻风村的经历之后,他向读者交代了这个经历是根据"我"在西藏的经历、妻子的工作经历、有关麻风病的书籍等杜撰出来的。小

---

① 吴亮:《马原的叙述圈套》,《当代作家评论》1987年第3期。
② "元小说"(metafiction)是关于小说的小说,它既沿用小说这种体裁的种种原则,同时又竭力破坏这些原则;它在小说的内部嵌有关于它本身的叙事和语言的评论,关注小说自身的虚构和纪实的过程而非其结果,惯常用戏拟和反讽来颠覆小说的可信度,质疑小说的表现形式。

说开始时交代进入玛曲村的时间是 5 月 3 日,他在玛曲村度过了 7 天时间,然而结尾又交代他离开的时间是 5 月 4 日,这种有意识暴露的破绽,同样揭示了他的这段经历的虚构性。在《冈底斯的诱惑》的第 15 节,小说的叙述者直接讨论小说叙述上的问题:"故事到这里已经讲得差不多了,但是显然会有读者提出一些技术以及技巧方面的问题。我们来设想一下。"接下来,小说列出了"关于结构""关于线索""遗留问题",且在最后作出交代,一并解决。在《旧死》中,作者在叙述中插入如下的话:"他另外讲的一些事我不想以对话的方式去复原,这是最拙劣的欺骗读者的伪现实主义。任何天才作家都只能根据大意去编写对话场面。我想用另外的方式,古典主义的方式。"

马原的小说采用"元叙事"的手法,带来了所谓裸露的叙述。在这种叙述姿态和叙述策略之下,小说写作的神秘性被消解,虚构性得到强调,传统文学观念中的真实观被摒弃。传统小说对虚构的认可,是建立在把虚构作为表现真实的手段这个前提下的,而马原的小说则将虚构置于独立的、自足的、本体的位置上。小说题目虚构似乎就在告诉我们:小说叙述的本质——虚构——正是此篇小说的中心话题。小说的第一部分可以说是对小说叙述的虚构本质所作的调侃式理论阐述,它也作为该小说的读解指南而被劈头塞给读者:"我就是那个叫马原的汉人,我写小说。我喜欢天马行空,我的故事多多少少都有那么点耸人听闻。"明确地将叙述人("我")与作者("马原")画等号,旨在表明下面讲述的故事是作为小说家的马原"天马行空"杜撰出来的。在临近故事结束的时候,作者兼叙述人直接跳出来与读者及受叙者对话,从而使以上话语成了关于虚构的虚构,这是典型的"元小说"文体策略。对读者而言,这种叙述表现出一种开放性,它呼唤读者将眼光转向叙述本身,而不是寻找文本背后预设的真实和意义,从而调动自身的经验,参与文本的创造。就像马原自己所指出的那样,这种叙述策略产生的间离效果,可以"舍去中间由文化意识产生的诸多起训诫作用的部分,舍去多余的环节,直接逼近读者,使读者认可一个他们愿意认可的虚拟的故事,这样的结果使作者和读者最大限度地合而为一了"[①]。

马原的小说叙述的另一个特点是,所叙述的故事不追求事件的逻辑联系,也没有情感和情绪的联系,而是若干个兀自独立的片段,它们往往被叙述者"强行"组合在一起。《冈底斯的诱惑》在这方面表现得尤为突出。小说叙述了四个互不关联的故事:老作家的西藏经历;猎人穷布的猎熊故事;陆高、姚亮等去看天葬的故事;藏民顿珠、顿月兄弟的故事。几个故事各自独立,既不完整

---

① 马原:《小说》,《马原文集》第 4 卷,作家出版社 1997 年版,第 410 页。

又无明确的线索,往往突如其来,又倏忽而去。有时候简单地用诸如"故事已经开始了""现在要讲另一个故事"这类表述,来提示从一个故事到另一个故事的切换。应该注意的是,这些故事是被不同的叙述人叙述出来的,且视角各不相同,交错进行。如此一来,这些故事虽然保留了局部的真实感或者说似真幻觉,但是由于逻辑的、因果的联系被解除,便拒绝了读者对之做深度追究的企图,也使叙事变成了漂浮在语言之流中的经验的碎片。

在这样的叙述面前,传统的阅读期待受到无情的戏弄,作者(或者说叙事文本)与读者之间的关系也由此被导入一个新的状态,那就是没有任何先在目的的纯粹"讲/听"的关系。就此而言,马原的叙述似乎回到了古老的说书人讲故事的情形。但是,在马原小说构设的作者/读者关系中,写作者的叙述过程是经验传达更是经验创造的过程,同样,阅读者不只是被动地接受经验的传达,同时也主动地经历着经验创造的过程。这一过程的基础或者说最基本的游戏规则是个体经验的个人化讲述。马原小说中的叙述者总是扮演着颇具自恋色彩的游戏者的角色,其合法性基础在于个体的自由,操纵语言就是其目的所在;在他这里,语言不仅是游戏的材料,同时也是游戏本身。当然,马原小说这种对意义、逻辑、连贯性的放逐,也在一定程度上映现了当代意义的危机,意味着文化观念的碰撞造成的普遍性的丧失和多元化趋势的到来。

马原对叙述形式和策略的探索,还包括"返身叙述"(在很多文本中,作者马原直接成为被叙述的对象)、"实体经验的省略"(不是言外之意的那种省略,而是根据上下文或者说具体语境,读者可以补足的事实陈述)、"互文复现"(在一个文本中指涉或重述作者其他小说文本中的人物、情节),等等。所有这些都带来了新的小说叙事景观,并体现了新的小说观念。马原的叙述策略和小说观念,是受西方现代及后现代的文学观念和文本策略影响、启发的产物,不可否认的是,它们对开掘汉语写作的潜力、提高驾驭汉语言的能力做出了贡献。但应该看到,马原的小说及其影响下的写作,往往沉溺于形式迷宫和语言游戏,放弃意义的追寻,因而对小说写作的发展也产生了一定的消极作用。

研习提升阅读材料

第八章
1990年代小说

第一节　1990年代小说流变

　　1990年代,中国市场经济渐次展开并逐步获得体制上的合法性,将当代文学尤其是小说带入一个商业化、世俗化的语境当中。进入1990年代之后,延续着新时期思想解放的潮流,文学创作走向多元化格局。随着政治、经济、文化高度统一的社会同质性的松解,文学逐渐淡出社会中心而边缘化,获得了相对自由的想象空间。市场经济规则的影响,使小说经历了从一元到多元、从中心到边缘的动态发展过程,回到其本原位置并艰难地确立其本体性,在拓展生存空间的同时开始享有心理的与精神的自由,从而得以在风格、形态、思维等各层面实践从一元到多元的转化。

　　小说家的目光转向文化与心灵。这形成了1990年代小说独特的存在方式、思想内涵、审美特征。一方面,基于1980年代人道主义的论争、先锋小说的美学冲击与文化寻根的本土探寻,1990年代小说创作获得了当代以来从未有的自由空间,王安忆、陈忠实、莫言等一批作家逐渐走向成熟与大气,另一方面,后现代主义解构思潮伴随着市场消费文化,带来了小说创作的个性化与大众化共存的局面。个性化写作是1990年代小说创作的一面旗帜,这个时期,不仅产生了女性写作、新生代小说,更重要的是整个小说界主体精神和价值追求的变化。主体的破碎、人的精神品格的降低、生物性本能的放大,构成了1990年代小说人学阐释的最基本的路径。先锋小说形式革命继续在"个性化"的旗帜下不断与大众化、本土化的思维相互融合而开始接地气,一反原来的高蹈姿态,走向世俗化与欲望化。影视、网络等大众传媒的发达,使小说在社会氛围的驱动下,不断以文学消费的表现形式冲击着原本严肃的文坛。主流小说、先锋小说、新生代小说、新历史小说、女性小说等各种旗帜招展于世纪末中国文坛。

新写实小说 新写实小说在 1990 年代初期文学格局中有着举足轻重的地位。新写实小说还原生活的真实,注重表现市场语境下的世俗生活,吸收后现代主义文学的解构特征,在小说的文化内涵及精神追求方面的探索与 1980 年代小说相比有了新的超越。[①] 创作特点主要表现在:创作方法虽仍以写实为主,但特别注重对生活原生态的还原,作品中所呈现的世俗生活有一种毛茸茸的原生状态的感觉;主题意蕴更多表现世俗人生的荒诞、丑恶、灰暗与无奈;采用客观化的叙述态度,提倡作家"退出小说""零度介入",即有意采用一种不提供价值判断的冷漠叙述等。其意义在于摆脱传统现实主义的写作方法,重新认识"人"。池莉的《太阳出世》《你是一条河》、方方的《祖父在父亲心中》《桃花灿烂》、刘震云的《一地鸡毛》、刘恒的《苍河白日梦》、叶兆言的《挽歌》《关于厕所》等是新写实小说在 1990 年代的成果。这些作家纷纷视点下沉,贴着生活底层毛茸茸的真实书写,传达出一种生活的无奈与渴望走出的焦灼,真实地再现了新的文学经验。同时,他们笔下,在无奈的生存中又屡屡激起生命的韧劲与局部的激情,原生态的冷酷中也透出生存的硬度。新的"人"的观念正在萌生。

池莉(1957— ,湖北仙桃人),1980 年代创作了《烦恼人生》《不谈爱情》《冷也好热也好活着就好》等,展示了世俗生活卑微琐碎的一面。《烦恼人生》写的是工人印家厚平凡、琐碎而又烦恼的一天。排队洗脸、入厕,领着孩子跑月票,吃饭吃出虫子,评奖金遭人暗算,因没钱买寿礼而尴尬,对妻子和孩子的承诺无法兑现……印家厚日常生活的烦恼和困窘消耗着他的生命和希望。池莉的这些小说除了展示市民生活的原生态外,还有一些其他特征:作者的零度情感介入,纯客观的冷静叙述;小说中人物精神理想的缺席以及作品中批判精神的退场等。1990 年代,池莉的创作在市民化的基础上进一步与市场消费相结合,主要作品有《来来往往》《小姐你早》《云破处》《生活秀》《口红》等。这些作品中的人物不再是为生存奔波的芸芸众生,而是在商场搏击的金钱英雄。大起大落的故事,暴富赤贫的人物,奢侈的享乐场面,反常的男女感情故事,应有尽有。为了设置悬念,为了表现在金钱面前人的新变化,池莉作品中很多个人物都经历了由穷到富或由富到穷的过

[①] 1989 年《钟山》杂志第 3 期开始设立"新写实小说大联展"栏目,"卷首语"说,新写实"不同于历史上已有的现实主义,也不同于现代主义'先锋派'文学,而是近几年小说创作低谷中出现的一种新的文学倾向",它们"仍是以写实为主要特征,但特别注重现实生活原生形态的还原,真诚直面现实、直面人生。虽然从总体的文学精神来看新写实小说仍可划归为现实主义的大范畴,但无疑具有了一种新的开放性和包容性,善于吸收、借鉴现代主义各种流派在艺术上的长处"。

程,包括各种各样的都市传奇:抢劫银行、高楼爆破、商品传销、电脑犯罪、窃取他人的存单、开各种各样的公司、突然继承遗产……五花八门,无奇不有。①

方方(1955— ,生于南京,原名汪芳)主要作品有《风景》《祖父在父亲心中》《行云流水》《落日》《桃花灿烂》《乌泥湖年谱》等。方方的小说主要集中在人生世相的揭示和存在困境的思考。《风景》中,一方面是恶劣到极点的生存环境与蝇营狗苟的生存挣扎,无情地吞噬着这个家庭苟延残喘的一点人性,另一方面是在这个充满着粗鄙、粗野、粗暴、粗俗场景的故事里作家对底层生存的同情与对人性的思考。夫妻打架、父子斗殴、兄妹吵闹是笔下一个底层家庭的生存状态,饱受虐待的后代为了走出底层,选择了冷酷无情的生活方式。方方以冷静而客观的叙述,从存在主义的高度对一系列人生悲剧作出了很有震撼力的表现。她没有表现出明显的价值判断意向,只是冷静客观地展示了都市民间粗鄙丑陋、荒寒阴冷的生存景观。②

刘恒(1954— ,生于北京,原名刘冠军)曾在海军服役,退伍后当工人。1986年发表小说《狗日的粮食》,获1985—1986年全国优秀短篇小说奖。主要作品有《白涡》《虚证》《黑的雪》《逍遥颂》《苍河白日梦》等。刘恒的小说在写实中融入现代主义精神,注重对人的存在意义的追问,对人的宿命结局的解剖,作品中弥漫着孤独意蕴和较强的心理分析色彩。《狗日的粮食》中展示了一个基本的人生命题:吃饭与生存。吃饭成了瘿袋女人生命中的唯一目的;生命因放逐了意义而沦为生存的悲剧。《伏羲伏羲》故事的显性层面是一个家庭(杨金山、杨天青和菊豆)的乱伦,隐性层面则是揭示了生命原欲与伦理冲突所造成的人性悲剧的不可避免。《白涡》剥离了周兆路和华乃倩情欲之中的爱情光环,还原了作为情色动物的人的悲剧性存在。《苍河白日梦》中宿命的表现具有了更深的文化意蕴。奴才"耳朵"眼中的高贵者和

---

① 有论者指出她的小说的精神缺陷:"作为一个作家,轻视和排斥知识分子,轻视和放弃思想的力量,作品缺乏深刻的灵魂拷问,缺少情感的力度和震撼力,缺少激起人们追寻生存意义和提升审美理想的强大动力,也缺少对于妨碍社会发展、妨碍人性完善的真正障碍的严肃思考和犀利批判。……价值观的单向性,难以涵盖生活的丰富性;作品的可读性,也不能遮掩作品的单薄感。"张志忠:《人生无梦到中年》,《文学评论》2003年第1期。
② 方方在《风景》的后记《仅谈七哥》中说:"生存环境的恶劣,生活地位的低下,必然会使开过眼的七哥们不肯安于现状。改变自身命运差不多是他这样家庭出身的人一生奋斗的目标。他们的吃苦能力比别人更强,对功名的追逐亦有超出常人的激情。但因为先天条件的不足和后天实力的软弱,他们中全然靠自己的智慧和才能而名正言顺达到目的的为数不多。……只要能够改变地位,成为人上之人,象过去他们曾羡慕过的别人一样,他们什么都能干,道德品质算什么?人格气节算什么?社会舆论算什么?他人的痛苦算什么?如果需要,这些都可以踏在脚下。"方方:《仅谈七哥》,《中篇小说选刊》1988年第5期。

低贱者都是欲望的迷恋者和追逐者。郑玉楠、曹光汉以及洋鬼子大路的悲剧都暗示了命运的不可抗拒。生活的变革者最终也成为命运的否定者。小说中的人性景观灰暗、阴冷、孤寂，弥漫着文化悲观主义的气息。①《贫嘴张大民的幸福生活》是刘恒 1990 年代中后期的重要作品，小说放弃了在此以前的灰暗阴冷的叙述基调，而代之以一种调侃和幽默去化解生存的苦难。"幸福"虽然具有反讽意味和悲剧色彩，内含有无尽的感叹和无奈，但张大民毕竟可以通过耍贫嘴来缓解生存的无法承受之重，通过对生活的戏谑来抗拒苦难的围困。这是张大民式的下层民众的生存智慧和精神哲学。借此，张大民才能穿越苦难的荆棘，消融于"幸福生活"之中。② 虽然刘恒的小说里充满了苦涩、困境、宿命甚或死亡，但也仍然充满了对生存的热爱与渴望。

新写实小说在反对对生活进行整体把握的同时，因过分零乱、琐碎的描写而显得缺乏想象力，缺乏艺术上的高远境界③；他们在追求生活表现的原生态和零度情感的同时，叙述的过于沉闷、单调也导致小说艺术魅力的丧失。这些也许是新写实小说进入 1990 年代中期之后日趋式微的一个主要原因。

新现实主义小说　这拨小说被称为"现实主义冲击波"，表现出现实参与意识，与传统的现实主义相呼应。比如谈歌《大厂》、何申《信访办主任》、刘醒龙《分享艰难》、张继《黄坡秋景》等中短篇小说及张宏森《车间主任》、周梅森《人间正道》《至高利益》、张平《抉择》等长篇小说都因关注当下而引起关注。这些新现实主义小说虽有明显的主旋律特征，但与以前意识形态色彩强烈的文学作品还是有所区别，表现在塑造了一系列具有当下感与典型性的人物形象，对世纪末中国社会中下层官员形象的刻画作了尝试，塑造了有时代感和立体感的形象，时代心理和人物心态也都来自生活。但由于时代的限制，新现实主义小说在反映现实生活的深刻与力度方面尚待加强。

新写实小说是先锋创作与传统的写实手法对话的结果。这些创作开始正视与个人生存息息相关的日常生活，不再标榜远大的理想和崇高的追求。一方面，日常生活中原来被强大的意识形态话语遮蔽的部分，开始走进作家

---

① 吴义勤：《反神话的写作——刘恒长篇小说〈苍河白日梦〉阐释》，朱栋霖主编：《文学新思维》下卷，江苏教育出版社 1996 年版，第 560—568 页。

② 刘恒自己这样吐露他在创作上的变化："前几年写《苍河白日梦》，终于掉进悲观的井里，竟然好几次攥着笔大哭不止，把自己吓了一跳……到《贫嘴张大民的幸福生活》终于笑出了声音……"胡璩、刘恒：《把文学当作毕生的事业——刘恒访谈录》，《小说评论》2003 年第 4 期。

③ 张炯：《"新写实"小说座谈辑录》，《文学评论》1991 年第 3 期。

的视野。很多小说将时间、人物、故事放在日常人生与自然流程中,呈现毛茸茸的生存状态。另一方面,很多新写实小说往往偏执于世俗生活物质性的一面,通过真实具体的细节刻画,书写人性在生活流中的沉淀与挣扎。他们着力表现人性在市场话语中的价值焦虑,但却滑向消费话语的泥淖,没有在纷繁的生活现象与细节铺陈中提炼出深刻的悲剧精神。

新历史小说 历史题材的书写也是1990年代小说的一个重镇。由于作家主体性的强化和新的历史观、后现代主义思潮的注入,1990年代历史小说力图站在当今文明的高度,以现代审美眼光关注民族的历史和未来,以深邃的理性发掘民族精魂。作品的史诗性与文学性增强,人性与人情的因素渗透其中,但也表现出虚拟历史和消费历史的特征。①

新历史小说是后现代主义思潮影响之下一种消解正史、重构个人史的小说创作思潮。后现代主义以极端的解构方式,取消原有的宏大历史叙事。新历史小说作家从内部引爆传统的理性历史古堡,从根本上否认"历史事实"和"文学反映历史真实";失去了这一根基的历史"只存在于作为表述的现在模式中",因而出现了"作为文学虚构的历史本文"②。"新历史"意味着一种新的历史观念、历史意识开始走进文学领域,不仅表现在题材的独辟蹊径,也表现在对历史人物的特别选取。1993年张京媛编《新历史主义与文学批评》一书问世,显示新历史主义理论在中国文坛登场。在创作方面,代表作有二月河《康熙大帝》《雍正大帝》《乾隆皇帝》等清代帝王系列小说,唐浩明《曾国藩》,刘斯奋《白门柳》,凌力《少年天子》等少年皇帝系列小说,也包括莫言《红高粱》《丰乳肥臀》,刘震云《故乡天下黄花》《故乡相处流传》《温故一九四二》,苏童《1934年的逃亡》《罂粟之家》《妻妾成群》《红粉》《我的帝王生涯》,陈忠实《白鹿原》,尤凤伟《石门夜话》,余华《活着》,格非《迷舟》《敌人》以及王安忆《纪实与虚构》,叶兆言"夜泊秦淮"系列、《枣树的故事》《1937年的爱情》,李锐《旧址》等。

新历史小说,首先体现在一种个人理解下的奇观式野史、稗史的凸现。它突破政治目的论历史观形成的某些遮蔽,将笔触搔入正史之外的野史之

---

① 江腊生:《虚拟与消费——90年代以来小说游戏历史的现实诉求》,《文学评论》2006年第1期。

② 张京媛:《新历史主义与文学批评》,北京大学出版社1993年版,第160页。格非明确地说:"我对历史的兴趣仅仅在于它的连续性或权威性突然呈现的断裂,这种断裂彻底粉碎了历史的神话,当我进一步思考这个问题时,我仿佛发现,所谓的历史并不是作为知识和理性的一成不变的背景而存在,它说到底,只不过是一堆任人宰割的记忆的残片而已。"格非:《小说和记忆》,《文艺理论研究》1994年第6期。

中。在历史的个人化书写中,试图逼近一直未经触摸的尘封着的"原生历史形态"①;多以妓女、土匪等民间形象来取代符号化的英雄典型,凸现人性、生存等文化母题,反拨传统的政治意识形态和伦理道德观念。这种历史重在对复杂人性的发掘,体现了一种反主流的民间化立场。以非正统行为拆解正统意识形态是这一类小说的主要特征。杨争光的《黑风景》、苏童的《十九间房》《红粉》、莫言的《丰乳肥臀》、尤凤伟的《石门夜话》都属于这一范畴。尤凤伟试图在一个非意识形态化的历史境遇中探求人的自然、自由的生存状态。他将人性放置于野史当中,对传统伦理道德进行平面化的解构。《石门夜话》中,土匪七爷杀害了玉珠的丈夫和公爹,却在玉珠面前展现出机智、强悍、率真的人格,他用对抗世俗道德的匪气最终摧毁了玉珠身上先在的世俗本质。尤凤伟在一个缺乏规范化的民间历史叙事中,生动地展示了人性本原的生存状态。这类小说中的人物在以往的正史中无以立足,在1990年代小说中却成为一道特别的风景。其次,在这些小说里,历史呈现出无序的状态,偶然性、不确定性的因素纷纷进入历史的视野。② 历史的进步论、决定论被一些历史物象和事件的平面堆积所取代,贯穿小说主线的是历史循环论。原先单一明朗的历史,在作家笔下混沌一片,变得无法预测;偶然性成了历史进程的神秘字眼,为历史平添了几分虚幻气氛。

刘震云(1958—   ,生于河南新乡延津县)的《故乡天下黄花》以北方农村"马村"为背景,截取了中国近代、现代、当代最有代表性的几个时期:民国初年、抗日战争、土改运动、"文化大革命"。这四个不同的历史发展阶段,虽然各自呈现独特的面貌,但是当我们透过具体的人物和故事,可以发现,村庄历史舞台上的主要角色,李文闹、许布袋、赵刺猬、赖和尚等,斗争的目的都是为了当"头人",为了能天天吃"夜草"。同样的故事在《故乡相处流传》中继续上演。刘震云拉长了历史的纵深距离,把历史人物如曹操、袁绍、朱元璋、慈禧等,化成相互转世的历史幽灵。曹操转世为曹成,袁绍转世为袁哨,虽然这些人物各不相同,历史环境也不断更迭,但人物的内在心理欲望和历史的本质却依然如出一辙。每个人物都如跳梁小丑般喧嚣其中,个体生命的轮回隐喻着历史的反复与循环。③

---

① 王彪:《新历史小说选·导论》,《新历史小说选》,浙江文艺出版社1993年版,第5页。
② [美]杰姆逊:《后现代主义与文化理论》:"那种从过去通向未来的连续性的感觉已经崩溃了,新时间体验只集中在现时上,除了现时之外,什么也没有。"唐小兵译,北京大学出版社1997年版,第228页。
③ 摩罗:《刘震云:中国生活的批评家》,见《自由的歌谣》,文化艺术出版社1999年版,第133页。

性与暴力等陌生化的历史元素成为架构人性话语和商业话语的桥梁。1990年代小说大写过去被忽略或阉割的边缘小史,搜罗曾被正史拒斥的民间逸闻秘史,虚构个人史和欲望史。通过这些策略,作家在历史书写中传达出一定的人性思考,又在对性和暴力的把玩中走向粗陋鄙俗的一面,与文学的商业操控趋向不期而遇,从而踏上了消费历史话语之途。

苏童(1963— ,原名童忠贵,苏州人)主要作品有《妻妾成群》《米》《妇女生活》《红粉》《1934年的逃亡》《我的帝王生涯》《离婚指南》《碧奴》等。小说《米》在阐释人类的求生意志、食与色的本能和派生出来的权力欲及占有欲的同时,更多地将笔触落到凶残变态的五龙身上。在《我的帝王生涯》中,作家虚拟了一个宫廷争斗、王妃争宠的故事,用来演绎他对人类历史的形而上思考,向人性永恒的纵深处掘进;在审美风格表现和趣味上,传达了消费美学的理念。对历史的消费在苏童的写作中成了一把双刃剑。①

本质上,1990年代以来的新历史小说创作纠结于一种矛盾的心态:既要沉入人性的深处,将过去宏大正史压抑下的欲望、情感等永恒命题释放出来,又要寻求市场效益的最大化。当历史只被作为人性的虚拟场时,并不能推进文学与历史的紧密融合。

新生代小说　新生代小说是在1980年代先锋小说落潮后一种文体内容的反拨和审美形式的发展相互融合的青春体验性写作,更是新一代艺术家对人学观念的崭新突破。对于缺少历史记忆的新生代作家来说,他们的个人化写作是缘于对传统文学启蒙姿态的失望,对政治化、群体性创作的反感,对固有的僵硬的"人"的观念的厌弃。他们更愿意相信自己的感受和体验,关注自我,凸显个体在现代社会中的欲望追求、心理困惑、人性挣扎。他们以自我中心化的表述来追求新的"人"的观念、塑造现代性新人。新生代小说作家主要有朱文、鲁羊、韩东、徐坤、刁斗、李冯、王彪、邱华栋、毕飞宇、刘继明等。

新生代小说的基本特征表现在作家对存在、对人生的某种独特的体认、言说。一方面他们认为,写作等同于生活本身。"在边缘处"既是对作家文本状态的描述,也是对其生存状态的描述。小说家的人生方式与写作方式发生了同构和重叠,这种重合的状态导致新生代作家对自我经验的偏执和

---

① 面对苏童的这种写作趋势,王安忆曾指出:"我很担心他会变成一个畅销书作家,故事对他的诱惑太大了,他总是着迷于讲一个出奇制胜的好故事,为了把好故事编好,他不惜走在畅销书的陷阱的边缘薄刃上,面对着堕身的危险。"王安忆:《我们在做什么》,《文学自由谈》1993年第3期。

坚守,同时也体现出其个人化的创作理想。新生代小说创作主要呈现为欲望化和私人化两种形态。前者往往从一个特定角度切入当下社会和个人生活。比如何顿对小生产者积累财富过程中无限膨胀的人性欲望的纪实,邱华栋对都市"玩主"追逐金钱、游戏爱情的欲望化生命的放大,朱文对知识分子欲望化心理的剖析等,都是对当代生存景观和心理氛围的表现。后者则体现为个性化、私人化,尤其是在对边缘经验的发现和言说中凸现个体的生命存在。韩东、鲁羊、刘剑波等作家的私人化书写构成了新生代小说私人化景观的一个层面,而陈染、林白、海男、徐小斌等新生代女作家对女性个人化经验的言说则代表了私人化景观的另一个层面。

新生代作家企图在文本中穿越生存表象,直抵生命本真,这使其小说在对人类生存的关怀中透出新的对"人"的思考。他们以个体经验的方式切入对生命的追问。张旻的《校园情结》、鲁羊的《银色老虎》《九三年的后半夜》、朱文的《我爱美元》、邱华栋的《环境戏剧人》、何顿的《无所谓》等小说都在有现实感的画面中触摸到现代人的生存困境和心灵痛楚。作者以朴实而敏锐的文字讲述一个个当下的生活故事,具有原初、真实的生命气息和粗糙、质朴的形态。

新生代小说也存在明显的问题和局限:精神意义和美感的缺失、叙述的琐碎和粗鄙化、作品气度和格局的狭窄、自我重复和模式化倾向等,这都阻碍着它向更高的境界迈进,因此也受到批评。① 也有人对其单一与浅弱提出质疑。② 新生代是成长中的一代,进入 2000 年后,这些作家们有的淡出,有的有了更长足的发展,如毕飞宇。

女性写作　发端于 1960 年代美国的女权运动,其理论成果是西方女权主义思想。女性主义理论 1990 年代在中国勃兴。女权主义经典论著《第二性》《女性的奥秘》《性政治》《女权主义文学理论》的汉译,《当代女性主义文学批评》(张京媛主编)的问世,1995 年第四届世界妇女大会在北京的举行,等等,都促成了中国女性小说集体走向成熟。1980 年代初期,一些女性作家游离于主流话语之外,开始在社会文化层面反思两性关系,质疑传统的性别秩序,产生了《方舟》《在同一地平线上》等代表性文本。稍后,王安忆的"三恋"、《岗上的世纪》,铁凝的《棉花垛》等小说将女性意识向前推进了一步,

---

① 韩少功:《个性》,《小说选刊》2004 年第 1 期。
② 王晓明:"1993 年以后多样性减弱,这不是由于文学受到政治的干预,而是作家的创作和社会上一般的流行思想太近,看起来很个人化,实质上是社会上流行的思想和观念,这影响了相当多的作家的创作,丰富性和多样性由此减弱。"《当代学者、评论家谈中国当代文学》,《中华读书报》1999 年 9 月 29 日。

女性作为欲望主体浮出历史地表。进入1990年代,伴随女性意识的充分凸显,女性写作异军突起。她们自觉地疏离男性作家所热衷的政治、历史、社会之类宏大命题,回归女性的经验领域,并借此来挑战和颠覆男性话语中心。女性——人的意识的觉醒,是中国文学人学思想的重大突破。

迟子建(1964— ,生于黑龙江省漠河县)主要作品有长篇小说《伪满洲国》《额尔古纳河右岸》,小说集《逝川》《雾月牛栏》《清水洗尘》等。她的《日落瓦窑》《白银那》等小说叙事老练、流畅,对世道人心的把握举重若轻。《伪满洲国》是迟子建站在民间立场对历史的一种书写。小说最成功之处,是她在建构一个宏大历史框架时,其艺术着眼点恰恰是那些最细小、最边缘的东西。它实践了迟子建关于"历史是日常的"的观点①。然而,小说零散化的历史、过于繁复的情节和众多的人物形象却也有损于历史呈现的完整性和深刻性。她1990年代的小说同前期作品有着内在的一致,都散发出忧伤而温暖、宁静又悠远的韵调。

铁凝(1957— ,生于北京)有《哦,香雪》《永远有多远》《玫瑰门》《大浴女》《笨花》等作品。她在1990年代一直坚持对艺术完美性的追求,1980年代末的《玫瑰门》和1990年代的《大浴女》体现出作家对艺术创作多维性的尝试。《孕妇和牛》是一篇富有诗意的小说,诗性的画面、诗性的语言,让人感觉铁凝又回到了"香雪"的时代。农妇由生理变化所引发的对生命意义的思考,展现出了一个从大山走出来的农妇文化人格的觉醒。这种内涵的挖掘显示了铁凝对"香雪"的超越。《大浴女》以主人公尹小跳为叙述视角,主要叙写章妩与尹小跳、尹小帆母女两代女性及有关人物在感情方面的恩怨纠葛。小说采用了"反思对话"②的文体形式,借尹小跳的内心反思与对话将她和其他众多人物的潜在的隐秘心理都尽显出来。尹小跳的自我叩问荡涤了人复杂而幽深的灵魂③,反映了人追求完善人格的内在欲求。这正是小说的主旨所在。铁凝在探求人的美好心灵的同时,也不惮暴露人的丑恶灵魂,然而不变的是作家对"人类和生活永远的爱和体贴"④。这一追求使铁凝的作品具有温暖而冷静、清新而凝重的风格。

受法国女性主义理论影响,女性写作最明显的特征是私语化;她们在写

---

① 迟子建:《"我只想写自己的东西"》,《小说评论》2002年第2期。
② 王一川:《探访人的隐秘心灵——读铁凝的长篇小说〈大浴女〉》,《文学评论》2000年第6期。
③ 王春林:《荡涤那复杂而幽深的灵魂——评铁凝长篇小说〈大浴女〉》,《小说评论》2000年第5期。
④ 朱育颖:《精神的田园——铁凝访谈》,《小说评论》2003年第3期。

作中强调那种带有解构主义色彩的角色差异和性别意识。① 林白的《一个人的战争》《守望空心岁月》、陈染的《私人生活》《破开》、徐小斌的《双鱼星座》《羽蛇》、徐坤的《狗日的足球》《厨房》、张抗抗的《情爱画廊》、海男的《我的情人们》、蒋子丹的《桑烟为谁升起》以及后期铁凝的《玫瑰门》《大浴女》、卫慧的《上海宝贝》等，构成了1990年代女性写作的基本图景。她们又分为两种不同的创作倾向。一是以陈染、林白为代表的私语化写作。在此类作品中反传统叙事、反男性经验的女性叙事初见端倪，女性意识得到了明确体认，并且开始从性别自觉过渡到话语自觉。陈染以一种呓语式的内心独白对女性的私人隐秘体验进行大胆的挖掘和表现。林白对女同性恋、自恋等尖锐而边缘的女性经验进行了率真而大胆的言说。《一个人的战争》更以自传式文本叙述女性成长历程中刻骨铭心的记忆。二是以徐坤、斯妤为代表的解构性女性写作。此类作品以对男权世界、男性文化秩序的怀疑、解构为目标，张扬女性主义。关于女性写作，将在本章专节评述。

长篇小说创作是1990年代重要的文学景观。1993年陈忠实《白鹿原》和贾平凹《废都》的畅销以及"陕军东征"，引发了长篇小说热。各大文学刊物和出版社纷纷推出系列长篇小说，如先锋长篇小说丛书、小说界文库、探索者丛书、布老虎丛书等。主要作品有苏童《米》、余华《在细雨中呼喊》《活着》《许三观卖血记》、张炜《九月寓言》、陈忠实《白鹿原》、贾平凹《废都》、刘震云《故乡天下黄花》《故乡相处流传》《故乡面和花朵》、王安忆《长恨歌》、史铁生《务虚笔记》、韩少功《马桥词典》、阿来《尘埃落定》、曾维浩《弑父》、陈染《私人生活》、林白《一个人的战争》、朱苏进《醉太平》、莫言《丰乳肥臀》、铁凝《大浴女》等。

阿来（1959—　　，藏族，出生于四川阿坝藏区的马尔康县）主要作品有诗集《棱磨河》，小说集《旧年的血迹》《月光下的银匠》，长篇小说《尘埃落定》《空山》等。《尘埃落定》以奇异的艺术感觉、神秘的叙述风格以及来自语言和文本深处的那种独特魅力，为1990年代的先锋文学注入了新的生机与活力，是本时期文学创作最重要的收获之一。《尘埃落定》首先打动人的是它的精彩曲折的故事。小说讲述了一个声势显赫的土司家族、土司王朝覆灭的过程，人物众多，线索复杂。一方面，权力、财富、爱情、复仇、阴谋、叛变、战争这些紧张的情节符码自始至终都在推进着小说的叙事，制造着一个又一个惊心动魄的悬念；另一方面，在紧张的故事缝隙里又全方位地展示了土

---

① 埃莱娜·西苏认为要改变妇女在二元对立关系中被压抑被奴役的地位，只有写作。女性的写作实践又是与女性躯体和欲望相联系的。

司王朝的历史、文化、宗教和神秘的风俗人情,使得小说情节有了饱满的内涵。其次,《尘埃落定》在历史破败的寓言中所表达的那种精神哲学与生命哲学也给人以深深震撼。从主题层面上来说,《尘埃落定》无疑是一部历史寓言,是对土司王朝历史的一次凭吊。土司制度必然灭亡的宿命,在与一个个具体的家庭、一个个人、一个个偶然的历史事件遭遇时,就有了特殊的内涵。此时,历史有了人性,有了血肉,有了生命。与此对应,偶然与必然、善与恶、美与丑、血腥与残酷,也就不再那么绝对,而是充满了玄机与奥妙。在阿来的哲学里,历史的覆灭首先源于人的覆灭;历史的失败,首先也是人的失败。从这个角度来看,与其说《尘埃落定》是一个王朝的挽歌,不如说是一曲人性的挽歌,作家对人性洞察的深度构成了小说思想力量的一个重要根源。再次,神奇的还有它的叙述手法。小说以一个傻子的视角来叙述故事,一切都在主观的"我"的视域里展开。"我"与生活格格不入,但是却有着超时代、超现实的预感与举止。"我"是一个旁观者,但也是土司王朝兴衰历史的见证人。这大概就是作者所要表达的聪明人和傻子的哲学。叙述者的"傻"赋予小说以神秘的气息、朦胧的美感,也赋予小说以特殊的真实感,甚至还赋予了破败的历史以一种哀怨的浪漫与诗情。整部小说如泣如诉,语言纯净透明,结构单纯整饬。可以说,阿来叙述的虽是一个传统的历史故事,但凭着神奇的艺术想象力和充满现代艺术感的文体风格,带给读者的是纯粹先锋性的艺术体验。这是《尘埃落定》在艺术上最成功的地方。

在1990年代的中国文学中,与大众化、世俗化的文学潮流相对抗的,有以张承志、张炜、史铁生、韩少功等为代表的一群作家,他们高举道德理想主义大旗,在小说领域独标一格。

张炜(1956—   ,生于山东龙口)1980年毕业于烟台师专中文系,同年开始发表小说。主要有长篇小说《古船》《九月寓言》《柏慧》《家族》《外省书》《能不忆蜀葵》等;主编有《徐芾文化集成》。

1986年张炜发表第一部长篇小说《古船》。这部小说对土地改革、大跃进、"文化大革命"等重大历史事件的描写采取了忠于历史、忠于心理真实的艺术立场。《九月寓言》(1992)描写一个叫廷鲅的海滨小村里几代村民在艰苦岁月里的劳动、生活和爱情。那是一群从外地迁徙来的村民,有异于当地人的生活习惯。老头红小兵的酸酒、他女儿赶鹦的秀美及各家自制的地瓜煎饼是小村的三大特产。作品围绕这三大特产讲述了几个家庭和一群青年男女的日间劳作、夜间游荡的奇特生活。最终,他们生活过热闹过的那块土地又从荒凉回到荒凉。"九月寓言"其实就是大地的寓言,因为九月的大地以它的丰饶和美丽显示着自身的存在。在小说中,最突出的印象是那种扑面而来、无所不在的野地精神、野地气息。这里的野地是生命之源、力量之源。可惜，现实中的城市大都是被肆意修饰过的，正以污染的环境、沦落的道德、虚伪的人性侵害野地。小说最后，冲天的大火正是对于现代文明之毁灭性的巨大寓言。《九月寓言》在艺术上达到了很高的成就，诗化的语言、象征的意象、哲学化的沉思、现代化的叙述、灵动的人物、飘忽的结构共同铸就了小说奇特而充满魅力的文体效果。采取散点式结构是张炜的匠心所在，也是《九月寓言》的一个艺术特点。回顾过去，只写"真实存在的神秘"[①]，这是第二个特点。融入野地赏赞生命和激情，用凝练、圆熟的语言表达真挚的情感，是第三个特点。无就是有，有就是无，消失就是存在，存在就是消失，有限的语言表达无限的深层意蕴，这是九月的寓言，也是人生的寓言。

继《九月寓言》之后张炜又发表了一系列长篇小说。《柏慧》以"我"的现实生活为主线，糅杂以家族秘史和古代传说，描述了几代知识分子的坎坷命运，刻画了"我"及一系列栩栩如生、感人至深的艺术形象，从而展现了纷繁尖锐、发人深省的社会矛盾。小说在批判极"左"思潮的同时呼唤理想主义的献身精神，在讴歌改革大潮的同时痛斥拜金主义的丑恶没落，生动形象地表达了作家对国家对人民的责任感，及其维护人类美德、保护自然环境的强烈愿望。小说有散文之精美、杂文之犀利，体现了作家在长篇创作艺术上的探索精神。1990年代中后期张炜创作的厚重感渐渐减弱。

史铁生、张炜、韩少功三位作家有着相似的创作风格。他们崇尚自然，融入大地，颂扬人道，歌唱理想；作品里蕴涵着美好的人性，尤其是那种自我磨砺、自我审视、执着向上的精神。他们对宗教的领悟和虔诚，对民间的亲近和关怀，心灵的真挚与情蕴的纯洁，语言的朴素与凝练，是那些心态浮躁的商业主义写作者难以企及的。他们对史诗性的追求使作品的思想性和哲学性大为加强。在艺术形式上力求突破传统，解构中心人物，描画群像，用随意的散点式结构叙述故事，风格清新，不落窠臼。史铁生的《务虚笔记》、张炜的《九月寓言》、韩少功的《马桥词典》无不具备这些特色。这些作品中体现的道德理想和人文精神曾引起文学界的热烈争论。在道德理想日益贬值、精神寄托日益虚无的拜金主义时代，文学再次承担起精神启蒙和精神抚慰的使命，虽力不从心却也令人感动。

总体来看，1990年代小说创作呈现出多元并存、多向发展的总体特征和趋势。首先，1990年代小说普遍放弃了对社会问题与政治理想道德的执着探究，转向对现实场景、生存状态和生活体验的展示；普遍放弃了传统现实

[①] 张炜：《关于〈九月寓言〉答记者问》，《九月寓言》，上海文艺出版社1993年版，第358页。

主义深度模式建构,采用日常化的低调叙述。新写实、新体验、新历史、新现实主义、新生代以及女性小说,无不显示出这一普遍的艺术倾向。其次,在群体性写作氛围中注重个人经验、个体特征的呈现。他们听从内心的召唤,从个体生存境遇出发,对生存现实、精神现实进行个人化思考和个性化表现,表达了新的"人"的观念。无论是哲学型(技术型)、私语型还是诗意型、写实型,每位新生代作家都有非常个人化的文学态度、表述与思考。最后,1990年代小说体现出较强的文体意识。① 作家们寻求各种艺术样式、文学体裁、艺术手法的贯通融会,有较自觉的文本意识。述平的《晚报新闻》、刘震云的《温故一九四二》、王安忆的《纪实与虚构》、陈染的《私人生活》、徐坤的《先锋》等把新闻、文献考证、音乐、美术等非文学因素纳入创作中;《家族》《柏慧》《马桥词典》中有散文、随笔乃至词典的元素,《故乡面和花朵》使用了书信、电传、附录、歌谣等文体手段,《关于厕所》《叔叔的故事》则是"元小说"的创作实践。1990年代小说以极大的艺术包容性进行了卓有成效的文体实验和文体创造。另外,这些小说也显示出对传统审美意趣的回归,故事、人物、情节等传统小说的核心语汇进入了这一时期的小说创作实践中。1990年代先锋小说在关注生活体验的同时,还注重营造语言意象和诗意色调;在新历史小说中也能看到朴素简洁的白描手法和笔记小说、话本小说的影子。

第二节　陈忠实　余华

陈忠实(1942—2016,出生于西安灞桥)主要作品有短篇小说集《乡村》《到老白杨树背后去》,中篇小说集《初夏》《四妹子》《康家小院》,长篇小说《白鹿原》,散文集《告别白鸽》以及文论《寻找属于自己的句子》等。

长篇小说《白鹿原》(1992)②是陈忠实创作的高峰,也是新时期中国文坛最重要的收获之一,1997年获第四届茅盾文学奖。

《白鹿原》以史诗性的艺术追求展示了渭河平原白鹿村从清末民初到中华人民共和国成立近半个世纪的历史递变、社会风情和种种人生纵横。小说以白、鹿两家族为核心,通过这两个家族之间的恩怨情仇,以及众多家族成员的人生沉浮和命运变幻,勾勒出了一幅苍凉而浑厚的社会历史画卷。

---

① 吴义勤:《难度·长度·速度·限度——关于长篇小说文体问题的思考》,《当代作家评论》2002年4期。

② 《白鹿原》最初发表于《当代》1992年第6期、1993年第1期;1993年6月人民文学出版社出版单行本。

作品复调式地寄寓了家庭和民族的诸多历史内蕴;纵横社会人生的"无常",给人以强烈的历史沧桑感和虚幻感。小说语言深沉凝练、酣畅严谨,其艺术描写如金针织锦细透绵密。

在《白鹿原》中,作者呈现了自己的文化与美学追求:

其一,小说在处理历史时追求"秘史"品格。"秘史"相对正史而言,在处理近代以来中国的历史时,将重大历史事件的潮起潮落和革命力量的此消彼长通过暗示、隐喻的方式,融入到白鹿两家几代人的政治选择、家族兴衰以及个人命运变迁之中,并且在叙事中融入了大量经济、宗教、文化、欲望等复杂因素,显现出了丰厚的历史文化蕴涵。"秘史"品格的追求,使得小说在叙事立场上具有鲜明的民间性。① 作者将笔墨主要集中在描写白鹿原村民生活形态和心态的历史性嬗变上,借助对关中农村的沧桑变化和历史足迹的书写,全方位地呈现了近代以来民族的生存追求和文化精神。小说借用"鏊子"这一形象比喻,表达了对中国近代以来变幻莫测的历史进程的独特理解。承受了多次革命风雨洗礼的白鹿原成了名副其实的"鏊子"——你烙来我烤去、翻来翻去,民不聊生,宗法家族制度和社会秩序,在阶级斗争的腥风血雨、刀光剑影中不断地被破坏、瓦解。② "《白鹿原》最大的思想价值,正潜藏在错综复杂的文化冲突和人性剖示中,潜藏在《白鹿原》这个极端不和谐的小说世界中,小说折射着历史的荒谬和现实的虚妄。"③

其二,陈忠实的"民族秘史观"的一个重要体现,是书写人们的欲望世界,揭示宗法制度下农民物质与精神生活原始、本真的形态。小说引人注意的是贯穿全篇的欲望书写,欲望的每次释放都成为情节发展的主要驱动力,作者借此深探民族文化历史的脉络。性是驱动小说情节发展的主要动力:白嘉轩连娶七房女人、鹿子霖乱伦、白孝文沉沦、鹿三老汉刃田小娥,无一不是由"性"的推动而发展。小说以"白嘉轩后来引以为豪的是一生里娶过七房女人"开篇。在田小娥这个形

我决定在这部长篇中把性撕开来写。
(陈忠实《关于〈白鹿原〉的答问》)

---

① 陈忠实的历史观借小说中人物关中民间大儒朱先生表达。"首先是当代朱先生的历史眼光。朱先生看历史,一是重史实,二是察民心,三是观动向,四是多体验;其次是民族利益的历史尺度——它较之一个阶级立场要视野广阔得多,胸襟博大得多,气度也恢弘得多;再次是秉笔直书的史家心态。"畅广元:《冷静客观地审视历史——浅议〈白鹿原〉的历史观》,《陕西日报》1993 年 4 月 26 日。
② 黑娃逃离白鹿原后曾做了国民革命军习旅长的贴身警卫。习旅长战败后,他上山当了土匪。经历一番波折,但最终也没有逃脱死亡的厄运。黑娃形象可视为作者对农民革命、农民运动的新思考。
③ 周燕芬、马佳娜:《〈白鹿原〉:文学经典及其"未完成性"》,《西北大学学报(哲学社会科学版)》2018 年第 1 期。

象上，作者把性隐秘写得最为惊心动魄。她活着的时候敢以放纵肉体的方式来反抗把她置于被损害者地位的宗法族规和礼教，死后又把杀死她的鹿三置于神情痴呆、行将就木的境地。隐秘的性史构成了民族历史命运的驱动力。作者还运用魔幻现实主义的手法，在人与鬼的相通和冲突中既凸显人性深密，又潜在地表现民族历史前行的方向与动力。

其三，对民族文化精神的理性审视与焦虑思考，是《白鹿原》的文化价值之一。有人以小说中关中大儒朱先生的存在和白嘉轩形象的成功塑造，说明作者正面肯定了传统文化；有人则认为这部小说中人物形象的塑造与文化观念的传达是失败的。在《白鹿原》中，复杂多面的传统文化是以悖论的形式存在的，而这正表现出心怀关中乡土的作家陈忠实的理性审视、紧张思考和内心的焦虑冲突。在白鹿原上，儒家仁义是民间最为实用的生活原则。它建立在悠久厚重的土地上，以儒家的仁爱哲学为基础，让家与国统一在一种道德规范下。如果说小说中朱先生体现的是仁义文化的至高境界，那么白嘉轩则是仁义文化与乡村政治的紧密结合。或者说在白嘉轩身上，体现了朱先生的人格魅力与世俗生存的紧密结合。小说在极力张扬宗法制度下的仁义精神时，又往往难以逃离其中非仁义的一面。一方面，白嘉轩极力以仁义文化、乡约制度来维持和统治白鹿原这个乡土世界，一方面又往往以民间最为原始的非仁义的实用生活智慧，来推进这种仁义文化的实施。为了抗衡鹿子霖，白嘉轩在白鹿原上种植鸦片致富。他严施酷刑，整治违反族规者，就连爱子白孝文触犯戒律，他也毫不手软，在肉体上摧残，在精神上羞辱。在面对鹿黑娃和田小娥的婚姻生活时，"仁义"则成为他摧残和压抑人性的手段与借口。小娥惨死后，白嘉轩造塔镇妖，暴露了"仁义"文化的吃人本性。在白鹿村一场又一场革命和欲望风暴的冲击下，儒家文化所建构的宗法制度和人伦规范一步步走向没落，就连白鹿原的"精魂"朱先生也无法挽回这一颓势。他寄予厚望的抗日英雄鹿兆海，最终成为内战的牺牲品；他众多学生中，唯有曾当过土匪的黑娃真正能实践其文化精神；正因如此，朱先生面对满目疮痍的山川大地，悲愤地说出"再不能有一丝作为了"。《白鹿原》可以说是一个欲说还休的民族文化符码，一个想象力丰富的话语世界。同时，历史建构和人性书写的焦虑与冲突，也导致文本缺乏对个体世界的深层把握。

在艺术上，《白鹿原》一反传统革命历史小说的手法策略，将近代以来的社会变迁和政治斗争置于宗族文化的结构之中，在显性的政治风云、宗族矛盾书写和隐性的人情、人心、人性揭示中呈现历史轨迹，实现作者书写"民族秘史"的艺术构想。小说中嵌入的白嘉轩、田小娥、白孝文、白灵等人的欲望陈忠实在《白鹿原》中的文化立场和价值观念是充满矛盾的;他既在批判,又在赞赏;既在鞭挞,又在挽悼;他既看到传统的宗法文化是现代文明的路障,又对传统文化人格的魅力依恋不舍;他既清楚地看到农业文明如日薄西山,又希望从中开出拯救和重铸民族灵魂的灵丹妙药。

(雷达《废墟上的精魂——〈白鹿原〉论》)

白嘉轩身上负载了这个民族最优秀的精神,也负载了封建文明的全部糟粕,和必须打破、消灭的东西。

陈忠实、张英《关于〈白鹿原〉创作的答问》

叙事,更凸显了社会历史背后的人性内容,丰富了小说的心理内涵。在人物形象的塑造上,《白鹿原》超越二元对立的艺术模式,实现了对人物性格多重性的揭示。例如,小说的主人公白嘉轩,既有积极、刚健的精神追求,宽厚无私的人格魅力,端正坚毅的道德操守,同时作者也写了他六娶六丧的人生磨难,种植罂粟、巧取天字号风水地的不义之举以及严惩田小娥、白孝文时的冷酷无情。小说对鹿子霖、田小娥等人物的性格的复杂性,也有出色的艺术表现,在这些形象身上寄托了民族和家族的诸多历史与文化信息。陈忠实曾是柳青的崇拜者和追慕者,但在创作《白鹿原》时他终于醒悟而"剥离"了柳青式现实主义,实现了对传统现实主义与文化理念的超越,吸纳了现代主义的艺术手法。他曾明确表示这是受到拉美魔幻现实主义作家卡朋铁尔的影响。① 小说对核心意象"白鹿"的书写、对田小娥被杀后变鬼的叙述都有魔幻现实主义色彩,推动了故事发展,调节着叙事节奏,在发掘人性复杂性与多元性方面均发挥着重要的艺术作用。

在 1990 年代,陈忠实、贾平凹、余华都是描写中国农村生活的代表性作家。贾平凹、陈忠实基本是在写实主义的开放框架中写作,余华则颠覆了传统小说的写作模式和美学形式,将 1980 年代先锋小说的集体性反叛带到一个新的高度。当先锋探索陷入困境时,他又通过自觉的转型,在平实柔和的叙事风格中,富有温情又含而不露地讲述平民苦难的命运,表现他们顽强、坚韧的生存意志,成功地实现了历史性的文学突围。

余华(1960—   ,生于杭州,长于海盐)主要作品有中短篇小说《十八岁出门远行》《四月三日事件》《一九八六年》《河边的错误》《现实一种》《鲜血梅花》《在劫难逃》《世事如烟》《古典爱情》等,长篇小说《在细雨中呼喊》《活着》《许三观卖血记》《兄弟》等。

---

① 陈忠实:"我在卡朋铁尔富于开创意义的行程面前震惊了,首先是对拥有生活的那种自信的局限被彻底打碎,我必须立即了解我生活着的土地的昨天。"《寻找属于自己的句子——白鹿原创作手记》,上海文艺出版社 2009 年版,第 11 页。

余华前期的小说创作带有很强的实验性。《一九八六年》《河边的错误》《现实一种》《在劫难逃》《古典爱情》等小说用冷漠的态度描述灾难、暴力、死亡。在其笔下,人性的丑陋与阴暗得以淋漓尽致地展现,生命间兽性的对抗和攻击被客观冷漠的语言平静地揭示出来。阴郁、冷酷的气息,血腥、冰冷的场面,恐怖、跌宕的情节,显示出余华小说的暴力美学特征。通过暴力的展示,余华的小说穿透了现实、历史、文化的层层铠甲,对人类存在的荒谬性和悲剧性进行了深层的探察。作者平静、冷漠的叙述语调和对荒谬、悲剧的轻描淡写,使其小说世界仿佛是一个没有丝毫光亮的绝望的地狱。人物的血肉和情感也被冷漠叙述、暴力美学和形式实验交织而成的力量剥落殆尽,成为一个供写作者随意操纵的符号。

《在细雨中呼喊》(1991)作为余华的首部长篇小说,回复和平衡了他以往的创作主题,显示出一种质朴的成熟。小说以切碎了的各自独立的故事段落组合、构建统一的人生图式,通过对孤独、人性母题的揭示追问存在的意义,描刻生命的诞生、挣扎以及毁灭的过程。小说以统一的情绪主题和内在的诗意潜流把众多的故事单元整合成一个完善的艺术整体。同时,作家把故事叙述方式与小说中人的生命方式合二为一,做到了内涵与形式的完美统一。《一个地主的死》《活着》《我没有自己的名字》等小说的发表,显示余华在对自我和艺术的双重否定中已悄然开始转型。[①] 这一时期他的小说多讲述平民的苦难命运,表现其超强的承受力和坚韧的生存意志。《活着》(1992)是余华转型后的首部长篇小说。小说从叙述者"我"在夏日阳光下听福贵老人讲其人生故事开始,回顾福贵40年的生活,引出一个个大同小异的死亡故事。"当作家把福贵的故事抽象到人的生存意义上去渲染无常的主题,那一遍遍死亡的重复象征了人对终极命运一步步靠拢的艰难历程,展示出悲怆的魅力。这个故事的叙事含有强烈的民间色彩,它超越了具体时空把一个时代的反省上升到人类抽象命运的普遍意义上。"[②]

[①] 余华:"当我在写八十年代的作品的时候,我是一个先锋派作家,那时候我认为人物不应该有自己的声音,人物就是一个符号而已,我就是一个叙述者,一个作者,要求他发出什么声音,他就有什么声音,但到了九十年代我在写第一部长篇《在细雨中呼喊》时,我突然发现人物老是想自己开口说话,我觉得这是写作磨练的结果。……当时我不习惯这样的叙述,因为我不想过早失去我手中的权利,这是作家对权力的迷恋,他只能控制笔下的人物……当写《活着》的时候我发现我控制不住了,而写《许三观卖血记》的时候我就完全放开了,完全放开让人物去发出自己的声音。"《我的文学道路》,《中国当代作家面面观——寻找文学的魂灵》,春风文艺出版社2003年版,第41页。

[②] 陈思和:《逼近世纪末的小说》,王晓明主编《二十世纪中国文学史论》第3卷,东方出版中心1997年版,第447页。

> **声音**
>
> 余华的残酷不在于他对苦难无动于衷（这恰恰是那些大惊小怪感叹余华"残酷"的人们对待苦难的习惯方式）。余华的残酷在于他残酷地剥夺和撞碎了世人习以为常的领悟苦难的方式。
>
> （郜元宝《余华创作中的苦难意识》）
>
> 一个具有体恤情怀的作家，一个具有人道主义基质的作家，正在用他的悲悯之力，为那些善良而普通的生命寻找着苦难的救赎方式。
>
> （洪治纲《悲悯的力量——论余华的三部长篇小说及其精神走向》）

余华小说转型的标志是发表于1995年的长篇小说《许三观卖血记》。《许三观卖血记》为余华的小说创作增加了新内涵。其一，"人"与"生活"的复活。《许三观卖血记》中的人物走出了1980年代的符号化状态，被注入了生命的血肉，余华笔下原先抽象化的世界图景重新拥有了生活的感性力量。许三观是1990年代中国文学所创造的文学典型之一。作家对许三观形象的塑造主要聚焦在三个维度上：一是对许三观顽强、坚韧的生命力的表现，二是对他面对苦难的承担能力和从容应对态度的表现，三是对他的伦理情感、生存思维的表现。作家并没有赋予许三观激烈的外部性格冲突，也没有直接剖析其生存心理，而是让人物平凡的生活、朴实的话语自动在小说时空中呈现，同时在这种呈现中人物的丰富、复杂、深度被无限放大。与"人"的复活相一致，小说中生活本身的力量也得到了有力呈现。为表现生活意蕴深厚的一面，作者有意不对具体的时代语境作更多的交代，而是让它们融入叙述，与人物的生命存在发生直接的关系。小说中虽也有残酷的历史场景，但作者更多时候努力表达的是对现实的一种理解；借助这种理解，丰满而生动的生活细节和人生情境就成了历史和现实的主体。生活本身也以自在自为的方式复活，并呈现出了感性的力量。其二，对民间的表现和重塑。小说重建了一个日常的民间社会。作家对民间的温情、人性、伦理结构、生活细节和人生世态的展示，构成了艺术力量的重要根源。小说没有尖锐的矛盾冲突和情节线索，而是以民间的日常生活画面为主体，民间的混沌、朴素、粗糙乃至狡猾呈现出其原始的生机和魅力。再从作家主体角度来看，小说体现了先锋作家从贵族叙事向民间叙事的真正转变。这是一部真正贯彻了民间叙事立场的小说，余华有意让民间的人生场景自主地呈现，而叙述者几乎被"谋杀"了。小说对民间叙事立场的坚持，是它具有巨大的蕴涵和魅力的原因。

《许三观卖血记》呈现出返璞归真的艺术追求。余华在小说中完成了叙述上的一系列转变，具体表现在：从暴露叙事向隐藏叙事的转变，从冷漠叙事向温情叙事的转变，从叙述人主体性向人物主体性的转变。作家剔除了一切装饰性、技术性的形式因素，比较成功地构建了一种新的形式感，显示出作家艺术心态的成熟。

第三节　王朔　王小波

在 1990 年代中国文坛,与大众文化潮流和后现代主义思潮相呼应,王朔、王小波与贾平凹《废都》的创作自成一景,在他们创作的作品中,雅与俗、严肃与游戏、形而上与形而下的边界开始变得模糊,中国文学转型的阵痛与复杂性得到了充分的体现。

王朔(1958—　,北京人)曾在海军北海舰队服役,1984 年辞职成为自由写作者。从 1978 年发表处女作《等待》开始,他先后发表了《空中小姐》《浮出海面》《一半是火焰,一半是海水》《顽主》《千万别把我当人》《橡皮人》《玩的就是心跳》《我是你爸爸》《看上去很美》等中长篇小说,出版有《王朔文集》和《王朔自选集》等。

王朔作品大体可分为两类:一类是言情小说,如《空中小姐》《浮出海面》《一半是火焰,一半是海水》等;另一类是被称为"顽主系列"的小说,如《顽主》《千万别把我当人》《橡皮人》《过把瘾就死》《一点正经没有》《玩的就是心跳》《我是你爸爸》等。

在言情小说中,王朔构筑了一系列现代人的情爱悲剧,并在其中添加了许多诗意成分,赚取了少男少女读者们不少眼泪。《空中小姐》写美丽多情的空中小姐王梅与一位退伍军人之间的情爱纠葛;《浮出海面》写石岜和女舞蹈演员于晶的爱情传奇;《一半是火焰,一半是海水》讲述女大学生吴迪被张明欺骗之后自甘堕落最终割腕自杀的故事。如果对王朔的言情小说进行拆解,就会发现这类情节只不过是古典爱情模式的现代翻版而已。所不同的是,大家闺秀与落难书生在王朔的小说中演变成了纯情少女与浪荡才子,恋爱的地点也由宁静美丽的后花园改在喧闹繁华的大都市。《空中小姐》等小说的成功,给王朔带来了信心。此后他全身心地投入写作的商业化运营中去。①商业化的操作方式固然是王朔小说成功的必要手段,但不能因此否定王朔小说的独特性:他将小说从新时期文学启蒙主题的宏大叙事中解放出来,游戏人生也游戏感情的顽主代替开拓者和实干家充当了"当代英雄"的角色,爱情叙述不再附丽于社会、人生等沉重话题。这种有意识地"躲避

---

① 王朔坦陈:"我的小说有些是冲着某类读者去的。《空中小姐》、《浮出水面》,还没有做到有意这样,它们吸引的是纯情的少男少女。《顽主》这一类就冲跟我趣味一样的城市青年去了,男的为主。后来又写了《永失我爱》、《过把瘾就死》,这是奔着大一大二女生去的。《玩的就是心跳》是给文学修养高的人看的。《我是你爸爸》是对国家忧心忡忡的中年知识分子写的。《动物凶猛》是给同龄人写的,跟这帮人打个招呼。"王朔:《我是王朔》,国际文化出版公司 1992 年版,第 55 页。

崇高"、避雅就俗的陌生化写法激起了读者的阅读兴趣。

其实王朔并不是一味我行我素的叛逆者，他一边故作姿态地做出"我是流氓我怕谁"的样子，一边暗暗留心读者的反应，不断调整写作策略，以此赢得市场的青睐。《橡皮人》描写了一群倒买倒卖、欺诈哄骗的城市浪人，他们由现行社会的嘲弄者变为社会秩序的挑战者。当然这种挑战只是表面的。在将心理的积郁宣泄之后，顽主们不再做冒险和自我放逐的游戏，他们作出一种与社会和解的姿态，甚至企图和自己曾经厌恶过的社会建立起一种联系。《顽主》中于观、杨重、马青三人开了"三T"公司替人排忧解难。《你不是一个俗人》中于观等一群人成立了"三好"协会专事"捧人"。这些调侃、嘲弄意味的"助人为乐"，既赢得了读者的喝彩，也获得了丰厚的商业利润。《动物凶猛》讲述的是"文革"中一帮青年男女如高晋、高洋、于北蓓、米兰等无所事事，靠恋爱、打架消耗时光的故事。《过把瘾就死》则叙述了方言和杜梅之间枯燥、沉闷的婚姻纠葛。《许爷》描写出租司机许立宇在1980年代时代大潮中的复杂心态和浮沉命运。这三部小说被拍成电影、电视剧

> **声音**
>
> 他(王朔)撕破了一些伪崇高的假面。……它同样对于文学有一种建设与扭曲的力量。
>
> （王蒙《躲避崇高》）
>
> 完全可以把王朔称为严肃文学的掘墓人。
>
> （顾彬《二十世纪中国文学史》）
>
> 因为我没念过什么大书，走上革命的漫漫道路，受够了知识分子的气。……打别人咱也不敢，雷公打豆腐，拣软的捏。
>
> （王朔《王朔自白》）
>
> 他们已经彻底失去了自尊，干脆自卑到底成为无赖。……在金钱强化着人们的金钱观念、强化着个人利益、冲荡着道德价值的同时，他们的人生哲学正与这种强化不谋而合，无疑得到了社会的响应，形成一种社会文化现象：金钱化、利己化、实用化、世俗化。
>
> （张德祥等《王朔批判》）

以后，上座率和收视率非常高。

王朔具有时代性。王朔小说作为商业文化和市民文化的代表，其特征非常突出：其一，反文化和反传统价值倾向。顾彬提出："在他那里失去了对于奠基性前辈的尊敬，不管在政治还是文化领域，紧随其后的是'恶心'的胜利进军。"①出现在王朔笔下的知识分子（尤其是作家）"一点正经没有"，都是被讥笑和戏谑的对象。其二，语言的高度戏谑、调侃。王朔善于将"文革"时流行的经典红色话语运用到日常生活的叙事中，如"发奖是在'受苦人盼望好光景'的民歌伴唱下进行的""又是一个像解放区的天一样晴朗的日子"。通过戏仿和嘲讽，王朔成功地解构了主流意识形态话语的权威性，因

---

① 顾彬：《二十世纪中国文学史》，华东师范大学出版社2008年版，第365页。

此,王朔小说对于政治文化的破坏力也是不言而喻的。他善于通过譬喻、反讽等修辞手法,将语言的游戏功能发挥到极致,从而使自己的小说形式变成小说内容的组成部分。有时这种游戏发展到了油滑的程度。有论者认为这伤害了文学的审美性。

  王小波(1952—1997,生于北京)曾作为知青去云南插队,1977年恢复高考后考入中国人民大学贸易经济系学习,1984年留学美国,1988年获硕士学位回国,先后在北京大学、中国人民大学任教,1992年成为自由撰稿人。主要作品有小说"时代三部曲"(《黄金时代》《白银时代》《青铜时代》)、《黑铁时代》及杂文集《思维的乐趣》《我的精神家园》,学术论著《他们的世界——中国男同性恋群落透视》(与李银河合著)。

  王小波是一个极其边缘化的作家,留学国外的经历和对西方现代派小说的偏好以及独特的智慧,使他无意中和马原、余华、孙甘露这样的先锋作家走到了一起。在马原、余华、孙甘露或沉寂或转向之后,王小波的突然被发现,给单调得有点发困的文坛带来了一阵惊喜。

  《黄金时代》共收录了5部中篇小说,其中的《黄金时代》和《革命时期的爱情》被公认为是王小波的代表作。这些小说都涉及性,王小波坦陈:"这本书里有很多地方写到性。这种写法不但容易招致非议,本身就有媚俗的嫌疑……这样写既不是为了找些非议,也不是想要媚俗,而是对过去时代的回顾……在非性的年代里,性才会成为生活主题,正如饥饿的年代里吃会成为生活的主题。"[①]同名小说《黄金时代》将一对知识青年的一段性爱经历,放在"文革"那个非常荒谬的时空中讲述。在这样一个个人无助而政治权力无所不能的年代,作为个人,很难有意志和尊严可言。被发落到边疆农场的医科大学生陈清扬被人污称为"破鞋",理由是她虽然已经结了婚,但"脸不黑而且白,乳房不下垂而且高耸"。主人公王二认为只有两个办法可以应对:一是把自己整得全无姿色,没了当"破鞋"的本钱;二是干脆偷汉,当名副其实的"破鞋"。荒谬的年代培养了王二式的玩世不恭的游戏态度。《黄金时代》既不是将性美化、神圣化,也没有将性丑化、泛滥化,而是对其持中立态度。小说对传统的性文化心理进行了彻底的解构,在如何表现性这个问题上提供了一种新的写作实践,呈现出一种新的性价值观。《革命时期的爱情》延续了性爱这一话题。通过男女之间荒谬的性关系和性意识来透视一种乌托邦式的荒谬的政治现实,这正是王小波小说中性描写的目的和价值之所在。

---

  ① 王小波:《从〈黄金时代〉谈小说的艺术》,艾晓明、李银河编《浪漫骑士——记忆王小波》,中国青年出版社1997年版,第51—52页。

收录在《青铜时代》中的三部长篇小说《万寿寺》《红拂夜奔》和《寻找无双》是以中国唐朝为背景,对唐传奇的重新讲述。作者将现代人的爱情与唐人传奇相拼贴,将唐人故事现代化,在其中贯注现代情趣。王小波打破了历史与现实、想象与再现的界限,然后再重新拼接,将历史与现实、想象和再现融为一体,相互映证,自由诠释,叙事者随心所欲地穿行其中,从而创造出一种"历史狂想主义"的现代传奇。例如《红拂夜奔》,作者让现代数学家王二的故事与唐代科学家李靖的故事产生对话,他们各有各的命运,各有对爱情、生命、自由和死亡的想法,两者相互映照又各行其事。李靖是唐朝的大发明家,他的发明不但不被当局采用,反而因此受到迫害。发明家做不成,他就改行当了流氓,却赢得妇女的青睐和满城人的敬畏;他的学术著作不能出版,就改画春宫画,结果备受书商和读者的欢迎,产生了丰厚的经济效益……王二是个大学教师,整日想的就是如何求证出17世纪法国数学家费马尔提出的"费马尔定理",其实他根本不知道这究竟有何意义;他被领导

> **声音**
> 他身上那种罕见的英国自由主义气息,那种集理性、冷静、幽默和宽容于一身的盎格鲁-撒克逊精神,在狂躁而喧嚣的中国思想界,确乎是特立独行。
> (许纪霖《他思故他在——王小波的思想世界》)

安排和一个单身的女同事合住一套公寓,共用一个卫生间,承受诸多的不便和尴尬;系里的女教师超生第二胎,他也跟着被扣发奖金……在写实与幻想的穿插中,作者通过对中国传统知识分子和现代知识分子处境的俯瞰,透视智慧、创造、爱情这些生命的永恒价值以及它们与权力、昏庸、世俗之间的长久对立。

王小波小说的先锋性除了体现在性描写上,还体现在叙事和语言两个方面。他的叙事是极其自由的,这主要表现在对时间和空间的处理。王小波善于将不同跨度的时间段和空间关系遥远的事物组接在同一个文本中,让共时性的文本替代历时性的文本,从而实现"文本间的互相指涉"。反讽和戏仿也是王小波小说常用的手法。通过对反英雄式的人物(如王二、陈清扬、李靖等,他们面对暴力,不是反抗或者躲避,而是顺从或迎合,从而使暴力因失去了目标和反作用力而自行瓦解)的塑造,构造一幕幕狂欢场面,其背后是真实的历史场景的酷烈和残忍。难怪作者将自己的《怀疑三部曲》称为"严肃文学"。①

---

① 王小波原计划将《革命时期的爱情》《寻找无双》和《红拂夜奔》三篇小说合为一辑,取名为《怀疑三部曲》,后来分别收入《黄金时代》和《青铜时代》。笔者认为,不仅《怀疑三部曲》是严肃小说,王小波其他的小说也是严肃小说。

王小波的语言以戏谑的比喻和幽默的思辨为特征。习惯于优美抒情和庄重典雅传统的读者可能很难适应这种语言风格,但应该看到,王小波确实给汉语写作带来了一次戏剧性的颠覆。同时,他还空前大胆地描写了性,包括性爱的姿势与器官,这些描写兼有工笔的细致和想象的谐趣,它们新鲜独特,超越了写实层面,往往成为人物处境的隐喻。王小波的比喻方式丰富多样。有时是一种远距离的意象衔接,新颖独特而又发人深省,显示出作者超凡的想象力;有时是对某个外形特征的夸张,喻体和本体原来很不相称,通过对本体或喻体的相应夸张,从而使两者具有相似性;有时采取远取譬的陌生化手法,使读者的思维被迫延宕,从而获得审美享受。总之,王小波的语言敏锐机警而内含诙谐,看似粗俗而富于理趣,自由放达中充满感觉的灵动与理性的聪颖,可读又可思,从而使语言本身构成了一种表现内容。王小波以其独特的性价值观、与众不同的叙事方式和幽默戏谑的语言缔造了一个小说的"黄金时代"。

1990年代,商品化大潮既为文学创作带来了激情与动力,也带来了价值观、精神生活层面的危机,从而引起了人们对人文精神的关注。从1990年代开始到2002年前后,贾平凹的创作视点从乡村转向城市,出版或发表了《废都》《白夜》《土门》《高老庄》《怀念狼》《病相报告》等作品,深刻省思现代物质文明造成的人文精神失落、生命力委顿等问题。《废都》表达了他对当时知识分子心态和整个社会的文化形态的理解和剖析。① 因其中有较多性描写,《废都》毁誉参半,但《废都》热卖是当时一个重要现象。

《废都》以西安为背景,记叙作家庄之蝶、书法家龚靖元、画家汪希眠及艺术家阮知非"四大名人"的生活。作品以庄之蝶与几位女性的欲望纠葛为主线,以周敏的一篇文章引发的文案官司为辅线,穿插阮知非等诸名士的生活状态,展现了西京城无处不在的"废都"文化景观。从表现的主题来看,小说包含文人与官场、文人与商海、文人与女人等众多生活圈子的日常行为,还通过捡破烂老头口中的一些讥讽民谣,折射了转型期中国社会的不平现象。小说在传统文化日渐衰落、商业大潮滚滚而来的语境下,将庄之蝶、龚靖元、汪希眠、阮知非这些文人作一番价值的拷问与放逐。可以说,《废都》把那个时代知识分子的精神堕落、人的精神迷失展示得淋漓尽致。"《废都》的确是一本显示了90年代文化的特色的小说。它最好地表现了知识分子在

---

① "《废都》成为'人文精神的危机'最精确的文学见证。'人文精神的危机'的讨论,是九十年代初期最为热烈的全国范围的论争。似乎没有哪部重要作品比《废都》更好地契合了这场全国性论争的主题:知识分子的边缘化、英雄主义和理想主义时代的终结、价值的混乱和精神的困惑。"鲁晓鹏、季进:《世纪末〈废都〉中的文学与知识分子》,《当代作家评论》2006年第3期。

文化话语中地位的沦落以及对这种沦落的极度的恐惧。"①

《废都》是一部反思城市文明病的力作。小说以西京为叙事空间，通过对以庄之蝶为代表的四大文化名人的颓废生存状态的描写，一方面揭示了商品经济社会里知识分子的精神颓废和价值迷失，另一方面真实地呈现了人们在物欲中挣扎沉沦的社会世相。小说的主人公、享有巨大名气的庄之蝶，并没像外人看来那样"活得清清静静"，反而处处为名所累。在性关系方面，庄之蝶周旋于妻子、女佣和数个情人之间而不能自拔。庄之蝶的名气也成为他与周围人之间逐利的武器。尽管他不乏正义感，但是在颓废的都市之中，他只能成为一个混沌的文人、忙碌的闲人和浪荡的男人。"他在成名中沉沦，又在沉沦中挣扎，终未能走出'废都'，是一个走红不走运的受难者。"②

《废都》表达了一个现代知识分子对所谓城市发展与文明危机的困惑、迷思与解剖。弥漫全书的"废都"文化，构成了一个巨大的隐喻。从外部看，谈玄说道、巫医星象、赏古玩、品女人的小脚，构成了笼罩西京上空的一种深厚、颓废的传统人文氛围。从内在看，被传统文化浸透了骨髓的人们，无法摆脱因袭的重担，无力应对剧变的现实，只能在困窘中挣扎。这种在传统与现实的夹缝中的挣扎，真切表现了当代文人在传统与现代、理想与现实的纠葛与冲撞中的尴尬处境和颓废心境。贾平凹说，他写这部小说的目的，是让自己记住这本书带给他的无法向人说清的苦难，记住在生命的苦难中这唯一能安妥他破碎了的灵魂的生活；小说完成之后他曾感到很长时间的茫然。世俗物欲的侵蚀所造成的灵魂破碎，以及面对价值失范，道德堕落时内心深处的茫然无措，这其中

"废都"二字有太多的沧桑，又难以言传……写"废都"的目的只想写出一段心迹，来安妥自己的灵魂。

（贾平凹《我要说的话——关于〈废都〉》）

《废都》是明清文字遗风的拙劣承结，是典籍拼接的一个范本……书中流露出的破灭之言与时下没落知识分子的心态不期而遇，是它获得喝彩的最佳理由。

（孟繁华《拟古之风与东方奇观》）

作品的卓异奇绝之处在于，一是对当前都市生活中异常广泛的社会现象的毫无讳饰的真实描写；二是对当代文化人的人生悲剧和精神悲剧的深刻揭示。在描写世情和刻画颓俗中时时闪现的忧时愤世之心，使《废都》构成了沉浮于情天孽海中的现代文化人的最真实无讳的灵与肉的实录。

（曾镇南《一气呵成的幽忧之音》）

《废都》实际上是现代无聊文人的一种白日梦式的游戏，是无聊文人的一种自我欣赏和自我消费。

（辛作良《〈废都〉贾平凹义无返顾的堕落》）

---

① 易毅：《〈废都〉：皇帝的新衣》，《文艺争鸣》1993 年第 5 期。
② 陈骏涛、白烨、王绯：《说不尽的〈废都〉》，《当代作家评论》1993 年第 6 期。

既有作者对知识分子精神沉沦的焦虑和隐忧,也有着大胆而深刻的自我灵魂解剖。

在对以庄之蝶为中心的文化精英堕落为文化闲人这一处境进行反省的同时,《废都》通过诸多细节展示了物质欲望控制之下人性沉沦挣扎的社会生态图景。小说虽说是以庄之蝶与一场官司、三个文人与五个女人之间的交往为主要叙事线索,但这些相关联的人事却在整体上反映了西京城的社会世相,也可以说是1990年代初期中国的"浮世绘"。1997年11月,《废都》获得法国费米娜外国文学奖。2009年,《废都》被禁16年后由作家出版社重新出版。

《废都》发表以后,在社会上引起了较大的争议,争议焦点之一是小说中的性描写。一方面,读者确实不能回避《废都》中大量的性描写所带来的负面影响,但是也只有越过性描写的层面,才能领悟其中所蕴含的意义;另一方面,涉及庄之蝶与多位女性性关系的描写过多,转移了人们对性关系背后更深入的精神反思的关注。

贾平凹继承了中国古典小说的叙事笔法,不难看出《废都》中有《金瓶梅》《红楼梦》《九尾龟》等明清小说的影子。从文化上看,《废都》是贾平凹对当代城市各种官场文化、社会黑幕、民间流传的趣闻轶事(包括讽喻调侃式的顺口溜)、世态民情的风貌、收藏古玩的品位、巫医星象的神秘等的融合,营造了一种废都文化的氛围。

以2005年《秦腔》为标志,贾平凹的创作走向了对乡土的回归。

第四节　王安忆　陈染

王安忆(1954—　,生于南京),主要中短篇小说集有《雨,沙沙沙》《流逝》《小鲍庄》《荒山之恋》《叔叔的故事》等,长篇小说有《69届初中生》《纪实和虚构》《长恨歌》《富萍》《上种红菱下种藕》《桃之夭夭》《遍地枭雄》《天香》等,散文集有《蒲公英》《独语》《寻找上海》等。

王安忆的小说创作具有连续性和一致性,始终以女性视角审视男女情感、两性关系,书写都市文化及其语境中的历史与人生。1978年王安忆在知青返城大潮中重新回到上海,由此走上文学创作的道路。王安忆这一时期的小说作品,大都是以"文革"为背景,形式上以中短篇小说为主。由于这些小说多以雯雯为主人公,人们通常将它们命名为"雯雯系列"。能够代表王安忆这一时期小说特征的是《本次列车终点》《流逝》和《69届初中生》。在伤痕文学和反思文学潮流中起步的王安忆早期小说,已经显露出自己的某些独特风格。1983年的美国之行为王安忆提供了全新的眼光,她看到了"美国的一切都与我们相反,对历史、对时间、对人的看法都与中国人不一样"①。她开始对民族、历史、文化进行反思,1985年发表的《小鲍庄》是寻根文学的代表作之一。小说以小鲍庄里五个家庭、十多个人物的故事为核心,展示了一个闭塞、贫困却充满着仁义的乡村世界。作者通过对捞渣这一形象的塑造,对中国传统文化中以仁义为核心的伦理价值观念进行了颇富深度的省思。《小鲍庄》突破了王安忆早期小说清新、明朗的格调,通过对人物间复杂微妙关系的叙述,表现了深刻而多义的主题。小说采用神话式结构,将现实世界和象征性的神话世界有机地融为一体,意境魔幻而朦胧。寻根文学退潮之后,王安忆小说创作开始从精神生活层面对个人与历史、物质与精神、文化与社会进行反思,这一时期的代表性作品为《叔叔的故事》《纪实与虚构》《伤心太平洋》等。后来被人们称为"三恋一岗"(《小城之恋》《荒山之恋》《锦绣谷之恋》和《岗上的世纪》)的四部小说的发表,其实在《叔叔的故事》发表之前就已经预示着王安忆对人物的精神世界探索的开始。在这四部小说中,王安忆剖析女性的情爱心理,彰显其试图通过两性关系来探究人性、人情、命运等问题。在她的精神探索小说中,《纪实与虚构》是思想与艺术分量最重的一部作品。小说从纪实与虚构两个方面,展开对个体和家族精神史的探索。纪实部分叙述的是女孩"我"的成长史,其中重点是对精神世界中孤独意识的探索与开掘。在虚构部分,小说通过对家族历史和精神流脉的寻踪觅迹,探求生命的坐标——"我"究竟是谁?"我"究竟身在哪里?这同样也是一个有深度的精神命题。

长篇小说《长恨歌》(1996)显示出王安忆创作臻至成熟的艺术境界。该小说在2000年获第五届茅盾文学奖。

《长恨歌》通过对王琦瑶一生的细致摹写,表达了人生无常、命运难以把握的生命感悟。王安忆自己说,她写《长恨歌》就是要表现一种苍凉,一种透到骨子里的人生的沧桑感。第一卷写1940年代的生活。对生活充满浪漫想象的王琦瑶在16岁时当选"上海小姐",之后做了李主任的"金丝雀"。然而,李主任因飞机失事撒手人寰,历史的车轮辗碎了她在爱丽丝公寓的幸福生活。王琦瑶被迫到苏州外婆家避难。第二卷写五六十年代王琦瑶在上海平安里的生活。王琦瑶回上海后在平安里替人打针,康明逊和萨沙走进了她的生活。她和康明逊有了一种似真似幻又似乎永远不会有结果的爱情,她怀上了康明逊的孩子,却不得不让萨沙来背黑锅。王琦瑶在一种灰暗无

---

① 陈思和等:《谈话的岁月》,复旦大学出版社2004年版,第63页。

望的精神状态里生下了女儿薇薇。第三卷写七八十年代上海日趋"现代化"的生活。此时的王琦瑶已经成了生活的旁观者,她感到属于她的时代已经过去。虽然她看到了重新回来的"上海小姐"时代的生活,但自己却已老了。然而她的心毕竟未老,她和女儿、女儿的同学们又开始了一种新的生活,并在女儿女婿去美国后与老克腊发生了畸形的爱恋。老克腊的离她而去彻底埋葬了她——一个活在旧时代梦想中的人——的希望。在长脚失手杀死她之前,其实她的心早已死了。风情万种的王琦瑶,命运曾经不断地带给她浮华和满足,但是这些浮华与满足恰如身边的五个男人一样昙花一现,最终留给她的只是孤独与伤悼。这也似乎证实了早在她成名之时,那位导演的预言:"'上海小姐'这顶桂冠是一片浮云,它看上去夺人眼目,可是转瞬即逝,它其实是过眼的烟云,留不住的风景,竹篮打水一场空的,它迷住你的眼,可等你睁开眼睛,却什么都没有。"人生的无常以及命运的不确定感,就这样通过王琦瑶这一人物,在《长恨歌》中得到了具体而深刻的表达。

《长恨歌》中,王琦瑶不仅仅是小说的中心和叙述主体,也是一个文化符号,她既是一种精神方式和生活方式的象征,也似乎是上海和历史的某种象征。《长恨歌》的成功之处在于,作家在写活了王琦瑶这个人的同时,也写活了一个城市,一个时代,一段历史。王安忆的创作愿景是写"一个城市的故事,一个城市的命运"①。受新历史主义观念影响,她并没有正面去呈现历史,而是将重大历史事件背景化和虚化,在大历史的帷幕下演绎、呈现个人化和日常化的历史,通过人物命运的变化浮沉或隐或显地承载历史的变化。1940年代以来的重大历史事件,在小说里全部碎化为王琦瑶的日常生活和小人物的命运沉浮。小说既是在写一个女人的生命沉浮和情爱故事,也是在写一个城市的变迁史。王安忆没有以宏大叙事的方式处理历史事件,但40年的变迁在故事的缝隙和人生的片段里又完全是清晰可感的,它甚至被赋予了精神化的感伤气息。她所要表现的苍凉,既是人生的苍凉,更是一种历史的苍凉。另一方面,王安忆通过王琦瑶的一生也写透了上海;上海是王琦瑶生活的背景,也是王琦瑶精神的依托。小说没有从大处写表面的繁华的上海,而是从细微处写上海的细胞,上海的血液,作者对上海形象的把握与描绘极尽其详,直入骨髓,把上海个人化,融化在人性与个人的命运里。

《长恨歌》可以说较好地实现了王安忆的文学理想,她不再像此前那样流连于弄堂的家长里短、奇人轶事,而是开始转向对整个城市生态、城市精神的把握。小说开始两章以点带面,用细腻、舒缓的笔调为我们勾绘出了由

---

① 齐红、林舟:《王安忆访谈》,《作家》1995年第10期。

绿苔、流言、闺阁、鸽子所钩织而成的弄堂文化,这些性感、古老而又摩登的弄堂正是上海文化精神的物质载体。在随后的叙事中,小说从衣食住行等方面再现了上海所独有的精致优雅的生活情趣:白色滚白边的旗袍,阴丹士林蓝旗袍配高跟鞋,绣花的帐幔和桌围,紫罗兰香型的香水,糟鸭掌和扬州干丝,花样繁多的点心,咖啡馆弥漫出的香味……小说主人公就是上海文化的载体,她的优雅,她的名利之心,她的精致等无不体现着上海精神。

整部作品从容不迫,舒卷自如,一切都显得水到渠成,体现了王安忆对现代小说艺术的成熟理解。王安忆认为小说是"个人的心灵世界"。她依然注重故事、尊重现实世界,只是"我们现在生活在其中的世界,实际上是为我们这个心灵世界提供材料的……","而很重要的一件事情是说这个材料世界是一堆杂乱无章的东西,在我们的眼睛里不是有序的、逻辑的,而是凌乱孤立的,是作家自己去组合的,在重新构造一个我所说的心灵世界"。① 她把这比喻为"材料和建筑"的关系。②《长恨歌》的叙事将小与大、点与面、张与弛恰当处置,整个文本布局细致绵密且错落有致。在王安忆的创作生涯中,《长恨歌》"达到了某种极致的状态"。这篇小说是她的"一次冷静的操作:风格写实,人物和情节经过严密推理,笔触很细腻,就像国画里的皴"③,细节在在散发出世俗生活气息,那一笔一画肌理细密,纯是女作家的温婉与精致。《长恨歌》也显示了作者的心理描写才能,尤其对王琦瑶不同年龄阶段不同心理与精神特征的摹写十分准确、传神。

1990年代中期,陈染、林白、徐坤等一批女性作家,以大胆的性别书写、边缘性体验的呈现和自叙传的叙事方式,在小说创作领域掀起了一股女性私人化写作潮流。

女性写作的私人化问题,往往指涉女性个体的隐秘体验。"个人化写作有着自传的意义。在我们当前的语境中,它具体为女作家写作个人生活、披露个人隐私……以构成对男性社会、道德话语的攻击,取得惊世骇俗的效

---

① 周新民、王安忆:《好的故事本身就是好的形式——王安忆访谈录》,《小说评论》2003年第3期。

② 虚构,在她的小说创作中占据着十分重要的地位。《叔叔的故事》中,王安忆把一个我们所熟知的知青材料运用得得心应手,创造出一种新的小说形式和叙述方式。小说对叙述人"我"的引入,使叙事更加灵活自如且消解了作品人物的中心地位,"我"的叙述反而成为小说的有机构成;小说"玩叙述"的倾向使得故事线索不再单一,情节的因果律和逻辑关系不断遭到破坏,充满了许多自我拆解的矛盾现象;大量议论和考辨的引入,使小说表现出强烈的主观思辨色彩,消解了传统的故事本身。在把杂乱无章的材料组织成小说即构造心灵世界的过程中,王安忆显示出超强的艺术处理能力。

③ 王安忆:《我眼中的历史是日常的——与王安忆谈〈长恨歌〉》,《文艺报》2000年11月11日。

果。因为女性个人生活体验的直接书写,可能构成对男权社会的权威话语、男性规范和男性渴望的女性形象的颠覆。"①林白的《回廊之椅》中,女性的历史是以身体经验为起点的性别启蒙,体现了诗学批判和女性话语建构的尝试。《一个人的战争》讲述的是少女多米的成长历程。作品对女性成长中的性经验很重视,对父权制社会中性别压抑意识有清醒自觉,并有意营构女性主体形象和一种独特的表达风格,试图实践一种基于女性独特体验的女性美学。

> **声音**
>
> 作为一名女性写作者,在主流叙事的覆盖下还有男性叙事的覆盖(这二者有时候是重叠的),这二重的覆盖轻易就能淹没个人。我所竭力与之对抗的,就是这种覆盖和淹没。……个人化写作是一种真正生命的涌动,是个人的感情与智性、记忆与想像、心灵与身体的飞翔与跳跃,在这种飞翔中真正的、本质的人获得前所未有的解放。
>
> (林白《一个人的战争·附录》)

女性性别书写进一步发展,就是20世纪90年代的身体写作。戴锦华指出:"其中最引人注目的,是一批出生于六十年代的青年女作家开始以自传、准自传的形式,大胆书写'我的身体、我的自我'——记述自己的性别经历、性经历,书写她们对姐妹情谊/同性恋的恐惧与渴望。1949年以后的中国女性写作第一次以惊世骇俗的方式进入文化视野。"②林白、陈染的身体写作是一种解构式的写作,具有明显的反男权色彩;而棉棉、卫慧的身体写作是一种欲望化的写作,已淡化了反男权的意识倾向。这些小说看似以追求女性性权利的姿态表现现代性,反抗男权意识,实际上却反映了以男性为中心的逻辑,满足男性的窥视欲。在这些作品里,身体叙事逐渐衍生成一种商业化的"身体写作",并被简单地改写成身体欲望的放纵暴露和想象呈现。

唯美主义倾向是很多女性作品中身体和性爱场景描写的主要特征。很多女性小说对人流、堕胎过程的描写,对乳房、怀孕、肌肤相亲的诗意感觉,都落实到细密而感性的叙述中,传达出一种女性世界独有的诗意想象。这种诗化的叙述,显然是作者借助记忆的审美感知作出的诗性想象。林白坦言:"我对关于它的描写有一种奇怪的热情,我一直想让性拥有一种语言上的优雅,它经由真实到达我的笔端,变得美丽动人,生出繁花与枝条,这也许与它的本来面目相去甚远,但却使我在创作中产生一种诗性的快感。"③

---

① 王干、戴锦华:《女性文学与个人化写作》,《大家》1996年第1期。
② 戴锦华:《重写女性:八、九十年代的性别写作与文化空间》,《妇女研究论丛》1998年第2期。
③ 林白:《守望空心岁月》"代跋二",花城出版社1996年版。

《德国之声》:一些其他作家的作品,比如说所谓的"美女作家",像棉棉啊,卫慧啊?

顾彬:开玩笑。这不是文学,这是垃圾。

(《德国汉学权威顾彬接受德国之声采访》)

这是一个纯粹的女人的故事,那些非常个人化的女性经验,从那些狭窄的历史缝隙之间涌溢而出,它们怪模怪样而又朴实率直。

(陈晓明《不说,写作和飞翔——论林白的写作经验及意味》)

陈染(1962— ,生于北京)的创作起步于1980年代中期,但直到1990年代初《嘴唇里的阳光》《无处告别》《与往事干杯》等作品面世后才引起关注。也是从这些作品开始,展示出她自己独特的艺术个性。长篇小说《私人生活》(1996)被视为陈染小说代表作,此外有散文集《断篇残简》《声声断断》《不可言说》。

《私人生活》以倪拗拗自身女性经验和隐秘内心世界为焦点,讲述了主人公从一位女孩儿向女人转变的过程及其心灵和生命成长的历史。倪拗拗很小的时候,父母就因为感情不和而经常争吵,这种特殊的成长背景,让她的性格变得孤独、敏感而内向,长期徘徊在"弑父"和"恋父"的纠结心理之中。此后在成长的过程中,倪拗拗的身心屡受伤害。她对外界充满了抵御和防卫,从与自己的邻居禾寡妇的同性恋中获得感情的补偿。后来在与尹楠的恋爱中,她体验到了短暂的甜蜜爱情。然而,一连串事件使得倪拗拗的身心遭受重大打击,竟成了一个患上幽闭症的"零女士",被送进精神病院。出院后,倪拗拗对外界愈加排斥,窗外熙熙攘攘的人群在她的眼里就像一群狼,为了躲避,她整天泡在浴缸里。在这里,倪拗拗觉得她找到了最后的归宿,似乎世上没有比浴缸更有安全感、更温暖美好的地方了。

《私人生活》集中体现了陈染小说创作专注于对个体孤独意识的开掘与呈现。陈染从一开始就对个体孤独意识表现出浓厚的兴趣,"主人公以自我倾诉的方式呈现也好,命名为'罗莉'、'水水'、'雨子'、'寂旖'、'黛二'也好,尽管他们可以是男人也可以是女人,可以是老人也可以是少女,有着不同的语符代码,但'孤独'无疑是他们共同的生存体验和生命表征"①。作者将自我的孤独体验,放置在个体与他人的多重关系中加以呈现,以孤独为武器对都市生存空间和男权社会展开有力的批判。在陈染的小说中,孤独意识并不是对一种简单心理处境的呈示,它还包含着多重批判性的意义指向。这其中有对男权社会的批判,也有对现代社会人与人之间关系冷漠、疏离状态的反思。小说通过对孤独意识在不同主人公身上的反复呈现,揭示人类

---

① 吴义勤:《生存之痛的体验与书写——陈染小说论》,《小说评论》1996年第3期。

挥之不去的精神困境。

与林白、徐坤等女性私人化写作类似,陈染的创作带有鲜明的女性性别立场,以女权主义为理论武器,对男权社会的霸权进行挑战和解构。《私人生活》中,倪拗拗的种种心理问题以及她所受到的压抑大多与男权社会有着难解的因缘。因此文本中的所有男人都是暴力、专横和虚伪的化身。倪拗拗的父亲是一位退役军官,仕途的挫折让他变成一个自私、冷酷、粗暴的男人。对于倪拗拗从小就形成的敏感、内向的性格,父亲难辞其咎。父亲不仅对倪拗拗如此,他和妻子也长期处在婚姻的战争之中,甚至还要赶走最疼爱倪拗拗的奶奶。小说中的其他

一个男性窥视者的视野便覆盖了女性写作的天空与前景。商业包装和男性为满足自己性心理、文化心理所作出的对女性写作的规范与界定,便成为一种有效的暗示,乃至明示传递给女作家。……女性写作的繁荣,女性个人化写作的繁荣,就可能相反成为女性重新失陷于男权文化的陷阱。

(戴锦华《犹在镜中》)

商品社会不仅愈加赤裸地暴露了其男权社会的本质,而且其价值观念体系的重建,必然再次以女人作为其必要的代价与牺牲。女性写作因之而成了对这一进程的记述及抗议性的参与。

(戴锦华《奇遇与突围:九十年代的女性文化与女性写作》)

男人,也均对倪拗拗的身心构成重压。尽管她没有见过爷爷,但是"一只眼睛的奶奶"已经清楚地暗示出这个男人的残暴与专横。中学班主任 T 老师,还有后来的男友尹楠,对于倪拗拗来说要么是粗暴、无耻的卑鄙者,要么就是缺乏担当的怯懦者。在陈染的其他文本中,男人在女主人公的视域中也大都如此。《与往事干杯》中肖濛的父亲是一个动不动就"狂怒地大拍桌子"的男人,《纸片儿》中的外祖父显得无情残虐,《空心人诞生》中小男孩的父亲给人的印象也是残酷而蛮横。针对强大而顽固的男性霸权,女主人公以独特的方式进行反抗。一方面,尽管怯弱的倪拗拗难有足够的勇气当面挑战男性的权威,但她有自己反抗的方式,"当你表面上对父亲(父权)服从的时候,你在嘴上对父亲(父权)说'是'的时候,你其实心里说的是'不'!一个弱势者的反抗是沉默的,它埋藏得更深沉"①。倪拗拗也有激烈的方式,例如为了发泄对父亲的不满,她亲手用剪刀剪坏了他的新毛料裤子,而且在她内心深处认定:"我长大了一定不要嫁给父亲那样的男人,他让我和妈妈没有依靠。"另一方面,为了反抗男权的压迫,倪拗拗对男权社会表现出一种拒绝的姿态。她将自己在男性那里受到的伤害和无法获得的情感转移到同性身

---

① 戴锦华、陈染:《文本内外——陈染访谈》,荒林《花朵的勇气——中国当代文学文化的女性主义批评》,九州出版社 2004 年版,第 211 页。

上。此类方式在陈染其他小说中也不鲜见,例如《无处告别》中的缪一、黛二和麦三,《另一只耳朵的敲击声》中的黛二和伊堕人,《与往事干杯》中的"我"和乔琳,《饥饿的口袋》中的麦戈和薏声等,均具有明显的同性恋倾向。

陈染有意识地拒绝宏大叙事,专注于对个体隐秘经验世界和心理世界的抒写。尤其是在对个体心理的呈现上,陈染能够用感性而细腻的语言,将欲望、心智、孤独、恐惧、病态、阴暗等一切复杂幽暗的女性心理世界呈现出来。陈染的小说大都注重对潜意识的发掘,这使得她的小说往往呈现出一种"记忆的碎片",情节跳跃而散漫。

由于过于专注于对个体私人经验的呈现,陈染的创作无论是主题情感的表达还是人物的性格特征描写,乃至叙事和话语方式都给人以雷同之感。而且随着这种个体私人经验的开掘殆尽,作家的创作困境也就日益凸显。《私人生活》之后,陈染的小说创作不仅越来越少,而且再也没有超越性的作品出现。

第五节 1980—1990年代台港小说

1980年以后,台湾小说格局有了新的变化。一方面,各种小说潮流彼此之间的排斥和对抗大大减弱,在政治多元化的时代,它们建立起了共存甚至互渗的新颖关系。艺术观念多元化,表现形式多样化,严肃文学通俗化,成为新的小说潮流。另一方面,光复后出生且大都在台湾接受高等教育的新生代作家纷纷涌现,成为文坛一支举足轻重的生力军。具有影响力的新生代小说家有袁琼琼、苏伟贞、李昂、黄凡、张大春、王幼华、林燿德、吴念真、萧飒、廖辉英、朱天文、朱天心、平路、张曼娟等。与上一代作家相比,这些作家文学起点高,既未受意识形态的禁锢,又少有文学宗派之束缚,他们的作品代表了1980年代小说发展的主潮。

1990年代,台湾小说继续保持着多元并存的发展格局。与此同时,后现代主义文学成为越来越引人瞩目的文学潮流。从1980年代中后期开始,台湾文坛正式出现了后现代主义的理论建设和观念倡导,并开始产生后现代主义文学。后现代主义的概念和理论虽是从国外引进的,但它在台湾有着社会现实基础。随着台湾社会逐渐步入后工业时代而产生的后现代文学,是台湾由工业文明向后工业文明过渡社会状态的文学反映。其主要内容是对后工业文明状况的描绘、反映和省思。在艺术形式上,其显著特征表现为拼贴、组合等手法被大量运用。在多元激荡的文坛上,后现代已成为一种思潮。尔雅出版社1995年的《年度小说选》所选出的10篇小说,均具有后现代色彩。在纷纭复杂的诸种文学现象中,情色文学和后设小说颇为引人瞩目。性在台湾长期被视为禁忌。从1950年代郭良蕙的《心锁》被查禁开始,台湾文学走过了一段清教徒式的道路。1987年政治"解严"后,尤其是随着妇女解放运动的深化,新女性主义作家在颠覆传统的文化、性禁忌的同时,推出了经过精致包装、文情并茂的情色小说,着力表现和书写女子的情欲,并一改过去粗鄙低级的形象。与传统的色情小说相比,情色小说的创作主体和读者群发生了显著的变化,作者为清一色的女作家,读者则多元化,从社会名流到市井百姓都争相阅读。尤其值得注意的是,情色小说突出地反映了女性的觉醒意识和性解放的观念。著名的有平路的《行道天涯》、李昂的《北港香炉人人插》等。朱天文描写男同性恋的长篇小说《荒人手记》,以深细的心理刻画、风格奇异的感觉派描写手法与语言,获得1995年《中国时报》文学奖。具有特色的女性作家还有苏伟贞、李元贞等。所谓后设小说是以探讨小说创作方式为表现内容的小说,即作家直接在作品中对小说创作中的一些问题加以讨论,在大陆一般被称为元小说,又称反小说、自我衍生小说、寓言式小说。后设小说与后结构主义、后现代主义在台湾的流行有密切关系,它重新反省小说的虚构性及读者的反应,对小说的语言和结构等进行颠覆,揭示了叙述的不确定性和语言的局限。质疑写实传统、强调作品的虚幻性、自我指涉,是台湾后设小说的基本特征。1985年,黄凡发表了《如何测量水沟的宽度》,这是台湾第一篇后设小说。此后,蔡源煌、张大春、林燿德、黄启泰等都曾醉心于后设小说创作。其中,蔡源煌的《错误》、黄凡的《小说实验》、张大春的《晨间新闻》《写作百无聊赖的方法》、平路的《五印封缄》等都是后设小说的代表作品。张大春的《写作百无聊赖的方法》从题目即可看出作者对写作行为的强调。"百无聊赖"本是一个30岁的试管婴儿的名字,是作品表现的对象,作者却将之放在写作的下面,这实际上正透露出后设小说的创作旨趣,即强调写作是一种游戏。

八九十年代最具代表性的小说家有李昂、黄凡、张大春等。

李昂(1952—   ,台湾彰化人,原名施叔端)1968年发表处女作《花季》,闯入性心理题材创作领域,此后的作品大都以两性关系为主要表现对象,探讨女性的地位和命运问题。真正引起文坛强烈关注则始于她1983年发表的中篇小说《杀夫》。由于题材的敏感和观点的大胆,李昂成为台湾最受争议的作家之一。主要作品有《混声合唱》《人间世》《爱情试验》《杀夫》《暗夜》《迷园》等。

中篇小说《杀夫》是李昂的代表作。小说描写古镇鹿港的一个名叫林市的弱女子,因不堪丈夫陈江水长期残酷的性虐待、性掠夺,精神崩溃,用杀猪刀杀死了陈江水。作者抓住这一"杀夫"题材,对男性沙文主义进行了无情的揭露和抨击,表现了追求妇女解放的思想主题。这部小说另一个引人注目之处是努力表现女性的性意识、性自主和性反抗,将人性深处最隐秘的东西毫不掩饰地表现出来。《杀夫》的出现标志着台湾女性文学创作进入了新女性主义时期。

黄凡(1950— ,台湾台北人,原名黄孝忠)1979 年发表第一篇小说《赖索》,登上文坛。此后,他出版了中短篇小说集《赖索》《大时代》《曼娜舞蹈教室》《东区连环泡》,长篇小说《反对者》《天国之门》《伤心城》《财阀》《上帝的耳目》等,成为新世代小说家的翘楚。他的创作对于政治小说的繁盛、都市文学的崛起,起了重要的推动作用。

政治小说是台湾近 20 年来创作量巨大、影响深远的小说类型。《赖索》写"边缘人"赖索的经历和命运,反映了现代化进程中人的主体性的失落。白先勇认为这是"一篇杰出的讽刺小说,作者以辛辣老练的笔调,对台湾现实作了尖锐的批评"①。随后,黄凡致力于政治小说创作,细致描写台湾社会的政治生活,揭露政治势力对社会其他领域的粗暴干涉,以及政治势力与财团相勾结左右社会的现象,表现了社会大众在政治运作中的渺小、无力和无助感。他的《反对者》《伤心城》等长篇力作都从正面观照在政治漩涡中浮沉的人们的命运,反映了相当一部分台湾人对于丑恶政治极端厌倦的心态。除了政治小说外,黄凡还创作了大量都市文学作品。他的都市小说广泛涉及都市社会生活,揭示了都市社会的结构特征。短篇小说集《都市生活》中的作品分别以商业生活、艺术生活、道德生活、政治生活、宗教生活等为副题,立体地呈现出诸种因素相互渗透交织的现代都市社会的生活图景,描写了都市人中普遍存在的孤寂、压抑的精神状态,深刻地表现了人性社会的种种困境,显示出强烈的社会批判意识。黄凡的小说具有鲜明的特色。他强调个人的尊严;在艺术上大量采用现代主义及后现代主义的技巧,从而走出了一条将现实关怀精神与现代派风格、后现代美学熔为一炉的创作新路。

张大春(1957— ,原籍山东济南,生于台北)1976 年发表小说处女作《悬荡》。结集出版的中短篇、长篇小说有《鸡翎图》《公寓导游》《四喜忧国》《刺马》《欢喜贼》《大说谎家》《病变》《撒谎的信徒》等。他是新世代作家中又一位取得较大成就的实力派作家。

---

① 转引自高天生《暧昧的战斗——论黄凡的小说》,余光中总编辑,齐邦媛主编:《中华现代文学大系》(14),台湾,九歌出版有限公司 1989 年版,第 553 页。

张大春在小说艺术上具有强烈的开拓创新精神。《悬荡》《鸡翎图》《七十六页的秘密》等早期作品呈现出较为明显的写实风格,社会批判性强。1980年代中期,张大春转向魔幻写实,以其鲜明的魔幻现实主义写作风格在台湾文坛引起轰动,代表作有《从莽林跃出》《最后的先知》《饥饿》等。从1980年代末开始,张大春又致力于后设小说的创作,成为台湾后设小说的代表作家。《写作百无聊赖的方法》直接叙述作家创作一篇小说的全过程,指出虚构的必然性,作者在叙述中时不时切断小说情节的进行,消解了所谓写实的神话。《走路的人》也一再以小说的方式介入小说,强调"客观写实"的虚妄、不可能。长篇小说《大说谎家》是张大春的集大成之作。这部作品在报上连载时,作者将每日重大新闻事件与小说情节融合起来,又巧妙融入魔幻写实、黑色幽默、侦探小说、后设小说等多种小说成分,从而使作品成为一部颇具特色的新闻即时小说。张大春的小说创作顺应了消费文化的时代潮流,他将通俗文学与纯文学加以糅合,既保持着前卫艺术的探索态势,又融入大量通俗文学因素,这种创作取向显示了台湾文学大众化、通俗化的方向,为文学开拓了新的发展空间。

进入1980年代,香港小说创作呈现出多元化的发展态势。现代的与写实的,外来的与乡土的,通俗的与非通俗的,各种思潮、流派兼容并包,共存竞争。

就作家群体而言,陶然、东瑞、陈娟、颜纯钩等从内地南来的作家在经历了一段香港经验的积累后,对香港这座城市的体验和认识进一步深入,创作走向成熟,推出了一批以香港为描写对象的力作。西西、也斯、辛其氏、吴煦斌等在香港成长起来的作家也已成为香港文坛一支不容忽视的重要力量,他们大都致力于现代主义的小说实验,在小说艺术的探索方面颇有创获。由台湾等地前来的施叔青、钟玲、梁锡华等也以其扎实的创作功力,在香港文学史上留下了自己的位置。

1984年12月19日,这是香港历史上具有重要意义的一天。中英两国政府在这一天签署了《中英关于香港问题的联合声明》。从此,香港进入为期12年的回归祖国的"过渡期"。这一重大的政治事件对香港文学产生了深远的影响。反映"九七"回归的创作,贯穿了整个"过渡期"。刘以鬯的《一九九七》、叶娓娜的《长廊》、陶然的《天平》、梁锡华的《头上一片云》、白洛的《福地》、陈浩泉的《香港九七》等作品,从不同角度反映了"九七"前夕香港的世态人心,以爱国主义的思想鼓舞港人把个人命运与祖国命运联系在一起,揭示出香港必然回归的主题。与此同时,作家们在创作中越来越关注香港的社会世相和人生百态,对生活概括的广度和深度,都有明显进展。较为突出的有陶然的《一样的天空》、施叔青的《香港三部曲》、李碧华的《胭脂扣》、钟晓阳的《停车暂借问》等。

在现实主义作品中,陶然的长篇小说《一样的天空》是一部重要的代表作品。作者从商战的角度切入香港社会生活,表现了物质生活挤压下人的精神世界诸层面。这部作品题材广阔,结构宏伟,涉及诸多生活领域,突出地表现了精神与物质、感情与理智等各种矛盾。他在捕捉都市生活繁复多样性的同时注重人性的开掘,以细腻的笔触建构起精致的小说艺术世界。陶然的小说兼擅写实性、抒情性和实验性,显示出鲜明的创新意识。东瑞是又一位优秀的现实主义作家,著有长篇小说《夜夜欢歌》等。东瑞的小说善于对生活进行别出心裁的描写,逼真地呈现光怪陆离的现实。《夜夜欢歌》以香港娱乐圈为题材,较为有力地展示了金钱、艺术、情欲在商业化社会中的关系。

在香港现代主义小说创作大潮中,西西是取得了突出成绩的一位。

西西(1938—),广东中山人,生于上海,原名张彦,1950年代赴港定居,曾任《大拇指》杂志、《素叶》文学杂志编辑。著有长篇小说《东城故事》《我城》《哨鹿》《飞毡》,小说集《春望》《象我这样的一个女子》《胡子有脸》,小说散文集《交河》等。

在香港文坛上,西西是最具本土意识的作家之一。她的小说写的基本上都是关于香港的故事。写于1970年代后期的《我城》是西西的代表作之一,明显受到拉美魔幻现实主义的影响。小说主人公阿果是一个电话公司职工,走街串巷负责修理电话线路。通过他的活动,作品全方位地展示了香港社会的种种世相,描写了商人、看门人、医生、搬运工、电视播音员等各行各业的人物。小说借鉴了意识流等现代小说表现手法,将现实生活和荒诞世界融为一体,频繁的分割和切换造成了许多间隔,给读者留下了广阔的想象空间。她的另一部小说《浮城志异》描写了一个既不上升也不下降的浮在空中的城市,以此来隐喻"九七"回归前香港的历史处境和港人心态。从传统现实主义到魔幻现实主义,从后设小说到历史神话,西西不断变换体裁,表现出强烈的前卫实验精神。在艺术表现上,西西突破了单一的叙事模式和表现手法,她的每部作品在形式和手法上都绝少重复。《玻璃鞋》采用童话和写实相结合的手法,《鱼之雕塑》采用散文笔法,《春望》借用电影手法,《奥林匹斯》引入法国新小说派的技巧,等等。西西在不断创新中建立起了自己的艺术风格。

1980年代以后的台湾和香港的文学具有更多的创新性和多样性的文化

表达。强劲的后现代主义创作思潮和不断探索的文学创作的实验精神,从本质上说,是经济的快速发展带来的人的内心世界的焦虑的文学呈现。表现乡愁的怀旧和表达欲望的冲动,则是从文化上对快速变化的都市文化的一种反叛或顺应。台湾地区和香港地区的作品都是从人性坚守、失落、痛苦等角度思考问题、表现人生,即使充满着游戏主义的后设小说也是表现人的内心世界的彷徨和无所适从。从这个意义上说,这些作品也许不同于同时期中国大陆的文学那样锐利而坚硬,却也是绵密而有厚度的。

研习提升阅读材料

第九章
1980—1990年代戏剧

第一节　1980—1990年代戏剧流变

在1980年代思想解放的潮流中,中国话剧以反映时代、探索人性的姿态,肃清"文革"文艺"假、大、空"的遗毒,恢复现实主义的优良传统。这也许不能视为中国话剧史上最辉煌的阶段,但却是一个关键的历史转折和巨变的新时期。

社会问题剧热潮　自从五四运动中易卜生的社会问题剧被引入国内之后,这一戏剧类型在中国一直颇有适宜的土壤,一直在潜滋暗长。

宗福先编剧的四幕话剧《于无声处》完稿于1978年5月,此剧围绕着公安系统搜捕"四五"运动的漏网分子欧阳平的行动,将欧、何两家30年的交往、儿女恋情纠结在一起,在激烈的矛盾冲突中,展现帮派人物何是非的道德空虚、精神懦弱和灵魂丑恶。在被"四人帮"定性为反革命事件的"四五"运动①尚未平反之际,此剧于9月23日由上海工人文化宫业余话剧队在上海工人文化宫小剧场首演,11月在北京演出30场。据不完全统计,全国有三百多个剧团都曾演出过此剧。

粉碎"四人帮"以后,意识形态的解冻、真理标准问题的大讨论、实事求是工作作风的恢复,给话剧创作带来了新的思想活力。当人们不得不面对种种现实问题时,话剧的思想启蒙和社会批判价值迅速恢复,大多数话剧在创作中遵循了社会问题剧的基本模式,如《丹心谱》(1978,苏叔阳编剧)、《有这样一个小院》(1979,李龙云编剧)、《报春花》(1979,崔德志编剧,刘喜廷

---

① 1976年4月5日适逢清明节,一些群众自发涌向天安门广场,开展悼念周恩来总理的活动,并且声讨"四人帮"的倒行逆施,后来遭到"四人帮"党羽的镇压,并被定性为"四五反革命事件"。

导演)、《陈毅市长》(1980,沙叶新编剧,胡思庆导演)、《明月初照人》(1981,白峰溪编剧,陈颙导演)、《红白喜事》(1984,魏敏、孟冰、李冬青、林朗编剧,林兆华导演)、《一个死者对生者的访问》(1985,刘树刚编剧,田成仁、吴晓江导演)等。《救救她》(1979,赵国庆编剧)、《权与法》(1979,邢益勋编剧)、《灰色王国的黎明》(1980,中杰英编剧)等剧都曾因及时地提出社会生活中亟待解决的重大问题(出身问题、平反冤假错案问题、失足青年问题、权大于法的问题、封建残余的问题等等),而引起极大社会反响。

在思想解放热潮中,《假如我是真的》(六场话剧,沙叶新、李守成、姚明德编剧)等剧作引起了波及全国的争论。1979年夏上海曾发生一起冒充高干子弟招摇撞骗的事件,剧本即以此为基础虚构了一个讽刺喜剧。① 最后

作者是把支流当成了主流,没有真实地反映人们在各种社会关系中的本质,没有表现时代前进的要求与历史发展的趋势。

(漠雁《文艺作品要有益于振奋革命精神》)

李小璋的身份骗局被戳穿,在法庭上,李小璋说:"假如我是真的……那我所做的一切就将会是完全合法的。"作品显示了某些特权在中国当代环境中仍然存在这一问题的严峻性。1980年1月23日至2月13日,剧本创作座谈会在北京召开。会议围绕有争议的几部作品(《假如我是真的》、电影文学剧本《在社会档案里》②《苦恋》③《女贼》④、中篇小说《飞天》⑤等),就文艺创作如何认识时代、如何认识文艺任务等问题展开讨论。时任中共中央宣传部部长的胡耀邦在会上对于"如何看待领导我们的、我们自己的党"、"如何正确地看待我们这个社会"、"如何正确地看待毛主席,看待毛泽东思想",以及"如何对待我们社会生活中的阴暗面"等问题作了长篇讲话。⑥

这之后,话剧热降温。话剧危机露出端倪。1980年代中期,北京二十多个专业院团,两三年内不演一场话剧的竟然占了一半。

戏剧观讨论 这次争鸣是在西方现代派文学在中国形成广泛影响的情形下发生的。外国现代戏剧,除了五四时期曾经介绍过的梅特林克、霍普特曼、约翰·孤沁、斯特林堡、托勒、奥尼尔以及未来主义剧作家马利蒂尼、基

---

① 该剧1979年10月由上海人民艺术剧院上演,此后又在北京和部分省市上演。
② 王靖著,原载《电影创作》1979年第10期。
③ 白桦著,原载《十月》1979年第3期。该剧本曾被拍成电影《太阳和人》,但未公映。
④ 李克威著,原载《电影创作》1979年第11期。
⑤ 刘克著,原载《十月》1979年第3期。
⑥ 胡耀邦:《在剧本创作座谈会上的讲话》,《文艺报》1981年第1期。沙叶新也谈了自己的看法:"暴露与歌颂都是为了一个共同目的,如果对暴露性的作品加以软禁,那么歌颂性的作品也难以诞生,甚至会出现虚假的歌颂。"沙叶新《扯"淡"》,《文艺报》1980年第10期。

蒂等的作品被再度介绍外，本世纪五六十年代在法国兴起、一度席卷欧美的贝克特、尤内斯库、阿达莫夫、让·日奈、品特、阿尔比等人的荒诞派戏剧也被介绍到中国。20世纪前期的唯美主义、象征主义、表现主义以及中后期的意识流、荒诞派、复调理论、质朴戏剧、残酷戏剧，甚至后现代主义，统统被人们当成是时鲜的乳汁大口吮吸。当时的戏剧思想界是多流派的汇集与多学说的杂糅。

　　1979年中国青年艺术剧院演出了布莱希特的叙述体戏剧《伽利略传》，实验布莱希特与斯坦尼斯拉夫斯基两大演剧体系的结合。1981年上海青年话剧团在沪演出了萨特的名剧《肮脏的手》。1983年5月北京人民艺术剧院演出了由阿瑟·米勒亲自执导的《推销员之死》。在戏剧理论方面，首先得到介绍的是布莱希特的叙述体戏剧，紧接着是荒诞派戏剧理论，然后，格罗托夫斯基的质朴戏剧、彼得·布鲁克的残酷戏剧等等，也被介绍到中国，并对剧作界和舞台实践产生了深刻的影响。① 西方现代派戏剧对于现实主义的反叛、梅特林克的静态戏剧和荒诞派戏剧的纯粹戏剧性理论，对于中国戏剧界重新认识话剧传统，重新评估中国传统戏曲遗产，产生了重要影响。在关于戏剧观念的争鸣中，对于固有的戏剧观念亦即长期流行的单一的易卜生社会问题剧模式，和受斯坦尼斯拉夫斯基体系影响的制造生活幻觉的"第四堵墙"即写实戏剧模式进行了反思与质疑。② 在争鸣中，黄佐临在1960年代提出的写意的戏剧观被重新提出。③ 而高行健认为，易卜生的社会道德剧作为一种观念的戏剧，距今已经一个世纪了，在它之后，世界戏剧从未停止发展，"我们不必把相当于同治、光绪年间的一位外国剧作家的戏剧观，当作

戏剧观主要表现在对舞台假定性的看法如何。

（童道明《也谈戏剧观》）

---

①　参见袁可嘉等编选《外国现代派作品选》（第3册，上），上海文艺出版社1984年版；马丁·艾思林《荒诞派戏剧集》（朱虹译），上海译文出版社1980年版；马丁·艾思林《荒诞派戏剧选》（施咸荣等译），外国文学出版社1983年版。理论方面，格洛托夫斯基的《迈向质朴戏剧》、彼得·布鲁克的《空的空间》、斯泰恩的《现代戏剧的理论实践》及《外国戏剧研究资料丛书》（中国艺术研究院外国文艺研究所编译）都在1980年代陆续出版。

②　最早提出戏剧观讨论的是陈恭敏。他在1981年《剧本》第5期发表了《戏剧观念问题》一文，批评中国话剧的旧有观念和创作倾向，指出："受镜框式舞台与三面墙的限制，追求'生活的幻觉'，存在自然主义的倾向，缺乏深刻的哲理与诗意。形式呆板，手法陈旧。"他提出将布莱希特的演剧体系引入话剧思想领域。

③　参见黄佐临《漫谈"戏剧观"》，《人民日报》1962年4月25日；陈恭敏《戏剧观念问题》，《剧本》1981年第5期。

不可逾越的剧作法典来束缚自己的手脚"①。创新的理论家认为,斯氏体系强调创造逼真的舞台幻境,把戏剧限定在客观的狭窄的现实场景中,而布氏体系所强调的间离效果或曰陌生化方法,则要求演员与角色保持认识上的距离,让演员对角色持有理性的认识和驾驭能力,利用叙述性的艺术的方法,使寻常事物陌生化,揭示事物间的相互关联,暴露人的内在矛盾,从而让观众生发出认识和改变现实的可能性。在戏剧观讨论中,"假定性"一词出现频率极高,而推翻"第四堵墙"一时成为热门话题,对戏剧重在表现人的意识、人的灵魂,舞台时空应当具有假定性等现代戏剧观念,有了更深入的认识。当然,戏剧观讨论也留下了深深的遗憾。戏剧如何塑造"人"的问题尚未展开,就湮没在单纯地探讨舞台形式的声浪里。

探索戏剧 以1980年出现的《屋外有热流》为开端,涌现出一批在表现手法与内容上有所探索创新的话剧,如《血,总是热的》《车站》《十五桩离婚案的调查剖析》《WM(我们)》《一个死者对生者的访问》《野人》《红房间白房间黑房间》《狗儿爷涅槃》《中国梦》《桑树坪纪事》《死水微澜》《鸟人》等。

探索戏剧,指1980年代以后,特别是1980年代中晚期出现的一些富有求新精神和新锐特点的戏剧,它打破日益僵化的戏剧旧有模式,借鉴西方现代主义的创作理念和表现方法,发挥艺术创造者的主体作用,从而使戏剧在内容和形式上,展现了不同于以往的艺术特点。

1980年,上海市工人文化宫演出了话剧《屋外有热流》(马中骏、贾鸿源、瞿新华编剧),该剧通过对兄妹三人三种不同的人生态度、理想追求、道德标准的展示,提出了"人究竟应当怎样活着才算有价值"的问题。已经死去的人格高尚的哥哥,会不时地以真实生动的形象出现在舞台上,他可以穿墙而过,也可能飘忽即逝。该剧中的"鬼魂""冷""热"显然带有明显的象征寓意。

而《WM》(又名《我们》),写了一群走过"文革"岁月的年轻人的人生经历,剧中的每一幕均发生在特定的季节里,冬、春、夏、秋时序更迭,暗喻剧中的年轻人所经历的不同人生阶段和所呈现的递进的人生境界。演出时,舞台的假定性得到充分展示:乐手、鼓手坐在台口,不时介入剧情,演员当众换装、制造效果、切换布景,以戏剧场面的主色调的变化来表现季节的更替,用人体扮演画像、树木、门框等景物……总之,是以探索的方式,来寻求戏剧表现生活的巨大潜能。

1987年,孙惠柱、费春放编剧的《中国梦》,由黄佐临导演,由上海人民艺

---

① 高行健:《论戏剧观》,《戏剧界》1983年第1期。

术剧院首演。它是写意戏剧理论的一次全面尝试,从剧本创作到舞台呈现,都显露出表现主义戏剧美学的特点,完整的故事、顺畅的情节、激烈的冲突等在传统戏剧观中被看成是至为重要的因素,在《中国梦》中被以表现人的意识流动为主体的新方法所代替。时空跳跃性很大,国内、国外、过去、现在种种意象集中在一起,表现了一个曾经做着美国梦的中国人,在到了美国之后,她内心对过去生活的追忆和对中国故乡的憧憬。《中国梦》是黄佐临将其写意戏剧观付诸实践的产物,他在戏剧中所追求的不是对生活的象形、描摹,而是透过舞台灵动流畅、富有寓意的画面,展示戏剧的意象美和韵外之旨。

《狗儿爷涅槃》(刘锦云编剧)表现的是一个典型的中国农民对土地的深厚感情,对富裕生活的渴望;极"左"的农村政策,却使他的人生曲折多艰,心灵饱受重创,以致精神迷狂。《狗儿爷涅槃》深刻地反映了农民心理的复杂性,以及"左"的政治运动给他们带来的精神创伤。狗儿爷的土地意识中,既烙印了作为农业大国的国民在潜意识中对于土地的推崇和依赖,也烙印了封建的土地占有欲对一个贫苦农民意识的侵蚀,同时也反映着左倾的土地政策给农民造成的困惑,以及中国农民迈向现代化过程中的艰难和曲折。在戏剧结构上,采用意识流与倒叙交叉互用的方法构置情节,用心理外化的方法突出人物的深层心理。在狗儿爷郁闷的精神世界或曰想象空间里,时常出现地主祁永年的形象。舞台上,死去的地主祁永年,以戏曲式的飘移的步态,逡巡在狗儿爷身边。这种心理外化、具象化的表现手法,有效地表现了剧中人情绪的恍惚和精神的困惑,带有表现主义的美学特色。

徐晓钟、陈子度导演的《桑树坪纪事》,系陈子度、杨健、朱晓平根据朱晓平同名小说改编,中央戏剧学院干修班的学生首演于 1988 年。全剧分为三章,由几个各自独立又互为一体的故事组成,共同的主题是揭示在黄土高原上这个名叫桑树坪的小村落里,农民的可悲处境:他们既是悲剧的制造者,自身也是悲剧的一部分。故事发生于"文革"时期,在一个偏远、封闭的西北山村桑树坪,世世代代居住着一群为生存而奋争的人们。"文革"的政治环境、公有制经济对农民利益的剥夺,又加剧了他们生存的困境。桑树坪的封闭也使得村里人相互撕咬、角斗,20 世纪的桑树坪仿佛依然停留在封建宗法制度的阴影之中。

导演徐晓钟以开放的视野,对现代主义戏剧艺术采取吸纳的态度,将写意和写实、情与理、再现与表现等交融在一起。他还对姐妹艺术采取兼收并蓄的做法,把舞蹈、歌队等融入剧中。歌队的穿插,不仅起到了间离效果,而且有助于观众从当今的时代高度审视历史,思考未来。别出心裁的舞台调度和画面造型,以诗化的意象创造出"弦外之音"。又如打牛、祭奠裸女石雕像等场面,把表现与再现结合起来,增强了话剧舞台的艺术表现力。导演运用舞台上的大转台,具象化了农村生活周而复始、循环往复的形态,充满象征意味地展示了这片土地上的农民走不出命运怪圈的悲剧。

沙叶新(1939—2018,生于南京,回族)以讽刺喜剧《假如我是真的》知名于新时期中国文坛。① 此后,沙叶新创作了《陈毅市长》《寻找男子汉》。在文化寻根热潮中,他又创作了《耶稣·孔子·披头士列侬》,在一个虚拟的时空——天国中,汇聚古今中外的亡灵于一堂。具有讽刺意味的是,天国充满了现代社会的种种危机,由孔子、耶稣和披头士列侬(他们是中国古代儒家文化、西方基督教文化和西方现代文化的代表)组成考察团,前往人间考察。他们在人间见到的是人类文化已经异化,或则专注物质而轻弃精神,形成金钱拜物教(金人国),或则专崇精神摒弃物质,极端为思想拜物教(紫人国)。该剧在拟神话的形式中,包含了作家对于文化偏至的深刻批判。沙叶新的喜剧具有鲜明的世俗色彩。这种世俗性首先是对上海这个东方大都市的社会问题的关切,"每每动笔,总是为时为事,忧国忧民"②。他由此把握普遍的市民社会心理动向,或喜其所喜,怨其所怨,如《陈毅市长》和《假如我是真的》,或解剖普遍的病态心理,如《寻找男子汉》《耶稣·孔子·披头士列侬》。因而,这种世俗性具有现实感、时代感和切近都市市民感性生活的特征。他的喜怒哀乐,他的褒贬,通过通俗、轻松而机智的喜剧性台词和荒诞不经的喜剧性来传达。

1990 年代曾激起广泛关注的话剧有姚远的历史剧《商鞅》。剧本最初发表于 1989 年 11 月江苏《剧影月报》,演出整理本发表于 1997 年 4 月《剧本》。

《商鞅》从两千多年前一场勃兴的改革悲剧中提炼出动人心魄的主题,冲突环环相扣,台词凝重铿锵,全剧悲怆激越、深沉凝练、气势恢弘。戏剧启幕于商鞅染着熹微曙色走出,他走向了等待变革的秦帝国。改革使秦国壮大而商鞅本人则陷入悲剧。秦孝公死,朝廷上下皆呼:"商鞅之法不可废,商鞅此人不可留!"《商鞅》是改革的启示录,也是改革者的悲悼曲。姚远说,商鞅"法的成功和人的悲剧命运,正是我们这块文化土壤上特有的东西"。他通过《商鞅》"想让人们感到我们中华民族前进的步履是那么艰难,从而呼唤对改革、对社会的宽容和理解"。《商鞅》的创作具有深刻的社会意义。如何

---

① 该剧 1979 年 10 月由上海人民艺术剧院上演,此后曾在北京和部分省市演出。
② 沙叶新:《我的幕后语》,《耶稣·孔子·披头士列侬》,上海文艺出版社 1989 年版。

提炼商鞅的悲剧？原作的结尾是按史实商鞅遭五马分尸。该剧的导演陈薪伊改为改革者商鞅遭秦国上下"万箭穿心"而死。这使主题更具历史的深广意义而惊心动魄。姚远认为，"商鞅的性格，正是中国历史上法家和儒家思想不相融的东西"。商鞅欲以刑治国，而儒家则要仁义感化。"中国是个讲人情的国家，儒家思想是中国两千年文化中的主流，至今仍然占主导地位，所以有的人对舞台上的商鞅断亲情、立酷刑不能接受。我以为，我们这个国家历来就有人情大于王法的问题，商鞅的法最终奠定了秦国统一天下的基础这一点，就证明法治对于社会进步的重要，而这在人情上是要付出大的代价的。"①该剧在1990年代重新呼唤改革，礼赞改革者，颇激动了一些观众。

《鸟人》《棋人》《鱼人》是过士行以市井休闲生活为素材创作的三部话剧。《鸟人》表现了一群市井闲人养鸟、驯鸟、为鸟痴迷的故事。《棋人》显示了人的灵魂的孤独和困惑，探讨生与死、迷与觉的玄机。迪伦马特戏剧的悖论、老庄与禅的智慧在过士行的创作中留下了印记。受《茶馆》影响的《天下第一楼》（何冀平编剧）因北京人民艺术剧院的艺术传承，也具有甚佳的剧场效果。

小剧场戏剧　小剧场戏剧产生于19世纪末的欧洲，相对于传统的拥有镜框式舞台的大剧场而言，它强调观众席与表演区的贴近，观、演关系的灵活多变。原初的小剧场戏剧强调先锋性和实验性，而其在八九十年代中国的再度兴起，原因有二：一是求生存，二是求发展。它与大剧场既相互区别又彼此补充。1982年11月，北京人民艺术剧院上演了小剧场话剧《绝对信号》（高行健、刘会远编剧，林兆华导演），被认为是中国新时期以来小剧场戏剧运动的发端。编导者"对构成话剧的基本艺术因素和表现方式做了调整和更异，把构成剧情的中心事件的描述降到次要的地位……让起辅助作用的灯光、音响、道具等直接参与角色活动，在揭示人物内心世界，促进人物关系变化中起到被称为'第六角色'的作用"②。

1989年4月，中国第一届小剧场戏剧节在南京举办。上演的剧目有北京人民艺术剧院的《绝对信号》、中国青年艺术剧院的《火神与秋女》和《社会形象》、上海人民艺术剧院的《单间浴室》《童叟无欺》和《棺材太大洞太小》、上海青年话剧团的《屋里的猫头鹰》、上海戏剧学院的《亲爱的，你是个谜》、南京市话剧团的《天上飞的鸭子》等。

---

① 江宛柳：《军队剧作家姚远访谈》，《剧本》1997年第4期。
② 林兆华：《关于几个话剧的争鸣》，《剧本》1985年第2期。

《火神与秋女》(苏雷编剧,张奇虹导演)摒弃了枝蔓的情节交代,舞台上的一切恰如一段生活流程;舍己救人的褚大华不是概念化的英雄,他的内心充满了细腻、真实的感情。导演将功力倾注在对人物的情绪和心理层面的展示上,发挥了小剧场戏剧观演关系贴近的特点,而且力图抹去演员在大剧场表演中所形成的放大的、程式化的表演痕迹,代之以生活化的、自然真实的表演,即让演员"当众生活"。被认为最具有前卫意识的《屋里的猫头鹰》(张献编剧,谷易安导演),带着一种神秘感和仪式性,情节有些怪诞:丈夫空空无法满足妻子沙沙对外部世界的好奇,只好以催眠术帮助妻子入睡,梦呓中沙沙却呼唤着另一个男人康康的名字,空空感受着性无能的苦恼,而康康和猫头鹰不时出现在他们的屋中。

1990年代初期的中国剧坛很不景气。1991—1992年,北京仅有中央戏剧学院的师生演出的十几台小剧场戏剧。他们致力于纯艺术的探索,演出荒诞派戏剧,如尤内斯库的《秃头歌女》、品特的《风景》《运菜升降机》、伯格曼的《面对面》等。1993年11月,'93中国小剧场戏剧展演暨国际学术研讨会在北京举办,14台小剧场戏剧参演,包括上海人民艺术剧院的《留守女士》、中央实验话剧院的《思凡》、火狐狸剧社的《情感操练》、辽宁人民艺术剧院的《夕照》、上海青年话剧团的《大西洋电话》等。

孟京辉编导的小剧场戏剧《思凡》,是一出在创作上具有较大的自由度,并且极富创意和冲击力的戏剧。此剧将明代戏曲《思凡·双下山》中的一段情节,与意大利文艺复兴时期薄伽丘的小说《十日谈》中的两段故事组合在一起。孟京辉借鉴了后现代艺术的拼接手法,小尼姑思凡的惆怅,两青年纵情的狂欢,马夫与皇后偷情的狡猾,这三段戏在结构上相对独立,但"情欲"将分属中外不同时空的人物,巧妙地串联在一起。戏剧的叙述方式和表现空间自由、灵活、风趣,采用戏仿京剧、诵经、样板戏等手法,常能引得观众会心一笑。《留守女士》(乐美勤编剧,俞洛生导演)和《大西洋电话》(王建平编剧,袁国英导演)反映了1980年代末1990年代初形成的出国潮问题,揭示了这股社会潮流带给人们的情感刺激和心理冲击。北京的小剧场戏剧《情感操练》(吴玉中编剧,王晓鹰导演)、《灵魂出窍》(苏雷编剧,张奇虹导演)反映了商品经济对人们情感生活的冲击。

自《思凡》开启的具有先锋意识的小剧场戏剧,在后来有了进一步的发展,出现了牟森和他的"戏剧车间"出品的《关于〈彼岸〉的汉语语法讨论》(1993)、《与艾滋有关》(1994)、《零档案》(1994),张献编剧的《美国来的妻子》(1995)、李六乙编导的《雨过天晴》(1998)、《非常麻将》(2000),黄纪苏等编导的《切·格瓦拉》(2000)等新剧。孟京辉在《等待戈多》中将观众请到舞台上看戏,让演员下到台下演出。他的代表作《恋爱的犀牛》以宣泄的语言、夸张的形体和反讽、黑色幽默的艺术手法俘获了大量观众,创造了实验戏剧最好的票房收益。《思凡·双下山》《我爱×××》《恋爱的犀牛》和《盗版浮士德》等作品建立了孟京辉戏剧品牌。

新时期十年的话剧中,高行健以探索戏剧著称。

高行健(1940—   ,生于江西赣州)1962年从北京外国语学院法语系毕业。1979年发表中篇小说《寒夜的星辰》,还发表过小说《有只鸽子叫红唇儿》。1981年出版论著《现代小说技巧初探》,引起较大反响,同年调入北京人民艺术剧院任专职编剧。由他执笔的《绝对信号》上演后,引起广泛关注。此后,高行健有剧作《车站》《现代折子戏》《野人》《彼岸》等。1985年出版有《高行健戏剧集》。1987年赴法国定居。

1983年,北京人民艺术剧院演出了高行健的第二部探索剧《车站》。该戏剧表现的是一个郊外的车站,这里聚集着一群等车人,他们为了各自的卑微的世俗目的要到城里去,但车子迟迟不来,他们非常无奈,各自发着牢骚,有一搭无一搭地说着些不大相干的话,在焦急和失望中任时光流逝。车子一部部开了过去,却从不在此停留,每个人的心中都交织着"走"与"等"的矛盾,但是绝大多数的人都待在原地,他们陷入了一个意识上的"等"的怪圈:因为已经等了很久,所以也不在乎继续等下去,甚至担心自己刚刚挪步离开,那等待中的车子就会到来。埋怨之声不绝,但等待之心坚执。人群中只有一个一直"沉默的人",他离开了车站,义无反顾地走了。等待的人们继续等下去,他们等得站牌已经破旧,季节已经轮替,须发已经斑白。这时,他们才发现:原来这是一个早已废弃了的车站。与《绝对信号》所赢得的众口一致的赞誉相反,此剧一出现,即在评论界引起轩然大波,有人认为这是"反戏剧",有人被它纷乱的场面和多向的意指搞得不知所措。作者本人说:"我的《车站》是一出戏,而不是反戏剧。这出戏贯穿着一个明显的动作:人人要走而又受到自己内外的牵制竟然走不了。它并未违背东西方戏剧自古以来以动作为其根本特征的规律。"①《车站》一剧,地点不确定,人物无姓名,时

把人们引向一种思想的歧路,引进一种对我们社会的怀疑和对生活前景的迷惘中去。

对我们的社会,我们的未来,是一种不真实的、歪曲的反映。

(唐因、杜高、郑伯农《〈车站〉三人谈》)

---

① 高行健:《对一种现代戏剧的追求》,《文艺研究》1987年第6期。

间在变幻中。以人物的意识流转代替传统的叙事结构,是高行健探索剧的重要特点。

高行健对法国的文学艺术比较熟悉,"希望迟迟不来,苦死了等它的人",正是法国荒诞派剧作家贝克特《等待戈多》里的台词,而《车站》的主题就是从这里衍生出来的。在《车站》一剧中,高行健利用写实化的场景,进行着心理外化的尝试,个人的创作风格逐渐向意念化、寓言化迈进。当实际生活的现象、一般性的人物,被放入一个超现实的时空和带有抽象意味的寓意时,二者之间的掣肘制约了戏剧整体的协调,否定"等"而肯定"走"的二元对立的戏剧意念,也限制了戏剧符号象征体系的丰富内涵。

1985年,高行健的探索剧《野人》问世。这是一部场面恢宏的现代史诗剧,甚至有人认为它的丰富的内在容量,超越了现有舞台的表现力。剧中出现多声部、复调、歌舞、吟诵等三十多个戏剧场面,各自独立又交互统一。《野人》剧中的四条平行线,贯穿了生态问题、寻找野人的闹剧、现代人的悲剧和人类创世的史诗,以事件的目击者和评论者——生态学家的个人经历贯穿全剧,而生态学家的经历又可分为三个层面:一是他在现实生活中的种种遭遇,在进山寻找野人的过程中所遇到的很多人和事;二是他的意识活动和内在心理,自身被纠缠于想象和回忆之中;三是他作为一个学者的理性思考,对历史、现实、人性的存在与意义的反思。

生态学家进山寻找野人,却使自己的婚姻陷入危机,他遇到了深爱他的村姑幺妹子,却眼睁睁地看着她被逼嫁人;他发现了描绘人类起源的史诗《黑暗传》的传人老歌师,却在未及了解那个传说的时候,目睹了老歌师的去世;他想保护好那片原始森林,而人与自然和谐共处的景象,却只映现在一个村娃子的美梦中。

尽管《野人》带来的是毁誉参半的评价,但它对于中国话剧探索艺术表现的新方式,挖掘日益多样化和复杂化的人类意识,无疑具有启迪意义。

高行健在新时期的价值,更在于他提出了一系列创新的理论主张,敦促中国话剧界突破固有的戏剧思维模式。1987年高行健《对一种现代戏剧的追求》问世。他在对东西方戏剧观念进行考察的基础上,提出参照"西方当代戏剧家们的探索","从东方传统的戏剧观念出发"探索"一种现代戏剧"。① 高行健的现代戏剧在艺术上

> 最好的表演便是回到说书人的地位,从说书人再进入角色,又时不时地从角色中自由地出来,还原为说书人,甚至还原为演员自身……
>
> (高行健《要什么样的戏剧》)

---

① 高行健:《对一种现代戏剧的追求》,《文艺研究》1987年第6期。

的创新主要体现在:强调戏剧是一种综合的表演艺术,"歌、舞、哑剧、武打、面具、魔术、木偶、杂技都可以熔于一炉,而不只是单纯的说话的艺术";"戏剧是剧场里的艺术",必须"承认舞台的假定性",因而应该强调剧场性;承认戏剧中的叙述性,"不受实在的时空的约束",根据剧作的艺术需要"建立各种各样的时空关系"。①《绝对信号》《野人》《车站》《彼岸》等实践了他的探索戏剧主张。

第二节 赖声川

台湾在政治解禁之后,戏剧演出开始走上复苏与蜕变之旅。1980年代,经济的发展促成了大型剧场的建设——中正文化中心,1987年10月6日交付使用,此间包括中正纪念堂、戏剧院和音乐厅,成为台湾戏剧演出的重要场所。

1980年,姚一苇策划了一个实验剧展,台湾当代戏剧进入一个新的阶段。台湾在1980—1984年举办五届实验剧展,加上1985年的"锣声定目剧场"共演出《包袱》《荷珠新配》《我们一同走走看》《傻女婿》《木板床与席梦思》《嫁妆一牛车》《金大班的最后一夜》《黑暗里一扇打不开的门》《猫的天堂》《我们都是这样长大的》《过客》等40个剧目,成为台湾小剧场戏剧颇具实绩的自我展现。实验剧展的举办催生出兰陵剧场、方圆剧场、表演工作坊等数十个小剧场剧团和蔚然大观的新生代编剧、导演、演员。众多小剧场剧团以不计票房价值和着意创新的频繁演出,在当代台湾建立起一种经常向社会展示体制外戏剧的有效方式,更重要的是以求新求变的精神,对戏剧的编、导、表演形式进行实验,探索戏剧表现生活的新的语汇、新的媒介、新的综合。正如姚一苇评论1979年5月一次学生剧展时说:"这是一次真正的实验演出……不难发现,所有现在的舞台原则和惯例,没有一条是不可更易的,除了演员……"②在这种创新风气的鼓动下,集体即兴创作之风一时大盛,舞台剧的概念流行开来,并终于形成主导台湾剧场的实验戏剧潮流。

后期小剧场关注的焦点是剧场艺术。实验剧展至少从五个大的方面进行实验。一、剧本创作方式:这些小剧场实验话剧大都是集体创作。二、语言:不再遵守传统话剧的台词结构和念词方法,而是加强声音的感受作用,

---

① 高行健:《对一种现代戏剧的追求》,《文艺研究》1987年第6期。
② 转引自马森《马森文集·戏剧卷1·中国现代戏剧的两度西潮》,台湾,文化生活新知出版社1991年版,第273—274页。

注重节奏、韵律以及多种语言形式的转化,叙事语言、念诵、吟唱、诗化语、无文字语、反逻辑语等都在这种实验剧中被引入。三、舞台运用:相当普遍地采用时空自由转换、多空间集合的手法,乃至把传统戏曲舞台现代化。四、表演:在话剧舞台上引入戏曲表演形式,一个演员串演多重角色,具象表演与抽象表演自由转换,甚至以观众为布景构成因素。五、风格塑造:力求风格形态的多样化,有以形体动作为主的动作剧,以歌舞为主的歌舞剧,引入电影手法和现代诗与画的表现形式,独角戏等等。①

1980年代后期,小剧场演剧纷纷走向社区,走向政治,走向后现代。在经常演出的二三十个剧团里,有三分之一颇为活跃的剧团,如环墟剧场、河左岸剧团、临界点剧像录、优剧场、当代台北、零场剧团、425环境剧场、反UFO剧团等,因在剧场艺术上较前卫、在社会关怀上较激进而被称为"前卫剧场",《杨美声报告》《兀自照耀的太阳》《寻找——》《马哈台北》等被称为"前卫剧"。河左岸剧团1988年10月演出《无坐标岛屿》前声称:"为了要刺激观众思考反省,在剧场中常必须出现一些逾矩的颠覆的行为,以对于一般看似理所当然的价值标准进行质疑。"②

倡导台湾后现代戏剧的钟明德,将台湾后现代戏剧特征归结为三点:一是反叙事、剪贴和剪接;二是精神分裂症状、片段化和不确定性;三是解构再现,抵制性艺术和反独霸文化。③ 在"现代性焦虑"支配下的前卫期待和创新激情注定揠苗助长式地推进台湾当代小剧场的现代化进程,并终于引发1994年底台湾后现代主义戏剧论争。资深戏剧家姚一苇、马森、黄美序等都在坚持戏剧文学性的同时,对小剧场后现代思潮对戏剧艺术的肆意解构,和导致戏剧艺术失范的态势表示担忧。

1954年出生于美国华盛顿的赖声川,在获得了美国加州伯克利大学戏剧艺术博士学位之后,于1983年回到台湾地区。1984年11月,他组织成立了舞台剧表演团体——表演工作坊,曾参与演出的演员有李立群、金士杰、刘亮佐、萧艾、丁乃筝、冯翊纲等。1985年,表演工作坊采用中国传统的曲艺相声和戏剧表演相结合的手法,完成了创团之作《那一夜,我们说相声》。该剧以嬉笑怒骂的方式,对台湾现实中的各种症候予以犀利讽刺。1986年集体即兴创作、由赖声川整编的话剧《暗恋·桃花源》在台北上演,引起轰动。1992年此剧被拍成电影,获东京影展银樱奖、柏林影展卡里加里奖、台湾金

---

① 转引自田本相《台湾现代戏剧概况》,文化艺术出版社1996年版,第33—34页。
② 转引自钟德明《抵拒性后现代主义或对后现代主义的抵拒》,(台北)《中外文学》1996年10期。
③ 转引自田本相《台湾现代戏剧概况》,第179页。

马奖等诸多奖项。2000年以来该剧成为大陆高校校园戏剧热门演出剧目。1990年代,赖声川将戏剧创作与演出重心移到大陆,他的戏剧《他和他的两个老婆》《红色的天空》《乱民全讲》《宝岛一村》《陪我看电视》《十三角关系》《在那遥远的星球,一粒沙》《如梦之梦》等,在大陆多次上演并获得好评。

  赖声川的代表戏剧《暗恋·桃花源》以戏中戏、悲喜交集的方式,多角度、多层面地展示了古今时代悲喜人生的诸般景象。此剧是赖声川采用集体即兴创作方法进行戏剧创构的成功案例。1982年,荷兰阿姆斯特丹工作剧团导演雪云·史卓克到伯克利大学导演戏剧,她把"集体即兴创作"的方式带到这里,使当时尚在该校读书的赖声川深受启迪,从此一直在这条路径上坚持探索和实践。赖声川说:"我所采用的'即兴创作'方法是在排练室内,根据作品的整体概念,每天依情形不同或进度不同而为演员设定出各种'状况';在说明'状况'之后,就让他们'演'。会发生什么事,谁都无法预测。"①让戏自己长出来,不去人为驾驭它,这是"集体即兴创作"的鲜明特点;其基本途径是刺激——释放(演员)——碰撞——融合/创造——连接/转化;其主要手法是拼贴、戏中戏、多时空交错。赖声川说:"基本上是因为我相信剧场是一种微妙的四角互动的艺术,尤其在创作过程中,我、演员、角色和情节成为一种微妙的四角互动关系。在这个互动中,因为角色的塑造和配合特定演员的特质,演员因此可能被释放出一种创作能量,让他能够赋予角色更丰富的生命力。一旦这生命力产生了,我原先构思的结构、'状况',甚至于对于一个作品的'概念'或视觉画面,都会因此互动而改变,而改变后的一切还要继续在新生命力被挖掘出来之后更提升、进阶。于是我们的剧场成为一种流动、弹性、互动的过程。"②鉴于他的戏剧成就,美国《新闻周刊》称其正创造着"最大胆"的中国艺术,新加坡《联合早报》则称其创造了一种"崭新的"悲喜剧经验。

  《暗恋·桃花源》的主要结构框架是两个剧组在同一个剧场排戏,他们都争说剧场是自己预先订好的,并且演出在即,事不宜迟,因此互不相让。于是戏里戏外、台上台下,发生了一系列令人啼笑皆非的事。《暗恋》剧组的导演,失望于演员的表演不似当年生活的样子,而演员则困惑于无论如何都演不好导演心中的"白色山茶花";《桃花源》剧组也是状况不断,大大咧咧、马马虎虎的道具师把在台北演出用的道具擅自运往台南,还把《桃花源》的景片挖下一块,说这是艺术上的"留白"。两个剧组的人看到对方的戏,互不

---

① 赖声川:《无中生有的戏剧——关于"即兴创作"》,《中国戏剧》1988年8期。
② 赖声川:《关于创作方式·自序》,《赖声川:剧场》(2),台湾,远流出版公司1999年版。

服气,《桃花源》剧组的人说,你们演的悲剧让人想笑;而《暗恋》剧组的人说,你们演的喜剧令人想哭。

在争占排练场的过程中,两个剧组"你方唱罢我登场",交互进行各自的排练,于是展现出两个彼此映衬、相互穿插的古今故事。

剧中,戏中戏、暗恋与桃花源、他者与自我、悲与喜、得与失、迷与觉,形成了多种互文关系和多重舞台镜像,但是整体叙事线索有条不紊,井然有序。"暗恋"部分是当代人的令人唏嘘的悲情:一对青年恋人云之凡与江滨柳,在1948年的黄浦江边暂别,以为转眼就会相聚,结果1949年以后历史发生了重大转变,作为时代洪流中的小人物,他们的命运也发生了陡转。江滨柳到了台湾,以为云之凡在大陆,天各一方,唯有怀念。他与台湾本土女子结婚生子,但是貌合神离,内心孤独,依然钟情于云之凡。而云之凡与哥嫂辗转来到台湾,不断写信到上海寻找恋人,因得不到音信而愁苦不堪。后来哥嫂劝她"不能再等啦,再等就老啦",她不得已嫁为人妇。垂暮之年,身患绝症的江滨柳听说云之凡也在台湾,便登报寻人,渴望相见。二人病房相见,彼此相看泪眼,真情宛在,无奈时光蹉跎,纵有千般衷情,更与何人说?说了又如何?他们以看似平淡的话语告慰对方,流露出对于人生的伤感、嗟叹和不得已的释然。因为"暗恋"之中的情感只存在于怀想和渴望之间,所以在想象中被不断理想化,妙不可言。

《桃花源》是一出发生在晋代的喜剧:打鱼人老陶、老陶的妻子春花与船主袁老板之间,形成了一种闹剧化的三角恋;老陶为人怯懦窝囊,打不到大鱼,生不出孩子,明知老婆与袁老板偷情,却不敢把二人怎样,袁老板公然羞辱他,给他家送来棉被,说他家那床破被盖上去不舒服。在春花和袁老板的挤兑下,老陶只好抱着去死的心情到危险的上游打鱼,却误入桃花源,看到了貌似春花、袁老板的人彬彬有礼、自由自在地过着熙熙而乐的日子。老陶回到家乡武陵,要把春花和袁老板接来此地,却看到春花与袁老板早已结婚生子,家中摆着他的灵位。他们见到他惊恐莫名。此时,这对男女当初偷情时的欢愉不复存在,在贫困潦倒和吵吵闹闹中打发无聊的日子。对现实完全失望的老陶想重回桃花源,但已找不到归路。

《暗恋·桃花源》戏中戏之外,还出现了一个百无聊赖的时髦少女,她在两个剧组之间逗留、徘徊。她曾与一位男子有过短暂情爱,只记得此人叫刘子骥,却记不得模样,更不知底细,只好按照莫须有的约定到剧场找人。刘子骥是否实有其人,他到底是谁,连她自己也说不清。过度消费情感的时髦的她,悬浮于浊世与虚空之间,注定找不到精神家园。

此剧构成了多种互文关系:因为武陵人的家庭里有的是七情六欲,所以显出尘世的烟火气和庸常的低俗感。桃花源中的生活景象,是抽离了现实羁绊与生存烦恼的想象的伊甸园。老陶、春花、袁老板不过是江云之恋的庸俗版,江云之恋也不过是老陶、春花、袁老板的理想图。它们其实是不同镜像下情感与家庭的不同层面。桃花源里外的人们,也是互为镜像。因此,当两个剧组同时同场排练时,彼此的台词竟然相互应答,混然一气,恰是这些互文关系巧妙的显性呈现。从寻找、等待、思念,到想象、茫然、释然,这些戏剧的意象符号组合在一起,形成一种"此中有真意,欲辨已忘言"的诗意。

《暗恋·桃花源》的创意种子生发于晋代陶渊明的《桃花源记》和大历史中小人物的悲情;喜剧部分动作夸张,语言滑稽,笑料不断;悲剧部分重在抒情,柔婉凄清,含蓄隽永。一部戏剧中,包含悲伤与嬉闹两种叙事,在创作方法上无疑是一种冒险,但赖声川牢牢把握戏剧的总体情境,让戏剧的主调和变奏有机融合,彼此呼应,情节运行起伏有致,节奏鲜明。他还用戏外戏、音乐、灯光等的有机配合,完成了悲喜之间情绪氛围的灵活转换,既有必要的心理铺垫,又有过渡的合理自然。同时他还以自身的佛学修为与体悟,将戏剧中的悲喜上升到一种审美层次,一种人生况味,表现为世间亦悲亦喜、悲欣交集的恒常哲理。

《暗恋·桃花源》的戏剧主旨和结构模式具有明显的现代剧场艺术特点,甚至文本形态、舞台呈现背后,有结构主义、符号学、互文关系等理论思维的支撑;难能可贵的是此剧没有食洋不化的痕迹和故作高深的卖弄。戏剧情节虽有阻隔和穿插,但是段落之间有序衔接,故事完整,符合中国观众的欣赏习惯。在戏剧张力的表现上,不躁不抑,不偏不倚,深得中国传统哲学的理趣。此剧还化用了中国舞台艺术比如相声的修辞、戏曲的表演手段和写意特点,强化了趣味性和表现力,形成具有魅力和意趣的舞台语汇,为话剧的中国审美的探索与实践积累了宝贵经验。

研习提升阅读材料

第十章
1980—1990年代诗歌

第一节 1980—1990年代诗歌流变

1980年代诗歌的兴起与变革,其源头可以追溯到"文革"时期的地下诗歌运动,深层原因则是缘于社会政治变动之后人的意识和观念的嬗变。

诗歌在"文革"后期乃至1980年代的中国文学变革中,扮演着领潮和先锋角色。1980年代诗歌发展表现出一种鲜明的潮流化特征,不同诗人群体的集体复归和崛起,以多样的姿态和方式激活、丰富着诗歌的发展。这其中引人注目的是归来诗人群的诗歌、朦胧诗和新生代诗歌的出现。归来诗人群和朦胧诗人群共同推动着新诗创作和诗学观念的拨乱反正,接续了新诗诞生以后的现实主义和现代主义诗学传统,同时在新的历史条件下有着新的言说内容和方式。

"文革"结束以后,诗坛首先迎来的是一批"归来的诗人"。"归来的诗人"是指那些曾经在1950—1970年代由于不同原因自觉或者被迫"离开"(放弃诗歌写作),在"文革"结束后重新开始写作而复归文坛的诗人。首先是1950年代中期由于胡风"反革命集团"而受牵连,在现代文坛就已经崭露头角的七月派诗人绿原、牛汉、曾卓、鲁藜、冀汸、彭燕郊、罗洛等;其次是艾青、公木、邵燕祥、流沙河、公刘、白桦、周良沛、昌耀等一批在反右运动中受到冲击而失去写作权利的诗人;此外还包括艺术观念和诗歌风格与1950—1970年代文艺规范相矛盾、冲突的九叶派诗人穆旦、辛笛、郑敏、陈敬容等。1981年出版的诗集《白色花》(人民文学出版社出版),收入20位七月派诗人的作品,1981年出版的《九叶集》(江苏人民出版社),收入了9位九叶派诗人的作品,宣告中国1940年代诗坛两支劲旅的再生。"归来"不仅指他们过去的作品结集出版,而且也指他们在诗论和创作方面有新的贡献。就诗学来说,他们主要是倡导说真话,真实地反映现实和人生,恢复现实主义的诗学传统;冲破僵化的思想禁区,突破"颂歌"和"战歌",提倡题材和形式的多样化;打破虚假的欢乐和政治说教,以挑战的姿态把悲怆的旋律和深度的人性引入新诗。"归来的诗人"群通过恢复和重建某种历史传统,为"文革"后的新诗发展找到一个可靠的逻辑起点,提供一种合理的历史根据。从创作来说是在恢复着诗歌的现实主义传统。一方面,他们从自己切身体验出发,对历史进行理性的反思。在《关于〈摩西十诫〉》里,诗人公刘对刚刚过去的历史进行了大胆的反思:"敬爱蜕变为迷信/天真嫁接成愚蠢/每一间屋子都改造为庙宇/我们已经是教徒,不再是人。"诗人直率地揭示了特殊年代里价值和自我迷失之后人的异化。艾青的长诗《在浪尖上》,则将由"四五"天安门事件所引发的悲愤情绪,指向对"四人帮"虚伪丑陋本质的揭露和祸国殃民罪行的控诉,发出了"我们要的是真理,/我们要的是太阳!""人民要保卫民主权利,/因为民主是革命的武器"的深切呐喊。另一方面,诗人借助诗歌充分表达了特殊年代中的个体情思。曾卓的《悬崖边的树》,以托物言志的抒情方式,表达了自己在困境中倔强而坚强的生命意志。在《悼念一棵枫树》中,牛汉通过抒写村庄周围的房屋、树木、花鸟、小船为伐倒后的枫树伤悼的悲剧性场景,曲折地表达了对生命高贵、气质芬芳的生存境界的崇敬。艾青的《鱼化石》则喻示着生命的活力与激情无端遭受扼杀,这是诗人积郁在心头二十多年的苦痛和个体生命的悲剧性体悟的真切表达。此外,归来诗人们对社会现实也保持着一定的热情和关注。如白桦的《阳光,谁也不能垄断》、骆耕野的《不满》、张学梦的《现代化和我们自己》、李发模的《呼声》、刘祖慈的《为高举的和不举的手臂歌唱》、熊召政的《请举起森林般的手,制止!》等,均表现出了诗人对社会现实的积极参与意识。

与归来诗人群同时出现在诗坛的是朦胧诗人群。1978年底北岛和芒克等在北京创办民间诗刊《今天》。1979年3月,《诗刊》发表了北岛的《回答》、舒婷的《致橡树》《祖国啊,我亲爱的祖国》、顾城的《一代人》和骆耕野的《不满》等作品。1980年4月,《诗刊》特辟"新人新作小辑"专栏,推出15位青年诗人的作品。1980年8月,《诗刊》又把17位青年诗人邀请到北戴河举办诗会,后以"青春诗会"名义集中发表了一批朦胧诗作。《诗探索》以《请听听我们的声音》为总题,发表了一组关于朦胧诗的评论文章。朦胧诗的代表性人物主要来自于《今天》,他们是北岛、舒婷、江河、顾城、杨炼、食指、芒克、多多、依群、方含、田晓青、齐云、严力等,非《今天》的作者梁小斌、王小妮、骆耕野、徐敬亚、傅天琳、王家新、李钢、吕贵品、黄翔、岳重、邵璞、孙武军、叶卫平、程刚、路辉、岛子、车前子、林雪、曹安娜、孙晓刚、林莽等,因倾向相似也被视为朦胧派诗人。① 1980年代前期,各种刊物以新星、新人新作、诗坛新一代等专栏、专辑形式发表朦胧诗人的作品,由此引起了诗坛争论。对朦胧诗运动最早予以理论概括的是谢冕的《在新的崛起面前》、孙绍振的《新的美学原则在崛起》和徐敬亚的《崛起的诗群——评我国诗歌的现代倾向》。②

新生代诗歌,是继朦胧诗之后的另一股诗歌创作潮流,它崛起于1980年代中期,延续到1990年代中期,主要是指1980年代开始读大学的一批更加年轻的诗人的创作。由于出现于朦胧诗之后,并且有挑战朦胧诗的姿态,因此又被人称为后朦胧诗。也有人为了显示其与第一代诗人郭小川等及第二代诗人北岛等的区别,将其命名为第三代诗人。1984年春,重庆印行的《大学生诗报》首先向北岛、舒婷发难,提出了他们的"pass!"口号。接着新的先锋诗潮在南京、云南、四川等地展开。1986年10月,安徽的《诗歌报》和广东的《深圳青年报》联合举办"中国诗坛1986年现代诗群体大展",推出诗歌团体65个,诗人二百多人。新生代诗人群体众多,民间诗刊蜂起。其中最重要的是蔓延全国的大学生诗派和整体主义。前者以韩东、于坚为首,诗刊《他们》1985年创刊于南京;后者以周伦佑、蓝马为首,诗刊《非非》1986年创刊于成都。新生代诗人创作主要以海子、韩东、于坚、骆一禾、欧阳江河、西川、李亚伟等为代表。

新生代诗人接受了朦胧诗的影响,同时也对朦胧诗过于强烈的现实政治意识和英雄主义情怀不满,认为中国现代诗歌所面临的写作可能性远远未被发现,因此开始了新一轮的现代性追求。朦胧诗是在民族的空前浩劫和忧患中产生的,是曾经轻信过的某种理想价值秩序在瓦解崩溃过程中留下的诗歌化石,其话语主体是集体的经验,表现出更多的历史感、使命感和责任感;而新生代诗的话语主体是个人体验,是市场经济开放格局逐步形成、社会生活处于新的整合期的产物。新生代诗歌尽管派别林立,但是仍然表现出了一些共同特征。首先,在价值观念上,新生代诗歌具有鲜明的反崇高、反文化和平民化特征。如韩东的《有关大雁塔》较为鲜明地体现出对英雄和文化的颠覆与解构;《诺日朗》被指责为虚无主义、悲观主义和色情作品。于坚的《尚义街6号》、王小龙的《外科病号》、李亚伟的《中文系》等都呈现出对日常生存状态的书写。其次,在艺术上,新生代诗歌呈现出反意

---

① 上述名单根据《朦胧诗选》(春风文艺出版社)、《探索诗集》(上海文艺出版社)、《朦胧诗新编》(洪子诚等编选,长江文艺出版社)三本诗集综合而成。

② 谢冕的《在新的崛起面前》,载《光明日报》1980年5月7日;孙绍振的《新的美学原则在崛起》,载《诗刊》1981年第3期;徐敬亚的《崛起的诗群——评我国诗歌的现代倾向》,载《当代文艺思潮》1983年第1期。

象、反优雅和口语化的倾向。新生代诗人不再追求诗歌意象的暗示性和隐喻性,主张通过不动声色的冷抒情让诗歌直接面对世界,表现最原始的真实。如西川的《体验》:"火车轰隆隆地从铁路桥上开过来。/我走到桥下。/我感到桥身在战栗。"新生代诗学倡导感觉还原、现象还原和语言还原,强调语感、语言与生命同构的自动写作,导致诗语对于生活流和意识流的铺排,增加了叙事性和非理性。如韩东的《你见过大海》:"你见过大海,/你想象过/大海,/你想象过大海,/然后见到它/就是这样","人人都是这样"。就像一个饱经风霜的老人不厌其烦的絮语。新生代诗人的创作试图回答的不是"诗歌应该是怎样的"问题,而是呈现出"诗歌应该是这样的"要求,从而开辟了新诗个人化写作的道路。

  在新生代诗人中,海子较为独特。他既是第三代诗的终结者,又是1990年代个人化写作的开启者。海子(1964—1989,原名查海生,出生于安徽省安庆市怀宁县)的诗可以分为两类:纯诗(小诗)和唯一的真诗(大诗)①。这两类诗歌显示出一些共同的特征。其一,"土地"和"太阳"构成了海子诗歌的核心意象。海子出身于农村,对土地有着深厚的情感和眷恋,这也使得他后来时常将自己的理想以及对爱与美的追寻寄寓在没有被现代城市文明所浸染的乡村。因此,土地成了海子诗歌中独特的、多次重现的意象。在其成名作《亚洲铜》中,诗人通过对亚洲铜的反复吟诵,表达了对土地、民族和文化根性的执着追求。这种对乡土中国和乡村经验的认同,在以麦地为意象的系列诗歌中,得到了反复呈现。在海子的诗中,还有一个核心意象"太阳"复现的频率也相当高。如果说,对土地的挚爱是海子对生命和文化根性的持守的话,那么对太阳的吟诵则是他对理想和超越性精神的追求。在海子的《祖国,或以梦为马》等诗中,"太阳"意象通常与王位、王子和诸神等联系在一起,显示了它的高贵、神圣和崇高。其二,海子的诗歌在风格上单纯而明净,在诗歌语言方面与第三代诗人有着相似特征,善于运用朴素甚至口语表达真实、自然的情感。

  在1980年代诗歌创作中,除了上述重要诗潮外,周涛、昌耀、杨牧和章德益等表现大西北慷慨、悲壮、苍凉与神奇,具有大漠风度的"新边塞诗"以及翟永明、伊蕾、唐亚平等具有鲜明性别意识的女性诗歌也是此期诗坛的独特风景。

  进入1990年代以后,面对商业大潮和大众文学的冲击,诗歌和精英文学一起由社会中心走向边缘。随着诗歌写作的边缘化和私人化,一批诗人经

---

① 西川编:《海子诗全集》,作家出版社2009年版,第1037页。

过徘徊思索,终于发现"寻找活力比寻找新的价值神话的庇护更有益处",这种活力就是坚守人文立场,确立新诗独立品格,提倡个人写作的诗学观念。诗歌文本从个人经验和体验出发,以冷静、客观的笔触探寻现代人的复杂生存状态,诗歌技巧纯熟,力求在诗语言说中进入生命和事物的本真。写作个人化使得诗歌更快地走向边缘。

1990 年代诗歌总体上呈现出无主潮的多元发展格局,个人化写作取代了公共化和群体化写作。重要特征之一是诗歌创作队伍的分化:有的并没有因为外部生存环境的变化而放弃自己的诗歌理想,顽强地持守着诗歌的精神高地,这主要是以牛汉、郑敏、昌耀、韩作荣等为代表的一批中老年诗人;有一些曾经在 1980 年代较为活跃的诗人在减少诗歌写作的同时,将创作的主要精力转移到散文或者其他文体的书写上,如邵燕祥、舒婷、周涛、叶延滨、杨牧等;也有些诗人,面临困境主动或被迫放弃了诗歌创作,如海男、杨争光等;有的远走海外,如北岛、江河、杨炼、张枣等;另外如海子、顾城、骆一禾等则因各种原因离开了人世。

分化之后的 1990 年代诗坛,其主要力量来自于 1980 年代后期第三代诗人群的一些诗人,西川、王家新、陈东东、韩东、于坚、李亚伟是其中坚。1990 年代诗歌的知识分子写作和民间写作,是这一时期较为活跃的一批诗人内部的自我区分,到 1999 年盘峰会议①时甚至演化为一场激烈的论争。以西川、王家新、臧棣、孙文波为代表的学院派坚称诗歌写作应当秉持知识分子书写,"强调书面语之于诗歌写作的艺术合理性,强调技艺的重要性,追求诗歌内容的超越性和文化含量";而以韩东、于坚、伊沙、沈奇为代表的诗人则主张诗歌应立足民间立场,"强调口语之于诗歌写作的艺术长处,强调诗歌的活力和原创性,注重题材、内容的日常性和当下性"②。知识分子写作和民间写作的论争双方并无根本的诗学分歧,其实都确证着个人写作精神。

在 1990 年代诗坛中,西川和王家新的创作取得了较高的成就。西川试图在西方现代与中国古典之间寻找另一种诗歌表达方式的可能。叙写诗人神秘悟道的心路历程的长诗《致敬》,在形式上也有许多创新,将叙事性、歌唱性、戏剧性有机地融入诗歌结构,实现了诗人所追求的"综合性创造"。王家新的创作整体上始终存留着严峻的时代意识。在其代表性诗作《帕斯捷

---

① "盘峰会议",又被称为"盘峰诗会",指的是 1999 年 4 月 16—18 日北京市作协、中国社科院文学研究所当代室、《北京文学》杂志以及《诗探索》编辑部等单位,在北京平谷县盘峰宾馆联合召开的一次会议,会议围绕"世纪之交:中国诗歌创作态势与理论建设"而展开讨论。

② 谭五昌:《世纪之交的中国新诗状况:1999—2002 年》,《诗探索》2003 年第 3—4 辑。

尔纳克》中，诗人以苏联著名诗人帕斯捷尔纳克为抒写对象，表达了在一个精神萎缩的年代，对时代的承担意识和忧患意识，显得格外高贵，亦十分悲壮。

这一时期，在大陆诗歌创作取得丰硕成果的同时，台湾也有一位重要诗人，她的作品在大陆产生了广泛而持久的影响，这就是席慕蓉。**席慕蓉**(1943—　，台湾作家，蒙古族，祖籍内蒙古察哈尔盟明安旗，蒙古族王族之后，出生在四川)在香港度过童年，后随家落居台湾。出版有《七里香》《无怨的青春》《时光九篇》《边缘光影》《迷途诗册》《我折叠着我的爱》等诗集。① 她的诗作倾注了自身丰富、细腻的生命体验和知识女性的生命自觉，其诗歌世界呈现了对精神原乡、完满爱情和真善美等人类终极价值的追寻。席慕蓉诗歌之美在其音律、用词与意境。她喜欢用相同或相似的句子以重叠与复沓反复吟唱来渲染诗情，诗歌的节奏极具灵动性和音乐美。而且因其画家出身，她的诗作"诗中有画、画中有诗"，既善于使用色彩感强的语词，诗境也很有画面感。在当今物欲横流的消费时代，席慕蓉的诗歌点燃了人们心头久被压抑的梦想，她诗中蕴涵的生命美感与高远境界，像久远的梦境一样具有现实疗伤的作用。这也是她诗歌广为传阅、经久不衰的原因。

第二节　朦胧诗

朦胧诗，在"文革"结束之后崛起于诗坛，并成为 1980 年代最具影响力的诗歌创作潮流。它的出现跟"文革"期间的地下诗歌有着密切的联系。"当人们开始注意这类新诗时，它已经度过了压抑的童年，进入了迅速成长的少年时期。"② 最早的探索者黄翔、地下诗歌第一人食指、北京青年诗人沙龙和"文革"后期的白洋淀诗群均与朦胧诗的崛起有着千丝万缕的关联。如食指当年曾以世人皆醉我独醒的傲岸写下众多震撼人心的诗篇，使以阶级性为表述主体的诗歌开始转变为以个体性为表述主体，恢复了个体的人的尊严，恢复了诗的尊严。③ 北岛说自己写诗是受了食指的影响，后成为朦胧

---

① 席慕蓉以其蕴涵着真挚浪漫情怀的清丽诗歌风靡海峡两岸，至今魅力不减，其诗选被翻译成多种文字，广为传播；出版了蒙文版的诗选《席慕蓉诗选》(1992)、日文版的诗选《契丹的玫瑰》(2002)、英文版的诗选《在黑暗的河流上》(2001)。除此之外，席慕蓉的散文集《成长的痕迹》(1982)、《追梦故土》(2009)等以"原乡书写"确立了她在散文上的独特风格，诗人不断的乡愁抒写和对精神家园的追寻深具文化意味。
② 顾城：《"朦胧诗"答问》，见北京大学五四文学社编《青年诗人谈诗》。
③ 宋海泉：《白洋淀琐忆》，《诗探索》1994 年第 4 期。

诗群骨干的一些白洋淀诗人也受到食指的影响。他们对"文革"较早产生怀疑,由怀疑开始创作,从而发展为一种潜在的民间诗潮,在1970年代末从地下走入地上,以崛起的面貌掀起朦胧诗运动,在接续中国现代主义诗歌传统中开辟了新的诗歌艺术潮流。朦胧诗能够从地下走向地上,被公开的诗歌刊物和读者接受,和1980年代初期改革开放所带来的人的观念的变革、时代文化语境的宽松有着必然联系。

朦胧诗作为一种在中国文化急遽转型期出现的新诗潮,曾引起激烈的论争。这起源于一篇署名为章明的批评文章《令人气闷的"朦胧"》①。朦胧诗的出现颠覆和解构了人们多年来已经形成的阅读期待,一部分人对这些诗作的思想内容和表达方式难以接受。然而这些颇富探索性的诗歌在当时却得到了更多的学者和诗人的支持。孙绍振指出,朦胧诗"与其说是新人的崛起,不如说是一种新的美学原则的崛起",并认为这一美学特征的哲学基础是个体独立价值的确立和人的觉醒。② 谢冕则认为年轻诗人"是新的探索者","我们一时不习惯的东西,未必就是坏东西,我们读不懂的东西,未必就是坏诗"。③ 关于朦胧诗的论争,扩大了朦胧诗的社会影响。④

不屑于作时代精神的号筒;
不屑于表现自我情感世界以外的丰功伟绩;
回避去写那些我们习惯了的人物的经历、英勇的斗争和忘我的劳动。
(孙绍振《新的美学原则在崛起》)

这是关系到诗歌要不要坚持为人民服务、为社会主义服务的方向,要不要坚持社会主义旗帜的重大问题。
是抵制还是接受西方资产阶级思想侵蚀的严重交锋。
(郑伯农《在"崛起"的声浪面前——对一种文艺思潮的剖析》)

在新的美学原则召唤下,朦胧诗在思想艺术上主要呈现出如下一些特征:

首先,自我意识的觉醒。朦胧诗人大多有过知青经历,离开政治文化的中心而走入社会的底层。这种生活使他们感到孤独寂寞,这种孤独感使"我"从"我们"之中游离出来,从外部世界进入内心世界,反叛主流诗歌的个人化写作因此开始萌生。尤其是地下写作无须考虑读者的期待和视野,写

---

① 章明《令人气闷的"朦胧"》:"晦涩、怪癖,叫人读了几遍也得不到一个明确的印象,似懂非懂,半懂不懂,甚至完全不懂,百思不得一解。"《诗刊》1980年第8期。
② 孙绍振:《新的美学原则在崛起》,《诗刊》1981年第3期。
③ 谢冕:《在新的崛起面前》,《光明日报》1980年5月7日。
④ 批评文章有程代熙《给徐敬亚的公开信》,《诗刊》1983年第11期;洁泯《读〈新的美学原则在崛起〉后》,《诗刊》1981年第6期;郑伯农《在"崛起"的声浪面前——对一种文艺思潮的剖析》,《诗刊》1983年第12期;等等。

诗只是出于个人表达的需要,因而是一种非功利的审美活动,甚至是一种特定的生存方式。这种写作立场使诗人具有独立思考的品质、很自我的写作姿态,表现为主体的自我精神和表达的独特方式。无论是北岛主张"诗人应该通过作品建立一个自己的世界"①,还是舒婷希望"用诗来表现我对'人'的一切关切"②,等等,其基本出发点都是自我。这种自我同样拥有时代、历史和民族的内涵,但与此前的当代诗学的根本区别在于对诗歌把握世界方式的新理解,即在创作中强调"诗人对外界现实主观驱使力","使那些被感情浸泡过的形象,依诗人的情感,组合新的形象图,而轻视真实地描写"③。徐敬亚认为"这就是新的诗歌宣言",也就是顾城所写的:"黑夜给了我黑色的眼睛,/我却用它寻找光明。"

其次,"一代人"的独白。朦胧诗的整体内容特征,是展示这一代人对命运、对自身的思索。朦胧诗人大多与共和国同龄,曲折的人生经历使得他们对现实社会有着清醒认识,现实社会影响又作为文化记忆和集体无意识支配着他们的思维方式和言语方式。经历了特殊历史时期的这代人是沉重的,他们有更多的历史感、使命感、责任感,更多的社会批判意识、群体意识和人道主义精神。因而在他们走向内心体验和思索的独白式作品中充满着矛盾张力,一方面要摆脱历史与生活的影响,不满反映论的艺术观念,另一方面又有明显的历史意识和对社会的介入意识;一方面在批判"文革"的假大空艺术时专注于内心世界的真诚,另一方面使命感又使他们主动承担批判社会的责任。他们用诗揭露"文革"的荒诞,同时也表现了"被抛弃的一代"内心的忧伤、迷惘和失落。北岛的《回答》和梁小斌的《中国,我的钥匙丢了》均是这一思想情感的表达。"中国,我的钥匙丢了。/那是十多年前,/我沿着红色大街疯狂地奔跑,/我跑到了郊外的荒野上欢叫,/后来,/我的钥匙丢了。""我想风雨腐蚀了你,/你已经锈迹斑斑了;/不,我不那样认为,/我要顽强地寻找,/希望能把你重新找到。"作者把"钥匙"与"中国"并列,把丢失钥匙与在红色大街上狂奔相连,诗的深厚的历史内涵由此产生。这首诗抒写了一个从狂热轻率到失落迷惘到艰苦寻找再到反思超越的抒情主人公形象。在追求中失落,在失落中寻找,作者写出了那一代人共同的心路历程和生活方式,后来成为很多朦胧诗反复呈现的主题。

最后,复合意象的呈现。朦胧诗论强调"诗是诗人心灵的历史","诗应

---

① 见《诗刊》1980年第10期"青春诗会"。
② 舒婷:《人啊,理解我吧》,《诗刊》1980年第10期。
③ 徐敬亚:《崛起的诗群——评我国诗歌的现代倾向》,《当代文艺思潮》1983年第1期。

当努力去深入人本身,人的心灵,这是又一个世界,——又一个比物质的世界更纷繁、更复杂、更变化莫测而又不具形体的精神宇宙"①,强调诗人个人的直觉体验和心理加工。朦胧诗区别于五四以来诗歌的一个显著特征,是以意象作为诗的构成的最基本细胞,滋生繁衍意象群落。朦胧诗的"朦胧"在于背叛了传统的诗歌符号,而创建了一套新的符号系统,这就是陌生化。朦胧诗侧重于自我内心情感的表达,在创作中借鉴西方现代主义诗歌技巧,大量使用象征、隐喻、通感、变形甚至蒙太奇的手法来拆解现实时空秩序,通过意象的叠加和复合来激发读者想象力,同时注重对潜意识、瞬间感受等主体内向性情绪的捕捉,拓展了诗歌的容量与内涵。如顾工带着顾城走访自己当年曾行军打仗剿匪的巴山蜀水,顾城这样描绘壮美的山城:"这是一片未展开的土地/这是一封过时的遗书";这样抒写嶙峋的川江石壁:"是多么灼热的仇恨/烧弯了铁黑的躯体";这样审视嘉陵江:"戴孝的帆船/缓缓走过/展开了暗黄的尸布。"诗人通过多种奇特的意象,写出了个人心灵世界中的巴山蜀水,呈现的是个人对于现实世界的独特心理体验。

在朦胧诗潮中,北岛、舒婷和顾城各有艺术个性。

北岛(1949—   ,原名赵振开,祖籍浙江湖州,出生于北京)1980年开始先后担任《新观察》《中国报道》编辑,1989年后移居国外,现在香港中文大学任教。主要作品有诗集《陌生的海滩》《北岛诗选》《在天涯》《午夜歌手》《零度以上的风景线》《开锁》等,另有散文集和小说多种。

作为朦胧诗的最主要代表性诗人,北岛在1980年代的诗歌创作呈现出以下特征:首先,具有鲜明的怀疑、批判精神和否定意识。②《回答》③以惊世骇俗的警句深刻而独特地概括出了一个价值颠倒、黑白混淆的社会现实:"卑鄙是卑鄙者的通行证,/高尚是高尚者的墓志铭。"面对这样一个世界,诗人以毫不妥协的决绝姿态喊出了愤怒的质疑:"告诉你吧,世界/我——不——相——信!"这是觉醒者的宣言,叛逆者的抗争。在另一首诗中,诗人深刻揭示出了特殊年代里荒诞的真实:"以太阳的名义/黑暗公开地掠夺/沉默依然是东方的故事/人民在古老的壁画上/默默地永生/默默地死去。"(《结局或开始——献给遇罗克》)这种否定和批判精神在诗中还体现为对个

---

① 杨炼:《从临摹到创造——同友人谈诗》,《诗探索》1981年第1期。
② 洪子诚认为北岛前期诗歌最突出的是具有"'反抗绝望'的态度"。洪子诚:《中国当代文学史》,北京大学出版社2007年版,第302页。
③ 这首诗写于1973年,当时已开始流传。在《今天》1978年第1期上发表时,有修改,标注的写作日期为1976年4月。顾彬称:"北岛这些诗使他成为中国的声音与良心。"《二十世纪中国文学史》,华东师范大学出版社2008年版,第302页。

体尊严的热情呼唤、对善良人性被践踏或毁灭的愤慨以及对弱者的悲悯与同情。在《结局或开始——献给遇罗克》中,面对敢于说真话而被折磨致死的青年,诗人悲愤地控诉道:"呵,我的土地/你为什么不再歌唱/难道连黄河纤夫的绳索/也像崩断的琴弦/不再发出鸣响?"在《岸》中,诗人则表达了对弱者的人道主义同情:"我是渔港/我伸展着手臂/等待穷孩子的小船/载回一盏盏灯光。"其次,北岛诗歌充满浓重的英雄主义情结和悲壮感。面对混乱而黑暗的历史,北岛和食指一样用诗歌传达出"相信未来"的心理强音,但他比食指更具英雄主义色彩和悲壮感。

> **声音**
>
> 不屑于表现自我感情世界以外的丰功伟绩。
>
> (孙绍振《新的美学原则在崛起》)
>
> 我宁愿听从感情的引领而不大信任思想的加减乘除法。
>
> (舒婷《生活·书籍与诗》)

对于价值颠倒的历史,诗人愿意做一位殉道的挑战者,"纵使你脚下有一千名挑战者,/那就把我算作第一千零一名"(《回答》);对于被冤屈的魂灵,"我,站在这里/代替另一个被杀害的人/为了每当太阳升起/让沉重的影子像道路/穿过整个国土"(《结局或开始》)。再次,北岛诗歌在艺术上呈现出理性思辨色彩和冷峻风格。正是基于这种思辨的"冷抒情",北岛诗歌才会有诸如"一个阶级的血流尽了/一个阶级的箭手仍在发射""自由/不过是猎人和猎物之间的距离"这样发人深省的诗句。最后,由于受到西方现代诗歌艺术的影响,北岛诗歌多用象征性的意象,同时也大量使用夸张、变形、通感等艺术技巧。如《迷途》中,"哨音""森林""蒲公英""湖泊"和"眼睛"等意象,均充满象征意味和暗示性,表现了诗人面对困境时的迷惘以及在理想召唤下对美好追求的复杂情绪和多重意旨。

舒婷(1952— ,原名龚佩瑜,生于福建泉州)1979年开始在《今天》上发表诗歌。1980年到福建省文联工作,从事专业写作,曾任中国作家协会第四届理事、福建省作协分会副主席。主要作品有诗集《双桅船》《舒婷、顾城抒情诗选》《会唱歌的鸢尾花》《五人诗选》《始祖鸟》等,另有多种散文集。

表现个体意识的觉醒,追求人的尊严和价值以及较为鲜明的女性意识,是舒婷诗歌情感内容的重要特征之一。舒婷的成名作《致橡树》,首先是一曲爱情的新语,诗人带着反叛传统观念和男权社会的女性意识渴望在爱情中寻求两性的平等。尽管身边的"橡树"伟岸挺拔,但带刺的"木棉"并不愿甘当陪衬的附属物,也不愿做依人的小鸟,她要和橡树一样笔直地并立着,"根,紧握在地下,/叶,相触在云里"。在渴求各取所长、互相尊重的爱情观背后,也是对人的尊严和人的价值的肯定。在《神女峰》中,"神女峰"可谓是妇女命运的化身,在成为美丽风景的同时,她背后却有着难为人知的"美丽的梦留下美丽的忧伤"。因此,诗人发出了真切的心声:"与其在悬崖上展览千年/不如在爱人肩头痛哭一晚。"这是女性意识的曲折表达,更是对人性、人的个体意识的充分肯定。表达对祖国和人民深沉的挚爱,是舒婷诗作的另一重要内容。在《祖国啊,我亲爱的祖国》中,舒婷将自己对祖国的深沉挚爱之情,用独特的意象传达出来。尽管自己的祖国曾经有过"贫穷""悲哀"和"痛苦",但是"我"宛如"破旧的老水车""熏黑的矿灯""失修的路基"一样跟祖国血脉相连,"我是你的十亿分之一,/是你九百六十万平方公里的总和;/你以伤痕累累的乳房/喂养了迷惘的我、深思的我、沸腾的我!"爱国之心,情真意切。身为女性的舒婷,在其诗歌中也较多地关注女性内心世界的曲折与复杂。《赠》准确而传神地道出了复杂、微妙的情感心理:"我为你扼腕可惜/在那些月光流荡的舷边/在那些细雨霏霏的路上/你拱着肩,袖着手/怕冷似地/深藏着你的思想/你没有觉察到/我在你身边的步子/放得多么慢/如果你是火/我愿是炭/想这样安慰你/然而我不敢。"这种细腻、复杂的情爱心理描写,在朦胧诗中独具特色。在艺术上,舒婷诗作既具有浪漫色彩,也有着充分的女诗人的温柔典雅,这使得她的诗在总体上"忧伤而不绝望,沉郁而不悲观","是软弱的,又是坚强的","忍受着失望,又怀着胜利的信念"。① 舒婷还善于将自己的思考、情感寄寓在贴切而自然的意象之中。如她多用大海、土地等意象表达对某类社会问题的思考,用橡树、木棉、神女峰等意象表达对女性命运的思考,用礁石与灯标、船与海、船与岸间关系的意象表达对人生或两性关系的哲思等。

顾城(1956—1993,原籍上海,生于北京)1977年开始发表作品。1987年应邀到欧美进行文化交流和讲学。1988年赴新西兰,被聘为奥克兰大学亚语系研究员,后辞职隐居于激流岛,1993年10月8日自杀。著有诗集《顾城、舒婷抒情诗选》《黑眼睛》《顾城童话寓言诗选》《墓床——顾城、谢烨海外代表作品集》等,散文集《顾城散文选集》以及长篇小说《英儿》。

顾城被誉为当代诗坛的"童话诗人",他一生都将自己置于童话般的幻境之中,不太愿意直面冷酷、复杂而多变的世界。正如舒婷所说的那样,"你

他在一瞬间就用电一样的本能完成了这种联系。

(顾城《关于诗的现代技巧》)

---

① 孙绍振:《恢复新诗根本的艺术传统》,《福建文艺》1980年第4期。

相信你编写的童话/自己就成为了童话里幽蓝的花"(《童话诗人——赠顾城》)。由于不愿直面现实,诗歌就成为顾城的宗教。在诗歌中他用忧郁、纯净而敏锐的眼神,去寻找属于自己的童话世界。顾城的诗歌世界大体在两个方向展开:其一,对儿童世界的钟爱与眷恋。顾城曾将自己喻为"小草","我是一棵长不大的小草,偶尔触一触阳光的绒毛"(《门前》)。面对残酷的现实,这棵"小草"总是愿意沉浸在过往里,因为在那里有自己曾经体验过的舒适的天籁世界。在顾城的诗歌里有相当多的作品是抒写童年或者以儿童视角观照外面的世界。诗人始终渴望做一个任性的孩子,希望"每一个时刻/都像彩色蜡笔那样美丽/我希望/能在心爱的白纸上画画/画出笨拙的自由/画下一只永远不会/流泪的眼睛"(《我是一个任性的孩子》)。与儿童世界的舒适和自在相反,当顾城用孩子的眼光打量成人世界的时候,冷漠和陌生感就油然而生,"你/一会看我,/一会看云。//我觉得,/你看我时很远,/你看云时很近"(《远和近》)。此外,对儿童世界的留恋,也使得顾城对寓言故事诗的创作格外感兴趣,他一生创作了大量此类诗作,比如《狐狸讲演》《大蚊和小孩》《得意的知风草》《极乐鸟》等。其二,顾城诗歌还格外表现出对自然的热爱和关注。在顾城的诗中,我们经常能见到星星、月亮、飞鸟、云、花朵、蝈蝈等自然意象,其中寄寓着诗人与自然和谐相处、人性健康的理想。如诗作《生命幻想曲》就为我们钩织了一幅淳朴、宁静而和谐的自然图景。他要将生命"放在狭长的贝壳里""柳枝编成的船篷"中,"在蓝天中荡漾。/让阳光的瀑布,/洗黑我的皮肤""用金黄的麦秸,/织成摇篮,/把我的灵感和心/放在里边"。在这里,自然与生命如此的和谐,这与诗人对城市的书写判然有别。顾城诗歌在艺术格调上自然、纯净,善用奇异的意象传达自己对生命、世界以及人与人之间关系的直觉体验。诗作《弧线》虽然只有简单的四句:"鸟儿在疾风中/迅速转向//少年去拣拾/一枚分币/葡萄藤因幻想/而延伸的触丝//海浪因退缩/而耸起的背脊。"但是这几组富有动感的意象,却将从自然界到人类社会中抽象的弧线具象化地表现了出来,生动传神且富含人生哲理。

研习提升阅读材料

第十一章
1980—1990年代散文

第一节 1980—1990年代散文流变

以1978年徐迟发表《哥德巴赫猜想》为标志,1970年代末至1980年代末,报告文学成为一个时代的特殊文学现象。陶斯亮《一封终于发出的信》,徐迟《地质之光》,黄钢《亚洲大陆的新崛起》,黄宗英《大雁情》《小木屋》,张书绅《正气歌》,王晨、张天来《划破夜幕的陨星》,理由《扬眉剑出鞘》《南方大厦》《倾斜的足球场》,陈祖芬《祖国高于一切》《挑战与机会》,钱钢《唐山大地震》,李延国《中国农民大趋势》,麦天枢《西部在移民》,胡平、张胜友《世界大串联》等作品触及时弊,悲壮激荡,引起了极大轰动和强烈反响。

1980年代,以一批老作家的回忆和悼念性散文最引人注目。冰心、巴金、孙犁、萧乾、陈白尘、柯灵、杨绛、汪曾祺、黄裳等人,都有回忆性散文发表,因而有论者认为"老年散文"成就突出是这一时期特有的文学现象。

孙犁在1980年代有散文集《晚华集》《秀露集》《澹定集》《老荒集》《陋巷集》《如云集》《尺泽集》等。与早年开朗乐观的思想情感、清新自然的风格相比,孙犁晚年的散文充满哀伤悲凉,风格沉郁凝重。《亡人逸事》《乡里旧闻》是其中的代表作,它们通过对凡人琐事的追怀忆念与描摹叙述,烙印出时代的沧桑与人事的喟叹,渗透着深深的悲剧气息。晚年孙犁的散文,明显地将中国古代散文的优长与鲁迅散文的韵味相融合,并明确地认定散文是指所有那些记事和说理的短小文章,从而拓展了他的创作视野,丰富了其创作内涵,为中国当代散文走上更为开阔的天地作出了有益的尝试与贡献。

杨绛在1980年代有散文集《干校六记》,由《下放记别》《凿井记劳》《学圃记闲》《"小趋"记情》《冒险记幸》《误传记妄》6篇组成。《干校六记》是个相当个人化的文本，在往事追忆中体现出浓厚的知识分子趣味和情怀。它不呐喊，不乖谬，不椎心泣血，而是冷静平淡，娓娓而谈，精致简洁，有时又伴以诙谐幽默，显示了在极端荒谬的岁月中，在人性极端扭曲之时，知识分子有着怎样独立的人格和精神追求。同时，也不回避对他们身上污垢的抉剔，表现出浓厚的知识分子的自省反思意识。有人说"满纸温婉言，不做愤懑语"，而作者的悲欢，却正结晶在这温婉之中。

陈白尘在1980年代有写自己在湖北咸宁干校亲身经历的长篇散文《云梦断忆》，还有《寂寞的童年》《少年行》《漂泊年年》等回忆性散文。作为喜剧家，他的文笔亦庄亦谐，冷嘲热讽与诗性意趣相交融，这与他创作的讽刺戏剧的格调相一致。陈白尘散文中有着明显的鲁迅作品的情感基调和风格特色。

汪曾祺在1980年代有散文集《蒲桥集》《塔上随笔》等，这些散文清新自然，有一种鲜活的灵动感。一些忆旧性文字更是独擅胜场，如《翠湖心影》《觅我游踪五十年》《泡茶馆》等篇，描人状物，叙事抒情，着墨看似毫不经意，却处处留心烙情，显示出作家独特的创作心机和艺术情怀。《沈从文先生在西南联大》《星斗其文　赤子其人》《金岳霖先生》等篇尤见作者勾勒人物性情的功力，读后让人有一种长久恋深思的情感体验，有中国古典散文的内在神韵和气度。

1980年代怀旧散文中，韦君宜《当代人的悲剧》、王西彦《炼狱中的圣火》等，也是直面历史和人心的佳作。1980年代的怀旧散文艺术成就最高的当属巴金《随想录》，在中国当代散文史上具有里程碑意义。

1980年代散文创作中，贾平凹的作品亦具特色，有《月迹》《爱的踪迹》《心迹》等散文集。

1990年代，在余秋雨文化散文《文化苦旅》的引发下，文坛掀起了一股散文热，许多新老作家、学者和其他文化人士纷纷投入散文创作，报刊、媒体、网络推波助澜，各种散文集和选本纷纷问世。创作群体和作品数量的庞大让人瞠目结舌，有人甚至把这一时期的散文热现象称为"世纪末的狂欢"。这一时期不仅创作队伍和数量庞杂，而且取材风格迥异多元，分类更是五花八门，有所谓的女性散文、学者散文、文化散文、跨文体散文和思想散文等。在女性散文中，斯妤《心灵速写》、素素《女人书简》、筱敏《西陲五题》《家》《规矩》、张抗抗《牡丹的拒绝》、苏叶《车辚辚马萧萧》、蒋子丹《女人四十》、王璞《整理抽屉》等都是代表性的作品。女性散文善于从寻常生活的叙事出发表达女性独特的心灵感受和思想情感。学者散文有张中行《负暄琐话》《负暄续话》《负暄三话》、金克木《文化的解说》、季羡林《牛棚杂忆》、陈白尘

《牛棚日记》、谢冕《永远的校园》等。学者散文透露出鲜明的学者特有的个性、知识、反思和独具魅力的语言风格。文化散文以余秋雨《文化苦旅》为代表。文化散文往往通过对历史文化的考察，对千古兴亡与历史沧桑表达悲天悯人的情怀与深沉的忧思。《湮没的辉煌》是夏坚勇对中国历史和文人、文化进行深入考察和体悟之后创作的系列文化散文的结集。全书以残存的漫灭不清的断垣残简为出发点，通过对历史的还原与拷问，刻画文人行状，探究文明兴衰，以感性跌宕的笔触探讨文化与政治、文化与社会变革、文化与时代之间的纠缠，对历史废墟背后的中国文化精神进行力透纸背的解读。夏坚勇的第二部文化散文集《绍兴十二年》穿越历史，直指当今，是一部充满人文激情和人文价值理念的作品。作者秉持自《湮没的辉煌》以来的对历史文化的深刻反思和严峻批判，一以贯之地显示出知识分子的独立精神。作者爬剔《武林旧事》等历史文献，结合文学描写，融入江南特有的社会风俗人情，读来意趣盎然。汪应果文化散文集《灵魂之门》以"路漫漫其修远兮，吾将上下而求索"的精神，勾连古今、兼涉中外、真幻交织，表达对当代诸多现实与形而上问题的探索性思考。《小卷阿魂祭》通过魏源的故事，对知识精英屡遭劫难的历史做了欲哭无泪的祭奠。

跨文体散文，以作家张承志《荒芜英雄路》、韩少功《夜行者梦语》和史铁生《我与地坛》为代表。跨文体散文的创作者们都是当代著名的小说作家，他们在小说创作的同时兼顾散文创作，借助散文这种更直接更方便的表达形式对历史文化和当下社会做出独具个性的思考。思想散文以王小波《我的精神家园》为代表。作为一名睿智深刻的思想者，王小波的散文主要关注知识分子文化、信仰、道德、体制等重大问题，并有其独特的分析和深入的阐释，引起了广大读者的共鸣。

张中行1980年代开始散文创作，1986年出版《负暄琐话》，1990年出版《负暄续话》，1994年出版《负暄三话》。"三话"以当事人的身份讲述其所见、所闻、所思、所感，有一种逝者如斯的忧伤、难得糊涂的哀叹和姑妄言之姑妄听之的豁达，显示出作者进入老境后的宽容和达观。在娓娓道来其或有些絮絮叨叨的言说中追忆那份忧伤而怅惘的迷离恍惚之情，一种欲说还休的难言的历史隐痛淡淡地显露在字里行间。张中行的散文，有很浓重的"白头宫女说玄宗"似的"闲话"味，也有对文化底蕴深厚的古代笔记类文体的承袭。

在1990年代的散文创作中，张承志散文集《荒芜英雄路》有着特殊的影响。这本散文集收入了作者40篇作品，用该书编者的话来说：生活的磨难和心灵的煎熬，化成了《荒芜英雄路》《芳草》《野草》等篇章；出自生命对自然的感应和作家内心迸发出的呼唤,《心灵模式》《神不在异国》等充满力度的文字极具穿透力。作家毅然走出世俗,走出虚荣,走入茫茫的黄土和广阔的天地间,在理性和情感的冲撞下,抖出一个活生生的灵魂。其实从第一本散文集《绿风土》开始,张承志就选择迥异于同时代作家的生活路径和创作方向,特立独行,只是到了创作《荒芜英雄路》时更加明确和坚定,用该书《作者自白》中的话说:"用一本记录终止自己,并且静静地整理好行装准备再上旅途,是太幸运了。旅人一词的分量在于这旅途无止无尽,和命一样短长。只要活着,我总是面临着跋涉的压力,总是思考着各种大命题,思考着怎样获得美和战胜污脏。对于自己在思想、文学以及同时代人中保持的这个位置,我开始重视和自以为荣。"张承志的散文创作有着鲜明的时代感和强烈的使命感。作家跋涉在西北的黄土地和大草原,对时代、社会、生命、精神等有关历史抉择和灵魂塑造的大命题做出了极具个性的思索与呐喊。他的理念未必成熟,思维不免混沌,表达也未必精熟,但显示出主体灵魂的高扬和独自在荒芜中开辟的魄力。

史铁生的散文有《随想与反省》《我与地坛》《合欢树》《随笔十三》等,其中《我与地坛》堪称他散文创作的最高成就。这篇散文可以称为他的灵魂自叙传,是他关于生命的独白。他以"地坛"作为讲述自己心路历程的基地,展示了对于人之困境的沉思与感悟,弘扬人的主体精神,歌颂生命的自由与创造。透过散文,我们可以看到一个比残疾的肉体更为痛苦的、艰难而绝望地挣扎着的灵魂,这是一个不屈的思考着的灵魂,同时也是一个在形而上宗教精神的引领下不断构建自己精神家园的灵魂。这个精神家园就是"地坛"。它以人的生命本体为核心,突出爱、自由、创作的价值和意义。《我与地坛》渗透了作者惯用的小说手法,这是典型的小说家的散文,因此有人把《我与地坛》看作一篇真正意义上的小说。

王小波1997年出版的散文集《我的精神家园》,体现了他深刻敏锐的思想和独特的创作个性。他的散文在平实幽默的言说中揭示深刻的思想旨趣。其中《知识分子的不幸》《文化之争》《椰子树与平等》《救世情结与白日梦》等都体现了他对知识分子问题、文化信仰问题、社会道德问题和构建新的精神家园问题的深入思考;叙事简洁,说理清晰,文笔通脱,显示了他清晰的理论思维和长于说理的创作特色,以及善于将严肃的理性思考与自嘲反讽式的幽默调侃相结合的创作手法,让读者在会心一笑中品味与理解"健全的理性"和"思维的乐趣"。他的思想散文受到不少读者的追捧,他的英年早逝更酝酿了一场声势不小的"王小波热"。

巴金《随想录》,从1978年12月开始创作至1986年8月完成,共150

篇,42万字。先在香港《大公报》单篇刊发,随后由香港三联书店和人民文学出版社陆续出版,分为《随想录》《探索集》《真话集》《病中集》《无题集》5本,总题为《随想录》。《随想录》以其深刻的反思在1980年代文坛引起很大的震动,被称为"说真话的大书",有不少论者认为它是巴金以散文的形式在其创作道路上树起的又一座文学丰碑。

《随想录》的创作宗旨首先体现在对"文化大革命"的深刻反思。作家以深刻的历史责任感和使命意识对"文革"十年浩劫作了揭露批判,用作者的话来说:"我们谁都有责任让子子孙孙牢记十年惨痛的教训。"作者也在《随想录》合订本新记中说:"拿起笔来,尽管我接触各种题目,议论各样事情,我的思想却始终在一个圈子里打转,那就是所谓十年浩劫的文革……住了十载牛棚,我就有责任揭穿那场惊心动魄的大骗局,不让子孙后代再遭受灾难。"作者从自己的亲身经历出发,选取典型的真实材料,抒发独特的情感体验,用饱满真挚的感情和沉郁凝练的文笔,在读者的心目中建起了一座个人的"'文革'纪念博物馆"。《怀念萧珊》《怀念老舍同志》《怀念胡风》等篇,真实记录了"文革"给亲人和朋友带来的残酷迫害和身心凌辱。《小狗包弟》通过对一条名叫包弟的小狗的真挚而细致的描述,揭示了那个非人时代里人性泯灭的惨剧。《"毒草病"》揭示"文革"的余威和恶劣影响依然在新时代蔓延滋长。在《多印几本西方文学名著》一文中,他揭露、批判"文革"中禁书焚书的行为。从某种意义上来说,《随想录》是巴金站在历史的高度和理性的层面对"文化大革命"进行的总结式批判与反思。他的建立"'文革'纪念博物馆"的呼吁,虽然至今也没能实现,但他的批判精神和忧患意识将永久激起人们的高度警觉。

巴金在《随想录》中体现出深刻的自审意识和忏悔意识。他在对"文革"进行深刻揭露与批判的同时,也冷静严厉地解剖自己,对自我作了真诚的自审和批判。他说:"分是非、辨真假,都必须先从自己做起,不能把责任完全推给别人,免得将来重犯错误。"(《随想录》合订本新记)他为曾经违心地写文章批判朋友的作品而内疚,并承认当年在批判丁玲、冯雪峰、艾青的大会上人云亦云,"跟在别人的后面丢石块",是因为他"相信别人同时也想保全自己"。在《思路》中,作者回顾自己"曾甘心做了风车,随着风转动,甚至不敢拿起自己的笔",而十年之后,作家对此有种深深的自责和忏悔,认定只有顺着自己的思路,独立思考,才能认清方向,找到应有的答案。巴金的自审与忏悔是真诚而负责的,显示出一个知识分子对民族、时代与社会的深刻反思。从这个意义上说,明显受到俄国作家赫尔岑《往事与随想》影响的《随想录》,是巴金对同时代人的"嘱咐",也是他留给一个民族与时代的"警世通言"。

无技巧的境界,构成巴金《随想录》独特的艺术价值。巴金崇尚"把心交给读者",在他看来,他所讲的真话就是"自己怎么想就怎么说",这对"真话"的界定也是他对自己散文创作的要求。巴金坚信,文学创作的最高境界就是无技巧。他不受所谓文学技巧的束缚,而是率性而作,随意而为,挣脱一切已有的条条框框,讲自己的所见、所闻、所思、所想,用"真话"的形式表达出来,字里行间呈现的不再是跌宕起伏、动静搭配、情境交融式的所谓艺术技巧的安排,而是充溢着热血、正直、善良和自省的直抒胸臆的自然流淌和合理铺成。这是作家的一种心灵开放式的自由,也是文学的一种解放形式,这种心灵与思想情感的解放,让巴金的《随想录》在思想深度和艺术境界上实现了较高层次的突破。

当然,由于是随写随投到海外在报纸副刊上连载,作家在创作时并没有前后完整统一的构思和结构,有些急就章式的非精心建构之作也在所难免。巴金也不讳言自己创作中存在的弱点和缺陷:"我在写作中不断探索,在探索中逐渐认识自己。为了认识自己,才不得不解剖自己。……我常说对自己应当严格,然而要拿刀刺进我的心窝,我的手软了。我不敢往深处刺。……解剖自己,我挖得不深,会有人走到我的前头,不怕痛,狠狠地挖出自己的心。"(《随想录》合订本新记)所以,《随想录》在思想深度和艺术价值上也存在一些不平衡现象,有些篇目显得平乏浅显甚或絮叨啰嗦,有些又显得随意、不善节制,但总体而言,《随想录》是真话之书,也是一部反思的大书。它是1980年代中国文学突出成就之一,终将长久地留存在中国当代文学史上。

余秋雨的散文作品分别结集为《文化苦旅》《山居笔记》《霜冷长河》等,其中《文化苦旅》是1990年代文化散文的代表性成果。

余秋雨在《〈文化苦旅〉自叙》中谈到自己的散文创作:"我站在古人一定站过的那些方位上,用与先辈差不多的黑眼珠打量着很少会有变化的自然景观,静听着与千百年前没有丝毫差异的风声鸟声,心想,在我居留的大城市里,有很多贮存古籍的图书馆,讲授古文化的大学,而中国文化的真实步履却落在这山重水复、茫茫苍苍的大地上。大地默默无言,只要来一两个有悟性的文人一站立,它封存久远的文化内涵也就能哗地一声奔泻而出;文人本也萎靡柔弱,只要被这种奔泻所裹卷,倒也能吞吐千年。结果,就在这看似平常的伫立瞬间,人、历史、自然混沌地交融在一起了,于是有了写文章的冲动。"着眼于探索文化深沉的奥秘与文化历史的兴衰,是余秋雨《文化苦旅》创作的主要思想倾向。他的散文往往大处着眼,微观落墨。不管是《道士塔》《莫高窟》《白莲洞》《都江堰》,还是《风雨天一阁》,

作者都是对历史留下的遗迹作极具个性的诗性解剖和文化阐释。在余秋雨的心目中有一种文化中心主义的诗学。作者把所见、所闻、所思、所想的历史遗迹融入文化和历史考量中,把强烈的主观自我投影其中,然后以理性和人文意识关注民族文化品格的重建,体现了作者的文化批判意识和理性审视的态度。在作者笔下,那些所谓的名君贤相、圣者先贤、仁人志士、骚人墨客等留下的言行轨迹已积淀为民族与时代的文化症候和文化心理建构,显示出民族文化创造的艰难历程,同时也彰显了文化创作者的思想性格和精神品质。

《文化苦旅》注重开掘自然山水、历史古迹的文化意蕴和内涵,不管是写《江南小镇》的风光、《白发苏州》的历史、《贵池傩》的民俗、《上海人》的性格,还是《寂寞天柱山》和《西湖梦》的历史传说等,都凸显了自然山水、历史古迹中隐含的历史文化符码和文化心理积淀。他不是孤立地搜集历史上的传说,也没有对历史孤证作考据,而是挥动灵动跳跃的文笔,对自然山水作集中的点染泼墨,揭示其内涵深邃的文化底蕴;作者在对历史传说的精心编排和穿插引用中,处处留下建构的心机,通过对时代精神和文化精神的透视,彰显民族文化心灵的脉动。余秋雨的文化散文,是浸润着浓厚的文化精神和心理积淀的山水与历史。

《文化苦旅》也体现了作者在文体上的有意探索和突破。余秋雨的文化散文不再局限于以前散文格局狭小、意蕴枯涩的所谓托物言志,也不沿袭套用当代曾经风行一时的所谓三家模式(杨朔模式、秦牧模式、刘白羽模式),而是在散文创作中融入文化、历史、心灵等多方位的阐释。文笔纵横捭阖,显示出解放散文的雄心。作者视野宏阔,笔力雄健,有艺术穿透力。尽管他笔下的文化散文也有所谓"故事+诗性语言+文化感叹"的流水线生产模式的痕迹,似乎较为明显地形成了自我模块反应的写作模式,有些篇章抒情过于泛滥、不加节制,甚至有些过于矫情,因而招致了许多措辞严厉、非常尖刻的批评,但我们还是要肯定余秋雨散文的开创之功。其利其弊,都已成为后来者的一个参照。

抹着文化口红游荡文坛。
煽情主义的话语策略。
(朱大可《余秋雨批判》)

余秋雨是匍匐地膜拜历史的态度。
(王彬彬《余秋雨"躺枪"》)

《文化苦旅》和《山居笔记》等,把当时已完全处于衰势的散文市场一下子全面激活。……它的确掀起了文化散文进入社会大众读者的强劲热潮。
(郝雨《在世纪的高度完成最后的跨越》)

第二节　台湾和香港散文

1980年代,台湾散文相当风行,突出地表现为:(一)散文作者阵容空前强大,出现了几代作家共同活跃于文坛的局面。(二)散文观念有了新的发展,许多诗人、小说家转向散文创作且成绩喜人。(三)出现了一些新的散文品种,如都市散文、生态散文、文化散文等。

在八九十年代台湾散文格局中,新生代作家是一支重要的创作队伍。这批1950年代以后出生,伴随着台湾现代化建设成长起来,接受了完整的现代教育的创作者,较少传统因袭和历史重负,艺术个性十分鲜明。林清玄在《迷路之云》等散文集中,从纷纭复杂的生活现象中挖掘人生真谛,创造出弥漫着宗教氛围的艺术境界。新生代散文家的另一重镇阿盛的散文则具有强烈的世俗性。他以乡土台湾及平民生活为观照对象,以世俗化来对抗贵族化,建立起散文的平民品格。林燿德的散文则将艺术视野集中地投射到都市社会生活,以感知性互渗而偏于理性的形而上笔法,深刻地呈现了现代都市人的生存状态,表现了自我与环境的异化过程中都市人的精神焦虑。散文集《一座城市的身世》因其内容的前卫和形式的大胆创新,成为台湾都市文学的代表作。简媜是这一时期锋头颇健的女作家,她的散文有着强烈的自我意识和女性意识,开拓了散文新境界。

台湾的散文新生代作家呈现出一个共同特点,即他们在用文学的手段质询人生、社会、历史的诸种意义时,都表现出散文意识的自觉。他们不拘泥于题材和表现形式,而注重对生命体验的真实叙写以及由此而形成的主体意识的强化。

同时期的香港散文也有长足的发展。首先是学者散文的勃兴。宋淇、金耀基、思果、陈之藩、梁锡华、董桥、小思(卢玮銮)、黄国彬、也斯(梁秉钧)、黄维梁、潘铭燊等学者型作家创作了大量熔感情与知性、情趣与理趣于一炉,有着较高的艺术品位和审美价值的散文作品,比如金耀基的儒雅练达,思果的洒脱老辣幽默,小思的细腻绵密温雅清新,黄维梁的博雅睿智,潘铭燊的书卷气。潘铭燊《人生边上补白》从世事百态入手,截取生活中亦庄亦谐、亦雅亦俗之事加以妙手点化,在轻松幽默的语言中传达对人生的思考和领悟。其次,南来作家曾敏之、陶然、彦火、东瑞、王璞、颜纯钩、陈娟、巴桐、陈少华等或状写自然风光,或刻画社会风情,或描摹田园情趣,或呈现都市感性,也反映出香港散文新的发展态势。其中,曾敏之(1918—2015,祖籍广东梅县)的散文成就最特出,著有《拾荒集》《望云海》《听涛集》《观海录》等。

曾敏之早年从事过新闻工作,他善于从时代大潮中撷取题材,描摹社会生活和历史前进的步伐。曾敏之还写了大量的杂文。他的杂文常常从历史的高度烛隐洞幽,时而在史料典籍中涉笔成趣,时而就现实问题慷慨陈词。在都市散文的开拓方面,也斯、西西、钟晓阳等也都取得了显著的创作实绩。

简媜、董桥的作品各显特色。

简媜(1961— ,台湾宜兰人,原名简敏媜)从台湾大学中文系毕业后,曾在佛光山担任佛经诠释工作,后又任联合文学杂志社编辑。1986年后从事专业创作。第一本散文集《水问》收入的是大学四年写的35篇散文,作品内容虽然局限于校园生活和感受,但反映了作者对知识的追求和心灵成长的轨迹。《只缘身在此山中》收入的是一系列以佛家思想为架构的动人故事。这本散文集与《水问》在题材上有很大不同,但两者在叩问人生哲理的探索精神上是一致的。简媜是"乡土"的,同时又是"现代"的。长期居住在台北这座现代都市中,她对都市生活有着深切的把握和体认。在《月娘照眠床》《七个季节》《下午茶》《梦游书》《空灵》《胭脂盆地》《女儿红》等散文集中,她描绘喧嚣热闹的都会夜市,表现丰富多彩的都市人生,勾勒了许多都市人形象。尤其值得重视的是,简媜的散文表现出强烈的自我意识和女性意识。这使她在新生代作家中脱颖而出。她在探索生命价值、叩问人生真谛的同时,不懈地寻找自我。简媜散文在艺术上有鲜明的个性特色。她长于对日常生活进行形而上的思考,每每于人们司空见惯的现象中生发出新颖而深邃的哲理,将寻常景物点化成令人饶有兴味的神奇世界。这使得她的作品往往有不落俗套、发人深省的效果。

董桥(1942— ,出生于福建晋江,原名董存爵)以散文著称,先后结集出版了《双城杂笔》《这一代的事》《跟中国的梦赛跑》《辩证法的黄昏》《乡愁的理念》等。董桥出身于书香世家,从小便受到中国传统文化的熏陶,爱读书,喜写作,嗜好收藏图书、字画,爱弹琴,也爱读周作人散文和明清小品,具有浓厚的文人雅士风范。负笈英伦的留学生涯又使他以开放的胸襟吸纳西方文明,并对他的创作产生了很大的影响。他的散文既显出中国人的智慧,也不乏英国式的幽默。联想丰富,比喻精巧,是董桥散文的鲜明特色。他善于通过联想扩大散文的容量,造成跌宕起伏的文风;又常借助于比喻,增强作品的表达效果。在文体方面,董桥进行了大胆的尝试和实验。他一直在写多体散文,其中有小说式散文,如《情辩》《让她在牛排上撒盐》《偏要挑白色》《访旧》等;有学术性散文,如《辩证法的黄昏》《樱桃树和阶级》《"魅力"问题眉批》《翻译与"继承外国文学遗产"商兑》等;甚至还以武侠小说的形式写散文,如《薰香记》。董桥打破了各种文体间的界限,扩大了散文的表现力,为散文文体革新作了有益的尝试。他的散文语言精雕细刻,文笔干净洗练,在简约浓缩的语境中寻求品位和美感。结构严谨,或由一则材料,或由一个观点,或由一种情绪引申开去,旁征博引,自由发挥,看似散漫,实则条理分明,线索清晰,开合有致。浓郁的书卷气,儒雅的文化精神,热烈的中国情怀,精致的文字,英国式的幽默,构成了独特的"董桥风格"。

第十二章
现当代少数民族文学

中国少数民族文学包括口耳相传的少数民族民间文学①和少数民族作家创作的书面文学②两部分。中国55个少数民族在其历史进程中,创造了丰富灿烂的民间文学,各民族神话传说、民间故事、民间叙事诗、史诗、民间歌谣、民间谚语与谜语、民间说唱和民间小戏等艺术样式是我们了解其历史、文化和社会生活的窗口。其中,诸如藏族的《格萨尔》、蒙古族的《江格尔》和柯尔克孜族的《玛纳斯》这三大著名英雄史诗不仅是中华民族宝贵的文化遗产,更是全人类共同的精神财富。

由具有少数民族身份的作家创作的书面文学作品,从其发生之初的隋唐,历经宋元辽金,至明清时期渐趋繁荣,在诗歌、散文、小说、戏剧等方面不断拓展,是中国文学重要而不可分割的组成部分。就诗词而言,契丹族诗人耶律楚材、女真族诗人完颜亮、回族诗人萨都剌、满族词人纳兰性德、女诗人顾太清(西林春)等都有不少传世佳作。小说的出现与繁荣是晚于诗歌的,直到明清时期,藏、蒙、维、满等民族才陆续产生了小说。刀喀夏仲·才仁旺阶的《勋努达美》是藏族文学史上第一部长篇小说,作品弥漫着浓郁的佛教文化气息。《乌巴什·洪台吉》是蒙古族文学史上第一部短篇小说,小说继承了传统蒙古族文学的表现形式,散韵相间,穿插有大量诗行;在蒙古族近代文学史上,尹湛纳希的作品《青史演义》值得一提,作品不仅借鉴了《蒙古秘史》的诸多歌谣和传说,也汲取了汉族古典文学作品《三国演义》的部分人物塑造手法,深得民众喜爱。此外,满族作家长百浩歌子的《萤窗异草》、邦

---

① 少数民族民间文学是各少数民族口头创作、口耳相传的语言艺术,也是他们关于其民族生活、生产、信仰等的经验总结,表达了不同民族的审美观念和艺术情趣。
② 其中,部分作家使用其民族语言创作,部分则用汉语创作。本章所用文本多属少数民族作家的汉语创作,个别示例也借鉴了某些民族语创作的汉语译本,特此说明。

额的《夜谭随录》，朝鲜族的《春香传》《沈清传》，维吾尔族纳斯尔丁·拉布古孜的《先知传》，阿合买提·鄂加木·尼亚孜·鄂里的《集萃园》等也是少数民族小说的代表性作品。

第一节　现当代少数民族小说

端木蕻良、舒群、李辉英、关沫南、萧乾、马子华、李寒谷、白平阶、金昌杰、苗延秀等作家的优秀作品为其后少数民族小说创作奠定了坚实的基础。

端木蕻良（1912—1996，满族，原名曹汉文，辽宁昌图人）主要作品有长篇小说《科尔沁旗草原》《大地的海》《大江》《新都花絮》《曹雪芹》，短篇小说《鹭鹭湖的忧郁》《遥远的风沙》《浑河的激流》《初吻》《早春》《雕鹗堡》等。

《鹭鹭湖的忧郁》是其成名作、代表作。小说情、景、事有机结合，在貌似简单的对守豆秸、偷豆秸事件的平淡叙述里，蕴含着作者强烈的感情，表现了中国农民悲惨的生活境遇和挣扎，以及难能可贵的受难者之间的同情和爱。① 小说《雕鹗堡》被视为"抗战时期难得的运用象征手法针砭国民性的小说"②。《初吻》《早春》两篇以幼时生活为题材，关注、同情妇女的地位和命运，也对自我做了最初的思考和探索。作品构思精巧、情调旖旎，景物描写精美雅致，人物心理刻画入木三分，既代表了端木蕻良 1940 年代小说创作的最高成就，也是当时中国短篇小说的重要收获。

他的代表作《科尔沁旗草原》以"九·一八"事变为背景，围绕土地这个中心，通过对丁氏封建地主家族的兴衰及科尔沁草原生活画面的展现，描写了东北社会日益尖锐的阶级斗争、民族矛盾，歌颂了东北人民的奋起反抗精神。小说塑造了地主、农民、妇女等身份各异的艺术形象，反映了东北社会的全貌，尤其是东北农村的生活、风俗、矛盾和斗争，独具艺术特色。作家以忧郁的心情眷恋故乡的土地，为其中受苦受难人民的不幸遭遇愤怒不已。作品场面宏伟，以浓郁的风土人情和方言，渲染出强烈的地方色彩。该小说在运用方言和"大众语"方面的成就也很高。

从 1950 年代初至"文革"前，少数民族小说创作队伍渐成规模。玛拉沁夫、李乔、马加、朋斯克、李根全、舒群、陆地、李准、杨苏、袁仁宗、孙建忠、祖

---

① 小说主要内容：中秋月夜，贫苦青年农民玛瑙和来宝为地主看守豆地。来宝捉到的"偷青贼"是玛瑙年迈体弱的父亲，玛瑙抓住的则是一个瘦得拿不起镰刀的小女孩。她母亲用肉体赢得来宝的许可，让她在一旁割豆秸。知情后的玛瑙，情不自禁地夺过小女孩的镰刀，帮她割豆秸。

② 严家炎、范智红：《小说艺术的多样开拓与探索——1937—1949 年中短篇小说阅读琐记》，《文学评论》2001 年第 1 期。

农·哈迪尔、郝力斯汗·库孜巴尤夫、普飞、刘荣敏、滕树嵩等一大批作家的创作,异彩纷呈,成就突出。① 玛拉沁夫《茫茫的草原》、胡奇《五彩路》《绿色的远方》等儿童题材的小说也是这一时期的优秀成果。

玛拉沁夫(1930—   ,蒙古族)的小说,多取材于内蒙古草原人民的生活和斗争,民族特色浓郁,风格清新明丽,具有强烈的时代气息。玛拉沁夫1952年以短篇小说《科尔沁草原的人们》轰动文坛,主要作品有中短篇小说集《玛拉沁夫小说选》,短篇小说集《春的喜歌》《花的草原》,长篇小说《茫茫的草原》,中篇小说《第一道曙光》《爱,在夏夜里燃烧》,短篇小说《花的草原》《活佛的故事》等。

玛拉沁夫的《科尔沁草原的人们》充满浓郁的生活气息和民族特色,通过蒙古族青年恋人萨仁高娃和桑布捉特务、救草场的故事,再现了特定历史时期人们单纯的生活观念和蓬勃向上的精神面貌。代表作《茫茫的草原》是中华人民共和国建立后,第一部反映蒙古族人民斗争生活的长篇小说。小说以主人公铁木尔的人生道路为线索,展开错综复杂的斗争局面和人际关系的描写,并通过铁木尔所在的"明安旗骑兵中队"的斗争胜利、主张走民族分裂主义道路的齐木德幡然悔悟投身革命、坚持中间道路的瓦其尔遁入空门等不同结局,揭示只有在中国共产党领导下,各族人民紧密团结,以革命的武装斗争去夺取民族解放的胜利,才是蒙古族人民的根本出路这个具有重大历史意义的主题。《茫茫的草原》塑造了铁木尔等一系列具有蒙古民族精神特质的典型人物形象。铁木尔的成长道路也是蒙古族人民在黑暗统治下的挣扎、斗争以及寻求民族解放的艰难历程。作者以清新、质朴的抒情笔调把环境描写和人物的精神世界紧密结合起来,散发着浓郁的草原气息。小说对马和歌声这蒙古族人民的"两只翅膀"进行了出色的描写,在他笔下,蒙古族传统节日"那达慕"大会,不仅是二百多人的马头琴组成的民乐海洋,也是热烈、紧张的赛马场。浓郁的民族情调、强烈的抒情色彩、鲜明的时代烙印可谓是这部小说的总体艺术特征。

---

① 其中以李乔《欢笑的金沙江》、马加《开不败的花朵》、朋斯克《金色的兴安岭》、李根全《老虎崖》为代表的描写革命斗争题材的优秀小说,从不同侧面,反映中国人民在共产党领导下所走过的坎坷曲折、百折不挠的斗争历程,是各族人民宝贵的精神财富。舒群《这一代人》、玛拉沁夫《科尔沁草原的人们》以及陆地《美丽的南方》等表现建设新生活时期工、牧、农生活和斗争的小说,和李准《芦花放白的时候》、杨苏《没有织完的筒裙》、袁仁宗《打姑爷》等反映新的婚恋观念、家庭题材的小说,以及滕树嵩《侗家人》、孙建忠《五台山传奇》等通过今昔对比、讴歌新生活的小说所占比重较大,艺术水准较高,给读者留下了深刻的印象。此外,还有老舍的有"一部了解旗人生活的'小百科全书'"美誉的长篇小说《正红旗下》,扎拉嘎胡唯一一部以少数民族知识分子的命运和心路历程为内容的长篇小说《红路》等也自有特色。

胡奇（1918—1998，回族）著有长篇小说《难忘的冬天》，中篇小说《五彩路》①《海防少年》《绿色的远方》，短篇小说《神火》《"佐罗"的一场争吵》②等。

《五彩路》是儿童文学作家胡奇的代表作。小说讲述了居住在雪山里的三个经历各异、性格有别的藏族少年曲拉、丹珠和桑顿，为了摆脱苦难、寻求幸福而长途跋涉去寻找"五彩路"的故事，艺术地展现了康藏公路带给西藏的巨大变化及其在西藏社会变革中的重要意义。作品把西藏新一代少年的道路与老一辈人的抗争、探寻及悲惨命运相比较，表明只有在党的领导下，藏族人民才能翻身解放、幸福生活，藏族新一代才能健康成长。作者运用童话、传说中美丽的幻想色彩表现真实的生活，在情节的展开、发展中刻画藏族少年形象，既写他们对幸福生活的憧憬和追求，也着力表现他们的成长历程；文笔清新，意蕴含蓄。藏族民间故事、谚语、格言、民歌的适时穿插，让作品平添了几分民族色彩及儿童情趣。

《绿色的远方》对藏族人民的生活习俗和明媚的自然风光做了多姿多彩的描绘，充溢着浓郁的草原气息。小说主要讲述在西藏民主改革进程中，少先队员扎西、阿江等在李老师和草原民兵的帮助下，与妄图恢复农奴制的暗藏的敌人之间的斗争故事。作品通过扎西、阿江等人物心理的变化，反映了社会深层生活的变化。

新时期以来少数民族作家队伍日益壮大，作品质量明显提升，少数民族文学迈进了繁荣兴旺的新阶段。小说创作成绩尤为突出，屡获全国性最高奖项，影响深远。这一时期的主要代表作家有乌热尔图、阿来、霍达、张承志、叶广芩等人。

乌热尔图（1952—　　，鄂温克族，原名徐绍民，内蒙古乌兰浩特人）1976年开始文学创作，著有小说集《琥珀色的篝火》《七叉犄角的公鹿》《乌热尔图小说选》《森林骄子》，中篇小说《我是一匹马，从森林里来》《雪》，短篇小说《森林里的梦》《瞧啊，那片绿叶》《一个猎人的恳求》《七叉犄角的公鹿》《琥珀色的篝火》（分获 1981、1982 和 1983 年全国优秀短篇小说奖）等。他的作品真实反映了鄂温克族人民的现实生活、历史命运，散发着森林的清新气息。其代表作《七叉犄角的公鹿》，以"我"的视角，讲述了一位 13 岁的少

---

① 获 1980 年全国少年儿童文艺创作一等奖。
② 获全国第一届少数民族文学创作奖。

年猎手和一只美丽公鹿的故事。① 作品构思精巧、情节单纯,通过"我"与公鹿的几次相遇,把公鹿的命运起伏和人的心灵颤动交织起来,流露着对人性之善、人情之美的讴歌与渴求。

阿来(1956— ,藏族,四川阿坝州人)1982 年开始诗歌创作,1980 年代中后期转向小说创作。主要作品有诗集《棱磨河》,小说集《旧年的血迹》《月光下的银匠》,长篇小说《尘埃落定》《空山》《格萨尔王》《瞻对》,长篇地理散文《大地的阶梯》等。其中,《尘埃落定》是阿来的代表作,在本书第八章第一节有所分析。

霍达(1945— ,女,回族,北京人)著有历史题材剧作《鹊桥仙》《公子扶苏》《飘然太白》,报告文学《万家忧乐》《国殇》,长篇小说《穆斯林的葬礼》《未穿的红嫁衣》,中篇小说《红尘》《魂归何处》等。

霍达的成名作、代表作《穆斯林的葬礼》曾获第三届全国少数民族优秀文学奖、第三届茅盾文学奖。小说以独特的视角,在广阔的时代、历史背景下,以一个世居北京的穆斯林一家三代 60 年的命运沉浮、爱恨悲欢、兴衰荣辱,浓缩了回族 700 年的历史。小说情感真挚、内涵深刻、文笔冷峻,宏观回顾了中国穆斯林漫长而艰难的足迹,揭示了他们在华夏文化与穆斯林文化的撞击和融合中独特的心理结构,以及在政治、宗教氛围中对人生真谛的困惑和追求,塑造了梁亦清、韩子奇、梁君璧、梁冰玉、韩新月、楚雁潮等一系列栩栩如生、血肉丰满的人物形象,展现了奇异而古老的民族风情和充满矛盾的现实生活。

小说以奇珍宅的盛衰演变与楚雁潮、韩新月的悲剧爱情为两条贯穿全书的主线,在这两条并置线索的交叉中演绎父母与子女、战争与和平、历史与现实诸种复杂的矛盾关系,结构严谨,极富艺术品位。作者对中国穆斯林的渊源、礼拜、日常用语、婚俗、葬礼、饮食等也进行了细致、生动的描绘,语言清新质朴,含蓄蕴藉,曲终掩卷,余韵绕梁。

张承志(1948— ,回族,生于北京)著有散文集《绿风土》《牧人笔记》,中篇小说《黑骏马》《北方的河》《黄泥小屋》,短篇小说《骑手为什么歌唱母

---

① "我"是一位先后失去父母、与继父一起生活的鄂温克孤儿,难忍冷漠暴虐的继父的棍棒交加,渴求自立,因而冒严寒出猎,走进冰封雪盖的密林,迈开人生的第一步。在森林深处,"我"路遇一只长着七叉犄角的公鹿,并打伤了它。第二天,"我"沿途追赶,目睹了公鹿在与狼的殊死搏斗中艰难胜出,"我"爱上了这个"真正的男子汉",放它离开。再见公鹿时,正是打鹿茸的季节,"我"将它从继父的枪口下惊跑,并为此被继父打昏。最后一次见到公鹿时,它身陷狼群,"我"举枪打散狼群,解开继父设置的套在公鹿犄角上的铁丝。虽然,自己被公鹿踢伤胸口,瘫倒在地,但当"我"看到公鹿奔向自由新天地的时候,仍止不住流下快乐的泪水。这次,目睹一切的继父并没发怒,反而双手一搂,把"我"背在他宽厚的脊梁上。

亲》《残月》等。

张承志的早期作品以草原生活为题材,从大地、民间汲取精神养料,稍后则把个人理想与宗教信仰结合在一起,侧重对回民生存和真主信仰的探索。早期作品慷慨硬朗,充满了大漠草原之气。短篇小说《骑手为什么歌唱母亲》是其成名作,获得1978年全国优秀短篇小说奖。于此,张承志开始了以"人民"为主题的创作探索。在作品中,对人民的理解与表现,转化为对大地母亲的赞美感恩之心。小说以草原古歌《修长的青马》(歌唱母亲的歌)委婉悠长的曲调为背景音乐,烘托草原之子对母亲的敬爱之心。作品中那仁慈无私、热爱生活,面对艰难痛苦镇定自若的蒙古额吉也让读者过目难忘。对蒙古草原生活习俗、风土人情的描绘使小说具有浓郁的浪漫主义诗情及草原地域特色。

《黑骏马》以男主角凄美的爱情故事和"离乡—返乡"的心路历程,折射出蒙古族在新旧观念冲撞中的自我抉择,以及草原新一代的挣扎和呐喊。《北方的河》讲述一个回城的大龄知青不甘平庸的生活,和他准备考研的奋斗历程。书中淡淡地写了朦胧的爱情,写了平庸生活与理想之间的差距,写了生活对激情的磨钝,及主人公在北方的河中所汲取的力量。张承志的后期作品,宗教情感加重,文字逐渐变得诡秘、晦涩。

在叶广芩①的创作中,家族的影响或谓"传统"的痕迹较为明显。其作品有意反思历史,把小说作为家族史来写。她的《本是同根生》《梦也何曾到谢桥》等作品都以自己的家族为题材,形成了独具特色的家族小说风格。

第二节 现当代少数民族戏剧

话剧的出现为少数民族文学增色不少。颜一烟、李超、老舍、祖农·哈迪尔都是这一时期颇有影响的剧作家。

1950—1970年代的少数民族戏剧创作具有明显的"一体化"特征,文学创作和文学活动都被纳入政治意识形态之中。戏剧文学主要以"斗争""歌颂"为主题。满族剧作家老舍、胡可,维吾尔族剧作家包尔汉,朝鲜族剧作家黄凤龙以及蒙古族剧作家超克图纳仁,赫哲族乌·白辛都在这一时期有不少剧作。

超克图纳仁(1925—2018,蒙古族,吉林省郭尔罗斯前旗人)主要剧作有《我们都是哨兵》(1956)、《巴音敖拉之歌》(1957)、《金鹰》(1959)、《严峻的

---

① 叶广芩(1948—   ,满族女作家,叶赫那拉氏之后)代表作品有《本是同根生》《谁翻乐府凄凉曲》《黄连厚朴》以及长篇小说《全家福》《乾清门内》《采桑子》《青木川》等。

岁月》(1963)、《进行曲》(1964)等。

超克图纳仁于1957年创作、1959年发表的《金鹰》是其代表作。《金鹰》取材于内蒙古草原的民间故事,作者在剧中引入具有蒙古族特色的谚语和民歌,他对蒙古族风俗民情的细致描写,使这部剧作具有浓郁的民族特色和草原风情,此后该剧被浙江越剧团改编为同名越剧,广为演出。《金鹰》讲的是蒙古族青年布尔固德奋起反抗巴音王爷的淫威,后被迫逃离故乡的故事。布尔固德在逃亡中与蒙古族姑娘珊丹相识、相爱,但两人的爱情遭到巴音王爷的破坏和残害。最后在其父和乡亲们的帮助下,布尔固德和珊丹冲出牢笼,相携出逃,像雄鹰一样飞翔在草原上,去追求自己的幸福。剧本通过跌宕起伏的情节和生动的人物形象歌颂了蒙古族人民反抗暴政、争取自由的斗争精神。

乌·白辛(1920—1966,赫哲族,吉林永吉人)在抗战期间创作的《海的召唤》《南行草》等作品充满了爱国主义感情。1958年调到哈尔滨话剧院,创作了多部剧作。主要有话剧《黄继光》《雷锋》《赫哲人的婚礼》《印度来的情人》,歌剧《映山红》《焦裕禄》和电影文学剧本《冰山上的来客》等。代表作《赫哲人的婚礼》大胆借鉴西方戏剧经验,打破时空界限,只选取典型历史事件和不同婚礼仪式,通过老歌手演唱"伊玛堪"串联全剧。该剧对话剧创作的民族化道路作了有益探索,将叙事与抒情、话剧与歌剧成功融为一体,堪称赫哲族新文学的代表。剧作通过金星与喜凤这一对男女青年经过种种波折最后结合在一起的故事,巧妙地运用回叙和对比等手法,展现了清王朝、部落酋长和日伪统治下的生活,描述了赫哲人数百年来的苦难斗争和翻身解放的民族成长历程。

新时期以来的少数民族文学创作以小说、诗歌为重,因社会生活对文艺的需求发生了变化,这一时期的戏剧创作较前一时期稍显冷清,但也不乏沙叶新等剧作家的优秀剧作。

第三节 现当代少数民族诗歌

20世纪初社会的巨大变革激发了中国各民族精英分子的创作热情,他们以笔为旗,谱写了大量诗歌,为国家的独立和社会的和平而呐喊。阿布都哈里克·维吾尔、曾平澜、木斧、马瑞麟等都是这一时期的代表诗人。

中华人民共和国成立后,少数民族诗歌的政治色彩逐渐浓重。1950年代至1970年代,虽然文学命运曲折,但少数民族还是出现了不少诗人。这一时期的代表诗人有饶介巴桑①、包玉堂、韦其麟、汪承栋②、晓雪、汪玉良③等。

包玉堂(1934—2020,仫佬族,广西罗城人)1955年以其长篇叙事诗《虹》引起文艺界关注,著有《歌唱我的民族》《凤凰山下百花开》《在天河两岸》《回音壁》《清清的泉水》《春歌不歇》《红水河畔三月三》《乡情集》等诗集。其诗作题材广泛,语言清新,民族地域特色鲜明。成名作《虹》借广为流行的苗族民间故事,采用简洁明朗的诗歌语言,表达了惩恶扬善的愿望。《走坡组诗》④曾被译成英文向国外介绍。各诗既相对独立又前后照应,形象地反映了一个仫佬族少女"走坡"⑤,寻觅心上人的过程,是讴歌仫佬族新生活、描写其风土人情的佳作。《少女小夜曲》把一个欲说还休的女儿心思烘托了出来。"我"因为第二天要去"走坡",激动难眠,"我要站在窗前吹一吹夜风","我"在描画着梦中少年的模样,"想着想着我脸儿热到耳朵根","我"镜中的面庞"比后塘的莲花还红"。"我"一夜无眠,站在小窗下等待天明。次日,"我"临行前得到"奶奶的祝福",在黎明的"晨曲"中梳妆打扮。接下来就是"歌坡小景","我"最后如愿得到了象征永恒爱情的"同年饼"。这组诗犹如音乐的流动,在恬静中夹杂着隐隐骚动,一段属于青春的旋律荡漾开来;同时,纯美的诗情和诗境,勾勒出了一幅幅唯美的画面,一个青春少女的形象跃然纸上。该诗妙就妙在诗人虚实相衬,以此衬彼,对少女的相貌未着笔墨,却让读者感受到了她的美丽。

韦其麟(1935— ,壮族,广西横县人)少年时喜爱民族民间文学。1953年考入武汉大学中文系,1956年加入中国作家协会,1957年毕业分

---

① 饶介巴桑(1935—):藏族,1935年出生于云南德钦,后迁至祖籍西藏芒康(今昌都)。幼年随父经商,自幼受藏族民间故事和民歌的浸染,对文学的兴趣日渐浓厚。1951年参军后,先后担任宣传、文化教员等工作,凭认识的有限汉字阅读报纸和偶尔得之的文学杂志,从中汲取文学养料,并开始学习写诗。1953年发表处女作《绿色的海洋》,发表于1956年的《牧人的幻想》是其成名作。

② 汪承栋(1930—2018):土家族,湖南永顺人,出版有《雅鲁藏布江》(1959)、《边疆颂》(1960)、《高原牧歌》(1961)、《拉萨河的性格》(1978)等诗集和《昆仑垦荒队》(1960)、《黑痣英雄》(1964)、《雪莲花》(1964)和《雪山风暴》(1978)等叙事长诗。

③ 汪玉良(1934—2019):东乡族,甘肃东乡人。自1950年代开始文学创作以来,汪玉良已发表诗作近千篇,早期作品有诗歌《黎明》(1956)、《代表》(1958)、《唐汪川抒情》(1958)等,1965年出版诗集《幸福大道共产党开》。长篇叙事诗《马五哥与尕豆妹》(1978)和《米拉尕黑》(1980)是其代表作,使他享誉文坛,成为全国有影响的诗人之一。

④ 《走坡组诗》发表于1957年,组诗由《走坡的季节到了》《少女小夜曲》《奶奶的祝福》《晨曲》《歌坡小景》《送鞋歌》《甜蜜的同年饼》7首诗组成。

⑤ "走坡"节是仫佬族传统节日,多在春秋农闲时举行,期间,青年男女穿节日盛装,由各村各寨云集到坡场。唱歌传情,有邀请歌、盘问歌等以增进彼此的了解。如果男女双方互生爱慕,便接唱"谈情歌";如双方感情进一步加深,进而即唱"初结歌",表示初步认定对方为自己的意中人。对歌结束时,要唱"惜别歌""相约歌"并互赠信物,男方送女方月饼称"同年饼",女方送男方同年鞋,又称"鸳鸯鞋",意为成双成对,共结同心。

配至广西民族学院工作,1960—1978年间下放农场劳动。著有《玫瑰花的故事》(1953)、《凤凰歌》(1964)等叙事长诗。处女作《玫瑰花的故事》显示了其不凡的诗才,为他敲开了诗坛大门。他在大学期间根据壮族民间传说写成的叙事长诗《百鸟衣》于1955年发表后,反响很大,并被译成英文、俄文等文字。该诗取材于民间传说,采用壮族民歌形式,具有浓郁的民族风情和浪漫主义色彩。诗歌描写了一对壮族青年为了追求爱情和幸福,坚决与邪恶势力斗争并最终胜利的故事。[①] 叙事诗采用歌谣体式,兼用比兴、对比、夸张、设问自答等艺术手法,成功地塑造了古卡和依娌这两个人物形象。人物的性格随着故事情节的推进而发展,在大量的比照中,人物的心理表现丰富、细腻。《百鸟衣》本是广西各地流传的民间故事,韦其麟在此素材上大胆改造,古为今用,注入了时代精神,使古卡和依娌成为劳动人民的代表,他们既是勤劳、善良和勇敢的化身,也是1950年代人们的革命理想和乐观精神的体现。此诗被认为是当代诗歌创作中极具影响力的作品。

晓雪(1935— ,原名杨文翰,白族,笔名苍洱星、晓雪等,云南大理人)幼年时常听外祖母讲述民间故事,受民族民间文化的熏陶颇深。1956年毕业于武汉大学中文系,大学期间系统的理论学习,为其日后创作和文学研究打下深厚功底。晓雪1952年开始发表作品,1956年以七万字的毕业论文《生活的牧歌——论艾青的诗》享誉文坛[②]。1956年10月分配至云南省文联工作,任《边疆文艺》编辑。1958—1972年间,先后到云南农村下放劳动,1972年调回昆明。晓雪先后出版诗集、评论集、散文集等二十多部,主要诗作有《祖国的春天》(1977)、《采花节》(1979)、《大黑天神》(1980)等。

诗集《祖国的春天》收入了晓雪1950—1970年代的诗歌,抒发了对苦难中国之新生的赞美。[③] 从晓雪的尽情讴歌中可见他对祖国对人民的赤子之心。除部分政治抒情诗外,《祖国的春天》还有咏家乡风物之作,从这些诗歌

---

① 全诗共分四章,第一章写古卡一家人的悲惨生活和古卡的出生、成长。第二章写古卡上山打柴遇见一只公鸡,公鸡跟随古卡回家,最后变成美丽的姑娘与古卡成为夫妻。第三章写古卡一家的幸福生活传到土司耳朵里,土司看上了美丽的依娌,想要占为己有。结果,"娘气死了/依娌被抢走了/树林里的小鸟吓跑了/山坡下的人家拆散了",古卡一人进了深山。第四章,古卡按照依娌的叮嘱,手拿千辛万苦制成的"百鸟衣"闯进衙门,诱骗土司穿上。结果,"古卡给土司穿神衣/忽然尖刀亮闪闪/白刀子落下红光起/土司一命归西天"!这时古卡抱起依娌,跳上骏马,飞出衙门,"像一对凤凰/飞在天空里","像天上两颗星星/永远在一起闪耀"。

② 1957年7月该文由作家出版社出版,为新中国第一部现代作家论。

③ "你带着唤醒大地的雷鸣/你撒下滋润万物的雨点……/千里霜雪,万层冰块/化为蔚蓝的湖水清清的流泉/千顷黄沙,万里荒烟/化为翡翠的山河锦绣田园。"(《祖国的春天》,1964)诗人笔下的生活处处是散发着幸福的美景,人们呼吸着甜蜜的芬芳,"空气/是歌声/是蜜"(《祖国》1959)。

中我们可以看到晓雪对美丽的苍山洱海的自豪之情溢于言表,"要知道洱海有多少鱼虾/请你数数海边的沙粒/要知道苍山有多少鲜花/请你数数夜里的星星"(《洱海新曲》)。

晓雪的诗歌在反映时代精神的同时,又内隐着浓郁的民族文化传统。他的很多诗作是以白族的民间故事传说为题材。《蝴蝶泉》写一个会绣蝴蝶的美丽姑娘,为了清白,纵身跳进苍山上两棵树下的泉水之中。此后,每年都有很多蝴蝶飞到这里来凭吊。《望夫云》讲南诏公主爱上一个青年猎人,和其私奔到苍山上;国王追不回公主,就和一个法师勾结,害死了猎人并将尸体沉入洱海,变成了海底的石骡子。公主在山顶上久久望夫不归,化为一朵白云到处寻找,俗称为"望夫云"。白族神话中的大黑天神是一位舍身救民的天神①,晓雪根据相关神话创作的叙事长诗《大黑天神》曾获第一届全国少数民族文学创作奖。《大黑天神》基于神话故事,但又被赋予了新的内容,具有鲜明的时代色彩。"不论从内容还是从形式上看,晓雪对白族神话传说的取材都是创造性的,本质上可以视为诗人在新的时代环境下诗的自觉与民族的自觉,是对白族历史文化在文学中的追溯。"②

1980年代以来,诗人们曾压抑多年的情感被激活,少数民族诗歌创作较之以前,具有很大的突破和超越。这一时期的代表诗人是席慕蓉、阿库乌雾和南永前③等。

这一时期还涌现了一批坚守母语创作的中青年诗人。④ 彝族诗人阿库

---

① 相传,一年三月初三,玉皇大帝得知几位大仙私逃人间,不禁大怒。他来到南天门向下看,人间一派春光胜过天宫。他命一名侍者带着瘟药下凡毁掉人间。侍者于心不忍,但如不照做自己必死无疑。犹豫之际他驾云来到云南上空,正值深夜,白族人民的朗朗笑语牵动了他的心。他决心牺牲自己拯救下方生灵,便把瘟药全喝到自己肚里,立刻全脸发黑,浑身发肿,从天上掉到地下。白族人民把他尊为"大黑天神"。

② 刘玉霞:《晓雪诗歌中白族神话传说的意义》,《云南民族大学学报(哲学社会科学版)》2010年第2期。

③ 南永前(1948—):朝鲜族,吉林辉南人。自1971年起发表诗歌、小说、散文、随笔、民间文学、译著等各类作品。有诗集《相思集》(1987)、《神檀树》(1996)、《布谷鸟》(1996)、《圆融》(2003)、《在这个没有花的春天》(2004)、《南永前诗选集》(1994)等。1980年代,南永前开始思考和研究民族文化、图腾文化问题,并开始尝试诗化民族图腾物的创作。

④ 藏族诗人江瀑(道吉才让)以藏汉文两种文字发表过多篇作品,2001年出版了诗歌集《九眼天珠》。藏族诗人居·格桑1977年开始文学创作,他在省内外刊物上发表了诗歌、散文等二百多篇,出版有诗集《雪山下的心》,其诗歌评论集《诗歌刍论》(1990),是对藏族本土文学的第一次理论性的概括研究。藏族青年诗人尖·梅达,以其母语诗集《南逝的云》荣获第八届少数民族文学"骏马奖"。此外,维吾尔族诗人艾比拜·斯马、哈力木拉提·阿布力米提、阿斯木江、乌布力卡斯木、买买提江·达吾提等年轻一代诗人也开始步入诗坛。

乌雾①的诗集《冬天的河流》开了彝文现代诗的先河,也是彝文新诗的奠基之作。诗集打破了诗歌音节押韵的格律,以收放自如的语体格式开创了彝文诗歌的新纪元。诗人力图以彝家山寨的高山流水、花草树木、人情世故为书写对象,赋予了表意符号"祖灵""猎狗""牧人""石桥""毕摩""泉眼""口弦""火塘"以新的生命,浸透着诗人对本土文化深情的眷恋和忧郁的沉思,深切表达了重新回归故土,重新挖掘历史文化的强烈愿望。其中不乏脍炙人口的诗篇,如广为传诵的《黄昏,我思念我母亲》《招阿鲁魂》等。《黄昏,我思念我母亲》是一首优美的抒情诗,也是诗人的成名作。这首诗以黄昏为意象,透过内心的无尽思念与遐想,愈感母亲的人生如同"黄昏"渐渐"临近",从而"我"内心深处潜藏的对"母亲"的牵挂油然而生。"黄昏/我思念我母亲/往下看暖洋洋/朝上望暖洋洋/我想去开封一堆火。"诗人对本民族的时代文化命运的深层忧思,对人与人、人和故乡之间难以割舍的情感,以及对童年生活记忆的怀旧情意和高尚的无私奉献精神都包含其间。《招阿鲁魂》是一首富有感召力的诗篇。诗人将彝族毕摩咒诗艺术风格与现代性诗美范式巧妙结合起来,以宽广的胸怀和强烈的情感,呼唤本真的民族精神和时代需求,描绘了一个民族现代生存精神和艺术精神完美同构的蓝图。

第四节　现当代少数民族散文

1949 年之前的少数民族散文成就虽不及小说、诗歌,但以沈从文②的《湘行散记》《湘西》及赵银棠的《玉龙旧话》为代表的描写边地景致、文化习俗、生活风情的散文作品,以其独特的民族地域色彩,形成文学史上一道风景。1949 年之后的少数民族散文也有了长足的发展。

赵银棠(1904—1993,纳西族,第一代纳西族女作家、诗人)著有文集

---

① 阿库乌雾(1964—　),汉名罗庆春。先后著述文学作品 9 部,理论著作 12 部,教材 3 部。代表著作有:《冬天的河流》(彝文,1994)、《走出巫界》(1995)、《虎迹》(彝文,1998)、《灵与灵的对话——中国当代少数民族汉语诗论》(2001)、《族群记忆与多元创造——新时期四川少数民族文学》(合著,2001)、《阿库乌雾诗歌选》(2004)、*Tiger Traces*(彝英对照诗集,2006)、《密西西比河的倾诉》(2008)、《神巫的祝咒》(2009)、《凯欧迪神迹:阿库乌雾旅美诗歌选》(英汉对照诗集,2015)、《混血时代》(2015)、《双语人生的诗化创造——中国多民族文学理论与实践》(2015)等;有汉语诗歌作品入选唐晓渡、张清华主编的《当代先锋诗 30 年:1979—2009 谱系与典藏》(2012),洪子诚、程光炜主编的《中国新诗百年大典》(30 卷,2013)。

② 关于苗族作家沈从文的散文创作在其他章节有详细介绍,不再赘述,下同。

《玉龙旧话》《玉龙旧话新编》及散文作品多篇。《玉龙旧话》①中有关山川古迹、风情人物的游记和散文成就较高,尤以《丽江名胜及边关》和《永宁之行》胜出。《丽江名胜及边关》是一组写景散文,作家以富有诗意的文字,描绘丽江如画的自然风光、意蕴深厚的名胜古迹,为读者展现了一幅极富地域、民族特色的山水画。对纳西族民间故事的适时引述、民间习俗的巧妙穿插,更使赵银棠的散文内含一种独特的民族情韵。② 在《永宁之行》等部分游记散文中,作家既描绘了玉龙雪山、泸沽湖美景,及摩梭人"泡温泉"治病的民俗和热情待客的朴素民情,也表现了动荡的社会现实及人民的苦难,表达了对身处困境者的关注与同情。作品娓娓道来,感情真挚,文笔细腻,影响深远。

中华人民共和国成立之后,各族人民的欢欣、喜悦之情,使这一阶段各类文体创作都带有歌颂的色彩。

《然米渡口》《思茅女儿》是**那家伦**③(1938—   ,白族,祖籍云南下关,出生于昆明)1960年代的成名作、代表作。"然米"即傈尼语的"姑娘",文章叙述了祖父母、父母先后沦为头人"终身摆渡工"继而死于非命的傈尼姑娘漂茜,为了生存,自11岁起就沿江流浪,经由好心人帮助,逐渐成长为吃苦耐劳、坚韧不拔、忠于职守、舍己为人的"人民摆渡工"的经历。文章通过时间的推进来展现漂茜命运的变化,既塑造了具有特定历史内涵和审美价值的人物形象,也反映了一个民族的历史变迁。《思茅女儿》讲述一个父亲死于头人压迫,自己饱受人贩子折磨,后被解放军从死亡线上拉回的傣族孤儿艾新,逐渐成长为一个女军医的故事。作品虽然带有鲜明的时代印记,写法也难免有模式化倾向,但仍以其鲜活、灵动的人物形象丰富了我国少数民族文学的艺术画廊。

新时期以来,端木蕻良、郭风等中老年作家创作状态良好,有大量散文

---

① 1947年出版的《玉龙旧话》,是一本系统介绍纳西族历史渊源、风物名胜及纳西族民间文学的著作,奠定了赵银棠在纳西族作家文学史上"第一位女作家、女诗人"的地位。

② 蒋公欲与恋人私奔,苦于无桥渡江而修桥的故事(《金龙大铁桥》);震青山三月朝山会上,香客拜佛与青年男女对歌的情景(《震青山》);玉水龙潭龙神会的风光,都给人以民族文化的熏陶。

③ 那家伦1955年开始文学创作,主要作品有散文集《澜沧江边》《放歌春潮间》《孔雀集》《花海集》《那家伦散文选》,长篇报告文学《开拓者——寄自风雪前线的报告》,散文《然米渡口》《不落的天鹅》《思茅女儿》《竹窗记》《攀登》《大江歌》《沃土》等。

作品问世。此外,马瑞芳、阿·敖德斯尔①、包·普日来②、杨世光③、鲍尔吉·原野④等作家的散文或直面社会现实,或关注历史文化,或侧重于对自然、社会、人性、人情之美的挖掘,或表达自己的人生感悟与生命体验,具有较高的独创性与艺术性。

研习提升阅读材料

---

① 蒙古族作家阿·敖德斯尔从 1960 年代开始进行散文创作,出版有《银白色的塔》《阿·敖德斯尔散文集》《童年·青年》等散文集,促进了蒙古族散文的发展。其散文纯朴自然、感情充沛、语言优美,具有鲜明的民族特色。阿·敖德斯尔的前期散文主要描绘故土风貌、人民的生活与斗争,从 1980 年代开始主要以怀念、追思为主。触景生情、以情达意是其散文最显著的特色。

② 蒙古族作家包·普日来的散文主要描绘蒙古族人民的生活、习俗、原野、山水美景,以及蒙古铁骑的发明及其内心世界。包·普日来从 1983 年开始先后出版了《故乡的歌》《额吉淖尔之影》等 6 部散文集。其作品结构简洁,语言流畅准确,感情丰富且善于挖掘蒙古族散文未曾涉及的体裁,深受读者的赞誉。

③ 杨世光(1940—   ,纳西族,云南中甸人)1978 年开始发表作品。著有诗集《金沙集》《放吟山海》《史诗与情歌》《壮游中华》,散文集《神奇的玉龙山》《爱神在微笑》《孔雀树》《滇西北游历》,童话集《金沙姑娘》,故事集《巧断偷骡案》《永远的金沙江》,专著《丽江史话》《长江第一湾石鼓》《香格里拉城史话》,散文《虎跳峡散记》《神奇的玉龙山》《玉龙春色》《新星,从文笔峰升起》《夜石林》等。

④ 鲍尔吉·原野(1958—   ,蒙古族,内蒙古科左后旗人)1984 年开始发表作品,著有散文集《百变人生》《酒到唇边》《善良是一棵树》《脱口而出》《思想起》《世相铁板烧》《浪漫是情场的官僚主义》,散文《今年秋天的一些想法》《譬如朝露》《青草课本》《每天变傻一点点》《让高贵与高贵相遇》《蒙古男人》《羊的样子》等。鲍尔吉·原野的散文作品,大多带有显而易见的民族情结、草原情结,或直接或间接地表达他对蒙古文化及民族心理的思索与见解。

文学大事记(1977—2000)

1977 年

5月　18日,《人民日报》发表文化部批判组文章《评"三突出"》。

6月　柳青《创业史》第二部(上卷)由中国青年出版社出版。

8月　《儿童文学》(双月刊)复刊。台湾"乡土文学"论战展开。

10月　《上海文艺》(1979年更名为《上海文学》)复刊。《世界文学》(双月刊)复刊

11月　刘心武短篇小说《班主任》在《人民文学》第11期发表。《人民日报》《人民文学》举行座谈会,批判"文艺黑线专政论"。

12月　《郭小川诗选》由人民文学出版社出版。

1978 年

1月　徐迟报告文学《哥德巴赫猜想》在《人民文学》第1期发表。

2月　《文学评论》复刊。

3月　《钟山》在南京创刊。

5月27日—6月5日,中国文联第3届全国委员会扩大会议在京举行,大会宣布文联和作协等五个协会正式恢复工作。《文艺报》复刊。

8月　11日,卢新华小说《伤痕》在《文汇报》发表。《十月》在北京创刊。

10月　28—30日,宗福先《于无声处》在《文汇报》发表。

1979 年

1月　《收获》复刊。14—21日,《诗刊》编辑部在北京召开全国诗歌创作座谈会,胡耀邦、胡乔木、周扬等到会讲话。

2月　《剧本》复刊。陈白尘历史剧《大风歌》发表在复刊号上。

3月　16—23日,《文艺报》编辑部召开文学理论批评工作座谈会,讨论文艺和政治的关系问题。

4月　《花城》在广州创刊。《上海文学》发表《为文艺正名——驳"文艺是阶级斗争的工具"说》,引起讨论。

5月　2—9日,中国社会科学院召开纪念五四运动60周年的学术讨论会,周扬作题为《三次伟大的思想解放运动》的报告。5日,台北《中国时报》载文介绍大陆伤痕文学。8日,茅盾和周扬联合发起的鲁迅研究学会成立;11月14日正式成立,茅盾任会长。《文艺研究》创刊。《重放的鲜花》由上海文艺出版社出版。《读书》创刊。

6月　李剑《"歌德"与"缺德"》在《河北文艺》发表,引起文坛讨论。

7月　蒋子龙短篇小说《乔厂长上任记》在《人民文学》发表。《当代》在北京创刊。《清明》在合肥创刊,创刊号发表鲁彦周的《天云山传奇》。

8月　《诗刊》发表雷抒雁的《小草在歌唱》、叶文福的《将军,你不能这样做》。10—21日,中国当代文学学术讨论会在长春举行。

9月　刘克小说《飞天》,白桦、彭宁电影文学剧本《苦恋》在《十月》发表。刘宾雁特写《人妖之间》在《人民文学》发表。《外国文学评论》在北京创刊。

10月　30日—11月16日,中国文学艺术工作者第四次全国代表大会在京举行,周扬作题为《继往开来,繁荣社会主义新时期文艺》的报告。《星星》诗刊在成都复刊。

11月　张洁短篇小说《爱,是不能忘记的》在《北京文艺》发表。

12月　周克勤长篇小说《许茂和他的女儿们》在《红岩》发表。《中国现代文学研究丛刊》在北京创刊。

本年,黄凡《赖索》发表,揭开台湾政治小说的序幕。

1980年

1月　公刘《新的课题——从顾城同志的几首诗谈起》在《文艺报》第1期发表。《文学评论》第1期开辟"文艺和政治关系的讨论"专栏。《小说月报》在天津创刊。《散文》在天津创刊。《芙蓉》在长沙创刊。23日—2月13日,全国剧本创作座谈会在京举行,座谈会对《假如我是真的》等剧本进行批评。胡耀邦在会上讲话。

2月　《福建文艺》第2期开辟"新诗创作问题的讨论"专栏,讨论诗歌的自我表现问题。16日,《红旗》杂志第4期开辟"文艺思想争鸣"专栏,刊登李玉铭、韩志君文章《对"写真实"说的质疑》。26日《文汇报》发表特约记者文章《解放思想,实事求是——周扬同志答记者问》。

3月 《时代的报告》在北京创刊。1984年1月更名为《报告文学》。

4月 7日,全国当代诗歌讨论会在南宁举行。

5月 7日,谢冕《在新的崛起面前》在《光明日报》发表。王蒙短篇小说《春之声》在《人民文学》发表。

6月 2日,《光明日报》开辟"关于话剧问题的讨论"专栏。《文艺理论研究》(季刊)在上海创刊。17—26日,中国当代文学研究会首次学术讨论会在广州举行。

7月 12—18日,中国现代文学研究会首届学术讨论会在包头市举行。26日,《人民日报》发表社论《文艺为人民服务,为社会主义服务》。7月31日—8月15日,中国文联、全国高等学校文艺理论研究会在庐山举行全国高等学校文艺理论学术讨论会。

7月 倪匡《我看金庸小说》在台湾出版,揭开"金学"研究序幕。

8月 章明《令人气闷的"朦胧"》在《诗刊》发表。

9月 遇罗锦的报告文学《一个冬天的童话》在《当代》发表。《文艺报》以"文艺表现手法探索"为题,发表王蒙、李陀、宗璞、张洁等人在该刊召开的座谈会上的发言。《今天》(创刊于1978年12月)停刊。

10月 汪曾祺的《受戒》在《北京文学》发表。《小说选刊》在北京创刊。

11月 戴厚英长篇小说《人啊,人!》由广东人民出版社出版。

12月 《诗探索》在北京创刊。

1981年

1月 赵振开(北岛)中篇小说《波动》在《长江》发表。《萌芽》复刊。《作品与争鸣》在北京创刊。14日,《人民日报》发表评论员文章《坚持马克思主义的文艺批评》。

2月 古华长篇小说《芙蓉镇》在《当代》发表。

3月 27日,茅盾去世。孙绍振《新的美学原则在崛起》在《诗刊》发表。李泽厚《美的历程》由文物出版社出版。

3月 郑愁予、庄因等组团访问大陆。

4月 《文学报》在上海创刊。20日,《解放军报》发表特约评论员文章《四项基本原则不容违反——评电影文学剧本〈苦恋〉》。《时代的报告》(季刊)出版增刊,刊登《〈苦恋〉的是非,谁与评说》以及该刊评论员黄钢的文章《这是一部什么样的电影诗》,并全文转载了《苦恋》。

5月　《小说界》在上海创刊。

6月　姚雪垠《李自成》第3卷由中国青年出版社出版。

7月　22日,《文艺报》第14期发表王春元文章《关于马克思主义的"新人"说》。张洁长篇小说《沉重的翅膀》开始在《十月》(第4、5期)连载。杨绛的《干校六记》由生活·读书·新知三联书店出版。

8月　《人民日报》发表评论员文章《掌握好文艺批评的武器》,指出纠正"左"的指导思想和反对自由化是两项不可分开的任务。

9月　高行健《现代小说技巧初探》由花城出版社出版。

10月　7日,唐因、唐达成文章《论〈苦恋〉的错误倾向》在《文艺报》第19期发表,《人民日报》转载全文。

12月,茅盾文学奖正式启动。

12月　23日,《解放军报》《人民日报》刊载了白桦《关于〈苦恋〉的通信——致〈解放军报〉、〈文艺报〉编辑部》。

1982年

1月　《青年文学》在北京创刊。《文艺报》转载白桦《关于〈苦恋〉的通信——致〈解放军报〉、〈文艺报〉编辑部》。徐迟《现代化与现代派》在《外国文学研究》发表。

2月　吴运刚《评〈人妖之间〉的失实》在《北方文学》发表,《黑龙江日报》18日全文转载。

3月　12日,《文学评论》编辑部召开人性、人道主义问题座谈会。

4月　17日,《红旗》杂志刊登胡乔木文章《关于资产阶级自由化及其他》。《当代文艺思潮》在兰州创刊。《特区文学》在深圳创刊。

5月　路遥中篇小说《人生》在《收获》发表。6—12日,中国文联、中国社会科学院文学研究所在北京联合召开毛泽东文艺思想讨论会。

7月　《文艺报》从第7期起开辟"关于现实主义问题的讨论"专栏。17—24日,中共中央宣传部在河北涿县召开文艺评论工作座谈会。贺敬之作题为《做坚定的、清醒的、有作为的马克思主义文艺评论家》的报告。

8月　《上海文学》发表李陀、冯骥才、刘心武等关于《现代小说技巧初探》一书的通信,引发关于现代派问题的讨论。

9月　高行健、刘会远的话剧剧本《绝对信号》在《十月》发表。

10月　首届茅盾文学奖揭晓,《许茂和他的女儿们》(周克芹)、《东方》(魏巍)、《将军吟》(莫应丰)、《李自成》(第2卷)(姚雪垠)、《芙蓉镇》(古华)、《冬天里的春天》(李国文)等6部作品获奖。12月15日,授奖大会在北京举行。

11月　《文艺报》第11期发表理迪文章《〈现代化与现代派〉一文质疑》，并转载徐迟的《现代化与现代派》。

1983 年

1月　4日，《人民日报》发表社论《坚定不移地贯彻执行百花齐放、百家争鸣的方针》。24—29日，《文艺报》《文学评论》《文艺研究》编辑部联合召开文学与人性、人道主义问题学术讨论会。徐敬亚《崛起的诗群——评我国诗歌的现代倾向》在《当代文艺思潮》发表。

3月　周扬在纪念马克思逝世100周年学术报告会上发表报告《关于马克思主义的几个理论问题的探讨》，报告刊于《人民日报》3月16日。

5月　杨炼长诗《诺日朗》在《上海文学》发表。

7月　《小说家》在天津创刊。

9月　5—6日，中国作协创作研究室在北京召开"当代作家论"写作座谈会，商议为王蒙、张洁、谌容、高晓声等12位作家撰写专论。

10月　7日，中国社会科学院文学研究所召开关于人性、人道主义在当前创作中的表现的讨论会，批评了《离离原上草》等作品表现超阶级的人性。

11月　5日，周扬对新华社记者发表谈话，表示拥护党中央关于整党的决定和清除精神污染的决策，并就自己在"异化"和人道主义问题上的错误观点作了自我批评。

1984 年

1月　3日，胡乔木在中央党校作题为《关于人道主义与异化问题》的讲话，《理论月刊》发表了讲话的修订稿。《人民日报》（27日）、《红旗》杂志第2期转载全文。

25日，《当代作家评论》在沈阳创刊。

3月　5日，徐敬亚在《人民日报》发表《时刻牢记社会主义文艺方向——关于〈崛起的诗群〉的自我批评》，《诗刊》第4期转载。

5月　刘再复论文《论人物性格的二重组合原理》在《文学评论》发表。

7月　阿城中篇小说《棋王》在《上海文学》发表。

11月　28日，《中国》在北京举行创刊招待会，宣布该刊为民办公助、自负盈亏的大型文学双月刊；丁玲、舒群任主编，叶圣陶任顾问。《中国》1985年1月创刊。

11月　台湾《联合文学》创刊。

本年　叶石涛《台湾文学史大纲》发表。

1985 年

1 月　刘以鬯创办香港纯文学杂志《香港文学》月刊。张辛欣、桑晔"系列口述实录体"小说《北京人》在《收获》发表。5 日,中国现代文学馆宣布成立。3 月 26 日,巴金主持开馆典礼。10 日,《当代文艺探索》在福州创刊。

2 月　马原小说《冈底斯的诱惑》在《上海文学》发表。

3 月　刘索拉中篇小说《你别无选择》在《人民文学》发表。

4 月　王安忆小说《小鲍庄》、莫言小说《透明的红萝卜》在《中国作家》发表。

5 月　黄子平、陈平原、钱理群论文《论"二十世纪中国文学"》在《文学评论》发表。

5 月　黄维樑《香港文学初探》出版。

6 月　韩少功《爸爸爸》、残雪《山上的小屋》在《人民文学》发表。

7 月　6 日,阿城《文化制约着人类》在《文艺报》发表。刘心武《5·19 长镜头》在《人民文学》发表。

9 月　张贤亮中篇小说《男人的一半是女人》在《收获》发表。

11 月　刘再复论文《论文学的主体性》在《文学评论》发表。

12 月　第二届茅盾文学奖揭晓,《黄河东流去》(李准)、《沉重的翅膀(修订本)》(张洁)、《钟鼓楼》(刘心武)等三部作品获奖。

1986 年

3 月　4 日,丁玲在北京去世。王蒙长篇小说《活动变人形》在《当代长篇小说》发表;1987 年由人民文学出版社出版单行本。莫言中篇小说《红高粱》在《人民文学》发表。

7 月　韩东诗《有关大雁塔》在《中国》发表。杨炼诗《自在者说》在《中国》发表。

9 月　《深圳青年报》和安徽《诗歌报》发起"现代诗群体大展"。张炜长篇小说《古船》在《当代》发表。7—13 日,中国社会科学院文学研究所在北京举行新时期文学十年学术研讨会。

11 月　由中国作家协会主办的综合性文学奖鲁迅文学奖设立。

12 月　路遥长篇小说《平凡的世界》在《收获》发表。

1987 年

1 月　13 日,《中国》文学月刊出版终刊号。贾平凹长篇小说《浮躁》在《收获》发表。

11 月　香港作家协会成立。

1988 年

1 月　香港作家联谊会成立,出版会刊《香港作家》月刊。

4 月　《上海文论》开辟"重写文学史"专栏,共刊出 9 期。

5 月　10 日,沈从文去世。

6 月　姚雪垠在《文汇月刊》第 6 期发表《〈刘再复谈文学研究与文学论争〉一文读后》,就刘再复对《李自成》的评价及《文汇月刊》发表刘再复谈话的做法表示异议。

9 月　铁凝长篇小说《玫瑰门》在《文学四季》创刊号发表。单行本于 1989 年由作家出版社出版。

10 月　李小江主编的妇女研究丛书,首批 10 种,由河南人民出版社出版。

11 月　8—12 日,第五次全国文学艺术界联合代表大会在北京举行。

12 月　8 日,首届西方马克思主义文艺理论与美学理论学术讨论会在成都举行。

1989 年

1 月　王朔、刘毅然、莫言、刘恒等 12 位作家成立作家民间组织"海马影视创作中心"。该组织正式登记于 1992 年,挂靠单位是中国战略与管理研究会。从维熙《走向混沌——反右回忆录》在《海南纪实》创刊号上发表。31 日,谢冕文章《文学反抗的归宿——当前中国文学的现代主义》在《人民日报》发表。

3 月　4 日,李泽厚文章《关于"后现代"》在《人民日报》发表。11 日,《中共中央关于进一步繁荣文艺的若干意见(1989 年 2 月 17 日)》公布。26 日,诗人海子在山海关卧轨自杀。

4 月　4 日,吴秉杰文章《"先锋小说"的意义》在《人民日报》发表。25 日,刘再复文章《两次历史性的突破——从"五四"新文化运动到新时期的"现代文化意识"》在《人民日报》发表。30 日,《人民日报》头版头条发表署名季言志的文章《在又一个历史转折点上——纪念"五四"运动七十周年》。

《上海文论》第 2 期开辟"女权主义批评专辑"专栏。

6 月　王宁、陈晓明《后现代主义与中国当代先锋文学》在《人民文学》发表。

7 月　31 日,周扬去世。

1990 年

10 月　香港中文大学中国文化研究所创办出版学术性与思想性综合型刊物《二十一世纪》。

1991 年

1 月　刘震云小说《一地鸡毛》在《小说界》第 1 期发表。

3 月　上海文艺出版社编辑出版的《中国新文学大系》50 卷全部出齐。第三届茅盾文学奖揭晓,《平凡的世界》(路遥)、《穆斯林的葬礼》(霍达)、《少年天子》(凌力)、《第二个太阳》(刘白羽)、《都市风流》(孙力、金小惠)获奖。

9 月　24 日,文化部、广电部、中国社科院、中国文联等单位联合在京举办隆重的鲁迅诞辰 110 周年纪念大会。江泽民作《进一步学习和发扬鲁迅精神》讲话。

11 月　12 日,田汉诞辰 94 周年,中国左翼戏剧家联盟成立 60 周年纪念会在京召开。余华小说《呼喊与细雨》、王朔小说《动物凶猛》在《收获》第 6 期发表。

12 月　香港举办第一届香港中文文学双年奖。

本年度王小波的代表作《黄金时代》在《联合报》副刊连载,并在台湾出版发行。

1992 年

3 月　余秋雨散文集《文化苦旅》由知识出版社出版。

5 月　张炜《九月寓言》发表于《收获》第 3 期。

9 月　贾平凹主编的散文月刊《美文》在西安创刊。

11 月　20 日,纪念胡风诞辰 90 周年座谈会在京召开。17 日,路遥逝世,终年 43 岁。

1993 年

1 月　王蒙在《读书》杂志第 1 期发表文章《躲避崇高》,引起关于人文精神危机的讨论。

3月　王安忆长篇小说《纪实与虚构》发表于《收获》第2期,6月由人民文学出版社出版单行本。北村小说《施洗的河》发表于《花城》第3期。

6月　贾平凹长篇小说《废都》由北京出版社出版。陈忠实长篇小说《白鹿原》由人民文学出版社出版。花城出版社推出"先锋长篇小说丛书",收入余华的《在细雨中呼喊》、苏童的《我的帝王生涯》、孙甘露的《呼吸》、吕新的《抚摸》、北村的《施洗的河》。《深圳青年》发起优秀文稿竞价活动,在全国引起反响。

10月　8日,顾城在新西兰激流岛杀妻后自尽。

11月　春风文艺出版社以"布老虎"为注册商标,推出"布老虎丛书"。顾城小说《英儿》发表在《花城》第6期,同期发表欧阳江河的《茨维塔耶娃》。北岳文艺出版社出版《沈从文小说全集》共20卷。

1994年

1月　郑敏长诗《诗人之死》发表在《人民文学》第1期。《大家》在昆明创刊,创刊号上发表于坚长诗《0档案》。

3月　林白长篇小说《一个人的战争》发表在《花城》第2期。

4月　《胡风回忆录》由人民文学出版社出版。

6月　译林出版社推出萧乾夫妇合译的《尤利西斯》。

8月　昌耀诗集《命运之书》由青海人民出版社出版。《文艺争鸣》第6期刊发王彬彬《过于聪明的批评家》,批评王蒙,引发"二王之争"。

1995年

1月　浩然小说《金光大道》(再版)由北京京华出版社出版。李锐小说《无风之树》发表于《收获》第1期。

2月6日　作家夏衍逝世

3月　王安忆《长恨歌》发表于《钟山》第2、3期。

9月　8日,张爱玲在美国洛杉矶逝世,终年76岁。

9月　莫言《丰乳肥臀》发表于《大家》第5、6期。

12月　余华《许三观卖血记》发表在《收获》第6期,1996年由江苏文艺出版社出版单行本。

1996年

1月　史铁生长篇小说《务虚笔记》发表在《收获》第1期。刘醒龙小说

《分享艰难》发表于《上海文学》第1期。

3月　陈染长篇小说《私人生活》发表于《花城》第2期,同年由作家出版社出版单行本。

5月　5日,艾青在京逝世。韩少功长篇小说《马桥词典》由作家出版社出版。

12月　第六次全国文代会、第五次全国作代会召开,巴金再次当选为作协主席。周巍峙当选文联主席。

12月　13日,曹禺逝世。同日,徐迟逝世。百花文艺出版社出版"三驾马车"丛书,包括谈歌《天下荒年》、何申《年前年后》、关仁山《大雪无乡》。

1997年

3月　阿来的《尘埃落定》由人民文学出版社出版。

4月　11日,王小波因病在京逝世,终年45岁。

5月　16日,汪曾祺在京逝世,享年77岁。

7月　28日,韩少功状告张颐武等人的"马桥事件",在海口中级人民法院受理,后于12月24日双方达成书面谅解。

11月　全国首家文学期刊《雨花》进入互联网。贾平凹获法国女评委外国文学奖。

10月　台湾作家陈映真作品研讨会在京召开。

12月　9日,第四届茅盾文学奖揭晓,《战争与人》(王火)、《白鹿原》(陈忠实)、《白门柳》(刘斯奋)、《骚动之秋》(刘玉民)等四部作品获奖。

1998年

1月　刘震云长篇小说《故乡面和花朵》同时在1998年第1期《钟山》《花城》、1998年第2期《江南》分块推出。

3月　25日,诗人绿原获得马其顿斯特鲁加诗歌节最高奖"金环"奖。

3月　作家出版社推出俄罗斯"白银时代"丛书。韩东、朱文等发起文坛"断裂"行动,并主编"断裂丛书",次年由海天出版社出版。

7月　余华获得意大利格林扎纳·卡佛文学大奖。

10月　台北举行"两岸作家展望二十一世纪文学"研讨会。

12月　19日,钱锺书在京逝世,享年88岁。

1999年

1月　席殊书屋评出1998年度十大畅销书,余华的《活着》名列榜首。

《萌芽》杂志社与北大、复旦等7所著名高校联合举办"新概念作文大赛",韩寒等一批作家开始在文坛崭露头角。周梅森小说《中国制造》在《收获》第1、2期上连载。

2月　28日,冰心逝世,享年99岁。

3月　《杨义文存》7卷10册由人民出版社出版。

4月　香港中文大学召开香港文学国际研讨会。苏雪林在台湾台南市去世,享年104岁。

8月　香港《亚洲周刊》选出本世纪中文小说一百强,鲁迅《呐喊》名列榜首。

9月　珠海出版社出版卫慧长篇小说《像卫慧一样疯狂》。

2000年

1月　棉棉小说《糖》发表于《收获》第1期。5日,女作家谢冰莹在美国旧金山逝世,享年93岁。

6月　"两岸三地文学现象国际研讨会"在香港召开。

10月　北京中国现代文学馆(新)开馆。第五届茅盾文学奖揭晓,《抉择》(张平)、《长恨歌》(王安忆)、《茶人三部曲(1、2)》(王旭烽)、《尘埃落定》(阿来)等4部作品获奖。

11月　宗璞小说《东藏记》发表于《收获》第6期。

12月　2日,卞之琳逝世,享年90岁。

第十三章
2000 年以来的文学思潮

中国社会继 1980 年代开启以经济建设为中心的改革开放,确立建设中国特色社会主义的现代化目标之后,1990 年代掀起市场经济改革潮,到 21 世纪,社会主义市场经济体制初成,宣布在全面建成小康社会的基础上开启全面建设社会主义现代化国家新征程,夺取新时代中国特色社会主义伟大胜利。综合国力日益增强,新媒体文化迅捷笼罩,中国加入世界贸易组织,东欧剧变和"9·11"事件后,世界加重了多元化和全球化趋势,中国文化和文学面临着世界的新格局。

中国社会进入经济高速发展期,文学艺术的生存环境相对宽松,文学创作相对自由。各级政府通过签约、奖励等手段向文学家提供创作条件与工作回报,也保证了文学创作在党和政府的主导下开展。同时,商业与市场因素侵入社会肌体,经济利益与市场杠杆在推动、丰富文学创作与出版繁荣的同时,也在弱化、淡化文学的力度和浓度。消费性、休闲性、娱乐性的文艺占据了文化版图的相当部分。文学在淡化社会历史责任的同时,也身陷市场旋涡,退居社会边缘。

2012 年 11 月,中国共产党第十八次全国代表大会在北京举行,中国当代文学进入新时代。2014 年 10 月 15 日,习近平在文艺工作座谈会上发表讲话,鼓励文艺工作者认识自己所担负的历史使命和责任,坚持以人民为中心的创作导向,努力创作更多无愧于时代的优秀作品,弘扬中国精神。2021 年 12 月 14 日,习近平在作协十大开幕式上发表讲话,希望广大文艺工作者树立大历史观、大时代观。

对"人"的文学传统的坚守与开拓,成为中国文学的世纪挑战与使命。

人们习惯于将 2000 年以来的中国文学分为三个板块:以传统的文学期刊为依托的传统型文学、以新兴的商业出版为依托的市场化文学(或大众文

> 我们是否又面临一个人的再发现的问题？新世纪文学中一部分作品在原有基础上有所深化，那就是更注重于"人的日常发现"。……近些年来，一些作品更加注重"个体的、世俗的、存在的"的人，并以"人的解放"、"人的发展"作为"灵魂重铸"的内在前提和基础。
>
> （雷达《新世纪十年中国文学的走势》）

学）、以网络媒介为平台的新媒体文学（或网络文学）①。与此同时，文学创作与文学传播也更加充分地融入了市场化、商业化的社会环境，并与电影、电视尤其是充分普及的网络媒体紧密结合。网络文学异军突起。文学的生产与消费方式正在发生着前所未有的深刻变化。以"80后"作者的崛起为表征，伴随着姿态各异的网络写手的大量涌现，文学创作的主体构成更加开放，传统意义上的作家写作格局被打破。传统纯文学、由商业出版所主导的大众文学、以网络媒介为平台的新媒体文学并存，而且在相当程度上表现出互渗和融合，这是新世纪中国文学的基本格局与发展态势。

第一节 2000年以来的文学思潮流变

一 反思"纯文学"

21世纪以来，反思"纯文学"是一个较早展开的文学理论讨论，它始自2001年《上海文学》杂志开展的一场由李陀的文章《漫说"纯文学"》所引起的讨论。这次反思，并不是对"纯文学"这一概念及由它所概括的当代文坛主流文学的否定，只是在客观地厘清"纯文学"的思想资源、性质归属之后，也指出了它的局限。这是对作为当代主流文学的"纯文学"的正名。② "纯文学"这一概念，是在与主流社会意识形态所主导的严肃文学、与面向商品社会及市场经济的通俗文学、大众文学、新媒体网络文学等相区隔中，被确立起来的。

所谓"纯文学"，就是将文学性价值放在首位的文学。它注重艺术审美方式和表现技术，注重想象力和虚构，要求由文学语言、文体形式、艺术韵味、文

---

① 白烨：《新世纪文学的新风貌与新走向——走进新世纪的考场》，《文艺争鸣》2010年第11期。

② "纯文学"概念来源于法国诗人瓦雷里的"纯诗"理论，自此培植了人们对于文学之"纯"的向往与想象。五四以后，中国新文学中"为艺术"的一派也一直持有这样一种观念；即便是在文学被政治工具化、功利化的1950年代，我们从马铁丁那时的一篇杂文《纯文学及其它》中，也可以嗅到一点"纯文学"的清高气息。在这场讨论中，人们大都认为新时期关于"纯文学"的转向与争论始于1980年代中期。1985年被称为"先锋文学年"，出现了一批勇于尝试现代派观念与风格的探索小说、先锋小说，也有人把"纯文学"追溯到更早的朦胧诗。

化底蕴、人文精神、人性境界与情怀等综合指数构成文学的基本面貌,从而与非文学、低水平文学划清界限。对"纯文学"的阐释与肯定,是这场反思、讨论的结果。① 其中,回到文学本身、去意识形态化或泛意识形态化、"退出社会"、架空作品历史背景、个人化写作,以及摒除意识形态的所谓原生态叙事等,都是对"纯文学"特征的描述。② 这场关于"纯文学"的讨论也具有反思和批判特征,它揭示出"纯文学"疏离公共空间、疏离现实社会,对现实缺乏更深入、更直接的关怀与同情,更多关心文学自身,甚至只关心文学,不肯为了社会现实等因素而在文学性上降格,这是胡适的白话文学观、左翼的人民大众文学观以来所少见的。

二 日常生活审美化

关于日常生活审美化的讨论,是以对"纯文学观"进行解构的立场出现的,也是新世纪文学的一场重要讨论。虽然这只是文艺学、美学理论领域的讨论,但它给新世纪以来文学观的革新、转换与发展带来很大影响,具有深刻的意义。关于这一主题,2003年底有关刊物开始集中讨论。2006年,德国美学家沃尔夫冈·韦尔施的著作《重构美学》被翻译出版,其中讨论了审美化或日常生活审美化问题。另外,文化研究的兴起也为日常生活审美化思潮发了先声。

日常生活审美化,首先是基于物质现代性的深刻改变,使得生活现代性问题越发地凸显出来。人们注意到,不是某个局部角落而是生活整体由于审美增量而导致了整体性的审美化,其中,当代物质技术内含着美学深度,导致人类感性更多趋向艺术与审美,尤其传媒技术在其中充当了感性(审美)改变生活的主角,电视、网络、多媒体联动、城市现代化、建筑美学、交通改变时空感受、广告艺术、声音和视频图像,使得审美的主场已从专门的艺术文本语境转移到了生活之中,我们的日常生活较之以往无疑是更加感性化、审美化了,审美活动也更加融入生活过程,呈现为一种生活的方式而非精英独有的方式。文学和生活的界限更加模糊,文艺学研究开始跨出语言

---

① 1980年代以来发生的主体性哲学与美学的崛起、对康德的无功利美学的重新发现、对诗化哲学的推崇、对很学院化的来自于西方形式主义的"文学性"概念的喜爱与普及、对文学史更多艺术眼光的观照与"重写"等,都是"纯文学"产生的思想资源,由此出现了一批有"纯文学观"的作家。

② 这场讨论与反思还涉及:"纯文学"思潮是对既往的强调政治功利的意识形态的拨乱反正,但也是一种新的意识形态,"文学性"更是一种意识形态,它在激烈的社会意识形态博弈中宁取一种"有益无害"的自足状态,观望而非积极介入。在1990年代,文学理论界形成了"审美意识形态"的主流观念,其重心在于,它认为文学必须首先是文学,不能离开文学、离开审美的前提和条件,否则就没有意义,尽管它也强调不能离开意识形态。

文本等传统形式,涉及种种文化语境,文化研究渐成显学。如此"文化"后的文学研究还是文学研究、文学还是文学吗?有人危言,传统文学在媒介信息时代和消费时代不可避免地将要"终结"。

其次,在对日常生活审美化的价值判断方面,理论界有所分歧。是维护既有美学、文学的精神性纯洁与高度及其本质与界限,还是扩界到生活之中,将各种媒介中的所谓文学或文化都纳入视野?既然承认审美(文学)的现代性,生活现代性不正是问题的症结所在?所谓文学性,像一个飘游之物,既可本质化定义文学,又可以在这个时代融入各种生活语境,存在于四面八方,呈现多元多态。问题的关键在于,如何看待物质、技术、视像、感觉、欲望等因素的大幅度增加对精神生活的改变,对精英式精神生活方式的影响。这涉及文学观问题,即既有的主流文学观能否开放,容纳一个更加广阔的、面向生活整体的文学,容纳一个更加生活化的文学,包括大众通俗文学、网络文学等在内。在关于日常生活审美化讨论的侧翼,对消费主义与文学的关系、欲望化写作问题、"文学性"本质主义与建构主义问题等的讨论也都程度不同地彼此呼应,共同推动对人性、时代、文学的深入考察,推动对整体生活概念的理解,进一步生发有关21世纪文艺学美学的反思。

三 底层现实主义

底层现实主义思潮的兴起可以看作对"纯文学"思潮的一种补救。底层现实主义可视为底层写作的升级版。① 底层,是题材、内容,也是立场,现实主义是创作方法,因此底层现实主义直指当下底层的现实,不是纯虚拟叙事。但它的现实主义也是开放的,在叙述语言与技巧的现代性方面可以接通"纯文学"。新世纪文学能够重新拥有类似"底层"这样的概念颇为可贵,这表明了一种社会认知的深入,而究其实质,支撑它的是新时期文学在1980年代所获得的人道主义和普遍人性关怀,而不是回归到阶级分析论或阶级斗争模式。"底层"概念表达了文学立场与视角的下移,抒发了知识分子的同情心,并使苦难关怀有了现实指向或对象,但它的宽泛和笼统,也导致缺乏行动性、实践性。同时,"底层"也比社会话语中流行的"弱势群体"这样的表述要来得更有力。尤其是,当新闻与主流舆论充斥着企业家、创业者、改革开拓者的故事时,底层的文学写作无疑提供了另外一份十

---

① 底层写作,是在世纪之交兴起的一个广泛的文学写作潮流,涉及小说、诗歌、散文、文学理论等领域,有曹征路、王祥夫、胡学文、陈应松、刘继明等小说家,以及郑小琼、王十月等从事打工文学创作的诗人、小说家。在本书第13章有专节评述。

分难得的真实,一份改革开放成功背后的奋斗史、血泪史。那些来自底层的巨大、沉重的担当因文学记录而不致坠落或被遗忘,这赋予推进文学人道主义事业以宝贵的意义。在有关底层现实主义思潮的讨论中,历史上的左翼文学思想资源似乎难以适应底层的普遍人性论背景;关于作家能否为底层代言的论辩陷入学院式玄学,让人有理论大于文学创作之感;有关底层写作与打工文学的区分,有关作家的底层书写与打工者的现场记录、现身说法的不同,"在写作中生存"与"在生存中写作"的差别等问题的论述,都颇具价值。但最终,底层现实主义思潮使人们看到了将底层伦理置于优先地位的趋向。尽管"写什么"在底层现实主义潮流中似乎得到了比"怎么写"更重要的强调,但文学性不足仍然被认为是底层现实主义的特征之一。这个潮流也带动了"纯文学"去面向底层,如王安忆、贾平凹、刘震云等都写出了涉及当下底层现实的作品。

第二节 大众文化与网络文学

市场经济时代的全面商业化与互联网的普及,使民众真正成为当代文化的主体。这一时期的大众化与20世纪阶级斗争语境下的大众化不同,它具有世俗化、娱乐化倾向。

1980年代精英文化在主流意识形态的合谋和鼓励下,曾走过一段短暂而又辉煌、凌厉而又浮躁的历程。经过1990年代的调整,进入21世纪,随着经济体制的转型,文化最根本的转向是告别了新时期精英文化的狂飙突进,走向了大众化和世俗化。市场作为一只无形的巨手在左右着文化的发展,经济越来越成为决定性的制约因素。随着商业时代的来临,市民社会的形成,要求有与之相应的文化市场和文化产品来满足变化了的精神与审美需求。在21世纪文化景观中,大众文化与文化的大众化是最为醒目的现象。文化市场和图书市场空前繁荣,文化和文学也具有了广阔的自由和空间。文学和文化的大众化是社会现代化和世俗化进程中的必然走向,几乎渗透了社会生活、文化心理的每一个角落。西方后现代文化思潮进入中国,这股思潮所包含的消解中心、解构一切的文化精神迅速和大众文化结盟,进一步加速了文化大众化的进程。其中表现最为明显的一点就是文化与影视、网络等传媒的紧密结合。21世纪文化因此可以说是影视与网络文化的时代,影视和网络文化已成为意识形态,控制、影响着人们日常的物质生活和精神想象。文化的快餐化、平面化、信息化、图像化也使得文化走向大众成为可能。所谓的文化热点往往是借助影视、网络等媒介传播而兴起。另一点是文学的世俗化倾向日益明显。曾经的文学启蒙热情被世俗冲动所代替。文学的世俗化、欲望化叙事充斥文本内外。21世纪以来，新写实的日常叙事，对历史的戏说之风，都市文学的欲望化书写，私人化写作的媚俗倾向，现实主义冲击波对生活表象的世俗化理解……无不鲜活地展示了文学的世俗化景观。还有一点是文化的消费性和娱乐性特征非常明显。文化的意义往往以商业价值的高低为标准来衡量。文化产品通过工业化的批量生产、复制，追求即时的消费性，放弃了自身的深度主题和价值关怀，娱乐和消遣成了第一需要。

社会转型期的大众化、世俗化思潮有其自身的价值和功能。它有消解意识形态话语一体化和精英文化中心地位的作用。随着市场化进程的展开，计划经济体制下的一体化、整体化意识形态逐渐松动，社会话语的一元逐渐被众声喧哗的多元所替代；大众文化在某种程度上起到了消解政治意识形态中心化的作用。另一方面，以市场为主导的大众消费文化也导致了精英文化中心地位的解体。精英文化在商业浪潮的冲击之下，变得步履维艰。知识分子作为大众的精神牧师和文化领袖的角色逐渐淡出。文化启蒙的必要性、可能性，已经逸出社会大众的视野，市民社会在一定程度上拒绝知识精英对他们的启蒙和引导。大众文化的兴起更加剧了精英文化从中心走向边缘这一趋势。随着文学的边缘化和市场化，"雅俗合流"加剧，游戏文化风行，作家不断调整写作策略，为了使自己的作品能够畅销，迎合大众口味，他们纷纷"还俗"，放下以前的高蹈姿态，匍匐在"上帝"（文化消费者）面前，以追求作品的消遣和娱乐功能为己任，潇洒地"玩"起文学。同时，相对宽松的政治环境也使得文学从社会工具职能中解放出来，其娱乐功能得以复苏，又很快呈现出片面膨胀的态势；文学再次处于失重状态，文学的审美性成为可有可无的牺牲品。王朔的《顽主》系列，固然有后现代主义的颠覆中心、戏讽传统的特点，但其油滑的语言、自我矛盾的价值内涵，使其最终只能在大众文化的平面上滑行。像《就这么回事》《不谈艺术》等小说，都表现出对世俗社会的物欲的认同，《我爱美元》《上海宝贝》等对"性"作了意

> **声音**
>
> 从某种意义上讲，文学是商品时代的敌人。但商品时代作为一个大背景，又是文学的母体和悲凉的恩师。正是因为它，一种物质和欲望筑成的不可穿凿的壁垒，才使精神和文学有了另一种可能性：一次彻底的决绝。……然而，一个时期真正的精神危机却是心灵上的慌乱和庸俗的喜乐，那样的结果只能是正在发生的悲剧：太多的作家正以自己的努力融进那个"背景"，惟恐被一个狂飙突进的时代所抛弃。
>
> （张炜《精神的背景——消费时代的写作与出版》）
>
> "下半身"主宰了中国文学舞台，市场就是其同谋。
>
> （顾彬《二十世纪中国文学史》）

味深长的描写。游戏文学始终离不开"钱"和"性"这两大主题,而那些更为复杂、深层的精神冲突却被阉割了。

中国网络文学起步于1990年代中期,之后,我国网络技术快速普及,用户数量在很短的时间内得到了迅猛发展。互联网促进了文化的繁荣与发展,深刻改变了文化传播模式,成为文化传播与交流的重要平台。网络音乐、网络游戏、网络动漫、网络影视等产业迅速崛起,大大增强了中国文化产业的总体实力,满足了民众多样的精神文化需求。置身于市场经济和世俗文化潮流之中的网络文学——主要是小说,在获得空前写作自由的同时,也具备了与传统的文学形态迥异的精神面貌,形成21世纪网络小说独特的创作主体、存在方式、思想意蕴和审美特征。21世纪网络小说经历了从转载、模仿到自主原创、创新发展,从传统表达到类型化写作的发展过程,从摹写现实世界到迷恋虚拟世界,制造玄幻世界,网络小说走上了具有独立形态和审美意义的风格化文学之路。

网络文学的强势介入,改变了传统文学长期以来形成的面貌和发展格局。以网络这种新媒体为介质创作文学,改变最大的是文学的主体结构。① 传统文学的基本结构以作家为中心,作家握有话语权,居于主动,读者没有话语权,居于被动。在网络这个特殊的、动态的载体上,读者和作家取得了几乎相等的话语权,表现为读者阅读时可以共时性地发表意见,甚至影响作家的在线创作。在文体形式上,网络文学不再局限在传统的文体范围之内,常常溢出传统,形成更多鲜活的文体形式。网络文学的传播十分发达,文学人口的海量扩容使读者群体空前扩张,为文学创作与接受拓展了新的空间与基础。

21世纪文学已经进入第三个10年,文学与现实的关系、个体与社会的关系依然是当下文学书写的重点,并在科幻小说和现实主义小说中得到新的拓展。21世纪以来,在全球化进程中,中国的经济、科技、文化等领域得到很大发展,以刘慈欣等人的作品为代表的科幻文学,表现了这一时期中国人的文化想象和心理愿景。与传统科幻小说相比,21世纪科幻小说更多将科技幻想、叙事技巧和人文精神表达相结合,追求新的想象空间。刘慈欣的《三体》三部曲(《地球往事》《黑暗森林》《死神永生》)叙述了地球上由于人性缺失而引来的末日危机,以及之后宇宙不同文明间的竞争,想象力宏大超凡,对现实亦有警示意义。郝景芳的《北京折叠》(2012)叙述在被人为区隔成三个不同物理空间的城市里,居住着三种阶层,表达了对于阶层分化、社

---

① 王干:《网络改变了文学什么》,《文艺争鸣》2010年第11期。

会割裂的深切焦虑,被誉为"科幻现实主义"小说①。

现实主义小说的世纪新变与新时代的社会现实密切相关,呈现出反思和创新两个文学维度。2012年,党的十八大召开,开启了中国发展的新时代。2014年10月,习近平总书记主持召开文艺工作座谈会,号召广大作家以人民为中心,创作无愧于时代的优秀作品,发挥文艺在培育和弘扬社会主义核心价值观方面的独特作用。一批书写新时代中国社会现实的小说脱颖而出,表现了党带领全国人民在脱贫攻坚、生态保护、乡村振兴、公共卫生等领域取得的进展和胜利,讲述中国故事,塑造中国形象,传播中国声音。

研习提升阅读材料

---

① 任冬梅:《新世纪以来中国科幻小说的现状及前景》,《当代文坛》2018年第3期。

第十四章
2000年以来的小说

2000年以来,中国社会发生重大转型,在商业化、市场化主导下,中国文学获得了更多的自由空间,文学观念、表现形态、创作实践与批评等均发生了较大变化,文学在市场经济的浪潮中创造了属于自己的风景。据国家新闻出版广电总局统计,长篇小说的出版量,2013年达4798部,2016年以来每年有5000多部。

文学是人学。21世纪文学贯穿着多种"人"的观念,既有20世纪社会属性的"人"的观念的延续,又有经济属性、市场属性等新的"人"的观念的凸显。前者在传统精英写作中更注重人的日常发现、内心生活;后者更注重个体的、世俗的、存在的人,并以人的解放、人的发展作为人的现代性在21世纪获得的历史前提和时代理由。①

与20世纪末文学的新启蒙精神、解构主义和女性主义思潮不同,有人概括21世纪传统型写作的特征,一是回归现实的叙事精神,二是专注于日常生活的审美观照。前者主要表现在文学对现实主义创作方法的回归和现实主义的文学话语表达上,20世纪就已有成就的作家如贾平凹、王安忆、莫言、铁凝、余华、刘震云、阎连科、苏童、方方、格非、毕飞宇等,进入21世纪之后依然不断有新作问世,他们在思想艺术上的锐意探索,证明这批中年作家对于精英写作传统的坚守。对日常生活的审美观照,正是文学践行新世纪以人为本的时代精神的体现。从以经济建设为中心到以人为本,时代精神正从宏大叙事逐步落实到现代日常生活中人的现实精神和世俗情感,重建现代生活感性,因此具有了本体意义。《秦腔》《受活》《生死疲劳》《水在时间之下》,以及大量的打工文学、官场小说、职场小说,都对日常生活进行了细致的刻画,表现了作家价值观念的转变。这种在日常生活的意义上来创作文

---

① 雷达:《新世纪十年中国文学的走势》,《文艺争鸣》2010年第3期。

学,表达人性的方式,是21世纪文学的一个重要特征。

直面市场,适应时代,传统写作悄然实现了角色转型。虽然市场有其残酷的一面,但文学的产业化之船在21世纪已经扬帆远航,其中,突出的动向就是文学和影视的联姻。文学为影视作品的生产提供母本支持由来已久,在市场经济条件下,影视作品改编还基于对文学影响力的深度借重和顺势开发,这使得资本得以强势介入。文学作品的影响催生了影视作品的改编和再创造,反过来,影视作品的传播又会推动文学作品的热销。多种传媒的互相影响因此产生强大的营销效应,使得文学和影视双赢。刘震云的小说《手机》《我叫刘跃进》都被改编成同名电影或电视剧,而且饶有意味的是,小说和电影几乎是同时推出的,这是对媒体影响力的综合运用。大多数影视作品的改编是借重小说原有的影响力,以减少投资风险,如《杜拉拉升职记》《山楂树之恋》等,但也有相反的情况,影视作品的传播增大了文学作品的价值和潜力,如电影《集结号》之于杨金远的小说《官司》等。

"80后"文学集体爆发　　"80后"是对出生于1980年代的青年群体写作的归纳性称谓。他们在21世纪第一个十年里集体爆发,成为文坛的一大景象,其中比较活跃的"80后"写手有一百多位,经常从事写作的更多达万余人。这个群体初成气候大约在2004年,到21世纪第二个十年中期发生转向,是21世纪文学不可缺少的风景。

网络小说发展迅速　　进入21世纪,中国原创网络小说的写手队伍不断壮大,网络小说数量迅速膨胀,内容日益丰富。愈来愈成熟的网络写作在21世纪展示出广阔的前景。随着网络小说逐步向纵深发展,传统创作与网络写作相互影响、对话增强,网络文学逐步融入文学主流,成为中国当代文学重要的组成部分。[①] 中国网络文学诞生于大众文化时代,文学网站均采取商业化运作模式,以市场为主导,这要求文学创作随之产业化、商品化,因此,类型化作品成为当前中国网络小说写作发展的一个重要特征。

第一节　精英文学的坚守

在21世纪,一部分作家依然坚守五四以来形成的中国现代文学传统,秉持精英文学的价值观。贾平凹、王安忆、莫言、铁凝、余华、刘震云、阎连科、

---

① 马季:"在官方机构、传播渠道等社会力量的高度关注下,网络文学已逐渐形成自己的话语体系,即以大众性为主导,以商业化为推手,以创新性为方向,在拓宽类型化文学的疆域、提升文学阅读公共性的同时,逐步实现与传统文学的融合。"《繁花似锦　流云无痕——2011年网络文学综述》,《文艺争鸣》2012年第2期。

苏童、格非、毕飞宇等在 21 世纪时有力作。

刘震云（1958— ，生于河南新乡延津县）是新写实小说的代表性作家，以写城市社会的"单位系列"和写干部生活的"官场系列"著称。21 世纪以来，他的小说《手机》和《我叫刘跃进》被改编成电影和电视剧，影响很大。

长篇《一句顶一万句》（2009）是他本时期比较圆熟的作品。小说主要写了两次寻找的故事。姥爷杨百顺和外孙牛爱国各自都特别想找到另一个人，目的就是想告诉他一句知心的话。为了找到这个"说得上话的人"，他们奔走、流浪，始终无法停息。作品通过表现人的孤立无援的精神状态，映现了民族心灵的某些侧面。小说的叙述语言很有特色，是一种说话体，即语言本色化，语句简洁、洗练，却是连环套式的，否定之否定式的，是像螺丝扣一样越拧越紧的句法。如"老裴打了老蔡一巴掌，老蔡又还了老裴一巴掌，同样是一巴掌，但后一巴掌，和前一巴掌，就不是一回事了。……老裴也是一时怒从心头起，从床上爬起来，拿起砍刀，就要杀人；但不是杀老蔡，而是要到镇上杀她娘家哥。也不是要杀这个人，是要杀他讲的这些理；也不是要杀这些理，是要杀他的绕；绕来绕去，把老裴绕成了另一个人"，"说她去了北京，也不知是否真去了北京；就是去了北京，也不知是否仍在北京；北京大得很，也不知在北京的哪个角落"，等等。

在市场经济与消费时代，艺术的商品化同样也向艺术的独创性提出了更高的要求。

（蒋述卓《消费时代文学的意义》）

中国主流文学界对当下公共领域的事物缺少关怀，很少有作家能够直面中国社会的突出矛盾。

最可怕的还不只是文学缺乏思想，而是文学缺乏良知。

（《思想界炮轰文学界：当代中国文学脱离现实》，《南方都市报》2006 年 5 月 15 日）

《我不是潘金莲》是《一句顶一万句》的姊妹篇，小说以女性为主角，主人公李雪莲在经历了一场荒唐的离婚案后，要证明之前的离婚是假的，更要证明自己不是潘金莲，因而走上告状路。她从镇里告到县里、市里，甚至申冤到北京，不但没能把假的说成假的，还把法院庭长、院长、县长乃至市长都拖下了马。她的告状持续 20 年，惊心动魄也无奈至极。小说荒诞而真切，和现实构成强烈的对话关系。

贾平凹被称为文坛奇才，创新活力 30 年不减。以 2003 年《秦腔》为标志，在经历过一些写作主题的变化之后，贾平凹继续思考着乡土和文化的双重衰落。《秦腔》之后，又有《高兴》《老生》《古炉》《极花》《山本》等，将他所关注的"城市怎样肥大了而农村怎样地凋敝着"的问题写出来，为现代经济高速发展中的衰弊乡村写出一首纠结心灵、迷思与哀悼的挽歌。

《秦腔》是一首乡村文化颓败的悲凉挽歌。小说以清风街夏家人事变迁为故事核心,呈现了在时代变革冲击下,乡村价值观念、人际关系的深刻变化,表达了作者对社会转型期中国乡村文化没落的忧思。对乡村文化没落这一主题,小说主要是通过夏天义和夏天智这两位乡村传统文化代表者的生命轨迹和悲剧性结局来揭示的。夏天义在夏家排行老二,他曾在清风街担任主任五十多年,在乡民中有着很高的威信,是他们眼中"清风街的毛主席"。他一生以民为本,不谋私也不蛮横,是传统儒家文化忠实的践行者。更为重要的是,夏天义对土地有着特殊感情,视其为一个农民安身立命的根本。然而,随着商品经济大潮的冲击,农民对土地的感情逐渐疏远。面对困境,这位清风街的精神领袖尽管力图坚守,但还是无法阻止青年一代逃离土地的现实。最终,夏天义在一场大雨过后因七里沟崖坡塌方被泥土埋没。他永远和土地埋在了一起,连同他所慕恋的乡村传统生产方式和农耕文化。如果说夏天义是乡村中国生命之根"土地"和农耕生产方式的化身的话,那么夏天智则是与这种农耕文化血脉相连的传统道德和文化精神的代表。夏天智是一位热爱秦腔艺术又颇富声望的退休教师,他将秦腔戏里人物的人格作为自己的精神标杆,以德服人,在清风街扮演着伦理道德秩序示范者和维护者的角色。他对秦腔十分痴迷,最热衷的事情就是边听秦腔边静静地在马勺上面画秦腔脸谱,但是时代的变迁已经让他连同他的秦腔很难觅到知音,他自费出版的关于秦腔的书籍,别人也不再珍惜。此外,这位德高望重的长者最后也无法管教那些不愿赡养父母的不孝子侄,无力阻止儿子夏风与白雪离婚。一连串打击之下,夏天智在无奈中离开人世,入棺时他听着一生钟爱的秦腔,头下枕着自费出版的书籍。夏天义和夏天智的悲剧结局,形象地表明了乡村地区传统伦理道德体系的坍塌和农耕文化不可避免的式微。值得注意的是,面对这种颓败,作者的情感是复杂的,正如贾平凹自己所说:"我的写作充满了矛盾和痛苦,我不知道该赞歌现实还是诅咒现实,是为棣花街的父老乡亲庆幸还是为他们悲哀。"①

相对于以往的创作,贾平凹在《秦腔》中完成了一次叙事革命,即采用生活细节流式的结构方式重构变化了的乡村。贾平凹说:"我不是不懂得也不是没写过戏剧性的情节,也不是陌生和拒绝那一种'有意味的形式',只因我写的是一堆鸡零狗碎的泼烦日子。"②21世纪乡村中国的裂变,使得其外在物质形态和内在文化伦理结构均发生了复杂而又暧昧的变化。为

---

① 贾平凹:《秦腔》"后记",作家出版社2005年版,第563页。
② 贾平凹:《秦腔》"后记",作家出版社2005年版,第565页。

了切近这种变化,作者采用与生活同构的文体结构和叙述策略,力图通过精微的叙事、绵密的细节,来呈现日常生活的本真状态,将生活原本混沌、杂乱无序、烦琐细碎的存在形态客观地展现在读者眼前。另外,《秦腔》也弃置了故事和情节,叙事主要是由人物的对话构成,没有主要人物和强烈的戏剧冲突,甚至在结构上不分章节,放弃贯穿整个小说的情节主线。这种生活细节流式的结构方式,让《秦腔》成为一个类似于《清明上河图》的独特文本,一方面,真实地表达了作者对乡村中国历史与现实中诸多现象丰富、复杂、迷茫的感受;另一方面,也准确地勾绘出了中国乡村在世纪性蜕变中的凋敝图景和种种矛盾。以"秦腔"命名,将这种承载着秦地民众性格气质和文化心理的地方戏曲,安置到整个小说叙事之中,融汇其中的是对民俗风情的原生态记录,是浓郁的乡土气息和地域风情。那些土得掉渣的方言土语所承载的民俗文化跟小说人物的性格特征及情感心理也密切关联。

《极花》(2016)叙述的是一个农村女性被拐卖的故事。贾平凹展示了这个女性所遭遇的外部世界和经历的内心煎熬。她拒绝沉沦,执着地寻找自己的灵魂,守护女性的尊严。她被营救了,然而经受着周围人的冷嘲热讽,内心饱受苦楚与折磨,最终选择回到被拐卖的地方。小说通过叙述一个人的不幸命运,展露她灵魂的高贵,探索了人的本质,因而产生了震撼人心的冲击力。①

正当陈染、林白、海男、徐小斌等作家向人们展示新的女性话语之时,铁凝以"对人类和生活永远的爱和体贴这始终一致的精神",推出了充满清澄透明的人性魅力的长篇小说《大浴女》(2000)。小说通过对主人公尹小跳在宗教意义上的自审、救赎、最终走进内心深处的花园的叙写,表达了对人类的爱情、婚姻与性的审视,对女性成长和命运的思考。所谓"大浴女",重心并不在"女",而在于"浴"或"大浴"——"上下若浴",指人在一种动荡变迁中被塑造的生动过程。铁凝的另一部长篇小说《笨花》(2006)和《大浴女》一样都是很有份量的作品。《笨花》讲述了一部冀中平原的历史传奇。笨花和洋花这两个女性可以说是两种不同的文化心灵的象征,即本土文化和西方文化。作者关注的是在现代西方强势文化冲击下本土文化的因应和转换。小说以乡土叙事为模式,但就其对主体性的强调,对日常生活意义的关

---

① 毕光明:"《极花》也可以说是关于灵魂的故事。正因为有灵魂,蝴蝶在遭遇暴力处置时,才能让她的灵魂跳出身体悲哀地观看自己被强暴即美被摧残的过程,产生震慑人心的效果。"《〈极花〉:生命哲学的诗化建构》,《中国文学批评》2017年第2期。

注和发现而言,超越了现代文学的传统乡土叙事。

曾经以电视剧《裤裆巷风流记》闻名的作家范小青素以承续陆文夫"小巷文学"著称,21世纪以来有《城市表情》《女同志》《赤脚医生万泉河》等作品,短篇小说《城乡简史》获鲁迅文学奖;2016年出版长篇小说《桂香街》。在主旋律作家中,范小青是能将思想与艺术结合得较好的,她将日常生活铺叙与细节描写细致融合,表现在现代生存环境(也包括权力架构)中众多隐秘而丰饶的内在状态和人生的艰难选择,肯定人尤其是女性的价值。

中篇小说曾经在1980年代的文坛出尽风头,但从1990年代到21世纪,则是长篇小说风头无二。在21世纪,中篇有再度崛起之势。中篇小说合适的规模与容量,让不追风潮的中年作家如苏童、格非、韩少功、迟子建等可以继续其先锋探索,也使新晋作家可以砥砺锋芒、更上层楼。毕飞宇以一系列独具创意的中篇小说成为21世纪独占鳌头的新锐作家。陈应松《马斯岭血案》、须一瓜《地瓜一样的大海》、吴玄《西地》、葛水平《喊山》、马晓丽《云端》、鲁敏《逝者的恩泽》《六人晚宴》、蒋韵《行走的年代》、叶弥《明月寺》等,各以独家招数,不落俗套,异军突起,引起批评家与读者的关注。

苏童和格非都是新时期先锋小说的代表性作家。21世纪以来,苏童创作了《碧奴》《河岸》《黄雀记》等。《河岸》讲述了一个关于信仰、生存和成长的故事。"河"与"岸"是小说中两个重要的意象,小说在对四人于河里、岸上的生命旅程的反复叙述之中,表达了对历史和人生的独特思考。《黄雀记》中,苏童重回他原创的文学家园香椿树街,书写三个懵懂少年的无常命运与纠葛人生,是一段爱与伤害交织的残酷青春、心灵成长故事。苏童以他独有的少年笔意切入三个少年不同时期的心理,从容叙述了一个时代的生活的惶惑、脆弱和逼仄,对转型时期的社会乱象、个体窘境及国民精神,进行了精深的剖析和细致的描摹。

格非(1964—   ,原名刘勇,江苏丹徒县人)原以《迷舟》《褐色鸟群》等先锋小说名世。2001年出版的散文随笔集《塞壬的歌声》,精辟入微地解读卡夫卡等大师的艺术。他的博士论文《废名的意义》以桥、水、树、梦四意象,表述了对先锋小说的独到见解。格非晋升清华大学教授后得以更从容地继续文学探索。短篇《戒指花》(2007)是一篇"目击者提供证据体"小说,[①]以报社记者丁小曼的一次采访经历,把社会底层沉痛的生活悲剧暴露在读者面前:一个小男孩在丧母之后不久,其父又因肝癌晚期,无法承受生活的双

[①] 短篇《戒指花》最初系应法国"两仪文舍"项目邀请而作。关于这篇小说,在巴黎有过一次作家、学者和翻译家参加的研讨会。该小说2014年获第六届鲁迅文学奖。

重打击而选择上吊自杀。记者所耳闻目击的一系列阴暗虚假的社会事件与主角故事的推进形成复调叙述。《戒指花》显示格非已将先锋探索式的迷宫叙事揉合进对现实与生活常态的思考。他的《江南三部曲》,包括《人面桃花》(2004)、《山河入梦》(2007)和《春尽江南》(2011)三部连续性的中篇,深入思考一百年来中国社会、历史、知识分子等问题,在主题、语言形式等方面都体现了回归传统精英文学的倾向。《人面桃花》以清末民初为背景,讲述了一个名叫秀米的女性与革命党人张季元的情感纠葛,将革命、乌托邦、爱情与女性成长的故事娓娓道来。小说的笔调从容而精致,体现出对传统叙事的回归。《山河入梦》写的是20世纪五六十年代知识分子的梦想和社会实践;《春尽江南》描述的则是当下中国的精神现实,讲述了变革时代知识分子心灵受到的冲击和产生的精神裂变。在《望春风》(2016)中,格非以一个少年的视角状写村庄由简朴、内敛到在时代发展中逐渐变化的全过程;村子里的人们彼此有着千丝万缕的联系,这些关系在某方面达到了微妙的平衡、和谐;在格非笔下,行云流水、波澜不惊的故事,自然而然地展示着中国江南农村特有的民俗风情与内在秩序。

李洱(1966— ,生于河南济源)也是21世纪以来有代表性的作家,以叙写当下知识分子的生存困境见长。他站在知识分子的批判立场,对消费时代知识分子的日常生活进行了细致刻画,对他们的生存困境进行了探讨,是对知识分子的传统伦理叙事的突破。其主要作品有《花腔》《石榴树上结樱桃》《应物兄》等。

《花腔》作为新历史主义小说而受到赞誉。围绕着革命者葛任的生死之谜,三位当事人——医生白圣韬、犯人赵耀庆和著名法学家范继槐从不同的角度分别进行了叙述。由于三个人的不同身份,从叙述修辞角度可将小说内部语言分为知识分子叙事、平民叙事、庙堂叙事三类,形成了多重叙事视角和话语复调的特点。三个文本互相阐释,又互相消解,再加上作者的历史陈述、调查求证,"真实"变得扑朔迷离,它迫使读者不断寻找其他文本作为参照。而不同人物彼此相互矛盾的观点使"历史"呈现出前所未有的复杂景观和开放性。小说注重形式探索和文本实验,被认为是建构了一种新的小说诗学。

金宇澄长篇小说《繁花》,2012年刊于《收获》,2013年上海文艺出版社出版单行本,广受赞誉。《繁花》是一部以吴语写上海和上海人的小说,描写了1960年代和1990年代两个时间段上海城市的故事,贯穿着几位主人公的成长经历,展现特定年代里江南生活风貌。在小说的叙事结构中,1960年代的青涩少年与1990年代的声色犬马各构成一条线索。两个时空频繁交替,幻象迭生,又齐头并进,幻化出上海的迷幻风貌。精致的嘲讽,酷烈的漫画,流荡着上海的时尚、风华与岁月。在全书的前28章当中,凡单数章,叙述的都是1960年代的故事,各章的题号用繁体字标出;凡偶数章,叙述的都是1990年代的故事,是另一条线索,题号使用的是今天在中国大陆通行的简体字。到后三章,两个时间段落和两条叙事线索才完全会合。繁简字体的交叉使用,使过去和现在形成对照,透露出作家对不同时代的不同感情态度和不同理解,本身含隐喻意义。《繁花》的叙述结构受到2007年度诺贝尔文学奖得主多丽丝·莱辛的启发。莱辛的长篇小说《金色笔记》以黑、红、黄、蓝四种颜色笔记本分别展开主人公的不同人生历程和心理,这种组合模式重复了四次,然后是金色笔记。《繁花》两条线索的展开中,是贯穿性人物阿宝、沪生和小毛的活动轨迹。这些贯穿性人物的身份都有代表性,这种身份反过来又和叙事年代形成一定的对应关系,成为折射时代精神的符号,进而引出上海社会众生相。

《繁花》在文学形式方面有诸多创造性。作家放弃了现代小说擅长的心理描写手法,退回到传统说书人的角色,将传统评书"说故事"的艺术发挥到极致,大故事套小故事,一个故事勾连起另一个故事。《繁花》新旧交错,雅俗同体,经由作者的讲述,一衣一饭的琐屑皆有了情致,市井与俗世的庸常亦富有意味;对日常生活的从容还原,更是曲处能直,密处能疏。作家把传统资源、方言叙事、现代精神熔于一炉。全书充满人物的对话,渗透着上海方言的神韵。这部小说还传承了民国章回体小说的叙述特点,大量使用短句,多用三至七言,基本不用"的"字,这种喋喋不休的句式和话语,呈现出极强的生活气息和独特的叙述伦理。

第二节 莫 言

1990年代以来,莫言的创作力持续旺盛,长篇小说《丰乳肥臀》《檀香刑》《四十一炮》《生死疲劳》《蛙》等联翩问世。2012年,莫言获得诺贝尔文学奖。诺贝尔文学奖评委会的颁奖理由是,他"用梦幻现实主义(hallucinatory realism)的写作手法,将民间故事、历史事件与当代背景融为一体"[①]。瑞典文学院诺奖委员会主席瓦斯特伯格在授奖辞中说,莫言"扯下程式化的宣传画,使个人从茫茫无名大众中突出出来。他用嘲笑和讽刺的笔触,攻击历

[①] 在莫言获奖消息报道中,中国媒体最初多以"魔幻现实主义"对译hallucinatory realism,不够准确。

史和谬误以及贫乏和政治虚伪。他有技巧地揭露了人类最阴暗的一面,在不经意间给象征赋予了形象","生动地向我们展示了一个被人遗忘的农民世界,虽然无情但又充满了愉悦的无私","中国20世纪的疾苦从来都没有被如此直白的描写:英雄、情侣、虐待者、匪徒——特别是坚强的、不屈不挠的母亲们"。①

21世纪以来,莫言的艺术追求更趋于自觉。从题材到语言,从现实描写到传奇叙事,从艺术观念到创作手法,他的小说都表现出民族特色与新锐的现代艺术的融合。

莫言的小说世界在某种意义上是通过各种叙述人回忆农村生活而建立起来的想象空间。从早期的《透明的红萝卜》《红高粱》《红蝗》《秋风》《白狗秋千架》,到1990年代以来的《丰乳肥臀》《檀香刑》《生死疲劳》《蛙》,都是以莫言故乡的风土人情、生老病死、悲欢离合、奇异传说为底色,涂抹出色彩斑斓的乡土中国图景。莫言在不同场合都强调过,他的写作立场不是"为老百姓写作",而是"做为老百姓的写作"②,就是他的写作植根于农村生活。莫言小说中的人物总是与土地有割舍不断的联系,从自然和土地中获取精神的支撑,艰难而坚强地活着,无论是《红高粱》中的"我爷爷""我奶奶",还是《生死疲劳》中的西门闹、蓝脸;无论是《丰乳肥臀》中的母亲、"鸟仙",还是《天堂蒜薹之歌》中的高羊、金菊……他们的生死爱欲、梦想与绝望,都是绚丽多彩的土地上绽放的生命之花。

莫言处理乡村生活题材所采取的基本视角是叙述者的回忆。回忆作为一种充满了主体选择和情感态度的叙述角度,意味着对"现在"的生命状态的失望驱使叙述者在"过去"中寻找生命的辉煌,显露出创作主体对精神匮乏和生命萎顿的现实的强烈感应。这一包含着"现在"与"过去"对应或对立关系的叙述姿态,在《丰乳肥臀》中体现为通过上官金童的视角对故事的呈现,在《蛙》中是身为作家的"我"(笔名"蝌蚪")在对日常生活的描述中不断溯及过去,围绕着姑姑的经历展开叙事。即便是《天堂蒜薹之歌》这样取自现实的题材,莫言在小说中也引入了瞎子张的演唱作为故事展开的一个重要视角,与通过报纸社论讲述、通过叙述者描述一起形成富有张力的参照性结构。在《生死疲劳》中,莫言让在土改时被枪毙的地主西门闹回顾50年间的历史,他经历了六道轮回,一世为驴、一世为牛、一世为猪、一世为狗、一世

---

① 财新网:《2012年诺贝尔文学奖颁奖词全文》,http://china.caixin.com/2012-12-11/100470901.html,2012年12月23日。

② 莫言:《莫言文集·小说的气味》,当代世界出版社2004年版,第123页。

为猴……每次转世为不同的动物,都未离开他的家族,未离开这块土地。作者通过这样的叙事将中国农村社会变迁的广袤而深长的图景收纳其间。

莫言早年很得孙犁的白洋淀派风格的韵味,但之后不久,他从马尔克斯的魔幻现实主义获得启发,写出了《金发婴儿》。莫言悟出,魔幻现实主义给他带来的不应该仅仅是魔幻的形式,更应该激活他对故乡民间文学资源和文学传统的调用,发现真正属于自己的文学世界和语言风格。于是,乡村的一草一木、晨昏起居,乡村生活的常识和细节,狐鬼神仙的故事,六道轮回与转世的传说,乡村流行的戏曲,古代章回小说的构架……所有这些都极为本色地出现在莫言的小说中,帮助他找到了自己的语言风格。"这种语言风格并不是突然就出现了,原来它就跟个人气质有关系。当年我在农村的时候,跟那些没有文化、不识字但出口成章、胡言乱语、编顺口溜的人接触比较多,耍贫嘴耍得比较厉害,当我获得了我自己的语言时,感到非常自由。"[①]

其次,莫言的小说创作一直坚持自觉的艺术探索,实现了民族特色与现代艺术的高度融合。莫言的"红高粱家族"系列显示了他对单一的线性叙事方式的放弃,狂放不羁的语言,放纵无拘的想象,四通八达的感觉,无不表现出对传统叙事的颠覆,以及对更为自由、更为强烈的艺术表现力的追求。"红高粱家族"之后,他的第一个长篇小说《酒国》更是一次叙事的实验和冒险。它讲述省人民检察院的特级侦察员丁钩儿奉命到酒国市去调查一个特殊的案子——酒国市官员吃婴案。但到过酒国市的人,没有能经得起诱惑的;丁钩儿虽不断提醒自己不喝酒,最后却醉酒淹死在茅厕里。与上述故事同时进行的,是酿酒博士李一斗作为业余作者不断给作家"我"寄来他写的小说,这些小说几乎将20世纪中国各种各样的小说,从鲁迅的《狂人日记》到金庸的武侠小说,再到魔幻小说、先锋小说之类都戏仿了一遍,充满了各种各样的反讽和悖谬,但小说中的描述在很大程度上跟前面的故事又高度重合;最后酒博士的小说跟《酒国》里的情节合为一体。在长篇小说《十三步》中,莫言对小说的视角变化进行了试验。中学物理教师方富贵累死后,由于得给去世的王副市长的整容让路,他的尸体被塞进冰柜,居然荒诞离奇地复活了。由这样荒诞的情节开始的讲述,之后被各种眼花缭乱的叙事视角打断,又被任意组合,留下一团乱麻,让读者难以理清。小说由此杜绝了传统的载道式的表达,呈现出意义的不确定性、多义性、开放性。

在《檀香刑》问世前的两年时间里,莫言发表了12个短篇和5个中篇小说,像《拇指铐》《司令的女人》《七叔的故事》《师傅越来越幽默》等,看起来

[①] 林舟:《生命的摆渡》,海天出版社1998年版,第205页。

完全没有采用先锋小说的叙述方式,似乎回归了中国传统文学,但其中的意蕴却非传统小说所能传达。像1998年发表的小说《拇指铐》,讲述一个孩子在给母亲抓药回来的路上受到的挫折:他被人捆到树上,没有人解救他,孩子为了早点儿回家给母亲治病,把两个大拇指给咬断了,挣扎着回到他温暖的小屋,回到母亲温暖的怀抱。故事很本色,但是文化寓言的意味很浓烈。

《檀香刑》从形式上看也是回归了传统,传统章回小说与民间说唱艺术成为小说的外观形态。就故事而言,它将爱情故事缝合在重大社会事件之中,再现了清末山东半岛发生的民间反殖民的斗争;带头领导这起反殖民斗争的民间艺人孙丙最终被施以"檀香刑"。"施刑"作为主线贯穿了中国王朝政治没落过程中的诸多惊心动魄的事件。但是,进入叙述层面,人们会发现,其多视角的描述,形成了叙事的多声部;夸张变形的语言,洋溢着拥抱并融化惨烈人生的喜剧精神和狂欢气息,是莫言式的"酒神欢乐"的又一次"爆炸"。《檀香刑》之后的《四十一炮》,则通过身体已经长得很大、精神心理却仍旧停留在少年时代的主人公罗小通狂欢化的诉说,通过对一个老和尚的传奇人生的叙述,在实和虚的场景之间不断变换,扑朔迷离、曲折迂回,在揭示出人性裂变的同时,写出人的伦理迷茫。

民族特色与现代笔法的打通与融合,在《生死疲劳》中达到了出神入化的境地。《生死疲劳》秉承中国古典小说和民间叙事的传统,以六道轮回的想象串联起半个世纪的人间活剧,驴、牛、猪、狗、猴——作为西门闹逐次转

故意地去重新叙述一个故事,由此而违反了迄今所规定的革命故事视角。……把主流作家如赵树理或浩然的好的、进步的农民形象整个颠覆过来,把农村构想成一场噩梦。

(顾彬《二十世纪中国文学史》

世的化身,作者以这些动物的声音和感受描述各自的经历,杂以各自前世在人间生活的见闻和感受。更重要的是,这些出自不同动物视角的讲述,实际上也是对人的观察,对人世间各种艰辛的描述。它们与不同人物视角下的讲述互为表里,互相激发,互相补充。这样的视角设置避免了对半个世纪中国农村变化的常规描述,也就拒绝了已有的话语方式对这段历史的界定,从而写出了农民对土地无比执着的悲歌。另一方面,小说中作者与个人的局限不断受到嘲笑,不时地提醒我们小说中的人物莫言不可信,诸如"莫言从来就不是一个好农民""他太会忽悠"这类表达随处可见,这种极具间离色彩的叙事手法,拉开了叙述者与故事的距离,也唤醒了读者的理性眼光,并以这眼光掠过半个多世纪的恩恩怨怨,审视其间的人性悲喜剧。可以说,《生死疲劳》中传统的故事形式与现代的叙事意识,高度统一于对人的存在的重新审视与发现这一富有现代感的主题之中。

《蛙》延续了莫言对小说结构、叙述语言等方面的执着探索。结构上由剧作家蝌蚪写给日本作家杉谷义人的五封信构成。前四封信附有关于当了五十多年妇科医生的姑姑的长篇叙事,其间穿插蝌蚪本人的故事;第五封信则附有一部关于姑姑和蝌蚪自己的话剧;于是形成了将书信、元小说叙事和话剧揉为一体的结构,拓展了小说叙事的表现空间。在叙事声音上,与莫言以往各部长篇小说不同的是,第一人称叙事人不仅掌控着叙事的推进,而且作为重要的人物,用"以己入罪"的方式,承担了书写罪感和渴望救赎的表意功能,加强了作品的反思品质。

第三,在对乡土的描述和历史的虚构之中,莫言的小说叙事始终突显着对人性的探索与反思。

如果说,莫言在1980年代的乡村题材的小说叙述中,通过一种酒神精神赋予他笔下的人物以浪漫气息和原始生命力,从而发出人性的歌哭与呼喊,那么,在1990年代以后的小说叙事里,莫言则对人性的全部复杂性进行了不倦的勘探。在这种探索中,一个值得注意的问题是,透过莫言的叙事表层可以直观到的故事,往往构成对不可思议、超出经验把握的人性存在的隐喻。譬如中篇《怀抱鲜花的女人》采取通俗小说中艳情的路数,不乏荒诞、传奇的色彩,但它揭示的是人在欲望驱使下的追求和这种欲望对人的占据与控制,人的理性和社会规范与人的自然、淳朴的本能和欲望之间的尖锐冲突。

莫言的长篇《丰乳肥臀》以不无夸张的笔墨塑造了一个母亲的形象,传达的意味却超越任何具体的母亲形象。全书从1937年母亲生最后两个孩子写起,一直写到她的去世。小说第七章则是对母亲的生命全过程的回顾,是一个颂诗般的总结。这个母亲集中了中国传统的母亲身上所有的美德:忍辱负重、坚韧不拔、不屈不挠。她经受了所有能够想象到的痛苦和灾难:养育、饥饿、战争、病痛、动乱、强暴等等。这个高大、完美、令人尊敬的母亲形象,也充满了颠覆性:她拒绝伦理的框范,反抗命运的安排,追求情感的自由,向往生命的完满。所有这些与其作为母亲的形象不无冲突,以至于有人认为是对母亲形象的亵渎。这个母亲的形象超越了具体的存在,而抽象为对生命力与母性的礼赞和对自然的敬意,强调了生命的创造之于人类和宇宙的价值和意义。

然而吊诡的是,《丰乳肥臀》的主要叙事者上官金童,作为一个男性,面对母亲这样的具有反叛精神、坚韧不拔的女性,表现出的却是无所事事、懦弱疲软的特性,他对母乳的绝对依恋成为这一特性的象征。这一特性更多地体现于作品后面描述城市生活的章节,显示出作家对现代城市的一种担忧:物质欲望的膨胀似乎与生命力的衰微同步,文明的代价是人对自然、对土地的疏离。这样的倾向几乎成为莫言小说涉笔城市时的一种固置,比如《生死疲劳》的最后对城市生活的描写,不仅匆忙,而且也包含着一定程度的道德偏见。与此形成对比的是,《生死疲劳》着墨于农村生活时,其对人性深处的温暖的发掘、对土地的热爱、对生命的执着的表现,成为小说叙事的内在动力,人的苦难经验被化为倾诉与歌哭,充满生命的庄严、宁静、祥和与尊严。

莫言善于以他追求极致的叙述,将对人性的拷问与观察置于极端的经验甚至超验之中。在《檀香刑》中,对残酷的凌迟与檀香刑的描绘令一般人的心理难以承受,作家不啻是让他的人物在尖利的锋刃上展示各自的人生,令每一个人物成为一种灵魂的符号;猫腔则作为抑制不住的歌唱,一种欢乐的生活形态、一种超然于具体的悲欢之上的想象,让人性的展示有了一个舒展的空间。钱丁在为官之道与良心自省之间的焦灼不安与平衡的努力,揭示出一种萎缩、残弱的生命状态;孙丙作为一个民间艺人的盲目反抗或许难以称之为英雄,但是他对人的尊严的维护,他视遭受檀香刑为人生的一出大戏,表现出了人性的庄严气概;孙丙的女儿眉娘,在市井媚俗之间却显示出为自由而抗争的不屈,她一厢情愿的"爱情"追求,也未必不是超越时空的世俗象征……

《蛙》围绕着生命过程中的种种矛盾,揭示了人心与人性的复杂微妙、身不由己。姑姑的父亲是八路军的军医,在胶东一带名气很大。姑姑继承了父亲的医术,将现代科学带入乡村社会,推行新法接生,很快取代了"老

莫言的勇气就在于,能直截了当地表达他对于农村中社会关系的批判看法。而并没有使用"重写",也就是将当代故事转移到过去的计策。

(顾彬《二十世纪中国文学史》)

娘婆"在妇女们心中的地位,用新法接生了一个又一个婴儿。在此过程中,她战胜了"阶级"之类观念的羁绊,坚持不管哪个阵营,只要有孩子出生就接,因为生命高于一切。姑姑接生的婴儿遍布高密东北乡,可丧生于姑姑之手的未及出世的婴儿也遍布高密东北乡。在推行计划生育政策的时候,姑姑面临的两件大事是给已经生育的男人结扎,让已经生育的怀孕妇女流产。生命的位置在哪里?姑姑为此深陷焦灼之中,最终,她投入扼杀生命的工作。于是姑姑在乡亲们心目中成为魔鬼似的人物,但姑姑毫不动摇,对亲戚邻居也不手软。为了计划生育而将无数"娃"阻挡在人世大门之外的姑姑,在宣布退休的那个晚上喝醉了,回家路上,误入一片洼地,被无数青蛙包围、袭击。这时候,蛙和娃,通过姑姑的幻觉,打通了内部联系。在万分危急之中,姑姑狼狈万分地跑到桥上,遇上了郝大手。步入中年的姑姑跟专捏泥娃

娃的手工艺人郝大手结婚,是某种意义上的忏悔。没有生过孩子的47岁的姑姑,最终救下了一位超生妇女的孩子,这也让姑姑的形象与内心变得格外复杂……到了晚年,为了平息自己的内心,姑姑用许多泥娃娃祭奠那些曾经被她狂热毁掉的孩子们。计划生育关联着政治、经济、文化、传统、教育、道德等方面,在莫言的叙述中,也构成了考量人性、思考生命的某种"介质",它们弥散在日常生活的细节之中。正因为如此,姑姑的人性中包含着乡土、民族、人类、党性与个性的汇聚、冲突,从而构成了一个立体、复杂、真实的人的形象。

第三节 毕飞宇等作家

毕飞宇(1964— ,生于江苏兴化)的代表作品有短篇小说《哺乳期的女人》《地球上的王家庄》,中篇小说《青衣》《玉米》以及长篇小说《平原》《推拿》等;《推拿》于2011年获茅盾文学奖。

梨园中不择手段地争做"人上人"的典型。
(董之林《"身上的鬼"和"日常的梦":关于毕飞宇的小说》)

人性中普遍存在的弱点。
(陈昕、陈铭霞《在"人的文学"路上——毕飞宇新阶段小说创作论》)

执着的追求就是执着的异化。
(郭成杰《我就是嫦娥——执着的追求就是执着的异化》)

生存的精神状态及其悲剧。
(徐安辉《生存的精神状态及其悲剧:毕飞宇小说〈青衣〉解读》)

当今社会中人们对自我生存困境的焦虑。
(赵谦《欲望与疼痛》)

受1980年代后期文坛先锋写作的影响,毕飞宇早期小说耽溺于自我的玄思和想象,表现出对形而上、历史、终极等命题的浓厚兴趣以及对小说叙事实验的沉迷。这种先锋实验非但未能取得成功,反而令他的创作受到很多局限。正如作家自己所说:"在这条道路上我最后走到了钻牛角尖的程度,感到自己非常困难,难以为继。"①

21世纪以来,随着《青衣》《玉米》《推拿》的发表,毕飞宇通过对女性、乡村和权力的书写,找到了自己独特的话语空间和言说方式。

《青衣》(2000)写一个叫筱燕秋的青衣演员的悲剧人生。她被赶下舞台20年,在心有不甘和时光的流逝中

---

① 张钧:《小说的立场——新生代作家访谈录》,广西师范大学出版社2002年版,第121页。

经受着平淡日子的煎熬。当她企图抓住最后的机会重返舞台时,却又在被时光抛弃的悲凉中崩溃、疯狂。小说淋漓尽致地再现了戏剧舞台背后的人情世态、嫉妒、惩罚和救赎,同时将隐喻性叙事与京剧这一颇富代表性的中国传统艺术形式联系起来,对其做出了独特的思考。该故事内含的戏曲故事《奔月》作为一个文化符号,隐喻着中国传统艺术的生存困境与悲剧性命运。筱燕秋是一位名副其实的艺术女神,"天生就是一个古典的怨妇,她的运眼、行腔、吐字、归音和甩动的水袖弥漫着一股先天的悲剧性,对这上下五千年怨天尤人,除了青山隐隐,就是此恨悠悠"。筱燕秋对自己的艺术天才有着充分自信,这使她始终生活在自我的世界里,一直认为"我就是嫦娥"。她无奈离开舞台20年,但是"嫦娥"一直活在她心灵深处,她的偏执也是她的执着,而她与李雪芬、春来的矛盾看似为名利,实则是出于她对艺术的执着和痴迷,更是一种精神需求的显现。小说中,舞台艺术与污浊俗世的矛盾,舞台人生与人生舞台的裂隙,始终是筱燕秋内心深处的疼痛。

《青衣》是当代文学史上少见的一部描写传统艺人生活的小说。筱燕秋的悲剧人生凝聚着数代传统艺术从业者的悲剧命运,亦象征着中国传统艺术在当代的困境。《青衣》出现于世纪之交,其文学史价值弥足珍贵。影视戏剧界对这个作品也颇为看重,不断将其搬上荧屏舞台。有评论提出这是"女性宿命的判决书——"[①];也有论者认为这是性格悲剧、命运悲剧、时代悲剧的非此即彼。

小说突出的艺术特点有二。其一是细腻而深刻的心理刻画,将筱燕秋的心理由常态走向变态的演进变化真切地呈现出来。比如,筱燕秋成名之后的孤傲与自信,与李雪芬因角色产生矛盾时的嫉妒与不甘,20年后重登舞台时的复杂意绪,面对观众热捧青年演员春来时的焦虑与疯狂等,这些复杂而丰富的内容都是一个一生奉献给舞台的艺术家的真切心态,在小说中得到了纤悉无遗的揭示。在某种意义上,三个女人的残酷命运关系构成"互文"表达,筱燕秋就是"嫦娥",就是"李雪芬",就是"春来",她们是不同的人,又是同一个人,她们是真实的、个体的,又是虚幻的、一般的;正是通过这种表达方式的朦胧和普泛,小说赋予这种命运的疼痛与无奈以普遍性的意义。其二,小说抒情叙事细腻、深切,语言朴素、精致。作者通过对日常的生活场景和生活细节的叙写自然地表现人物,展开冲突。以主人公的视点为叙述视角和观察点,表现出对客观化、自然化叙述效果的追求,采用细节化、意象化和意境化手法,又兼具抒情性。如筱燕秋最终的精神崩溃是通过写

---

① 张洁:《女性宿命的判决书——读毕飞宇的〈青衣〉》,《名作欣赏》2006年第5期。

她在雪地歌唱的抒情性场景来表现，个中简淡深蕴的诗意实乃当今罕见文笔：

> 筱燕秋穿着一身薄薄的戏装走进了风雪。她来到剧场的大门口，站在了路灯的下面。筱燕秋看了大雪中的马路一眼，自己给自己数起了板眼，同时舞动起手中的竹笛。她开始了唱，她唱的依旧是二簧慢板转原板转流水转高腔。雪花在飞舞，剧场的门口突然围上来许多人，突然堵住了许多车。人越来越多，车越来越挤，但没有一点声音。围上来的人和车就像是被风吹过来的，就像是雪花那样无声地降落下来的。筱燕秋旁若无人，剧场内爆发出又一阵喝彩声。筱燕秋边舞边唱，这时候有人发现了一些异样，他们从筱燕秋的裤管上看到了液滴在往下淌。液滴在灯光下面是黑色的，它们落在了雪地上，变成一个又一个黑色窟窿。

《青衣》是毕飞宇转型的成功之作，虽然一人一事到底的中篇格局囿限了它的深广。毕飞宇后来有《玉米》《推拿》《平原》等小说问世，评论界一致推崇他后来的这些作品。《玉米》《推拿》显示出毕飞宇刻画人物的深度与娴熟。这些小说反映"文革"时期农村中政治权力对人性的压抑扭曲与人性的异化，表现了作者对权力与人性纠结的深入反思。

小说《玉米》(2008)通过三个女性——玉米、玉秀、玉秧为改变自身处境而做出的努力和挣扎，揭示了中国村庄女儿们的生存之痛。王家三姐妹的生活与情感轨迹各异，却有着共同的悲剧命运，掌控她们命运的是无处不在的权力。她们因父亲王连方拥有权力，曾个个活得有模有样，后来因父亲权力失落而陷入困境。这里，男性社会中男权的迫压，构成了制约玉米姐妹命运的另一种权力。在郭家庄及其周围乡村的世界里，权力的掌控者均为男性，无论是柳粉香，还是玉米、玉秀、玉秧，她们的命运都无可逃脱地把控在男人们的手中。男性不仅拥有对于女性的性权力，而且也主导着这里的道德和伦理话语权。更为可怕的是，权力所建构的社会和道德秩序，甚至成为一种集体无意识渗透进三姐妹的观念之中，被她们自己所维护和尊崇。正因如此，为了改善突转的命运，玉米姐妹不惜以身体为武器，来换取权力的庇护；同时，虽然同是被侮辱和被损害者，玉米却看不起柳粉香和刘红霞。小说不仅以冷静的笔触向我们呈现了残酷、不公正的生活给女性带来的重压，还书写了三姐妹面对命运时所呈现的勇气、尊严和野心，这是她们对生活的抗争，更是作家对人们习以为常的伦理道德的批判。

在长篇小说《推拿》(2011)中，毕飞宇借助独特的生活经验，将目光聚焦到自己所熟悉的盲人世界,通过对一群盲人按摩师的生活的精细勾绘,展现了这一特殊群体黑暗而富有诗意的日常世界和心理世界。小说以沙宗琪推拿中心为主要叙事空间,刻画了王大夫、沙复明、张宗琪、小马、都红、小孔、金嫣、泰来等一批性格各异的盲人形象。王大夫为了能和小孔结婚,执着地攒钱,力图兑现让小孔成为老板娘的夙愿。沙复明的精明,小马的敏感和痴情,都红的自尊和倔强,金嫣的泼辣大胆,在小说中均得到了成功展现。《推拿》对盲人群像的塑造具有重要的文学史意义。尤其作家在书写盲人群体时,始终站在对人类尊严的关注和思考的高度,因此对他们日常生活世界和心理世界的探寻显得格外真切而深刻。关于这部小说的创作动机,作者曾说:"中国处在一个经济腾飞的时期,这很好,但是,没有人再在意做人的尊严了。我注意到盲人的尊严是有力的,坚固的,所以,我要写出盲人的尊严,这对我们这个民族是有好处的。"[1]一方面,因为有这种尊严意识,毕飞宇能够超越偏见和歧视,将盲人当作正常人来写;另一方面,小说也清晰地揭示了由于与正常人的隔阂,盲人们维护尊严的困境。在正常人的眼里,盲人属于特殊群体,他们常常因被看作残疾人而受到歧视、同情和照顾。但是在盲人的内心,他们渴望被看作正常人,同情和照顾对于他们来说和歧视一样是对自尊的一种伤害。

日常性叙事是毕飞宇小说的艺术追求。他善于将特殊历史情景日常化。小说中的主人公多为留守儿童、农村女性、知识青年或都市演员这类普通小人物,他们虽处在"文革"或者"文革"刚刚结束的特殊历史时期,但性格和命运却是在日常人际关系中铺展开来的。毕飞宇小说还比较注重对日常风俗习惯的细节性描写。我们不仅能够触摸到《平原》中王家庄的水井、鸡窝、猪圈、石板桥、养鸭场、麦田等苏北农村的各种生活场景,还能感受到青年男女在灶火台前隐秘的情话,以及黑夜里村民们在家里偷偷地做法事、拜菩萨、嫁女、送彩礼等传统习俗。

阎连科(1958— ,生于河南洛阳嵩县)1978年参军入伍,并开始文学创作。自1979年发表短篇小说《天麻的故事》始,阎连科共发表作品百余部,主要有《两程故里》《年月日》《日光流年》《受活》《炸裂志》等。

阎连科早期的小说同时在军旅、乡土和世俗三个不同面向进行着艺术探索,形成了三个系列:"和平军旅系列"(《和平雪》《夏日落》《和平寓言》《和平战》《在和平的日子里》《和平殇》)、"东京九流系列"(《横活》《斗鸡》

---

[1] 编者:《生活就是要对得起每一天———郑重推荐毕飞宇以及〈推拿〉》,毕飞宇《推拿》,台湾,九歌出版社有限公司2009年版,第4页。

《芙蓉》《名妓李师师与她的后裔》)和"瑶沟系列"(《瑶沟人的梦》《瑶沟的日头》《婚幻》《乡间故事》)。在"和平军旅系列"中,阎连科力图突破既有的军旅题材创作模式,摒弃了对理想主义的追求和英雄形象的塑造,首次为我们呈现了农民军人的形象。这些来自农村的军人,既有献身、奋斗的决心和对军旅生涯的美好憧憬,也不可避免地带有狡黠、机巧、狭隘、自私的农民品性以及对土地的眷恋。"东京九流系列"小说中,阎连科尝试着对文史资料中的某些人物或者事件进行大胆的故事新编,在充满传奇色彩和民俗气息的书写中,展示了各色人物不同的生命形态。

"耙耧系列"小说(《耙耧山脉》《年月日》《日光流年》《耙耧天歌》《受活》《炸裂志》)是1990年代中后期阎连科开辟出的一个新的文学地理空间,标志着他的小说创作进入成熟期。

小说《受活》中,阎连科有意识地对底层民众的生存苦难进行书写。处于耙耧山脉的受活庄村民,从生存的自然环境上来说是非常严酷的,炎热的酷夏里会突降大雪。这些时常光顾的天灾,对本来就闭塞、贫困的耙耧人构成了生存重压。同时,疾病也像幽灵一样不断地徘徊在这块贫瘠的大地上,受活庄的村民几乎都是瞎子、瘸子、聋子、缺胳膊断腿的残疾人。除此之外,耙耧山民们还要承受人祸。小说清晰而深刻地揭示出县长柳鹰雀为了个人的欲望,对受活庄村民原有的自得其乐、适得其所的生存状态的强制性改变,以及"圆全人"对他们无情且无耻的踩躏和抢夺。阎连科在书写和审视这些苦难时,显示出双重情感和矛盾心态:一方面,苦难只是映照耙耧山民倔强而顽强的生命意志的一面镜子;另一方面,无论民众对自己所遭受的苦难如何抗争,其结果往往都被证明是毫无意义的徒劳挣扎。

阎连科在书写土地、农民和现实的过程中,还特别注重对权力和物质的现代性反思,这在《炸裂志》中有着深刻的表达。《炸裂志》讲述的是耙耧山脉一个小山村在权力狂人孔明亮的鼓噪和操控之下,发展成为超级大都市,并最终走向毁灭的故事。炸裂村爆炸式发展的背后,是孔明亮从村长到市长平步青云的"升官图",最大动力源于他对权力的追逐。小说中其他人物如孔明光、孔明耀、孔明辉、朱颖,尽管他们身份不同,事业和追求亦有着巨大差异,但是却无一例外都是权力的追逐者和依附者。伴随着对权力的批判,阎连科对物质追求也表现出了深深的怀疑和否定。在炸裂村从村、镇、县、市到直辖市的跃进过程中,发展主义是孔明亮等干部最为冠冕堂皇的借口,也是炸裂村人不惜一切跟随他们的重要动力。这种以物质追求为内核的现代性,从一开始就显得畸形而怪诞。炸裂村最初致富是靠偷卸过往火车上的煤,其后则主要依靠女人们卖身。这种"男盗女娼"的发展模式,在鼓荡起炸裂村人欲望和野心的同时,也轰毁了他们的道德与伦理底线,爱情、亲情、友情等人际关系随之在物质、权力的支配下扭曲变形。通过对物质负能量的生动描绘,阎连科实现了自己的创作意图:"在这部小说中,通过写金钱、权力和欲望,彻底解下了欲望的遮羞布。我想把窗纱捅破、把窗帘拉开,让大家看清楚蓬勃向上的发展背后的东西。"①

在艺术上,阎连科格外重视叙事、小说结构和语言方式的创新,表现出对先锋性的自觉追求。这是阎连科在对曾经擅长的现实主义的局限性有了清醒认识之后才充分表现出来的,"当代文学创作中描摹现实的现实主义无法抵达我们理想中现实主义的深度和广度。现实主义只停留在一部分可以感知的世界上,而那些无法感知的存在的荒谬与奇异,现实主义则无法深求与探知"②。在《日光流年》中,作者采用"索源体"的结构方式,小说一开始就上演了一场死亡的悲剧:"嘭的一声,司马蓝要死了。"小说又在对司马蓝的生的意义的展示中结束,"司马蓝就在这个如茶水般的子宫里,银针落地样地微脆微亮地笑了笑,然后便把头脸伸送到了这个世界上"。由死到生,这是一个逆时序的生命运动过程;这一特殊的时间流动方式不仅增加了整个小说文本的神秘性,也充分地契合了作家企图寻找生命原初意义的创作动机。《受活》的叙事方式和结构方式也较为特别,整个文本采用了正文内容和絮言相互交错的叙述方式,絮言通常以独立章节呈现,这样它就不再仅是对正文内容的补充和阐释,而且也使得正文的叙述结构残缺不全,从而起到一种间离效果。全书的正文八卷,依次为:毛须—根—干—枝—叶—花儿—果实—种子。从"树"返回"种子",这一逆向溯源的结构方式与《日光流年》有异曲同工之妙。在"耙耧系列"的其他小说中,阎连科也总是力图在叙事中注入新的元素,如《炸裂志》所采用的"志书新记载"的写作方式,《坚硬如水》中"红色语言"的实验,《耙耧山脉》中打乱现实的自然时序,像胡安·鲁尔福一样将人与鬼的世界交织的艺术方式等。

第四节 底层写作

21世纪文学强烈的现实精神和人文关怀贯穿在打工文学、底层写作中。自1980年代中国实行改革开放政策以来,社会的工业化进程快速发展,首先在沿海地区形成打工现象。在这些主要依靠外来订单进行"三来一补"以及

---

① 舒晋瑜、阎连科:《我的写作与我的倔犟》,《中华读书报》2013年10月11日。
② 阎连科、张学昕:《我的现实 我的主义》,中国人民大学出版社2010年版,第209页。

靠劳动密集型起家的工厂里打工,劳动条件艰苦,生活条件艰辛,生存状况艰难。1990年代以来,城市改革起步,为了调整工业结构,国有企业实行优化组合,但这是以一部分工人失业为代价。今天,虽然有的城市已经发展得很繁荣了,但城乡差别依然明显,底层依然还是构成我们这个社会基础的较大部分。总的来说,文学关注底层,为底层人呼吁,并为改造、提升底层而表达切实的精神关怀,这是作家和文学的现实精神的体现。

打工文学有这样两类,一类是由进城务工人员或在乡镇企业务工的打工者写作的打工文学;他们本身就处于社会底层,有亲身经历,所体现出来的底层意识更加真切实在。早期的打工文学作者本人就是民工,他们用创作来表达自身的生活体验,倾吐内心的苦闷与无奈,如安子、林坚、王十月、郭建勋、刘澍泉、戴斌、谢湘南等人的创作。另一类是由非打工人员,如中等阶层或知识分子描绘打工生活,体现底层意识的作品。他们关注社会底层的生活艰辛和生存困境,其作品往往有强烈的现实关怀。

打工文学关切底层的精神内涵是其价值所在。这些作品关注与揭示社会底层的生存状况,对社会底层人的生活现状和生命际遇表达忧虑与同情,希望唤起全社会对底层人们命运的重视,为社会底层遭遇的不平等、不公正鸣不平,对社会改革中出现的相对贫困和暂时困难给予关注。这些作品对现实采取了比较温和的态度,更多地与社会主义市场经济的艰难进程和社会改革的阵痛联系在一起,其中虽也有对愚昧的鞭笞和文明的启蒙,但更多的却超越了"文明与愚昧冲突"的限制,而将笔触深入到社会转型期阶层的分化、身份的转移、社会改革带来的生存困惑和道德困扰以及许多难以一时作出好坏对错判断的难题。当前文学的底层意识已具备了新人文精神的因素,有了超越一般人道主义同情和平等意识的新质。①

郭建勋的长篇小说《天堂凹》②(2008)以深圳改革开放30年为背景,描写了一群小人物在一个虚构的地方"天堂凹"所经历的酸甜苦辣、悲欢离合。主人公德宝是一个卑微的底层打工者,在历尽艰辛之后,他跟脚下的城市一道成长,迎来了自己的幸福生活。

王十月的《无碑》讲述一个农民工在南方近二十年的打工生活经历。小说刻画了老乌等打工者的生存困境、人生梦想和身份焦虑,更写出了他们人性、情感的亮色,和超越苦难的人道主义情怀,用文字为被历史湮没的一代

---

① 蒋述卓:《现实关怀、底层意识与新人文精神——关于"打工文学现象"》,《文艺争鸣》2005年第3期。

② 小说原名《天堂凹有落》,写成后改名《打工》,未及出版即于2008年被改编成电影《天堂凹》,小说于2008年12月由珠海出版社出版,书名《天堂凹》。

打工者树起了生命之碑。

在后现代消费语境中,打工文学的书写主体逐渐从打工者本身向非打工群体的精英作家群转变,书写打工题材成为当代一些作家的写作策略,在这些作家笔下,农民工的形象和底层意识开始从实体向想象转变。就对打工者生活的书写而言,重要的不是居高临下的同情或人道主义的怜悯,而是真正地走进他们的人生,贴近个人的生活境况,仔细聆听我们民族步向现代化过程中的和谐与艰难。①

底层写作,是指以城市平民、农民工,以及其他一些社会底层的小人物为描写对象的文学,作品主要写他们陷入困境的生存状态和人生体验。曹征路的《那儿》写一个国企改革的悲壮故事,成功塑造了一个身处底层的工会主席的形象,表达了对弱势群体的同情。陈应松的《马嘶岭血案》表达了对城/乡、贫/富等问题的沉重思考。刘庆邦的《神木》讲述的是一个更为残酷的底层故事:因为穷,人们丧失了做人的本性,为了一己之利,将他人的生命视为道具。

2006年的中短篇小说有相当一部分都与底层写作有关。如胡学文的中篇小说《命案高悬》写一个弱者非正常死亡后,乡政府却以正常死亡的方式处理。曹征路的短篇小说《真相》揭示了当代社会令人心悸、忧虑的诚信问题。叶舟的中篇小说《目击》,通过车祸的真相揭示出虚假爱情的真相。王祥夫的中篇小说《尖叫》,刘继明的中篇小说《放声歌唱》《我们夫妇之间》,短篇小说《茶鸡蛋》《刀下》,温亚军的中篇小说《落果》,等等,都是值得关注的底层写作。

底层写作最值得珍视的应该是写作者的底层意识,作品要反映底层生活,塑造普通人的形象,为缺乏话语权的弱者代言。和打工文学一样,底层叙事也存在着"为老百姓写作"和"作为老百姓的写作"的差别。要警惕将底层消费化的倾向,防止给底层的苦难穿上时尚的外衣,渲染残酷、血腥、暴力,使之沦为消费社会的符号。有评论指出:"'底层'一词被知识分子广泛使用并被确认时,也是对自身作

缺乏理性的思辨和深层的批判。真正的民工生存状态、民工身上的复杂人性,被严重的简单化、理念化。
(江腊生《当下农民工书写的想象性表述》)

一个悖论式的问题是:底层无法自我表述,又听不懂知识分子对底层经验的展示。……纯粹的底层经验仅仅是一种本质主义的幻觉,底层经验的成功表述往往来自知识分子与底层的对话。
(南帆《曲折的突围———关于底层经验的表述》)

---

① 江腊生:《当下农民工书写的想象性表述》,《文学评论》2008年第3期。

为一个利益集团和新阶层的确认。在建构'底层'的同时,知识分子也确认了自己的历史地位与所属阶层,并成为其观察世界、叙述世界的视角与起点。作为一个'对象化'与'他者化'的词语,'底层'强化了两个方面,一方面强化了表述者本人的身份及与被表述者之间的距离与各自所属的群体;另一方面,强化了被表述者的弱势政治地位与文化位置,强化了贫富差异,同时,也强化了城市、知识、物质的绝对优越性。它携带着非常强势的利益、阶级与权力的信息,它认同了由资源分配不同而产生的市场竞争和社会阶层,也包含着对资本社会运行逻辑的认同。同时,它也否定了'底层'拥有主体性生活和主体性文化的可能性。"①

研习提升阅读材料

① 梁鸿:《通往"底层"之路——对"底层写作"概念及批评倾向的反思》,《上海文学》2008年第12期。

第十五章
2000年以来的通俗小说、网络小说和话剧

第一节 2000年以来的通俗小说及其他

中国当代通俗小说的复苏是1970年代末到1980年代初,1990年代以后走向繁荣。当代大众媒体特别是电视和网络的发展,给通俗小说带来了一个重要的发展机遇。在美学上,当代通俗小说将中国传统小说元素与世界流行小说创作风尚相结合,在对世俗生活的表现中融入精英式的思考,追求雅俗共赏的阅读效果;类型化的情节结构是其重要的文本特征。

最先产生影响的,是1990年代一批描写中国人移民海外后的遭遇和经历的小说。代表性作家作品有:曹桂林《北京人在纽约》《美国上空的中国夜莺》、刘观德《我的财富在澳洲》、周励《曼哈顿的中国女人》、樊祥达《上海人在东京》、王周生《陪读夫人》、毕熙燕《绿卡梦》、王小平《刮痧》等。《北京人在纽约》这部带有自传色彩的长篇小说,描写一对同为演奏员的北京夫妇,带着梦想来到美国淘金。美国是天堂也是地狱,这是作者在小说中所表达的主题。

1980年代后期**官场小说**兴起,1990年代中后期逐步繁荣。代表性作家作品有王跃文《国画》《梅次故事》《苍黄》、阎真《沧浪之水》、李佩甫《羊的门》、张平《天网》《抉择》、陆天明《苍天在上》《大雪无痕》、周梅森《人间正道》《中国制造》《绝对权力》、王晓方《驻京办主任》等。与中国近现代官场小说不同,中国当代官场小说在揭露、嘲讽官场众生相的同时,也有着强烈的反思和批判意识。

当代中国**历史小说**进入了一个新的创作阶段,从过去的历史演义、历史

传奇走向当下的历史反思,在对历史大势的描摹中渗入哲学思考,品辨人生况味,大俗大雅,雅俗合流。代表性作家作品有凌力的《星星草》《少年天子》《暮鼓晨钟——少年康熙》《梦断关河》、唐浩明的《曾国藩》《旷代逸才》、熊召政的《张居正》、刘斯奋的《白门柳》、二月河的《康熙大帝》《雍正皇帝》《乾隆皇帝》、杨书案的《孔子》《孙子》《庄子》等。

1949年以后,中国大陆的侦探小说被称为**公安法制小说**,其主题基本上是肃反、反特。1976年之后,公安法制小说成为最早复苏的文类之一。王亚平的《刑警队长》、从维熙的《大墙下的红玉兰》和《第十个弹孔》、文兰的《幸存者》、彭荆风的《爱与恨的边界》、冯苓植的《神秘的松布尔》、木青的《幼林里的墓碑》等优秀作品均产生于1970年代末1980年代初,这些小说可以归为伤痕文学或反思文学。1980年代中期,海岩成为这个时期影响最大的公安法制小说作家。

海岩(1954—   ,原名侣海岩,湖南衡阳人,出生于北京)参过军,当过工人、警察、共青团干部以及饭店管理人。1985年,海岩创作了长篇小说《便衣警察》和中篇小说集《死于青春》后,搁笔10年,又于1990年代中期陆续发表了中篇《堕落人间》,长篇《一场风花雪月的事》《永不瞑目》《玉观音》《拿什么拯救你,我的爱人》《你的生命如此多情》等。海岩作品受到影视从业者的青睐,几乎每一部都被改编成影视剧,并产生了较大的影响。海岩的小说着力于塑造英雄形象,《便衣警察》等早期作品以理想主义、集体主义为主,1990年代以后的作品中现实主义、个性主义意识明显增强。海岩1990年代以后创作的小说都是以爱情为主题,同时又是侦探故事,这就将公安法制题材与爱情题材结合在一起,形成了双线,使故事具有很强的可读性。海岩也特别重视与影视的联姻。影视艺术对海岩的创作产生了明显影响,使得他的前期小说与后期小说风格发生了较大变化。海岩的后期小说创作大量借鉴了影视剧的写法,运用画面的调度和形象的叠化减去了很多的铺垫。这在他的《你的生命如此多情》中表现得尤为明显。这些作品完全可以当作影视剧本来读。

进入21世纪以后,中国通俗小说创作发生了很大转变,突出地表现在三个方面。一是一些传统类型的小说逐渐淡化、退出创作主流,新的类型小说逐步成为创作主体,其中军旅小说、生态小说、青春小说、婚恋小说最引人注目。跟随时代变化和社会热点不断地调整创作取向是通俗小说的市场意识的表现,也体现了中国当下社会的关注点,迎合了中国当下阅读市场的需求。二是将对人性的探讨、展现与对人类整体的形而上关怀结合在一起,精英意识明显加强,与精英文学的分野渐不清晰。三是作为大众文化重要的组成部分,小说与影视艺术和各种新媒体有了更多的交融,其美学特征有了明显的变化。

军旅小说可以说是从"红色经典"小说演化而来。与那些"红色经典"小说相比,当代军旅小说更加注重表现人性,注重故事性和情节性。这类小说也往往被影视剧改编,所以影响很大。当代军旅小说作家作品较多,其中都梁的《亮剑》、石钟山的军旅小说系列、徐贵祥的《历史的天空》、麦家的《暗算》尤为引人注意。

随着环境保护理念的深入,生态问题越来越被人们所重视,当下中国出现了一种新的小说类型:**生态小说**。生态小说揭示人类对动物的屠杀、对自然资源的掠夺和破坏,要求人们在经济建设中保护环境,宣扬一种人兽和谐、天人合一的文化观念。近些年来,影响比较大的生态小说有姜戎的《狼图腾》和杨志军的《藏獒》等。

1980 年代以后中国的**科幻小说**可谓是"惨淡经营",全国只有四川的《科学文艺》和上海的《少年科学》上还有"科幻小说"专栏。这种局面一直到 21 世纪以后一批科幻小说作家出现才得以打破。

21 世纪以来,中国科幻小说开启了一个新阶段。这一时期,中国科幻小说创作主要由三个群体构成:一是以 60 后、70 后创作者为主体,他们的作品风格稳健、叙事宏大,带有古典主义科幻的特征;代表作家有刘慈欣、王晋康、星河、韩松、何夕、吴岩等。二是以 80 后创作者为主体,风格多样,内容多元,代表作家有陈楸帆、宝树、飞氘、夏笳、程婧波、钱莉芳、马伯庸等;在儿童科幻领域,有张之路、杨鹏、翌平等;另外还有海外科幻作家如姜峰楠、刘宇昆、余莉莉等。三是"网生代"科幻作者,他们主要在网络上创作,如玄雨、方想、猫腻、我吃西红柿、远瞳等。他们共同形成了当代中国科幻小说创作群体。

随着高科技应用在日常生活中的普及,人们开始关注科技对生活的巨大影响,在这样的时代背景下,科幻小说领域出现了颇具影响力的作品。2015 年,刘慈欣的《三体》获得第 73 届雨果奖最佳长篇故事奖。2016 年,郝景芳的《北京折叠》获得第 74 届雨果奖最佳中短篇小说奖。这些国际奖项的获得,使科幻小说进入大众文化领域,成为一时的文化热点。

这一时期,科幻小说的表现内容更加丰富,主题更加多元,也越来越具有本土化特征。这些作品力图借助本土化想象资源,不但在叙事中植入中国元素,而且开始以中国传统价值观念、审美情趣为基础来展示当代中国人想象世界与未来的方式,建构中国科幻的美感。如飞氘、夏笳、梁清散等青年作者以当代笔法重构上古神话、古典诗词或晚清民国小说,为读者带来全新的阅读体验。中国科幻小说创作的本土化趋势,反映了科幻文学由他者认同到自我认同的内在转变。同时,中国的科幻文化产业也迅速发展。科幻影视、周边产品、电子读物、游戏等与科幻文学创作形成良性互动,促进了科幻文学的发展。

刘慈欣(1963—),当代科幻作家,高级工程师,作品较多,曾蝉联1999—2006年中国科幻小说银河奖,获得2010年赵树理文学奖,2011年华语科幻星云奖最佳长篇小说奖、最佳科幻作家奖,2012年人民文学柔石奖短篇小说金奖,第9届全国优秀儿童文学奖等。2015年,他的作品《三体》获雨果奖,本人获全球华语科幻文学最高成就奖,是中国科幻走向世界的代表性作家。代表作有长篇小说《超新星纪元》《球状闪电》《三体》三部曲等,中短篇小说《流浪地球》《乡村教师》《朝闻道》《全频带阻塞干扰》等。刘慈欣的科幻小说的特点有:一、善于以全知全能的上帝视角来描绘根植于现实的宏大场景,建构瑰丽神奇的宇宙空间,形成具有崇高感的令人敬畏的科幻世界。二、注重技术哲理的表达,擅长发现和表现科学技术独特的美。三、带有强烈的反思精神,善于在人类的各种生存危机中思考生命的意义和人类的未来归宿,反省人类中心主义,关注人之所以为人的伦理。刘慈欣的小说突破了类型小说的肤浅与娱乐性,有深度,有力度,有科学理性,从而显得厚重深刻。《三体》三部曲由《地球往事》《黑暗森林》《死神永生》三部在情节上有连续性的小说组成,以地球往事为叙事架构,展现了一个纵横千万年的宇宙空间,叙述三体文明对地球文明的侵略和歌者文明对太阳系文明的毁灭过程,探讨了不同星球文明相处的原则以及时间宇宙的本质。小说将宇宙描绘成一座"零道德"的黑暗森林,拷问有道德意识的人类是否能够在无道德的宇宙中生存下去。刘慈欣的小说在想象力上波澜壮阔,瑰丽神奇,既符合逻辑,又具有历史和科学的合理性;内容涉及人类文明的各个方面,如人类学、物理学、数学、天文学、社会学、哲学等,描绘了未来的终极可能性;故事情节生动紧张,逻辑严谨,细节逼真,具有较强的艺术感染力、社会批判性、人文色彩,和一种怀旧的英雄主义,表现了对人类局限性的冷静认知。

跨入21世纪,一批80后青年作家登上文坛,[①]代表作家作品有韩寒的

---

① 2000年韩寒发表《三重门》。2004年2月,春树的照片登上《时代》周刊亚洲版的封面,同期该杂志上有文章把春树与韩寒称作中国80后文学的代表。2004年,《羊城晚报》出炉80后作家人气排行榜:李傻傻、郭敬明、张悦然、韩寒、春树、孙睿、小饭、蒋峰、颜歌、易术。同年,中国文联出版公司出版《我们,我们:80后的盛宴》(上下),全书收入了75位作者的80万字作品。据北京开卷图书研究所2003和2004年度的图书市场调查表明,以80后为主体的青春文学书籍占整个文学图书市场份额的10%,而现当代的作家作品合起来,也就占10%。2009年,中央广播电视大学出版社和吉林出版集团分别推出《80后作家访谈录》和《80后作家访谈录Ⅱ》。

《三重门》、郭敬明的《幻城》、张悦然的《樱桃之远》、春树的《北京娃娃》、李傻傻的《红X》等。其中韩寒最具代表性。他的小说《三重门》对应试教育进行了思考,小说中的叛逆情绪受到很多青年学生的追捧。他们是在与其父辈完全不同的家庭环境和全球化、后现代、消费化的时代背景下,在网络、动漫、NBA、MP3、DVD的媒体氛围中成长起来的,作为一代人,有自己的生活方式、精神世界和价值观念。在这种青年亚文化中成长起来的80后的精神生活,与其前辈之间出现了断层。初兴的网络文化提供的自由空间和载体,给予80后文学以自由无羁的成长土壤。浸淫在1990年代以来的消费文化之中,原有的革命年代的青春读物普遍失效,80后开始抒写自我的青春记忆,表达自我,彰显欲望,满足于"自己写、写自己、自己读"的循环,经营着他们自己的精神家园。80后的写作获得热烈的反响,满足了青少年的阅读期待。总的来说,他们的写作属于青春写作,具有强烈的时尚色彩,作品主题多是关于当下青少年的青春遭遇和心态。他们的作品,虽然有的形式大于内容,但整体上注重文字优美,充满青少年的奇幻感觉,风格上追求浪漫主义。这批作家在被推出来的时候,大多经过了隐身幕后的精心策划和商业化包装,这使80后文学具有鲜明的消费性特征。当然,在80后作家中,也不乏一些有实力的写手,后来成长为重要的作家。

他们多是消费社会的信徒,并在写作上普遍接受娱乐化、偶像化和符号化的风习——这些话语方式、精神姿态,对于前面几代由经典和传统养大的人来说,是全新而富有冲击力的,它当然是一种断裂,是绝对的重新出发。

(谢有顺《那些坚固的东西都烟消云散了——新世纪文学、〈鲤〉、"80后"及其话语限度》)

鲜明的反叛意识,"80后"的作家比任何时代的青年更忠实于自己的内心感受,更准确地表现了心灵的种种体验,提供了一份成长的心灵备忘录,是鲜活的精神心理资料。这些早熟的作家,以各种方式抒发生命的困顿感受,记录自己心灵非理性的发展轨迹。

(季红真《从反叛到皈依——论"80后"写作的成人礼模式》)

21世纪第一个十年,在文坛上比较流行的还有家庭婚恋小说。男女、家庭是这类小说的关键词,情感纠缠是这类小说的流行色。家庭婚恋小说被改编成影视剧的也很多,占据当时中国影视剧市场半边天。这类小说的代表性作家作品有虹影的《K》、王海鸰的《牵手》《中国式离婚》《新结婚时代》、六六的《王贵与安娜》《双面胶》《蜗居》《心术》等。

第二节 网络小说

网络小说是指以网络作为创作平台的原创作品,是21世纪以来中国阅读量最大、读者最多的文学类型。

1988—1992年,一批留学北美的文学青年在UNIX网络中进行文学创作,并互相传送。1991年《华夏文摘》在这个系统上诞生,这是全球第一家华文电子周刊,也是中国网络小说最早的创作平台。1991年第4期《华夏文摘》发表的少君的《奋斗与平等》是现今能找到的最早的中文网络小说。引发中国大陆网络小说创作热潮的是中国台湾作家蔡智恒(痞子蔡)1998年出版的网络小说《第一次的亲密接触》。《第一次的亲密接触》制造了中国大陆第一波网络小说高潮。一批本土网络写手紧跟而上,如宁财神的鬼故事系列,李寻欢的网络爱情小说,安妮宝贝的感伤小说等纷纷出笼,创造了一时的阅读传奇。之后,通过传统出版渠道面世的网络小说一度成为当时的畅销书。进入21世纪以后,中国的网络小说发展迅速,拥有大量的读者。各网站均设立了网络小说平台,曾经出现或至今尚存的网络小说创作平台众多。优秀的网络小说拥有大量的读者,很多作品被改编成影视剧,产生了很大影响。

网络小说有着网络媒体的特征。它可以被看作一种信息传播,具有平台化、信息化和即时性特征。与其他媒介相比,互联网最重要的特征是链接。链接带来了互动,互动带来了写作者与读者的互相激发。在互联网上进行文学创作,给创作的过程带来了革命性的变化:小说创作公众化了。当一个写手在互联网上进行小说创作时,读者的反应会影响写作者的创作过程。读者的反应越多,小说的关注度就越高,读者的反应对写作者的影响就越大。

具有大众化特征的网络小说蕴涵着平民化、草根化的社会情绪。这些思想情绪大多有反传统、反常态、反权威的倾向;常常是非理性的,有自由主义和个人主义色彩。在表达方式上,常常以一种趣味化、游戏化的幽默形态出现。网络不仅仅是网络小说的传播渠道,也是制造网络小说的合谋者。它不仅使得网络小说所传达的思想情绪变成了一种文类特征,也使得这种思想情绪在链接中蔓延开来,在不断的链接、传播中厚重起来,有的时候就会演变为集体性的思想情绪。

"互动"在当下究竟还有什么样的现实意义?那些引起强烈社会共鸣的作品,是否必然以损伤文学品质为代价?我们究竟如何选择个人的文学理想?尽管,如今我早已跨越了热衷于"互动"的年龄段,折返到超然物外,听其自然的状态。然而,一个写作者,是否真能对读者的"不动"无动于衷?面对这个天灾频发、人祸潜行的时代,我们是否真能沉醉于编织美妙的文学词句,而对复杂的社会转型"我心岿然不动"?这也许是今天的中外写作者,所共同面临的尴尬境遇。

(张抗抗《新世纪的互动新空间》)

网络小说最显著的标志是类型化。在网络上，先后出现过各种类型化写作，如玄幻小说、穿越小说、架空小说、后宫小说、同人小说、悬疑小说、职场小说、黑道小说等。中国影响最大的几家文学网站如17K文学网、起点中文网、潇湘书院、红袖添香、言情小说吧、逐浪小说、幻剑书盟等，都在首页上将本站作品作了类型化归纳。① 传播媒介的变化、网络本身的虚拟性质和创作的互动性，使得网络类型小说的时空想象更加空灵超越。与传统类型小说贴近现实不同，网络类型小说背离、超拔现实的倾向非常明显。

玄幻小说可看作武侠小说和神魔小说的结合体。以人物成长作为情节线索，玄幻小说走的是传统武侠小说的套路；以神界、魔界争斗为人物活动的主要内容，玄幻小说接受的是神魔小说的影响。玄幻小说弱化了武侠小说所宣扬的"侠之大者为国为民"的理念，弱化了神魔小说中神仙的尊严和道貌岸然，强化了个人的茫然、突围和自由，表现了个人的成长与逐渐成熟。玄幻小说代表作有萧逸的《飘渺之旅》、萧鼎的《诛仙》等。

悬疑小说可看作侦探小说和推理小说的发展。悬疑小说还是运用悬念和解谜等侦探小说基本元素来构造故事情节，也运用推理小说的推理和设证手法来推进故事发展。与侦探小说、推理小说不同的是，悬疑小说不再局限于案件的侦破、谜团的设置和线索的布局，也不注重刻画侦探的聪慧和神勇，而是强调神秘氛围和文化溯源，追求对读者心灵的冲击和熨染，而不仅仅是对好奇心的满足。悬疑小说的代表作家有蔡骏、周浩晖、紫金陈等。

张恨水、琼瑶式的言情浪漫，被网络小说继承了下来，只是，这类小说已不再将爱情当作人生终极理想，而只是作为一种线索存在于个人的精神成长、境遇转变过程中。在这类小说里，爱情没有什么道德非道德之分，它就是一种青春的混合剂，与迷茫、冲动、痛苦、快乐一起涌动。这类小说的代表作有安妮宝贝的《告别薇安》等。

在新媒体上出现的却是"旧文化"，所有新媒体让我们感觉到心跳不安的就是被压抑的现代性，就是晚明的散文传统，就是鸳鸯蝴蝶派，就是"封资修"，就是"五四"以来革命意识形态要排斥的旧文化。新媒体装了旧文化，使得我们的人民文学感到很困难，似乎要变成"人民币文学"。

（许子东《四句话——关于新世纪文学的感言》）

---

① 类型小说，指的是在思想主题和艺术特征方面具有某些共性或模式的小说。传统通俗文学具有多种类型，如武侠小说、言情小说、社会小说、历史小说、科幻小说等。类型小说适应通俗和市场的双重需要。前者使它赢得读者，后者使它能得到作家的呼应。

> 网络上即兴的、化名的或经过反复转贴的无名氏的创作打破了传统的文学体制,大量的写作者不是文学精英或以写作谋生的人。许多作品没有现实和想象的区分,在篇幅与修辞等方面突破了传统文学的规范性。后现代文本的所有特征在网络文学中表现得最为典型。感受、冲动、表达欲望对决规范和体制,网络写作从文学体制中解脱的过程就是网络文学成长和发展的历程。
>
> （蒋原伦《文学体制与网络写作》）

> 文学的精神品格和价值承担、人类的道德律令和心智原则,终于让位于个体欲望的无限表达,在线写作的修辞美学让位于意义剥蚀的感觉狂欢,虚拟空间里失去约束的主体和得到解放的个体,最终得到的只能是消费意识形态的文化表达。
>
> （欧阳友权《数字媒介与中国文学的转型》）

历史环境、历史人物、历史事件,被网络**历史小说**延续了下来,但是,历史真实,这个曾被历史小说视为生命的元素却几乎被网络历史小说摒弃了。小说的主人公从当代穿越到古代,不仅具有当代人的眼光、观念、知识,更重要的是他(或她)还知道历史发展的趋势,他(或她)是小说真正的主人公,历史只是他(或她)发挥才情的背景。正因为如此,网络历史小说被称作穿越小说,或架空历史小说。代表作有金子的《梦回大清》、桐华的《步步惊心》等。

传统小说中对社会黑暗面的揭露在网络**社会小说**中继续进行着,不过,很少与社会批判结合起来,而是被视为一种社会常态、生存和发展的规则。既受制于这些规则,又对规则有深刻的认识,能利用规则取得上位,成为网络社会小说中人物成长、成熟及情节设置的基本思路。最能代表网络社会小说成绩的是职场小说。职场小说影响最大的是李可的《杜拉拉升职记》。这部被称为"职场宝典"的小说写年轻人在职场中的困惑和伤感,更多的是表现主人公如何利用规则在职场中取得上位。小说在给读者以更多鼓励的同时,也表达出一种思想:努力取得职场上位就是成功,其手段如何似乎可以不加追究。这样的人生观念应该摒弃和批评。

网络上的**后宫小说**在传统的通俗小说的谱系中被称作宫闱小说,但宫闱小说对风流韵事、丑闻的描述在后宫小说中已经演化成竞争手段和欲望的表达。网络上的盗墓小说在传统通俗小说中属于黑幕小说,黑幕小说是将盗墓作为令人不齿的行为揭露的,但盗墓小说侧重的是叙述盗墓的惊险过程。后宫小说代表作有流潋紫的《后宫·甄嬛传》;盗墓小说代表作有天下霸唱的《鬼吹灯》、南派三叔的《盗墓笔记》等。

发展中的中国网络小说逐步形成了独特的美学形式。它基本上是长篇构置,这一方面是因为作者要维护已经聚集起来的人气,另一方面也是因为有人气的小说常常是在作者和读者的互动中完成,互动型的创作方式为小说创作创造了无尽的话题和思路。规律性的千字波段形成了网络小说波浪化的情节滚动。网络小说的读者并不在乎小说是否结构完整,也不在乎情节是否似曾相识,在乎的是是否获得了阅读快感。千字一停,万字一变,这样的情节起伏最符合读者的阅读习惯。网络小说很少大段的环境描述,复杂的心理描写也不多,人物性格刻画也并非重点。网络小说语言以说明性叙述为主。传奇和突变是情节构造的重要特征。网络小说是一种屏幕写作,为了清楚快速的阅读体验,短章、短节、短句是常见的写作风格。网络小说又是一种键盘写作,键盘符号也常常成为小说叙事中的表达符号。

有学者指出,网络文学发展至今,主要源于技术优势、市场催生和娱乐品格这三大推力。这三大推力均为文学外因;而网络文学自身则重陷"低洼弱势",品质不佳、套路反复乃至无序混乱是这些年来网络文学的一个发展面向。网络文学亟需自身"突围"和外部生态的重塑。

第三节 2000年以来的话剧

初显于1980年代中后期的戏剧危机,曾经像一道雾霾,遮蔽着中国话剧的进取之路;经过1990年代的调整、适应期,话剧进入21世纪,开始出现转机。民营话剧活跃,剧本创作增量,演出逐渐频繁。一方面,政府机构对于原创舞台艺术的奖励机制,在一定程度上推动了新剧目的出现;另一方面,一些商业戏剧出于营销策略,需要不断推出新剧目,这显然鼓动了戏剧爱好者的创作热情;还有,一些小说、影视剧作家如莫言、刘恒、万方、邹静之等人,折返话剧园地,提升了戏剧的文本质量,也拓展了艺术表现的空间。

进入21世纪之后,话剧继续着探索民族性、现代性的艺术进程,围绕着变革时代出现的社会矛盾与问题进行人性反思,出现了立足当代、关注现实的一系列剧目,如《我爱桃花》(邹静之编剧,2003)、《有一种毒药》(万方编剧,2007)、《矸子山上的男人女人》(李宝群编剧,2007)等,还有根据其他题材改编的话剧,如《长恨歌》(赵耀民根据王安忆同名小说改编,2003)、《简爱》(喻荣军根据夏洛蒂同名小说改编,2009)、《四世同堂》(田沁鑫、安莹改编,2011)等。此外,剧作家们从历史文化资源中寻找创作灵感,出现了《如梦之梦》(赖声川编剧,2000)、《霸王歌行》(潘军编剧,2008)、《知己》(郭启宏编剧,2009)、《窝头会馆》(2009)、《我们的荆轲》(莫言编剧,2011)等话剧。

现实的守望与沉思 《矸子山上的男人女人》是一个反映东北地区下岗工人现实处境的话剧。随着国营企业的改制,人生的困境和现实的挑战摆在面前。戏剧真实地表现了下岗女工们的生活困境和失落情绪;多年的劳动模范佟丽要强、自尊,丈夫因公殉职后,她独自带着哑女度日,下岗让她不知所措,满含凄楚;三姐温婉、贤淑,原本有一个幸福家庭,丈夫下岗后狂躁酗酒,她受伤的心灵还得包容另一份伤痛;女工平平善良、勤恳,丈夫重伤躺在炕上,上有老奶、下有婴孩,全家举债度日,靠她一个弱女子支撑……生活像粗糙的煤矸石,沉重、黯淡、琐碎、坚硬。《矸子山上的男人女人》的成功,在很大程度上归功于戏剧所塑造的人物群像,个性鲜明,决不雷同。这群劳动女性勤劳、朴实,带着东北工业区的地域特征和生命质感。大咧咧工伤后被安置在女子捡煤队,他天性乐观,口无遮拦,喜欢编故事、讲笑话逗大家开心。在女工们伤心埋怨时,他以"激将法"痛斥她们,带领她们寻找谋生的办法:蹬三轮、卖馄饨、做家政。他笑称自己是党代表洪常青。就在他结婚前的除夕夜,私人偷挖的小煤窑爆炸坍塌,大咧咧为救工友不幸牺牲。深爱他的佟丽披着红嫁衣,在想象中完成了一场悲壮的婚礼。话剧从现实主义的美学原则出发,塑造了一群哀而不伤、沉郁悲壮的底层人形象,他们在人生低谷中不失生命力量,在对未来的憧憬中总有美好希望。

2000年以来,话剧的原创力衰弱,人们转向古今文学经典寻求创作资源与灵感,优秀的文学经典改编剧登上舞台。

《简爱》(喻荣军编剧)取材于英国女作家夏洛蒂·勃朗特的同名小说,表现了两位在年龄、身份、性格等方面存在差异的男女,如何战胜命运的桎梏与世俗的偏见,真心相恋的曲折故事。罗切斯特系出名门,是上层社会的绅士;简个性恬淡,不够漂亮,地位与佣人差不多。她以自己的方式表明自己的价值,改变着罗切斯特的古怪与傲慢,他青睐于她毫不做作的自在天然。他们彼此相爱,但在结婚仪式上,变故骤然发生:罗切斯特结过婚,他的妻子患有疯病,被关在阁楼上。简为了维护自己的尊严,不顾罗切斯特的再三恳求,强忍内心的巨大伤痛,决然选择离开,独自到他乡谋生。后来罗切斯特的疯妻放火烧毁了庄园,罗切斯特在火中失明。仿佛受到心灵感应,简回到了罗切斯特身边,他们终于赢得了平等的爱情。该剧吸纳了原著精华,改编后保持了文学水准与文化内涵。它的舞台演出得力于王晓鹰导演凝练、沉着、自然的舞台表现手法,独具匠心的舞台设计,是一个房屋框架结构置于一个转台上,随着剧情变化,框架装置转动,显示环境变化,保持了戏剧发展的流畅;低光度的灯光的闪回变化被严格控制着,使人感受到中世纪伦敦的低气压。主演袁泉以有控制力的自然朴素的表演,出色地塑造了一位内向、自尊、感情丰富而受压抑的中世纪姑娘的舞台形象。王洛勇的舞台动作与念白凝练有力而传情。该剧于2009年在北京国家大剧院开台首演,演出效果甚佳,获致赞誉,数年历演不衰。

话剧《红楼梦》(2021)是贯穿于编剧喻荣军自2007到2021年间的一个情结,终于在2021年,他完成了一个时尚、精致、简约的《红楼梦》剧场呈现。这一版本的《红楼梦》分为两部,分别是"春夏·风月繁华"和"秋冬·食尽鸟归",对应呈现的是贾府的繁华盛景和凋零图像。6个小时的演出时长,试图表达出一种阅尽繁华后的落寞苍凉。对于一个剧作家来说,"人间世"是他倾毕生之力所研读的对象,一部剧作就像是一场人生,让人疲惫,也倍觉苍凉。喻荣军在《红楼梦》里显现出了颇为矛盾的文学笔法,极致的惜美和极致的厌世在剧作中彼此纠缠交融,为观众提供了既丰富又空灵的奇特美学体验。

喻荣军(1971—   ),原专业是运动医学,后弃医从文。他在2000年创作的中国首部网络题材话剧《WWW.COM》获曹禺优秀剧目奖。2020年由他改编的话剧《基督山伯爵》(王晓鹰导演)在国家大剧院演出。2021年他的原创话剧《家客》在上海上演。喻荣军是一位极为勤勉的剧作家,他还创作了话剧《去年冬天》《天堂隔壁是疯人院》《女人四十》《卡布其诺的咸味》《香水》《资本·论》《马路天使》等六十多部,以高产量高票房撑起上海话剧一片天。《红楼梦》算是他创作之途中的一座里程碑。

当代经典小说《白鹿原》吸引了众多影视剧改编尝试,得失兼有。孟冰编剧的话剧版,曾经由北京人艺于2006年搬上话剧舞台(林兆华导演)。2015年陕西人民艺术剧院版话剧《白鹿原》(胡宗琪导演)上演后,被称为最得原著精神的艺术演出,堪称40年来中国话剧的经典之作。孟冰编剧的这一版删减得当,保持了故事情节的张力,深得小说精髓,凝练、干净、清晰、强烈,精雕细刻又不露痕迹。陕西人艺的整体演出都融入在胡宗琪导演构想的氛围中,在鲜明的表现主义风格样式的基础上,全剧浑然一体,形成了压抑、苍凉、厚重的人性悲剧。

话剧《白鹿原》从巧取风水地来展开情节,以"土地"这一意象为象征,揭示传统文化所蕴含的人之生存的悲剧性。剧中的白嘉轩、鹿子霖代表的是传统,而年轻一代人代表的则是不同的时代力量和政治话语。编剧非常准确地把握住了其中最为核心的人物:黑娃。话剧保留了关于黑娃的各种故事线索,包括黑娃向朱先生讨教、学习、借书这些看似无关紧要但其实极为重要的情节。白灵这个人物作为副线潜流始终,使话剧容量倍增,深度得以开掘。剧中种种无常变化呼应了儒家思想、生命玄学和因果缘分等,充满了历史沧桑感,凸显了史诗性的文化品格。与电视剧版《白鹿原》有差异的是,话剧版《白鹿原》的史诗品格彰显出话剧作为精英艺术的深刻表现力。

话剧《白鹿原》具有浓郁的关中乡土特色和文化底蕴。音乐雄浑而精致,苍凉悲壮的秦腔时时隐约可闻,与激烈发展的剧情互为映衬。在田小娥勾引白孝文这场戏中,背景是村民围在一起听秦腔,这种处理留有余韵,虚化而富有诗情。田小娥的尸骨被焚烧后镇于塔下,一群彩蝶翩然飞舞,此时的舞台上,一声华阴老腔哀吟婉转飘起,痛楚凄凉,形成了极强的感染力和冲击力。

在话剧《白鹿原》成功之后,2018年1月,陕西人民艺术剧院演出根据路遥同名小说改编的话剧《平凡的世界》(孟冰改编,宫晓东导演)。此剧保留了路遥小说的主体情节和精粹部分,主题内涵丰富而有机统一,涉及生与死、幻灭与追求、人生苦难与精神升华等哲理命题。此剧的舞台设计也别出心裁,旋转的大转台是生命循环往复、不断求索的轨迹,土色的大碾盘、窑洞、坡坎,是起伏的命运具象化的表征。此剧表现了时代特征,有生活气息,有力度血性。剧中,主人公孙少平是个有梦想的时代青年,他渴望走出村庄,发现新的世界。孙少平处境低微却从不自卑,他与田晓霞的爱情曲折跌宕,引人泪下。

> **声音**
>
> 创作者面对路遥本人身上所承载的时代性生存困境和人性困惑时,是直面迎上还是绕道而行,这决定了主人公最终是一个丰富立体的艺术典型,还是一个白璧微瑕的道德圣徒。……或许我们有勇气面对人性和社会的缺陷与困惑时,才能在舞台上拥有真正的文化自信。
>
> (赵建新:《"高原"到"高峰"有多远?——从〈莫扎特传〉看〈路遥〉》)

话剧《路遥》(唐栋编剧,西安话剧团演出,2020年)刻画了作家路遥"像牛一样劳动、像土地一样奉献"的文学殉道者形象,呈现了他丰富细腻又豪迈苍凉的内心世界。他在理想和现实两个世界的多重博弈和冲突,在文学世界的奋斗与荣光,在现实世界的无力与无奈,都在剧中有诗意的诠释。有评论认为:"话剧《路遥》的创作者力图把路遥本人以及他笔下那些乡村知识分子的无奈、困惑和彷徨都放到那一曲雄壮的黄河号子中,在'人民性'这样一个稳妥的大概念下'正能量'地、大团圆地一揽子解决掉,之后万事大吉。这种创作手法,可能距真正的现实主义还相去甚远。"①

话剧《尘埃落定》(曹路生编剧,胡宗琪导演,2021年)再现了原小说的分量与气魄。该剧聚焦于1949年之前的四川阿坝藏区,以麦其土司家族统治的纷争与变迁为视点,讲述了藏族土司制度在历史洪流中分崩瓦解,终而黯然退出历史舞台的故事。在剧中,藏族元素得到了浓墨重彩的渲染。同

---

① 赵建新:《"高原"到"高峰"有多远?——从〈莫扎特传〉看〈路遥〉》,《戏剧与影视评论》2022年7月号。

时,恢弘的景象之下,一股难以掩抑的末世感在舞台上肆意弥漫。这是一部优秀的文学改编剧作,做到了文学性与剧场性的巧妙平衡,辉映成趣。原著在创作风格上的最大特点,是诗化表达与诗性思维。在话剧中,这种鲜明的艺术特质得到延续,且融进剧作的表与里、形与神。小说是以第一人称"我"展开叙述,"我"的"傻子"身份既自然地将叙事与所见、所闻、所感合而为一,又生成一种"游离"感。可以说,这种特殊的视角,是《尘埃落定》的艺术魅力最重要的源泉之一。然而,舞台化呈现势必要对这种视角进行改造与加工。在编剧曹路生看来,"作品的精髓是'傻子'的内心独白",改编剧保留与浓缩了原作较多的人物独白,作为一个个段落穿插于剧情进展的关键处,青年演员杨正彝的朗诵给演出增色许多。《尘埃落定》不是一部严格意义上的历史小说,更不是历史的"摹本"。它所提供的,只是一种复归历史深处、凝望民族记忆的眼光及方式。话剧秉承原著的史诗品格,却不拘泥于历史的本相与喧哗,不耽溺于叙事的密度与广度,而是关注"人"作为一种原型最深切的痛苦,为一群回光返照、众声喧哗的旧魂灵赋形摹像,从而找寻凝铸新的民族魂的希望与力量。

历史剧:人性的复活 对于戏剧创作而言,历史是活在当今的传奇,现实是传统性灵的延续。

2009年,郭启宏创作的历史剧《知己》(任鸣导演,北京人民艺术剧院演出),表现了文人之间的惺惺相惜以及境遇造成的心灵距离。清顺治年间,苏州才子吴兆骞蒙冤于科考舞弊案,被发配宁古塔。顾贞观以其精神知己自居,不惜屈尊忍辱,到宰相纳兰明珠府任西席,以寻找机会向权贵进言,终于将吴兆骞从死难中解救回来。戏剧的主要叙事集中于顾贞观对朋友的一腔热诚,以及对于知己舍生忘死的营救行动。话剧以顾贞观一首《金缕曲》贯穿始终。

如果故事就此结束,无疑是一个平淡的结局,可是顾贞观一心牵挂的知己,在终于相见之后,却形同陌路。宁古塔的残酷环境和死亡威胁,让吴兆骞失去了锐气和傲骨,变成了趋炎附势的卑怯小人。剧中有一个细节,当吴兆骞看到纳兰明珠的长袍襟下粘了几粒草籽时,竟然跪在地上帮他摘取。看到此景,顾贞观的内心陷入空虚与失落之中。顾贞观与吴兆骞友情的破裂,表面上看起来是顾贞观不顾生死、一厢情愿地真心付出,得不到吴兆骞对等的情感回馈;实际上,他们两个人真正的分歧在于顾贞观固守精神领地,对文人的尊严与风骨犹有憧憬;而吴兆骞历经流放生涯的残酷,已被打压、异化,精神世界被摧垮。顾贞观怅然离开明珠府,他不再纠结于吴兆骞对友情的漠然,而是怀着深深的悲哀。他说,我们没有遭受过流放宁古塔的苦难，因此不知道它对人到底造成了怎样的改变。这部戏剧揭示了现实对理想的摧残。郭启宏是一位具有深刻的人文情怀的诗人、剧作家，擅长刻画与剖析古代文人，除了《知己》，他还著有昆剧《南唐遗事》《司马相如》《李清照》，以及当代话剧《李白》。在《知己》中他以痛切的现实感受与人文主义思想，深刻地表述了对知识分子的遭遇与人格变异的反思，剧作具有浓郁的诗意。

小说家莫言的历史剧写作具有创新意识，他以今人的思考重新阐释历史人物，古今交融。在他1999年创作的《霸王别姬》中，刘邦不曾出现，而吕雉则是项羽的暗恋者。作为"力拔山兮气盖世"的英雄，项羽的征战之功不是戏剧表现的主要内容，他幼稚的单纯与宽容以及莽汉般的任性，才是莫言着重挖掘的人性特征，也是戏剧形象超越"成王败寇"观念的奥秘所在。

就像项羽身上的弱点，在今人身上依然不时闪现一样，荆轲式的英雄梦，也会不时闯进今人迷离的幻境。莫言在创作以刺客荆轲为主人公的戏剧时，干脆起名《我们的荆轲》(任鸣导演)。莫言的创作意识穿越古今，他不仅解构传统意识中的英雄迷梦，也解构人自身将他人当祭品的私欲野心。戏一开场，便是几个演员在闲聊"没有亲戚当大官／没有兄弟做大款／没有哥们是大腕／要想出名难上难"。于是他们决定好好演戏，认为或许这也是出名时机。历史与现实，他者与自我，浑然一体地连接在一起。在莫言剧中，身世低微的荆轲剑术不精，只好提上小磨香油和绿豆粉丝四处交游。燕太子丹一心刺秦，为了笼络人心，他将荆轲和秦舞阳、狗屠、高渐离等置于广厦豪宅，赠予宝马香车、锦衣美食，还把爱姬送给荆轲，甚至声称割下了臂肉，以疗荆轲失眠之疾。在阴鸷乖戾的秦王面前，秦舞阳吓得战战兢兢，荆轲挺身而上，反被秦宫卫士乱剑刺死。在剧中，荆轲为什么要刺秦，并没有一个明确的动机。为百姓？为诸侯？为太子丹？为侠士的荣誉？为箭在弦上不得不发的玄机？荆轲自己在纠结，观众也在反思这位历来如此的英雄。"风萧萧兮易水寒，壮士一去兮不复还"，一声"不复"，几多待解的愁怨与茫然？在剧中，秦王仪态威严，霸气外显，而太子丹则像一个卖弄聪明、负气使性的小丑。历史当时已惘然，到了今天，功与名都是符号，那个叫作荆轲的生命，谁去体会他内心的忧伤与隐痛？

当有媒体记者问莫言，《我们的荆轲》写的是什么时，莫言回答："写人的成长与觉悟，写人对'高人'境界的追求。由于人成长为'高人'，如同蚕不断地吃进桑叶,排出粪便,最终接近于无限透明。"①

2011年,中国国家话剧院演出的话剧《四世同堂》,不以史诗般的宏大叙事遮蔽沉默的大多数的隐忍、伤痛,而以日常生活在时代凸镜下的聚焦,反映普通民众灵魂中的混茫与生动。形形色色人物的悲剧命运,显示了家国倾覆下小人物的无奈沉沦。老舍对侵略者铁蹄下的人物,怀有一种人文主义的悲悯之情,这种情怀也贯穿在同名话剧之中。这一台戏人物众多,场面多变,却如长线串珠般被安排得井然不乱。在群像戏里,代表着大多数北京人的生存态度的祁老太爷、祁瑞宣并没有太多的戏份,但是,那份无奈中的坚守,憋屈中的忍耐,正直中的雍容,仍然给观众留下深刻印象。这个剧在改编的过程中,显然融入了当代意识,也显现了老舍经典小说跨越时空的艺术魅力。

2013年中国国家话剧院演出的历史剧《伏生》(孟冰编剧、王晓鹰导演),以当代文化立场对先秦历史人物和文化事件进行反思。此剧涉及先秦诸子的人文情怀与秦始皇专制统治的深刻矛盾,是一部古代士子以生命殉文化、以精神祭理想的悲剧。在秦始皇焚书坑儒之际,大儒伏生选择毁家纾难,腹诵私藏儒家文化典籍——上古时期的皇室文献总集《尚书》。从那一刻起,为了一个崇高目的,他必须以含辱忍垢、生不如死的方式活下去。为了毁灭一切儒学书籍,丞相李斯对伏生步步进逼,伏生眼看着儿子被杀无法相救,绝望的老妻撞墙而死,痛苦的女儿离他而去,可是他连死的自由都没有,必须以一个人的坚持,使往圣绝学不致断绝,使文化命脉得以延续。垂暮之年,伏生终于迎来了儒学大兴的时机,然而汉武帝"罢黜百家,独尊儒术"之举,让伏生再度陷入无奈与忧思。

21世纪的历史剧创作,带有明显的当代意识,显现了人文精神的主题。

港台戏剧的文化反思 21世纪以来,随着海峡两岸戏剧交流与合作的增多,赖声川和他的剧作如《暗恋·桃花源》《宝岛一村》等,不断在中国大陆掀起戏剧冲击波。这其中,《如梦之梦》自2000年在台北首演后,在香港和大陆重排,它以明星加盟、时长7个半小时、在矩形演区内循环演出的奇特性,实现了较为轰动的演出效应。

"在一个故事里,有人做了一个梦;在那个梦里,有人说了一个故事。"这是戏剧《如梦之梦》开场部分的台词,也可以说是这个循环往复的故事的

---

① 莫言:《我们的荆轲》"序言",新世界出版社2012年版。

内核。①

《如梦之梦》的戏剧叙事显得神秘、玄虚、迷离，结构方式也比较特别，可以说是梦与梦的互文套叠、故事与故事的轮转接续。幕启时，刚从医学院毕业的女医生，第一天上班就遭遇了4个病人的相继离世，她参不透死亡的秘密，理不清忧伤的思绪，甚至幻想着人们可以像传说中秦朝的奇人庄如梦那样，在睡梦中让灵魂脱离肉体，自由游走于大荒之中。她的人文情结，让她守候在5号病人身边，想要听他倾诉自己的故事。

于是，5号病人点起蜡烛，开始讲述他人故事：在西藏，一对年轻的牧民夫妻坐在草地上晒太阳，丈夫做了一个梦，梦见妻子离他而去。5号病人自己的故事几乎是这个故事的翻版：他在台北街头与一个婚姻失意的女子相遇，他们结婚生子，后来孩子夭折，妻子离去。5号病人得了莫名病症，生命进入倒计时，于是决定外出旅行。接下来，他开始讲述自己的奇遇，这仿佛是原叙事的变奏曲：在巴黎的一家餐馆，他遇到了餐厅女侍、偷渡者江红，他们一起去寻找吉普赛女人所说的城堡与湖，由城堡里的一幅油画，牵出了20世纪30年代上海最红的妓女顾香兰的故事，她与法国伯爵演绎了一场奇异的爱情，后来由爱生恨，晚年的顾香兰孑然一身。5号病人在讲完自己的故事后，怅然离世。《如梦之梦》对生死轮回的形象演绎，勾画着人生悟不透、参不破的命运旅程。

今夕何夕，前生此世，或许不是全新的开篇，而是梦中未了的尘缘。赖声川以他独特的人生观念，在剧场中营造出一种仪式性氛围，借机宣示其人生哲学的反思意味，也有意识地抛给观众一个待解的命运密语。在人与梦、幻与真、生生死死之中，戏剧并没有示人以明确结局，而是传达着茫然淡远的心理情绪。戏剧把种种人生幻象置放在舞台上，让人们自己去感受，去品味，去发现，从而找到自己的正见。毋庸讳言，它所阐释的人生如梦的主题，并没有带给人们更多的新意，但是他以怀旧、光影、梦境、节奏营造出的戏剧情境，显示出仪式化的意蕴和象征。

2015年，中国香港话剧团在国家大剧院演出《都是龙袍惹的祸》(潘惠森编剧，司徒慧焯导演)，编剧对于剧中人物——太监安德海，不存历史与道德的偏见，而是客观叙事，围绕宫廷权力，在安德海得势与失势、被捉与被杀的过程中，探寻历史背景下特殊人物的内心活动与行为逻辑。对于所涉历

---

① 1990年代，赖声川曾与家人游历法国，一座诺曼底的古堡引发了他的遐思，而1999年伦敦的地铁事故，又让他对突遭变故、幡然悔悟的人生有所思考，此后他在一次印度旅行中，从转佛参禅的仪式里获得灵感，勾连起对于人生的诸多慨叹，于是写出了《如梦之梦》。

史中的人与事,做到了大处不虚,小处不拘,举重若轻,寓庄于谐。

此剧情节前后照应,营造出周而复始的人生镜像,其中青苔和宫墙的比喻颇有深意。戏剧开场时,慈禧说:"一块青苔,永远都不会长成一棵树。"这就是安德海命运的写照。安德海说:"世上既有好花、好草,就要有好的青苔;但是青苔虽好,都要有好的山石让它依附,否则也都枉此一生……能够依附在它上面,已经是造化……这块青苔,就是为这面墙而生的。"戏剧结尾时,太监李莲英说到青苔,神态语气简直是他师傅安德海附体。

剧作家对历史与人生的审视,往往有一种举重若轻、翩然回首的况味,关注对历史变迁的体悟与人生哲思的阐发。

小剧场戏剧 廖一梅编剧、孟京辉导演的小剧场戏剧《恋爱的犀牛》因为形式新颖,气韵生动,受到青年观众的追捧。剧中,城市的黄昏中,在动物园里饲养犀牛的青年马路,邂逅了性感神秘的姑娘明明,在一瞬间,马路疯狂地爱上明明,他的生活被彻底改变。马路不可救药地陷入单相思,而明明却有着不可思议的铁石心肠,鲜花、誓言、财富都让她无动于衷,马路做了他所能做到的一切,在一个犀牛嚎叫的夜晚,他以爱情的名义将明明绑架。这部戏剧被誉为青年人"恋爱的圣经",剧中的台词"你是我温暖的手套,冰冷的啤酒,带着太阳光气息的衬衫,日复一日的梦想",也成为青年观众间的流行语。此剧首演于1999年,此后不断巡演,创造了超千场的演出记录。

邹静之编剧、任鸣导演的小剧场话剧《我爱桃花》,故事背景被安排在古今之间,古代部分作为戏剧的缘起:市井闲人冯燕爱上了牙将张婴之妻,常跑到张家偷情,某夜张婴突然醉酒归家,冯燕只得仓皇藏匿,发现自己的巾帻(古代男人束发的头巾)被压于酣睡的张婴身下,他示意张妻抽出,不料张妻却会错了意,把丈夫身上的长刀递到了冯燕手里。冯燕顿觉此女心歹,一刀将她刺死。故事如果仅仅是这样,那么观众看到的只是男权视野中的一个惩恶故事。在这样的故事模式中,女性先要背负水性杨花、伤风败俗的恶名,后要成为男人浪子回头时送到道义祭坛上的牺牲。但是此剧剧情不止于此,这个戏外还有戏。生活中扮演冯燕和张妻的演员,处在一种隐秘的婚外情状态,眼下他们浓情渐失、好景不在,颇有覆水难收的无奈。在戏剧里,演员跳进跳出,戏中有戏,一会儿是古戏里的角色,一会儿是排练间歇的演员,一会儿又是相互斗气、不断进行心理和情感试探的现实男女。戏剧揭示了爱与恨相互转化的微妙,爱情的排他性中潜在的暴戾,以及由爱生恨时人的死亡憧憬。戏一开始,情景是一个闭锁的房屋,颇有一种庭院深深、帘幕重重的感觉。随着一重重帘幕卷起,剧中人无奈的隐情、缜密的心机被逐层揭开。戏剧结束时,帘幕——合拢,仿佛剧中人再次被放回到一个很有纵深感的迷蒙的时空。

万方编剧、任鸣导演的小剧场话剧《有一种毒药》,表现了现代家庭中人与人之间的矛盾、隔膜与心灵隐痛。迫于生存压力,人们所做的事不一定是自己想做的,但又是不得不做的。剧中的母亲兰宏独立支撑着一家装修公司,家庭与社会双重角色的压力,使她情感粗糙、个性强硬。她剥夺了丈夫老高的人生志向,斩断其成为歌唱家的梦想,把他变成一个终日酗酒的糊涂虫;她把成年的儿子高科抓牢在手中,将其变成无权无钱的佣工。儿子高科爱上了病弱女子小雅,虽然母亲极力反对,但两个年轻人还是结了婚,此后母亲的眼前便时时晃动着坐在轮椅上的儿媳的身影。小雅为了资助表弟实现电影梦,怂恿丈夫从公司里拿出10万块钱。母亲知道后,大发雷霆。《有一种毒药》带有当下社会生活的特点,透过家庭这一最基本的社会结构,在反映社会进步、意识更新的同时,反向思索了处在传统与现代的夹缝中的人们,他们物欲的偏执、情感的危机、灵魂的空茫和精神的萎缩。谈起剧名,万方解释说,当人们追求违背自己意愿的目标时,"幸福是一种毒药,爱情是一种毒药,毒是指对心灵的侵害。现在的时代是一个崇尚物质而精神匮乏的时代"①。

小剧场戏剧《霸王歌行》(潘军编剧、王晓鹰导演),将霸王项羽的故事做了新的诠释。项羽作为叙事主体,他是能征善战的将帅,长剑在手,所向披靡;将20万秦军俘虏悉数杀埋,让刘邦的父亲、妻子成为待宰羔羊。他天纵豪情,负气使性,从不看重诡计与谋略,情愿我行我素,一路前冲。鸿门宴上,他率性放走心机叵测的刘邦,将到手的胜券又随手扔下。函谷关里,帝位唾手可及,他突然厌倦了征杀,想骑上他的乌骓马,带着虞姬回家。他果真是一位豪杰,被困垓下时面不改色,而虞姬死后便万念俱灰,放下了战功乃至生命。一路杀伐的项羽似乎身上充满了魔力,而一旦他停止杀戮,那把残酷的战争之刀就会刺向他自己。也许项羽称不称霸的问题,在今天已了无意义,历史的悖论和人性的奥秘,才是值得今天的人们反思的问题。

21世纪以来,随着戏剧的发展壮大和文化环境的变化,小剧场戏剧的流行化、商业化、娱乐化趋势逐渐明显,这期间,比较有影响的民营演出团体有戏逍堂、雷子乐笑工厂、三拓旗剧社、麻花剧社、哲腾演出运营院线、李伯男戏剧工作室、至乐汇等。孟京辉编导的《两条狗的生活意见》、李伯男编导的《剩女郎》《建家小业》等、北京开心麻花娱乐文化传媒有限公司的《想吃麻花现给你拧》《夏洛特烦恼》、邵泽辉编导的《在变老之前远去》《太阳·弑》等、至乐汇演出的《驴得水》《破阵子》等、赵淼编导的《署雷公》《失歌》等、黄

---

① 转引自周凡恺《万方:生活〈有一种毒药〉》,《天津日报》2006年10月13日。

盈编导的《卤煮》《黄粱一梦》等,往往借助文化热点,对历史与现实进行艺术的折射式反映,采用戏仿、戏谑等喜剧手法,或肢体语言与新的叙事手段,反映年轻人对社会人生的反思,顺应青年观众的欣赏习惯,在演出市场上赢得了自己的一席之地。

话剧《蒋公的面子》由南京大学艺术硕士剧团于2012年5月在校内首演。① 该剧将发生在1943年和"文革"两个时空中的故事,同时呈现在舞台上。1943年,时任国立中央大学校长的蒋介石邀请中文系三位知名教授吃年夜饭。三个知识分子在坚守独立人格和向现实妥协的两难处境中各自盘算,到底要不要给蒋公面子。"文革"中,被打为"牛鬼蛇神"的他们又必须交代,当年是否接受了蒋介石的宴请,他们到底有没有给蒋公面子。全剧情节始终围绕着"蒋公的面子"展开,但主旨却是拷问知识分子自身的精神困境。该剧自2013年公演以来,共演出260余场。从大学校园演剧到社会话题热点,《蒋公的面子》的意义,已上升为一种文化现象。它的剧本文学具有鲜明的精英立场,拒绝陈腐的道德说教,坚持描写人物的真实状态,在现实利益和精神操守的两难中,展现知识分子肉与灵的困境。该剧并不塑造道德楷模,而是用喜剧手法刻画大学教授在现实诱惑面前左右为难的窘境。它不是宣传和教化的实用主义戏剧,而是一出对人性不乏悲悯之情的喜剧。在演出策略上,它坚持戏剧走向市场的原则,在保证票房收益的同时,不断提升艺术水准。

《蒋公的面子》成为当代话剧演出史上一个独特的现象,反映了话剧艺术的核心特征:扎根精英文学,坚持独立品格,适应市场机制。作为一部学生话剧,它在艺术上并非尽善尽美。导演吕效平说:"如果你知道世界戏剧的状况,你就知道《蒋公的面子》到底还是三年级本科生的习作。"②"《蒋公》现象"证明了话剧在21世纪的中国,依然可以秉承其在百年前初次进入中国时的批判精神,在充满官味和商味的当代中国戏剧生态中,坚守着话剧从业人员独立的价值判断。《蒋公的面子》是大学里的自由精神在社会上引发的一次回响。

---

① 2012年,南京大学文学院戏剧影视艺术系本科三年级学生温方伊在吕效平教授指导下,以《蒋公的面子》为题,根据时任国立中央大学校长的蒋介石邀请中文系教授吃饭的传说,撰写了一部喜剧,后来发表在《人民文学》2013年第6期。迄今该剧已在南京、上海、北京、天津、重庆、广州、深圳、西安、成都、武汉、长沙、杭州、南昌、郑州、昆明、贵阳、济南、石家庄、沈阳、长春、大连、苏州等几十座中国大陆城市和美国的旧金山、洛杉矶、波士顿、纽约、华盛顿等地演出逾260场。2015年该剧获江苏省第九届精神文明建设"五个一工程"(2012—2014)奖。

② 王学良:《〈蒋公的面子〉为何"有面子"?》,《新华每日电讯》2013年5月31日。

话剧作为一门综合艺术，其创作需要艺术创意的前瞻性、灵魂刻画的深刻、情节结构的技巧、叙事语言的生动；较之其他艺术门类，话剧创作更具难度和挑战性。用刘恒的话说："写电视剧是瓦匠砌砖头垒墙，写电影剧本是木匠打家具，写话剧是石匠雕塑像。总之，一个比一个精巧，也一个比一个难。"①

　　中国现代文学已历百年，"人"的观念的解放与文学现代性的获得形成其主要历程。表述对现代中国的思考，讲述现代中国的蜕变、成就与探索，文学界诞生了鲁迅、郭沫若、茅盾、老舍、巴金、曹禺、沈从文、张爱玲、莫言、陈忠实等大师名家，和众多优秀作品。百年来，社会、政治、经济、军事、文化，官方与民间，西方与本土，国内与国际，各种力量都对文学有所影响，有所规约或掌控；中国现代文学的百年，就是文学与文学之外的种种力量博弈、对话、斗争、和解的百年，昂扬、奋进、不屈、坚守，与忧伤、失落、痛苦、退让并存。新时代，中国现代文学正在走向第二个百年，走向未来，走向世界，期待着创造新的辉煌。

　　魂兮归来，伟大的中国文学！

研习提升阅读材料

---

① 转引自桂杰《作家刘恒打造〈窝头会馆〉》，《中国青年报》2009 年 8 月 18 日。

第十六章
2000年以来的诗歌散文

第一节 2000年以来的诗歌

承传与新变,是21世纪诗歌发展的两个基本态势。一方面,在商业化和大众文化潮流中,21世纪诗歌的生态环境并未改变,依然处于边缘化和大众的视线之外,女性诗歌、底层诗歌、民间写作、知识分子写作等承续了1990年代诗歌创作的基本面向;另一方面,在处理诗歌与现实的关系,构建诗歌主体性以及寻求诗歌艺术多样化等方面,21世纪诗歌均作出了一定的探索。此外,网络媒介和民间刊物的发展,也为21世纪诗歌提供了新的发展空间。

首先,经历了1990年代诗歌注重自身内在的发展之后,21世纪诗歌创作在价值追求上有所转向,在注重历史与文化意识的同时,也格外注重诗歌与现实、诗歌与时代之间的多重互动。

21世纪诗歌面对的是一个消费社会培育起来的"小时代",对个体情感的抒发成为文学创作的重要潮流,即便如此,不少21世纪诗人依然坚守人文精神的领地,通过对历史的省思来传达自己的生命体验和文化态度。诗人柏桦以超越私我的意识,试图探索"古典的东方如何转换成现代语境,如何与当下发生关系"①的新路径。在诗作《水绘仙侣》中,他通过明末清初文人冒辟疆与名妓董小宛的故事,串联起了对江南日常生活的风俗性书写,在对时光的追忆和挽留中穿插着对死亡、生命、文化等命题的思考,这使得他的诗作能够进入历史文化的深层,探寻地域/民族文化延续和救赎的可能。在诗歌的形式上,诗人则做了大胆的试验,整篇是由一首诗和99个注释以及一篇近3万字的评论式附录构成,这种互文性的诗体结构匠心独运,颇富历史

---

① 柏桦:《今天的激情:柏桦十年文选》,上海人民出版社2006年版,第277页。

厚度和文化深度。

另一方面,21世纪诗歌对精神高地的坚守,还表现在对现实的深切关怀上。21世纪以来随着经济的持续高速发展,改革所带来的诸多经济和社会问题日益显露出来,对社会现实问题的关怀自然也成为有责任感和社会使命感的诗人无法回避的选择。翟永明的诗作《老家》,对河南艾滋病人表现出深切的关注。这些一辈子也难以走出方圆十里的乡民,为了摆脱贫穷而卖血。然而,卖血带给他们的是"蜂拥而至的/除了玉米肥大的手臂/还有手臂上密密麻麻的小孔/它们在碘酒和棉花的扑打下/瑟瑟发抖";更重要的是罹患艾滋病后,整个世界的拒绝和冷漠,"全世界的人都在嘲笑/那些伤口他们继续嘲笑/也因为老家的人不能像换水一样/换掉血管里让人害怕的血/更不能像换血一样换掉/皮肤根部的贫贱"。诗人以悲悯之心直面家乡残酷的现实,并发出无奈的拷问:"也不知道一辈子干净的血,为什么变成现在这样?"

21世纪中国经历了SARS、地震、雪灾、奥运、中华人民共和国成立60周年、新冠疫情等诸多引人关注的重大事件,21世纪诗歌发挥了介入和反映社会现实比较快捷的文体优势,以诸多作品参与这些时代重大议题。这其中,以2008年汶川地震和2020年新冠疫情发生后,涌现的"抗震"诗歌、"抗疫"诗歌最具代表性。2008年5月12日中国四川发生里氏8.0级地震,共造成10万多人伤亡。灾难发生后,许多专业诗人和普通民众拿起笔,借助互联网等媒介发表了大量与"抗震"相关的诗歌,形成了一股"抗震"诗歌热潮。这些"抗震"诗歌中,虽然有不少艺术幼稚、情感浅薄,但也有一批以生命的名义书写灾难,彰显人文关怀的优秀之作,成为矗立在创伤之中的一座独特纪念碑。诗人朵渔在《今夜,写诗是轻浮的……》中,以忧伤的笔调呈现了震后的废墟、断臂、尸体和墓场等惨烈场景,表达诗人在大灾难之后的悲悯情怀和无力感,"今夜,我必定也是/轻浮的,当我写下/悲伤、眼泪、尸体、血,却写不出/巨石、大地、团结和暴怒!/当我写下语言,却写不出深深的沉默。/今夜,人类的沉痛里/有轻浮的泪,悲哀中有轻浮的甜/今夜,天下写诗的人是轻浮的/轻浮如刽子手,/轻浮如刀笔吏"。2020年以来席卷全球的新冠疫情,对人们的生活与精神产生了极大的影响,由此而产生的"抗疫"诗歌直面疫情,将诗人的个体感受与家国情怀相聚合,书写疫情之下诗人的体察与省思。沈苇的诗作《如果一首诗是一次驰援》以忧惧之情呈现了疫情带给人的感受,"这首诗里有忧心与恐惧/哀悼与痛哭、行动与献身","如果一首诗是一次驰援/这首诗应该快马加鞭/但别忘了为它消一消毒/如果此刻母语感染了病毒"。林白的《休舱》则在生与死的省思中,表达了疫情对人们持续而深远的影响,"没有胜利者/活下来的人/噩梦将伴随一生"。

其次,关注底层以及艺术表达上的平民化倾向,也是 21 世纪诗歌较为引人注目的特征之一。底层诗歌是伴随着底层文学的出现而兴起的,它是一个极富包容性的概念,在底层诗歌的这一命名之下可以派生出诸如草根诗歌、打工诗歌以及"抗震"诗歌等不同类别。在底层诗歌创作潮流中,打工诗歌最具有代表性。打工者往往是都市空间里的边缘性群体,他们沉重、忙碌而卑微的生存状态和孤独、迷惘、焦虑的精神世界容易被人漠视。以郑小琼、许强、罗德远等为代表的一批打工诗人的出现,是 21 世纪底层诗歌创作最重要的收获之一。从内容上来说,打工诗歌首先较为真实地呈现了底层民众困苦挣扎的人生境遇。诗人郑小琼在《在五金厂》中,以自己的切身体验记录了由打工者所构成的另一个中国,另一种人生,"这是另一个中国,失业,下岗,工伤,断指,啊,这些被限制进入城市的低素质人群","他们得了胃病,职业病,结石,血管里塞满了不满与怨恨"。这些由乡村来到城市的打工者身处城市而精神却游离于城市之外,他们敏感而又自尊,渴望得到城市的善待和认同,正如卢卫平《乡下人进城》中所写的那样:"身上沾土 脚下挂泥/比起你笔直的西装 当镜子照的皮鞋/我简直就是一只灰鼠 挤公共汽车/你意味深长地避开我/这有点伤我的自尊/视泥土为脏物的人 根扎何处……/这些都没有让我不羡慕你/都没有让我不梦想成为城里人/只是一旦梦想成真 我会珍惜/泥土 善待乡下人。"

21 世纪底层诗歌的书写,并不仅局限在打工诗歌这一层面,都市或乡村的底层生活也不断地被诗人关注、表现与思考。例如王小妮的《背煤的人》将笔触聚焦在背煤人身上,书写了他暗夜一样无光的生活:"我穿过桑林,观察那个漆黑的驼子。/他完全不看我/他浑浊的眼睛正把我灰一样擦掉。/大地无光的心胸,从那里到四张百元纸钞/有一条背煤人的秘密捷径。/他就躬着,紧守着捷径走,不偏离。/从暗到亮,再从亮到暗/这个被事先装置在煤层里的人。/黑被他走得更黑/所以,光才显得更亮。/他的眼睛受不了大明大暗/成了一对木珠。"

21 世纪底层诗歌的创作者的艺术水准参差不齐,有些在艺术上比较粗糙,但其所呈现的底层民众的本真生命形态,却有着直抵人性深处的情感力量。

再次,21 世纪诗歌拓展了新的书写空间。与此前诗歌发展有所不同,21 世纪诗歌在书写空间上有了新的拓展,这主要得益于互联网的迅速发展和民间诗歌刊物的进一步涌现。

21 世纪互联网的快速发展,为网络诗歌的繁荣提供了良好的契机,使得网络诗歌成为这一时期引人注目的新风景。① 其一,网络平台的发表门槛比较低,能够让那些被阻隔在传统报刊之外的诗歌创作者参与进来,激发他们的创作热情。这些诗歌创作者不仅可以利用专门的诗歌网站和社区发表自己的诗作,而且随着博客、微博、微信、豆瓣、知乎等自媒体平台的发展,他们还能够将自己的诗歌作品发表在个人空间内。其二,网络空间的自由性和虚拟性,使得网络诗歌书写的个性化、私语化、多元化特征得到充分的张扬。例如,绿鱼的《猜》不再追求诗歌的意义深度和形式的营构,只是用直白的语言铺陈碎片化的日常:"箭厂胡同附近／有个人每天／早晨都在吆喝／尾音悠长／(音)'熬得米——'／一个蹬三轮的男人／走街串巷／我猜他卖的是大米／也可能是粥／但又觉得奇怪／至今不知真相。"其三,网络媒介可以让体现不同价值观念和艺术方法的诗歌创作,都有机会得以播散和流传。这期间的"梨花诗"事件和"余秀华热",可以说是网络诗歌这一特性的典型案例。② 其四,网络的多媒体特征,为诗歌的呈现方式也带来了新变化,诗歌的视觉价值得到了重视,其音乐性也可以通过语言之外的手段得到直观的呈现。

21世纪诗歌空间的拓展在另一个层面体现为,民间诗歌刊物的进一步发展和繁荣。自1970年代后期《今天》杂志始,民间刊物对诗歌的繁荣和发展起到了不可忽视的作用。进入21世纪以来,随着《诗歌与人》《诗参考》《下半身》《诗歌现场》《诗歌杂志》《扬子鳄》《剃须刀》《新汉诗》《新诗代》等民间诗刊的涌现,诗歌民刊迎来另一个繁荣期。与互联网空间类似,民间诗刊具有鲜明的民间性,又由于它跟互联网的完全开放和彻底平民化不同,而成为聚拢一批对诗歌有着真诚追求并具有艺术探索精神的诗人们的重要园地。在和官方主流诗刊并立发展的过程中,民间诗刊建构了当代诗歌民间传统,在21世纪诗歌发展中起到了不容忽视的作用。正如有人所说的那样:

---

① 网络诗歌最初在一些论坛、个人空间里得到快速发展。后来,随着众多诗歌网站和网上诗歌社区的涌现,网络诗歌拥有了可靠而便利的发展平台。这些平台有的能在线投稿,有的开辟诗歌网刊(如中国诗歌网的《诗歌周刊》、时代诗歌网的《网络诗人》、诗生活网站的《诗生活月刊》),为21世纪诗歌创作培育了不少新人。

② "梨花诗"事件,源于国家一级作家赵丽华创作于2002年的一些网络诗歌(《一个人来到田纳西》《傻瓜灯——我坚决不能容忍》《摘桃子》《张无忌》等)在2006年8月突然在网上流传,并引起网友的大量转发和调侃。赵丽华的这些诗作,一反传统诗歌的讲究意蕴、含蓄和情感内敛,而刻意追求一种言语直白、毫无意义深度和意境的"废话写作"。这是一次颠覆传统诗歌观念的写作,这样的写作恐怕只有在网络媒介中才能够广泛传播并产生影响。"余秀华热",也是个性化书写借助网络平台而浮出水面的一个典型案例。这一事件,源于2015年美籍华人沈睿的一篇名为《摇摇晃晃来到人间》的博客文章。在文中,沈睿高度赞叹余秀华的诗歌,称其是"中国的狄金森"。由此,这位女诗人的诗歌,很快被各大媒体纷纷转载,其诗作《穿过大半个中国去睡你》更是被广泛传播。

"民刊,首先是自由精神的代名词,它反对僵死的诗歌,反对官方业已形成的话语霸权。正是这些有诗歌品质和独立立场的民刊形成了一种反对庸俗诗歌的力量,为诗歌的发展拓开了另一条道路。"①

第二节 2000年以来的散文

与21世纪活跃多变、产量丰富的小说相比,21世纪散文是比较安静的文类,不仅数量少,影响也不及前者。有论者认为:"20世纪80年代中期至90年代末,是中国散文的发展期,也是'散文热'全面升温的大好时光。然而,进入新的世纪,散文开始降温,到2006年滑入了谷底。"②这种状态的形成有散文文体本身的原因,也有历史文化因素的制约。散文是一个非常灵活自由的文体,唯其如此,它也是一个平民化的文体,一个大众文体,它不像小说、诗歌那样讲求技巧。1980年代中国文学努力挣脱极"左"思潮的束缚,追求创新发展,走向文体自觉,迎来了一个繁荣期。1990年代,余秋雨的"文化散文"横空出世,**以张中行、季羡林为代表的学者散文也颇具影响**。进入21世纪以来,社会政治、文化、经济持续稳定发展,散文创作整体态势比较平缓,继承性为主,**创新性为辅**。21世纪散文最具创新性的当属以张锐锋③**为代表的"新散文"**。

第一,"新散文"流派的诞生。这是21世纪以来最具创新精神和文体变革意识的散文流派。"新散文"真正得以命名的标志性事件,是1998年《大家》期刊推出"新散文"栏目,先后发表了一系列具有新的文体观念和美学风格的散文作品。关于"新散文"这个概念,张锐锋说:"'去中心化'的尝试为散文文本的开放打开通道,过去那种着眼于单一指向的叙事方式让位于复杂事实之间的相关性,因果性让位于相关性。散文是一个人的讲述,一个人的思考。'我',弥漫在每一个事实中,所有的事实都转变为'我'的事实,'我'和事实有着共存的关系。"④与旧散文相比,"新散文"有这样几个特点:第一,个体性。与通常的散文相比,"新散文"重视"向内心窥探",书写作家心中的世界。"新散文"要求写出"我"的声音,是一个人的讲述,一个人的思考。第二,去中心化。"新散文"不再围绕某一个"中心思想"写作,尝试"去

---

① 刘春:《70后诗歌档案》,中国海洋大学出版社2008年版,第42页。
② 王兆胜:《2007年散文创作一瞥》,《光明日报》2008年2月15日。
③ 张锐锋,1960年生,山西省原平人,1980年代开始散文创作。主要作品有《幽火》《别人的宫殿》等。
④ 张锐锋:《文学大坐标上的新散文》,《文艺报》2019年3月18日。

中心化",企图写出生活的复杂性和个体的丰富性。从叙事方式来说,它否定事物之间的因果性,认可复杂事实之间的相关性。第三,大容量。"新散文"一改通常散文短小的形式和篇幅,极大地增加了散文的容量。"新散文"作品中有很多是长篇散文,每篇字数达三四万,甚至更多。张锐锋散文集《复仇的讲述》,全书9篇散文,共39万余字。总之,"新散文"试图创造具有新的观念内容、语言方式、叙事逻辑、审美趣味和形式感的新面孔。"新散文"代表作家主要有张锐锋、庞培、宁肯、周晓枫等。

第二,传统散文的延续。一大批有代表性的散文作者如周国平、林非、谢冕、蒋子龙、王开岭、陈世旭、张抗抗、张炜、贾平凹、史铁生、铁凝、梁晓声、毕淑敏、迟子建等均创作了数量不菲的散文作品。中国古代散文以载道为根本,散文与社会的关系一直十分密切。21世纪以来,传统散文依然继承了这一传统,其内容多反映当下中国社会的变革与转型过程中存在的问题,如环保问题、民生问题、道德问题、人性问题、男女平等问题、城乡关系问题等。王开岭《精神明亮的人》一文关注道德沦丧的现象,呼唤人性复归;《现代人的江湖》则探讨现代人的生存困境,感叹弱者的生活处境:"我若是个傻瓜,可怎么活啊,面对这么多陷阱,这么多圈套和天罗地网,我何以摆脱猎物的命运?"林非《命运》反思女性命运、家庭幸福及世道人心问题。周国平《把我们自己娱乐死?》批判全民娱乐、不以为忧的社会现象。铁凝《一千张糖纸》倡导诚信。王宗仁《藏羚羊跪拜》呼吁仁慈和博爱等。

传统散文也充分表现了作家的真情实感和生命体验。阎纲《我吻女儿的前额》写父女之爱,写生死感悟,感人肺腑:"吻别女儿,痛定思痛,觉得死亡也没有什么可怕。死后,我将会再见先我一步在那儿的女儿和我心爱的一切人,所以,我活着就要爱人、爱良心未泯的人、爱这诡谲的宇宙、爱生命本身,爱每一本展开的书,与世界上第一流的思想家做精神上的交流。"梅洁《不是遗言的遗言》通过忆写心爱的丈夫,寄托哀思,结尾写道:"亲爱的,在忆念你的时间里,悲苦的泪水将打湿所有的时间。"

第三,文化散文的余韵。进入21世纪以来,文化散文遭受了较多的质疑和批判,比如表现手法的模式化,缺乏对个人的书写和个性的表现,面临摆脱不开集体主义与公共话语窠臼的危机。但是同时,一些以历史、艺术、科学、军事、民俗为题材的散文,文化意蕴充实,作品境界相当开阔、大气。作家余秋雨、李存葆、王充闾、李国文、冯骥才、祝勇、徐刚等人创作了一定数量的文化散文。王充闾的《张学良:人格图谱》充满了诗性和历史理性。李存葆的《大河遗梦》表达了对民族精神的关注。李国文的《大雅村言》用散文笔调抒发文化感想,令人耳目一新。冯骥才的《水墨文字》从水墨画与文学相互观照的角度,感悟艺术与人生的真谛。王充闾的《驯心》和《用破一生心》两文对官场的心理和文化进行了批判。孙郁的《小人物与大哲学》一文对现代学者张中行的叙写,充满人生智慧和知音之感。祝勇的《木质的京都》使人进入一个精神甚至梦幻的境界。徐刚的《江河八卷》思考环保和人类的命运问题,思考人性与世道人心,将知识、理性、情感、智慧与审美熔为一炉。

第四,新媒体散文的繁荣。20世纪下半叶以来,出现了电视散文、网络散文等形式的新媒体散文,与传统的纸本散文有所不同。21世纪以来的新媒体散文主要指网络散文。在"天涯社区""红袖添香""中国散文网"等网站上,散文作品数量之大、写作者数量之多,令人惊叹。比较有代表性的作者有痞子蔡、李寻欢、王小山、杨献平、胡一刀、王义军、周闻道、马叙、玄武、安妮宝贝、黄咏梅、王猫猫等。

由于网络媒体的传播特点,新媒体散文具有以下几个方面的特征:一是短小精悍、方便快捷。网络是个蕴藏海量信息的地方,更新速度快,读者的阅读方式以浏览为主,因此,新媒体散文一般短小快捷,内容以书写经验和感受为主。这和文化散文的宏大、辽阔形成对照。二是自由飘逸、尖锐有力。网络是个相对自由的空间,没有传统的审稿的限制,所以,新媒体散文的内容也相对自由,可以随心所欲,畅所欲言。如黄集伟的《借一张嘴,说美丽脏话》共50个小段,每个段落的表达都非常自由,可以独立成章,段落之间没有必然的逻辑关系,但所有段落合在一起又能组成一篇文章。新媒体散文的用词比较俏皮、幽默,一些词语首先在网络散文中走红,再流行到日常口语中来。三是感觉神妙、灵光闪现。这是由新媒体散文的写作群体的生活及写作状态决定的。新媒体散文属于草根文学,写作者经常不落窠臼,时有神来之笔。这和传统写作的正襟危坐与深思熟虑形成对照。① 当然,随着在网络上发表作品门槛的降低,新媒体散文也存在一些问题,如粗糙肤浅、油滑饶舌、量多质次、格调不高、快餐化,大多数作品的艺术价值和审美趣味不高等。

研习提升阅读材料

---

① 王兆胜:《归位·蓄势·创新——论新世纪的中国散文创作》,《文艺争鸣》2010第12期。

文学大事记(2001—2022)

2001年

9月22日,全国第二届(1997—2000)鲁迅文学奖颁奖典礼在绍兴举行。短篇小说《清水洗尘》(迟子建)、中篇小说《永远有多远》(铁凝)等获奖。

12月18—22日,中国文联第七次、中国作协第六次全国代表大会在京举行。周巍峙当选为全国文联主席,巴金当选为全国作协主席。

2002年

6月15日,《文艺报》在《经典名著不容亵渎》的通栏标题下,发表了陈漱渝、刘厚生等人的文章,就名著改编中存在的问题发表了自己的看法。

2003年

4月9日,剧作家吴祖光在京病逝。

10月 广东省作协推出全国首部手机短信连载小说《城外》。

11月9日,作家、翻译家、学者、教授施蛰存在上海病逝,享年99岁。

2004年

2月5日,诗人臧克家在京病逝,享年99岁。

12月28日,第三届(2001—2003)鲁迅文学奖获奖名单揭晓。短篇小说《发廊情话》(王安忆)、中篇小说《玉米》(毕飞宇)等获奖。

2005年

7月9日,作家陆文夫在苏州逝世,享年87岁。

7月26日,第六届茅盾文学奖(1999—2002)在乌镇举行颁奖典礼。5

部获奖作品是:《张居正》(熊召政)、《无字》(张洁)、《历史的天空》(徐贵祥)、《英雄时代》(柳建伟)、《东藏记》(宗璞)。

10月17日,巴金在上海病逝,享年101岁。

11月,人民文学出版社新版《鲁迅全集》(18卷)出版发行。

2006 年

11月10—14日,中国文联第八次会议、中国作协第七次全国代表大会在北京召开。孙家正当选中国文联主席,铁凝当选中国作协主席。

2007 年

10月28日,第四届鲁迅文学奖(2004—2006)在绍兴举行颁奖典礼。短篇小说《城乡简史》(范小青)、中篇小说《世界上所有的夜晚》(迟子建)等获奖。

2008 年

4月8日,翻译家、文艺评论家傅雷诞辰100周年纪念座谈会在北京人民大会堂举行。

11月2日晚,第七届(2003—2006)茅盾文学奖颁奖典礼在乌镇举行。四部获奖作品是:《秦腔》(贾平凹)、《额尔古纳河右岸》(迟子建)、《湖光山色》(周大新)、《暗算》(麦家)。

2009 年

1月22日,新派武侠文学大师梁羽生在澳大利亚悉尼病逝。

6月,由王蒙、王元化担任总主编的《中国新文学大系》第5辑(1976—2000)30卷,由上海文艺出版社编纂完成,全部出齐。大系第5辑增设了微型小说卷和儿童文学卷,使这两大文学样式正式进入文学大系的殿堂。

2010 年

11月9日,第五届鲁迅文学奖在绍兴颁奖。短篇小说《老弟的盛宴》(盛琼)、中篇小说《最慢的是活着》(乔叶)等作品获奖。

12月31日,作家史铁生突发脑溢血逝世,享年59岁。

2011 年

3月15日,贾平凹、熊召政、麦家、阎连科等50位知名人士发表《三一五中国作家讨百度书》,打响了中国作家与盗版侵权的第一战。

8月20日上午,第八届(2007—2010)茅盾文学奖5部获奖作品揭晓。它们是:《你在高原》(张炜)、《天行者》(刘醒龙)、《蛙》(莫言)、《推拿》(毕飞宇)、《一句顶一万句》(刘震云)。

11月22—25日,全国第九次文代会、第八次作代会召开。孙家正当选中国文联主席,铁凝当选中国作家协会主席。

2012 年

10月11日,瑞典文学院宣布,将2012年诺贝尔文学奖授予中国作家莫言。

2014 年

8月11日,第六届(2010—2013)鲁迅文学奖获奖名单公布。

9月27日,作家张贤亮因病在银川去世,享年78岁。他的代表作有《灵与肉》《绿化树》《男人的一半是女人》等。

10月15日,习近平在北京主持召开文艺工作座谈会并发表了重要讲话。

2015 年

8月16日,中国作协公布第九届(2011—2014)茅盾文学奖获奖名单。它们是:《江南三部曲》(格非)、《这边风景》(王蒙)、《生命册》(李佩甫)、《繁花》(金宇澄)、《黄雀记》(苏童)。

8月23日,刘慈欣的《三体》获第73届世界科幻大会颁发的"雨果奖"最佳长篇小说奖。

10月14日,习近平在文艺工作座谈会上的讲话发表一周年之际,新华社发布讲话全文。

2016 年

4月29日,作家陈忠实在西安逝世,享年74岁。

5月25日,文学家、翻译家杨绛逝世,享年105岁。

8月21日,80后女作家郝景芳的《北京折叠》在美国获得第74届科幻小说"雨果奖"最佳短中篇奖。

11月30日—12月2日,中国文联第十次全国代表大会、中国作协第九次全国代表大会在北京举行。习近平出席开幕式并发表讲话。铁凝第三次当选中国作协主席并当选中国文联主席。

2017

1月23日,《诗刊》创刊60周年座谈会在中国现代文学馆举行。

1月26日,纪念《哥德巴赫猜想》发表40周年暨新时代科技题材创作座谈会在京举行。

2018

9月27日,改革开放40周年最有影响力40部/篇小说评选揭晓。

12月18日,在纪念改革开放40周年大会上,蒋子龙、路遥(1949—1992)获得"改革先锋"奖章。

2019

8月16日,第十届茅盾文学奖在京揭晓。梁晓声《人世间》等5部长篇小说获奖。

9月29日,王蒙获颁"人民艺术家"国家荣誉称号奖章。

2020

7月,莫言《晚熟的人》由人民文学出版社出版。

2021

8月,中央宣传部、文化和旅游部、国家广播电视总局、中国文联、中国作协联合印发了《关于加强新时代文艺评论工作的指导意见》。

12月14—17日,中国文学艺术界联合会第十一次全国代表大会和中国作家协会第十次在京举行。铁凝连任中国文联主席和中国作协主席。王安忆、毕飞宇、吴义勤、迟子建、莫言、格非等当选为中国作协副主席。

第三版后记

本教材初版于 2007 年,十多年来受到许多高校教师、学生的欢迎。由于我们对中国现当代文学的认识不断深入,教师、学生在使用过程中对教材的科学性、合理性不断提出新要求,也由于互联网技术为高校的教材建设提供了新的平台,并促成了教学方式的大革新,所以本教材有了这个第三版修订。修订工作从 2014 年 4 月开始,到最终定稿,前后花了三年时间。第三版修订篇幅较大,重新撰稿与新写的章节有:上册绪论第五节、第一章、第二章、第三章、第八章、第十一章、第十二章、第十五章,下册第一章、第二章、第六章、第八章、第十章、第十一章第一节、第十二章,讲述新世纪文学的第十三章、第十四章、第十五章、第十六章基本是新撰而成。其余章节也作了内容调整、观点提炼与篇幅压缩。

第三版由清华大学、武汉大学、南京大学、吉林大学、浙江大学、厦门大学、苏州大学、南京师范大学、福建师范大学、江苏师范大学、安徽师范大学、扬州大学、河北大学、浙江工业大学和中国作家协会、中国现代文学馆、中国艺术研究院等专家、学者合力撰写。

朱栋霖是全书的总策划,兼指导章节修订、新撰,并承担全书定稿;以及主持专家的专题讲座,遴选被纳入二维码中的提升性学术论文。

第三版初稿执笔如下:

上册执笔:绪论:朱栋霖、徐德明、汤哲声;第一章:商昌宝;第二章:朱晓进、汪卫东;第三章:张全之;第四章:龙泉明、闵抗生、汪卫东;第五章:朱栋霖;第六章:秦林芳;第七章:王中忱、谢昭新、汪应果、秦林芳、张全之;第八章:汤哲声;第九章:许霆;第十章:朱栋霖;第十一章:张晓玥;第十二章:刘祥安、李晓红;第十三章:骆寒超、许霆;第十四章:朱栋霖、秦林芳;第十五章:张晓玥。文学大事记:刘祥安、闻彦。

下册执笔:第二章、第四章第一节、第五章:张晓玥;第三章、第四章第二节:方忠;第六章:陈子平;第七章:陈霖;第八章:吴义勤、陈黎明、方忠;第九章:骆寒超;第十章:宋宝珍;第十一章:陈子平、方忠;第十二章:钱文霞;第十三章:张未民;第十四章:刘智跃、陈霖、陈黎明、江腊生;第十五章:汤哲声;第十六章:陈黎明、刘智跃、宋宝珍。文学大事记:陈南先、陈霖、吴义勤、房伟、刘婧婧、刘进军。

陈黎明、张晓玥制作与本教材配套的多媒体课件。

先后承担具体工作的人员有：张福贵、白杨、王俊秋、吴秀明、汪文顶、丁晓原、丁玉芳、孙莉、张鑫、金红、李蓉、南志刚、张浦蓉、卢炜、马潇、程丽华、王雪荣、陈晓东、刘潇、杨新敏、谭飞、李东晓、李玲玲、刘征、曹原、张雅娟、庞林春、倪金艳、吴加勤、裴雪莱、孙伊婷、浦海涅、王锦泉、张心田、蒋莉、王永健。

在此，向所有参加本书编著的学术同仁，向历来关心与支持本书工作的领导、专家、朋友，表示由衷的感谢！特别感谢：教育部高教司杨华杰处长等长期的支持与关心、帮助，北京大学出版社领导杨立范、刘方的有力支持和责任编辑张雅秋的精心工作。

我们热诚期待各高校教师同仁、大学生在使用这部教材时提出宝贵意见，俾使中国现代文学史的研究与教学臻于新的境界。

朱栋霖
2018年2月28日

第四版修订后记

第四版修订的最大变化，是该教材章节编排中关于小说、戏剧、诗歌、散文四类文体的叙述，有了一个不同于旧版的排序。

这四类文体在文学史的撰述中如何排序，是一个曾令我长期困惑的问题。检读现有的现代文学史著作中关于这四类文体的章节排序，可谓五花八门，令人莫衷一是。

较早问世的王瑶著《中国新文学史初稿》（上册，开明书店1951年版；下册，新文艺出版社1953年版），章节排序是诗歌、小说、戏剧、散文；该书中三个历史时期的章节编序都是如此。

王瑶《中国新文学史初稿》几乎一无依傍，他将关于诗歌的叙述排在第一位，并说明理由：《尝试集》"是中国的第一部新诗集"，"据序中说，胡适最早写诗的时间是一九一六年七月"，又云："《新青年》开始登载新诗始于四卷一号（一九一八年一月），新诗算是最早结有创作果实的部门。"

王瑶《中国新文学史初稿》的章节排序，与朱自清《中国新文学史研究纲要》（1929年）的相关排序一致。朱自清《中国新文学史研究纲要》的排序就是诗歌、小说、戏剧、散文。朱自清没有说明这个排序的理由，但他长期教授中国文学史这门课程，而古典文学史是以诗文为正宗的；而且，以朱自清在1929年授课当时而论，新诗的成就也确实引人注目。

反映1920年代新文学成就的《中国新文学大系》（1935年版），其编目排序则是小说、散文、戏剧、诗歌，诗歌排最后，恰与同时代朱自清的排序相左。

刘绶松著《中国新文学史初稿》（作家出版社1956年版），每个时期文学史叙述的编序都是诗歌、小说、戏剧、散文，与王瑶《中国新文学史初稿》的编序保持一致。

唐弢主编的《中国现代文学史》（三卷版，人民文学出版社1979年版），章节编序是小说、诗歌、话剧、散文。

唐弢主编的《中国现代文学史简编》（人民文学出版社1984年版），每个时期对这四类文体的排序都不同。1930年代文学史部分是小说、戏剧、散文、诗歌，1940年代文学史部分则是散文、戏剧、小说、诗歌。

黄修己著《中国现代文学史简史》，每个时期的文学史叙述的文体排序也都不一样。第一阶段是小说、散文、新诗、戏剧,第二阶段是小说、话剧、诗歌、散文,第三阶段是小说、戏剧、诗歌、散文。

郭志刚、孙中田主编的《中国现代文学史》(高等教育出版社1993年版),1920年代部分的文体排序是新诗、小说、戏剧、散文,1930年代部分的文体排序是小说、戏剧、诗歌、散文,1940年代部分则是散文、诗歌、戏剧、小说。

严家炎主编的《二十世纪中国文学史》(高等教育出版社2010年版),每个时期这四类文体的排序都不一样。1920年代的排序是新诗、散文、小说、戏剧,1930年代的排序是小说、诗歌、散文、话剧,1940年代的排序是新诗、小说、话剧、散文,1950年代、1960年代的排序是诗歌、散文、话剧、小说,1980年代的排序是小说、诗歌、散文,1990年代的排序是诗歌、散文(这两个时期都没有话剧,只在1980年代思潮中有关于高行健的不足200字的内容)。

郭志刚、董健主编的《中国当代文学史初稿》(人民文学出版社1981年版),章节编序则是小说、散文、诗歌、戏剧。

中国现代文学史的编撰已近百年,著述百余部,每一部文学史的编撰者都曾为这四类文体在章节上如何编序煞费苦心,因此出现了各种各样的章节排序,同一个时期的文学史在不同编著者那里会产生不同的排序。编著者主要考量的是每个时期各类文体的文学成就与影响的大小;同时,编序的不同,也反映了编著者对文学史的不同评价与学术创意。

不同的学者,学术视野、衡量标准不同,在文学史撰写中会产生不同的文体排序。严谨如唐弢与严家炎,两人的文学史章节排序构想就很不同,显然他们都曾为章节如何排序而颇费斟酌。显而易见的是,各人学术主观性的不同会导致排序差异甚大。

同时,文学史撰述者身处不同时代,对同一段文学史的评价也会产生很大差异,例如对"十七年"诗歌小说的看法,时移景迁,各代学者差异甚殊。鲁迅当年力赞1920年代"散文小品的成功,几乎在小说戏曲和诗歌之上",今日的您能确认吗?

我期望文学史中各类文体的排序,宜建构一个学理的标准,摆脱主观性,让学术评价体现在文学史的具体叙述中。

我期望建构的文学史中文体排序的原则,是先叙事虚构,后抒情言志,即先小说、戏剧,后诗歌、散文,当然也期待更有学术创意的文学史章节编序方式。

2020年,我曾以手机短信的形式,将目前该书中的文体排序方案发给二十多位同行学者、教授,征求他们的意见,咨询他们是否同意这个方案。收到的答复是近百分之八十的人同意,有四位表示"无所谓",有一位表示"不习惯"。

《中国现代文学史1915—2022》(上、下)(第四版)据此对原章节编序作了调整。希望使用此教材的老师、学生将相关意见告知我们。

与《中国现代文学史1915—2022》(上、下)(第四版)相配套的作品选,在做新版时,在文体编序上也将作相应调整。

本书所叙述的文学史内容,相应延伸到2022年。

朱栋霖

2022年10月

教师反馈及课件申请表

北京大学出版社以"教材优先、学术为本、创建一流"为目标,主要为广大高等院校师生服务。为更有针对性地为广大教师服务,提升教学质量,在您确认将本书作为指定教材后,请您填好以下表格后寄回,我们将免费向您提供相应教学课件;或扫右下侧二维码申请课件。

书号/书名	
所需要的教学资料	教学课件
您的姓名	
系	
院/校	
您所讲授的课程名称	
每学期学生人数	_____ 大学___年级 学时 36
您目前采用的教材	作者:_____ 出版社: 书名:
您准备何时用此书授课	
您的联系地址	
邮政编码	联系电话(必填)
E-mail(必填)	
您对本书的建议:	

我们的联系方式:

北京大学出版社文史哲事业部
北京市海淀区成府路 205 号,100871
联系人:张雅秋
电话:010-62757065
传真:010-62556201
电子邮件:zhangyaqiu@263.net

北大博雅教研